批注本 繁花

金宇澄 著
沈宏非 批注
姜庆共 排版

长篇小说
BLOSSOMS SHANGHAI

长江出版传媒
长江文艺出版社

上帝不响,像一切全由我定……

独上阁楼 四字，系本书最初于网络连载时作者所用网名○早产的彩蛋一枚，最好是夜里。《阿飞正传》结尾，梁朝伟骑马觅马，英雄暗老，电灯下面数钞票，数清一沓，放进西装内袋，再数一沓，拿出一副扑克牌，捻开细看，再摸出一副。接下来梳头，三七分头，对镜子梳齐，全身笔挺，骨子里疏慢 肌肉僵硬，骨质疏松，最后，关灯。否极泰来，这半分钟，是上海味道 "上海味道" 借1960年代香港阿飞还魂。

○开在屋顶斜坡上向外探出的窗，多在老房子阁楼，疑为loft之上海话译音。

如果不相信，头伸出老虎窗，啊夜，层层叠叠屋顶，"本滩"的哭腔 论哭腔，绍兴戏远胜本滩一筹，霓虹养眼，骨碌碌转光珠，软红十丈，万花如海。六十年代广播，是纶音玉诏，奉命维谨，澹雅胜繁华，之后再现"市光"的上海夜，风里一丝丝苏州河潮气，咸菜大汤黄鱼味道 寻常市井之味，如今已入庙堂而不复闻于弄堂矣，氤氲四缭，听到音乐里反复一句女声，和你一起去巴黎呀一起去巴黎呀去巴黎呀。对面有了新房客了，窗口挂的小衣裳，眼生的，黑瓦片上面，几支白翅膀飘动。

·沪剧前身之原生江浙沪花鼓戏，清代道光年间分支为上海本地滩簧、简称"本滩"。

八十年代，上海人聪明，新开小饭店，挖地三尺，店面多一层，阁楼延伸。这个阶段，乍浦路黄河路等等，常见这类两层结构，进贤路也是一样，进店不便抬头，栏杆里几条玉腿，或丰子恺所谓"肉腿"高悬，听得见楼上讲张，加上通风不良的油镬气，男人觉得莺声燕语，吃酒就无心思。一部《繁花》，正是这类"两层结构"小饭店格局，作者自身走位，就在"挖地三尺"之处，摆得低，走得正。

古罗马诗人有言，不亵则不能使人欢笑。

一段定场诗，无韵无律，却有声有色；貌似语无伦次，实则款曲暗通。纷纷乱入之恍惚碎片，每片都是所谓"上海味道"标签，把这座城市贴得满头都是。啊夜。

〔批注〕

○形成于1980年代早期的食街，店主多为社会人，出品亦多有来历不明之生造，江湖称"模子菜"。

○苏白"聊天"之意。元末张士诚称王于苏州，名望甚高，朱元璋灭张之后，严禁民间提及此人，不许"讲张"。

•丰子恺1934年8月15日写于杭州招贤寺之同名文章，对照"劳动者劳作的肉腿"和"繁华世界"舞场里、银幕上"忙着活动的肉腿"；此前一年，长篇小说《子夜》，由上海开明书店出版，开篇也有对"上海肉腿"令人难忘之自然主义描摹。一个读书人的良心发现，肉感地表现了一个时代。

•此诗尝为钱锺书《管锥编》引用，并提及《金瓶梅》第六七回温秀才语："自古言：不亵不笑。"古罗马诗人不可考，同样不可考的一位古三星堆诗人言："亵"后之悲，是大恸，是真空。等于——不亵则不能使人由悲恸而坠空。

目 录

引子　　1

壹章
　壹　　17
　贰　　23
　叁　　29
　肆　　34

二章
　一　　45
　二　　47
　三　　56

叁章
　壹　　62
　贰　　70
　叁　　75

四章
　一　　81
　二　　89

伍章
　壹　　97
　贰　　103
　叁　　109

六章
　一　　119
　二　　128

柒章
　壹　　138
　贰　　141
　叁　　144

八章
　一　　153
　二　　155

玖章
　壹　　171
　贰　　177
　叁　　185

十章
　一　　194
　二　　200

拾壹章
　壹　　208
　贰　　218
　叁　　226

十二章
　一　　236
　二　　238

拾叁章
　壹　　253
　贰　　261

十四章
　一　　275
　二　　280
　三　　284

拾伍章
　壹　　288
　贰　　294
　叁　　300

十六章
　一　　315
　二　　321

拾柒章
　　壹　　330
　　貳　　348

十八章
　　一　　356
　　二　　358

拾玖章
　　壹　　371
　　貳　　378
　　叁　　389

二十章
　　一　　397
　　二　　400
　　三　　405

貳拾壹章
　　壹　　412
　　貳　　416
　　叁　　427

二十二章
　　一　　433
　　二　　443

貳拾叁章
　　壹　　452
　　貳　　459
　　叁　　466

二十四章
　　一　　477
　　二　　485

貳拾伍章
　　壹　　498
　　貳　　508
　　叁　　514

3

二十六章
    一   524
    二   525

貳拾柒章
    壹   541
    貳   544
    叁   548
    肆   555
    伍   563

二十八章
    一   567
    二   568

二十九章
    一   584
    二   587

三十章
    一   604
    二   615

三十一章
    一   624
    二   633

尾声   641

跋   673

代后记一
老金不响,像一切全由我做主
沈宏非   676

代后记二
做了一回排版"师傅"
姜庆共   680

引　子

沪生经过静安寺菜场，听见有人招呼，沪生一看，是陶陶，前女朋友梅瑞的邻居。沪生说，陶陶卖大闸蟹了 蟹者，味至甘，性至寒，倏忽一秋，盛极而衰。开口第一句就说蟹、秋气侧漏、败局底定。陶陶说，长远不见，进来吃杯茶。沪生说，我有事体。陶陶说，进来嘛，进来看风景。沪生勉强走进摊位。陶陶的老婆芳妹，低鬟一笑说，沪生坐，我出去一趟。两个人坐进躺椅，看芳妹的背影，婷婷离开。沪生说，身材越来越好了。陶陶不响 此处响起第一个不响。沪生说，老婆是人家的好，一点不错。陶陶说，我是烦。沪生说，风凉话少讲。陶陶说，一到夜里，芳妹就烦。沪生说，啥。陶陶说，天天要学习，一天不学问题多，两天不学走下坡，我的身体，一直是走下坡，真吃不消 感觉身体被掏空，有蟹意。沪生说，我手里有一桩案子，是老公每夜学习社论，老婆吃不消。陶陶说，女人真不一样，有种女人，冷清到可以看夜报，结绒线，过两分钟就讲，好了吧，快点呀。沪生说，这也太吓人了，少有少见。陶陶说，湖心亭主人的书，看过吧。沪生说，啥。陶陶说，上下本《春蘭秋蕊》，清朝人写的。沪生说，不晓得 此书，作者自己也不晓得，只有天晓得。陶陶说，雨夜夜，云朝朝，

○旧上海话所谓『茶』，一般指凉白开，放了茶叶叫『茶叶茶』，有茶无茶，外省读者，不可不察。

小桃红每夜上上下下，我根本不相信，讨了老婆，相信了。沪生看看手表说，我走了。陶陶说，比如昨天夜里，好容易太平了，半夜弄醒，又来了。沪生不响。陶陶说，这种夫妻关系，我哪能办。沪生不响 <u>饥汉遇饱汉</u>。陶陶说，我一直想离婚，帮我想办法。沪生说，做老公，就要让老婆。陶陶冷笑说，要我像沪生一样，白萍出国几年了，也不离婚。沪生讪讪看一眼手表，准备告辞。陶陶说，此地风景多好，外面亮，棚里暗，躺椅比较低，以逸待劳，我有依靠，笃定。沪生说，几点钟开秤。陶陶说，<u>靠</u> 接近 五点钟，我跟老阿姨，小阿姐，<u>谈谈斤头</u> 即讨价还价，也有言外之意，讲讲笑笑，等于轧朋友。陶陶翻开一本簿子，让沪生看，上面誊有不少女人名字，地址电话。陶陶掸一掸裤子说，香港朋友送的，做生意，行头要挺，要经常送蟹上门，懂我意思吧，送进房间，吃一杯茶，讲讲人生。沪生不响。

此刻，斜对面有一个女子，低眉而来，三十多岁，施施然，轻摇莲步。陶陶低声说，看，来了，过来了。陶陶招呼说，阿妹。女子拘谨不响。陶陶说，阿妹，这批蟹，每一只是赞货，昨天我已经讲了，做女人，打扮顶重要，吃到肚皮里，最实惠。女子一笑。陶陶说，阿妹，我总归便宜的。女子不响，靠近了摊前。此刻，沪生像是坐进包厢，面前灯光十足，女人的头发，每一根发亮 <u>风景一到，蟹摊秒变包房</u>，一双似醒非醒丹凤目，落定蟹桶上面。陶陶说，阿妹是一个人吃，一雌一雄，足够了。女子说，阿哥，轻点好吧，我一个人，有啥好听的。陶陶说，独吃大闸蟹，情调浓。女子说，不要讲了，难听吧。陶陶说，好好好。陶陶走到外面，移开保温桶玻璃板，两人看蟹，说笑几句 <u>共读《西厢》既视感</u>。女子徘徊说，我再看看，再看看。也就走了。

2　繁花〔批注本〕

陶陶转进来说，已经来几趟了，像跟我谈恋爱，一定会再来。沪生不响。陶陶说，这种搭讪，要耐心，其实简单，大不了，我送蟹上门。沪生说，我走了。陶陶说，我真是不懂，女人看蟹的眼神，为啥跟看男人一样 以蟹自况，上身了。沪生笑笑不响，走出摊位。陶陶跟上来，拿过一只蒲包 用香蒲叶或芦苇编织而成，蟹季用来装蟹 说，一点小意思。沪生推辞说，做啥。陶陶说，我朋友玲子，最近跟男人吵离婚，麻烦沪生帮忙。沪生点头，拿出名片，陶陶接过说，我其实，认得一个女律师，以前是弄堂一枝花，现在五十出头了 三句不离本行。沪生打断说，我走了。陶陶说，上个月，我帮客户送蟹，走进15楼A，一个女人开门，原来就是一枝花，结果呢，三谈两谈，提到以前不少事体，比较开心，过几日，我又去了一趟，再后来嘛，懂了吧。陶陶拍了沪生一记。沪生觉得心烦，身体让开一点。陶陶说，有意思吧。沪生说，七花八花，当心触霉头 倒霉。陶陶说，女人是一朵花，男人是蜜蜂。沪生说，我走了。沪生拿过蒲包，朝陶陶手里一送，立刻离开。三天后，陶陶来电话，想与沪生合办小旅馆，地点是恒丰路桥，近火车站，利润超好。沪生一口拒绝，心里明白，陶陶卖蟹，已经卖出了不少花头，再开旅馆，名堂更多。芳妹，真也是厉害角色，老公不太平，每夜就多交公粮 上海滩，酒不是色媒。好办法。

○当年律师，所接大都为离婚官司，市面上商业纠纷不多，更无高标经济官司可打，事实上离婚官司，原告被告，也没啥油水，家中皆无余粮。

以前，沪生经常去新闸路，看女朋友梅瑞。两个人是法律夜校同学，吃过几趟咖啡，就开始谈。八十年代男女见面，习惯坐私人小咖，地方暗，静，但有蟑螂。一天夜里，两人坐进一家小咖啡馆。梅瑞说，真想不到，沪生还有女朋友，脚踏两只船。沪生说，是的,名字叫白萍。梅瑞说,一个月见几次面。沪生说,一次。梅瑞说,好意思吧。沪生说,别人介绍的,相貌一般,优点是有房子 潜台词:那不是真爱。梅瑞说,沪生太老实了,样样会跟我讲。沪生说,应该的。梅瑞一笑说,我姆妈早就讲了,做人,不可以花头花脑,骑两头马,吃两头茶,其实呢,我也有一个男朋友,一直想跟我结婚,北四川路有房子 三言两语顺势扯平,an affair 扭转为 a fare affair,不动声色,见功力——竟不知该夸梅瑞还是该赞作者。沪生说,条件不错。梅瑞说,我根本不想结婚。沪生不响。梅瑞说,一讲这种事情,我就不开心。沪生不响。梅瑞的身体,也就靠过来。

两个人见面,一般是看电影,逛公园。美琪,平安电影院,设 ○现已改为外国服装店,门面更名为平安电影院。1930年代系西班牙驻沪领事馆所在,1960年代在中国上海唯一一个印象里是"全二轮"的清一色红暗黄二色砖砌的电影院。有一种针织粗呢的温暖感,整个建筑圆圆的,朝里四成为一钩新月,过路角"。 有情侣咖啡馆,伸手不见五指,一排排卡座,等于半夜三更长江轮船统舱,到处是男女昏沉发梦之音。有一次,梅瑞与沪生坐了几分钟,刚刚一抱,有人拍一记梅瑞肩胛。梅瑞一吓,沪生手一松,也就坐正。卡座上方,立有一个黑宝塔样子女人,因为暗,眼白更高。沪生感觉到梅瑞身体发硬,发抖 身体尚未完全脱离接触。梅瑞对黑宝塔说,拍我做啥,有事体,讲呀。黑宝塔说,梅瑞呀,大家是姊妹淘,手帕交呀,不认得我了。梅瑞呆了一呆说,我现在有事体。黑宝塔指指前面卡座说,好,我先过去坐,四个人,准定一道吃夜饭,再去逛南京路 约逛南京路,郊县人身份暴露。黑宝塔离开,移向前方,矮下去,与朦胧壁灯,香烟头星光,融为一体。梅瑞不响。沪生轻声说,现在有啥事体,梅瑞准备做啥事体呢 会聊。梅瑞照准沪生大腿,狠捏一记说,马上就走,快点走,快,到了这种暗地方,还碰到熟人,算我倒霉,触霉

头 这种地方其实最容易碰到熟人，逆向的灯下黑，老司机都懂的。两人滋味全无，踮了脚悄悄出来，发觉是大太阳下午三点钟。梅瑞懊恼说，这只黑女人，学农时期房东女儿，有过几次来往，为啥还要见面，怪吧。沪生说，就这样不辞而别，不大礼貌吧。梅瑞说，已经结了婚的女人了，从浦东摆渡到市区来，钻到这种暗地方吃咖啡，肯定是搞腐化 并非今之"搞腐败"。1980年代之前的上海话里，特指乱搞男女关系。沪生笑笑。梅瑞说，我等于居委会的老阿姨，一开口，就是搞腐化。沪生说，是呀是呀，《金陵春梦》一开口，就是娘希匹 宁波粗口，《侍卫官日记》翻开来，就是达令，达令，达令长，达令短。

○《金陵春梦》，章回体小说，1970年代后期内部发行，『达令』(darling)系中蒋宋二人昵称。

梅瑞读夜校，三个月就放弃了，经常来校门口，等沪生下课，两人去吃点心 三个月，夜校变夜宵，荡马路，有时荡到新闸路底苏州河旁边，沪生再送梅瑞进弄堂，独自回武定路。有一次，梅瑞打来传呼电话说，沪生，我姆妈去苏州了，谈塑料粒子 石油高分子原料，当时紧俏抢手 生意，夜里不回来，沪生过来坐。这天夜里，沪生走进这条新式弄堂，曾经住过电影皇后阮玲玉，上三楼，每层三户，每家一块门帘。两个人吃茶，后来，梅瑞靠定了沪生，粘了一个半钟头，沪生告辞。从此，沪生经常到二楼，撩开梅家门帘。新式里弄比较安静，上海称"钢窗蜡地"。梅家如果是上海老式石库门前厢房，弹簧地板，一步三摇，板壁上方，有漏空隔栅，邻居骂小囡，唱绍兴戏，处于这种环境，除非两人关灭电灯，一声不响，用太极静功。沪生有时想，梅瑞无所

·洋房，石库门式样，新闸路1124弄9号沁园村。1933年唐李珊以十根金条买下整栋赠予阮玲玉，阮搬入后直到1935年3月8日凌晨于此服安眠约自杀。

○『靠定』可做『靠住』了解，亦可谐音旧上海话里的『敲定』，指『确定关系』，英文go steady，亦可做名词，即『已经确定了关系的对象』。

引子 5

顾忌，是房子结构的原因 <u>与新式里弄比，上海老式石库门确实欠私密，搞秘密活动，容易走漏风声</u>。

有一次梅瑞说，讲起来，我做外贸，收入可以，但现在私人公司，赚的米更多，我只想跟私人老板合作。沪生说，我有一个老朋友，做非洲百货，也做其他。梅瑞说，叫啥名字。沪生说，叫阿宝。梅瑞拍一记沪生说，啊呀呀，是宝总呀，大名鼎鼎，经常来我公司，跟我同事汪小姐做业务。沪生不响 <u>咯噔一声，心里响了</u>。梅瑞说，我开初以为，这个宝总，花头十足，肯定跟汪小姐有情况了。沪生说，谈恋爱。梅瑞说，汪小姐早有老公了。沪生说，这肯定就是一般关系，阿宝是我几十年的老朋友，只做正经生意，不考虑越轨投资，相当至真，我可以介绍。梅瑞双颊一红 <u>红得蹼跶</u> 说，汪小姐，一定不开心的。沪生说，无所谓，下一个礼拜，我请客。到了这天，两人走进梅龙镇酒家，梅瑞一身套装，香港中环新品，三围标准，裁剪得当，头发新做，浓芬袭人，坐了一刻，拿出化妆镜照几次。沪生说，跟我赤膊弟兄 <u>即"穿一条裤子长大的兄弟"，又称"出窟兄弟"</u> 碰头，梅瑞就是家常汗衫打扮，脚底一双拖鞋，阿宝照样笑眯眯。梅瑞说，要死了，要我穿拖鞋汗衫来吃饭，瞎七搭八，我当然要正装的。讲到此刻，阿宝走进来，大家寒暄一番。阿宝说，梅小姐是沪生的朋友，就是我朋友，生意上面，以后尽管联系。梅瑞笑一笑说，宝总，认不得我了。阿宝不响。梅瑞说，我是汪小姐同事呀。阿宝一呆，跌足道，啊呀呀呀，对不起，真对不起。梅小姐这天，浅笑轻颦，吐属婉顺，一顿饭，三个人相谈甚欢，十分愉乐 <u>三人组"外贸协会"</u>。

私人公司，并无进出口权，接了外商订单，必须挂靠国营外

○"来"即钱；挣钱，1980年代上海切口日"背米"，今已废。

•Since1938，海派川扬菜餐厅，也是民国特工活动热点，原址在静安别墅，1943年迁至南京西路现址至今。

贸公司操作。有一日，阿宝与汪小姐打电话。阿宝说，汪小姐，真对不起，有一位大领导 大领导躺枪，最近发了条头 吩咐，命令，要我的业务单子，让贵公司梅瑞去做，以后，我只能与梅瑞联络了，其中道理，汪小姐应该懂的，抱歉。汪小姐不响。阿宝说，我只能听命，另外，梅瑞并不知情，完全是大领导的意思，请理解我。汪小姐黯然说，是吧。阿宝说，不开心了。汪小姐说，哪里会，广东人讲了，生意大家做，钞票大家赚。阿宝说，不好意思。汪小姐说，大领导是啥人。阿宝说，不开心了。汪小姐说，无所谓，我理解万岁 1980年代著名口号，与"时间就是金钱，效率就是生命"等并列"十大"。阿宝敷衍几句，挂了电话，心里明白，汪小姐一定有所谓，以前几次邀饭，提及丈夫宏庆，颇多不满，阿宝始终装聋作哑，与国贸打交道，借壳生蛋，做成每一笔生意，结汇之后，照规矩支付康密逊（commission，佣金），不牵涉感情，因此现在，汪小姐只能理解万岁，如果两人有一丝暧昧，就要一作二跳，麻烦不断。

　　从此以后，阿宝到公司，先对汪小姐打招呼，再与梅瑞谈业务，相当和顺。梅瑞高兴，难免于沪生面前，数度提到阿宝。春天到了，梅瑞约了沪生，阿宝，到西郊公园看了樱花，吃一顿夜饭。两男一女，灯下谈谈，窗外落雨，案前酒浓，印象深刻。春夜话逢各种飞禽走兽发情期，满园叫春啼不住，作为两男一女暧昧小饭局的BGM，相当助兴。

　　一个月后，沪生与梅瑞约会。梅瑞踱出美丽园的公司大门，怏怏不欢。两个人刚走到静安寺，梅瑞说，我想回去了。沪生说，感冒了。梅瑞说，我与沪生的关系，还是告一个段落，可以吧 过河拆桥。沪生说，跟北四川路男朋友，预备结婚了。梅瑞摇手说，我想静一静。沪生不响。梅瑞说，以后，我做

○上海最有名的动物园，每份一角五分『烂糊肉丝』盖浇饭是公园餐厅里当年的网红产品。又称『猫污（屎）盖浇饭』。

引子　7

沪生的妹妹，可以吧 套路太老。沪生说，可以。梅瑞说，妹妹对哥哥，可以讲一点想法吧 也是移步换景。沪生说，可以的。梅瑞说，我最近，一直跟姆妈吵，我姆妈觉得，沪生缺房子，父母有"文革"严重问题 两大硬伤，前者最硬。沪生说，我懂了。梅瑞说，不好意思。沪生不响。梅瑞颓然说，其实，主要是我崇拜一个男人。沪生说，我明白了。梅瑞说，这个男人，我现在绕不过去了。沪生说，明白了。梅瑞说，啥人呢。沪生说，阿宝。梅瑞叹息说，我只能老实讲了，我第一趟看见宝总，就出了一身汗，以后每趟看到宝总，我就出汗，浑身有蚂蚁爬 借用现在卖茶叶套路，这叫"体感"，一直这副样子，我不想再瞒了。沪生说，应该讲出来。梅瑞说，宝总对我，有议论吧。沪生说，如果有，我会讲的。梅瑞说，宝总根本不注意我，一直不睬我。沪生说，阿宝忙，只做外贸。梅瑞说，宝总以前，谈过几个女朋友呢。沪生说，一言难尽。梅瑞说，为啥分手的。沪生说，我不了解。梅瑞说，我已经想好了，我要跟定宝总，毫无办法了，我崇拜实在太深了。沪生说，生意上面，真可以学到不少门槛 窍门。梅瑞说，宝总以前女朋友，为啥分手的。沪生不响。梅瑞说，是宝总提出分手，还是。沪生搔头说，这个嘛。梅瑞说，宝总对我，如果有了想法，沪生要告诉我。沪生说，一定。梅瑞怅然说，我现在，只想晓得宝总的心思。梅瑞讲到此地，落了两滴眼泪。一个月里，完成过河拆桥以及用拆掉的旧桥再搭新桥，梅小姐端的好手段。但世上并没有情场赌场双双得意这等好事，苍天又曾饶过谁。

两个人关系，就此结束 手起刀落，刀笔本刀。到1990年某天夜里，沪生路遇陶陶。陶陶说，沪生做律师了。沪生笑笑。陶陶说，结婚了一年，老婆就出国了。沪生说，哪里来的消息。陶陶说，据说沪生当时，只想跟白萍结婚，因此借口介绍业务，帮梅瑞介绍了阿宝，然后抽身撤退，好办法。沪生笑笑说，哪里听来的。陶陶说，梅瑞讲的*反咬一口*。沪生不响。陶陶说，这个宝总嘛，据说也是滑头货色，不冷不热，结果，梅瑞只能跟北四川路男人结婚了。沪生看看手表说，我现在有事体，先走了。陶陶说，女人真看不懂，经常讲反话，比如喜欢一个男人，就到处讲这个男人不好，其实心里，早就有想法了，已经喜欢了，对不对。沪生转身说，以后再讲吧。陶陶拉紧沪生说，最近有了重大新闻，群众新闻*彼时尚无"社会新闻"一词*，要听吧。沪生说，我现在忙，再会。陶陶说，相当轰动。沪生说，陶陶讲的轰动，就是某某人搞腐化，女老师欢喜男家长，4号里的十三点，偷邻居胸罩*偷胸罩除了个人兴趣，当年亦不无实用企图*。陶陶说，绝对有意思，我讲了。沪生说，我现在忙，有空再讲。陶陶拉紧*不直写沪生欲走*沪生说，我简单讲，也就是马路小菜场，一男一女两个摊位。沪生说，放手好吧。陶陶松手说，当中是小马路，男的摆蛋摊，马路对面的女人，年长几岁，摆鱼摊*两档合并，可以开"鱼蛋档"了*。沪生说，简单点。陶陶说，马路上人多，两个人互相看不见，接近收摊阶段，人少了，两个人就互相看。沪生说，啥意思。陶陶说，鸡蛋卖剩了半箱，鱼摊完全出货，自来水一冲，离下班还有三刻钟，男女两人，日长事久，眉来眼去，隔了马路，四只眼睛碰火星*常吃鸡蛋、小黄鱼有益视力乎*，结果呢。沪生说，互相送鸡蛋，送小黄鱼。陶陶说，错，鸡蛋黄鱼，有啥意思，到这种阶段，人根本吃不进，因为心里难过，要出事体了*绝倒*。沪生说，吃不进，生了黄疸肝炎。陶陶说，瞎讲有啥意思。沪生看手表。陶陶说，街

○此处提及黄疸，当为1988年因生食不洁毛蚶而爆发肝炎流行之引绳。发病者90%以上出现黄疸。

引子　9

面房子36号,有一个矮老太,一米四十三,天气热,矮老太发觉,太阳越毒,越热,卖鱼女人的台板下面,越是暗,卖鱼女人,岔开两条脚膀,像白蝴蝶,白翅膀一开一合。矮老太仔细一看,要死了,女人裙子里,一光到底。

沪生转过面孔说,好好好,我现在有事体,先走了。陶陶扳过沪生的肩胛说,天底下,听过这种精彩故事吧,听我讲呀。沪生说,简单点好吧。陶陶说,大太阳,天热,摊头下面一暗,就有秘密,街面房子36号矮老太,平时老眼昏花,张张钞票,要摸要捏,但是看远,等于望远镜,看得到女人下面张开的白翅膀*翼然*。沪生看表说,我时间紧张,再讲吧。陶陶拉紧沪生说,女人两眼定漾漾,看定卖鸡蛋的男人,矮老太当场吐一口痰,鞋底揎了几记讲,是我倒霉,触霉头,我今朝倒霉了,倒灶了 *"倒霉""触霉头"及"倒灶",皆是北方话"背运"之意*,实在下作呀。沪生说,好了,我听过了,可以走了吧。陶陶说,为啥要走。沪生说,这有啥呢,台子下面,属于私人事体,不影响卖菜。陶陶说,试试看好吧,天天这副样子,沪生吃得消,我吃不消,卖蛋男人吃不消,就要出重大新闻了。沪生说,我走了,过几天再讲。陶陶笑说,寿头 *吴方言,"傻×"或"搞不清状况的傻×"之意*,好故事,为啥要分开讲,我不穿长衫不摇折扇,不是苏州说书,扬州评话《皮五辣子》*据说是韦小宝原型*,硬吊胃口做啥,碰得到这种人,我吃瘪*即北方话"没辙"*。

沪生看看手表,阿宝约定八点半,"凯司令"咖啡馆碰头。沪生说,讲得再简单点。陶陶说,讲到后面,越来越紧张。沪生说,结果呢。陶陶说,老太婆36号,晓得吧,等于极司菲尔路76号 *汪伪特工总部所*

○ 洞隐烛微、沦肌浃髓、皆因一米四十三。○ 类似场面,可参见《尤利西斯》第十三章《瑙西卡》,以及1967年同名电影,少女格蒂在海滩上面向布鲁姆撩高裙裾。

• Since1928,上海老牌西点店,爆款是"法式栗子蛋糕"和"掼奶油","哈斗",先开在张爱玲住的赫德公寓底层,后迁至南京西路现址。

在地女特务,马上奔到居委会报告。居委会讲,老阿太,这叫"孵豆芽",以前外乡游民,早吃太阳,夜吃露水,衣衫不全,常常三人合穿裤子,一条短裤轮流穿,不稀奇,现在上面的要求,只要不是当场搞腐化,居委会不管账的。老太胸闷 上海话"郁闷"之意,并非病症,决定一清早去等人,等啥人呢。沪生说,我不晓得。陶陶说,鱼摊女人的老公,每天蒙蒙亮,骑脚踏车,送女人到菜场上班,夫妻坐下来,吃了豆浆,粢饭 糯米饭团,可裹油条,老公踏车子去上班。沪生说,简单点好吧。陶陶说,这天,男人的车子一转弯,36号老太上来招呼,攀谈几句,事体就全部兜出来,男人根本不相信。36号老太讲,弟弟呀,自家女人,自家要晓得呀,男人一呆。沪生说,呆啥?要我就不相信,弄堂老太婆的屁话,啥人会听。陶陶说,当然会相信,表面不响,心里相信,只要是男人,板定前前后后,要去想了。沪生说,别人想啥,陶陶也晓得。陶陶说,我长话短讲,其实这一段,单独就可以讲几个钟头。沪生说,看别人闯祸,有啥味道呢。陶陶说,36号老太厉害,男人从此开始留心,心里味道,已经不一样了,表面不翻底牌,暗地里一直看老婆,横看竖看,白天夜到,浑身上下,里里外外,我讲起来,几个钟头也不止。批者且替陶陶喝一口水。沪生看表说,到底准备讲多少钟头。陶陶加快速度说,老公每天做早、中班,了解情况比较难,委托一个弄堂朋友,如果老婆有动向,马上汇报。几天后,汇报上来了,一般是吃中饭前后,女人先回来,过一刻钟,卖蛋男人就跟进大弄堂,进了门,上了三层楼,这只门牌,一共有三楼,上班阶段,楼上楼下,大人小人,一个不见,再过一个多钟头,卖蛋男人推开门,低头出来,慢慢走出大弄堂。

○乔郓哥揭发奸情,一是挨了王婆的打,二是跟武大有交情,36号老太的这种"不忿",只能理解为"正义冲动"。

沪生赧然说，有这种断命的 与英语类似的d**n、f**king比较，"断命的"在语感上更接近bloody 汇报，真要出大事体了。陶陶说，是呀是呀，老公叫了三个小徒弟，加上弄堂朋友，五个人，跟李士群 办这种小事出动吴四宝（均为汪伪特务）足够了 也差不多了，布置任务，这天一早，先到棉纺厂上班，然后手表对好，调休出厂，十一点半多一点，弄堂朋友，先到弄堂修鞋摊旁坐定，看见卖鱼女人下班回来，开钥匙进门，不必做手势，此刻，其他人，坐进一条马路开外"大明"饮食店，吃浇头面，然后看见卖蛋男人跟进弄堂，推门进去，弄堂朋友立起来，离开修鞋摊 修鞋摊，谍战片标配，急步走到"大明"，三个小艺徒，吃猪肝面加素鸡 准备干力气活，男人不叫面，毫无胃口，面孔变色，弄堂朋友朝男人点一点头，男人也点头，香烟一揿，立起来，小徒弟吃得头冲到碗里，稀里呼噜，筷子一掼，大家出来，从卖蛋男人进门，到这段时间，大概廿分钟，前后快走，跑进弄堂，望到三楼，窗帘布已经拉拢，看表，廿五分，嘴巴一动，男人带一个小徒弟抢上楼去，另外两个徒弟，前后弄堂把守，防止卖蛋男人翻屋顶，弄堂朋友只做密探，现在装聋作哑，一点不管账，靠定墙壁抽香烟，结果嘛。陶陶手捂胸口，像是气急，一时讲不出话来。○○○○ 此处，批者必须右手捂胸口左手动点赞！多机位，全视角，点、面、线，长镜头，大特写，无缝连接，没毛病。

此刻，沪生的心相 心情、心境、心气儿，已不疾不徐，即便阿宝久等，脚底难移半步。看眼前的陶陶，讲得身历其境，沪生预备陶陶拖堂，听慢《西厢》，小红娘下得楼来，走一级楼梯，要讲半半六十日，大放噱 说书先生套路，卖关子，也要听。

·此刻之前，叙述之推进，并非一捧一逗，有同有答，不像冷子兴贾雨村那么一搭一档，而是反其道而行之，一人急于讲，一人不耐烦，在吞吞吐吐但开阖，半推半就间成就一段紧拉慢唱，于一气呵成之间一气呵成，绝妙之笔。

沪生说，慢慢讲，卖蛋男人，又不是陶陶，紧张啥。陶陶说，太紧张了，我讲一遍，就紧张一遍 斯坦尼上身。沪生说，弄别人老婆，火烛小心。陶陶说，是吧，沪生跟我仔细讲一讲。沪生说，搞啥名堂，现在，我是听陶陶讲呀，脑子有吧。陶陶笑笑。沪生说，一讲这种事体，陶陶就来精神。陶陶说，有精神的人，第一名，是卖鱼女人的老公 可发一噱，弄堂白天人少，师徒咚咚咚跑上楼梯，房门哐啷一记撞穿，棉纺织厂保全工，力气用不光，门板，"斯必令"门锁 弹簧锁，英语spring的上海话音译，全部裂开弹开，下面小徒弟望风，喉咙山响，因为车间里机器声音大，开口就喊，不许逃，房顶上有人，已经看到了，阿三呀，不许这个人逃，不许逃，我看到了，喔隆隆隆隆。这一记吵闹，还了得，前后弄堂，居民哗啦啦啦啦，通通跑出来看白戏，米不淘，菜不烧，碗筷不摆，坐马桶的，也跳起来就朝外面奔 再发一噱，这种事体，千年难得。沪生说，好意思讲马桶，再编。陶陶说，是百分之一百的事实呀，居委会干部，也奔过来看情况，四底下，吵吵闹闹，喔隆隆隆隆，隔壁一个老先生，以为又要搞运动了，气一时接不上，裤子湿透 一发绝倒。沪生一笑说，好，多加滋头，不碍的。陶陶说，句句是真呀，只一歇的工夫，老公跟徒弟，拖了这对露水鸳鸯下来，老公捉紧了卖鱼女人，徒弟押了卖蛋男人，推推搡搡，下楼梯，女人不肯跨出后门。老公讲，死人，走呀，快走呀，到居委会去呀。卖鱼女人朝后缩，卖蛋男人犟头颈，等男女拖出门口，居民哇啦一叫，倒退三步，为啥，两个人，一丝不挂，房子里暗，女人拖出后门，浑身雪雪白，照得人眼睛张不开 近乎无限透明的白，女人一直缩，拖起来，蹲下去。老公讲，快走，搞腐化，不要面孔

○棉纺厂向为女工世界，厂里为数不多之男性，多为机修工（保全工），极受女工欢迎。不过当此捉奸之际，上海传统纺织行业开始走下坡路，这群兄弟自身难保，离下岗不远矣。

的东西，去交代清爽，快。老公强力一拖，女人朝前面走两步，上下两手捂紧，蹲了不动，危难之中尤能采用这种体位的，要么是本能，要么就是老吃老做老司机。卖蛋男人拖出后门口，跌了一跤，周围老阿姨小舅妈，忽然朝后一退，吃吃吃穷笑一跌一退外加一笑，严峻态势下陡出笑柄，胜却人间无数。小徒弟讲，娘皮，走不动了是吧，起来。居委会老阿姨，马上脱一件衣裳朝女人身上盖，高声讲，大家不许动，回去冷静解决问题，快回去，听到了吧老阿姨厚道，深明大义。此刻，老公回转头来，忽然推开徒弟，朝卖蛋男人扑过去，两手一把捏紧男人脐下这件家生上海话，家具，工具，可以引申为那话儿，家伙事儿，用足力道，硬拗。卖蛋男人痛极，大叫救命。大家方才明白，卖蛋男人从楼上房间捉下来，拖到后门口，这一件家生，真正少见的宝货，不改本色，精神饱满，十足金的分量，有勇无谋，朝天乱抖八字秒杀《控鹤监秘记》。老公一把捏紧家生，像拗甘蔗，拗胡萝卜一样穷拗。老公讲，搞，现在搞呀，搞得适意上海话，爽是吧，再搞，搞。卖蛋男人大叫。户籍警跑过来，运足浑身力道，穷喊一声讲，喂，喂喂喂，文明一点好吧，让开，大家快让开。

　　沪生说，这对鸳鸯，太可怜了。陶陶说，老公发怒了。沪生说，拖了赤膊老婆出门，有面子，有意思吧。陶陶说，上海人对老婆好，啥地方好。沪生说，法国男人，发觉老婆有情况，一般是轻关房门。陶陶笑说，这就是玲珑，梅瑞讲过，法国男人最玲珑，是天底下最佳情人，最坏的老公，不过嘛。沪生说，啥。陶陶压低声音说，法国男人眼里，天下女人，全部可以上钩，只要有耐心煞有介事，皆是电影、小说书里看来。沪生说，关键阶段，就要看素质。陶陶说，是呀是呀，低档小市民，恶形恶状，又骂又打，心情可以理解。沪生说，这个老公，自以为勇敢，其实最龌龊，不让老婆穿衣裳，等于自家剥光，有啥面子，发啥火呢。陶陶说，真坍台江浙梨园术语，演砸了，引申为"丢脸"。沪生说，晓得上帝吧。陶陶说，耶稣，还是玉皇大帝。沪生说，古代有个农村女人，做了外插花事体，广大群众准备取女人性命，耶稣就讲了，如果是好人，现在就去动手。结果呢，大家不响了，不动了，统统回去淘米烧饭，回去睏觉。陶陶说，耶稣辣手厉害。沪生说，耶稣眼里，天底下，有一个好人吧，只要脑子里想过，就等于做过，一样的从《蒋介石日记》中挑出青壮年时期翻上几页，就会不能再同意沪生，这有啥呢，早点回去烧饭烧菜，坐马桶。陶陶说，耶稣有道理，以后再碰到这种龌龊事体，我回去睏觉。沪生看看表说，好了，我走了。陶陶说，再讲讲嘛。沪生笑说，已经十足金，甘蔗，萝卜，加油加酱了，还不够。陶陶说，这是事实呀。

○婚外情，上海话叫"外插花"，来源于相声术语，即与正活无关之包袱。网络用语。接下来，《繁花》作者频频出戏，或假角色之口，会看到，读者诸君就挂"。作者之名，列举名物，以作者之名，列举名乃至穷举，大肆铺陈，喋喋不休，不胜枚举，大时代小说原本技巧打败钱钟书三十岁著《围城》之机心，却暗揣想用小说书伎俩，处滥用说书伎俩，赛过杠头开花。作者于外插花之外的外插花了，而所谓批注者做"外插花事体"。而这一段引子以及引子里的这一通八卦，更是全书之外插插地插出了满纸繁花。

这天夜里，沪生走进咖啡馆，见阿宝旁边，稳坐一位汪小姐，即梅瑞的同事，另一位美女叫<u>李李</u>，高挑身材，明眸善睐。汪小姐说，沪先生久仰，我来介绍，这位是我朋友李李，最近盘了一家饭店，新旧双方，想保持营业，无缝交接，请沪先生理顺关系。沪生摸出名片说，尽量帮忙有油水的业务开始来了。李李说，沪先生多关照。沪生说，听口音，李小姐是北面人。李李说，是呀，我以前到深圳工

•先出"陶"，后有"李"，然此"桃李"二人，自始至终全无半丝瓜葛，无投亦无报，蹊跷蹊跷。

引子 15

作,来上海只有几年。汪小姐说,李李走T台,跑码头,市面见了不少。李李一笑,眼睛看过来。阿宝觉得,李李其秀在骨,有心噤丽质之慨。李李说,认得两位大哥,比较开心,以后这家店,就是大家食堂,希望哥哥姐姐,阿嫂弟妹光临。四个人谈了一小时,汪小姐与李李先辞。空气静了下来。阿宝吃一口咖啡说,沪生想啥。沪生说,忙了一天,头昏眼花满脑袋朝天乱抖,能不头昏眼花乎。阿宝说,看见了李李,我想到了以前小毛的邻居,大妹妹。沪生笑说,是有几分像。阿宝说,白萍有信来吧。沪生说,相当少。阿宝放下咖啡杯,感叹说,大妹妹,还有小毛,多少年不见了,时光真快呀。沪生不响。

○走"T台本来蛮时髦,不过加上『跑码头』,则入了不入流之野模之流。时间上,亦是早期去深圳『捞世界』的,有故事。

如果《繁花》是痴男怨女的一帖药,此段便是药引子。起首两行,三言两语之间,正末、副末前后登场,还夹带正旦三枚之"两三次皴染"。及末尾,全书生旦净末丑几乎悉数亮相或被点名,作为一部之总纲,大戏之标目,即率领"一万个好故事"竞相追逐遁走,"争先恐后奔向终点"的单声部赋格主题,这副"冷中出热,无中生有"的药引子,神奇如举重若轻之吊车,就像上海样板戏《海港》里的大花脸马洪亮的那段西皮原板:"大吊车,真厉害,成吨的钢铁,轻轻地一抓就起来,哈哈哈哈哈……"

壹 章

壹

阿宝十岁，邻居蓓蒂六岁。两个人从假三层〔二层洋房坡顶，多被僭建为住房〕爬上屋顶，瓦片温热，眼里是半个卢湾区〔名已废，2011年并入黄浦区〕，前面香山路，东面复兴公园，东面偏北，看见祖父独幢洋房一角，西面后方，皋兰路尼古拉斯东正教堂，三十年代俄侨建立，据说是纪念苏维埃处决的沙皇，尼古拉二世，打雷闪电阶段，阴森可惧，太阳底下，比较养眼。〔很多年以后，宝总有机会从1918年行刑队头目"处决沙皇家族"证词中得知，尼古拉二世一家七口的死状远超"阴森可惧"。〕蓓蒂拉紧阿宝，小身体靠紧，头发飞舞。东南风一劲，听见黄浦江船鸣，圆号宽广的嗡嗡声，抚慰少年人胸怀。〔批者少时家住黄浦江边，除了船鸣"宽广的嗡嗡声"，还能听到港务监督在高音喇叭里厉声指挥训斥航船之喝呼，顺东南风而至，一样的胸怀，别样抚慰。〕阿宝对蓓蒂说，乖囡，下去吧，绍兴阿婆讲了，不许爬屋顶。蓓蒂拉紧阿宝说，让我再看看呀，绍兴阿婆最坏。阿宝说，嗯。蓓蒂说，我乖吧。阿宝摸摸蓓蒂的头说，下去吧，去弹琴。蓓蒂说，晓得了。这一段对话，是阿宝永远的记忆。

此地，是阿宝父母解放前就租的房子，蓓蒂住底楼，同样是三间，大间摆钢琴。帮佣的绍兴阿婆，吃长素，荤菜烧得好，油镬前面，不试咸淡〔吃素尤其吃长素者，大都烧一手好荤菜，屡试不爽，啾啾怪事。阿婆喜欢蓓蒂。每次蓓蒂不开心。阿婆就说，我来讲故事。蓓蒂说，不要听，不要听。阿婆说，比如老早底，有一个大老爷。蓓蒂说，又是大老爷。阿婆说，大老爷一不当心，坏人就来了，偷了大老爷的心，大老爷根本不晓得，到市面上荡马路，看见一个老女人卖菜。蓓蒂笑笑，接口说，大老爷停下来就问了，有啥小菜呀。老女人讲，老爷，此地样样式式，全部有。阿婆接口说，大老爷问，这是啥菜呢。老女人讲，无心菜。大老爷讲，菜无心，哪里会活，缠七缠八。老女人讲，老爷是寿头，菜无心，可以活，人无心，马上就死。老爷一听，胸口忽然痛了，七孔流血，当场翘了辫子。蓓蒂捂耳朵说，晓得了，我听过了。阿婆说，乖囡，为啥样样东西，要掼进抽水马桶里。蓓蒂不响。阿婆说，洋娃娃，是妈妈买的，掼进马桶，"米田共"（粪）就翻出来。蓓蒂不响。阿婆说，钢琴弹得好，其他事体也要好，要有良心。蓓蒂不响。吃过夜饭，蓓蒂的琴声传到楼上。有时，琴声停了，听到蓓蒂哭。阿宝娘说，底楼的

批注：

○荡马路即"逛马路"，前者更多了一种无目的、无用心、无拘无束、随波逐流的意思。郁达夫《新生日记》所记1927年某日晴天与王映霞女士"吃了一盆很好的鱼和一盆鳝丝，饭后陪她买衣料书籍等类，足足地跑了半天，就进去看了两个钟头，出来，正在开西门一家小电影馆，走过上海马路，从来不说《谈》《荡》出来的。短暂'荡史'，不如在郁达夫的日记里满纸皆是。又：走之改三点水，莫非与上海历史上的水网交通传统有关？

•上海话"死了，挂了"—清代剑子手为便于砍头，会把受刑者辫子提起，露出脖颈好下刀；其二，电车顶部两根接线杆俗称辫子，一旦脱离电线杆高高翘起，即造成停驶。典出《封神演义》第26回和27回《太师回兵陈十策》《妲己诈病设计害比干》，着喜媚'玲珑七窍之心'能救。纣王听之，勒马问曰："卖的是无心菜？"妇人曰："怎么是无心菜。"比干忽听出'比干'着'心痛之疾'，妲已诈得，即挥剑自剖而摘之，因得姜子牙符水玄妙之功，比干取've下台上马'如以不死，'且说比干走马，一腔热血溅尘埃。"曰："人若无心即死。"比干大叫一声，撞下马来，人若是无心如何？"妇人旁有一妇人，手提筐篮，走五七里之遥，只闻得风声之响；约只听得路

瓦片温热,
黄浦江船鸣。

乡下老太,脾气真不好。阿宝爸爸说,不要再讲乡下,城里,剥削阶级思想。阿宝娘说,小姑娘,自小要有好习惯,尤其上海。"尤其"二字尤其。阿宝爸爸不响。阿宝娘说,绍兴阿婆哪里懂呢,里外粗细一道做。阿宝爸爸说,旧社会,楼上贴身丫鬟,楼下大脚娘姨。阿宝娘不响。阿宝爸爸说,少讲旧社会事体。三言两语,阿宝父母阶级出身以及思想觉悟昭然若揭。不是不能讲、而是谁来讲、怎么讲以及讲什么。当时流行儿歌"听妈妈讲那过去的事情",讲的也是旧社会。

蓓蒂的爸爸,某日从研究所带回一只兔子。蓓蒂高兴,绍兴阿婆不高兴,因为供应紧张,小菜越来越难买"三年困难时期"(1959—1962)之日常,阿婆不让兔子进房间,只许小花园里吃野草。礼拜天,蓓蒂抽了篮里的菜叶,让兔子吃。蓓蒂对兔子说,小兔快点吃,快点吃,阿婆要来了。兔子通神,吃得快。每次阿婆赶过来,已经吃光了。后来,兔子在泥里挖了一个洞,蓓蒂捧了鸡毛菜,摆到洞口说,小兔快点吃,阿婆快来了。一天阿婆冲过来说,蓓蒂呀蓓蒂呀,每天小菜多少,阿婆有数的。阿婆抢过菜叶,拖蓓蒂进厨房,蓓蒂就哭了,只吃饭,菜拨到阿婆碗里。大概本来就不爱吃青菜罢。阿婆说,吃了菜,小牙齿就白。蓓蒂说,不要白。阿婆不响,吃了菜梗,菜叶子揿到蓓蒂碗里,揿字绝妙,蓓蒂仍旧哭。阿婆说,等阿婆挺尸了,再哭丧,快吃。蓓蒂一面哭一面吃。阿宝说,蓓蒂,阿婆也是兔子。蓓蒂说,啥。阿宝说,阿婆跟兔子一样,吃素。蓓蒂说,阿婆坏。阿婆说,我就欢喜蓓蒂。蓓蒂说,昨天,阿婆吃的菜包子,是姆妈买的,后来,阿婆就去挖喉咙,全部挖出来了。阿婆说,是呀是呀,我年纪大了,鼻头不灵,吃下去觉得,馅子有荤油,真是难为情。菜包一定要

○旧民俗,遇兔子拜月,人不可伤之,盖因其正在修纯阴通灵中,月圆之夜,黄鼠狼等动物也有站立举前爪之类似『拜月』行为,则大祸临头矣。人,又一说,若遇兔子拜

用荤油和馅才好吃,从前淮海路"北万新"做得最好。蓓蒂说,我开心得要命。阿婆说,乖囡呀,我已经不派用场了,马上要死了。蓓蒂说,阿婆为啥吃素呢。阿婆说,当时我养了小囡,算命先生讲,命盘相尅,阿婆属虎,小囡属龙,要斗煞的,阿婆从此茹素了,积德,想不到,小囡还是死了。阿宝摸摸蓓蒂的头。阿婆说,唉,素菜也害人呀无肉不欢者频频点头,当年,比干大官人,骑一匹高头白马,奔进小菜场,兜了几圈。蓓蒂笑笑。阿婆说,见一个老妈妈卖菜,大官人讲,老妈妈,有啥菜呢。老妈妈讲,天下两样小菜,无心菜,有心菜。大官人笑笑。老妈妈讲,我做小菜生意,卷心菜叫"闭叶",白菜叫"裹心",叫"常青",芹菜嘛,俗称"水浸花"。大官人拉紧缰绳,闷声不响。老妈妈讲,豆苗,草头,紫角叶,算无心菜。大官人讲,从来没听到过。老妈妈讲,有一种菜,叫空心菜,就是蕹菜,晓得吧。大官人不响。老妈妈讲,这匹高头大白马,蹄子比饭碗大,问马马要吃啥菜呢。大官人拍拍白马说,对呀,想吃啥呢。蓓蒂此刻接口说,马马吃胡萝卜,吃鸡毛菜。阿婆笑笑,手里拣菜,厨房煤气灶旁,黑白马赛克地上,有半篮子弥陀芥菜,阿婆预备做红烧烤菜。阿宝说,弥陀芥菜,算不算无心菜。阿婆笑笑说,比干大官人,一听"弥陀芥菜"四个字,捂紧心口,口吐鲜血,血滴到白马背上,人忽然跌了下来,断气哉。蓓蒂说,小兔也要断气了。阿婆说,是呀是呀。蓓蒂说,花园里,野草已经吃光了。阿婆抱紧蓓蒂说,乖囡,顾不到兔子了,人只能顾自家了,要自家吃要是在乡下,兔兔也要被吃掉。蓓蒂哭了起来。阿婆不响。附近,听不到一部汽车来往。阿婆拍拍蓓蒂说,菜秧一样的小人呀,眼看一点点长大了,乖囡,乖,

・浙江产大叶芥菜,茎根部有凸起,像弥勒佛大肚子。

○宁波家常菜,加油、花椒、白糖、葱、姜、盐、酱油、味精等煸炒、炖制而成。目前上海米其林一星餐厅『甬府』做得最好。

22 繁花〔批注本〕

眼睛闭紧。蓓蒂不响，眼睛闭紧。阿婆说，老早底，有一个大老爷，真名叫公冶长孔子七十二弟子之一，排名第二十，还是孔子的女婿，是懒惰人，一点事体不会做，只懂鸟叫，有一天，一只仙鹤跳到绿松树上，对大老爷讲，公冶长，公冶长。大老爷走到门口问，啥事体。仙鹤讲，南山顶上有只羊，侬吃肉，我吃肠。大老爷高兴了，爬到南山上面，吃了几碗羊肉，一点不让仙鹤吃。有天，一只叫天子跳到芦苇上讲，公冶长，公冶长。大老爷走到门口问，叽叽喳喳，有啥事体。叫天子讲，北山顶上有只羊，侬吃肉，我吃肠。大老爷蛮高兴，跑到北山上面，拎回半爿羊肉，一点不让叫天子吃。有一天，有一天，绍兴阿婆一面讲，一面拍，蓓蒂不动了，小手滑落下来。思南路一点声音也听不见了。阿婆讲第五个回合，一只凤凰跳到梧桐树上面，蓓蒂已经睏了。阿婆讲故事，习惯轮番讲下去，讲得阿宝不知不觉，身体变轻，时间变慢。这段正在变慢的时光，除"三年困难时期"造成的食品供应紧张，尚可称岁月静好，尤其对少年而言。此时，新社会已有七成新，旧社会尚余三成。然而尼古拉二世、兔子、比干大老爷等等意象层出不穷，又给思南路蒙上了一层不祥之阴影，话说思南路这个街区，不知怎的，一向阴森可人，光天化日尤是。善讲绍兴式哥特风童话的阿婆，真没拣错地方。

○公冶长解百禽之语，本事，见南朝梁·皇侃《论语义疏》引《论释》：「冶长在狱六十日，辛日，有雀子缘狱栅上相呼啧啧，冶长含笑。吏启主冶长笑雀语。主教问冶长：「雀何所道而笑之？」冶长曰：「雀鸣啧啧，白莲水边有车翻，覆黍粟，牡牛折角，收敛不尽，相呼往啄。」狱主未信，遣人往看，果如其言。」

贰

沪生家的地点，是茂名路洋房，父母是空军干部，积极响应社会新生事物——民办小学，为沪生报了名，因此沪生小学六年上课地点,分布于复兴中路的统间,瑞金路石库门客堂,茂名南路洋房客厅,长乐路厢房,长乐邮居委会仓库,南昌路某弄洋房汽车间,中国乒乓摇篮,巨鹿路第一小学对面老式弄堂的后间。这个范围,接近阿宝的活动地盘,但两人并不认得。每个学期,沪生转几个课堂地点,换几个老师上语文算术课,习惯进出大小弄堂,做体操,跑步。五十年代就学高峰,上海妇女粗通文墨,会写粉笔字,喜欢唱唱跳跳,弹风琴,即可担任民办教师,少奶奶,老阿姨,张太太,李太太,大阿嫂,小姆妈,积极支援教育,包括让出私房办教育。有一位张老师,一直是花旗袍打扮,前襟掖一条花色手绢,浑身香,这是瑞金路女房东,让出自家客堂间上课,每到阴天,舍不得开电灯,房间暗极,天井内外,有人生煤炉,蒲扇啪嗒啪嗒,楼板滴水,有三个座位,允许撑伞,像张乐平的三毛读书图。沪生不奇怪,以为小学应该如此。通常上到第三节课,灶间飘来饭菜的油镬气,张老师放了粉笔,扭出课堂,跟隔壁的娘姨聊天,经常拈一块油煎带鱼,或是重油五香素鸡,转进来,边吃边教。表现不好的同学,留下来跟张老师回去,也就是转进后厢房,写字。一次沪生写到天暗,张老师已忘记,等到发觉,进来一拎沪生耳朵说,喂,先转去吃饭吧,以后上课要乖,听见吧。一次是黄梅天,沪生跟进后厢房去,张老师脱剩小背心,三角裤,抽出一把团扇,浑身上下扇一气。男同学讲,张老师的汗毛,特别密,一个女

○原私立铁华小学,1913年建校,曾贡献大批乒乓球世界冠军,包括后入日籍改名小山智丽的第39届世乒赛女单冠军何智丽。

▵批者七至十岁也读民办学校——所谓民办,并非今之私立。1950年代婴儿潮压力下,教育资源捉襟见肘,遂动员全民办学。

•这句多余。『不认得』很正常。某种意义上,『上只角』独门独户多,人际关系比『下只角』更生分。

舞女大班腔调

客厅

允许二字可发一噱

拈字讲究

回去

▴豆腐皮加五香粉入油锅煎炸,前者多孔,吸油如海绵,名与实皆素,却辜到不能再荤。○不舍得开灯倒舍得用油,做人实惠。

重油素鸡吃多了?

24 繁花〔批注本〕

同学讲，天气太热了，写了几个生字，张老师端进来一盆水，立到我旁边揩身，张老师讲，看啥看啥，快写呀。两年级阶段，沪生转到长乐路老式弄堂里读书，一次跟徐老师回去，罚写字。徐老师进房间，先换衣裳，开大橱，梳头，照镜子，听无线电，吃话梅，之后，剪脚趾甲本帮长镜头慢摇一遍。沪生写到了黄昏，徐老师从隔壁进来，看沪生写。沪生抬头，看见徐老师旁边有个男人，贴得近，也伸头来看。徐老师已脱了眼镜，香气四溢，春绉桃玉睡衣，揩抹了唇膏，皮肤粉嫩，换了一副面孔。徐老师摸摸沪生的头说，回去吧，穿马路当心。沪生关了铅笔盒子，拖过书包说，徐老师再会。讲了这句，见男人伸手过来，朝徐老师的屁股捏了一记。徐老师一嗲，一扭说，做啥啦，当我学生子的面，好好教呀沪语：别闹。沪生记得，只有家住兰心大戏院（艺术剧场）售票处对弄堂的王老师，永远是朴素人民装，回家仍旧如此，衬衫雪白，端端正正坐到沪生对面，看沪生一笔一画做题目，倒一杯冷开水。王老师说，现在不做功课，将来不可以参加革命工作，好小囡，不要做逃兵。

绉纱面料，名出苏东坡《洞仙歌·咏柳》："便吹散眉间一点春绉"。

"犬兵"或"排头兵"。包括"逃兵"在内的大批军事术语，自1950年代开始被广泛应用，泛指一切消极行为。反义词为

三年级上学期，沪生到茂名南路上课，独立别墅大厅，洋式鹿角枝型大吊灯。宋老师是上海人，但刚从北方来。一次放学，宋老师拖了沪生，朝南昌路走，经瑞金路，到思南路转弯。宋老师说，班里同学叫沪生"腻先生"，是啥意思。沪生不响。宋老师说，讲呀。沪生说，不晓得。宋老师说，上海人的称呼，老师真搞不懂。沪生说，斗败的蟋蟀，上海人叫"腻先生"。宋老师不响。沪生说，第二次再斗，一般也是输的不是一般，是输定了。宋老师说，这意思就是，沪生同学，不想再奋斗了。沪生说，是的。宋老师说，太

壹章 25

难听了。沪生说,是黄老师取的。宋老师说,黄老师的爸爸,每年养这种小虫,专门赌博,据说派出所已经挂号了。沪生不响。宋老师说,随随便便,跟同学取绰号,真不应该。沪生说,不要紧的。宋老师说,沪生同学,也就心甘情愿,做失败胆小的小虫了。沪生说,是的。宋老师说,不觉得难为情。沪生说,是的。宋老师说,我觉得难为情。沪生说,不要紧的 20世纪60年代佛系青年沪生。宋老师说,考试开红灯,逃学,心里一点不难过。沪生不响。宋老师说,不要怕失败,要勇敢。沪生不响。宋老师说,答应老师呀。沪生不响。宋老师说,讲呀。沪生说,蟋蟀再勇敢,牙齿再尖,斗到最后,还是输的,要死的,人也是一样 从小三观不正。宋老师叹气说,小家伙,小小年纪,厉害的,想气煞老师,对不对。宋老师一拖沪生说,要认真做功课,听到吧。沪生说,嗯。此刻,两人再不开腔,转到思南路,绿荫笼罩,行人稀少,风也凉爽。然后,迎面见到了阿宝与蓓蒂,这是三人首次见面。当时阿宝六年级,蓓蒂读小学一年级。阿宝招呼宋老师说,亲嬢嬢 吴语,指姑妈、舅妈或婶婶。宋老师说,下课了。阿宝点头介绍说,这是我邻居蓓蒂。宋老师说,跟我去思南路,去看爷爷。阿宝说,我不去了。宋老师说,坐坐就走嘛。阿宝不响。宋老师说,这是我学生沪生。宋老师拉拉沪生,两人相看一眼,走进思南路一幢三开间大宅,汽车间停一部黑奥斯丁轿车。○○○○○这幢房子三代同堂,住了阿宝的祖父及叔伯两家,新搬来的嬢嬢,就是宋老师,随丈夫黄和礼调回上海,暂居二楼房间。大家进客厅。楼梯上三四个少年男女,冷冷看下来,目光警惕,一言不发。阿宝与祖父聊了几句。蓓蒂对沪生说,我喜欢蝴

○ Since1905年的英国老牌经济型轿车。奥斯汀Seven热销全球近20年,英国的T型车。2005年宣布破产,中国南汽集团以5000万英镑购得母公司罗孚汽车公司及发动机分部。如今在横店或车墩这类影视基地或可见。

蝶,沪生喜欢啥。沪生说,我嘛,我想不出来。随后,宋老师拉了沪生,到花园旁的工人房_{当时叫用人间。"工人房"是后来从香港传入的},里面有八仙桌,凳子。沪生开始写字。过不多久,阿宝与蓓蒂进来。蓓蒂说,沪生喜欢啥。沪生说,喜欢写字。蓓蒂轻声说,我讨厌写字。阿宝说,宋老师会不会上课呀。沪生不响。蓓蒂说,我叫蓓蒂,我讨厌做算术。沪生笑笑。

几个月后的一天,沪生路遇阿宝与蓓蒂,三人才算正式交往。阿宝喜欢看电影,蓓蒂喜欢收集电影说明书_{彼时一页电影说明书,相当于1980年代的一本《大众电影》},沪生不怕排队。有天早上,沪生去买票,国泰电影院预售新片《摩雅傣》_{○上海海燕电影制片厂1960年出品,汉族演员秦怡、康泰分别饰傣族男女恋人。},队伍延伸到锦江饭店一侧过街走廊。沪生手拿蜡纸包装的鸡蛋方面包_{当年上海出售的唯一的廉价面包,包装纸上印有貌似头戴游泳帽的女泳手},排到一个同龄学生后面。此人叫小毛,肩膀结实_{相当于"骨骼清奇"},低头看一本《彭公案》_{·初刊于光绪年的长篇公案小说,二十四卷一百回,作者贪梦道人。"彭不成文"——民间却流传极广,曾催生多部京剧连台本戏,常见折子戏如武丑戏《杨香武三盗九龙杯》。"原型为康熙年间褚公"原型为莆田人彭鹏,在江湖豪侠的帮助下,惩治贪官恶霸、绿林草寇,与其说是青天大老爷断案,实则是江湖恩怨甚至怪力乱神。鲁迅《中国小说史略》:"近代有袁阔成评书,对小毛后来读此书,少年读此书,对小毛后来性格命运应有所影响,读者不可不察。}。沪生搭讪说,几点开始卖。小毛说,现在几点钟。沪生不响。有手表的人不多_{现在也是},沪生离开队伍,到前面问了钟头,回来说,七点三刻。小毛说,这种电影,只有女人欢喜_{从小就懂女人}。沪生说,每人限买四张。小毛说,我买两张。沪生说,我买六张,缺两张。小毛不响。过街长廊全部是人,沪生无聊。小毛此刻转过身来,指书中一段让沪生看,是繁体字,樸刀李俊,滚了

壹章 27

马石宝，泥金刚贾信，悶棍手方回，满天飞江立，就地滚江顺，快斧子黑雄，摇头狮子张丙，一盏灯胡冲。沪生说，这像《水浒》。小毛说，古代人，遍地豪杰。沪生说，比较啰嗦，正规大将军打仗，旗帜上简单一个字，曹操是"曹"，关公是"關"同龄人读旧书也是两种格调。两人攀谈几句，互通姓名，就算认得。队伍动起来，小毛卷了书，塞进裤袋说，我买两张够了。沪生说，另外两张代我买。小毛答应。两人吃了面包，买到票，一同朝北，走到长乐路十字路口，也就分手。路对面，是几十年以后的高档铺面，迪生商厦，此刻，只是一间水泥立体停车库，一部"友谊牌"淡蓝色大客车，从车库开出。沪生说，专门接待高级外宾，全上海两部应是东欧货。两人立定欣赏。小毛家住沪西大自鸣钟，沪生已随父母，搬到石门路拉德公寓，双方互留地址，告别。沪生买了六张票，父母，哥哥沪民共三张，另三张，准备与阿宝、蓓蒂去看。沪生招招手，走过兰心大戏院大幅《第十二夜》莎士比亚5幕浪漫喜剧话剧海报，朝北离开。长乐路、茂名路、思南路、石门二路和大自鸣钟，看似不过地名和路名，但在从前"上海社会等级地理学"里被严格区分为"上只角"和"下只角"。若二度细分之，其实石门二路和大自鸣钟，各自皆有微妙险峻之处，大自鸣钟地区分两面，南面勉强可称"上只角"和"下只角"之过渡区或接合部；北面是确凿的"下只角"。石门二路险情类同，石门一路则无虞。

○在茂名路长乐路口西侧。潘迪生，香港1990年代奢侈品大亨，外号"名牌王"，第二任妻子系著名功夫片女打星杨紫琼。

△建于1932年，Carter Apts，art-deco风格，红砖白墙，因位于卡德路即石门二路而得名。楼下曾有凯司令食品厂。

○○○○该地域原指长寿路西康路口"川村纪念碑"（高十五米，顶有四面钟，十五分钟报时，据说曾起到了提醒工人上班之作用）。1958年拆除，至今仍是老派市民指称的口头方位名。

28 繁花〔批注本〕

叁

小毛两张票,是代二楼的新娘子银凤所买,新倌人〔新郎倌〕海德,远洋轮船公司船员〔当年算是一份好工作,相当于1980年代初做了空姐〕,小夫妻看了这场电影,海德要出海大半年〔明知如此,偏要一道看那种电影,自作孽〕。小毛穿过长乐路凡尔登花园〔1929年建成之花园洋房街区,现名长乐村〕,一路东张西望,看不到沪生所讲,有一个长须飘飘的老公公,有名画家丰子恺。走出陕西路弄口,右手边,就是24路车站,这是沪生指点的路线。小毛满足,也因为第一次吃到面包,等电车到达长寿路,小毛下来,眼看电车继续朝北,像面包一样离开,带走奶油香草气味。附近就是草鞋浜,此地一直往北,西面药水弄,终点站靠苏州河,这是小毛熟悉的地盘〔从上只角回到下只角。一辆编号为24的车在穿梭摆渡〕。前一日,小毛已来附近小摊,买了香烟牌子,以前老式香烟里,附有一种广告花牌,一牌一图,可以成套收集,可以赌输赢,香烟厂国营之后,牌子取消〔香烟凭票供应,用不着推销了〕,小摊专卖仿品,16K一大张,内含三十小张。斗牌方式,甲小图的香烟牌子,正面贴地,乙小图高举一张牌,拍于甲牌旁边地面,上海话叫"刮香烟牌子",借助气流力道,刮下去,如果刮得旁边甲牌翻身,正面朝上,归乙方所有,这个过程,甲牌必须平贴,贴到天衣无缝地步,避免翻身,乙牌要微微弯曲,以便裹挟更多气流,更有力道,因此上海

○凡尔登花园93号,画家丰子恺1954年入住,后花6000元买下,直至1975年9月25日去世。

▲原上棉一厂以北,1907年英商迁入江苏药水厂生产浓酸,得名药水弄,叫引大批苏北农民搭棚而居,抗战初闸北虹口又迁入大批难民令人口激增,成为沪西『三湾一弄』棚户区。

△靠近苏州河的西康路、澳门路地带,因原有小浜,居民多以编织草鞋业而得名,陋屋密集,污秽不堪,1996年改建为长寿公园和住宅区。

●多年后上海街头日系MPV商务车,就被称为『面包车』。○一说系Minibus读音近似『面包』之故。

壹章 29

弄堂小囡手里,一叠香烟牌子,抽出抽进,不断拗弯,抚平,反反复复,橡皮筋捆扎,裤袋里又有橄榄核等等硬物,极易损耗。小毛买的一大张,水浒一百单八将系列,某个阶段,天魁星呼保义宋江多一张,天暴星两头蛇解珍,地遂星通臂猿侯健,一直缺少,准备凑齐了,再做打算。某些人物一直缺货,乃发行商吊胃口,故意为之。西康路底,是一座人行便桥,河对面,上粮仓库码头,日常有囤满米麦,<u>六谷粉</u> 即玉米粉,并不含六种谷物,"三年困难"时期通常混在面粉里充数 的驳船停靠,据说有几船装满了精白面粉,专做奶油方面包。近来粮食紧张,每次驳船一到,两岸男女船民,立刻就朝码头铁吊脚下奔,铁吊是一只凤凰,信号明显,船民专事收集粮食屑粒,麦,豆,六谷粉,随身一柄小笤帚,报纸贴地铺开,等于是小鸟,吊机凤凰一动,百鸟朝拜,纠察一喊,大家飞开,又围拢。理发店王师傅讲苏北话说 上海理发店向来是苏北帮天下,剃头刀属"扬州三把刀"之一,扫下来的六谷粉,细心抖一抖,沙泥沉下去,加点葱花,就可以摊饼子,花一点功夫,没得关系,功夫不用钞票买,有的是。小毛娘讲,是呀,人的肚肠,等于橡皮筋,可以粗,可以细,可以拉长,缩短 如今可以手术切胃或扎胃,当年东洋人,封锁药水弄,草鞋浜关进苏北难民,饿得两眼发绿,人人去刮面粉厂的地脚麸皮,等于吃烂泥,也有人,去吃苏州河边的牛舌头草 中医认为有清热解毒之功效,每天毒煞人,饿煞人。王师傅说,嗯哪,可怜哪,不得命喽,封锁半个号头(月),每天十多个人翘辫子,收尸车子,天天拖死人。小毛娘说,现在又困难了,不要紧,我笃定泰山,买了大号<u>钢钟锅子</u> 铝材,或名钢精,节省粮票,每天用黄糙米

○上海史志::8月13日军攻入华界,大批难民逃至租界边缘拥塞药水弄,形成上海最大的难民棚户区。太平洋战争爆发后,日军全面占领上海,1942年3月5日下午5时许,日军称3名日本人在普陀草鞋浜路遭遇伏击,指"恐怖分子很可能就藏匿在药水弄",布置多道封锁(转下页)

（接上页）线，禁止一切车辆轮渡通行，复以清查户口名义搜捕『恐怖分子』进入药水弄，先后捕20余人。食物、药品等生活必需品被禁止送入封锁区。弄内垃圾堆积，粪污满地，秽气蔓延，疾病流行。普善山庄的收尸车每次都要运走尸体二三十具。据当年该地区总联保长朱启桢供称，药水弄在15天的封锁期内，饿死、病死以及被日军打死的约有200人。

烧粥，大家多吃几碗。王师傅不响。形势如此，大自鸣钟弄堂里，除了资产阶级甫师太，家家户户吃粥，吃山芋粉六谷粉烧的面糊涂。小毛家住三层阁，五斗橱上方，贴有一张冒金光的领袖像。全家就餐之前，小毛娘手一举说，慢，烫粥费小菜，冷一冷再吃。*想是因为烫，主食吃得慢导致执箸旁落之故。*大家不响。小毛娘移步到五斗橱前面，双手相握，轻声祷告道，我拜求领袖，听我声音，有人讲，烧了三年薄粥，我可以买一只牛，这是瞎话，我不是财迷，现在我肚皮饿，不让别人看出我饿，领袖看得见，必会报答，请领袖搭救我，让我眼目光明。大家不响。然后，小毛娘坐定，全家吃粥。

小毛家底楼，是弄堂理发店，店堂狭长，左面为过道，右面一排五只老式理发椅*多为美国货，老式理发店最重的固定资产*，时常坐满客人。小毛踏进店堂，香肥皂的熟悉气味，爽身粉，金钢钻牌发蜡气味，围拢上来。*应为『金刚钴发膏』，洋铁皮盒装，两侧有对联曰：『保护头发，油润光亮』。上海家化公司老牌子，2014年底停产，近年又见之广电商，易名为『全钢钻』。也用来护肤。油光可鉴，浓香袭人。*无线电放《盘夫索夫》*• 1918年首演于上海的越剧『骨子老戏』，也有评弹。剧情：嘉靖年间曾荣之父为严嵩所害，被严党鄢懋卿收为义子，曾荣借欲取严党之女严兰贞成婚之机，欲回严家做证，却误入兰贞房中不能脱身，一娘员引索夫出见，夫深夜不归，引起争端，婉员平息风波。故事纯属虚构。*，之后是江淮戏，一更更儿里嗳呀喂，明月啦个照花台，卖油郎坐青楼，观看啦个女裙钗，我看她，本是个，良户人家的女子嗳嗳嗳嗳。*扬州小调《卖油郎·叹五更》。*王师傅见小毛进来，讲苏北话说，家来啦。小毛说，嗯。王师傅拉过一块毛巾说，来吵，揩下子鬼脸。小毛过去，让王师傅揩了面孔。王师傅调节电

壹章　31

刨，顺了客人后颈，慢慢朝上推。李师傅讲苏北话说，小毛，煤球炉灭掉了，去泡两瓶"温津"好吧。小毛拎两只竹壳瓶，去隔壁老虎灶〔旧时的开水专卖店，北方叫做"茶炉"〕。理发店里，开水叫"温津"，凳子，叫"摆身子"，肥皂叫"发滑"，面盆，张师傅叫"月亮"，为女人打辫子，叫"抽条子"，挖耳朵叫"扳井"，挖耳家伙，就叫"小青家伙"，剃刀叫"青锋"，剃刀布叫"起锋"。记得有一天，小毛泡了三瓶热水进来，张师傅讲苏北话说，小毛过来。小毛不响。李师傅绞一把"来子"，就是热手巾，焐紧客人面孔，预备修面。张师傅说，小毛来吵。小毛说，做啥。张师傅说，过来，来。张师傅为一个福相女人〔北方话叫富态，并无为肥胖者隐的意思〕剪头。小毛走近说，做啥。福相女人座位一动，慢吞吞说，小毛。张师傅低声说，好事情来喽。福相女人说，小毛来。小毛一看，是弄堂里甫师太。小毛说，师太。甫师太讲一口苏白，小毛，阿会乘24路电车〔刚学会〕。小毛说，师太做啥。师太压低喉咙，一字一句说，明早六点半，帮我乘24路，到断命的"红房子"跑一趟，阿好。小毛不响。甫师太说，不亏待小毛，一早帮忙排队，领两张断命的就餐券〔物资紧张，凭票供应〕。张师傅说，大礼拜天，又没得事，去跑一趟。师太说，师太明朝，要去断命的"红房子"吃中饭，现在断命的社会，吃顿饭，一大早先要到饭店门口排队，先要领到断命的就餐券，领不到断命的券，断命的我就吃不到饭，真真作孽。小毛说，师太要吃西餐，让我先排队。师太说，是呀，乖囡。小毛说，我先跟姆妈讲。张师傅嚓嚓嚓剪头发说，讲什

○这种喷了"双妹牌"花露水的热"来子"，一把焐个满面，顿时就有"八万毛孔尽张开"之大舒服。常规是一客六条。已成绝响。

○金庸有峨眉派第三代掌门"绝命师太"，《繁花》有大自鸣钟弄堂"灭绝师太"，从餐厅、餐券，到社会乃至自家，统统"断命"，作孽作孽。

• 著名本帮法式西餐厅。彼时西餐主配料基本断绝，遂山寨之，比如传统法国菜"焗蜗牛"一度改成"焗螺蛳"。餐厅现迁淮海中路。

呢讲 什呢,"呢"字发音若"妮",苏北话"什么"之意,做人,就要活络。师太说,可以瞎讲,就瞎讲,师太我呢,付乖囡辛苦钞票,一块整,阿好,加上来回车钿,两张七分,就算一只角子,一块一角 还克扣四分,阶级本性大暴露,乖囡,买点甜的咸的吃吃,阿好。张师傅停下来说,爸爸妈妈,做早班,早早就走了,不晓得滴。小毛说,人多吧。师太说,七点钟去排队,断命的,大概十个人样子,每人领两张,师太十点半,到饭店门口来拿,一定要等我,阿好。小毛说,好的。师太说,老少无欺,小毛现在,先拿五只角子定金。白布单子窸窸窣窣,师太拿出一张五角钞票。小毛接过说,好呀。王师傅说,乖乖隆地咚,韭菜炒大葱 扬州口头禅,等于今天"厉害了"的意思,我妈妈呀。小毛说,做啥。王师傅说,不得命了,发财了,小毛,发足势盈了 北方话:赚大发了,我家的小子,整整一个礼拜,我只把一分钱的零花。小毛,帮师傅生下子煤球炉子。小毛五角落袋,抓了报纸,蒲扇,拎煤炉走到后门外面,忍不住唱了流行小调:

○ 吴语方言合成字,"不要"的意思。初见于小说《海上花列传》。

```
1=C 4/4   3.  1 2  3 2 | 1 2  3 6  5  - |
          酱   油 蘸  鸡 嚛   萝 卜  笃 蹄  髈    呀
         (米   多 来  米 来   多 来  米 啦 少    呀)

          1 1  1 6  1.  | 1  2 2  2  2  |
          芹 菜 炒 肉  丝     嚛  凤  鳗  鲞
         (多 多 多 啦  多     多  来  来  来)

          3.  1 2  3 2 | 1 2  3 6  5  - |
          红   烧 排  骨 嚛   红 烧  狮 子  头    呀
         (米   多 来  米 来   多 来  米 啦 少    呀)

          1 1  1 6  1.  | 2  2 2  2  -  ‖
          韭 菜 炒 蛋  嚛     两  面  黄 (上海煎面)
         (多 多 多 啦  多     来  来  来)
```

壹章 33

二楼爷叔探出窗口说,小毛,我讲过多少遍了,此地不许生煤炉,拎得远一点好吧。小毛不响。听到二楼娘子问,做啥。爷叔说,这帮剃头乌龟 旧时上海人对理发师之蔑称,厨师叫"饭乌龟",赤佬 吴语骂人话,等于北方话傻×,最最垃圾,专门利用笨小图做事体。二楼娘子说,啊呀呀呀,有啥多讲的,多管闲事多吃屁 下一句是"少管闲事少拉稀",后三字上海话发音若"扫垃圾"。小毛拎起煤球炉。楼上窗口探出二楼娘子银盆面孔,糯声说,小毛呀,唱得真好,唱得阿姨,馋唾水也出来了,馋痨虫爬出来了,全部是,年夜饭的好小菜嘛,两冷盆,四热炒,一砂锅,一点心。赞。

○(见上页)上海童谣,有各区版本,菜名或多出"八宝辣酱""红烧排骨""糖醋小排",还有的多出"喷喷喷"三声。○风鳗鲞,海鳗晒干蒸食,"两面黄"是煎面加浇头,"对非吴语区读者来说,'笃'字既是拟声词,又做汤水微微沸腾之动词。粤语读起来最像,如'文火慢炖','笃'是齿尖音,短促有力。多说几次,就感觉锅中固体物乃是被这个声波'击熟''击烂'。发音一旦靠后,便不像一口正在冒泡的砂锅,而是苏州河上'嘟嘟嘟'的小驳船了。

肆

阿宝有个哥哥去了香港,是自小送了人,基本无来往。但有一天,阿宝意外接到哥哥来信,钢笔繁体字,问候阿宝,称已经读大学。内附一张近照,一份歌剧女王卡拉斯的剪报。看信明白,这是哥哥第九封信。如果此信是父母接到,阿宝仍旧一无所知。哥哥的照片,蓓蒂看得十分仔细。蓓蒂说,香港哥哥,不是我将来喜欢的相貌。阿宝说,为啥。蓓蒂说,将来我可以喜欢男人,现在不可以 应是绍兴阿婆的私房教诲。阿宝笑笑。蓓蒂说,香港哥哥有心事。阿宝说,我看不出来。蓓蒂

○1951—1957是减肥成功的玛丽亚·卡拉斯之全盛期,进入1960年代开始走下坡路,剪报内容或为1965年3月19日重返大都会演出《托斯卡》,或是和希腊船王的后期绯闻。

说，淑婉姐姐，也有卡拉斯新唱片。阿宝不响。淑婉是弄堂里的资产阶级小姐，时称"社会青年"无单位、无就学或无就业之"三无"状态，与今之"社会人"略不同，高中毕业后，上大学难因为出身，极少出门，有时请了男女同学，听音乐，跳舞。每次得悉这类活动，蓓蒂去看热闹。这天下午，两个人到了淑婉家，发现卡拉斯剪报上的剧照，与淑婉的唱片封套一样。淑婉说，香港好，真好呀。阿宝不响。房间里窗帘紧闭，留声机传出《卡門》丝绒一样的歌声，啦莫，啦莫，啦莫，啦莫，啦啊莫，啦啊莫，回荡于昏暗房间。蓓蒂走来走去，转了一圈。淑婉说，女中音，女中音，现在上升，一直上升，升到高音，转花腔。阿宝不响。淑婉放

○应是EMI百代1964年发行的卡拉斯《卡門》豪华精装版。于1964年7月巴黎Wagram大厅录制，EMI百代历史上为一位艺术家打破原有唱片编号系列而设置的唯一唱片编号者。

● 彼时香港正处在经济起飞前的"滑行状态"，薪资水平和人均GDP虽低，但生活水平稳步上升，尤其制造、外贸、金融以及地产行业，正如1970年代的爆发暗藏蓄能，总人口急速膨胀，汽车和广告牌开始占领街头，石屎森林在柴湾兴建了他的第二幢工业大厦；1961年成龙赴港并进入中国戏剧学院习舞台化妆表演技巧，艺名元楼；1962年周星驰出生；1963年王家卫随父母由上海初抵香港；梁朝伟出生；1965年刘嘉玲刚在苏州出生；最红女明星是邵氏旗下的李丽华、林黛以及庸梦中情人，生于上海的夏梦；1965年，香港迎来了1960年代第一场股灾；1966年张国荣刚满10岁；刘德华才过5岁生日；1966年12月24日，黎明在北京西四大街羊肉胡同见到了生命中的第一个黎明，彼时始见"长城"、"凤凰"和"新联"等香港左派电影公司，北京、上海等地一有限度公映共古装或时装片，直到1966年止。淑婉对香港的印象，除了书信和邮包，部分有可能来自上述影片里的浮光掠影；

△ L'amour，法语"爱情"。卡拉斯10岁就能演唱比才歌剧《卡門》里最有名的咏叹调。

▲ 这一段Habanera，历来是歌者必争之地。卡拉斯中声区天生结实，演绎充满戏剧张力。专业乐评指出"卡拉斯多次放弃声音的流畅使用砸喉头的方式进行真假声转换……完美表现了卡門的人设"。那种"粗粝的带刺的特质"。

● "笑傲江湖"《侠客行》《倚天屠龙记》《鸳鸯刀》 ○ 从1950年代到1960年代，为支撑金庸1960—1967年，金庸对香港的印象，除了书信
《飞狐外传》《连城诀》《天龙八部》《白马啸西

壹章 35

了信，仔细看阿宝哥哥的照片。淑婉说，香港哥哥，沉思的眼神。蓓蒂说，卡拉斯，是公主殿下吧〔公主病又犯了，不过卡拉斯的确算是EMI的公主〕。淑婉说，气质是葛里高利·派克的赫本，电影我了三遍，每次想哭〔说的应是《罗马假日》，葛、赫搭档的片子，淑婉应该也只看过这一部○也是公主病，可以同病相怜〕。阿宝不响，心为歌声所动，为陌生的亲情激励。淑婉说，香港多好呀，我现在，就算弄到了卡拉斯唱片，还是上海。阿宝不响。淑婉说，我这批朋友，像是样样全懂，样样有，吃得好，穿得好，脚踏车牌子，不是"三枪"，就是"兰苓"，听进口唱片，外方电台〔一般称"敌台"〕，骄傲吧，可以跟外面比吧，跟香港比吧。蓓蒂说，可以吧。淑婉说，差了一只袜筒管〔老上海话"差远了"的奇葩比喻，出处不明〕，哪能可以比呢，上海，已经过时了，僵了，结束了，已经不可以再谈了。阿宝不响。淑婉说，现在只能偷偷摸摸，拉了厚窗帘，轻手轻脚，跳这种闷舞，可以跳群舞吧，可以高兴大叫，开开心心吧，不可能了，大家全部参加，手拉手，人人顿脚，乐队响亮，大家冲进舞场，齐声高唱《滿場飛》，香檳酒起滿場飛，衩光鬢影晃來回，爵士樂聲響，跳了rumba才過癮。嘿。阿宝不响。淑婉说，大家拉手，跳呀，转呀，踏脚响亮，笑得响亮，大家齐声拍手，开心。阿宝不响。淑婉沉默良久说，香港哥哥，有女朋友了。阿宝说，我写信去问。

○三枪、BSA、兰苓Raleigh，皆为英国Raleigh Bicycle.Co自行车厂兰苓自行车厂Raleigh汉兰苓自行车厂Raleigh产品，后有怡和、德商禅臣等厂家将自行车及零件输入上海销售。1950年代开始国产的"凤凰""永久"自行车当时被崇洋媚外者视为"三枪"和"兰苓"山寨货。

·1949年春某美国记者在《上海撤侨》的纪录片里旁白："此时的上海，看上去就像一部没有来得及拍完的电影。"

△黎锦光制作的《满场飞》曾经是百乐门舞厅每晚的谢幕曲：香檳酒气滿場飛，钗光碧晕晃来回对对滿場飛，嘿！你这样乱摆我这样随waltz waltz 乐声响对对滿場飛，嘿！你这样美貌我这样醉waltz waltz 乐声响对对滿場飛，嘿！

（转下页）

淑婉说，我随便问的，如果哥哥来上海，阿宝要告诉我。阿宝说，一定的。淑婉羞涩不响。阿宝说，等哥哥有信来，姐姐要看吧。淑婉不响。蓓蒂走近说，阿宝讲啥。阿宝摸摸蓓蒂的后颈说，出汗了，可以回去了 这是什么烂借口。阿宝立起来。淑婉说，以后经常来。阿宝答应。到了第二天，阿宝爸爸进房间，看见玻璃板下的照片，眉头皱紧说，香港来信了。阿宝

（接上页）据亲历者回忆《满场飞》，"舞池里的人牵手成六至八人一排，就连不会跳的、年长的都纷作壁上观的「摆测字摊」踏着节拍收脚、纷快冲、刹车，同时变化队列，面向反向乐队退场。全体鼓掌欢呼散场。一老时针向前转，直到曲终，按逆舞客说，这场景在北京、天津是没有的"。《春江花月痕》回忆舞厅卖香槟一瓶之价十六元已是三担米之值。"香槟酸酸地淡后说说激情燃烧的1980年天1980、90后听1950、60代，都是天宝遗事。

淡地酒味，其实并不符合于中国人的胃口，惟跳舞既是学自西方的风尚，香槟更被认为是酬品的珍品，而开瓶时的刮然一声，也最能博得全场注目，以虚荣为事的女性以此情此景，应是以为长辈处听来，相当于今龄，不太可能亲历，得最能博意取的欢心。"此情此景，应是从长辈处听来，相当于今

不响。阿宝爸爸说，不许回信，听到吧。阿宝说，嗯。一个月后，哥哥来信，仍旧是钢笔繁体字，阿寶弟弟你好，我看到回信了，非常高興。我現在還沒有拍拖女朋友，將來會的。講到歌劇，義大利文發音豐富，音素是a, e, i, o, u五個母音，十六個輔音，濁音，共鳴的鼻音，雙輔音，塞擦音。上海有義大利 是义，不是意，这种讲究有意义 文補習班嗎？父母大人好嗎？以前聽香港继父說，上海淮海路瑞金路口這一帶，叫"小俄羅斯"，有一家彈子房 台球厅，隔壁是原白俄《柴拉報》社，日占時期照樣出

Г•ЭАРЯ，中文名《霞光报》，亦称《柴拉报》，创刊于1920年哈尔滨道里，创办人白俄流亡者M·C·连比奇。早晚两刊，晨刊《朝霞》，夕刊《晚霞》，连比奇1925年迁居上海，又创办上海《霞光报》1927年，创办天津《霞光报》，终刊于1931年以后转向亲日，终刊于1945年。

报纸，多方交易情报的地方，现在。信看到此，阿宝爸爸一把夺过来，捏成一团，大发雷霆，让阿宝"立壁角" 罚站一个钟头。爸爸脾气一向暴躁，但半个钟头后，也就好了，拉过阿宝，摸摸阿

壹章 37

宝的头说，爸爸心烦，不要跟爸爸寻麻烦。阿宝不响。卡拉斯的剪报，从此夹进一本书里。对于音乐，意大利文，弹子房，阿宝的兴趣不大，每天听蓓蒂弹《布列舞曲》法国舞曲名，克列门蒂《小奏鸣曲》，心里已经烦乱。○ Clementi创作的《C大调小奏鸣曲》，作品36之1，至今仍列通用『钢基』首选教材，蓓蒂当时水准，应相当于今之六级。每到夜里，阿宝爸爸像是做账，其实写申诉材料翻旧账，阿宝每夜经过书房，书桌前，是爸爸写字的背影。爸爸说，阿宝，替爸爸到瑞金路，买瓶"上海"黑啤来。或者讲，到瑞金路香烟店，买一盒"熊猫"烟斗丝都算轻奢。爸爸是曾经的革命青年，看不起金钱地位，与祖父决裂。爸爸认为，只有资产阶级出身的人，是真正的革命者，先于上海活动，后去苏北根据地受训，然后回上海，历经沉浮，等上海解放，高兴几年，立刻审查关押，两年后释放，剥夺一切待遇，安排到杂货公司做会计本事可参见作者非虚构作品《回望》。

有一次，祖父摸摸阿宝的肩膀说摸肩膀了，不是摸头了，不是阿宝高了，就是祖父缩了，爸爸最近好吧。阿宝说，好的。祖父说，一脑子革命，每年只看我一次。阿宝不响。祖父说，当年跟我划清界限，跑出去，断了联系，等于做了洋装瘪三，天天去开会，后来，爬进一只长江轮船，不打一声招呼，就走了。阿宝说，后来呢。祖父说，我以为轧了坏道交了坏朋友，做了"长江弟兄"。阿宝说，啥。祖父说，就是往来长江轮船的强盗，后来据说不对，是去了江北代指红色根据地。阿宝说，后来呢。祖父说，偷偷盘盘，再从江北回来，再做上海洋装瘪三，参加革命嘛，先寻饭碗，每日要吃要睏，哪里是电影里讲的，上面有经费，有安排，全部要靠自家去混，有理想表面光鲜的穷鬼○当年弹词名家吴迪君、赵丽芳《三大亨》有『洋装瘪三，自家烧饭』之语。

38　繁花〔批注本〕

凭回忆者口述所画，1960—2000年上海卢湾区局部（含租界部分路名及其他）。2011年，卢湾区已被黄浦区合并，此名已成历史。

的青年嘛，连吃饭本事学不会，开展啥革命工作呢，因此，肚皮再饿，表面笑眯眯，一身洋装，裤袋里三两只铜板，真是可怜。阿宝不响。祖父说，革命最高理想，就是做情报，做地下党，后来，就蹲日本人监牢了，汪精卫监牢，我带了两瓶"维他命"去"望仙子"。阿宝说，啥。祖父说，就是探监，人已经皮包骨头，出监养了半年，又失踪，去革命了。阿宝说，后来呢。祖父说，后来就跟阿宝姆妈，浙江地主家庭小姐结婚，到香港一年，养出小囡，当场送人，因为啥呢，要革命。阿宝不响。祖父说，我一直看不懂，人呢，还是要住法租界高乃依路，就是现在皋兰路，讲起来，一样是租房子，为啥不蹲"下只角"呢，闸北滚地龙，"番瓜弄"棚户，沪西"三湾一弄"，为啥不做一做码头工人闹罢工呢，革命么，吃啥啤酒，吃啥烟斗丝祖父出身不好，觉悟不高，却能一针见血地指出革命队伍中这种最不受待见的小资情调。阿宝不响。祖父说，吃辛吃苦，革到现在，有啥名分，好处吧，也只是打打普通的白木算盘最高级的是小叶檀木，记两笔草纸肥皂账，心里不平呀。阿宝不响。旁边大伯说，是呀是呀，革命革到头了，分配到革命成果吧，有具体名分，地位吧，两手空空，一点不搭界 没关系。祖父白了大伯一眼说，做大阿哥的，肚皮里有啥货色呢。大伯一呆说，啥。祖父说，当年就算去公司分部，做做"龙头"呢。阿宝说，啥。祖父说，就是账房。大伯不响。祖父说，逐步做上去，慢慢做，做到"总龙头"，做到"头柜"了，等于做主管，也就长见识，出面接待"糯米户头"，"馊饭户头"。阿宝说，啥。大伯说，就是接生意，接待各种客户，好客户，坏客户。祖父说，哼，每天穿得山清水绿，照照镜子，吃吃白相相，房间里摆一套《萬有文庫》，

○王云五先生主编，民国时代最有影响的大型丛书，出版目的"使得任何一个人或者家庭乃至新建的图书馆，都可以通过最经济、最系统（转下页）

壹章　41

（接上页）的方式，方便地建立其基本收藏"，被誉为"在界定和传播知识上最具野心的努力"。家有此书，是当时中产家庭标配。

赚过一分铜钿吧。大伯不响。祖父说，做人，当然要名分，孙中山，华盛顿总统，也要名分。阿宝不响。祖父说，做男人，做事业，真心认真去做，通常就左右为难，做人，有多少尴尬呀 *知子莫如父○"下只角"的小毛娘亦有共识*。阿宝说，嗯。祖父说，不谈了，现在，我也是尴尬戏，尴尬人了，天心不许人意，只要一个疏慢，就有果报。阿宝说，嗯。祖父说，我也就是吃一口老米饭 *吃家底，坐吃山空* 了，我现在，有啥做吧，我无啥可以做了 *若无革命，此二子无非也就是双双顺利成长为标准上海小开两枚。*

以前，多数是下午，车子开到南昌路幼稚园，祖父接了阿宝，出去兜风，到城隍庙吃点心，然后送回来。阿宝娘从来不提。阿宝稍大，有时去思南路，祖孙讲讲闲话。祖父已经老了，原有几家大厂，公私合营，无啥可做，等于做寓公，出头露面，比如工商联开会学习，让大伯出面。每月有定息，一大家子开销，根本用不完 *无需扩大再生产了*。祖父唯一的作用，是掌握银箱，只有这块小地方，可以保存原样，祖父捏紧钥匙，开开关关 *好笔*。近几年食品紧张，表面上响应计划配给政策，按月使用票证，买来黑面粉、六谷粉、山芋，让大脚娘姨烧一锅菜粥，南瓜面疙瘩汤，摆一种姿势。两个伯母，轮流用煤气烤箱，每一只铁皮小盒子，摆一个面团，涂一层蛋黄，做小面包，匀洒糖霜，照样做纯蛋糕，烤鸡胸肉，咖喱卷，培根煎鸡蛋，自做"清色拉" *即土豆色拉*。这幢大房子，每周消耗鸡鸭鱼肉蛋品等等，是黑市最紧俏物资。海外亲戚，不间断邮寄食品到上海，邮局全部检查，经常扣留

○1953年实行全行业"公私合营"，国家付给资方的利息大体占私企盈余的四分之一，后被锁定为年息五厘。1966年后取消，转为全民所有制的国企。

超额部分，但十磅装富强粉，通心粉，茄汁肉酱，听装猪油，白脱 butter，牛油，咖啡，可可，炼乳，基本可以收到。上海普及电视，约1980年前后，电视开播时间为1958年，起初全市，只有三百多台电视机。1960年，思南路客厅里，已有一台苏联电子管电视机，一次有了故障，上门维修的青年，留短髭，梳飞机头，小裤脚管 标准阿飞打扮。祖父付了钞票，青年接过，分两叠，塞进前后裤袋，因此裤子更瘦 讲究。阿宝身边，玉立亭亭的几个堂姐姐，矜持好奇。青年讲了调频方式，拿出一张纸条，对堂姐说，以后有啥情况，请打电话来，再会 干脆利索。当时只有一个电视频道，基本与电影档期同步，"国泰"，"淮海"头轮影院海报出来不久，电视也开始播。有天吃了夜饭，阿宝推说去同学房间温课，溜进思南路，电视机面前，只是祖父一人。阿宝看看四周。祖父说，刚刚我发了脾气，全家不许看电视 最高级惩罚，相当于后来的不许上网，强制戒网瘾。客厅空阔，每扇门背后，像有人细听。原来这天，大伯与叔叔两家，各买了一架落地十四灯收音机，可以听国际节目。嬢嬢晓得后，告诉了祖父。伯叔两家，大大小小轮番说情，祖父坚持退货 还真不全是钱的问题。嬢嬢搬回思南路，矛盾已经不少，伯叔两家，本就为房间多少，家具好坏不和，突然搬进一个多余的妹妹，大伯让出一间让嬢嬢住，表面客气，心里讨厌。祖父说，资产阶级，确

○"灯"即电子管，数量多寡与功率成正比，一般是三灯或六灯，十四灯功率超大，还落地，价格超贵，相当于清酒里的十四代。

• 参见布罗茨基《战利品·西东合集》一文，十二岁时从父亲那里得到一个飞利浦短波收音机，"让我欣喜若狂。它能收到世界各地的电台，从哥本哈根到苏腊巴亚！"'透过收音机阴极管微光，在由焊点、电阻和阴极管（这些东西像言一样难以理解，在不断生成新的意义）构成的男中低音歌手威利斯·考诺沃！『收音机的内部，在我看来，永远像一座夜间的城市，到处都是斑斓的灯火。"

"这里有美国之音的"爵士乐时间"，其音乐主持人——世界上嗓音最浑厚的男中低音歌手威利斯·考诺沃！'透过收音机阴极管闪烁的孔洞，背面那六个对称的

壹章 43

实不像样,我如果早死,思南路,也就是吃光,败光了。阿宝不响。此刻电视里,黑白帷幕一动,走出一个三七分头,灰哔叽长衫的青年,笑了一笑,讲一口标准上海话,上海电视台,上海电视台,现在开始播送节目,现在开始播送节目,今朝夜里厢的节目是。

· 此人应是赵文龙,1960年7月从上海广播艺术团考入上海人民广播电台,同年调入上海电视台,接替沈西艾成为专职男播音员。已过世。

○ Serge,精梳毛纱素色斜纹织物,质地厚软,悬垂性好,多为黑色和藏青色。

二　章

一

早春的一夜，汪小姐与宏庆，吃了夜饭，闷坐不响 此时不响，是真不响。汪小姐说，我这种枯燥生活，还有啥味道。宏庆说，又来了。汪小姐说，讲起来，我有小囡，等于是白板。宏庆不耐烦说，已经跟我娘讲了，小囡，可以搬回来住。汪小姐说，算了吧，还会亲吧 估计小孩是长期交给公婆带大，现在住回来，做娘的感觉就生分了，我预备再养 是生一个的意思，不是领养，更非包养 一个。宏庆说，不可能的。汪小姐说，我要养。宏庆说，如果超生，我开除公职。汪小姐说，结婚到现在，别人就想轧姘头，我只想养小囡 不响则已，响必隽语。宏庆打断说，乡下表舅，要我去踏青，一道去散散心吧。汪小姐不响。宏庆说，风景好，房子大，可吃可住。汪小姐说，是两个人去。宏庆说，两人世界嘛。汪小姐说，我想三人世界，有吧。宏庆不响。汪小姐说，去这种乡下穷地方，我又不谈恋爱，总要热闹一点，让我笑笑吧。宏庆说，要么，再请康总夫妇，四个人，打牌对天门。汪小姐想了想说，康总是不错的，康太比较粘，开口就是老公长老公短，比较讨厌。宏庆说，要么，叫李李去。汪小姐说，开饭店，等于坐牢监，跑不开的，再讲，李李眼界高，门槛精 上海话，精于算计，这种穷地方，小活动，算了。宏庆说，要么，叫梅瑞夫妻一道去。汪小姐哼一声说，两对夫妻去春游，白板对煞，有啥意思呢，我总要透一口气吧。宏庆不响。汪小姐说，梅瑞的婚姻，我看是不妙了，每次接到老公电话，死样怪气，眉心几道皱纹，以前只要一见阿宝，这块皮肤，立刻滴滴滑 春夜枯坐，奈何隽语迭出。宏庆说，看女人的心思，原来是看这块地方。汪小姐说，外面有女人了。宏庆说，瞎讲啥呢，我是听康总讲，女人的眉毛，是逆，还是顺，代表夜里是热，还是冷 相术：女人眉毛逆生，主克夫。汪小姐笑笑说，康总真厉害，好，这就讲定了，请康总，梅瑞去。宏庆说，啥，我一对夫妻，加两个已婚男女，这个 宏庆未尽之言：「这个就好像抓了一手牌，一个对子外带两张散牌」。汪小姐说，还讲夫妻，我小囡已经白养了。宏庆不响。汪小姐说，康总跟梅瑞去了，两个人眼睛看来看去，大概有好戏看了，我可以笑笑 嗯，不亵则不能使人欢笑。宏庆说，老婆思路比较怪，康总为人稳重，梅瑞是有夫之妇，为啥非要搞到一道，弄出麻烦事体来。汪小姐说，以前，梅瑞抢了我生意，我不爽到现在了，如果再请阿宝梅瑞，成双做对出去春游，我除非雷锋。宏庆说，真复杂。汪小姐说，就这样定了。宏庆说，好吧好吧，我一向就是，上班听组织，下班听老婆。汪小姐笑说，屁话少讲，对了，我喜欢别人称呼汪小姐，这次出去，宏庆要这样称呼我。宏庆不响。汪小姐说，改了口，我就年轻了 论名分的重要性。

○麻将术语，四只白板同时被两人分持，碰不出，闷死。又可比情敌狭路相逢，尤其双方都是小白脸。

•"眉心"，相学上称『印堂』『命宫』之紫气星，即麻衣神相六曜之『滑』状态。○宏庆若瞄一眼汪小姐眉心，估计会腾下一凉。以后，汪小姐会更凶险，让他见识她另一处的皮肤。

最好还是保持在『滴滴滑』纹称双网纹，一针为斩，主一生荣枯。故这块皮肤，皆凶。上克父母，下克妻儿；三条称川字纹，针纵纹，一针面相十二宫之紫气星，若有剑若有斩。

二

这一日江南晓寒，迷蒙细雨，湿云四集。等大家上了火车，天色逐渐好转。康总说，春游，等于一块起司蛋糕，味道浓，可以慢慢吃，尤其坐慢车，最佳选择。宏庆说，人少，时间慢，窗外风景慢，心情适意。康总说，春天短，蛋糕小，层次多，味道厚，因此慢慢看，慢慢抿。梅瑞笑笑。车厢空寂，四人坐定，聚会搞活动，往往使人漂亮，有精神。宏庆与康总熟悉，汪小姐与梅瑞，本是同事，一样擅长交际，一讲就笑，四目有情。火车过了嘉兴，继续慢行，窗外，似开未开的油菜花，黄中见青，稻田生青，柳枝也是青青，曼语细说之间，风景永恒不动。春带愁来，春归何处，春使人平静，也叫人如何平静。两小时后，火车到达余杭，四人下来，转坐汽车，经崇福，石门，到达双林古镇。按计划，先去菜场。这个阶段，气氛已经活络，人人解囊，汪小姐买土鸡。宏庆买塔菜，河虾，春笋，春韭。康总买了酒，等摊主劈开花鲢头，身边的梅瑞，已经拎了鸡蛋，鳝筒，葱姜，粉皮，双林豆干，水芹两把。一切默契非常。然后，雇一条机器农船，两条长凳并排，闹盈盈坐个稳当，机器一响，船进入太湖支流。小舸载酒，一水皆香，水路宽狭变幻，波粼茫茫，两岸的白草苇叶，靠得远近，滑过梅瑞胸口，轻绡雾縠一般。

四人抬头举目,山色如娥,水光如颊,无尽桑田,藕塘,少有人声,只是小凤 此风略邪,偶然听到水鸟拍翅,无语之中,朝定一个桃花源一样的去处,进发。

○语出袁宏道《初至西湖记》:"茶毕,即棹小舟入湖。山色如娥,花光如颊,温风如酒,波纹如绫;才一举头,已不觉目酣神醉。"

　　大概三刻钟的样子,船到了林墅。眼前出现一座寂寞乡村,阴冷潮湿 渐入困境。河桥头几个闲人,一只野狗 有丰子恺画意。宏庆的表舅,水边已等候多时。四个人,大包小包下船,跟紧表舅,曲曲弯弯,房前屋后绕来绕去走路,引入一户院落。大家先一吓,三开间,两层老屋,门前对联是,只求问心无愧,何须门上有神,字纸已经发白 不是当年新贴,窗扇破落,庭院里,堆满乱七八糟的桌,椅,茶几半成品,犬牙交错,风吹雨淋多年。表舅说,两年前,我做木器生意,发一笔小财,最后,蚀尽了老本。宏庆说,还有这种事体。表舅说,这批赤膊木器 未上清漆和大漆,看上去龌龊,样式还好,各位上海朋友,先帮我看看,如果有去路,表舅我也少一点损失。汪小姐说,啊。大家不响。表舅说,不必客气,要是欢喜,大家拣个几样,带回上海。宏庆摇手说,不要。大家说,不要不要。表舅爬到木器堆里翻动说,看看是讨厌,如果用砂皮一砂,混水油漆,搨个几趟,上光打蜡,也就是铮亮。康总说,是的,买块香肥皂,咯吱咯吱擦一擦 鲁迅小说《肥皂》:"你只要去买两块肥皂来,咯吱咯吱遍身洗一遍,好得很哩!"。梅瑞看了康总一眼。汪小姐背过身,用力咳嗽一声,表舅停了手。宏庆说,下来呀。表舅惊醒说,啊呀,对了,大家先请进去坐。四个衣着光鲜男女,面对破败景象,难免失望。康总低声对梅瑞说,我刚刚买了小菜老酒,笑容满面,谈得开心,等于吃了喜酒,我一脚踏进火葬场。梅瑞说,我等于桑拿房里出来,跌到铁皮抽屉里速冻,前心贴后背,浑身发冷 要不要唱一段《四郎探母》啊。表舅说,各位进来坐。大家走进客堂灶间,心情稍好,内景是颜文梁《厨房》样式,表舅妈靠紧灶前落馄饨,一座江南风格双眼灶,中有汤罐,后烧桑柴,上供灶君牌位,两面贴对联,细描吉利图案,近窗是条桌,碗柜,自来水槽,梁上挂竹篮,风鸡风鱼冬季宰杀后风干,可久贮至开春。大家到八仙桌前落座,表舅妈敬上四碗荠菜肉馄饨。四人闷头吃。表舅说,生意蚀了本,我基本就到镇里落脚了,这次各位上海客人要来,我打扫了一天。汪小姐停咬馄饨"咬"字蹊跷,貌似小心翼翼或难以下咽状,朝宏庆白了一眼。表舅说,等到夜里,麻烦宏庆烧小菜,让大家吃吃谈谈,我跟舅妈,也就先回去了。大家不响。表舅说,楼上备了两大间,枕被齐全,每间一只大床,一门关紧,两对小夫妻,刚巧正好。表舅这句出口,有两个人手里的调羹,哐啷一响落到碗里这一声非同凡响:其一表示四人碗里已空;其二,各自心中有鬼。

宏庆忽然笑了忽做"忽然"二字,表示之前出现过短暂冷场。汪小姐说,十三点,有啥开心的。宏庆说,笑笑不可以啊。康总说,馄饨里有笑药吧冷。梅瑞说,馄饨味道确实好属她最会聊。汪小姐说,表娘舅,放心好了,两位尽管回去。表舅拿出一副旧麻将。康总一见大愕说,啊呀呀呀,老牌,真正老货。表舅说,1962年,我出了十斤洋番薯土豆,跟一个三代贫农调来三代贫农资格老,可以分到硬货。康总鉴定说,这是一整根老竹做的牌,色面相同,嵌老象牙,铁刻银钩,笔致古朴,大地主的家当。表舅说,眼光真毒,这副牌,是周家的,此地大地主,土改分家产,分到贫农手里,十年之后,贫农饿肚皮,三钿不值两钿,换我一篮洋番薯救命。宏庆说,吃顶要紧,洋山芋可以吃,麻将牌一咬,牙齿崩脱冷。四个人馄饨吃毕,

○颜文梁画苏州传统民居厨房,1929年作于法国,色粉笔画,承袭德加风格,获春季沙龙展获荣誉奖,一举成名。铁凝散文《厨房》专说此画。

二章 49

表舅妈说，小菜已经弄好，夜里一炒便是，土鸡已经闷到镬子里，大家可以先上楼看看。宏庆与梅瑞上楼看房间_{这看房组合，貌似两家各派出一位代表}，一切交代清楚。表舅说，各位回到上海，多多留意，我总要有个去路。汪小姐不响。康总说，这房子要卖。表舅说，就是外面的赤膊家具。宏庆说，晓得。于是表舅，表舅妈告辞回镇。宏庆关了大门，梅瑞从楼上下来说，我搞糊涂了，还以为住宾馆_{可惜只是人前会聊}。汪小姐说，宏庆办的事体，我一直买账_{服气}，莲蓬头_{花洒}不见一只，房间里摆了痰盂，要死吧。康总坐定弄牌。四个人落座。康总说，既来之则安之，辰光不早，先打几圈。宏庆说，还是出门去走一走，欣赏江南农村风景。汪小姐说，算了吧，这种穷瘪三的地方_{曾是鱼米桑蚕之乡，繁荣商埠，上海滩沉淀下来的老钱，多自此地流入}，已经一路看过了，七转八转，跑东跑西，还没跑够呀，还要跑。梅瑞说，饭后再讲吧。康总说，开了电灯，先摸牌，碰到这副好牌，我心定了。四人东南西北一摸，骰子一抛，眼前聚光这副牌，古色古香，八只手，有粗有细，集中四方世界。康总说，打这副牌，当年是大小姐，还是姨太太_{聊发思古之幽情}。宏庆说，地主老爷，还乡团，忠义救国军军长，后来呢，贫农委员会主任。梅瑞说，还有呢。宏庆说，妇女干部，大队长。汪小姐说，现在是康总，寿头宏庆。宏庆说，还有寿头的老婆。大家笑笑，几圈下来，康总一直让梅瑞吃碰，打到五点半结账，梅瑞独赢，粉面飞红_{赌场情场不可能双双得意。这脸红早了}。大家准备夜饭，康总炒菜，梅瑞做下手。几次宏庆走到灶前来，汪小姐喝一声说，去烧火呀。最后大家坐定，小菜不咸不淡，配本地黄酒，一镬子鱼头粉皮，居然慢慢吃净。然后出门漫步。天完全黑下来，路狭难走。

_{虽有所求，但在这层道理上，表舅夫妇待人不远不近不咸不淡这样亲戚相当得体，接物算，反衬城里亲戚的势利和无礼，足以。}

康总与梅瑞在前，宏庆夫妻于后，到了一段开阔世界，满眼桑田，空气清新。康总朝后一看，发现宏庆与汪小姐，忽然消失了。梅瑞说，人呢。周围几个黑沉沉的稻草垛。梅瑞叫了一声，汪小姐。不见人影，无人应答 等于电影院熄灯，准备聚精会神看戏了。

　　月亮露出云头，四野变亮，稻草垛更黑，眼前是密密桑田。康总觉得好笑 是聪明人，也感到月景尤为清艳，即便与梅瑞独处，也是无妨 朱光潜老师说这叫"升华"。康总眼里的梅瑞，待人接物，表面是矜重，其实弄烟惹雨，媚体藏风，不免感慨说，夜色真好 夏目漱石认为，这算爱的表白。梅瑞说，是呀。康总说，此地的蚕农，据说还是照了古法，浴蚕，二眠，三眠，大起，包括分箔，炙箔，上簇，下簇。梅瑞说，桑树原来这样低呀。康总说，古代采桑，一张张采，之后是特意矮化，整条斩下来喂蚕。梅瑞粲然说，想起来了，我做过几单湖丝生意，出口日本，意大利米兰。康总说，人真是怪，蚕宝宝跟大青虫，形状差不多，松鼠跟老鼠，面孔一样，前面两种，人就欢喜，后两种，一见就厌。梅瑞说，我养过蚕宝宝，北京西路的张家宅，有大桑树，男同学年年爬上去，一张一张采。康总不响。两人并肩而立，月光下，四周寂静。康总觉得，梅瑞靠得近，闻到发香 当年的时髦洗发水，应是上海本地名牌"蜂花"。月亮移进一朵云头，然后钻出来，是所谓白月挂天，苹风隐树，康总还未开口，斜对面稻草垛里，忽然跳出两个人来。梅瑞一吓，拉紧了康总，看清是汪小姐和宏庆，方才松开。宏庆说，一张一张采，采不过来对吧。梅瑞说，真吓人。汪小姐掸了掸身上说，宏庆真是十三点，硬拖我到稻草里去 跳早了。康总说，天一黑，

○离沪生家不远，建于1930年代，安妮女王风格建筑群，设计灵感来自伦敦郊外和英格兰乡村。

•语出明代叶绍袁《甲行日注》："夜中偶起，似可三更时分也，泬流薄岸，颓萝压波，白月挂天，苹风隐树，四顾无声，遥村吠犬，渔梼拨刺，萤火乱飞，极夜景之幽趣也。"

二章　51

宏庆就想抢女人。宏庆说，一抢一拖，女人表面是吓，心里欢喜。汪小姐说，好样子不学，想学插队落户这批野人，到荒山野地做生活〔办事〕，打"露天牌九"。梅瑞说，啥意思。康总说，就是野合。宏庆说，这就是浪漫。汪小姐笑说，我也真想躲起来，预备仔细看一看，梅瑞跟康总的西洋景，想不到，宏庆野蛮起来了〔宏庆害己害人〕。

四个人谈谈笑笑，荡了一段路，最后回房，关了大门，重定位子，继续打牌。台面有了变化，梅瑞是一直放牌，专让康总吃，碰。生牌，嵌牌，样样开绿灯，只看紧了宏庆，嗒不着一张〔局面突变〕。打到半夜，房子四面漏风，楼上有窗吹开，时轻时响。汪小姐说，宏庆上去看看。宏庆不响。康总拉紧衣领说，有点冷了。梅瑞说，吃夜宵吧，我来烧菜泡饭。汪小姐不响。宏庆说，我来。于是大家停手。宏庆弄了泡饭，四个人吃了。梅瑞自言自语说，夜里，我就跟汪小姐一个房间了〔自言自语，试探〕。宏庆说，是呀〔不解风情〕。梅瑞笑说，不好意思，拆散夫妻了，其实，我住厨房间，也可以〔试探吃瘪，再行险棋，妄图以退为进〕。汪小姐笑笑〔这一笑表示识破〕。康总说，我可以住厨房。汪小姐说，厨房万一有蛇虫百脚呢。梅瑞婉然说，其实，我可以跟康总住一间，我睏地板〔情急了〕。康总说，当然我睏地铺，我无所谓。听到此地，宏庆笑笑，拣出红中，白板各一对说，大家公平自摸，摸到一对，就同房〔当下一机〕。汪小姐笑说，又发痴了，十三点。宏庆笑笑，四张牌搓了长久说，摸。梅瑞满面犹豫说，康总先摸。宏庆说，先声明，摸到做到，翻牌无悔。康总摸了牌，翻开

○ 上海人早上吃泡饭，多为时间所迫，无需生火，当晚剩饭，次日早上直接用热水冲泡，剩菜剩饭同煮，泡饭者，省钱省时；菜，需要生火，属豪华型。

• 这段对话，表面云淡风轻，其实机心四伏：其一，梅瑞主动提出与汪小姐同房，合人伦大义可挑剔；其二，此倡议虽无存天理，却灭了人欲故梅瑞紧接着为拆散合法夫妻表达歉意，亦合情合理，两头讨好，奈何宏庆夫妇就是不接这个茬儿。

一敲,红中。梅瑞说,宏庆摸。宏庆做势,台面上兜了几圈说,让汪小姐摸。康总说,应该叫老婆大人。宏庆说,老婆太年轻,太漂亮。汪小姐不响,表情紧张,慢慢移出一张牌来,一推,白板 红中是摸出来的,白板是推出来的。梅瑞看定宏庆。宏庆说,看我做啥,摸呀。梅瑞说,为啥我摸。汪小姐笑说,其实再摸一张,就晓得结果了,不许胡调了。梅瑞摸了牌,麻将老手一样,只是捻牌,用力捻好久,不翻。宏庆说,是啥牌,讲呀。梅瑞呆了呆,结果慢慢翻开牌来,白板 翻牌迟疑,难掩内心失望,捻一张白板,何须用力如许。开初的热闹,一场虚惊,台面变得冷清 人算不如天算,真正白板对杀。四个人讪讪立起来。汪小姐也就讲定,此地无意久留,明早立刻回上海 无戏可看已成定局,意兴阑珊。

大家各自回房。康总靠定床头说,老天爷有眼,否则这一夜,就闯了穷祸 上海话,大祸。宏庆说,为啥 庆哥哥是个呆头鹅。康总说,真想得出,摸牌,猜房间,脑子有吧。宏庆不响。康总说,我跟梅小姐住一间,无所谓,如果是跟宏庆老婆汪小姐 各方兼顾,都不得罪,康总做人周全,哪怕人后 住一间,明早见了面,我可以讲啥呢,我哪能办。宏庆说,啥意思。康总说,也就讲不清爽了,我就是再三声明,一夜打地铺,汪小姐也证明,两个人,一夜太平无事,宏庆会相信吧,从此以后,宏庆一直横想竖想,要不断思考,永远也想不明白,这一夜真实情况,这对男女,究竟是做了生活,还是各管各,水冷冰清,这一夜,对宏庆来讲,永远是空白,是故事了。宏庆不响 细思恐极。康总说,同样,宏庆如果跟梅瑞一个房间,老婆大人会相信宏庆吧,相信宏庆清白吧,再好的夫妻,也要乱想,夫妻之间,不如朋友,永远不会相信对方。宏庆不响 只有这只呆头鹅是清白的。康

男女「做了一处」之意。○谍战戏的假夫妻,貌似都采取这种睡法,也都能成功蒙骗外人。

总说,做朋友,肯定做不成了,这一夜,永远谜语了。宏庆说,放心好了,我如果摸到这种牌,肯定是"黄和"的 <u>麻将术语,四家无一方能和牌之僵局</u>。康总说,讲得好听。宏庆不响。此刻隔壁房间 <u>镜头平摇过去</u>,有一张旧式大床,汪小姐,已钻进帐帏深处,梅瑞解开纽扣,慢慢缩进土布棉被里。汪小姐说,这顶床,一定也是周家的,古董店行话,这叫"暮登",意思是夜里攀登,每夜攀高登远,争当先锋。梅瑞笑说,搞七捻三 <u>来自苏州的上海话,此处有古灵精怪或胡说八道之意</u>。汪小姐说,三面镶花板,简直雕刻成一只房间了,难怪旧社会,要三妻四妾,床如果不宽舒,夜生活哪能办。梅瑞轻声说,就算大房二房,也应该是分开的。汪小姐说,不一定了,这顶帐子实在是宽,接待一妻两妾,绰绰有余,三个女人唱台戏,这个周老爷,一定跟不少女人睏过,一到夜里,就不太平。梅瑞说,不要讲了,我觉得恶阴了 <u>上海话"恶心"</u>。汪小姐说,此地,有过多少男女声音,做过多少坏事体。梅瑞一吓说,停停停,不要讲了,我觉得,枕头也龌龊了 <u>戏过了</u>。汪小姐说,嘻嘻哈哈,左拥右抱,左右逢源 <u>看戏不成,改自说自话、自娱自乐</u>。梅瑞浑身一抖说,不要吓我了,寒毛竖起来了,不要讲了 <u>戏精</u>。汪小姐说,我想想真是可惜,这一趟,阿宝不来 <u>开始翻旧账了</u>。梅瑞不响。汪小姐说,阿宝是不错的。梅瑞曼声说,真要我来讲嘛,康总更有风度。汪小姐不响。梅瑞说,我只是不明白,康总跟康太的关系,还算好吧 <u>真没问对人</u>。汪小姐说,啥意思。梅瑞说,只是随便想到。汪小姐说,康太,实在标致,既漂亮,又温柔,夫妻两个人,情投意合,一辈子像情人,据说夜夜吃交杯酒。梅瑞不响。汪小姐说,所以康总,不可能有外遇 <u>故意激之</u>。梅瑞不响。汪小姐说,对了,阿宝为啥不结婚呢。梅瑞说,我不了解。汪

<small>"人又不是猫狗,放一男一女在一间房里就真会怎样"——《金锁记》里伍太太之内心独白。</small>

小姐说，心思太深了，对吧。梅瑞不响。汪小姐说，记得以前谈生意，阿宝真细心，我落座，扶定椅背，我起身，帮穿大衣。梅瑞冷漠说，这算啥呢，最多发几粒糖精片化学甜味剂，指表面工夫，有名无实，有啥营养吧。汪小姐不响。梅瑞说，宝总，也就是一般生意人，普通上海男人，康总随和多了。汪小姐不响。此刻，门窗一阵风响，两个女人，各怀心思，灯短夜长，老床老帐子，层层叠叠的褶皱，逐渐变浓，变重，逐渐模糊好一派江南哥特风。

　　四个人改日回到上海，也就散了语带不舍，作者宅心仁厚。当夜，汪小姐对宏庆说，这个梅瑞，已经不对了，一开口，就是康总了。宏庆说，谈到自家老公吧。汪小姐说，闷声不响，一字不提。宏庆说，这个社会，确实有一种女人，从来不谈老公也有怨气。汪小姐说，这有啥呢，我照样也不谈呀，现在的社会，当然要谈吃谈穿，谈谈其他的男人呀，但是。宏庆说，啥。汪小姐说，有一种女人，开口就谈情调，谈巴黎，谈吃茶，谈人生，这是十三点。开口闭口谈小囡，奶瓶，尿布，打预防针，标准十三点。一开口，就是老公长，老公短，这是妖怪。宏庆说，为啥。汪小姐说，好像中国是女儿国，独缺男人了，一般女人开不出结婚证，或者全部是乡下女人，城乡分居做钟点工，做瘟生，洋盘，哼，全部独守空房，医生确诊三趟是石女，输卵管堵塞胸中怨气过重，其毒发之于舌。宏庆缩进被头，伸手一拉，一搭说，老婆，难听吧，老公长老公短这一句，以后少讲讲，男同事听见了，要吃豆腐的想多了。汪小姐腰一扭说，拉我做啥。宏庆说，天不早了呀。汪小姐说，动啥手呢，每天夜里写空头支票，有意思吧。汪小姐求子心切，机关算

（上海话，指「外行」「冤大头」和「受骗上当者」。上海廿埠，十六铺码头每口货物开盘，往往给老外买家单开一个高价盘口。又做「伴盘」。

二章　55

尽却又莫知莫觉,一心只想看戏却徒然错失良机。梅瑞欲成与康总好事,其实兼利于汪小姐,无奈人算不如天算,天不作美,这一切,只怪春游择时过早,不合时宜,天之不时,导致人不和、地不利种种,一败涂地。菜花将黄未黄,倒是黄了卿卿好事○又,李笠翁尝言:"但凡戏耍亵狎之事,都要带些正经,方才可久。尽有戏耍亵狎之中,做出正经事业来者。就如男子与妇人交媾,原不叫做正经,为什么千古相传,做了一件不朽之事?只因在戏耍亵狎里面,生得儿子出来,绵百世之宗祧,存两人之血脉,岂不是戏耍而有益于正,亵狎而无扳于经者乎!"汪小姐纸上有灵,不可不察。

三

某日下午,康总与梅瑞,坐进了"绿云"茶坊。梅瑞说,我最近不顺心 吹哨开球了。康总说,国贸确实不顺,有的公司,已经靠贩卖"广交会"摊位,维持生计了。梅瑞说,我是谈自家情况 直接把球往对方禁区前吊。康总不响 立在原地眼看着球出了底线。梅瑞说,经常想起上一次的春游。康总说,是吧。梅瑞说,真想不到,我姆妈最近,碰到了过去的老情人。康总不响 一方在中圈弧朝对方球门做盘带状,一方坚守不出。梅瑞说,我父母,早已分居了,这个老情人,以前是上海小开,六十年代去香港,八十年代初,跟姆妈恢复了通信,想不到,最近见了面,我姆妈就跟我爸爸吵了,吵离婚,准备去香港,准备跟小开结婚,闹得一塌糊涂。康总说,去香港结婚。梅瑞说,我外公是香港居民,一个人生活,一直想帮我姆妈,办到香港去,现在姆妈碰到香港男朋友,昏头了。康总不响。梅瑞说,讲起来,这是一贯作风,我姆妈初中的阶段读书,就开红灯 不及格,天天跟时髦

○球被踢回。○1990年代初,外贸改革,打破国有公司垄断,但广交会一时仍只对国有公司开放。

男人去跳舞，五十年代中期，上海跳舞场关门之前，小舞厅真是多，当时就认得了小开，天天出去跳舞，一家一家小舞厅转，一夜跑三四家，根本不稀奇，尤其喜欢，钻到最蹩脚的小舞厅里去混，比旧社会一元十跳的舞场还低级，跳得眉花眼笑，我外婆苦煞，一直不敢写信告诉外公，经常半夜三更，一家一家去寻 论养女儿之苦，哭，后来，外婆就过世了 跳出人性命来了，后来嘛。梅瑞讲到此地，忽然不响了。康总说，上海这个地方，确实奇怪，三十年代，北京、天津、青岛等等，虽然有舞厅，全部是上海去的舞女 直至1990年代末，尤有当年上海舞女活跃在尖沙咀一带的夜总会，不过是充当妈妈桑了。梅瑞冷笑说，幸亏我姆妈，不是旧社会的女人，否则，早就做舞女了，一生最崇拜的舞女红星，就是"双丹"，大家闺秀出身，红遍上海的舞女周丹萍，夏丹维。康总说，后来呢。梅瑞怅然说，我像是发了神经病，一开口，就讲私人家庭事体 做假动作，佯攻。康总说，书里讲过，女人是比较容易跟不熟悉的男人讲心思 防守方再来一个大脚解围。梅瑞轻放茶杯说，康总这样讲，我就不开心了。康总说，为啥。梅瑞说，康总是陌生男人吧，我是轻浮女人吧。康总说，我只是引了别人讲法 再次陷入中场缠斗。梅瑞抿一口茶，眼看康总说，我姆妈，以前搞得我外婆过世，现在开始搞我了，准备搞煞我为止 准备放大招。

○当年三大顶级舞场——静安寺路大沪舞厅、爱多亚路大华舞厅、辣斐德路辣斐舞厅，舞票统一价格一元三跳。

•百乐门『双丹』，夏丹维，汪伪调查统计部次长夏仲明之女，与另一『丹』丹萍皆为女大学生，丹萍系『76号』元老，夏仲明之下海，抗战胜利被毙，不落难。夏丹维色相下，如此痴迷，不为养家糊口，纯属个人爱好抑或瑞娘——幸亏不是旧社会女人。

提到跳舞，康总想到八十年代，老婆就是跳舞跳来 走神了。大学时代，康总是跳舞积极分子，大学里得过奖。以后一次出差到北

二章 57

京,夜里赶到母校,看望同窗,即当年的舞会王子。两人到南草坪见面 <u>此地名为广州中山大学专有</u>。康总发现,校园深处的熟悉彩灯,仍旧闪烁不止。康总说,周六还有舞会呀。王子说,是呀,小康现在做了老板,脚头更痒,还是彻底不痒了。康总说,长远不跳,几乎忘记 <u>改踢足球,脚头更痒</u>。王子笑笑说,基本功,哪里会忘呢,今夜再去跳一跳。康总说,可以,但我只坐不跳,旧社会舞厅讲法,"摆测字摊",是看一看,回忆过去时光,也就满足了。王子笑笑,两人朝舞场走,接近门口,王子拉了康总说,小康,会看女人吧。康总说,啥。王子说,目前女青年,跟多年前不同了,当时独钟文化男人。康总说,现在呢。王子说,市场经济,懂不懂,女人已经挑三拣四,小康走进场子,眼睛要仔细看,现在大学舞场,除了本院女学生,不少是院外来的女青年,女居民,因此要看打扮,气质,如果对方是女学生打扮,小康上去邀请,可以自称,是大学后门小饭店的小老板。如果对方小家碧玉,穿着亮眼,有骄娇两气,基本是外面进来的社会小女人,小康就自称本校副教授,百试百灵 <u>饭店小老板,大学副教授,这位老同学不是太保守,就是成心埋汰上海人</u>。康总笑说,这为啥。王子朝康总肩膀拍一记说,真不懂,还是装糊涂。康总不响。王子说,这就是互补,懂了吧,现在,已经不时兴跳到结束了,转几支曲子,就可以带出来,如果小康讲得妙,对方就跟得快,两个人先吃一点饭,然后嘛,样样可以直接一点,懂了吧。康总一吓。王子说,多跳有啥意思呢,坚持到结束,一般是癌症俱乐部的人 <u>舞风不正○宝爷语:与病魔作斗争,乃天底下第一傻人傻事</u>。康总想到此地,发现梅瑞眼圈一红,低头从手袋里摸出一封照片,放到茶几上。梅瑞说,这是姆妈让我印的,简直不像样,<u>不像腔了</u> <u>即没了"腔调",不像样</u>。康总一看,一

○ 指不会跳舞,池边干坐如摆摊之男客;舞女整晚枯坐无人光顾者,称"吃汤团",考试得"零分"之意。

套舞场全身照，年近五十的风韵女人，玉色摹本缎子裙，腰围绝细，双峰丰隆，S身段，娟媚夺目，添一分太荤，减一分太素。有几张双人照，女人紧靠一个微黑男人，五十岁超过，双肩平阔，V领玄色舞衣，国标软底舞鞋，浑身抖动热气，真正的男人，面孔有几条汗光，比较得分，微黑男人，铁骨钢筋，眼神有电。压底一张，是舞间拥吻近照。康总觉得，每一张拍出了神采，亚洲人的接吻镜头，面部结构与白种人不同，容易变形，肉欲成分多，这张照片，恰到好处，并不低俗。康总说，令堂大人年轻，男朋友也MAN，配的。梅瑞说，瞎讲有啥意思，我姆妈，近六十的老女人了，男朋友小两岁，拍得这副样子，是有意想刺激我爸爸，让我转交到爸爸手里，为了离婚。康总不响。梅瑞说，就像两条大王蛇，吃了春药了。

茶室外面，雨迹滞檐，芭蕉滴动。康总吃一口茶。梅瑞说，难为情，刚刚落座，我就发作了。康总

二章 59

说，我理解。梅瑞说，本想讲点别的，讲一讲乡下散步，两个人看月亮，根本不想提姆妈[再次回传并故意传出界外]。康总说，父母事体，小辈只能旁边看[坚守防线，说不出来就不出来]。梅瑞叹息说，我姆妈比较特殊，从小麻烦不断，要穿，要打扮，我外公讲起来，每天背后，跟定一串大闸蟹。康总说，以前我认得一位跳舞王子，现在，我看到了跳舞皇后，还有跳舞皇帝，印象深刻[截断对方传球，然后在自己后场不断传接倒脚]。梅瑞失笑说，我最不放心，就是这个皇帝，跟我姆妈，八十年代恢复通信，当时我姆妈，每一次到香港看外公，想跟小开见面，小开不是去了日本，就是新加坡，多少年来，小开一直回避见面，想不到有一天，姆妈经过南京路，面对面恰巧就碰到了小开，怪吧，两个人，当场停到马路上发呆，我姆妈的眼泪，就落下来了。康总说，像电影[这电影名字除《南京路上好姻缘》外不做他想]。梅瑞说，就此，姆妈盯牢小开不放，缘分到了，刀也斩不开，做梦也叫小开名字，但还是吃不准小开的心思[康总心中此时可以暗暗叫一声前辈了]。我姆妈讲，小开确实想不到，姆妈的相貌，仍旧漂亮，一定是不相信姆妈的照片，见了面，懂了，两个人热络了一个多礼拜，之后，小开请客，姆妈带了我，到"新雅"吃夜饭，这天我一进饭店，觉得小开的眼神，比较怪。我讲，我是称呼香港爷叔，小娘舅，还是小开。姆妈讲，马上要叫爸爸了[果然吃了春药]。小开笑一笑讲，叫小开，我比较自然。我姆妈讲，叫爷叔，叫小娘舅也可以[父执辈男性，后者是娘家的，更亲]。小开笑笑讲，叫我小开，就年轻一点。我当时不响。

○从前卖蟹，草绳串之，袁念琪描写1946年『上海小姐』王韵梅，"来找她的轿车，从其家门口一直停到马路上，绵延数百米"。

○据说也是王安忆小说《长恨歌》女主王琦瑶原型之一。

○本埠第一高级粤菜馆，1926年开设于虹口，1932年迁址南京路『新新公司』对面，出品名菜烟鲳鱼、吉利明虾、蚝油牛肉等，以海派洋气著称，为当时军政要员和各界名流以及鲁迅日记中多次出现，直至1990年代中期港式粤菜进入上海为止。

从此,我就叫小开,后来晓得,这天夜里,我姆妈已经吃醋了 一名之立,三方踌躇。过了几天,小开跟我打电话,要我劝劝姆妈,不要急于离婚,这对大家比较好。但我一劝,姆妈一触三跳,爆发了。我姆妈讲,夫妻不和,长期分居,离婚结婚,总有一天要爆发。我讲,啥叫爆发,世界大战叫爆发。姆妈讲,不叫爆发,叫第二春,可以吧,等于一季开两次桃花。康总说,等于一年采两次明前茶 捣得一手好糨糊。梅瑞说,我讲了,第二春好,霞气好,交关好,但如果小开心里,一直想"四季如春"呢,这哪能办。我姆妈讲,我不管的,我要离,也要结,是正派女人,心里一定发痛 痛并正派着。我对姆妈笑笑讲,小开不想结婚,肯定是不甘心,也许一年的精力,真要当四年用呢,就像我的老客户阿宝,一直是独身,专门到外面瞎混,还有一个律师沪生,喜欢半吊子婚姻,老婆早就去了外国,无所谓,专门乱混,即便劳民伤财,仍旧坚持基本原则,一点不动摇 到位,有啥办法呢。康总不响。梅瑞说,老毛最高指示,天要落雨,娘要嫁人,我有啥办法,少管为妙,但心里烦。康总不响,眼看窗外,雨打芭蕉。梅瑞说,我讲到现在,康总一声不响。康总迟疑说,我讲啥呢 大实话。梅瑞粲然说,随便呀,我样样想听。康总支吾 支吾二字多余 说,我觉得,梅瑞还是耐耐心心,多做工作,当然,也可以眼不见为净,我真的讲不好。梅瑞不响。百般诱敌,奈何敌死活不肯深入。司马懿憋死诸葛亮。小开,勉强可以今之"富二代"代之,旧上海话特指一种本地土特产人设。"开"字来由不可考,或为英语King之打头字母,小King是也,亦有场面上"吃得开,混得开"之意。一般无大钱或对大钱的支配权不高,最富裕的是时间,最放得下的是身段,情场上素以"潘驴邓小闲"里第四、第五字胜出。故当年上海电影明星,曾有多人下嫁小开,如周璇、阮玲玉等。

○都是『非常』的意思。『霞气』又做『邪气』,『交关』皆淡出当代上海话。○比如1960年代,有群众批评上海交响乐团无视劳动人民,只会演奏那些『交关响的音乐』云。

叁　章

壹

　　阿婆篦头发。蓓蒂说，阿婆为啥哭。阿婆不响。蓓蒂说，我已经乖了。阿婆说，梦到我的外婆，心里急，一口痰吐不出来了。蓓蒂说，阿婆的外婆，叫啥。阿婆说，我外婆的楠木棺材里，摆了两幢元宝，昨天夜里，棺材钉子穷"穷"，上海话，拼命、使劲跳，一定有事体了，我看到我的外婆，孤苦伶仃，只剩四块棺材板，一副老骨头，像一根鱼。蓓蒂说，一条鱼。阿婆说，我真想马上回绍兴，一定要扫墓了。蓓蒂说，老太婆逃难的故事，讲讲看 主动要求讲听过N次的老故事，是逗阿婆开心。阿婆说，讲过几遍了。蓓蒂说，长毛倒台了，大家穷逃。阿婆说，我外婆，是南京天王府的宫女，当时每天，已经用老荷叶水揩面，揩得面孔蜡黄，像死人，有一天，悄悄钻进一只脱底棺材 漏底棺木〇又指"不会过日子的人"，譬如今之"月光族"，几个差人杠出去，半路上，棺材盖一开，门房朝里一看讲，死挺了，棺材杠出南京城外，底板一抽，我外婆就跌出来，马上朝南面逃，逃啊逃，身上带了不少元宝，外婆逃不快。蓓蒂说，假的。阿婆说，一句不假。蓓蒂说，上一趟讲，是溜出皇宫，正巧碰到正宫娘娘，出来吃馄饨 嗳，吓得不轻。阿婆一拉被头

〇绍兴方言「一根」之意，条状物量词，又记为「梗」。

一笔接上了太平天国，某种意义上，太平天国参与了近现代上海的造就，故事景深陡然拉开。

说，蓓蒂，还是起来吧，不要赖床，快去读书吧。蓓蒂跳起来说，做啥，这是香港明信片呀，我要的呀。蓓蒂从阿婆手里抢过一张卡片，压到枕头下面。

　　当时，阿宝收到一叠香港风景明信片。哥哥信里讲，可以当圣诞卡寄朋友。阿宝让蓓蒂选了几张，沪生要两张。蓓蒂最后选了一张，天星小轮，维多利亚港风景。阿宝仔细写，祝蓓蒂小姐，圣诞快乐！小姐两字，是蓓蒂的要求 许多年以后，小姐二字竟如此不堪。蓓蒂高兴接过。沪生选的一张，寄茂名路邻居姝华姐姐。另一张，飞机即将降落启德机场，逼近楼宇的明信片 两张明信片中的天星小轮码头、启德机场，皆已废，沪生想了想，写了地址，上海大自鸣钟西康路某弄5号三楼，旁边一栏里写，小毛，最近好吗，好久不联系了，我几次想来大自鸣钟，也想去苏州河。新年快乐。蓓蒂说，写圣诞快乐 洋气。沪生说，我爸爸讲了，资本主义迷信，中国人不承认 霸气。蓓蒂转身不响。阿宝写了一张送祖父，一张送亲嬢嬢宋老师，问候新年安好，放进思南路前门信箱里，也为淑婉姐姐写一张，蓓蒂送过去，带回几张电影说明书。当时每部电影，印有说明书，观众进场可以领到。蓓蒂父母，收集了十多年电影剪报，阿宝见过，满满几大盒，数量相当可观。蓓蒂只收集电影说明书。蓓蒂说，我爸爸妈妈，当时去"大光明"看电影，刚巧两人并排座位，也就攀谈起来，结婚了。阿婆说，爸爸妈妈，是同班同学，读中学就谈了。蓓蒂说，爸爸坐进"大光明"，看见妈妈手里有说明书，就借过来看，两个人就笑了。阿婆说，这两个人，到底是看电影，还是拍电影，做戏，做眉眼。蓓蒂说，是真的呀。阿婆说，瞎三话四。蓓蒂

○建于1928年的头轮电影院，号称"远东第一电影院"，极尽豪华。1933年由建筑师邬达克设计重建，系亚洲第一家宽银幕立体声电影院。

说,两个陌生人,说明书只剩一张了,有借有还。<u>电影说明书绝对是一切"说明书"里唯一不反人类的一种。</u>阿婆说,像煞有介事。蓓蒂跳起来,去拉阿婆。阿宝说,蓓蒂。阿婆说,乖囡,不要吵呀。阿宝笑笑。

蓓蒂喜欢电影。思南路堂兄,堂姐姐喜欢看电影。淑婉姐姐,也是电影迷。附近不少"社会青年",男的模仿劳伦斯·奥立佛,钱拉·菲立浦,也就是芳芳,包括葛里高利·派克,比较难,顶多穿一件灯笼袖白衬衫。女的烫赫本头,修赫本一样眉毛,浅色七分裤,九分裤,船鞋,比较容易。男男女女到淑婉家跳舞,听唱片,到国泰看《王子复仇记》,《百万英镑》,《罗马假日》<u>也是"文革"后重放的第一批西方电影,于1970年代末再度掀起一股模仿热潮。</u>夜场十字路口,就是舞台,即便南面的复兴中路儿童图书馆一带,也看得见国泰门口雪亮的灯光。男女结伴等退票,等于摆一种身段,不疾不徐,黄牛看见这批人,只能避开,三分是等人,也像约会,轻轻靠近,问一句,票子有吧。对方一看,斯文,白衬衫,西装裤两条笔挺烫缝,连身裙,清爽洁白,裁剪窈窕,相当时髦,上海人讲,坐有坐相,立有立相,有面子,有档次,醒目。拿出余票,对方轻轻一声,谢谢。收

○ 英国演员,善演莎剧,1948年自导自演莎翁黑白片《王子复仇记》获奥斯卡最佳影片奖,是"文革"后首批复映的西片之一。1960年代上海时髦男青年模仿的,应孙道临配音。和《傲慢与偏见》合演希区柯克《蝴蝶梦》《蒂凡尼早餐》,老式英国贵族做派,忧郁中带有烟斗的盘发发型为第一款。

▲ 赫本头有两款,一是《罗马假日》安妮公主在罗马小理发馆剪的俏丽短发;另一款是《蒂凡尼早餐》搭配小黑裙戴珍珠项链叼烟斗的盘发发型。此处应为第一款。

• 法国影星。1950年代主演《勇士的奇遇》,即《郁金香芳芳》风靡中国,具有路易十五『花边战争时代』荒诞夸张的『奇遇风格』。

△ 美国影星,第4届金球奖、第35届奥斯卡奖得主。1950年代因主演《百万英镑》穷光蛋亚当以及《罗马假日》被中国观众所熟知。

64 繁花〔批注本〕

票动作比黄牛慢_{慢字考究}。这类青年，常常连买几场，连看几场。淑婉姐姐说，我可以钻进电影里，也就好了，死到电影院里也好。阿宝说，为啥。淑婉说，我情愿，一脚跨进电影里去死，去醉，电影有这种效果，这种魔法。阿宝说，反复看电影是因为，淑婉爸爸有钞票_{阿宝实惠}。淑婉笑笑。

　　有一个阶段，市面上放出《红菱艳》_{1948年英国彩色歌舞片}，《白痴》，《白夜》，《偷自行车的人》。买《红与黑》，连夜排队，每人要编号，不承认菜场摆篮头，摆砖头办法_{认人不认砖，相当于今之"实名制认证"}。阿宝与蓓蒂爸爸也排过队，每人限买两张。队伍顺锦江饭店沿街走廊，朝北一路排开。阿宝看到一批熟人，堂哥堂姐来得稍晚，淑婉与几个时髦朋友也来了，三五成群，马路聚会。堂哥手托一个微型日本半导体收音机，身体动来动去，跟同伴讲不停。半导体收音机，细小文雅，极其少见，直到七十年代初，逐渐开始流行国产货，包括后期的"三洋"两喇叭，四喇叭，总是粗野。淑婉讲过，与外面世界比较，上海完全落伍了，一塌糊涂，赤脚也追不上了_{这种焦虑，至今仍然隐存在于上海时尚人士内心}，时代所谓时髦，这群人的表现，等于再前的几年，西方人看球赛，仍旧保守，正装出席，是文雅时代的尾声。队伍一动不动，蓓蒂爸爸不响，阿宝比较无聊，无意之间，提到苏联新电影《第四十一》。蓓蒂

○时髦男青年也曾采取另一种反向方式，是某苏联同名著作第一部分，莫斯科电影制片厂1958年作，电影放映至约18分钟时，即芭蕾舞《天鹅湖》露过大腿后便集体退场。

• 改编自陀思妥耶夫斯基同名著作品，上海电影译制厂1959年译制完成，几乎神同步。

△意大利导演德·西卡1948年作品，新现实主义代表作，上译厂1953年译制。

○粗野的是黑人街头风格。当年上海时髦青年，做派更接近后来在公园里晨运时听新闻的老同志。

○陀思妥耶夫斯基同名小说改编的苏联电影，1960男主于连，上下集，上海电影译制片厂1957年译制。

▲1954年的法意合作彩色故事片，钱拉·菲利浦演小说原作。内战题材，1957年金棕榈奖，上译制厂1958年出品。

• 苏联作家拉夫列尼约夫年上映，上译制厂1961年译制。

叁章 65

爸爸不响。阿宝说，女红军看守白军俘虏，孤岛，孤男孤女。蓓蒂爸爸说，开始是敌对，后来调情，结果变成好情人，最后，海里出现白军兵船，俘虏喊救命，让女红军一枪结束性命。阿宝不响，想起电影结尾，女红军抱紧死人，背景是女声合唱，蓝眼睛，蓝眼睛，我的蓝眼睛。队伍一动不动，阿宝讪讪说，我比较感动 因为有些自责。蓓蒂爸爸不响。阿宝有点窘。蓓蒂爸爸拉了阿宝，走到墙角，轻声说，一个女人，为了阶级感情，枪杀好情人，这是一本宣传暴力的共产电影。阿宝说，暴力。蓓蒂爸爸说，这是老名词，法国宣传暴力革命，英国是"光荣革命"，共产是。蓓蒂爸爸讲到此地，一个女警察路过 神来之警察，神来之笔。两个人不响。之后，蓓蒂爸爸说，这种电影，只有女权分子喜欢。阿宝说，啥。蓓蒂爸爸说，老名词，女权主义传进中国，四十年了。阿宝不响。蓓蒂爸爸压低声音，一字一句说，苏联人里，肖洛霍夫最血腥，为了主义，可以父子相杀，相残，写了多少害人故事。阿宝不响。蓓蒂爸爸说，阿宝为啥感动呢，讲讲看。阿宝说，嗯，我么。蓓蒂爸爸说，这是动了坏心机的片子。阿宝不响。队伍动了一动 阿宝心里也动了一动。蓓蒂爸爸说，茅盾《三人行》，写女人心理变态，朱光潜《变态心理学》，写弗洛伊德，算啥呢，根本不算啥，《第四十一》，真正的变态，阿宝将来会懂的。

每次经过国泰电影院，阿宝就想到这段对话。茂名路，以后花园饭店到地铁口的绿叶围墙，其时只是一长排展览橱窗，曾经拍进《今天

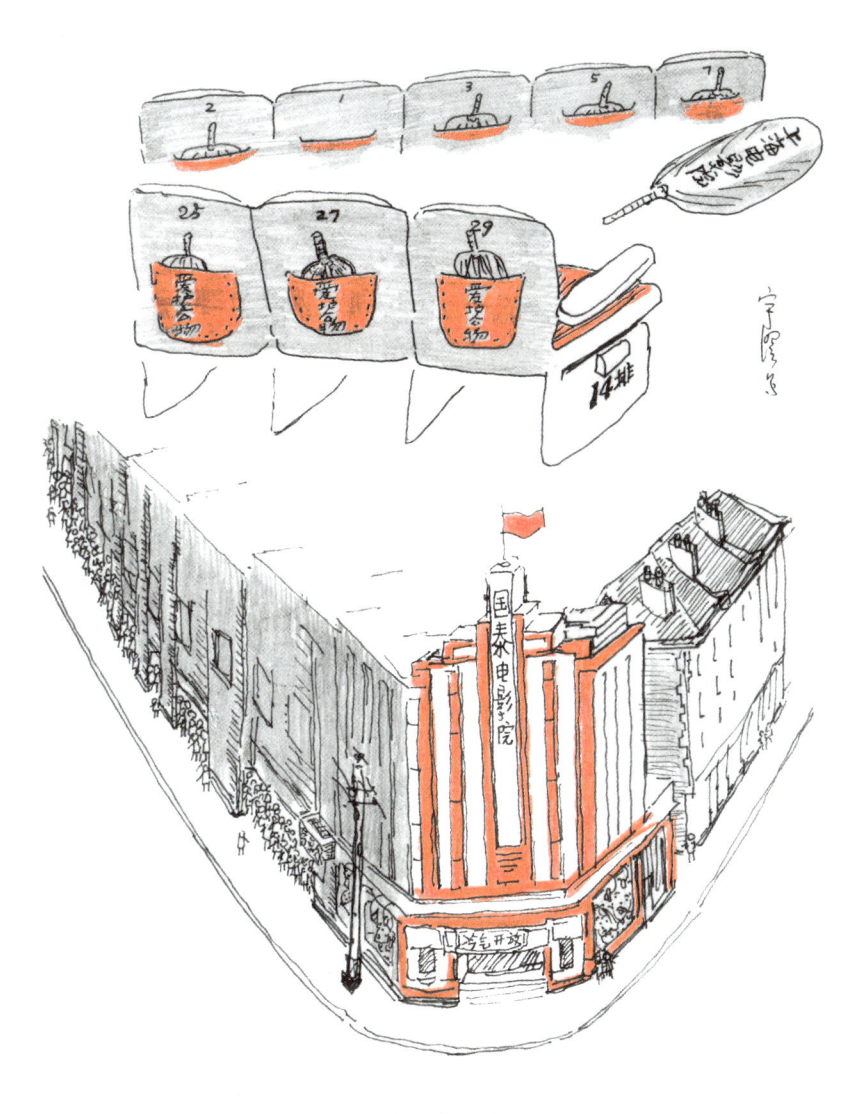

国泰电影院买票队伍，顺锦江饭店街廊朝北排开，该廊现辟为店面。在1961年，少数头轮电影院才有冷气，「上海电影院」是三轮影院，以纸扇消暑。

我休息》结尾。男主角解开水果篮,苹果骨碌碌从远处滚向镜头,紧接夜景,茂名路一排展览橱窗,长排夜灯。男主角背朝镜头,骑脚踏车,朝淮海路远去,音乐起来,字幕出现"完"批者年少时,每每视此为世上最悲惨的一个汉字,影院大亮,四周噼里啪啦翻座垫,一切模糊,成为背景。蓓蒂爸爸也模糊起来,成了背影。年龄,是难以逾越的障碍,一道墙壁,无法通融,产生强烈吸引。此刻,楼下请来校音师,传出高音区几个重复音。阿宝娘稳坐长沙发,结绒线,身边是翻开的《青春之歌》。楼下琴声不断。阿宝坐到沙发上,拖拖字考究过书来。麻雀细声鸣叫。弄堂里,嘶哑喉咙喊了一句,修洋伞。阿宝翻书,身边是结绒线的声音要么毛线和针双双粗粝、摩擦系数过高,要么四下过于安静。阿宝娘凑过来看书,带了雪花膏香气,读了一句说,爱情的苦闷,啥意思。阿宝不响。阿宝娘说,啥叫苦闷试探少年阿宝之烦恼、也算早期家庭性教育。阿宝动一动身体。安静之中,棒针互相的摩擦声。楼下又是钢琴高音区响声。修洋伞,洋伞修吧。阿宝翻几页,内心气恼真烦恼了、接近恼羞成怒了,放了书就走了。阿宝娘读出的句子,大概是另一页,阿宝看不见,但读出声音来,尤其以上海话读,阿宝感觉到讨厌,像是看清阿宝的变化如此微妙细密、非作者亲身经历莫属。收音机有一句沪剧台词,刘小姐,我爱侬。上海人提到爱,比较拗口。一般用"欢喜"代替,读英文A可以,口头讲,就是欢喜,喜欢。《第四十一》有一句台词,中尉对女红军玛柳特卡说,我不是生来当俘虏的,我家墙上四面都是书,我是从书里看到的。爱情的苦闷,同样是书里看到的,是书里印的字人生忧患识字始,从卡拉库姆沙漠到皋兰路花园洋房、放之四海而皆准。阿宝觉得烦恼,下

○上海电影制片厂摄制的喜剧电影,1959年上映。警察马天明因热心帮助群众解决困难而多次错失与相亲对象刘萍的见面机会,但最终他的优秀品质打动了刘萍。仲星火饰演马天明。

叁章 69

楼走到皋兰路口,想不到,迎面碰见了小阿姨。阿宝招呼了一声。小阿姨神色凄苦,手拎一只蒲包,讪讪说,小阿姨带来一条鳜鱼。阿宝不响。小阿姨是阿宝娘的妹妹,苦命女人,多年前,与一个落难公子离婚,与虹口户籍警察结婚,生了两个小囡。结果户籍警,就是小姨夫,借工作之便与一个女居民轧姘头"轧"字就显出不堪的一面,当时叫"搞腐化",丈夫是海军,女居民突然有孕,"破坏军婚",小姨夫判三年劳教。小阿姨全家,立刻就迁回浙江老家小镇落户,这是上海市对待无业妇女,罪犯配偶的常规办法。小阿姨讨厌乡镇生活,习惯上海,有多少次,哭哭啼啼寻到皋兰路来,有时拖了两个小囡同来,住个几天,父母劝慰几天,仍旧哭吵不止。有天夜里,一部救命车上海话直截了当,读音上"救护车"与"救火车"也易混淆拼命摇铃,冲到阿宝家门口,两个医工七手八脚,装了小阿姨的担架,呼啸而去。这天是小阿姨想不开,吞了五包白磷洋火头子,决定自杀。○家常的旧式自杀手段,多为女性所用。剧毒,15毫克中毒,50毫克致死。

贰

邮递员送来明信片,理发店李师傅看了看,照片朝外,插到镜台前面,自称与香港有来往正是北方话"显摆"二字之本意。以前上海首开日本商品展览会,照片里的香港,让上海人心思更为复杂,男女客人看得发呆也只有"发呆"可以形容了。三天后,明信片回到小毛手里。李师傅说,图章是本市,照片是香港,我真看不懂,我看糊涂了李师傅嘲讽。小毛不响,走进隔壁长寿路邮政局,买了一张两分明信片,按照沪生留的拉德公寓地址,旁边写一句,沪

○时维1956年12月1日,10月6日先在北京,共展出日货批五万余件。时距中日恢复邦交正常化尚有16年。

生，我是小毛，谢谢沪生写信来，有空来看我。祝快乐。这是小毛一生中唯一的一封信。这天小毛回到楼上，小毛娘立于三层阁楼的门外，烧了小菜，封煤炉。小菜简单，芹菜炒豆腐干，红烧萝卜两样（后者为素中之荤）。通常是夜里，小毛到大自鸣钟菜场，摆一块砖头，第二天一早，小毛娘，或者小毛，寻到砖头，排队买芹菜，萝卜，豆制品记卡供应。此刻小毛娘说，为啥又赖学，吃中饭就逃回来，老师会咬人吧。小毛不响。小毛娘说，我马上跟毛主席讲。小毛说，我肚皮痛。小毛娘说，放屁，男小人（上海话"小男孩"的意思，无涉人品），肚皮痛啥呢（以"肚皮痛"为由请假者的确多为女生，尤其是上了中学以后），哥哥姐姐成绩好，小毛呢，我白白里养了。小毛说，肚皮又痛了。小毛趴到眠床上。小毛娘说，姆妈做死做活，做夜班，只买一分面条子，加一分葱油，一分酱油，就算食堂里开荤了，比赛结纱头，做到骨头痛，做不过一只江北小娘皮。小毛不响。小毛娘说，读书好，将来就做技术员，做厂长，玻璃写字间里吃茶。小毛说，又讲了。小毛娘盖了镬子说，去吃杯热开水（还是信了"肚子痛"，天下父母心）。小毛说，嗯。此刻，老虎窗外，日光铺满黑瓦，附近一带，烟囱冒烟，厂家密布，棉纺厂，香烟厂，药水厂，制刷厂，手帕几厂，第几毛纺厂，绢纺厂，机器厂钢铁厂，日夜开工。西面牙膏厂，如果西风，"留兰香"味道，西北风，三官堂桥造纸厂（成立于1925年的江南造纸厂）烂稻草气味刮来，腐臭里带了碱气，辣喉咙的酸气，家家关窗。

○熄灭明火，以滑盖封住风门炉膛，用时将炉底炉顶捅开即重燃。家常技术活。

▲"江北"即苏北，有贬义；"小娘皮"是宁波骂人话，合起来就是"苏北小姑娘"。

▲又名绿薄荷或荷兰薄荷，"留兰香牙膏"，上海名牌。

○棉纺厂日常技术活，接上机后断离的细纱线，变之职业理想，无非后技术要求一好，二轻，三来"厂长"易名为做"总监"升级为"吃茶"准、四短、五结合、六快。咖啡。现代纺织已无此需求。

△此乃多数上海人至今不

叁章 71

小毛与同学建国，是从叶家宅回来，两人拜了拳头师父，已经学了半年"形意"。拳头师父的房间，北临苏州河，缺少竖桩地方，水泥地画了白粉笔小圆圈，用来立"浑圆桩""意拳"玩法，无实体木桩，练习者自行"肉身站桩"，养气。这天拳头师父穿一件元青密纽打衣，对两个徒弟说，整劲，要到桩头里去寻，体会到，感觉到了力道，就有进步。建国闷声不响，因为偷同学三本连环画事发，惊惶失措。拳头师父笑说，<u>猪头三</u>北方话"傻×"，这也会吓，同学真要打，建国要记得，不可以打面孔，鼻青眼肿，老师会发觉。建国不响。小毛说，如果是三个同学，冲上来一道打，我要挡吧可见不合群，人缘太差。师父说，要看情况，眼睛要睁圆，看来看去，容易眼花，拳头敲过来，再痛也不许闭，不许抱头，不可以吓。小毛说，四个人扑过来呢。师父说，记得，盯牢一个人用力，懂了吧，人多，不管的，拳无正行，得空便<u>揎</u>击打，带有"推"的态势，盯牢一个人揎，一直揎到对方吓为止，即使头破血流，也要揎，要<u>搠</u>侧手击，类似西洋拳击里的"抛拳"，拳头出去，冰清水冷，搠到北斗归南集中优势兵力歼敌，各个击破。小毛不响。师父说，宁敲金钟一记，不打破鼓千声。小毛想到班级的场面，血涌上来被霸凌，难怪逃学。师父说，不要吓，月缺不改光，箭折不折钢，腰板要硬扎，懂了吧，现在先耐心练，五行拳单练。小毛说，听到了。师父说，之后再练劈拳，自家去寻力道，如果寻到了，再练别的。小毛与建国点头，各人拿出两包劳动牌香烟。师父讲，小赤佬，香烟我至少吃马头即"飞马牌"，属中档烟，"生产牌"最差。小毛说，我以后会买"红牡丹"，"蓝牡丹"高级货让师父吃的。建国说，有了零用钞票，我先

○明末清初山西姬际可创立之武术流派，讲究心之意合，意与气合，气与力合，肩与胯合，肘与膝合，手与足合。

把师父用。师父说，记得就可以，我看表现，如果拳头练不好，我要捆的。小毛点头。师父说，打人功夫，师父将来教，现在先用力道想，气力集中到脚底板，小臂膊上面，记牢。小毛说，记牢了。建国说，师父，一刀草纸摆到骨牌凳上，我打了几天，草纸打出一个洞，结果吃了爸爸一顿生活（挨揍），我不后悔。师父不响。草纸凭票供应。建国败家。

武宁路桥塊（桥头），是小毛爸爸的上钢八厂，电铃一响，开出装满热烘烘钢条的加长卡车。铁丝网围墙里面，每夜是红蛇一样的钢条直窜。小毛端起饭碗说，老师要我写作文，写父母工厂情况。爸爸放了绿豆烧瓶子说（用高粱、豌豆、大小麦酿成的大曲酒，并无绿豆成分，因酒色发棕绿而得名，常浸入药材。），工厂跟工人，最好写了，以前（指"大跃进时代"）车间里，播一首歌，只有一句，一千零七十万吨钢，呀呼嘿，一千零七十万吨钢，呀呼嘿。厉害厉害，当时中国，要超英国，马上就超英国了，要一千零七十万吨钢，就一千零七十万吨钢了，要啥是啥。小毛说，为啥不超美国。小毛爸爸说，美国赤佬，少爷兵，只会吃罐头午餐肉，超了有啥意思呢，上海懂吧，一向是英国人做市面。小毛说，法国呢（最近法租界去多了）。小毛爸爸说，等毛主席开口呀，领袖响一句，啥人是对手呢，中国，马上是世界第一名，（一响顶一万响）花楼第一名了（花楼即青楼）。小毛娘讲，不要讲了，吃饭。小毛爸爸放下酒杯说，金口不可以随便开，金口一开，事体好办。小毛娘说，几时几日，老酒可以戒。小毛爸爸不响。小毛娘说，世界上面，男人只晓得加班，开会，吃老酒，只有领袖懂我心思，晓得我工作好。小毛说，嗯。小毛娘说，姆妈一直是有错的，有责任，想到了领袖，心里就平了，原谅车间里几只骚货，我舌尖头想

叁章　73

讲啥，领袖早已经明白。小毛不响。小毛娘说，小毛，就写一写姆妈，可以吧。小毛点头。小毛娘说，几年里轮不到劳动模范，眼看别人得奖状，搬到棉纺新村，住新工房 1950年代为工人兴建的新式工人新村，苏联式样，姆妈为啥不气，不吵。小毛爸爸说，老皇历，不要翻了。小毛娘说，要是别人，吵到地上打滚，出娘倒皮 "出"近吴语"戳"字读音，与"倒皮"有因果关系，骂山门，哭天哭地，姆妈为啥做不出来。小毛说，为啥。小毛娘说，荣耀不归我，归领袖，想到此地，我有啥委屈。小毛说，为啥女工经常吵。小毛爸爸说，女工只计较小问题，男工阴私，表面大方，最有野心。小毛说，为啥机修工，全部是男人呢。小毛娘说，机器里爬上爬下，过去讲是不体面，难看的，不方便 千修万修，到1990年代统统砸烂。小毛不响。小毛娘揩眼睛说，我当然也委屈，只是姆妈，这辈子要理解人，一生一世，要帮人。小毛说，我记下来了。小毛看一眼领袖像，想起前天，银凤忽然走上楼来，看看五斗橱上这张像，银凤一笑说，比居委会还大呀 很多年后，是比谁家的电视机更大。小毛说，姐姐，有啥事体。银凤说，姆妈呢。银凤的碎花薄棉袄，胸口臃肿，纽扣松开，露出里面垫的厚毛巾，小毛一看，银凤面孔一红，掩紧说，我走了。小毛不响。银凤就下去了 有一种怀揣"凶器"掩杀上门的感觉。这天夜里，父母做夜班，西康路24路电车，当当当，开了过去，听见二楼爷叔一声咳嗽，银凤上下楼梯，接水，然后变静。老虎窗外面，北风寒冷，听见西康桥方向，夜航船马达声，船笛声，苏州河叶家宅一带，河对面一长排粪码头，岸边的空舱粪驳子 不要怀疑，真的是专门运屎的船，吃水浅，甲板摇摇晃晃，高过防汛墙。小毛眼睛有点酸，弄堂隔壁西康路小菜场，即便困难时期，过几个钟头，郊区送菜的<u>黄鱼车</u> 上

○如"骂大街"。"山门"即庙门，民间传说：徐文长屡试不第，某日于庙中借酒劲大骂文殊菩萨。

海常见人力小型货车，带简易车斗，需领牌照，带鱼车，就要集中到达，一直吵到天亮，长寿路两边，东北西北，无数工厂中班夜班交接。大自鸣钟居民十五支光电灯，一盏盏变暗，夜深了，棉被开始发热。此节可与"第壹章第壹节"阿宝十岁，邻居蓓蒂六岁，两个人从假三层爬上屋顶，瓦片温热，眼里半个卢湾区……"参照对比阅读。

○以自行车拖带的两轮拖车，载货量更大，无车闸，通常每晚从乡下运菜进城，从桥上冲下来风驰电掣，车夫会发出撕心裂胆的嚎叫。

•"支光"又称"烛光"，一瓦白炽灯发光强度旧称1烛光，25瓦称25烛光，以此类推，一支蜡烛点燃时的发光强度大概是1勒克斯。

叁

礼拜天下午，沪生走进大自鸣钟弄堂 平生第一次走进"下只角"，理发店大门口，有两个小姑娘跳橡皮筋 "上只角"镜像是一个小姑娘弹钢琴，一个是大妹妹，另一个是隔壁弄堂兰兰。沪生看看门牌说，我寻三层楼小毛。兰兰说，我来带路，小毛功课做不好，罚写字了。两个小姑娘，领沪生进了店堂。收音机播放本滩 沪剧，丁是娥《燕燕做媒》，悠扬至极。沪生走过一排理发椅子，到二楼，一扇房门敞开，银凤抱了囡囡吃奶，上三楼。小毛听到响声，挡到门口，警惕说，做啥，快下去。大妹妹说，人客来了呀。此刻，小毛看到了兰兰

○丁是娥，当年沪剧一姐，工花旦、正旦、老旦，《燕燕做媒》是据赵树理小说《登记》改编的沪剧《罗汉钱》原始歌词如"一根紫竹直苗苗，送与哥哥做管箫，箫儿对着口，口儿对着箫，箫儿吹出鲜花调，哥哥呀，这管箫儿好不好？问哥哥呀，这管箫儿好不好？"

背后的沪生，相当高兴。两人到方台子前面，刚讲了几句，小毛一回头，大妹妹与兰兰手脚更快，拉开碗橱，每人捞 捞字灵光 了一只红烧百叶结，一块糖醋小排 伙食不错，困难时期刚刚过去了。小毛气极

叁章 75

说,快点滚,滚下去。两个小姑娘一串银铃,飞快跑过沪生身边,乒乒乓乓逃下楼去。沪生笑笑,看老虎窗外,满眼是弄堂屋顶,两人讲了几句,也就下楼。二楼银凤拉开图图,胸口一掩说,出去呀生人面前这一掩,揭开了熟人之间日后的一段风流勾当。小毛说,这是我朋友。沪生朝银凤点点头。

两人到底层,出了后门弄堂,顺西康路,一直朝北走。沪生讲到了大妹妹与兰兰。小毛说,一对馋胚。沪生说,我认得一个小姑娘,年龄比兰兰小,弹琴三心两意,喜欢看男女约会,荡马路。小毛说,这比兰兰懂事多了。沪生说,讲到脾气文静,我原来邻居姝华姐姐,不声不响,只欢喜写字,抄了几本簿子。小毛说,我喜欢抄武打套路,古代名句。沪生说,姝华姐姐抄诗,一行一行的小字。小毛说,我同学建国,专抄语文书里的诗,比如,天上没有玉皇／地上没有龙王／我就是玉皇／我就是龙王这种,沪生说,这种革命诗抄,我爸爸晓得,一定会表扬。小毛说,干部家庭的人,讲起来差不多,我同学建国的爸爸,是郊县干部,发现农村方面句子,要让建国抄十遍,像比如,树老根多／人老话多／莫嫌我老汉说话啰嗦。沪生说,这篇诗,我只记得一句,三根筋挑着一个头。小毛一笑。沪生说,我爸爸讲了,这是新派正气诗。小毛说,讲正气,就是宋朝了。沪生笑笑不响。两个人走到西康路底,前面就是苏州河,首次逼近,沪生比较振奋,西晒阳光铺到河面上,正逢退潮,水上漂浮稻草、烂蒲包、菜皮生产和生活,点染碎金,静静朝东面流。两岸

○大跃进时代名诗《我来了》,后一句"喝令三山五岳开道,——我来了!"铿锵有力,相当于多年后施瓦辛格『I will be back』

·见当年小学《语文》课文《手拍胸膛想一想》作者张长弓:一九五七年有一个白发老贫农要退社,社员说了以下这番话:『树老根多,人老话多,莫嫌我老汉说话啰嗦。你钱大气粗腰杆壮,又有羊,入社好像吃了亏,有羊,入社好像吃了亏,穷人沾了你的光,手拍胸膛想一想,难道人心喂了狼?……』

停了不少船家，河中船来船往，拥挤中，一长列驳船，缓缓移过水面，沪生想到了四句，背了出来，

> 梦中的美景如昙花一现，
> 随之于流水倏忽的消失。
> 萎残的花瓣散落着余馨，
> 与腐土发出郁热的气息。

小毛说，外国人写的。沪生说，姝华抄的。小毛不响。沪生说，是姝华一个表哥写的。小毛说，我听不大懂。沪生不响。

小毛说，此地东面，是洋钿厂，洋钿厂桥，再过去，潭子湾，工人阶级发源地。

沪生说，我晓得，这叫江宁桥，前面沪杭线，铁路与苏州河贴近，洋钿厂，就是造币厂，苏州河到此弯向南面，铁路一直朝东，当中是洋钿厂，一幢西洋大房子，像柏林国会大厦。小毛说，大妹妹的娘，以前每日坐定这间房子里，做铅角子，壹分，贰分，

○应是『表哥』最初草稿，此诗为上海隐秘诗人陈建华1967年所作，题为《梦一现，随之于流水倏忽的消逝，萎残的花瓣散落着余馨，与腐土发出郁热的气息。》／恐惧在黑夜之流里延漆黑，像一张网，罩住我的增，这巨网，我感到收敛叶恐惧；我四肢麻木，如解体一般，如被人鞭笞，弃之于绝谷。《无数条蛇盘缠伏的声音，如列车驶近旷野的小站，山谷的回声也越来越轻。〉／〈黑夜沈浸于死的寂静中，听脉搏微弱起脐带直接里尔克、奥登小毛猜是『外国人写的』。『九叶』倡导的却是『中国古典与外国现代之融合』。此诗技巧和风格上似受『九叶诗派』影响，精神

○『潭子湾』最早见于《乾隆真如里志》。『潭子』得名于东晋吴兴太守虞潭，于乱世开仓赈济，修『沪渎垒』防『五书米道』海贼侵扰，以百姓赖之。上海称『沪』，即得名于『沪渎垒』要塞。

△今光复西路17号『上海造币厂』，近江宁路桥东北侧，始建于1920年，钢筋混凝土结构，仿费城造币厂样式，门廊由爱奥尼柱支撑，上饰三角形山花，古典主义风格。

叁章 77

伍分,哐噹,哐噹,机器一响,角子堆成山,后来生病,不做了。沪生说,难以想象。小毛说,角子,等于一堆一堆白石子,厂里一分不值,等于一堆螺蛳壳再聊下去"就是粪土了",我对大妹妹讲,如果让我抓一把,就好了。大妹妹笑笑,一面一个酒窝。沪生说,兰兰笑起来,也好看。小毛说,假使是夏天,现在就去爬洋钿桥,跳桥头。沪生说,我不敢。小毛说,"插蜡烛",可以吧,两脚朝下,双手抱紧,眼一闭朝下跳。沪生说,等于跳伞,我父母是空军,这要训练。小毛说,讲到军队,现在比不过宋朝。沪生说,宋朝,有轮船飞机吧,可以马上解放台湾吧。小毛说,可以呀,章回小说可以写呀,台湾城,高收吊桥,一声炮响,一队人马杀来,旗上一个"沪"字,鼓声再响,沪生爸爸拍马赶到,高喊一声,蒋家老贼,快快开门受死,免得本官动手,生灵涂炭。沪生笑笑。小毛说,我认得一个老头子,住"上只角",淮海路的钱家弄,手里有几百本旧社会连环画,借看,一本三分,有兴趣吧。小毛摸出一本《平冤记》《聊斋》、包公或杨乃武故事,开头印"朝中措"词牌,繁体字,幽姿不入少年场,無語只淒涼,一個飄零身世,十分冷淡心腸。江頭月底,新詩舊恨,孤夢清香。沪生摇摇头,不感兴趣。小毛扫兴。两个人话题散漫,走到船民小码头,沪生买了油墩子,两人慢慢吃刚出锅烫嘴。河上传来拖驳的汽笛,两长一短。对面中粮仓库,寂静无声,时间飞快,阳光褪下来,苏州河变浓,变暗接一句,变臭。沪生说,有空来拉德公寓。小毛答应。两人离开河岸,逛到24路终点站,小毛目送沪生上了电车这个神奇的24路电车,为什么越看越像哈

○又名钱家塘,位于今"襄阳路市场"地块,旧式里弄,北通淮海路,西通襄阳路,南通南昌路,东接桃园弄,以迷宫格局著称。上海电影译制厂配音演员邱岳峰生前居处。已不存。

△湿面粉裹萝卜丝油炸,南京叫"萝卜丝端子"。

·陆游《朝中措·梅》,后句为:"任是春以风不管,也曾先识东皇。"

利·波特的九又四分之三站台。

　　这天小毛娘早班回来,理发店王师傅讲苏北话说,家来啦。小毛娘讲苏北话说,嗯哪。王师傅说,小毛才刚出去。小毛娘说,到啦块去了。王师傅说,跟一个同学,一块出的门。小毛娘说,啦个同学呢。王师傅说,戴眼镜的小子。小毛娘气极说,小赤佬,讲定不出门,脚头子又痒了,橄榄屁股坐不稳。小毛娘咚咚咚上楼。二楼爷叔房门关紧。银凤开门说,阿姨,进来呀。小毛娘说,啥事体。银凤说,进来讲。小毛娘进去,银凤关房门。摇篮里,囡囡刚醒,眼睛东看西看。小毛娘引弄囡囡。银凤轻声说,想问阿姨一桩事体,难为情开口。小毛娘说,跟阿姨讲。银凤低鬟不响,之后,胸部慢慢一抬说,我实在太胀了。小毛娘看了看说,啊呀呀,日长夜大,越来越大了。银凤轻声说,邻居隔壁看见,实在是难看,重也是真重。小毛娘说,囡囡享福。银凤说,太多了,囡囡吃不光,衣裳一直湿,囡囡一哭,就漏,垫毛巾来不及。银凤解开纽扣,白皑皑如堆玉雪,等于滑出两团热气,滚满房间。小毛娘撩起袖子,凑近一搭说,要命了,厂里一百来人的汏浴间,也少有少见,太扎足了。银凤说,是呀。小毛娘说,不要紧,按照老法,敷一点芒硝,会适意的,会退。银凤掩了衣襟。小毛娘说,海德要是回到身边,倒可以相帮吃一点。银凤面孔涨红说,我姆妈讲了,假使邻居小囡肯吃,也可以的。小毛娘说,做女人真难呀,奶水少,急煞,奶水多,苦煞。银凤沉吟说,阿姨,要么我让小毛来吃,我

叁章　79

情愿的。小毛娘不响 内心戏复杂 。银凤说,每天两趟,早上夜里。小毛娘发呆说,小毛一直是瘦,吃下去,是补的,只是,小毛已经大了,不像腔 不像话 。银凤说,我想过了,我是肯的,不关的,就怕小毛难为情。小毛娘苦笑说,让我想一想,不要急。银凤说,实在胀得没办法。小毛娘慢慢回到楼上 "慢慢" 表示此时内心开始肿胀 。到了黄昏,小毛从西康路慢慢回弄堂,兰兰见了就说,快回去呀,上面喊了十七八趟小毛了 小毛躺枪,只因为娘的心里有事 ,野到啥地方去了。小毛说,急啥。兰兰说,抽屉里,一定少了粮票钞票,是小毛拿的,肯定要吃生活了。小毛说,我姆妈从来不打人的。小毛上楼,刚踏进房间,小毛娘一把拖过来,头上一记麻栗子 上海话,用食指关节敲人脑袋,与敲门手势一致 。小毛娘说,小侬个赤佬 小字拆开做动词 ,死哪里去了。小毛捂头说,为啥打人呀。小毛娘说,为啥不写字。小毛说,来了一个同学。小毛娘说,白脚花狸猫,养不家了,姆妈我下班走进房间,只见一只空台子。小毛说,好好讲嘛。小毛娘说,我总以为,小毛还小,还是一个可以吃奶 被二楼新娘子带坑里了 的小囡,姆妈不舍得打,现在看来,脚骨硬了是吧,到处去野。小毛说,打人是不对的。小毛娘说,太气人了。小毛说,再有道理,可以开口讲嘛,动手做啥呢,领袖从来不打人的 。

四　章

一

　　该日梅瑞与康总吃茶，谈到阿宝与沪生到处乱混的阶段，沪宁公路上，阿宝连打几只喷嚏，旁边沪生也打喷嚏。公务车开得飞快。陶陶从后座递来纸巾说，难得出来一趟，夜里要应酬，两位保重。陶陶身边，是投资客户俞小姐，此刻抽了一张纸巾，鼻前一揿，说，雨越来越大了，到了苏州，会不会小一点。陶陶说，放心，马上会停，一切安排好了。俞小姐说，这趟去苏州，到底有啥内容。陶陶说，就是应酬。俞小姐说，我不相信。陶陶说，我重复几遍了，苏州老朋友好客，就想结交几位上海老总。俞小姐摆摆手，接了几只电话，怫然不悦说，刚离开上海，麻烦就来。陶陶说，不开心了。俞小姐不响。陶陶说，开心一点。俞小姐轻声说，我跟陶陶，是讲不明白的。陶陶说，做人要乐观。俞小姐不响。前排沪生说，既然出来了，就算了。俞小姐说，嗯，是呀，我是看沪先生，宝总的面子。前排阿宝说，谢谢。陶陶说，我也有面子，几个做外贸朋友，人人

四章　81

晓得宝总大名。俞小姐说,我最讨厌陶陶了,做生意,目的性强,一有事体,就跟我死来活来,缠七缠八,蟹老板趴手趴脚的脾气,不会改了 老上海话有"蟹手蟹脚"讲法。沪生笑说,大闸蟹,钳子一夹,无处可逃。俞小姐笑说,是呀,陶陶的钳子,太厉害了。俞小姐讲了这句,后座窸窸窣窣,然后啪地一记。俞小姐压低声音说,碰我做啥 钳子说出就出。

车子开到苏州干将路"鸿鹏"大饭店,雨停了。四人下车,进包房。老总迎候,大家落座。老总说,久仰各位大名,路上辛苦,陶陶是我多年兄弟,大家先坐,我敬一杯。于是大家吃吃谈谈。老总酒量好,爽直,副手姓范,十分热情。一顿饭下来,老总只提起一个内部开发计划,如果参与,不论数目多少,回报率高。老总每谈此事,陶陶也就跟进,称某人某人因此发了横财 这种行为,北方人叫"托",上海话称"撬边"。范总打断话题说,内部朋友合作,外面多讲不合适 也是"托派"分子。这顿饭,老总进来出去,相当忙,外面多桌领导或朋友,也要敬杯,也常有客人进来,向老总致敬 不太地道,却也是当年生意酒局常态。散席后,范总陪了四人上车,到一家宾馆,约定明日再会,也就告辞。四个人走进大堂,沪生对陶陶说,吃饭是好场面,但这个地方,基本像招待所。俞小姐面色阴沉。陶陶说,范总打了招呼,客人太多了,房间一时调不出来,隔天就换地方。沪生与阿宝进房间,倒两杯茶,坐下来只讲了几句。听到隔壁大吵,是俞小姐声音。过了一阵,陶陶推门进来说,不好了,俞小姐要回上海了,两位帮帮忙,劝一劝 干将路上干起来。

三人跑 不是奔跑,上海话"走"的意思,正常步速,真正的"跑",上海人说"奔"进隔壁房间,俞小姐大为光火说,这种垃圾房间,我不住的，现在，我立刻就转去。陶陶说，俞小姐，来已经来了，千万克服一夜，明朝再讲。俞小姐冷笑说，哼，做戏让我看，这个苏州老总，根本就是垃圾瘪三如果"瘪三"骂的是一切下等人，前缀"垃圾"，则特指"瘪三里的战斗机"，还想骗我。大家一吓。俞小姐说，啥狗屁的投资回报，啥高级领导开发项目，看人，我看得多了，懂的上海人最怕、最恨的就是被别人当成傻瓜，不管自己是不是傻瓜。陶陶说，轻点呀。俞小姐说，这种旧床，这种旧被头，旧枕头，我碰也不会碰，现在马上回上海走夜路估计两小时能到。陶陶上去拖，俞小姐一犟说，路上我就想了，这次出来，一定不开心的，认得陶陶，我上当还不够多，我十三点。陶陶不响。俞小姐说，沪先生，宝总，大家一道回去，回上海，现在就走。陶陶说，俞小姐，总归要把<u>给</u>我一点面子嘛，气性太大了。俞小姐不响。场面尴尬。阿宝拉了陶陶，到走廊商量，最后陶陶说，也好也好。于是，阿宝与沪生回了房间，隔壁还是吵，但后来，听见走廊一阵说笑，脚步声音。沪生说，两个人做啥。阿宝说，我请俞小姐出去住了，四星五星也可以。沪生说，俞小姐吵归吵，笑归笑，比较难得。阿宝说，是陶陶不懂道理，这种会议，根本就不应该来来是情面，走是道理。

两人落座闲聊。阿宝说，白萍有消息吧。沪生说，极少来信了。阿宝说，1989年公派出国，讲明二个月，现在，五年三个月不止了。沪生说，人一走，丈人丈母娘，就开始冷淡，我也就搬回武定路，到1991年有一天，丈母娘叫我上门，拉开抽屉，一张借据，人民币两万两千两百元批者讲北方话：这笔已巳借款可真够"二"的。丈母娘讲，白萍出国前借的。我一句不响。丈母娘讲，沪生如果有，帮白萍付一付，以后让白萍还。我不响，拿出了三千元，余款一周后送到。我后来想，等于是"人们不禁要问"，如果是廿二万两千元，

哪能办 批者又讲北方话：那就更"二"了呗。阿宝笑笑说，"文革"腔，改不过来了 前面沪生已开始自我引用，显示除魅基本完成。沪生说，当时还以为，白萍会来电话，道个歉，但一声不响，偶尔来了电话，也根本不提 北京话，这叫"白不提，黑不提"。阿宝不响。沪生开电视，两个人看了几条新闻，有人敲门。阿宝开门一看，是陶陶与苏州范总。阿宝说，俞小姐呢。陶陶说，宝总猜猜看。阿宝说，回上海了。陶陶说，可能吧，不可能。沪生说，爽气点讲。陶陶说，我正式报告，俞小姐，住进苏州大饭店，天下太平了。阿宝说，这就好。陶陶说，俞小姐坐进丝绒沙发，雪白粉嫩，嗲是嗲，糯是糯，像林黛玉。沪生说，林妹妹一笑，宝玉出来做啥呢。陶陶说，啥。沪生说，万一眉头一皱，再发起火来。陶陶叹息说，这只 人像大闸蟹那样以"只"论时，多带贬义 女人，就等于独裁专制，我要民主自由，我怕的。苏州范总笑笑说，全部是怪我，招待不周，陶陶跟我打了电话，真是抱歉。阿宝说，不客气。范总说，俞小姐的单子，必须

○陶陶心目中的林妹妹模样，要么越剧电影《红楼梦》的王文娟，要么87央视版电视剧《红楼梦》里的陈晓旭。

我来结。阿宝说，小事一桩，范总不必认真。四个人吃茶，聊了一个钟头。沪生看表，已经十一点多。陶陶说，时间不早了，两位有兴趣出去吧。阿宝说，我想休息了。陶陶说，出去吃一点夜宵，总可以的。沪生说，算了。陶陶说，还是去吧，附近有家小店，老板娘懂风情 如果是男老板，上海话叫"懂经"，大家去一次，再回来休息。范总说，小店确实可以，老板娘也有意思，一道去散散心。陶陶说，走。陶陶拉了阿宝，沪生，四个人走到楼下大堂，灯光暗极，总台空无一人，走近大门，已经套了两把环形锁 离开时锁是两把，陶陶推了推门。范总说，服务员，服务员。招呼许久，总台边门掀开一条缝，里面是女声，讲一口苏白，吵点啥家，成更半夜。陶陶

说，我要出去。服务员说，吵得弗得了。陶陶说，开门呀，我要出去。女人说，此地有规定嘅，除非天火烧，半夜三更，禁止进出。陶陶说，放屁，宾馆可以锁门吧，快开门，屁话少讲 以前上海人一到苏、杭这种地方就自动嚣张起来。女人说，倷 苏白：你 的一张嘴，清爽一点阿好。陶陶说，做啥。女人说，阿晓得，此地是内部招待所。范总讲北方话说，少废话，我们有急事出门，赶紧开门。阿宝说，还是算了。沪生说，不对呀，范总要回去吧，要开门吧。陶陶拍台子，摇门，大吵大闹说，开门呀，开门呀开门呀开门呀，我要出去，我要出去呀出去呀 开始失控。门缝再无声息。范总大怒，讲北方话说，什么服务态度，快开门，妈拉个巴子，再不开门，老子踹门啦。阿宝与沪生，仗势起哄 上海人的嚣张止于嘴上，付诸肢体，还要看讲北方话的。吵了许久，门缝里慢悠悠轧出一段苏州说书，带三分侯莉君《英台哭灵》长腔说，要开门，可

弹词名家，在『蒋调』『俞调』及京剧旦角基础上独创的『侯调』，悠长婉转，如泣如诉。

以嘅，出去之嘛，弗许再回转来哉，阿好 妙。陶陶说，死腔，啥条件全部可以，快点开呀。静了一静，一串钥匙响，一个蓬头女人，拖了鞋㧐出来，开了门。

* 此只闻其声不露真容之妇女，可视为服务态度欠佳、蓬头拖鞋版之『接引
△ 上海女人发嗲用语，相当于北京女人之『德性』！陶陶忽做莺声，想是被苏州女人的『阿好』带动。

四人鱼贯而出 门开得蛮窄，走到外面，花深月黑，空气一阵清新。陶陶说，肚皮已经吵空 吵架消食。范总说，这种招待所，简直是牢监。陶陶说，小店有多少路。范总说，三个路口就到。夜深人静，四人闷头走路，走了不止四个路口 开始不对了。这是第一个不对，范总东张西望，寻到一家门面，但毫无灯光，玻璃门紧闭，上贴告示，本酒吧装修。范总说，糟糕。陶陶说，老板娘呢。范总懊恼说，半个月不来，变样子了 第二个不对。阿宝看表，将近一点

四章 85

钟。范总说，要么，大家去氽浴 去浴场洗澡，有吃有唱。陶陶说，可以可以。阿宝说，不麻烦了，回去吧。沪生说，我也想回去，陶陶真的要氽浴，就跟范总去。范总说，要么一道去，要么不去。陶陶说，已经出来了，不回去了。阿宝说，不早了，还是回房休息吧。四个人就朝招待所走，阿宝发觉，范总对本地并不熟，漫无边际走了一段，绕错几条马路 第三个不对，已有"鬼堵墙"画风，陶陶扫兴至极。四人好不容易摸回招待所，大堂灯光全灭。陶陶推门，内部套了三把锁 比来时多出一把。陶陶敲门说，快开门，有客人到了。里面毫无声音。陶陶摇门说，开门呀，我要进来。里面无声息。陶陶说，死人，开门呀，开门呀，开开门呀。门内再无一丝声息。整幢房子，看不见一点灯光，一幢死屋 死人，死屋。范总脱了外衣，爬上大门旁的铁窗，打算由二楼翻进去。不料嘶啦一响，人根本上不去，栏杆铁刺戳破了长裤，撕出一个大口，从裤脚一直裂到腰眼，狼狈不堪 裂帛之声，静夜里格外嘹亮，好在也是因了静夜，不至于尴尬过市。

　　此刻已接近半夜两点 正值丑时，传说中阴气开始集聚之时。阿宝说，一辈子进出房间，进来出去，这趟最难。沪生说，四只夜游神，服务员眼里，等于四只吵狗，噩梦一场。陶陶说，让我歇一歇，再喊再敲，非叫这只死女人开门不可。阿宝说，开门是不可能了，还是朝前走走，蹲到门口，石狮子一样 画面太美不忍直视。于是四人狼狈朝前漫走，心力交瘁，路灯昏黄，夜凉如水。范总手拎破裤说，这样子瞎走，也不是办法，是不是寻个地方，住下来 半路醒过来了。阿宝说，范总还是先回去吧。范总说，这我难为情，不可以的。陶陶说，到浴室里混几个钟头，天就亮了。阿宝说，不麻烦范总了，我现在，就算回房间，精神已经吊足，同样是睁眼到天亮。

沪生说，是呀，范总先回去吧。范总摇摇头，拎了裤子碎片_{拗出了京剧老生造型}。沪生听懂了阿宝的意思，看来范总能力有限，因此弄出这场尴尬戏，再跟了瞎跑，也像是逼范总埋单，毫无必要。沪生说，范总先走，陶陶呢，就去苏州大饭店，找一找俞小姐，我跟宝总，另想办法_{周全}。陶陶说，这也太绝情了，我情愿睏马路，也不可能找俞小姐的。沪生说，俞小姐会吃人。陶陶颓然说，这次到苏州，全是为了这只女人，俞小姐急于投资，唉，我最近看女人的眼光，魂消心死，越来越差了，这个世界，哪里来的林黛玉，只有标准雌老虎，骨子里，只想赚进铜钿_{铜钱，泛指一切钱}的女人，为参加这次会，打了我多少电话，真的来了，又挑三挑四，翻面孔比翻牌还快，这种女人，我会看不透_{是因为不能看透自己}。沪生说，跟我讲有啥用。陶陶说，作天作地，我已经头脑发涨，彻底买账_{服气}。沪生说，算了吧，过几个钟头，两个人笑一笑，又粘起来了。陶陶争辩，三人一路乱讲_{开始语无伦次}。范总勾头独行，像是中了蛊_{无意中击穿次元壁，坠入另一维迷津}七转八弯，神志无知，闷声不响_{可听到空中传来的警幻棒喝，苏白："深有万丈，遥亘千里，快休前进、作速回头要紧！"}。

　　凌晨三点，四个人来到一片水塘前面，水中有弯曲石栈道，通向一幢灰黑旧门楼。栈道边，两排宽宽长长，四方抵角石条栏。四人一屁股坐到石栏上，方感舒畅。天色虽暗，眼前一泓白水，隐现微亮。阿宝说，此地好像来过。沪生说，风景蛮好，这是啥地方。几个人走到门楼前面，白地黑字匾，沧浪亭三字_{文徵明隶书}。陶陶说，我真是饿煞，原来到了苏帮面馆，上海淮海路也有一家_{确有同名国营面馆，初春季节，刀鱼汁面最受追捧}。阿宝说，这是上海花样，苏

○苏州园林有一定之形制，模块化存在和中国山水画无异，容易造成『似曾相识现象』，法语déjà vu，即俗称『既视感』

四章 87

州哪里有。范总说,北宋造的园子,苏州最古园林。阿宝不响,面对两扇黑漆大门,足下水光,一水沧涟,想起了弹词名家,沧浪钓徒马如飞。范总说,孔子讲过,小子听之。清斯濯缨。浊斯濯足矣。自取之也。沪生说,想不到呵想不到,"文化大革命"阶段,我第一次到此地,以后也来过,一到夜里,通通认不出了。范总放下破裤说 这才放下了,最近陪客户来了一趟,才晓得此地,是咸丰十年,太平军烧光拆光,同治年修复 虽经六毁七建,在苏州诸名园中,此园仍然别有一种荒凉颓败。四个人不响,坐于石栏上,云舒风静,晓空时现月辉,讲讲谈谈,妙绪环生。园中的山树层叠,依然墨黑沉沉,轮廓模糊,看不到细节,但长长一排粉墙,逐渐改变灰度,跟了天光转换,慢慢发白了。微明之刻,四周一阵阵依稀之音,含于鸟喉的细微声响,似有似无,似鸣非鸣 呜呜咽咽。阿宝说,太平军不要读书人,书烧光,沧浪亭烧光,八国联军攻北京,李秀成攻常州,移防苏州,清朝一个守备,投河自杀,结果,水里捉起来,拖到秀成面前。有本旧书讲,秀成有八个持刀护从,身披黄斗篷,黄缎马褂,四方面皮,留一撮胡子,秀成叹息讲,自家头发这样长,老百姓叫我"长毛",将来要是坏了事体,我逃是不可能了 忠王被自黑。清朝守备浑身滴水,低头不响。秀成讲,假使我一路顺风,江山有份,有吃有用,功名震世,吃了败仗,我苦了。讲到此地,落了两滴眼泪。范总说,长毛斗不过咸丰。陶陶说,等于炒股多风险,入市要谨慎,当年上海造反队头子,如

○造园者北宋苏子美,原址可上溯至五代吴越王钱镠之子钱元亮池馆。此刻景致合欧阳修《沧浪亭》诗意:"风高月白最宜夜,一片莹净铺琼田。清光不辨水与月,但见空碧涵漪涟。"

• 清咸丰、同治年间,"马调"创始人。以吟诵为主,风格爽利,因善说"珍珠塔",江湖人称"塔王"。

○李秀成1860年据苏州,富可敌国,建忠王府在拙政园侧,距沧浪亭约800米外。据同治年《苏州府志》,城内自杀的"节烈女性"374人,李死前自述《天国十误》,似并无此种悔意。

果革命成功,交关开心,可以多弄女人。沪生看一眼陶陶说,又是女人,吃足女人苦头,还不够。陶陶自嘲道,我心里明白,老古话讲,我是偷到如今,总不称心,老天爷最公平,我既要逍遥,吃到甜头,也就有苦头,无所谓了。月白风清,范总"拎起"了,陶陶放下了。四个人说说讲讲,发一阵呆,也就坦然。月轮残淡,天越来越明,鸟鸣啁啾然,逐渐响亮,终于大作。半夜出发,无依无靠,四个荒唐子,三更流浪天,现在南依古园,古树,缄默坐眺,姑苏朦胧房舍,苏州美术馆几根罗马立柱,渐次清晰起来,温风如酒,波纹如绫 句出袁宏道《初至西湖记》,一流清水之上,有人来钓鱼,有人来锻炼。三两小贩,运来菜筐,浸于水中,湿淋淋拎起。大家游目四瞩,眼前忽然间,已经云灿霞铺。阿宝说,眼看沧浪亭,一点一点亮起来,此生难得。此节事情,起首即被一段聊天"遥控"引出,已自带几分恍惚,及至末尾再次被"嵌入"一座古代园林,如电视"抠像"般被置于疑幻疑真的太虚幻境式背景前,"恍兮惚兮,其中有物,窈兮冥兮,其中有精"。将全书之命门暗藏于此节,作者之别有用心良苦。读者若在此处留意揣摩,辨物色于风尘,前尘后事之间千种啼笑,万种机缘,也会在幽暗繁花丛中一时分明起来——"一点一点亮起来"。

二

李李经营"至真园"饭店,换了几个地方,等新店形成了规模,某个周五 已经有双休日了,最迟1995年了,邀请阿宝,沪生,汪小姐宏庆夫妇,康总夫妇吃饭。大家进包房落座,李李进来,丰颐妙目,新做长发,名牌铅笔裙,眼睛朝台面上一扫

○ Pencil Skirts。1940年代山法国设计师、版型大师Christian Dior首创的一种弹性窄裙,因直如铅笔而得名,稍过膝,对身材要求极高,难以驾驭。梦露在《热情如火》、赫本在《蒂凡尼早餐》里皆以此"笔"生花。○1960年代末期被迷你裙取代。

四章 89

说，两女四男，搭配有问题了 饭局logistic是一门显学。汪小姐说，我还以为，宝总沪生，会带女朋友进来。李李说，不碍的 苏白上口，我请两位漂亮阿妹过来。汪小姐说，李李的样子，越来越嗲了 应该叫李调度。李李一笑，走出去，一盏茶工夫，陪两位女客进来介绍，一盏茶工夫，电招太久，扬招嫌快，来路蹊跷 吴小姐，公司会计，另一位章小姐，外资白领 彼时白领，还外资，相当于今之五百强前二百五高管，出这等场面，算相当拿得出手了。大家坐定，李李出去应酬，服务员上菜。宏庆说，两位女嘉宾到位，啥人来承包呢。汪小姐说，包啥呢，包养小囡吧 嗔老公轻浮兼怨其不育。宏庆不响。汪小姐说，我一看吴小姐，就是好酒量，章小姐，只吃菊花茶，宝总预备照顾哪一位呢。吴小姐忽然慢悠悠说，我不喜欢男人照顾，只喜欢照顾男人。酒未吃，谁语先打将起来 汪小姐不响 吃瘪。吴小姐与阿宝碰一碰杯，抿了一抿。章小姐与沪生吃啤酒。康太浑身滚圆，笑眯眯说，讲得对，女人，为啥要让男人照顾，我就喜欢照顾男人，让男人做老太爷。汪小姐不响 再次吃瘪，心里有一万匹草泥马奔腾而过。康太说，我每天帮老公捏脚，敲背，我适意。康总笑笑。汪小姐不响，接下来，大约踏了宏庆一脚，宏庆叫了一声 人家捏脚你踩脚。沪生说，刚刚我上楼，看见几个尼姑寻李李。吴小姐说，外面摆了两桌素席，李李相信佛菩萨，吃花素，一直有这方面朋友 素伏笔。

饭店老板，阿宝认得不少，印象最好是李李。开张多年，两个人熟。经常阿宝忙得要命，饭店朋友的电话，一只接一只打进来。宝总，店里进了一百多斤的石斑 这种巨大石斑，肉质粗糙，味同嚼蜡，只是样子唬人，专唬洋盘客人，要不要定一段，清蒸还是豉汁，带新朋友来，还是老规矩，摆两桌呢 宝总买卖不小，力邀阿宝赴会，准备一台子陌生人陪阿宝，或者，让阿宝陪一台子陌生人 此处当借宝总外公或者小毛娘的话来发一声长叹：做人，多少尴尬！。李李基本不响。经常是阿宝落寞之刻，公司里，人已走光，茶已变淡。阿宝想不到李李之际，接到李李电话说，宝总忙吧，有心情，现在来看我。阿宝答应，走进"至真园"，领位带入小包房，一只小圆台，两副筷碟杯盏。阿宝落座，李李也就进来，上了小菜，房门关紧，眼神就安稳 稳字稳了○老板娘自带维稳功能，随便讲讲，近来过往，有一点陌生，也像多年不遇的老友，日常琐细，生意纠葛，不需斟词酌句 天底下最安乐的莫过于这等茶饭。一次李李生日，阿宝叫人送了小花篮。夜里见面吃酒。阿宝说，花篮呢。李李说，不好意思，我不喜欢花篮。阿宝说，有啥不对吧。李李说，我不喜欢这种花，店里不用，只用康乃馨。阿宝说，玫瑰成本高，寿命短，康乃馨可养一个多礼拜。李李说，我不讲了 花伏笔。阿宝笑笑。这一夜，李李酒多了，到后来黯然说，我如果讲到以前经历，真可以出一本书。阿宝说，讲讲无妨。李李说，经常半夜醒过来，想跟一个好朋友仔细讲。阿宝说，好朋友就在眼前，另外，也可以对录音机讲。李李说，这我是发痴了。阿宝说，外国人喜欢自言自语，想到啥，对录音机讲，以前纠葛，过去种种人等，开心不开心的片段，随便讲，随便录。李李说，阿宝灌迷魂汤。阿宝说，坐飞机，轮船，随时讲，这叫Oral History，整理出来，就是材料，一本书。李李说，我当然有情节，有故事，但不方便讲，是私人秘密。阿宝不响。李李似醉非醉说，我哪里有好心情，如果讲起来，我会哭的。

　　此刻，台面上已经酒过三巡。吴小姐穿露肩裙，空调冷，披了阿宝椅上外套，与阿宝吃了一杯，见阿宝情绪不高，放慢速度，代阿宝夹菜 老吃老做。宏庆说，看见吧，大家看见吧。康总说，看见啥。宏庆说，吴小姐照顾男人，多少周到。汪小姐不响。宏庆说，两个人排排坐，真体贴。吴小姐缩进阿宝衣裳里_{缩字妙极}，发嗲说，宏总讲啥呢。这个阶段。李李两次陪人进来敬酒，先是香港男人，某港资沪办主任。后一次来，已吃得面含桃花，左右两个台湾男人_{通杀}，酒明显多了。这两个台男，年龄四十出头，算青年才俊，风度好，跟大家抿了一口，陪同李李出去。李李有点趔趄，高跟皮鞋一个歪斜，有风韵_{高跟鞋之另类妙用在于"高跟斜"}。阿宝明白，李李与两个台男，基本不会有故事。前面的香港男人身上，得出一点微妙_{阿宝在李李身上用心可鉴}。当时李李与此人进来，并不靠拢，但走近台面，从阿宝角度看，两个人其实接近，甚至贴近。大家立起来端杯，祝贺生意兴隆。阿宝所处位置，无须偷窥，是包房玻璃门反映，明显看见香港男的肉手_{突出一个肉字}，此刻伸到李李后腰一搭，搭紧，滑到腰下三寸，同样搭紧_{此处，胆经四十四穴位线路中枢，除"环跳"外，无甚要穴，不敏感，承上启下，进退有余。}

落手一搭，要看时间与程度。大家全部起立，目光集中于面前杯中酒，是多是少，吊灯下面，眼前是面孔，表情，酒杯。椅子要移开，人要立直，眼睛朝前对视，杯口要对称，碰撞其他杯子某部位，甚至嵌进去_{嵌字深刻}，控制力量，声音，小心轻重。酒量多少，也是算度之中。因为是上海，可以装样子，多一点，还是少，浅浅一口，或者整杯一口吞进肚皮，上海可以随便_{沪上酒风如此不堪，非关沪人天生酒量，而是后天养成的"人际关系边界感"使然}。碌乱之中，无人会想到，李李腰身后面，高级面料裁剪弯势与荡势之间，大提琴

_{·宁波奉帮裁缝（也称红帮裁缝）在170多年工作经验中总结出来的"四功九势"之关键二势：弯势，指裁剪自然的曲线；荡势，指的是垂感。最妙的是一个"势"字，有了"势"，便被赋予了某种"能量"。}

_{○时间，讲究是否顺势，势也分大小。小的，是双方肢体运动轨迹，大的，是现场整体局面；程度，是轻拿轻捏的"一搭"，轻了则对不住自己，近西门庆对潘金莲的"一捏"，重了等于白搭。}

92 繁花〔批注本〕

双 f 线附近，迷人弧度之上，一只陌生手 陌生是对宝总而言，无声滑过来，眼镜蛇滑过草地，灵活游动，停留，保持清醒，静静一搭的滋味 欲望仅仅是一串不断滑动的能指链而已。by拉康。两个人，究竟是几年里一直有默契，还是今夜发出询问与暗示，无人会懂。这种小动作，程度比一般绅士派头超量，时间延长，指头细节如何，春江水暖，外人无可知晓 东方人，腰线不彰，弧度小，加之臀部偏低，不好搭。上海方言，初次试探，所谓搭，七搭，八搭，百搭，搭讪，搭腔，还是搭脉。小偷上电车，就是老中医坐堂，先搭脉。乘客后袋凸出一个方块，是皮夹，笔记本，还是面巾纸，行业规矩不便用正手，依靠手背，无意碰上去，靠上去，靠紧几秒。平时房间里多练习，练手背皮肤敏感，可以感受对方是钞票，名片，还是整叠草纸 摸到这个算是倒霉到家。一旦对方发觉，因为手心朝外，不引怀疑。这种试探，上海"三只手"业内，称为"搭脉"。李李举杯，香港男超过警戒线 这道线是划在宝总心里吧，滑上滑下，一搭。李李面部看不出任何反应，心里倍感激动，还是意外，烦恼，甚至讨厌，人多不便发作，闪让，其他，李李不透露痕迹，一概不语，但等大家吃了酒，李李捏紧红酒杯，准备回身出去，脚下全高跟，因为椅脚，桌围，裙摆的限制 论铅笔裙的挑战性，小心转身，顺势于港男肩上一扶，极自然的动作，表明心迹尚佳。阿宝低头看看手表，时间不早了。附近 阿宝思绪走得太远，邻座竟视为附近，章小姐与康总夫妇以及沪生，讲得投缘。开初章小姐吃了几杯啤酒，之后只吃菊花茶，竟无人发觉 到底是财务，下班后尤保持警觉。○这顿饭，李李手眼身法

○"无声"二字实属多余。面料高支，手是肉手，摩擦系数自然低，何来声响？难不成一路鼓着掌滑手，容易下滑。

将过来？

• 其实上海话最特别的"搭"字词条，应是"搭界"——即"有关"，但使用频率最高的，不是肯定的"搭界"，而是否定最高等级的"不搭界"或其最高等级的"浑身不搭界"而以反问语势最为铿锵有力。句"搭界伐"出现时，

步,阿宝色受想行识,作者勾皴擦点染,小摘短掂,冷提忙点,三方皆无懈笔。

"至真园"这顿夜饭,原以为要吃到九点钟。阿宝去洗手间,看到外面几桌素席,即李李一些居士信众朋友的台子,已经散去。另外几桌,客人也立起来。阿宝回房一讲,大家也就散了。李李送到店门口,酒虽然多了一点,思路清爽,再三致谢说,开店多年,一直走不出上海,常熟有一位老朋友,收藏月份牌近百张,老宅一幢,三十年代家具也有不少,等到大闸蟹上市 秋季不远,准备相约各位,集体走一趟。大家赞同。于是汪小姐,宏庆,康总夫妇先走 让合法夫妇先走。剩了阿宝,沪生,吴小姐章小姐四人。章小姐建议吃咖啡 外资公司洋气,也不怕睡不着。吴小姐酡然说,想跟阿宝单独荡一段马路 借酒豪放。于是四人分两路。沪生与章小姐,叫一部车子离开。吴小姐与阿宝,顺北京路朝西走,但是只走了半站,吴小姐招手叫了车子,两个人后排坐好。吴小姐说,延安中路延安饭店。司机说,JJ舞厅。吴小姐说,对。阿宝反应不过来。车开得快,吴小姐紧靠阿宝,NO.5香水气味,眼睛闭紧,低头不响,身体微抖。阿宝说,如果不适意 不舒服,还是回去吧。吴小姐曼声说,宝总,不要误会。阿宝不响。吴小姐说,我老实讲,宝总像我的爸爸。阿宝不响 这个车开得猝不及防,确实不好接,只能不响。吴小姐轻声说,我现在,可以叫宝总爸爸,叫老爸可以吧 意图坑爹。阿宝一呆说,如果是古代,我可以做外公。吴小姐怅然说,我从小缺少爸爸。阿宝不响。吴小姐说,最近,我心情一塌糊涂,跟老公吵翻了,不想回去。阿宝说,有的女人,叫老公就叫爸爸,为啥到外面再寻爸爸 开始捣糨糊。吴小姐说,老公比我小三岁,喊不出口 捣

○懂经,是老司机。○当年全上海最热门之迪斯科舞厅,台湾人经营,8:00营业至凌晨2:00。饭后夜消食或者酒后行散,都是好去处。

94 繁花〔批注本〕

糨糊棋逢对手。阿宝不响。吴小姐说，不要紧张，我也就是叫一叫，今朝比较开心。阿宝说，女人最开心的阶段。吴小姐伶俐接口说，往往就是最不开心的阶段"嫁个男人是乌龟"与"洞房花烛朝慵起"可并存乎。阿宝说，搞不懂。吴小姐说，为啥要搞懂。阿宝说，还是回去吧。吴小姐说，宝总是啥星座。阿宝说，2月16日。吴小姐笑说，是"瓶子"，对朋友，比对家人好，我是双鱼。阿宝说，据说是欢喜了某人，一辈子难忘。吴小姐说，我听讲，宝总只喜欢少年时代一个小妹妹。阿宝不响。吴小姐说，这个小妹妹，叫啥名字，啥星座。阿宝笑笑说，大概就是双鱼，因为这个妹妹，加上老保姆，后来真变成了两条鱼冷。吴小姐说，不可能的。阿宝说，真的。吴小姐说，宝总看我乱讲，也就开无轨电车了北方话"满嘴跑火车"。阿宝不响。吴小姐说，宝总到现在，还是单身，心里一定有人了。阿宝不响。吴小姐说，李李呢，金牛星座，人漂亮，财运好。阿宝笑笑，此刻感到头痛起来。吴小姐说，李李的故事，晓得吧。阿宝说，晓得。吴小姐不响。阿宝说，讲讲看。吴小姐笑了笑，忽然警惕说，我不想讲，反正，是一言难尽可怜宝总，两个女人的故事都不能对他讲。

　　两人讲来讲去，JJ已到，门里门外，绿女红男，一踏进里面，重金属节奏，轰到地皮发抖把1990年代中期迪斯科与重金属混为一谈，硬核摇滚迷肯定不能同意，不辨东南西北，暗沉沉，亮闪闪，地方大1500多平方米，人头攒动，酣歌恒舞，热火朝天。阿宝买了两杯饮料，价格20元到25元，当年普通白领工资大概6000元至8000元轧出人群，回到原地，吴小姐已进入舞群里，扑进黑暗浪潮。舞场人多，热。阿宝以为，吴小姐进入这个黑洞，立刻是淹没，吞没。但吴小姐的露肩裙是反光质地身披战衣，有备而来，四面越是暗，人越是涌，灯越是

○位于1962年建成的延安饭店副楼，原址为三十年代法国圣芳济学院、圣芳济中学，1952年变更为时代中学。

四章　95

昏，吴小姐越是显，身体轮廓，闪烁银白荧光，像黑海航标，沉浮无定，耀眼异常。黑浪朝光标冲过来，压过来，扑过来，光标上下浮动，跳动，舞动 这种环境里，天晓得这三者还有何种区别。阿宝坐到高凳上发呆，心脏跟随节奏搏动，经常有"吊马" 职业搭讪者 走过来，音响震耳欲聋，听见一声声清亮温柔问候，阿哥，一道白相吧 吴语，玩耍。阿哥，是一个人呀。有个女人，伸手就拿饮料，阿宝一挡。Disco音乐无休无止，耳朵发痛发胀。随后吴小姐回来，香汗淋漓，笑了一笑，忽然贴紧阿宝，紧抱不舍。长长一段时间，吴小姐抱紧阿宝，倒于阿宝怀中。吴小姐抬起面孔，眉弯目秀，落下两行眼泪说，我现在开心了 行散发汗完毕。阿宝不响。吴小姐说，老爸，不要误会，我只是心里不爽。阿宝不响。吴小姐说，真没其他的意思，我现在，就是想抱一抱，谢谢老爸，爸爸 真没有其他意思。鉴定完毕。

伍　章

壹

　　当年，阿宝经常到淮海路"伟民"看邮票。礼拜天热闹，人人手拿集邮簿，走来走去，互相可以直接问，有啥邮票吧。对方上下端详，递过簿子来，随便翻看。考究一点，自备放大镜，邮票镊子，夹了一张邮票，看背面有否老垢，撕迹，胶水版，还是清爽底版，票齿全，还是缺，发现有兴趣品种，翻开自家邮册，指其中一张或几张邮票说，对调好吧。对方同意，恭敬呈上，让人横翻竖看，选一或几，最后成交。不同意交换，可以开价，讨价还价。类此私下交易，基本以年龄划分，拖鼻涕小学生，小朋友，手中簿子与票品，一般四面起毛，票面积垢污斑，像野小囡的头颈，不清不爽，龌龊。小朋友翻开邮票簿，一般是五爪金龙，指头直接戳到票面上，拖前拉后，移来移去，插进插出，无所谓品相细节。等到读初中，卄始懂事，出手也就清爽。年纪再大一点，邮集翻开，簿中乾坤，可称山青水绿，弹眼落睛 <u>上海话，抢眼</u>。因此，双方年龄，身份不对，相貌，卫生有差异，属于不一样的人，提出要看邮票，通常以翻白眼为回答，不予理睬 下只角镜像：小毛玩的也是一种纸制品——贴地刮来刮去的香烟牌子。这种场子，周围还有黄牛游荡，手拿几只信封，整套邮票，用玻璃纸叠好，一包一价，有贵有贱，依靠口头搭讪，轻易不露货色，只凭不烂之舌，整袋打闷包，卖"野人头"。集邮人群的阶级分别，如此清晰。

这个阶段，阿宝只有普通票〔指发行量较大的邮票，属不同于纪念票和特种票的行货〕，香港哥哥寄来几本盖销票，其中一本英国出品小型集邮册，仿鳄鱼皮，黑漆面子，手里一夹，样子好。阿宝每次带出来，里面是圣马力诺，列支敦士登等小国零散普票，包括蓝，灰色调早期民国普票，看得小朋友垂涎欲滴〔那时候送这种东西，等于1990年代送任天堂Game Boy游戏机〕。另有单独一枚，邮戳盖成墨糊涂的民初加价票，大人认为不值几钿。新中国初期千元面值零散票，每次也全部带来，目的是一个，努力用这些邮票，交换阿宝喜欢的植物，花卉两类常规主题。当然，类此品种，如恒河沙数，数不胜数。阿宝即使尽力收集，永远银根抽紧，出手寒酸，只能望洋兴叹，即使看一眼店里高级收藏，作为中学生，缺少机缘。这个年龄段的收集者，通常不可能进入"伟民"，以及思南邮局斜对面另一家私人集邮店"华外"。这两爿店，是大人世界，窗明几净，老板只接待一到两位体面老客人。主客双方等于观棋，对面坐定，老

△又称"改值票"，即在票面上加盖新面值改变原有面值。最有名的民初加价票是1920年12月1日发行的北京一版帆船票加盖"附收赈捐"邮票，也是中国第一套附捐邮票。

○包伟民邮票社，谈贵生的"华外邮票社"，袁必成的"成记邮票社"1940年代为上海三大集邮社。

○虚张声势，忽悠，以假货次货冒充行骗。见1884年5月8日《点石斋画报》插标，大书"新到美国野人，有头无身，供人观览"。余于暇日亦逐队往观。入内，围幕重重，虽日中亦设灯，室之半遮以栏，即高置人头处也。栏之上下左右用红布遮满，内设嵌玻璃一方，适中处嵌玻璃一方，视内，空洞无物，意盖示人以无身者。西人鼓琴一曲，曲罢，起身取洋烛引火照，近人头即被吹灭。

• 指邮票发行方将未曾使用过的新票以邮戳盖销，以保存邮票和邮戳盖销的完好品相，并非从信封上揭下的用过之邮票，后者一般被称为"信销票"。

▲作家里的集邮家都尚美说："成功的集邮家，都有一个最好的习性，便是忍耐"。阿宝成年后表现出来的耐力，或与少年时代的集邮经历有关。

板取出超大邮票簿，殷勤提供客人浏览，如五十枚一套瑞士，匈牙利植物花卉邮票。寒士 冷 只能立于外肆，隔橱窗玻璃望一望，聊饱眼福。这个以两家私人集邮店，一家思南邮局柜台为中心的场子，阿宝时常带了蓓蒂游荡。

这天蓓蒂穿碎花小裙子，头戴蓝蝴蝶结，蝴蝶一样飞来飞去。阿宝曾经送蓓蒂一套六枚苏联儿童邮票，加加林宇宙飞船主题 前苏联宇航员，1961年完成史上首次载人宇宙飞行，1968年死于空难，儿童涂鸦题材的套票，现在蓓蒂的邮集里，已经消失了。蓓蒂说，我六调二，换了一张哥伦比亚美女票，一枚法国皇后丝网印刷票，相当合算。哥伦比亚女人，1960年度全国美女，细高跟皮鞋，网眼丝袜，玉腿毕露。另一枚是路易十六皇后，气质过人，玄色长裙，斜靠黄金宝座，据说皇后因为克夫 大概是绍兴阿婆的评语，最终推上断头台，机器一响，头滚到箩筐里，阿宝深感不祥。蓓蒂说，优雅吧，就算去死，皇后也美丽。蓓蒂喜欢美女，公主，另是瑞士版蝴蝶票。亲戚寄来三枚一套蝴蝶新票，南美亚马逊雨林蝴蝶，宝蓝色闪光羽鳞，一大两小，三屏风式样，令人难忘。这天蓓蒂带了这套邮票，自说自话，走进"伟民" 手里有硬货撑腰。老板是圆圆的胖子，吸烟斗。阿宝贴到玻璃上看。蓓蒂举起蓝皮小邮集，递到老板手里，翻到亚马逊雨林蝴蝶一页。老板看看蓓蒂，看了看邮票，想了想，合上蓝皮邮集，转身从背后架子里，抽出一本五十厘米见方的大邮册，摊到玻璃柜台上，柜台比一般商店矮，前面两只软凳。蓓蒂静静翻看。老板走到柜台外，恭恭敬敬，动一动凳子，让蓓蒂坐稳。每当一页闪亮翻过，老板低头与蓓蒂解释。阿宝立于玻璃橱窗外，闻到潮湿的兰花香气，面前一阵热雨，整群整群花色蝴蝶，从玻璃柜台

○可怜蓓蒂走得太早，芭比来得太晚，否则她家附近的淮海路会出现一座芭比大楼，楼上楼下，整整一幢楼，都是公主。

伍章 99

前亮灿灿飞起，飞过蓓蒂头顶的蓝颜色蝴蝶结。这本邮册本身，像蝴蝶斑斓的翅膀，繁星满目，光芒四射。蓓蒂像蝴蝶，阿宝集花卉，好好的一对金童玉女。

"伟民"橱窗里摆出的植物邮票，有一套三十八枚，十字花科匈牙利邮票，百姝娇媚，鲜艳逼真。植物种类邮票，发行品种满坑满谷，苏联邮票常有小白桦。德国，椴树小全张。美国有橡树，洋松，花旗松专题。花卉专题，更是夺目缤纷。南洋，菲律宾，泰国常推兰花，颜色印刷一般。朝鲜有几种金达莱，单张，两张一套，样子少，纸质粗，有色差。日本长年"每月一花"，集不胜集。中国1960年版菊花全套十八枚，画功赞。有一天，蓓蒂对阿宝说，私人可以印邮票，阿宝想印啥呢。阿宝想想说，古代人讲过，玉簪寒，丁香瘦，稚绿娇红，只要是花，就可以印邮票。蓓蒂说，啥。阿宝说，旧书里讲花，就是女人，比方"姚女"，是水仙花，"女史"，也是水仙花。"帝女"，菊花。"命妇"，重瓣海棠。"女郎"，木兰花。"季女"，玉簪花。"疗愁"，是萱草。"倒影"，凤仙花。望江南，是决明花。"雪团圞"，绣球花。蓓蒂说，阿婆讲"怕痒"，是紫薇花，"离娘草"，是玫瑰，其他听不懂。阿宝说，"无双艳"是啥，猜猜看。蓓蒂说，猜不出来。阿宝说，牡丹。蓓蒂说，我不欢喜，牡丹，等于纸头花，染了粉红颜色，紫颜色。阿宝说，上海好看的花，是啥呢。蓓蒂说，我欢喜栀子花。

○ 袁宏道《瓶史·使令》：『丁香瘦，玉簪寒，秋海棠娇，然有酸态。』

• 沈复《浮生六记》：『归途游戈园，稚绿娇红，争妍竞媚。』

△ 白居易：『怪得独饶脂粉态，木兰曾作女郎来。』

▲ 皮日休：『落尽残红始吐芳，佳名唤作百花王。竞夸天下无双艳，独立人间第一香。』

○ 多年后白玉兰当选了上海市市花，1980年代中期列入候选名单曾有月季、桃花、海棠、石榴和杜鹃，而1927年上海特别市第一次由市民票选的市花，是以宝和蓓蒂没有提及，阿纺织业『立市』的很多市民做梦也没想到的棉花。

100　繁花〔批注本〕

阿宝说，树呢。蓓蒂说，法国梧桐对吧。阿宝说，马路卖的茉莉花手圈，一小把栀子花，一对羊毫笔尖样子白兰花，可以做三张一套的邮票。蓓蒂说，赞，还有呢。阿宝说，法国梧桐，做四方联，春夏秋冬四张。蓓蒂说，不好看。阿宝说，春天，新叶子一张，6月份，梧桐树褪皮一张，树皮其实有深淡三种颜色，好看。秋天，黄叶子配梧桐悬铃子上海话叫"毛栗子"一张，冬天是雪，树叶看不到了，雪积到枝丫上，有一只胖胖的麻雀，也好看。蓓蒂说，不欢喜，我其实欢喜月季，五月里，墙篱笆上面"七姊妹"，单瓣白颜色，也好看。阿宝说，一枝浓杏，五色蔷薇，以前复兴公园，白玫瑰，"十姊妹"也称姊妹花，花形似小号蔷薇，色白最出名。蓓蒂说，七跟十，是叫名不一样，粉红，黄的，大红，紫红，重瓣十姊妹，也好看，可以做一套吧。阿宝说，英国邮票里最多，全部叫玫瑰，品种最全，因为英国花园最有名。蓓蒂说，龙华桃花，印四方联可以吧。桃花，其实一直比梅花好看。阿宝说，桃花也叫"销恨"，重叶桃花名称是"助娇"，总有点笨，梅花清爽。蓓蒂说，杨柳条，桃花，海棠，新芭蕉叶子，做一套呢。阿宝说，这真是想不到，春天景象，可以的。蓓蒂说，枇杷，杨梅，李子，黄桃，黄金瓜，青皮绿玉瓜，夜开花葫芦科瓠瓜，可红烧白煮烧汤，清淡软糯，蓬蒿菜，可以当作一套吧。阿宝说，这不对了，就算开水果店，也不像的。蓓蒂说，外国票，是可以的，大单张，摆一只大盘子。阿宝笑笑。蓓蒂说，真有一大堆呀，样样式式摆起来。阿宝笑笑。蓓蒂说，苹果，生梨，花旗蜜橘，葡萄，卷心菜，洋葱头，黄瓜，洋山芋，番茄，芹菜，生菜，大蒜

○实为英国"二球悬铃木"（法国品种是三球），俗称"伦敦悬铃木"或"英国梧桐"，法租界开辟期作为行道树广为种植，故被误名。

○《开元天宝遗事》："帝亲折一枝，插于妃子宝冠上，曰此个花尤能助娇态也。"又"初有千叶桃花盛开，帝与贵妃日宴于树下。帝曰，不独萱草忘忧，此花亦能销恨"。

伍章 101

头,大葱,香菇,蘑菇,胡萝卜,香瓜,西瓜,外加火腿,蹄髈,熏肉,鳟鱼,野鸡野鸭,统统堆起来,下面台布,旁边有猎枪,子弹袋,烟斗,烟斗丝,猎刀,捏皱的西餐巾,银餐具,几只切开大面包,小面包,橄榄油,胡椒瓶,几种起司,蛋糕,果酱,白脱奶油,辣酱油,牛奶罐,杯子,啤酒,茶壶,葡萄酒,旁边,是厚窗帘。阿宝说,乖小囡,记性真好,静物小全张,大面值法郎,一般的集邮簿,绝对摆不进的。蓓蒂说,"华外"老板讲,这种超级航空母舰,假使1961年看到,中国上海人,人人就会咽馋唾,得馋痨病,发胃病,急性胃炎,三日三夜睏不着"华外"老板的意思是,即使在三年困难时期,"这种超级航空母舰"也足以令发烧友忘记了真实的饥饿。阿宝看蓓蒂冰雪聪明的样子,心里欢喜。

○ Worcestershire sauce,英国人从印度香料中得到灵感研发的一种调味品,上海人称『辣酱油』。

　　此刻,屋顶上夏风凉爽,复兴公园香樟墨绿,梧桐青黄,眼前铺满棕红色高低屋脊,听见弄堂里阿婆喊,蓓蒂,蓓蒂,蓓蒂呀。阿宝说,阿婆喊不动了,下去吧。蓓蒂说,昨天,阿婆跟爸爸讲,想去绍兴乡下走一趟,来上海好多年了,现在想去死。阿宝说,瞎讲啥呢,下去吧。蓓蒂说,茑萝晓得吧,一开花,小红星样子。阿宝说,阿婆每年种的,邻居墙头上也有。蓓蒂说,我一讲邮票,阿婆就笑了,因为菜地名堂最多,油菜花好吧,可以出邮票,草头,就是金花菜,做一张,荠菜开花做一张,芝麻开花一张,豆苗开花一张,绿豆赤豆开花,两张,萝卜。阿宝说,不要讲了。蓓蒂说,阿婆讲了"水八仙",水芹,茭白,莲藕,茨菰,荸荠,红菱,莼菜,南芡,做一套吧。阿宝说,好咪,再讲下去,天暗了也讲不光。蓓蒂说,茑萝跟金银花,凌霄,紫藤,算不算四方联呢。阿宝说,已经讲了不少,不要

○ 一年生柔弱缠绕草本。《诗经》:"茑与女萝,施于松柏"。

再讲了。蓓蒂说,再讲讲呀,讲呀。阿宝说,好是好,只是,前两种开得早了,茑萝是草本,跟喇叭花比较相配。蓓蒂说,不对,我不喜欢喇叭花,太阳出来就结束了,我不要。阿宝说,日本人叫"朝颜",时间短,只是,花开得再兴,总归是谢的。蓓蒂不响。阿宝说,古代人讲的,香色今何在,空枝对晚风。蓓蒂说,我不懂,我不开心。阿宝静了下来。蓓蒂说,阿婆唱的歌是,萝卜花开结牡丹/牡丹姊姊要嫁人/石榴姊姊做媒人/金轿来/弗起身/银轿来/弗起身/到得花花轿来就起身 吴地童谣。阿宝说,我晓得了。蓓蒂说,还有一个,七岁姑娘坐矮凳/外公骑马做媒人/爹爹杭州打头冕/姆妈房里绣罗裙,绣得几朵花,绣了三朵鸳鸯花。阿宝说,好了,好了。蓓蒂笑笑说,阿宝种花,我就做蝴蝶。阿宝说,嗯。蓓蒂说,其实我就是蝴蝶。阿宝说,我喜欢树。蓓蒂说,嗯,蝴蝶最喜欢花,喜欢树,喜欢飞。

○辞出《伊势物语》:『樱花香色今何在?剩有空枝向晚风。厌弃故人逃远国,虽经年月恨长存。』

○周作人《童谣研究》(稿本)搜集的越中儿歌:『七岁姑娘坐矮凳,外公骑马做媒人,爹爹杭州打头儿,姆妈房里绣罗裙,绣得几朵花,一朵公,一朵婆,一朵贩。』

少男少女,在想象的方寸之间勾花范叶,在虚拟的片纸上开到荼蘼,奈何一部《广群芳谱》阿宝记得再牢,翻得再熟,少年心事,人间花事,一应世间好物,终将在一年后的夏天于另一场荼蘼中尽被风吹雨打去。满纸明媚,写尽黯然。

贰

当时,制造局路花神庙一带,有花草摊贩。上海新老两个城隍庙,南京西路,徐家汇有花店。陕西南路,现今的"百盛"马路两面,各有双开间玻璃花房,租界外侨多,单卖切花,营业到1966年止。蓓蒂提到花树的年份,思南路奥斯丁汽车已经消失。有一天,祖父与阿宝坐三轮车,到连云路新城隍庙,见一个绍兴人摆花摊,野生桂花总共三棵,几蒲包草兰,虎刺,细竹,鲁迅笔下何首乌等等杂项。绍兴人说,"越桃"要不要,就是栀子花。阿宝不响。绍兴人说,"惊睡客"要吧,阿宝说,啥。绍兴人说,就是瑞香,要不要。阿宝摇头。绍兴人说,"蛱蝶"要不要,乡下叫"射干旗",开出花来六瓣,有细红点子,抽出一根芯,有黄须头,一朵一只蝴蝶。阿宝不响。绍兴人说,"金盏"呢,要不要,花籽八月下种,腊月开花,山里时鲜货,"闹阳花"要吧。祖父说,慢慢讲,急啥。绍兴人压低喉咙说,大先生,我急用钞票,半夜进山,掘来这批野货。祖父不响。绍兴人说,碰着巡逻民兵,就要吊起来,吃扁担了。阿宝不响,看中一株桂花。绍兴人对祖父说,多少新鲜,泥团有老青苔,两株一道去。祖父不响,绍兴人说,成双成对,金桂就是"肉红",银桂,"无瑕玉",大先生,一株金,一株银,金银满堂,讨讨吉利。祖父不响。绍兴人说,过去的大人家,

物质匮乏年代的梦幻邮票。

大墙门,天井里面,定规是种一对,金桂银桂,子孙享福。祖父说,现在是现在,少讲。绍兴人说,蒋总统蒋公馆,奉化大墙门,天井里一金一银两株桂花,香煞人。祖父说,好好好,不买了 蒋家风水,大灵不灵,不买也罢。绍兴人立刻拎起两株树苗,摆上三轮车踏板。车夫讲苏北话说,喂,你再讲一句蒋光头蒋匪帮,你把我听听,我不拖你到连云路派出所去,我就不是人。绍兴人不响。车夫说,真要查一下子了,你什呢成分,我看你呀,不是个富农,就是个地主。祖父打圆场。

　　桂花送到思南路,堂哥堂姐觉得新鲜,走出来看。此刻又来一辆三轮车,大伯踉跄下车,哔叽中山装解开,头发凌乱。祖父说,天天跑书场 听评弹,吃大餐 西餐,吃老酒 泛指饮酒,不一定指陈年老酒○又做"醪酒",吃成这副样子了。大伯说,我是薄醉而止,哈,阿宝掘金子呀。堂哥堂姐,扶了大伯进去,祖父跟进去。阿宝到园子里挖泥,种了一株,看见篱笆外面,蓓蒂吃一根"求是"牌奶油棒头 ○大号棒棒糖,上海益民食品一厂1950年至1959年间生产的光明牌奉头产品,圆形,色白,点缀几圈可可糖浆。"求是"为"juice"之音译,革命而不掩洋气。糖,与一个中学生慢慢走过来,看见阿宝,立刻就奔过来看。中学生原地不动。蓓蒂说,种橘子树呀。阿宝不响。蓓蒂说,我进来帮忙。阿宝说,不要烦我。蓓蒂说,看到马头,不开心了 少女小心机。阿宝不响。蓓蒂说,马头,过来呀。马头走过来,靠近篱笆。蓓蒂说,这是阿宝。马头说,阿宝。阿宝点点头。蓓蒂说,不开心了。阿宝不响。蓓蒂说,是马头请我吃的。马头说,是的。阿宝说,走开好吧,走开 真的不开心了。蓓蒂看看阿宝,就跟马头走了,两人拉开距离,慢慢走远。第二天,蓓蒂告诉阿宝,昨天,是淑婉姐姐请同学跳舞,有不少人。阿

伍章　107

宝不响。蓓蒂说,后来,就碰到了马头。阿宝说,嗯。蓓蒂说,马头住杨树浦高郎桥 中国近代产业工人阶级发祥地,是淑婉姐姐的表弟。阿宝说,开家庭舞会,犯法的。蓓蒂说,淑婉姐姐讲了,不要紧的,全部是文雅人,跟外区阿飞不一样。阿宝说,啥叫外区阿飞。蓓蒂说,淑婉姐姐讲了,淮海路上的阿飞,大部分是外区过来的男工女工。阿宝不响。蓓蒂说,我是不管的,我听唱片。阿宝说,阿婆讲啥,忘记了。蓓蒂说,我觉得马头是好人,就是,头发高了一点,裤脚管细一点。阿宝不响。蓓蒂说,马头想带我到高郎桥去看看,马头住的地方,全部是工厂,就是杨树浦的茭白园,昆明路附近,经常唱"马路戏",就是露天唱戏,唱江淮剧,不买票 此风至今犹存,戏班不卖票,收入全靠戏迷打赏,就可以看了,我不懂啥是江淮剧,想去看,结果让淑婉姐姐骂了一顿,马头一声不响。阿宝笑笑 表示明白了淑婉姐姐开骂的意思。蓓蒂说,后来,马头就带我跳了一圈,送我一枝迎春花 花开黄色,花期2至4月。百花之中开花最早。阿宝说,是3号里种的 煞风景。蓓蒂说,男朋友送我花,是第一次。阿宝笑笑说,小小年纪,就讲男朋友。蓓蒂说,后来,淑婉姐姐叫我,如果再想跳舞,就让马头带。阿宝不响。蓓蒂说,音乐实在太轻了,房间太闷了,唱片放一张又一张,姐姐跳了一次又一次。阿宝说,跳得越多,舞瘾越重,有的里弄,居委会已经上

○ 主要啸聚于淮海路沿线电影院门口,兼职做做黄牛。○ 所谓"流氓阿飞"按其危害社会程度,只涉及排名有前后之分,举止奇装异服摇摇过市,伤风败俗,轻薄,且有男有女。

· 1960年代上海阿飞行头和发型标配:『小裤脚管花衬衫,头发梳得冲出来』。○ 马头即标准的『外区阿飞』。

△ 19世纪末已经形成大片棚户。夏衍的名作《包身工》,根据附近日商上海纱厂一厂和福宁路工房搜集的素材写。工厂密集,桥东为荣氏家族申新纺织厂工房(后改为上海第五厂、六厂、三十一棉纺织厂)。桥西北角有高郎庙,附近沪宁大戏院一段店铺林立,是淮剧戏班户外演出之落脚地,1950年代初期淮剧戏院内曾住进50户淮剧演员家庭。

门捉了。蓓蒂说,后来,我就对马头讲了私人秘密。阿宝不响。蓓蒂放低声音说,我告诉马头了,我想做公主。马头笑了笑讲,女人长大了,现在样样可以做了,可以当搬运工,拉老虎榻车 重型双轮人力板车,最大承载可达一吨,因形状如清代虎足榻而得名,进屠宰场杀鸡,杀鸭子,杀猪猡,开公共汽车,或者开飞机,开火车,开兵舰,但是,不可能当公主的。我讲,为啥呢。马头讲,除非蓓蒂上一代,有皇族血统,否则不可能的。阿宝笑笑。蓓蒂说,马头有意思对吧。阿宝说,嗯。蓓蒂说,马头觉得,每个人再努力,也是跟血统的,基本改不过来的。

叁

小毛乘24路,到"野味香"门口下车 只卖馄饨面条春卷之类,夏季冷面最受追捧。"野味香"之名似有"卖野人头"嫌疑,过淮海路,到斜对面"淮海坊"弄口,与沪生会合,穿过后弄堂,走进南昌公寓。小学时代,沪生每次经过这座老公寓,喜欢作弄电梯,反复揿电铃,电梯下来,大家逃散。开电梯女人冲到公寓门口,大骂瘪三,死小囡。大家躲到南昌路不响,待电梯上去,再揿铃,非让电梯上上下下多次,方才满意离开 多年后上海某合资电梯广告词"上上下下的享受",莫非出自沪生之手。此刻,电梯女工看看小毛。沪生说,我寻姝华。女工对小毛说,喂。小毛说,姝华。女工拉拢铁栅,扳一记铁把手,电梯是铁笼子,嗡嗡嗡上升,外面铁丝网,楼梯环绕四周,到三楼,开铁栅门,姝华立于房门口,表情冷淡 高冷女文青亮相。两个人跟进房间,打蜡地板,几样简单家具,办公桌,几只竹椅,一张农家春凳 可

○南昌路茂名南路口。The Astrid Apartments,ART-DECO风格,楼高八层,一梯两户。

二人同坐，旧时嫁女标配嫁妆，条凳，看不到一本书。姝华的房间也简单，长凳搁起来的铺板床，仿斑竹小书架。台面上只有一本书。沪生说，这是我朋友小毛，姝华不响。小毛拿出一本练习簿，放到姝华面前的台子上。窗子有风，吹开一页，姝华只扫一眼。沪生说，小毛特地来看姐姐。姝华不响。房间小，南昌路声音传上来。簿子比较破，封面贴《劍俠飛雄》的刻本插图 查无此书，想是作者杜撰，书名倒是更有几十年后网游风格。姝华根本不看，风吹插图，一翻一翻 绣房里"翻"出大马猴。小毛有点局促，看看沪生。马路上，车轮轧过阴沟盖，咯登咯登响。沪生拿起簿子说，这是小毛抄的。姝华说，嗯。小毛说，姐姐写的诗，让我看看。姝华说，沪生，为啥到外面瞎讲，我不写诗的。看不上"外区文青"。小毛不响。沪生有点意外。小毛自语说，这就随便，个人的自由，看不看，我无所谓。姝华不响。小毛拿起膝盖上的纸包，端到台面上说，姐姐要是喜欢，就留下来。小毛立起来，预备走了。姝华毫无表情，拆开旧报纸，见里面一本旧版破书，是闻一多编《現代詩抄》，姝华面孔一红 收入穆旦作品十一首，如获至宝。此时沪生也立起来，准备告辞。姝华说，再坐一歇 看茶，看好茶。小毛不响。姝华翻到穆旦的诗，繁体字：

　　静静地，我們擁抱在
　　用言語所能照明的世界裏，
　　而那未成形的黑暗是可怕的，
　　那可能和不可能的使我們沉迷。

　　那窒息著我們的

○文青家里不见书或只见一册书，可能因藏书不合时宜，坚壁清野了，生熟访客上门，既防止扩散，又免于外借。

是甜蜜的未生即死的言語，

它底幽靈籠罩，使我們游離，

游進混亂的愛底自由和美麗。

小毛说，这等于外国诗。姝华轻声说，卢湾区图书馆也看不到，一向是不印的。沪生说，哪里弄来的。小毛说，澳门路废品打包站，旧书旧报纸，垃圾一大堆。姝华不响，眼神柔和起来_{女文青例行面瘫告一段落}。小毛说，我随手拿的。姝华笑说，还随手，肯定明白人。沪生说，是吧。姝华翻了翻，另一本，同样是民国版，编号431，拉玛尔丁《和聲集》，手一碰，封面滑落，看见插图，译文为，教堂立柱光線下，死後少女安詳，百合開放在棺柩旁。姝华立刻捧书于胸，意识到夸张，冷静放回去。南昌路有爆米花声音，轰一响_{这一响轰回现实}。姝华翻开小毛的手抄簿，前面抄了兵器名目，流星锤，峨眉刺，八宝袖箭等等，包括拳法套路，后面是词牌，繁体字，樓槳"霜天曉角"，剪雪裁冰。有人嫌太清。又有人嫌太瘦。都不是。我知音。誰是我知音。孤山人姓林。一自西湖別後。辜負我。到如今。姝华不响。另外是吴大有"點絳唇"，江上旗亭。送君還是逢君處。酒闌呼渡。雪壓沙鷗暮。漠漠蕭蕭。香凍梨花雨。添愁緒。斷腸柔櫓。相逐寒潮去_{作者是南宋宁波词人楼槃}。

姝华抬起面孔，细看小毛说，抄这首为啥。小毛说，好看吧。姝华说，啥。小毛说，船橹写得好。姝华说，啥。小毛说，苏州河旁边，经常看人摇橹，天气阴冷，吃中饭阶段，河里毕静。姝华

【侧注1】苏州河边，小毛初次从沪生口中听到姝华手抄陈建华的诗，当即就下了以作为对这路诗歌上判断。一枚白痴，竟能觅到此对姝华胃口的诗集当作见面礼，小毛人情练达和文学直觉相当了得。

【侧注2】19世纪早期法国浪漫主义诗人拉玛尔丁的早期作品，主题就是"爱情和死亡"这两大"永恒的主题"。

伍章　III

说，从来没去过。沪生说，有风景。小毛说，下游到三官堂的稻草船，上游去天后宫批发站码头青皮甘蔗船，孤零零，一船一船摇过来，一支橹，一个人摇。船大，两支橹，一对夫妻，心齐手齐，一路摇过来，只听得一支橹的声音。姝华说，词意浅易，词短韵密，无非一点闺怨，写满相思，只这两首，我欢喜的。小毛说，古代英雄题墙词 还有这个品类？，姐姐看过吧。姝华说，狠的。小毛说，宋朝比现在好多了。姝华压低声音，蔼然说，小毛是中学生了，外面不许乱讲，要出问题的，真的。

> ○ 喜欢抄旧体诗的小毛，如果还写日记，今日经历，回家可以这样写：诗于淮海路南昌公寓三楼，如论剑于华山之巅。

两个人坐约一个钟头，出了公寓，经国泰电影院一直朝北。小毛说，姝华比较怪。沪生笑说，这个人，对父母，一样是冷冰冰的。小毛说，不是亲生的。沪生说，父母是区工会干部，比较忙。小毛不响。沪生说，我要是专看旧书，抄旧诗，我爸爸一定生气的，非要我看新书，新电影。小毛说，革命家庭嘛。沪生说，姝华大概会写信来，感谢小毛。小毛说，无所谓的，真是我随便偷的。沪生说，如果来信，小毛就回信，劝劝姝华，少看老书，外国书。我爸爸讲，现在已经好多了，形势好，生活也好。小毛说，这难了，看姝华的样子，是不会听的。沪生说，我是好心。小毛笑说，如果姝华再寄明信片，一定也是理发师傅先收 等于后来偷懒的快递员"扔在保安室"。沪生说，上次是风景卡片，一般情况，只有老先生写明信片。小毛不响。两人走到威海路。沪生说，要么，陪我到"翼风"航模店走一趟。小毛同意。两人穿过"大中

> ○ 中国第一家模型专卖店，创建于1950年代初。在当年模型爱好者心中的地位，等同于少年阿宝和蓓蒂的"三大集邮社"。1990年代，长期自产自销的"翼风"木头纸板模型的"翼风"不敌盒装塑料拼装货和电商冲击，2011年4月6日宣布结业。

里"今"太古汇"所在地，不远就是南京西路，穿过马路，便是"翼风"，两开间店堂 不过十来个平方米，顾客不少，柜台里，从简易橡筋飞机，鱼雷艇到驱逐舰图纸，各种材料，包括高级航模汽油发动机，洋洋大观。六十年代舟船模型，全靠手工，店里另卖各式微型木工金工器材，包括案头微型台钳，应有尽有。小毛开眼界，指一艘九千吨远洋轮模型说，我邻居银凤的老公海德，是这种船的海员。沪生说，此地有巡洋舰图纸，英尺英寸，考究。小毛看橱窗。沪生说，我爸讲，当初世界条约，限制甲板炮火数量，比如彭萨科拉级巡洋舰，十门203mm主炮，设计到顶了 据"一战"后之《五国海军条约》。小毛不懂。沪生说，美国人装备飞机弹射器，水上侦察机，预备与日本古鹰级重型巡洋舰对杀，装甲防卫，深到吃水线下五英尺，可惜弹药舱缺防卫，此地有图纸卖，可以做。小毛说，我一点不懂。沪生说，进了中学，我参加航模组，一个月就开除了。小毛说，为啥。沪生说，少一只微型刨，老师认定是我偷的，我只能离开。小毛说，是我偷的 顺着前面"偷书"胡说一气了。

沪生买了一瓶胶水，三张0号砂纸，两人出来。店外聚拢人群，一个中年人说，德国巡洋舰，萨恩霍斯特懂吧。一个中学生说，不懂。中年人说，装甲水密好，首发命中最远，英国光荣号，哪里是对手。中学生说，一般了吧，俾斯麦巡洋舰，名气大，萨恩霍斯特相当狼狈，舰岛全部轰光，只能沉下去。中年人讲，四打一算啥好汉呢，打了三个钟头，啥概念，约克公爵号，吃饱萨恩霍斯特炮弹。中学生说，最后呢，最后呢，533毫米鱼雷发射器，等于是赤膊，有防护甲板吧，打爆了吧 除出售模型，门口还兼具"航模发烧友线下论坛"功能。讲到此地，纠察说，让开好吧，当心皮夹子，少讲讲 神来之纠察。沪生拉了小毛朝前走。沪生说，这一大一小两个人，一个是

伍章　113

隔壁江阴路弄堂的老卵分子,另一个,得过市中学生航模赛名次,明显是小卵一只。小毛说,讲得热闹。沪生说,照我哥哥讲,萨恩霍斯特巡洋舰,武器精良,让英国人打沉,实在是舷设计太重,一开船,舷就进水,"安东"炮塔进水,之后换了最出名的"大西洋"舷,确实应该,但是逃不快了,让英国人包围,哈,有啥办法。小毛说,照我师父讲的办法,紧盯一只船拼命打呢。沪生说,巡洋舰不是肉拳头,中国武功,基本是骗人的。小毛不响。其实海战史上确有类似非常规打法,小毛吃了眼前亏。

两人走到新华电影院,沪生买两根棒冰,两个人坐到台阶上。沪生说,不开心了,算我讲错了。小毛说,无所谓的。两人转弯,经过凤阳路,到石门路拉德公寓门口。沪生说,到我房间里坐一坐。小毛说,要吃夜饭了,我回去了。沪生说,上去看看。两人乘电梯到四楼,英商高级职员宿舍,比南昌公寓宽,一梯三户,钢窗蜡地,独立煤卫。以上连续三个四字词汇,均为上海换房时代小广告术语。沪生开门让小毛进去,朝东是马赛克贴面的大厨房,居中的台子上,摆了一只攒奶油圆蛋糕,小毛一呆。此刻,西面房间里出来几个人,对沪生,小毛笑。沪生说,今朝是小毛生日。玩惊喜,空军到底洋气,小毛,这是我朋友阿宝,蓓蒂,还有我父母。两个穿空军制服一年前刚换的"六五式"军装,空军为上衣草绿,裤子藏蓝的中年男女,笑眯眯过来,讲上海口音的北方话说统称部队口音,小毛,生日快乐,学习进步。小毛一时手足无措,再一看,西厅里一个熟悉的姐姐,笑眯眯立起来,竟然是姝华。

六十年代上海,重视生日的家庭不多。想是孩子太多之故。沪生父

○1951年改此名,新原夏令配克大戏院,1939年改建为大华大戏院,现已不存。

·又名搅打稀奶油,淡奶油加糖打发膨胀制成的乳制品。德文名Schlaslahm。

○上海"凯司令"做这个极有名,沪生家楼下当时就有门店。

母军校毕业，到空军部门工作，两人是同年同月同日生，初次约会，适逢生日，因此对生日重视。沪生与哥哥沪民，一家四口，每年过三个生日，雷打不动。上一次，沪生到苏州河边，吃油墩子聊天，记了小毛生日 家风，搬到石门路已经几年，打算请姝华来坐，让小毛有惊喜，父母非常支持。于是沪生约了阿宝，蓓蒂，只有姝华犹豫，沪生就带了小毛，先去看姝华。沪生说，姝华来与不来，自家决定。想不到，姝华还是来了 是经盘道后接纳了还是拿了人家的手软。见到原来小邻居，沪生父母高兴，沪生的爸爸，讲上海口音的北方话说，到了十月一日，祖国母亲生日，更要庆祝，你们一定来，到阳台看礼花 礼花地点在不远处人民广场，彼时四楼算是高处了。大家点头。只有小毛恍惚，想不到过了生日。大家等小毛切蛋糕，蓓蒂说，小毛哥哥许一个愿。小毛想不出愿望，与大家一道说，生日快乐。蓓蒂双瞳闪闪，看定了蛋糕说，假使是明信片里的五彩蜡烛，金银蜡烛，多好。阿宝说，烟纸店只卖白蜡烛，南京路虹庙，卖红蜡烛。小毛说，香烛店有最小的蜡烛，叫"三拜"。沪生说，啥意思。小毛说，只要拜三拜，蜡烛火就结束了。蓓蒂说，啊。小毛说，稍大一点的，"大四支"，再大一点，"夜半光"，十二两重，可以点到半夜，"斤通烛"，一斤重的分量，"通宵"，是两斤重，大蜡烛叫"斗光"。蓓蒂摇手说，不要讲了，中国蜡烛，最讨厌 各种自说自话。

大家吃了蛋糕，沪生父母参加一个聚会，先走了。烧饭阿姨摆上几只简单小菜，大家坐下来吃饭。小毛说，进门我就一吓，现在想想，真可以结拜金兰了。沪生说，啥。小毛说，蓓蒂喜欢香港彩色蜡烛，我喜欢古代样子，点三炷香，大家换了庚帖，就是异姓弟兄姊妹。烧饭阿姨说，如果桃园三结义，小毛算啥人呢，刘备，还是关公关老爷。小毛说，我只晓得以前，工人加入帮会最多，结拜兄弟姊妹最多，同乡同帮，最忠诚_{房间里只有烧饭阿姨和小毛在同一频道}。阿宝说，诸葛亮跟张温，也算结拜弟兄。沪生说，隔辈结谊，董卓跟吕布，杨贵妃呢，是跟安禄山喽。姝华说，小毛诚心诚意，大家开这种玩笑，好意思吧。小毛说，不写金兰簿，现在也是义兄义弟，义姊义妹。沪生扑哧一声笑。姝华说，哈克贝里·费恩，汤姆·索亚，真正的结拜弟兄_{马克·吐温笔下两个密西西比河畔少年好友}。小毛说，不望同年同月同日生，但愿同年同月同日死，讲起来，当然也不可能。大家笑笑。小毛说，古代人，是打仗之前，人人磨了刀，就开始换帖，预备一道死。蓓蒂说，我喜欢皇宫故事，皇宫舞会。小毛说，结了义，有难同当，有福同享。阿宝说，我爸爸讲起来，这是不可能的，人生知己无二三，不如意事常八九，就是最好的朋友，最后也是各归各，因为情况太复杂了_{宝爸知道得太多}。沪生说，阶级感情，是血浓于水，我爸爸部队里，战友最团结。阿宝说，革命军人家庭，有啥好讲呢。沪生不响。姝华岔开话题说，沪民哥哥呢。烧饭阿姨说，从部队请假回来，就住院了。沪生不响。大家吃了饭，跟阿宝到阳台上，朝外眺望，东面是"国际"饭店，东南方向，看见"大世界"暗淡的米色宝塔。小毛帮忙收台子。烧饭阿姨小声说，沪民不是生病，是做了逃兵，爸爸发火了，批评了好几次。小毛不响。大家聚到厅里，靠墙一排书橱里，多数为政治书，灰布面《列宁全集》，咖啡面子《史達林全集》，另一只小书橱比较杂，航空技术资料，关于船坞，军舰，军港码头，吃水线，

○张温，公元224年出使西蜀，与诸葛亮交好。《太平御览》引《吴录》：『张温英才瑰玮，拜中郎，聘蜀与诸葛亮全结金兰之好焉。』

•邬达克设计，1930年代『远东第一高楼』，1960年代仍是全中国最高，24层。

○『什么藤结什么瓜，什么钥匙开什么锁，什么阶级读什么书，什么阶级说什么话』——当年热门流行歌词。

△由12根圆柱支撑的多层六角形奶黄色尖塔。55米高。画风略怪异。据说是风水塔，用以镇压风南来北往之邪神。

洋流气象种种名目,俄文版多。另有少量文艺书。橱顶摆了一艘P-4鱼雷艇模型。沪生说,这是沪民以前做的。小毛靠近去看。沪生说,P-4是中国海军主力,苏制快艇,可惜不配雷达,靠陆上雷达传递指挥,容易失去目标。阿宝说,军事秘密。沪生说,从苏联进口36艘,1958年打沉台湾四千吨"台生"运输船,据说是这种艇。另外还有一种木质鱼雷快艇 这种材质"翼风"有很多。小毛说,啊,苏州河里运棉花的驳船,也是铁皮做的。沪生说,全部划归广州,芜湖船厂制造,苏联专利02型。阿宝兴趣不大,走开了。沪生带小毛到另一间,内阳台的角落里,堆了大叠《人民日报》、《红旗》,小台子上,是一架战舰模型龙骨。沪生说,这是沪民做的皇家橡树号战列舰 HMS Royal Oak,当兵前,弄到一半。小毛说,沪生是内行。沪生说,我不算懂,我航模班的老师,上两代全部是江南造船厂师傅。小毛摸一摸龙骨。沪生说,君王级系列,航速比较差,这艘船,最后是让德国U-47潜艇三发鱼雷击中 1939年10月14日被德军击沉于斯卡帕湾英国皇家海军基地,八百人丧生。小毛说,已经是手下败将,为啥要做。沪生说,有一类人,就喜欢做沉船系列,包括沪民 舰如其人。小毛不响。沪生轻声说,沪民倒霉了,最近跟一个女兵谈恋爱不成功,装病回上海,气得我爸爸伸手辣辣两记耳光。小毛不响。沪生指了中部舰桥说,如果小毛有兴趣,经常过来做。小毛不响。

两人回客厅。蓓蒂听儿童节目。姝华靠了书橱翻书。小毛走过去,看见几本苏联小说,《士敏土》、《三個穿灰大衣的人》、

○ 该厂『一战』时期接美国二手订单,造出4艘排水量14750吨的运输舰。半个世纪后造出第五艘万吨轮。

· 苏联作家革拉特珂夫1925年长篇小说,一部『可以和联共党史参照起来读』的『苏联新文学』代表作。鲁迅曾力主将德国画家梅菲尔德的十幅木刻画作为其新版插图。

△ 多勃罗沃尔斯基著,中译本1953年出版,主角为战争结束后穿着苏军灰色大衣的三个复员军人,比较言情。

伍章 117

《拖拉機站站長與總農藝師》。姝华翻到一本,阿爾志跋綏夫著《沙寧》。小毛凑近去,姝华立刻退后一步说,走开呀。小毛说,頹廢,是啥意思。姝华双颊一红说,走开好吧。小朋友懂啥。因为鲁迅先生说这小说"每每带着肉的气息"。小毛说,我样样懂的。姝华说,这本书比较特别,但小毛太小,我不讲了。小毛说,主要讲啥呢。姝华想了想,赧然说,就是。小毛说,吞吞吐吐,让我来看。姝华掩卷说,就是1905年,这个人,写了"性欲第一"的意思,懂吧。小毛说,啥叫性欲 大哉问。姝华严肃说,就是有人对政治,宪政不满,这个人讲,是因为肉体不满的缘故 也是一知半解。纸上得来终觉浅。小毛说,肉体,啥意思呢。姝华讲不下去,不耐烦转身说,以后讲吧,我到以后再讲 真聊不下去了。小毛无趣,蹲了下来,无意从书橱底层,抽出一册中译《愛的科學》苏联科普读物,翻开第一面,就是一整幅女人器官,铜版画的分析图,桃子样式的正面,每根毛发细致入微,注释密密麻麻。啪啦一响,脚边跌下来一大本商务印书馆《漢俄字典》,小毛一吓。姝华轻声说,小毛,不许看,快点摆好,听见吧。

▲ 尼古拉耶娃中篇小说,草婴译。描写战后苏联集体农庄生活,属于"干预生活"的"解冻文学",直接影响了王蒙创作《组织部新来的青年人》

○ 郑振铎编译。作者在苏联时期被视为倡导"颓废文学"和"无政府主义"的白俄分子

• 尽管小毛辈的年纪比较适合的应是《我们爱科学》而不是《爱的科学》,然而此时错过苏联铜版画,再过几年就只能在纸质粗劣的国产《赤脚医生手册》里自行恶补了。

118 繁花〔批注本〕

六　章

一

　　陶陶早年做菜场，后来贩卖"醒宝"香烟，摆蟹摊，开小旅馆_{小旅馆的商机主要在于男女入住可免出示结婚证}。九十年代某个阶段，鲈鱼刺身行俏，有一位过房阿姐_{即"干姐姐"，"干爹"称"过房爷"}，介绍某某鱼塘的老板，让陶陶赚了一票，但好景不长，生鲈鱼有肝吸虫肺吸虫，相关部门发文，禁止生食。吃客点菜，饭店只提供火腿片清蒸_{仿粤菜旧法}，糖醋，茄汁松鼠的烧法，鲈鱼身价回落。与此同时，海鲜昌盛，福建广东的海鲜佬纷纷登陆本埠，承包饭店水产，全包鱼缸系统，善养海货，陶陶缚手缚脚_{不时就现出大闸蟹状}。巧的是，大闸蟹飞机可运，行情南北见旺。港台人，北方人开始通吃_{此前，阳澄湖蟹出售香港已数十年，台湾则通过香港转售}，生意滚热。陶陶重回蟹生意本行，开公司，打电话捉户头_{客户}，捉到公司礼单，就赚到银子。做各种大生意，当时样样凭上面批文，大量送礼。谈生意，就是跑北面，跑批文_{外贸"双轨制"转型期}。生意人开出应景礼单，两样最时髦，一是清水大闸蟹，二是松下LD，也就是大碟机_{无非食色二字，礼乎？非礼乎？}。礼单比如，蟹三十篓，大碟机二十，三十台，

（左侧旁注：美国种大口黑鲈，塘养，肉松，土腥味重，非晋代"鲈鱼脍"所用四腮鲈鱼，不宜生食。）

（右侧旁注：湛江卷烟厂引进国外生产线制造的混合型香烟，非国产烤烟型，当年被誉为『湛江万宝路』，非上海原产，故不凭票。）

六章　119

另配碟片多少套 蟹的行情至今依然，LD早已湮灭。这种单子，陶陶逐渐是行家。这票生意里，大闸蟹技术含量高，要懂蟹经，会看货色，善谈价钿。大碟机的卖家，包括私人碟片黄牛，型号内容，基本死的，蟹是活货，运到北京，蟹死十篓，就全部泡汤，不仅是铜钿银子，关系到面子，衬里，甚至性命交关 可大可小，并未言重。连续几个秋冬季节，芳妹到了床上，也太平不少，男人高度紧张，身体为重 以蟹赎身。蟹簖 捕蟹而设的栏或闸，可代指蟹农 方面，有人寻陶陶，公司老板寻陶陶，电器行老板有委托，大碟黄牛手里，也有蟹生意做，陶陶实在忙。

某年秋天的夜里，芳妹陪了陶陶，七转八弯，走到成都路，去大碟黄牛孟先生的房间里看货色。孟先生是音响行的店员，白天搭到客户，夜里带进自家房间挑片子，骑两头马 彼时公家单位职工的套路双重生活。两人走进孟先生房间，已有一位女客稳坐吃茶。底楼前客堂加天井，封成一大间，朝东墙壁，全部是碟片抽屉，备了活动木扶梯，大碟片满坑满谷。陶陶看看房内，不见女人用品，断定孟先生是单身。芳妹嗲声说，孟先生，这是我老公陶陶。孟先生不响 鄙视链：卖死物的瞧不起卖活物的，卖舶来品的看不上卖土特产的，拉开数只大抽屉，点点头说，一般的货色，就是这点，两位挑挑看 女熟客带来生老公，不摸底，先给行货。陶陶走近，抽屉里眼花落花，密密层层，排满四十厘米见方的原装大碟，封套开面大，分量重，拿出三四张，已经托不稳 不连封套，一张LD净重750g。芳妹说，孟先生架子太大了，过来帮我看呀。孟先生说，两位先翻一翻，货色的来路正宗，这趟准备买多少。芳妹说，廿张上下，送高级领导，我老公，也想买几张看看 等于给老公买补药。孟先生说，上海人买了自看，少见的。

陶陶不响。孟先生说，我不是小看人，政府禁止私人开录像馆，每张碟，至少要三四百朝上，要自摸，有这种身价买吧。陶陶说，喂，我买不买管侬屁事，死老卵。孟先生一噎。此刻，吃茶女人过来，敬上一张名片，讲北方话说，两位好，我也是来看碟的，咱们一块儿瞧瞧，我知道一些。陶陶接过名片，上面是，上海海静天安实业有限公司副总经理潘静。

孟先生上来，摸出一支七星香烟对陶陶说，对不住，今朝有两笔货色，一下船就扣留，我心情不好。芳妹娇笑说，陶陶哪里会动气，孟先生做生意，至真的。陶陶说，我无啥，是真的不懂。芳妹说，孟先生有魄力，片子已经多到这种程度了。孟先生说，哪里呀，主要是现在的大小老板，大小领导，人人喜欢看，货色进得越来越多。芳妹说，我只能旁边等了，请孟先生，潘总，帮我解决。潘静讲北方话说，成，姐姐，咱们这回买的片子，送什么人哪。芳妹一呆。潘静说，是什么文化背景，是男是女，是大领导，还是个体老板，咱得掌握。陶陶不响。潘静说，这儿的碟，我拿了不下四五百张，基本分三档，就是文艺片，动作片，情色片，最后这一类，也有讲究，是丁度·巴拉斯，还是日本SM，玩制服的，还是玩恶心的，真刀真枪直接齐活的，再比如，我前边说的三大类，您得细分港台，美国，欧洲电影，等等等等。四人逐渐有说有笑，等片子选定，回去路上，芳妹忽然立到路灯下，看了陶陶说，老毛病又犯了是吧，刚刚盯紧了潘小姐，上瞄下瞄，看我回到床上，夜里仔细收作。陶陶说，本来我就想讲了，七转八弯穿这种小弄堂，熟到这种地步了，姓孟的，一看就不是好

六章　121

人。芳妹不响。陶陶说,一见姓孟的,嗲到这种地步,骚货调着情就把回马枪顺手杀了。

认得潘静,陶陶寂静无语。潘静谈LD的样子,像是乱中见静,印象深刻。以前电影开场,银幕里跳出一个"静"字,工楷或者手写,配一轮月亮,几根柳条。观众等于集体识字,静下来,看"静"字的结构,充满期待。幻灯机不稳,有磨损,"静"字就抖,月亮有悉悉洒洒芝麻点,大家笃定泰山,"静"字来了,要开始了,要看了。条件反射,潘静这次是让陶陶重返儿童场,此种心思,陶陶无法告诉芳妹。想起潘静,四面就静。上海女人三字真经,作,嗲,精,陶陶全懂破此"三字经"之法,无非以暴镇暴,以嗲制嗲,对"精"字则以装傻化之。上海女人细密务实精

○这颤颤巍巍的"静"字,深蓝底色,反白一句,是"诚诚恳恳,白风清"。你锁了,说家就懂了。现在上海电影院取代了"静"字的那个小畜生,实在闹心。

神,骨气,心向,盘算,陶陶熟门熟路,但关于潘静,以往所有的应对,胡调方式,完全失效北地胭脂之"飒",不在上海老司机风月宝典里。

到了第二年秋,有一次潘静来了电话,询问大闸蟹行情。半个月后,电话再来,询问蟹经初见面后再来电,隔了整整一年,两通电话之间又隔了半个月,从前慢。陶陶讲北方话说,讲起来啰嗦,八十年代前,北方人一般不吃河螃蟹,青岛大连人,吃海螃蟹,北方河里有小蟹,农村放牛的小孩子,捉几只,丢进火堆里烧,剥不出多少肉代表作是辽宁盘锦稻田蟹,土腥气重。潘静笑笑。陶陶说,螃蟹和大碟,道理一样,必须了解对方背景,有不少大领导,江南籍贯,年轻时到北面做官,蟹品上,不能打马虎眼,苏州上海籍的北边干部,港台老板,挑选上就得细致了,必须是清水,白肚金毛漏了"青壳",送礼是干嘛,是让对方印象深刻,大闸蟹,尤其蟹黄,江南独尊,

老美的蟹工船，海上活动蟹罐头工厂，海螃蟹抓起来，立刻撬开蟹盖，挖出大把蟹黄，扔垃圾桶，蟹肉劈成八大块装罐头，动作飞快最后都卖给《海绵宝宝》的蟹老板去做蟹黄堡了，假如送礼对象是老外，您还真不如送几磅进口雪花或西冷牛扒，至于真正的北面人，包括东北，四川，贵州，甘肃上海式地理观，犹如老香港人地理概念里的"上海人"，一般的品相就成了，配几本螃蟹书，苏州吃蟹工具，镇江香醋，鲜姜，细节热闹一点加上紫苏，更热闹，别怕麻烦，中国人，只讲情义，对陌生人铁板一块，对朋友，绵软可亲，什么法律，规章制度，都胜不过人情，一切OK的。潘静讲北方话说，太详细了。陶陶说，具体的细节，我来操办。潘静说，陶陶太贴心了，好感动。陶陶说，不客气，我不赚您一分一厘。潘静说，干嘛。陶陶说，我愿意既是甜头，也是花头。潘静语噎吃进了。陶陶也就挂电话。从此，潘静常来电话。有一次说，陶陶，咱以后不说螃蟹了，成吗，见个面吧。陶陶说，我最近太忙，再讲吧。其实，陶陶是犹豫，见面的镜头，眼前出现数次，每到临门一脚，陶陶按兵不动。一个月后，潘静来了一个强有力此三字竟无可替代的电话，潘静讲北方话说，陶陶，你是我最好的朋友，明天一定得见我，只有看到你，我才会心安。

潘静的公司，近中山公园。这天两个人到愚园路"幽谷"餐馆吃夜饭在涌泉坊侧，有下半层，有阁楼，临近的"百乐门"打烊后，舞客爱去此地宵夜，有"小百乐门"之名。电话里，潘静梢有失常，与陶陶见面，微笑自如。灯光下面，潘静保持LD黄牛房间吃茶的样子，自称河北人，来上海多年，公司法人是潘静女同学，所谓闺蜜，相当有背景。潘静负责部分运作，老公小孩住石家庄，最近预备买两套房子，但是否让老公进上海，举棋未定。陶陶不响。潘静讲到婚姻感情等等，陶陶保持谨慎。相比潘静，陶陶觉得以前来往的女人，轻

六章 123

松家常得多 一上来就谈老公谈婚姻感情，重兵压境，吓坏上海小男人。饭后两人走了一段，经过附近长宁电影院，二楼有咖啡吧，小型舞厅，三楼为招待所。潘静停下来说，再喝杯咖啡。陶陶答应。两人到二楼，霓虹灯闪烁，走廊边有小舞厅，灯光转暗，慢节奏时刻，四五对男女，立于黑沉沉舞池里跳两步，几乎不动 一动不如一静，此刻。萨克斯风单挑，细声细气，呜咽缠绵。另扇门开进去，车厢座位，还算亮 能见度正如此时二人关系。两人并排吃咖啡，吃零食。音乐隐约传来，陶陶放松许多，身边有潘静，此时此刻，却不需要多讲，可以借音乐，安静沉默 同时避免尴尬。

　　两人消磨到九点半，忽听外面大声尖叫，一阵门响，冲进一个披头散发的服务员说，快快快，快呀，着火了呀，快点逃呀。陶陶一身冷汗，拉起潘静，奔到门口，大量烟雾涌进来，几个乐手夺命而过，后面紧跟一个单脚高跟鞋舞客，一跷一跳。舞厅已一片火海。陶陶的心蹿到喉咙口，拉紧潘静说，快。潘静一把抓紧不放。走廊里，烟雾弥漫三分之一，看不到楼梯。两人弯腰走了一段，前面跳舞女人甩脱高跟鞋 另一只鞋落下了，拉开一扇门，陶陶拖了潘静跟进，想不到只有上行楼梯，开一次门，烟雾顺了弹簧门，涌进一大团。两人搏命跑上三楼，是招待所走廊，烟火已从主楼梯烧上来，三楼一片混乱，房客，舞客，人人热锅上蚂蚁，方向不明，弯腰顺了走廊，乱叫乱爬。此刻陶陶明白，今夜多数烧成一堆焦尸为止。身旁的潘静，披头散发，面目全非，臂弯套了手袋，一手拉紧陶陶，目光凄苦 烟熏妆当年还没有开始流行。正在此刻，烟雾中走出一个值班老伯伯，拎了挂满钥匙的木板。老伯伯淡定说，大家不要慌，有太平楼梯。老伯伯腰板笔挺，朝前就走，众男女弯腰塌背，鱼贯跟随。到走廊终点，确实一扇铁门，横一根铁栅，吊有挂锁，老伯伯的木板上，钥匙二三十把，开始一把一把耐心开锁，时间难熬。一个外地客人，举起一只老式铸铁打蜡拖把"上只角"的土特产，大声讲北方话说，大爷让开，我来砸，我砸。但砸了两记，外地客软脚蟹此人"躺蟹"了，一跤瘫倒，只有喘气的名分。

　　人到了性命交关阶段，陶陶晓得，电影镜头基本是假的，血液已经四散，毫无气力，死蟹一只关键时刻，蟹又上身了。"每临大事有蟹气"。老伯伯的钥匙继续试，继续开。烟火从后面烧过来，旁边的高跟鞋女人，忽然一把抱紧陶陶臂膊，哭出声音，娇声救命。陶陶麻木了，闭紧双目，准备静然受死准备受死，还不忘捎带一个"静"字。身体两面，有两个女人抱紧贴紧，也算死得风流。烟火弥漫，忽然之中，听到啪嗒一响，铁栅一拉，太平门大开。大家拼命朝下逃窜，底楼是小弄堂，直通愚园路。此刻，救火车警笛大作，警车也到了。潘静，高跟鞋女人，拉紧陶陶两条臂膊，陶陶面赤舌颤，左拥右抱，失魂落魄，狼狈穿过马路，喘得发抖来日大难，口燥唇干。此刻，所有路人的视线，只顾看大火，救火，救火车，包括医院开来救命车救护车，上海话说"救护车"容易与"救火车"混淆，尤其关键时刻，无暇注意刚刚死里逃生三人组。两个女人，捉紧了陶陶，看一阵消防队救火，才意识到要松手。高跟鞋女人带了哭腔，讲北方话说，我行李还在三楼呢，咋办哪，我那死鬼，我的男同事，没心没肺的死男人，跳舞时花言巧语，上下乱摸，一说着火了，自个儿先他妈开溜了，我算知道男人了，没一个好东西。一面说，一面蹲下痛哭。北方女人一般穿得比较露到上海往往更露，是误以为此地比较洋气还是对"洋气"这词有什么误读，楼上楼下奔命，基本已经走光。潘静看不过去，帮女人遮掩衣裙，潘静说，您先起来，都这样儿了，先别急，先起来嘿。陶陶讲北方话说，妹妹，能活着出来，比啥都强。

难忘的事情,基本是夜里。陶陶遭遇多少女人,是夜里 捕蟹也是夜里。这次到大碟黄牛房间,结识潘静,夜里。与潘静吃饭,碰到"天火烧"泛指非纵火性火灾,吴语里有某种宿命的味,夜里。跑上三楼,高跟鞋女人拉紧不放,夜里。此刻仍然是夜里 啊夜。高跟鞋女人说,这位大哥,我说错话了,您是唯一好男人。潘静笑。女人说,我和男同事来上海,没有大哥大嫂,小妹我一百多斤,就交代了,现成儿直接给点了,甭麻烦火葬场,齐活了 这时候还不忘贫。陶陶不响。女人说,大哥大嫂,留个联系地址,谁让咱有缘呢。讲到大嫂,潘静有点窘 窃喜。两个人准备与女人告别,尽快离开是非地,听这一番感激,再次攀谈。潘静留了名片 这也留名片,1990年代时髦社交礼仪,三人穿过马路,找到消防队干部了解情况。对方说,火已熄灭,要调查起火原因,当事人有情况提供吧。女人说,我闭眼睛跳舞,听到尖叫,闻到烟味,火已经到舞池了。陶陶与潘静,回答同样如此。消防干部说,目前不允许进火场,招待所私人行李,是烧光,水枪冲光,清理现场后再讲。女人答应。恰是此刻,一个男人抢进来,抱紧了女人,想必就是男同事。

陶陶与潘静离开,顺愚园路朝东,走了一段。潘静说,陶陶是好男人。陶陶说,开钥匙的老伯伯,真正好男人。潘静说,老人家好是好,可没拉我救我呀。陶陶说,我胆战心惊。潘静靠紧陶陶肩膀说,最艰难的时刻,谁一直拉着我不放,从来不松开。陶陶说,这是起码的 此话两可,可以是普通男女关系的应有之义,也可理解为只对潘静一人之付出。潘静柔声说,是好男人,就送我回家吧 趁火打劫。陶陶看表,半夜一点,叫了车,潘静贴紧了就座。陶陶则是大脑恍惚,下午告诉芳妹,参加老友聚会,然后与潘静吃饭,吃咖啡,狼奔犬突,左怀右抱,现在亲密如此,压缩于短短几小时,陶陶心乱如麻，眼看旁边的潘静，满面欣慰，世事往往如此，一方简单，另一方饱经沧桑 一把火烧出两样情。车子开到香花桥一个公寓门口，陶陶对潘静说，我就跟车回去，不送了。潘静清醒过来，从手袋里摸出信封，倒出一把钥匙 有备而来，面孔贴紧陶陶说，我住此地39号，11A，随时可以来。钥匙坚定塞进陶陶手心，用力一揿 钥匙做信物，等于古代送贴身香囊，泫然泪下，关车门，不回头奔进公寓。

　　陶陶叹一口气，回到家中，芳妹翻身说，酒吃到现在呀。叽咕了几声，翻身入梦。陶陶心神不定，氽浴 老上海话"洗澡"，吃茶，看报纸，看电视，从三点多钟，一直熬到晨旭遍照上海，方才昏昏入梦，起身已经十点，到公司办事处呆坐片刻，打了几个电话，中午到太平洋吃日本套餐。下午到某单位取发票。每进一个地方，无论大型公共场所，小办公室走廊，陶陶全部觉得危险，进门留意安全通道，大门位置，楼梯间也看一看。一天回来，神志不稳。吃了夜饭，小囡做功课，芳妹做家务。陶陶翻翻报纸，忽然看到一条新闻，昨中山公园一酒吧发生火灾，幸无人员伤亡。陶陶整整一天的压抑，有了出口，手朝报纸题目一戳说，登报了，已经登报纸了。芳妹说，啥。陶陶说，昨日夜里，我就蹲了此地 上海话"呆在此地"之意，不是蹲在地上，火烧得我穷逃，我要是烧煞，一家老小哪能办 怎么办○主动交代本可隐瞒之事，潜意识里与潘静应不会再有下文了。芳妹揸了手，拿过报纸去看，然后拉过陶陶，进卧室，关了门说，陶陶，吃酒吃到中山公园了，不对嘛，讲是去八仙桥西藏路 曾有黄金荣旧居，现已荡平，地名亦不存，坐下来坐下来，我要仔细问了，到底跟啥人吃的酒，是男是女，半夜三更回来，我就想问了，现在，穿帮了对吧。讲，老实跟我讲。陶陶心里叫苦，想到了潘静的语调，邓丽君温和的唱功 小邓讲究"气声"，温和全在吐气如兰之间○邓丽君祖籍也是河北。陶陶

六章　127

此刻，只想得到拥抱与安慰，经历了火场，陶陶感觉浑身千疮百孔，死蟹一只。○蟹意已夺神髓，挥之不去。○这场火，点燃了潘静，烧死了陶陶。○蟹为水性，水火不容。

二

礼拜天下午，梅瑞预备与康总约会，头发指甲已经做好，穿新丝袜，换戒指、项链，大镜子前面，横挑竖拣，再替换淡灰细网丝袜，Ann Summers 蕾丝吊袜带，玄色低胸背心，烟灰套装，稍用一点粉饼，配珍珠耳钉。走进"唐韵" 当年衡山路著名茶馆 二楼，康总已经坐等。梅瑞解开上装纽扣，坐有坐相。康总端详说，最近有了精神，瘦了一点。梅瑞嫣然说，我真是吵瘦的，跟老公吵，跟老娘吵，哪里有空打扮，急忙拖了一件衣裳，糊里糊涂就跑出来了 戏精本精。康总说，老公小囡呢 明明是约会，先问人家老公孩子，是确认他们"没有跟来"，还是主动摆正双方位置以防被动？。梅瑞说，还是住虹口北四川路，房间大，但我搬回娘家了 以名分为盾，"小姑居处"为矛，攻守兼备。康总说，夫妻相吵，平常的 顺手来一记推挡。梅瑞说，全部是因为，结婚太匆忙了，我有特殊经历 引诱对方追问。康总不响。梅瑞说，讲起来，全部是圈里的熟人，传出去，大家不好听 再卖破绽，赚他来攻。康总说，不要紧，我是保险箱，听过就关门 挡不住了，礼节性接招。梅瑞说，我以前，跟两个老熟人谈过恋爱，一是沪生，一是宝总。康总不响。梅瑞说，当时这两个人，同时追我，太有心机了，到后来我明白了，沪生呢，是蜡烛两头烧，除了我，舌底翻莲花，还谈一个白萍，有这种人吧 准现任面前，讲前任坏话，非礼也。康总说，最后，沪生跟白萍结婚。梅瑞说，结了大半年，哼，

○此品牌系英国著名情趣用品零售商○梅知道；不知道小姐这是要去赴约，还以为要去衡山路站街的。

128 繁花〔批注本〕

老婆逃到外国，不回来了，看样子，沪生有生理毛病 打人不打脸，损前任不损胯下。康总说，宝总呢。梅瑞说，讲出来太难听，我怀疑这个男人，心理有毛病 两个男人，不是生理有问题，就是心理有毛病，梅小姐苦命，当时一直跟我热络联系，跟我攀谈，我根本是不理睬，到后来，我认真一点了，到关键阶段了，宝总就开始装糊涂，怪吧，有这种男人吧，我最后，彻底怕了，急流勇退。康总不响 心有戚戚焉。梅瑞说，因为心情太差了，当时有朋友，介绍了北四川路的男人，我见面一看，衬衫领头不干净，还欢喜抖脚，但有房子，心里叹了一口气，就匆忙结婚了，以后晓得，我每走一步路，总归是错。康总不响。梅瑞说，现在社会，我看得上眼的男人，要么是单身坏人，要么是已婚好人，尤其我这种已婚女人，跟男人来往，对方也许觉得，我大概准备换男人了，准备搞政变，其实，就算我跟北四川路老公分手，根本也不想再结了 先喂对方一颗定心丸。康总说，以后的事体，难讲的 药丸吃进，但只是含在嘴里，停在舌尖，不吞不吐，只等自然化解。梅瑞说，新婚阶段，我基本是纯洁女青年"基本"二字亮了，毫无经验，根本不懂，后来觉得不对了，每到夜里，也就是。梅瑞吃一口茶，不响 卖个关子。康总说，一到夜里，老公出去打牌，还是跳舞 诱敌深入。梅瑞不响 爆猛料前的寂静。

康总吃了一口茶说，我想到一个笑话，我姑妈新婚阶段，姑丈每夜要出门，讲是出去听书，其实是去跳舞，姑妈想了一个好办法。梅瑞笑了笑。康总说，我姑妈。梅瑞说，我老公不跳舞。康总说，备一双白皮鞋，擦得雪雪白，让姑丈穿，如果去跳舞，鞋面上就有女人踏的脚印，是逃不脱的。梅瑞笑说，这算啥呢，舞搭子可以带一双男式皮鞋呀，还有了，女人舞功好呢，细心呢，备一管白皮鞋油， 要么去的舞场档次不高，舞搭子舞技不灵，要么跳的就是那种女方双脚踏在男方鞋上的暧昧舞。

六章　129

一把刷子呢，一点印子看不见。康总笑说，过去的人，是老实 梅瑞被噱进，遭康总反讥奸诈。这一回合，康总赢。梅瑞吃一口茶说，每趟，我一讲到要紧关子，康总就插进来胡搞，姑妈，皮鞋，跳舞，这是成心，知道说漏了嘴，企图卖乖找补。康总说，是我忽然想到 这招叫"打一枪换一个地方"。梅瑞说，我真不好意思讲了。梅瑞不响。康总提示说，梅瑞结了婚，到了夜里 循循善诱。梅瑞含羞说，夜里嘛，是男女这方面，出了大问题了，上海人讲，等于银样镴枪头，软脚蟹，等于放炮仗，一响就隐灭、熄灭了，我这样形容，康总就要想，既然这方面有问题，小囡啥地方来 心太急，一时刹不住车，开始自问自答，我只能老实讲了，是

○语出王实甫《西厢记》第四本第二折："你原来苗而不秀，呸，一个银样镴枪头。"《红楼梦》第二十三回黛玉也用此句嗔宝玉。梅小姐认为这是从越剧电影《红楼梦》里学来，共读西厢：那张生一封书，嗔徐玉兰："那莺莺一封书，敢于退贼寇，那红娘三寸舌降服老夫人，那惠明五千兵馅做肉馒头，呸，我以为你也胆如斗，原来是个银样镴枪头。"

几个月后，我为男人请了一个开方医生，开了一帖药。康总说，从来没听到过。梅瑞说，上海嘛，样样有神奇，这种求方子，开药，老规矩，多数是诚心诚意的女人，这个医生，也等于送子观音。康总说，男医生叫观音。梅瑞说，观音菩萨，中性人嘛，可男可女 答比问更冷。康总不响。梅瑞说，一帖药，一千九百块 不便宜，当年上海普通人半个月工资，我男人吃了，夜里的胃口，完全吊足了，时常还加班，开小灶，两个礼拜，弄得我浑身蚂蚁爬，天天全鸡全鸭，七荤八素，小囡也就有了，结婚几年里，我也只有这两个礼拜，真正做了一趟女人 彻底袒露软肋。康总不响 此处不响是因为这话实在没法接。梅瑞说，后来，男人就住院了，手脚发冷，每天咳嗽。康总说，完结，风月宝鉴了。梅瑞压低声音说，男人怀疑我，请的是游方江湖

○传统吴地大宴，无不以全鸡全鸭为高潮。"七荤八素"则无涉吃喝，喻心烦意乱，忐忑不安，可与北京话"五脊六兽"媲美。

郎中，讲我是害人精，我觉得冤枉，女人有这种要求，再正常不过了，为啥只怪郎中，不怨自家，唉，只怪我，婚前缺少知识，太纯洁，婚后吃苦头。康总说，老公现在呢。梅瑞说，请了长病假，顺便照顾小图 也算合情合理，因果关系通顺。康总说，这个开方医生，后来判了几年。梅瑞说，啥。康总说，起码十年官司上身。梅瑞说，哪里会呢，预约挂号，根本也挂不上，到处有邀请，经常去外地巡回门诊，收了多少锦旗呀，等于女界知音。康总说，这帖药，男人眼里，是泉下骷髅，梦中蝴蝶，吓人的。梅瑞说，啥意思。康总说，吊出男人一生一世的力道，火线上岗，突击加班，以身殉职，基本完结了。梅瑞腰身一扭说，康总真自私。康总说，女人比较天真，比较笨，高级骗子，全部是男人。梅瑞说，因此，我预备离婚嘛，我姆妈，也预备离婚 "娘要离婚"比"娘要嫁人"更不可控。康总吃一口茶说，姆妈还好吧。梅瑞说，我爸爸一同意离婚，姆妈就开始跟我吵，昨天还埋怨我，为啥急急忙忙整理箱子，打包。我讲，姆妈要去香港了，不准备再回上海，我来帮忙，有啥不对呢 另有所图。我姆妈就哭了。其实我也难过，哭过几趟了。我姆妈讲，梅瑞想要房子，可以的，姆妈就要去香港，跟小开结婚，上海老房子，根本不需要了 一语道破。梅瑞吃了一口茶，拿出化妆镜看了看说，我讲到现在，心里一吓，讲不出口的事体，为啥样样会讲出来 扑地跳出圈子。康总不响。梅瑞挺直腰身说 放大招了，其实呢，我跟离了婚的女人，基本是一样了，一个人单过，就是孤独，如果有男人对我好，不管对方是已婚，未婚，我全部理解，我不会添对方任何麻烦，两个人一有空，就可以见面。康总不响 密码都改明码了，直给了。顺了坡，奈何驴死活就是不肯下。

○语出《小窗幽记》："无端妖冶，终成泉下骷髅；有分功名，自是梦中蝴蝶。"

六章 131

几月后一个上午，康总从无锡回上海，司机开收音机，家常谈话节目，一个女人讲感情经历，声音与梅瑞近似，康总忆起一片桑田，不近不远一对男女，顾影翩翩，清气四缭，最后是灯烬月沉，化为快速后退的风景。此刻，康总忽然想与梅瑞聊天，虽然康太，同样讲东讲西，态度温和，大学里就是有名的糯米团子，糯，软，甜，结婚多年，要方要圆，随意家常，但天天面对糯米团子，难免味蕾迟钝，碰到梅瑞，等于见识"虾籽鲞鱼"，即便梅瑞一再谦称，是白纸一张，自有千层味道 堪称"梅千张"，等于这种姑苏美食，虽然骨多肉少，不掩其瑜，层层叠叠，浑身滚遍虾籽，密密麻麻小刺，滋味复杂，像梅瑞的脾气，心机，会哭会笑，深深淡淡，表面玲珑，内里凌厉，真也是鲜咸浓香 苏州味道，讲究"甜出头，咸收口"。康太与梅瑞，等于苏州"黄天源"糯米双酿团 糯米裹豆粉、芝麻做成，PK"采芝斋" Since1884年的苏州观前街老字号 秘制虾籽鲞鱼，乐山乐水，无法取舍 康总，吃货一枚，梅瑞放出一连串"倒钩"，终于一一吃进。

○鲻鱼晒成咸鱼，改刀成小块，入油锅煎余后加酱油、料酒、姜汁、虾籽、白糖，烧至卤汁收干而成，或用葱结、姜片、酱油、精盐、料酒等浸渍虾籽，炸后滚上一层熟河虾籽。佐以泡饭，味道好极。

康总与梅瑞通了电话。梅瑞说，啊呀，我刚想拨号码，电话就来了 大招已降维为寻常套路。康总说，最近还好吧，周围太吵了。梅瑞说，是我太忙，现在跟了中介办手续，事体实在多。康总说，买房子了。梅瑞说，嗯，两室一厅。康总说，准备做房东，还是。梅瑞说，决定自家住。康总看看前面司机，压低声音说 心虚，上次讲的事体，已经解决了，所以搬场 搬家 了。梅瑞说，就算吧，其实，我仍旧老样子，我讲过了，做女人，要对自家好，买这间小房子，如果装修适意，我就搬进去住。康总不响。梅瑞说，接下来，就是请工程队，买按摩浴缸 请君入缸。康总说，辛苦。梅瑞说，我已经想好

132 繁花〔批注本〕

了，现在不便讲。康总不响。梅瑞说，最私密的事体，我告诉了一个男人，有一点后悔 转守为攻。康总不响。梅瑞曼声说，这个男人，样子文雅，有经验，以后，还会想我，关心我吧。康总笑笑。梅瑞挂了电话 见好就收。

此后某日，梅瑞打来电话，告诉康总，梅瑞娘终于离婚了，准备立刻去香港，与小开团聚。隔了三天，梅瑞再来电话说，康总，我姆妈真的走了，不可能回上海了，即使回来，基本住酒店，我哭了好几场 求安慰。康总不响。梅瑞说，这天我进房间，我姆妈讲，一个独身老女人，一条老弄堂，姆妈走进走出，已经走够了，我离开之后，梅瑞想换环境，做娘的完全同意，新闸路这个老房间，立刻脱手，买进延安中路底层，煤卫独用，隔壁邻里少，也清静，姆妈贴一点积蓄，让梅瑞平稳过生活，心甘情愿 既是交代，也留了后手。我当时听了就讲，姆妈以后回上海，也可以住。我姆妈笑笑 此笑耐人寻味，闷头翻箱倒柜，大忙特忙，这天清理一大堆的废品，房间里，满地大包小包，中式棉袄，织锦缎棉袄 经面缎起三色以上纬花的江南丝织物，罩衫 罩于中式棉袄之外的单衫，便于换洗，璜贡缎棉袄 经纱、纬纱至少隔三根纱才交织一次的高密度厚实精梳织物。曾是贡品。分横、直两种，疑为"横贡缎"之音讹，灯芯绒裤子 表面形成纵向绒条的棉织物，因像一条条灯草芯，故名。灯芯绒做女裤，不多见，卡其裤子 纯棉或与毛、化学纤维混纺而成，两用衫，春秋呢大衣 混纺面料，适宜春秋两季，法兰绒短大衣 Flano，粗梳棉、毛织物，起源于18世纪英国威尔士，弄堂老裁缝做的双排纽派克大衣 Parka，朝鲜战争期间美军的防冻防风雪连帽大衣，据说起源于因纽特人，Parka原意"兽皮"，哔叽长裤，舍维尼长裤 英国cheviot绵羊毛制成精梳毛纱纺成之面料，属中

由中央克改良的一种适合春秋两季单衫，男女皆备，1960—1980年代成为排在中山装、军便装之后的第三国民装，1990年代开始被领导干部广泛采用，前新加坡内阁资政李光耀也是此粉丝。

六章 133

厚型斜纹织物，又称"精纺法兰绒"，中长纤维两用衫 化学纤维混纺面料，接近毛织物，易洗快干免烫。便宜货。康总笑说，哈，家家一样。梅瑞说，我翻了一翻，还没开口。我姆妈就讲，全部是垃圾，全部掼进垃圾箱 也算是逆向的"漫卷诗书"。我不响，解开一包旧衣裳，朝阳格衬衫 方格平纹布，白色底加配另一色，泡泡纱裙子 seersucker，棉质轻薄平纹细布，呈泡状起绉的印染面料，我立刻就想到从前了。姆妈讲，看啥，快点掼出去。几大包叠整齐的被单，被面子。姆妈讲，现在用被套，根本不要了。我翻一堆旧衣裳，绒线衫 毛衣，腈纶开司米三翻领。姆妈讲，要死了，全部掼进垃圾桶。我开了一只箱子，里面不少衬衫，两用衫，百裥裙，朱红绉的"江青裙"，湖绉荷叶滚边裙 湖州产丝织料子，民国女学生风，常见于张爱玲等女作家笔下人物。姆妈说，全部掼出去。康总说，火气太大了吧。梅瑞说，我只能不响，这批裙子，是我姆妈的宝贝，当年 1980年代初期 恢复跳舞，我姆妈积极响应，自做跳舞裙，乔奇纱 又名乔其纱，多为人造丝，强捻经纬织出的绸面起绉之丝织面料，印花图案繁多，价廉物美，轻薄透气，做舞衣蛮合适，黑丝绒，手缝亮片，嵌金银丝，现在，姆妈无情无义讲，实在太土了，看见就是一包气，怪吧。有个箱子里，摆了一套五十年代列宁装，弄堂加工组 为国营工厂加工产品的街道组合，解决待业青年和返城知青生计 时期的背带裤，蓝布工作帽，袖套，叠得整齐。我姆妈讲，不许解开，真倒霉，真要死了，看到这堆垃圾货，我只有恨，姆妈的

○ 丙烯腈纤维，有弹性，蓬松卷曲，柔软保暖，有人造羊毛之称，现一般用做大门幅窗帘、幕布，乃至军用炮衣等。

○ polyacrylonitrile fiber，聚

• 1974年文化部"集各朝女服之大成"设计的开襟〈字领连衫裙，裙下摆至小腿中部，有使其（如中山装）成为女性"国服"之意，曾下令全国推广。

○ 发端于延安，兴盛于1950年代的革命女装，原型据说是列宁十月革命时期常服，斜纹布西服大翻领，双排扣，双襟中下方均横布带一个暗斜口袋，各有3粒纽扣。一时成为政府机关女干部的制式穿着。1960年代中苏交恶后，逐渐为两用衫、军便装取代。

好青春，统统浪费光了。我听了不响，这天，只要我一翻动，姆妈就讲，统统掼出去，掼光，送居委会，捐乡下穷地方也好。康总不响。梅瑞说，墙角落有一个大脚盆 居家必备，可泡脚，亦可沦浴，装满以前的时髦鞋子，荷兰式高帮 普通高帮女鞋加两条镶边即称荷兰，浅口丁字，烧麦头，船鞋 无搭襻，横搭襻 缺了丁字中间一竖，简单的横向搭扣，包括几双跳舞皮鞋，就是"蓝棠" 1948年开在静安寺路的著名鞋店，销售定制高级女鞋，商标以一顶皇冠为记 羊皮中跟，请

○ Mary Jane 或T-strap，丁字搭扣女式漆皮鞋，得名于电影女主角Mary Jane，后经奥黛丽·赫本大力推广，Salvatore Ferragomo专为她设计了一款以她命名的Mary Jane平底鞋 Audrey Shoes而被誉为『纽约传奇』。1960年代风靡欧美，在上海的流行，贯穿整个1970年代，淑媛的鞋柜里肯定不止一双，可怜蓓蒂就赶不上了。

• • ○ 源自印第安Moccasin鞋，属Loafer围盖式，一整块皮料包底围条，缝合帮围和帮盖会有均匀褶皱，外观如烧麦，北方也有称『包子鞋』，流行于1980年代。

皮匠师傅缝了搭襻，跳舞转起来，不会滑脱。康总说，前几年舞场里，老阿姨还是这种打扮。梅瑞说，我一看，马上想到以前了，想到我慢慢长大，姆妈变老。我姆妈踢了一记脚盆说，有啥用呢，断命的社会，吓人 上海女人口头禅，可以嗔，可以怨，可以兴，可以观，可以群 的社会，想当年，我简直跟瘪三完全一样。我不响，一只樟木箱里，全部是旗袍，姆妈结婚前后，单，夹，呢绒旗袍，闪面花缎，

○ 异缎质地提花丝织品，斑斓而闪。常见深青闪大红、红闪绿、红闪青、豆青闪红等。前蜀花蕊夫人赞之：『盘风鞍鞯闪色妆，黄金压胯紫游缰。』

四开纺绸 平纹丝织物，耐磨，滑爽。旧时以杭州产最佳，称杭纺，平头罗纺 丝绸透空，疏爽，是夏装的上等衣料，竖点缥绸，颜色素静，也有"雨后天" 此色汝窑专用，宋徽宗御批"雨过天青云破处，这般颜色做将来"是也，桃玉，悲墨，淡竹叶颜色，每一件，腰身绝细，样式不一样，滚边包纽，暗纽，挖镶，盘香纽 旗袍工艺术语，看似简单，实在也是妖。我讲，旗袍我要的 识货。我姆妈平静一点。我讲，件件喜欢。我姆妈讲，根本不能穿，要了做啥。我讲，做纪

六章 135

念。姆妈讲，箱底下，倒是有几件"沙克司坚"（Sharkskin）旗袍 紧身旗袍，非后来的鲨鱼皮泳装，也就是人造丝，绿，黄，粉，淡蓝，其中，雪白颜色最好，当时男人做白西装，女人做白旗袍，最流行。我不响，翻开另外一叠，<u>老介福</u> Since1860年的上海老字号，除经营绸缎，也自行设计花色，<u>富丽绸布店衣料</u> 创建于1948年，鼎盛期有四个门面，真丝，<u>雪纺</u> 涤纶或真丝原料，经纬疏朗、柔软超薄、色彩多样，极受追捧，轧别丁 Gabardine，或称华达呢，精梳毛纱斜纹织物。防水性佳，适合做雨衣风衣等，舍味呢，直贡缎 见前文"璜贡缎"，直贡缎织品坚宇，更适合做被面，斜纹呢 呢料呈现斜向纹路。康总不响，心里开始烦 批者已经烦很久了。梅瑞说，过去的布店，想想真热闹呀，店里全部是人，上面拉几道铁丝，开了票，钞票夹上去，吵的一记，滑过铁丝，滑到账台上，敲了图章，吵一记，再送回来，高凳子上面坐一个老伯伯，从早叫到夜，顾客同志们，当心贼骨头，皮夹子拿拿好，当心三只手 状似海滩上的救生员。康总笑笑。梅瑞说，我姆妈一听就讲，好了好了，少讲讲，这点料作，梅瑞如果再婚，倒可以定做旗袍，可以用。我讲，我哪里会结婚。康总说，这难讲了 虽然扯得足够远，线头始终在自己身上。梅瑞说，肯定的，我姆妈看了看讲，西式料子做旗袍，旧社会最时髦，现在的旗袍，怪吧，全部是中式大花头，乡巴子，一副穷相，乡下女人，饭店拉门女人打扮，身上不是牡丹花，就是红梅花，以为穿旗袍，就是金龙金凤 都是香港酒楼学来。梅瑞娘到香港即可见识到原版，就是浑身包紧，裹紧，胖子也穿亮缎，也要包，要裹，等于做了"<u>酱油扎肉</u>" 条状五花肉，粽叶包裹，青稻草扎紧，以桂皮葱结茴香姜块等扎成香料包，一起入锅煮熟，"<u>湖州肉粽</u>" 又称"枕头粽"，条状区别于嘉兴粽的三角形，"诸老大"是名牌，自以为斗妍竞媚，老上海人看见，要笑煞。我不响。我姆妈讲，但老实讲，这个市面呢，跟解放前，也差不多了，也许西式料子又行俏了，反正，这个房间里，姆妈是一样不想再看见了，完全可以结束了 多种面料，数款衣裳，交代了梅妈的半生。康总若熟读张爱玲，电话里兴"生命是一袭华美的袍"之叹，此其时也。我不响，我问姆妈，到了香港，总要回上海看看吧。我姆妈讲，一般是不回来了 当年出境者，行前一般都这般毅然决然，房子，票子，身外之物，姆妈只要感情，梅瑞如果离了婚，就告诉我，好吧。我听了，就哭出声音来了。我姆妈讲，乖囡，女人只看重感情，稳靠一个好男人，就定心了。我当时一声不响，揩眼泪。我姆妈讲，到了香港，假使觅到香港好女婿，梅瑞就来香港结婚，好吧，开开心心过生活。我讲，姆妈，我不考虑再婚了，我已经彻底结伤了，我看穿了。康总不响。○○○○ 衣服都是梅娘要扔，但这堆绫罗绸缎大衣旗袍羊绒羊毛人造棉里掩藏的每一个字，每一句话，却统统都是"掼"的，向康总没的。

六章 137

柒 章

壹

阿婆摇蒲扇说，扇扇有风凉，哥哥做文章，文章做不出，请我老先生 绍兴民谣，清代范寅收入《越谚》。蓓蒂说，阿婆，夜里为啥哭。阿婆不响。蓓蒂说，我长远不哭了，阿婆为啥穷哭。阿婆说，夜里，又梦到棺材了，看见几块棺材板，我晓得不好了，最近要出大事体了。蓓蒂不响。阿婆说，以前做梦，棺材里有金子，一直有亮光，昨天夜里，棺材已经空了，乌铁墨黑，我外婆，等于孤身一个死人，光溜溜一根阿鱼了。蓓蒂说，一条阿鱼 阿鱼，鱼之儿语。阿婆说，是呀是呀，我预备冬至前，无论如何，要回绍兴扫墓了，一定要回去了。蓓蒂摸摸阿婆"韭菜边"金戒 无工无造型的基本款圆型光戒，又称"韭菜梗"说，棺材板里，到底有多少黄金呀。阿婆说，当然不少的。阿宝说，多少呢 据清廷卧底张继庚密报，天京"圣库"计有白银1800万两。阿婆说，我外婆，当时逃出南京天王府，带了不少金子。蓓蒂说，假的。阿婆说，身上有金货，人就逃不快。阿宝说，是元宝，还是金砖。阿婆说，我外婆做天王府宫女 太平天国并无"宫女"职称，统称"女官"，三年半，是从金天金地，金世界里逃出来的女人，一路逃，一路哭。蓓蒂说，金子塞到啥地方。阿婆说，身上，一套土布衫裤，金子裹到小腿，

○按《周公解梦》，梦见棺材，预示升官发财。若见死人脱棺，则凶必至。

小肚皮，屁股上，女人屁股大一点不要紧<u>大实话</u>，土布缚裙一罩。如果有奶罩，肯定塞得圆圆两大团。阿宝不响。阿婆说，从前的女人，就算西施，胸口照样绑得摄摄平，瞒不住人的。蓓蒂说，外婆带了钻石，蓝宝石吧。阿婆说，亮蓝宝石，四品顶戴，有啥稀奇呢，就算做到二品大员，只能坐四人扛的绿呢轿子，黄金多少吃价呢<u>"吃价"即吴语"值钱"</u>，金刚钻，外国人欢喜，中国人划玻璃。蓓蒂说，我为啥看不到棺材呢。阿婆说，人一伤心，梦里就见祖宗。蓓蒂说，啥。阿婆说，我外婆过世这天，灵堂如雪，大体殓进了棺材，忽然，眼里有两条金线，噼里啪啦落下来。蓓蒂说，这我听过六七遍了，我不相信的。阿婆说，眼睛里落出黄金，我外公感觉不吉，撩开灵帏，靠近棺材讲，<u>家主婆呀</u><u>太太</u>，等一歇，就要钉棺材板了，听见别人喊，东躲钉呀，西躲钉，一定要躲一躲<u>丧俗，合棺者于棺木东位下钉时，晚辈哭喊"东躲钉"，钉落西位则喊"西躲钉"</u>。我外婆眼里，忽然落出一滴一滴金子来，乡邻看到，伸手去接，去轧。外公一跤跌倒，一吓，就死了。

<u>挤、碾，例如1948年12月23日上海"轧金子"事件。因恐金圆券沦为废纸，近10万市民在外滩彻夜排队，疯狂涌向中央银行，酿成踩踏事件，7人死亡50余人重伤。电影《乌鸦与麻雀》有这一出；当年14岁的李敖回忆：人山人海，就从四面八方拥中央银行，争取优先兑换……顿时万头攒动，水泄不通，每天被挤死踩死挤伤踩伤的，随处可见。我去买书，经过黄浦滩上通过，只已无法在马路上，绕水而行。"</u>

阿宝说，太平天国的宫女，会有多少黄金。阿婆说，天王府里，样样金子做，晓得吧。蓓蒂说，阿婆讲过几遍了，痰盂罐，金的，调羹是金的。阿宝说，还有呢。阿婆说，金天金地，晓得了吧，王府里，台子，矮凳，眠床，门窗，马桶，苍蝇拍子，金子做，女人

<u>据清代多种笔记如光绪元年上海《申报》馆《江南春梦庵笔记》、洪秀全『天王府』内有女官2300名，分为王娘、王妃、爱娘、嬉娘、妙女、姹女、元女等等。</u>

柒章 139

衬里裤子,金线织,想想看 不敢想。蓓蒂说,不可能的。阿婆说,马车,轿子,统统黄金做。阿宝笑笑。阿婆说,马脚底镶掌,一般熟铁做,王府,是金子做,金钉子钉,马车琱嘟嘟跑出去,太阳出来了,金马车,八匹马,一路四八三十二道金光,声音轻,因为金子软。蓓蒂说,乱讲,不可能,不可能。阿婆摇扇子说,现在,啥人会懂呢,大天王爷爷的排场。蓓蒂说,世界上,有两部黄金宝贝马车,只有伊丽莎白,路德维希二世可以坐。阿婆说,这算啥呢,太平天国,黄金世界,八十六人扛的金轿子,晓得吧,轿子里面,可以摆圆台面吃酒 可以吃火锅吗,里厢有金灯,金蜡签,金面盆,金碗,金筷子,金拖鞋。隔间用金屏风,摆一只金榻,金子净桶,一个金子小倌人,手托金盘,摆一叠黄缎子,让大天王爷爷揩屁眼。阿宝说,洪秀全从来不出宫门,只坐女宫人拖的金车子,常备龙凤黄舆,七十二根杠子,宫里的马桶,面盆,浴盆,确实是真金做的 读书人开始背书了。蓓蒂说,不会吧。阿宝说,是我爸爸讲的,东王杨秀清,到浙江去开会,前呼后拥,四十六扛的大轿子,热天备水轿,荫凉适意,下衬玻璃水缸,养了金鱼,荷花 东王早年烧炭出身,竟怕热至此,真是忘本了堕落了。阿婆说,没有听到过。阿宝说,是书里写的呀。阿婆说,只有大天王爷爷有黄金大轿,天王府里排场,啧啧啧啧,典天锣,典天乐,多少人呀,典天官,三千人,典天马,三百人,典金官,专门管金子,典玉官,专门管玉石,天国国庆节一到,百官观礼,天王爷爷勾了金面,黄蟒玉带,出宫门开庆祝会,朝广大劳动模范挥手,底下就哭了,三呼万岁万万岁,接下来,就是开游园会了,金锣开道三十

○ 1966年说太平天国,中间隔100年,等于2019年说1919年,2066年说1966年,2113年说2013年上海奇书《繁花》。不一样的隔世感,不一样的世情,一样的隔世感,看官不妨自行体会。

○ 据太平天国文献记载,那顶黄金帽子重达8斤,伊丽莎白二世加冕的圣·爱德华王冠,也不过4斤多。

对，金盔金甲，飞金字肃静牌，回避牌，清路旌旗，飞虎旗，飞龙旗，前后撑大金扇，大红缎子金伞，也叫"红日照"，单算一算，这排场，啧啧啧啧，自备金龙杠，要多少名啊。阿宝说，金子事体，越讲越多了，不要多讲了。蓓蒂说，阿婆到底为啥哭呢。阿婆说，啊呀呀，我已经讲了好几遍了，是我外婆夜里托梦过来，棺材板拆光了，我的外婆，已经是一根赤膊阿鱼了。<u>"天国"的"金子事体"，大部分出自随清军与太平军作战的汪堃《辛壬癸甲录》卷五《盾鼻随闻录》、清人张汝南《金陵省难纪略》以及与天京上层有密切交往的英国翻译兼代理宁波领事富礼赐《天京游记》以及种种邸报等，然1864年7月湘军破城后，未见有金如许，"天朝总圣库"也空空如也。送往北京含金量最高之战利品，无非为刻有"太平天国大道君王全"的洪秀全金玺、由一百多两黄金铸成。曾国藩奏称："逮二十日查询，则并无所谓贼库者……然克复老巢而全无货财，实出微臣意计以外，亦为从来罕闻之事。"确有记载"天国黄金"是被太平军转移被石达开藏匿或被曾氏兄弟私吞？或被绍兴阿婆的外婆这样的"宫女"们随身卷走？一笔糊涂账。</u>◎洪秀全起事于金田村，也是与金有缘。

贰

阿婆打算年底回乡扫墓的计划，还是耽误了。十一月份，蓓蒂爸爸妈妈参加社教运动，有人举报，蓓蒂爸爸装配矿石机，收听敌台，听"美国之音"，一串克里姆林宫的钟声，就是苏联莫斯科电台的沪语节目<u>当年的热门敌台还有"澳大利亚广播电台"</u>，苏联播音员<u>◎旨在解决干部作风和经济管理等问题的"社会主义教育运动"之简称，又称"四清运动"。起于1960年代前期，1966年春达到高潮。</u><u>·几乎与无线电广播同世的一种原始接收波装置，用一块矿石做检波器——后用一枚二极管——搭通天、地线以及基本调谐回路，也归入此类。当年广大无线电发烧友乐此不疲。</u>

一口沪语,莫斯科广播电台,莫斯科广播电台,现在,夜里厢十点廿分,我是播音员瓦西里也夫,我现在跟上海各位老听众朋友,播送夜里厢新闻,莫斯科广播电台,现在播送节目。这还了得。蓓蒂娘特地赶过去开会,领导还以为,是来揭发蓓蒂爸爸问题,但蓓蒂娘只会帮老公叫冤,这对夫妻,也就回不来了,房间里,只有阿婆陪蓓蒂。有几次,蓓蒂对阿宝说,如果阿婆回乡了,哪能办。阿宝说,不会的。蓓蒂说,真的。阿

<small>作为莫斯科广播电台"台呼"的两串钟声,旋律为杜那耶夫斯基谱曲的《祖国进行曲》。1940年7月1日莫斯科广播电台开始对中国听众放送中文节目。1950年代,中央人民广播电台每天中午12点转播其对华广播,即便在中苏交恶后受到干扰,功率依然强大,中波就能听清。</small>

宝摸摸蓓蒂的头说,慌啥,阿婆不会走的。蓓蒂不响。转眼就过了1966年元旦。有一日蓓蒂说,阿婆,我昨天做了梦,看到一个老太婆,变成了一条鱼。<small>梦见别人变成鱼,解梦书主吉</small>。阿婆说,真的。蓓蒂说,鱼嘴巴一张一张,只有水响。阿婆连忙捂紧蓓蒂嘴巴说,不许讲了。蓓蒂一吓。阿婆说,我昨天做梦,也看到了蓓蒂,变成一根鱼了,这太吓人了,太巧了<small>同时互相梦见对方变鱼,各路解梦书均无解</small>。阿宝笑笑说,做鱼,最偷懒,可以一声不响,每天用不着弹琴了,只会吃水。蓓蒂说,真的呀,看到阿婆是一条鱼,我也游来游去,浑身亮晶晶,是一条金鱼<small>被阿婆黄金故事带入戏了</small>。阿婆说,小囡瞎话,讲乱话,小姑娘家,不可以变一根鱼。蓓蒂说,一条鱼。阿婆说,不许再讲了,不过,我已经晓得,今年的年头,凶了,要出大事体了,今年是哪里一年呀。阿宝说,1966年。蓓蒂抱紧阿婆说,爸爸妈妈,一定不回来了。阿婆说,呸。蓓蒂说,会回来吧,阿婆讲讲看。阿婆说,我现在,只想回乡一趟,上了坟,我外婆马上就会保佑我,阴间里,保佑我蓓蒂,我再回上海,也可以多活几年。蓓蒂说,两个人,变两条鱼,滑进水里去,我看到阿婆鱼嘴巴张

开,亮晶晶,我游过去。阿婆说,越讲越像了,我真要是一根鱼,世界就太平了。三个人讲到此刻,天色已暗,蓓蒂说,钢琴上面,也看见一条小阿鱼。阿宝开灯去看。蓓蒂说,弹到克列门蒂《小奏鸣曲Op.36》,一章十一小节,八度跨小字三组,我眼睛朝上看,小鱼就游过来了,再弹一次,羽管键琴音色,跳音要轻巧,手腕有弹性,我抬头一看,谱子旁边,真有一条金鱼呀,亮晶晶,尾巴一抖一抖,游来游去,我揩揩眼睛,阿鱼就停下来了,前天,我用发夹划一划,做了记号,看见了吧,就是此地呀,此地。阿宝仔细看钢琴,琴身比较旧,琴键上方的挡板,有几道痕迹。阿婆也近拢去,看了看说,弄啥花样经呢。阿宝摸一摸说,旧琴,就有不少旧印子,油漆疤瘢,划痕是本来有的。蓓蒂说,阿鱼停到这个位置,我弹不下去了,每次弹十个小节,阿鱼就出来。阿宝说,一点不专心。蓓蒂说,钢琴响了,阿鱼就游过来 谚语连连。不妙了。阿婆拖过蓓蒂,摸摸两根小辫子说,新年新势,蓓蒂已经变怪了,就要出大事体了。阿宝说,蓓蒂是小姑娘,胆子小,阿婆如果回乡几天,就糟糕了。于是蓓蒂哭了,倚到阿婆身上。阿婆说,乖囡。阿宝说,要么,等我放了寒假,我陪阿婆,蓓蒂,一道去绍兴。蓓蒂破涕一笑说,我要呀。阿婆想想说,好的,也真好,有上海的少爷小姐,陪老太婆回去,我有面子。阿宝说,上海到绍兴,坐火车,十六铺坐小火轮也可以。蓓蒂说,我想坐轮船 阿婆当年就是走水路来的。两个人看阿婆。天已经昏暗,房子外面,满眼铁灰,飘起了雪珠,窗玻璃稀稀疏疏声音。蓓蒂抱紧阿婆,大概是冷。阿婆眼睛紧闭,像是做决定,也像做梦。时间停顿了下来。阿婆最后动了一动说,想到回乡,我多少慌呀,只是,阿宝是男人家了,我跟

柒章 143

蓓蒂回乡,身边有了男人相陪,是放心的。1966年1月,剧变前夜的黄昏。是年春节在1月21日,为有史以来春节最早的一年,除夕夜,恰逢大寒节气。

叁

一大清早,阿宝与蓓蒂,挽了阿婆,老小三人,大包小包,寻到上海北火车站,爬上车,坐好,火车就开了 一"寻"一"爬",道尽一路狼狈。前一日,阿宝娘拿出十斤全国粮票,十元钞票 彼时出远门,现金和全国粮票缺一不可,等于今天带手机不可不带充电器,对阿宝说,阿婆一定要付三人车钿,路上吃用,阿宝就要懂道理,买一点大家吃。阿宝说,晓得了。蓓蒂坐上火车,每样觉得新鲜,又想坐船。阿婆说,船有得坐 此言无欺。果然,火车开到绍兴柯桥 很多年后,此地变成全球最大轻纺基地和批发市场,三人下来,阿婆叫了一只脚划船,请船夫划到老家平舍 虚构地名,那一带确有"华舍",为华姓人家聚集。阿宝踏进船舱,船就荡开去,船夫一眼看出,阿婆是老同乡,阿宝蓓蒂,是"山里人"。阿婆笑笑说,不会乘船,此地全叫"山里人"。阿宝不响 第一次被乡下人鄙视了。阿婆说,脚划船,实在是狭小,一脚进去,先要勾定,慢慢踏落船舱,上岸,记得一脚跨到岸,踏稳,另一脚勾牢船帮,再慢慢上来。大家无话。三个人坐定,桨一响,船就朝前走了。阿婆说,这样一只单船,像过去女瞎子坐了,到喜庆人家去"话市",两女一男,弹琵琶,女瞎子唱"花调"。阿宝说,唱啥呢。阿婆说,样样可以唱,我唱了。

○又名话词,当地称"瞎子戏",表演者叫"话婆",历史悠久的盲艺人唱,陆游"死后是非谁管得",满村听说蔡中郎"的"说唱",即此类话唱。明代绍兴徐文长《吕布宅诗序》:"始村瞎子习极俚小说,本《三国志》,与今《水浒传》一辙,为弹唱词话耳。"1916年阴历十二月十九日,鲁迅先生曾为母亲做六十大寿而专门邀请"话词婆"上门演唱花调。今已濒危。

蓓蒂用力拉了阿婆说，阿婆估计阿婆要开黄腔。三个人不响，行舟如叶，只听船桨之音，当时水明山媚，还可动目，少息就阴冷起来，船狭而长，划得飞快，眼前一望澄碧，水网密布，寒风阵阵，阿婆心神不宁说，多年不回来，根本已经不认得了，绍兴话，也不会讲了。阿宝说，不要紧的。一歇工夫，河上飘起雪珠，船夫盖拢乌篷，阿宝感到屁股下面，是冰冷的水流。枫叶落，荻花干，远方隐隐约约，山峦起伏此时此刻此舟中，老的是近乡情怯，小的是山阴道上。阿婆对船夫说，弟弟，这是会稽山吧。船夫说，是的，路是不近的。阿婆说，我老家，平舍朝前，有一个山坳。船夫说，这是梅坞。阿婆说，是呀。船夫说，这地方，已经无人住了。阿婆不响确有梅坞，其地在曹娥江东岸，有山有水。

绍兴话，古称越谚，太湖片小片谚，带入片吴语系，和宋室南渡，临绍小片较少。中原雅言，对上海方言影响不大。中原古音发音亦有保留至今，其乃晋吴语和日语发音响亮高亢。另文读和口音发音差别较大，即便同一种方言水阻隔，也是『十里不同音』。因山

最后，船到了平舍。三人上岸，见一群农民收工过来，其中的妇人回答说，山坳边的梅坞，真不住人了。阿婆说，啊。妇人说，<u>穷埭坞</u>绍兴方言，意由所在、地方、线路以及田垄等，人家早搬走，逃光，只剩野草了，难得有人去放牛。阿婆慌了起来，提到自家四叔名字。妇人说，早死了，湍煞哉。阿宝说，啥。阿婆说，就是投河死了。阿婆哭起来。蓓蒂一吓。阿宝问农妇说，阿姨，此地有招待所吧，就是旅馆。农妇摇头说，乡下哪里来旅馆。农妇带老少三人，走进一间大房子，相当破败。阿宝拿出五块钞票说，阿姨，此地有夜饭吧。看到钞票，农妇两眼一亮。阿婆一面哭，一面夺过钞票说，房钿加饭钿，哪里用得到五块，一块洋钿，尽够了离乡多年尚能准确判断当地物价水平，阿婆直觉了得。阿宝付一块钞票，农妇高兴○王羲之在绍兴写下的那个险绝的『湍』字被后人视为其结字章法之秘诀所在，不知『湍煞』多少写字人。

柒章 **145**

接过，塞到旁边男人的手里，准备夜饭。一歇工夫，饭就上来，霉干菜，霉千张，一碗盐水青菜，每人一钵薄粥。蓓蒂看了看，吃书包里的梳打饼干。阿宝吃了两口菜，不想再动 多年后，宝总极可能被某农家乐餐桌上的这类"有机田园菜"感动到落泪。阿婆说，乖囡，这是乡下，只有阿婆吃得惯，从小一直吃。台子下面，几只鸡狗走来走去。周围是热闹农民，男女老少，每人端一只碗，进来出去，边吃边讲。几个小姑娘盯了蓓蒂不动，蓓蒂送每人一块饼干。阿婆说，蓓蒂自家吃。农妇说，现在好多了，早几年，种田一日，吃不到一斤谷。男人说，五年前，清早跑到十里路外，万古春酒厂 此名虚构，但山东确有"万古春酒厂"，在西门庆老家 大门口，抢酒糟当饭吃，半夜就去排队，天天打得头破血流。阿婆说，酒糟是猪食，人吃啥味道。大家七嘴八舌，吃吃看看。等到饭毕，台子收好，农妇陪老少三人到旁边厢房休息，众人带了碗筷，一路跟去看 歇息也围观，竟然连碗筷都来不及洗。里厢一只老式大床，帐子全部是补丁。农妇说，先住下来再讲。阿婆坐在床沿上，叹一口气说，这地方，如何住法，明早我上了坟，也就回上海了。农妇说，好呀，只是周围的坟墓，完全推平了 要啥没啥 阿婆说，啥，我黄家几只老坟呢 始知阿婆娘家姓黄 农妇说，没有咪。此刻，大家准备回去，听到坟墓议论，一个老农说，老坟，真真一只不见了，挖光了。阿婆说，啥，还有皇法吧，黄家老坟，里面全部是黄金，啥人

○ 二"霉"皆本地原创发酵食品，前者以芥菜、油菜或白菜干制成，后者为盐卤豆腐皮。霉化后食用。绍兴人视之为命。《鲁迅日记》"究竟绍兴遇着过多少回大饥馑，竟这样地吓怕了居民，仿佛明天便要到世界末日似的，专喜欢储藏干物……探险北极的人，因为只吃罐头食物，常常要生坏血病；佳惠。"

○ 倘若绍兴人带了干菜之类去探索，恐怕可以走得更远一点。普济、法雨、惠济三大寺院对"霉物"或感兴盛亦有贡献。"梅物"周作人1960年7月14日致杭州孙旭升函："承惠干菜，购得鲜得"侨汇"肉票，煮"干菜肉"吃了，项已试食，因偶有机缘，很难得的得偿乡味，甚感

挖的 不枉姓黄。周围一片讥笑声。一个男人说，平整土地运动，搞掉了，厝到地头的石椁，只只要敲敲开，石板用来铺路。1958年做丰收田，缺肥料，掘开一只一只老坟，挖出死人骨头，烧灰做肥料，黄家老坟，挖了两日天，挖平了。阿婆说，黄金宝贝呢。乡下男人说，哪里有黄金宝贝，就是几只烂棺材。阿婆忽然滑到地上，哭了起来 执念突然崩塌。乡下男人说，哭啥，真的只剩几副骨头。阿婆说，我外婆外公的坟地，一块牛眠佳壤呀，一对金丝楠木棺材呀。周围一片讥笑声。有人说，还水晶棺材。阿婆一翻身，滚来滚去大哭道，罗盘扣准的吉穴呀，石蜡烛，石头灵台，定烧的大青砖，砌了我祖宗坟墓，是我不孝呀，收成要丰稔，子孙庐墓三年，我到上海去了呀，难怪我外婆赤膊呀，变一根鱼不开心呀。蓓蒂和阿宝去拉说，阿婆，起来呀，起来呀。阿婆说，黄金宝贝呀，杀千刀抢金子呀。正在此刻，进来一个焦瘦的老太，对阿婆说，二妹，看一看啥人来了。阿婆开眼一看，还是哭。老太说，二妹到上海做嬉客 绍兴话，禺乡外出之人，做了多少年，我大姐呀。阿婆忽然不哭了，坐了起来 说哭就哭，要停就停，农村妇女，好像天生自带这个本事。

○《晋书·周光传》"柽陶侃微时，丁艰，将葬，家中忽失牛而不知所在。遇一老夫，谓曰：「前冈见一牛眠山污中，其地若葬，位极人矣。」"

• "杀千刀"——大自鸣钟资产阶级甫师太口中"断命"之加强版。《子夜》"……大风刮起那女子的开叉极高的旗袍下幅，就卷住了那手杖，哗的一兜头上裂了一道缝，她咽住了气，再也说不下去。她一扭腰，转身背着风，让风把她的旗袍下幅吹得高高地，露出一双赤裸裸的白腿。她咬着嘴唇笑了笑，眼波瞧着韩孟翔，恨恨地说：「杀千刀的大风！」"

阿宝搀起阿婆，床沿上坐好。蓓蒂说，阿婆，阿婆。焦瘦老太走过来，帮阿婆拍背。阿婆盯牢老太看，喘了一段，叫一声说，大姐姐呀。周围人声鼎沸道，还好还好，好了好了 北方话管这叫"一时背过气去了"。大姐说，上海人来到这种穷埠坞，吃这种苦。阿婆说，我

柒章 **147**

以为大姐姐,一定也湍煞哉。大姐说,我命硬,跳落水里,我死来活来,也要爬上岸的。阿婆说,难道黄家门里,死剩大姐一个了。大姐说,还剩了上海二妹嘛,还剩这两个上海孙子孙女。阿婆说,我哪里来福气,这是我上海东家子孙。大姐说,我从梅坞逃出来,六年了 1960年,"三年困难时期"最困难的一年,逃到望秦 "秦望山"在平水镇平江村寺里头村背后,与西施故里诸暨交界,得名于秦始皇在此望东海祈长生不老之药,来做生活 即打工,正巧路过。阿婆不响。大姐说,望秦不算远,现在上船去看一看吧。阿婆摇手道,不去了,啥地方不想去了。阿婆讲到此地,蹲到行李前面,翻出一捆富强卷子面。大姐接

○ 1950年代面粉统一编列为一、二、三等,分别定名为富强牌、建设牌、生产牌。富强粉名列第一,精细、高筋、色白;卷子面,筒状包装的干制细面,回乡送礼蛮拿得出手。

过。阿婆解开一只包裹说,还有不少名堂。大家围过去看,里面有"宁生",即大炮仗,百子,又叫百响,满地红,长锭锡箔,几叠冥币,黄表纸,几副大小香烛,几包自来火 活人死人的礼都带齐了。阿婆说,我爷娘,还有我外婆外公坟墓,就是黄家的坟墩头,到底还有吧。大姐说,是一片田了。阿婆说,一样寻不见,手里这些名堂,派啥用场呢。大姐说,烧,可以烧一烧,明早寻一块空地。有人发笑。大姐说,烧一烧,念经拜忏,祖宗可以收得到。阿婆冷笑说,骨头一根不见,烧成灰了,死人到哪里收长锭锡箔。大姐不响,阿婆说,棺材里的黄金呢,统统掘光了,外婆的黄金宝贝呢 死人收不到锡箔,活人觅不着黄金。作孽。有人笑。大姐说,我也相信有黄金。有人大笑。大姐说,我外婆当年落葬,多少风光,夜里点烛,点灯,俗称"耀光","不夜",张挂孝幔,人人着"白披",就是孝衣,"香亭出角",竖"幽流星",就是魂幡,等到我外公,拉开了材幔,也就是棺材罩,棺材里,我外婆的面孔,忽然大放金光,头发金光铮亮,金丝线一样,只是,身上

看不到一两黄金。阿婆说，黄金一向垫底摆好，外人哪里看得见，我外婆，从南京天王。蓓蒂用力推了推阿婆。大姐说，样样讲法全有。阿婆说，我晓得，出了大事情，原来，是我黄家老坟掘平了。旁边农妇说，黄家老坟，收了四年稻 _{黄金稻}。农妇男人说，挖出一副好棺材板，大队就开会，分配，做台子，做小船。农妇说，掘出一只棺材，里面有两条被头，有人立刻拖走了，摊到太阳下面晒几天，铺到床上过冬。大家议论纷纷。

　　阿婆不响，揩了眼泪，对农妇说，今朝夜里，是不是开乡下游园会，准备开到几点钟。听到这句，周围人逐渐散去。大姐叹一口气，陪老少三人，打地铺住下来。一夜无话。第二天一早，阿婆带了阿宝蓓蒂，坐上了脚划船。此地特产酿酒的糯稻，大姐跟农妇借了十斤，让阿宝带回上海。大姐对阿婆说，到上海做嬉客，手里的生活，要宽宽做。阿婆不响。船夫双脚踏起一根长桨，欸乃一声 _{唐诗里的欸乃，说不定就是这种欸乃本乃}，船就开了。大姐号啕起来，阿婆看看岸边的大姐，一滴眼泪也不落。老少三个人，乘船到柯桥，立刻逃上火车 _{来时的"爬上火车"系肢体之狼狈，返程"逃上火车"时已身心俱疲}，回上海。路上，阿婆盯了窗外看，感慨说，真正是戏文里唱的 _{阿婆说的戏文，不是越剧，而是其前身如绍兴大班、又名乱弹之类，如"手执钢鞭将你打"}，愁肠难洗，是我贪心不足，上坟船里造祠堂，稻雾去麦雾来，菖蒲花难得开，现在是，山阴不管，会稽不收。

○ 心情平复了，接受现实了，开始吐槽了。○ 批者小人之心：此刻阿婆心里，大概觉得当时挖坟"偷金"者，眼前这群乡亲莫非人人有份？

• 稻性不喜雾，因雾气对稻粒成熟有害，却是麦子生长刚需。清代范寅《越谚》卷上："稻雾去，麦雾来。稻遇雾则谷轻，麦遇之则饱馔。"

△ 菖蒲开花，祥瑞也。宋从龙补之："上山割白纻，持归当户织，为君为缔绤。不惜洁如霜，畏君莫我即。谁言菖蒲花，可闻不可识。"

▲ 明代绍兴人徐文长逸事：有穷人死在利济桥上，桥横山阴、会稽之界，两县令推诿不肯处理。徐文长遂写出卖利济桥文告张贴桥头，官府乃收尸。

柒章　149

阿宝不响。阿婆说，风景一点也不变，会稽山呀，稻田呀，桑田呀，绿水可以明目，青山可以健脾，跟老早一模一样，只是跑近房子前面，就闻到一股臭气，每一只面孔，焦黄焦瘦，就像我外婆当年逃出南京。蓓蒂说，又要讲了 2066年、即100年后蓓蒂或阿宝的后人，大概也会复讲述这段"逃出绍兴"往事。阿婆说，我外婆逃难，日日用荷叶水揩面，揩得面孔蜡蜡黄，身上揾大便。蓓蒂说，做啥。阿婆说，女人难看一点，臭一点，就太平嘛 正是：一黄掩百美，一臭毁所有，只怕有人动坏念头，吃豆腐，吊膀子是小事，拉脱女人的裤子，拖到野地里，再摸到身上有黄金元宝。蓓蒂说，啥叫吃豆腐，啥叫膀子 沉溺在故事里，竟然忘记有东家未成年娇小姐在侧。阿婆说，当年我外婆从南京。蓓蒂摇晃阿婆说，阿婆呀，我头发里痒了。阿婆拉过蓓蒂看了看说，肯定有虱子了，唉，我晓得，这年头不好了，今年，马上就要出事体了 还要再等三四个月。阿宝说，不要讲了。阿婆不响。老少三人白跑一趟，辛辛苦苦回到上海。

• 袁宏道《解脱集》："湖水可以当药，青山可以健脾，逍遥林莽、软枕岩壑，便不知省却多少参苓丸子矣。"

过了一个月，蓓蒂父母放回来了。阿婆相当高兴。再一日，阿婆从小菜场回来，坐到门口的小花园里。当时阿宝要出门，阿婆拉过阿宝，轻声说，阿宝，以后要乖一点。阿宝不响，见蓓蒂弹了琴，走出门口。阿婆靠近阿宝轻声说，阿婆要走了，真走了，阿宝要照顾蓓蒂。阿宝说，阿婆到哪里去，啊。阿宝觉得，阿婆不大正常。阿宝起身走两步，回头看，阿婆稳 全书"稳"字，此"稳"最是不稳 坐花园的鱼池旁边，看上去还好，脚边有一只菜篮。蓓蒂已经走到小花园里，也就是此刻，阿婆忽然不动了，人歪了过来。阿宝立刻去扶阿婆，蓓蒂跑过来喊，阿婆阿婆。此时，阿宝看到一道亮光，一声水响。蓓蒂说,阿婆。阿宝摇了摇阿婆,但是阿婆低了头,浑身不动。菜篮比池子低一点,一亮,一响。当天阿婆的菜篮里,有三条河鲫鱼,阿婆低头不动,一条鲫鱼哗啦一声,翻到鱼池子里。蓓蒂大叫,阿婆,阿婆。但是阿婆不动了,双眼紧闭。等大家送阿婆上救命车,到了医院。医生对蓓蒂爸爸说,可以准备后事了。蓓蒂娘带了蓓蒂回到房间里,翻出阿婆带去绍兴的一只包裹,里面是一套寿衣,一双寿鞋,红布鞋底,绣一张荷叶,一朵莲花,一枝莲蓬,一枚蝴蝶,一只蜻蜓 带寿衣回老家,有"死便埋我"古风。蓓蒂爸爸立刻去"斜桥"殡仪馆联系。馆方说,从下月开始,上海停止土葬了,此地还剩最后一副棺材,如果要,就定下来,便宜价,五十元约普通职工一个半月工资,将来只能火葬,机会难得好会卖。蓓蒂爸爸落了定洋,讲定大殓以后,棺材先寄放殡仪馆几日。当日下午,蓓蒂爸爸再赶到"联义山庄",看了坟地。夜里,阿婆接了一只抽痰机,昏迷不醒。第二天一早,蓓蒂与阿宝起来,看到金鱼池里有一条鲫鱼。蓓蒂说,阿婆。鲫鱼动了动。蓓蒂伸手到水里,鱼一动不动,手伸到鱼肚皮下面,鱼一动不动,后来就游走了。蓓蒂说,阿婆,开心吧。鱼游了一圈。阿宝不响。到第三天一早,鱼池旁全部是鱼鳞,黑的是鲫鱼鳞,金黄的是金鱼鳞片,太阳一照,到处发亮,水里的金鱼,鲫鱼失踪了。扫地阿姨说,铁丝罩子忘记了,一定是野猫闯祸了。蓓蒂说,野猫是王子,是好的呀。阿姨笑笑。蓓蒂说,阿婆是游走了,半夜十二点钟一响,月亮下面,野猫衔了金鱼,河鲫鱼,跑到黄浦江旁边的日晖港在市南黄浦江边,此处对上海本地人也算生僻,蓓蒂竟然张口就来,蹊跷,放进江里去了。阿宝

○旧上海大型公墓,今闸北区共和新路、灵石路西。1924年由粤商林锰泉营造。最初专葬广东籍死者,后规模扩大为400余亩,大门牌楼"联义山庄"由康有为题。影星阮玲玉、永安公司老板郭氏家族等粤籍人士均葬身在此。

柒章 151

有点发冷,感觉蓓蒂的回答比较怪。阿宝说,猫见了鱼,嘴里叼到鱼,先是抖几抖,猫咪会不吃鱼,笑话,朝南跑几站路,也是不可能的。蓓蒂说,笨吧,野猫是王子变的呀,金鱼、鲫鱼,一个是公主,一个是阿婆,这点也不懂。阿宝不响。*此时三观尽毁*。蓓蒂讲这个故事,面孔发亮,眼睛像宝石。到了黄昏,两个人再去医院,阿婆忽然醒过来了,脱了寿衣寿裤,一样样仔细叠好。阿婆看看蓓蒂爸爸,开口就讲,乡下女客,进城拜菩萨,一约两约,约到十七八,开开窗门,东方调白,裹穿青衫,外罩月白,胭脂涂到血红,水粉揩得雪白,满头珠翠,全部是铜镴,松香扇瑙,冒充蜜蜡。蓓蒂爸爸一吓。阿婆说,我好了,我想吃一根热油条。阿宝明白,一定是回光返照,连忙奔出去买,上海夜里,哪里买得到油条*夜里在上海能买到热油条,要等50年*,等回到病房,阿婆好起来了,笑了一笑,身体居然逐渐恢复。过一个礼拜,就出院了。为此,蓓蒂爸爸只能退了棺材,再退坟地。

绍兴长篇童谣,嘲笑乡下女人进城少见多怪。蓓蒂爸爸,可能触发了阿婆当年刚到上海的「进城」回忆。

八　章

一

秋天某日，汪小姐与李李通电话，询问常熟活动日程。李李沉吟说，确实想请大家去散心，但最近，我实在太忙了 蟹季到，陶陶忙。汪小姐说，我等不及了 秋风起，蟹脚与汪小姐的脚俱痒。李李说，让我再想想，汪小姐最近，还好吧。汪小姐说，七年之痒 脚痒皆因心痒。李李笑说，一天一地，我只想结婚，是寻不到男人的苦 确有散心之必要。汪小姐说，这次去常熟，我不准备带老公了 吸取了湖州春游教训。李李说，看人家康总康太，多少恩爱，一直同进同出。汪小姐说，现在我要自由，想轻松一点，昨天去做面孔，小妹讲我的皱纹，又多了两根。李李说，这种生意经，也会相信，好，我再考虑，如果去常熟，我及时通知。汪小姐挂了电话。李李坐了一刻 盘算了一刻，与阿宝通电话说，最近真麻烦，常熟的徐总，一直盯了我不放，一天三只电话以上。阿宝说，帮"至真园"拉客人，不容易。李李说，是死盯我不放，意思懂吧。阿宝笑说，徐总的样子，还是不错的，就是岁数大了一点 明褒暗贬。李李说，开初还算斯文，比较照顾我的生意，领不少人来吃饭，一直请我到常熟走一走，带多少朋友也可以，但最近，半夜里也来电话胡调。阿宝笑笑。李李说，每一趟，人到了上海，饭局照摆，好几桌，每酒必醉，一醉，就发条头，常熟的一家一当，包括前妻两个小图，全部算我李李的财产，怪吧，十三吧 拿徐总来激宝总。阿宝说，见怪不怪，老男人欢喜一个女人，双膝不落跪，不献八百八十八朵玫瑰花 此处删去一百一十一朵，已经万幸。李李说，我认认真真讲心事，阿宝就开玩笑，还讲这两个字的花，明晓得我不欢喜。阿宝说，做男人，我比较理解徐总 一把推回，又留下回旋余地。李李叹气说，我欢喜的男人，近在眼前，远在天边。阿宝不响。李李说，现在还装糊涂，真恨。阿宝不响 宝总好耐心，集邮童子功。李李说，所以，我不想去常熟了，但是刚才，汪小姐来电话，一心就想去，还准备不带老公，自家出去放松。阿宝说，到常熟去放松，等于羊入虎口，等于自动送上门，让徐总铆牢，好极。李李声音放慢说，结过婚的女人，徐总也会盯，会欢喜吧 对汪小姐开始有所警觉。阿宝说，这难讲了，汪小姐也算标致，性感。李李冷笑说，难得听阿宝讲女人好话。阿宝说，从老男人角度讲，汪小姐，还是可以的。李李说，好了好了，我根本不吃这种醋 心虚。阿宝说，徐总的女秘书苏安，有点岁数了，据说曾经。李李打断说，徐总的私事，还是少议论。阿宝不响。李李说，这一趟，如果我多带几个女朋友去，大家一道去，人多，目标多了，即便徐总胡天野地，我可以不管了，阿宝呢，就算陪我。阿宝说，啥，人家是请美女吃蟹，男人轧进去为啥。李李说，阿宝答应，我就去，算帮我忙。阿宝说，转移目标，准备搞浑水。李李笑说，我是不管了。阿宝笑说，我可以答应，但我先讲明白，如果徐总真跟别人缠七缠八，李李不许吃醋。李李笑说，瞎讲啥呢，可能吧 吃蟹，不吃醋，可能吧？瞎讲啥呢。

○ 发话，布置，安排 ○ 江湖切口。「条」即「口条」，「发条头」即「老大口谕」。

○ 李李决定组团，有以下考虑，一、常熟徐总，虽然不堪其扰，毕竟大客户，不好得罪；二、汪小姐在生意上贡献良多，执意要去，也不好说不；三，顺便带上这「近在眼前，远在天边」的男人，说迟迟不肯表态的男人，不定还可以用急色的徐总来刺激他一下。一举三得。

154　繁花〔批注本〕

二

十一月，第一个礼拜六，常熟开来一部依维柯，早上八点半，人民广场集中上车。该日好天，阿宝走到广场旁边，太阳是暖光，风比较冷，秋树黄叶，满目萧瑟，远见车前的李李，汪小姐，章小姐，吴小姐又是这几个老外援，李李团队板凳深度不足，北方秦小姐，桃红柳绿，莺莺燕燕，阿宝记起一句，山河绵邈，粉黛若新，记得小毛歪斜的词抄，山外更山青。天南海北知何极。年年是。匹马孤征。看尽好花结子。暗惊新笋成林。心里笑笑此笑诡异○作者是袁中郎铁粉。鉴定完毕。大家坐定，车子就朝常熟进发。汪小姐见了阿宝，立刻尊称为洪常青故事片《红色娘子军》及同名芭蕾舞剧娘子军连男主。阿宝笑笑。汪小姐说，现在，党代表已经到了，这就要议一议，目前车子里，啥人担任吴琼花，啥人是女连长。阿宝说，真好笑，这样讲起来，常熟徐总，就是南霸天了剧中大反派。李李笑说，太复杂了，司机师傅，就是牵一匹白马的小庞剧中的通讯员。阿宝说，常熟徐总豪宅，等于南霸天的椰林寨，不大礼貌。司机大笑。汪小姐说，做人，就等于搞革命嘛，这点也不懂，以前出门搞活动，就是打土豪，发传单，现在呢，女人已经不背大刀，手枪了，只会搽粉，点胭脂，扭扭捏捏，讲就笑，完全堕落了。阿宝说，这样讲，歪曲了吧，照革命理论书讲，娘胎里生出来，就算革命了，样样是革命经历，身体是革命本钱，看书写字，请客吃饭，做生活，样样是革命，出去活动一次，执行一次革命任务。汪小姐说，废话少讲，现在，先请常青同志做指示，主要是选女干部，女战士，常青同志提到啥人，如何分配角色任务，大家不

○1960年电影版女一号名"吴琼花"，改编同名芭蕾舞剧后改叫"吴清华"。车中50后集体暴露年龄。

许争,不许吵,不许挑肥拣瘦。阿宝不响。车子里七嘴八舌,要阿宝快讲。阿宝迟疑说,我想想,这部电影,也真是一出苦戏,全部是苦命人,常青同志,最后让火烧成灰了,太苦了。李李说,一切听组织指挥,组织可以点名了。阿宝说,非要我讲。汪小姐说,讲呀。阿宝想想说,要么,李李就算吴琼花,汪小姐,做女连长人设为老成持重女领导,接下来三位美女嘛,娘子军战士甲,乙,丙,可以了吧。车里静了片刻各自脑补中,立刻闹了纷纭。李李说,我的命,也太苦了吧,先做丫头,每天服侍老爷揩面,泅浴,还要吃鞭子,绑起来打,真是死快了,要死了,我还要造反。汪小姐冷笑说,做了头牌花旦,苦是苦一点,但是出名了,总归有面子,我做连长,有啥意思呢,真是想不落,我已经这副老腔了,我有这样子凶吧。阿宝听了,开口想补救。章小姐说,上层建筑,真不懂得底下人的苦难,做一个低级女人,难,是天定许,易,是人自取,我这种跑龙套的,算啥名分呢,正经名字也得不到,小三也不如,跑来跑去,等于几张废牌,随便打来打去,中药店揩台布一个字:"苦"。阿宝说,看到吧看到吧,我就晓得,讲了就有错。李李笑。北方秦小姐一面孔斯文,讲上海话说,女人一旦做了戏子,必定是吃足苦头,否则,啥人看呢。吴小姐说,巩俐最苦了,为了赚人眼泪,就做苦命女人,睏到半夜里,身边老头子要搞,要掐上海话没有这个字,通常用"拧",发音第四声,要咬,要打,大哭小叫,楼上滚下来,满身乌青块。章小姐不屑说,巩俐这副面孔,只配做乡下女人,真正苦相,苦得登样,哭湿十块手绢的,也只有上官云珠了,眼睛里,就苦戏十足,头

○剧情:吴琼花犯错误,连长缴了她的枪关她禁闭,对她做了耐心细致的思想工作,促使她一夜之间提高了阶级觉悟。

○上官云珠苦情戏代表作是《一江春水向东流》。在张爱玲编剧的电影《太太万岁》里,上官云珠饰演交际花有台词如下:"哎呀,先生,看到苦戏,我就会想到自己的身世,我的一生真是太不幸了,要拍成电影,谁看了都会哭的。"

发也是根根苦,但就是有味道,苦里有嗲,叫人舍不得,老男人最欢喜。吴小姐说,不对了吧,是越剧皇后袁雪芬好吧。阿宝说,女人的要求,也太高了,太不满足了,既要年轻,漂亮,又不想吃苦头,大概只有做老牌电影《出水芙蓉》<u>1940年代好莱坞歌舞片,爱情轻喜剧</u>,吃吃白相相,唱唱歌,跳跳舞<u>漏了戏水</u>。李李说,算了吧,一个女人,越是笑容满面,欢天喜地,一翻底牌,越是苦,一肚皮苦水。司机插进来说,徐总房间里,有两部老式电影机,老片子不少,苦戏不少。

○此言不虚。袁雪芬不但面相苦,颧骨高,所演祥林嫂,更是惨绝。越剧之苦,大部分地方戏都有悲凉底色。越剧之悲壮,尖锐披沥的,别有一种高亢的悲壮,《祝福》之类新戏,明显受文明戏影响,演起来往往苦上加苦。○越剧尤其《祝福》之类新戏,明显受文明戏影响,演起来往往七情上面,苦上加苦。

△秋高气爽,男男女女出门做"嬉客",废话就该这样敞开供应,畅所欲言,群居一日,以及言不及义,方才是集体出游题中应有之义。

・中级或以上江湖术士都深谙此道,即任何女生客上门,不管你是阿谁,先赠一句——你命苦啊!彼时,女客心中莫不拍案叫绝,尤其李李所言的"笑容满面,欢天喜地"者。术士若是个盲人,简直"全身心依师"了。

大家吵了一路,车子开到常熟远郊徐府,已十一点敲过。眼前一幢三进江南老宅,青瓦粉墙,前有水塘,后靠青山。徐总年纪六十朝上,身材适中,一口上海话<u>上海周边老派土豪,每以能操沪语作为见过世面的标志</u>。旁边是浙江朋友丁老板,四十左右女秘书苏安。车子停稳,李李让阿宝先下车,徐总上来握手,李李下车,徐总热情握手,耳旁轻讲了一句,李李避让,介绍身边人<u>下车伊始就开撩,蛮猖狂</u>。大家陆续进门。丁老板介绍,此宅原属大地主的家产,祖上二品官,原来还有一进,大门有旗杆,石狮,公社阶段拆除,徐总置换以后,数度重修,成为最标准的"四水归堂"宅第,收觅旧构件,移花接木,大门影壁从安徽弄来,第一进天

○四周封闭,令雨水从四面流聚中庭,象征"肥水不流外人田"和"不尽财源滚滚来"。多见于徽派建筑,也有研究认为是上古穴居遗风。

八章　157

井，五上五下 即五个"开间"，有二层，故有上下之说，中堂对子，一样不缺，长几上面，照例摆设南京钟 又名"本钟"或"插屏钟"，明末清初在南京按西洋钟改制，插屏，居中，玉如意一件，旁边官窑大瓶一对，八仙桌，红木几凳，左右厢房，每开间阔四米，进深九檩，包括西式沙发小客厅，长台会议室，正宗按摩房，自备锅炉，日式深浴缸，桑拿马杀鸡 形制开始豁边了，楼上客房五套，三十年代上海中产风格，摆设面汤台 老式洗脸盆，大理石台面，没镜子，梳妆台，美人榻，摇椅，鸦片榻，包括老电扇，月份牌，后天井筑了鱼池，房间有斯诺克，乒乓台，以及棋牌室，视听间，小舞池，衣帽间。最后一进，天井东墙，修有六角飞檐小戏台，西墙为廊棚，藤椅茶几数套。厅里中堂对子，样样顺眼，德国八音钟，山水石古董插屏，官窑粉彩瓶，居中是吃饭圆台，一圈官帽椅。厢房设置和室，西餐室，上层为主人房，厅后直通大厨房。三进房子，过道青砖铺就，角角落落，杂莳花草，盆景点缀。所到之处，案几不少，厅堂，楣扇，花窗，走廊转角，清供大小青铜器。阿宝动一件绿锈满身器物。徐总说，这是觚 "盛着安禄山掷过伤了太真乳的木瓜"乎？现在超五星级宾馆，一只蹩脚花瓶，底座胶紧茶几，此地随便动。阿宝说，此地安全。徐总说，长期有老妈子，花匠，两班四个保安，上海朋友来，我请此地名厨，此地朋友来，上海请西餐师傅，全靠苏安照应。苏安笑笑。李李说，苏安等于女主人 话里有话。苏安恭敬说，我是做下手的命。阿宝说，到处贵重收藏。徐总说，我是借了老丁的藏品。丁老板笑笑说，古董是有不少，西北两省的仓库里，满坑满谷 把自家的货寄放在他人、特别是貌似"有家底之人"家里展示，古董行套路也。汪小姐感慨说，我真想做一只古董，蹲到此地算了。苏安不响。徐总说，我巴不得五位美女，全部变古董，大家准备好，我现在吹一口气，变 以上，都属于徐总"常熟的一家一当"，按李李在电话里援引徐总说法，"全部算李李的财产"。苏秘书知否？。

徐总朝厅堂一指，并不见烟火一亮之类奇迹出现，对面粉墙一张长案，供奉五件青铜器。李李说，五只铜花瓶，啥意思 严格说青铜乃天然红铜和锡铅合金。但李李此误或许歪打正着。丁老板说，这不叫花瓶，叫尊。大家端详。铜尊静静排列，高矮肥瘦，绿锈斑斓 目测不开门。徐总说，这组宝贝，好看吧。汪小姐说，嗯。徐总说，老丁不许笑，我一直认为，这五件，是五位古代美女变的。丁老板说，徐总讲戏话，商周铜尊，与美女无关。李李说，亏得丁老板解释，否则我住一夜，要吓了，明早醒过来，全身已经不会动了，蹲到台面上，一生一世让人家看，摸 当宝总面故意挑逗徐总。徐总笑说，这样呀，我就少算一只，摆四只，可以吧。章小姐吴小姐连连摇手说，不要不要，吃不消的 果真是按照车上分配的角色在演。汪小姐沉下面孔说，开玩笑也听不懂，我就算做花瓶，有啥不好呢，钟楚红，是花瓶吧，关之琳，李嘉欣算花瓶吧，不管铜花瓶，瓷花瓶，做女人做到这种地步，有啥不好呢。大家笑笑。徐总惊赏说，真有性格，看得懂汪小姐的男人，看样子不多了。李李不响。汪小姐羞怯说，徐总懂我，就可以了。苏安不响 到此已经被两个女人暗中同时盯上。堪忧。

此刻，下人 好一个"下人"，作者入戏不浅 来报，开饭了。众人走入饭厅。徐总坐上首，请李李坐身边，李李让汪小姐坐，两人闷头推来拉去。丁老板说，坐左右手嘛。汪小姐立刻坐好。李李只得落座，随手拉了阿宝坐下，再旁边，是章小姐 章、吴平级，但阿宝另一侧不是吴而是章，这通操作有讲究。李李对丁老板说，阴阳不调，三男六女，丁总就坐汪小姐旁边，然后是苏小姐，吴小姐，秦小姐。苏安坚持末座。一台子人安排停当。阿姨端上八冷八热，叫化鸡，锅油鸡,出骨鱼球_{常熟城里有名的鱼丸},芙蓉蟹斗,白汁西露笋尖,清汤秃肺等等。徐总端起一杯茶说,美女如云。李李说,笑得像吃花酒一样。徐总说,李李电话里,再三关照,不许吃酒,尤其不许吃硬货。汪小姐说,啥叫硬货。丁老板说,就是白酒。徐总说,如果我不答应,李李就不来,只能买账,真不讲理,上海"至真园",酒天酒地,此地每人一杯茶。李李说,饭店不吃老酒,生意可以做吧。徐总说,我样样听李李,同意不吃酒,只要。李李打断说,吃得酒肆糊涂,有啥腔调。章小姐说,此地高雅地方,像博物馆。吴小姐说,本地小菜,吃茶有益_{洋盘}。苏安说,我来介绍,这盘西露笋尖,本地的民国菜,笋皮切了卷刀片,包鱼肉,虾仁,加一点肉膘,上笼蒸透,再加笋丁,菜梗丁,金腿丁勾芡。汪小姐说,好吃。徐总听见,转过这只菜,停到汪小姐面前说_{一转一停有苗头},这个社会,人人怕猪油猪膘,师傅减了分量,老实讲,女人皮肤要白,猪膘油最有用。汪小姐说,从来没听到过,我吓的。徐总说,我有个老中医朋友,祖传美肤秘方,就是几种好药,加了黑毛猪膘油做药丸,吃三帖试试看,比"兰蔻"要灵。汪小姐笑说,我本来就是浑身白,到"新锦江"游泳,更衣室里,人人讲我是白种人_{开始发嗲}。李李不响_{开始搓火}。徐总说,汪小姐这样一讲,这只菜,啥人还敢吃,别人一吃,等于承认皮肤不好。大家笑。汪小姐媚然说,徐总,为啥一直盯了我讲呢,台面上,人人是美女,会不开心的。李李的脚尖,点了一记阿宝,表面微笑_{既然提了台子下的小}

※此两味正是常熟特产,前者,当地叫"煨鸡";后者又名"鳌锅油鸡",小母鸡以玉果、桂皮、八角、小茴香等香料加黄酒焖煮而成。○虽属当地"必吃",但一席上整鸡两道,属于土豪作风,要不得。

△也是常熟本地名物。苏州话称青鱼肝为"秃肺",活取之,加香菇、火腿等同煮成汤。十一月,青鱼最肥,吃这个正当其令。

※此苏州名菜,蟹粉拆出加调味炒透装回蟹壳,蛋清打成糊封住蟹壳,入大油锅一番浮沉之后捞出装盘即成。红黄白三色相映成趣。

说，客气啥呢，汪小姐的相貌，就是登样，漂亮。此时，大闸蟹上桌。汪小姐朝后一靠说，我吃不进了，难得一个人出门，还以为能吃点老酒，疯一疯，啥晓得只能吃茶，还讲啥兰蔻呀，猪油圆子呀，我已经油牢了。徐总说，不好意思，蟹不错的，单吃一只蟹坨，可以吧。徐总扳开蟹坨，放到汪小姐面前。苏安不响。李李说，徐总自家吃。大家闷头拆蟹脚，拗蟹钳，嘴巴不停。苏安一笑说，各位猜猜看，螃蟹身上，啥地方最有营养，最滋补。阿宝说，当然是蟹黄。李李说，阿宝专吃雌蟹，又肥又满，对吧。徐总说，李李呢，只剥雄蟹，因为啥。秦小姐说，啥。吴小姐说，宝总喜欢雌蟹，一肚皮蟹黄，雄蟹肚皮里，只有蟹膏。李李说，十三。徐总说，这叫异性相吸，缺啥补啥。章小姐笑。丁老板说，要讲营养，应该是蟹钳，夹劲厉害，力道最大。苏安说，错。章小姐说，总不会是蟹眼睛，蟹嘴巴，蟹肚肠吧。苏安说，错错错，告诉大家，就是蟹脚的脚尖尖，人人不吃的细脚尖，一只蟹，只有八根细脚尖，这根尖刺里面，有黑纱线样的一丝肉，是蟹的灵魂，是人参，名字就叫"蟹人参"。大家一呆。汪小姐不响。苏安说，正宗大闸蟹，可以爬玻璃板，全靠这八根细丝里的力气。汪小姐不响。大家照苏安的示范，先扳断蟹脚末梢这一小根细尖，轻轻一咬，手一折，果然拉出黑纱线样的一丝肉来。阿宝说，不得了，我吃到人参了。章小姐吴小姐，李李，也开始咬剥，只有汪小姐一声不响。苏安说，汪小姐，大概是胃里不适意，吃一口热茶。汪小姐发呆说，我不吃茶。

八章 161

苏安不响。汪小姐突然说,我想吃老酒。徐总刚剥出一丝蟹尖肉,看看汪小姐。丁老板说,还是吃蟹,吃茶罢。汪小姐忽然身体一摇,发嗲说,我只想吃黄酒,想吃硬货。

○批者也想○吃蟹喝茶,于蟹于茶于人,三败俱伤,相当煞风景。正所谓『酒可以当茶,茶不可以当酒;诗可以当文,文不可以当诗』也。肥蟹当前,以灯当月,以奴为婢』了。

讲到酒,徐总看了看李李。于是李李勉强说,好,吃就吃一点,不许吃醉以饭馆老板娘的经验,李李应深知此话说了等于白说。徐总说,此地有好黄酒,瓮头陈酿,味道厚糯。汪小姐眼看徐总,慢悠悠说,我想吃硬货。徐总惊奇说,这句厉害,上海女人,最多就是红酒加雪碧。汪小姐说,这也太土了,一年我两趟广交会,外国人讲,中国人最近吃这种混酒,完全是瞎搞嘛,是糟蹋。徐总说,不得了,这趟认得汪小姐,我交关欢喜,以后,我要请汪小姐领路了,全靠汪小姐带我混了。李李不响。汪小姐说,徐总,欢喜这两个字,不可以随便跟女人讲的潜台词是"讲出来就要负责"。徐总喜上眉梢说,厉害呀,阿姨,开白酒。

·黄酒佐蟹,天作之合,白酒过硬,将蟹味抢光烧光杀光殆尽,十分野蛮,奈何汪小姐意不在酒,一味借酒撒疯,只可惜了一桌好菜。

阿姨开酒。李李说,搞大了。汪小姐说,李李也吃,一道吃。李李摇手。阿姨端上酒杯,一番推让,阿宝要接,台子下一脚踏痛只好把怨泄到宝总脚上。阿宝看看旁边,吴小姐面孔一红,摇手再喝就又要喊爸爸了。最后,是徐总,丁老板,汪小姐三人吃酒,其余人剥蟹。徐总说,既然汪小姐要了酒,此地规矩,先领酒三杯。李李说,好,汪小姐难得放松,三杯至少。汪小姐说,我是女人,不可以这样对待我。李李说,至少敬一敬左右邻里,一人一杯,总是要的将计就计,趁早放倒倒也省心。汪小姐同意。于是两男一女,左来右往,相当尽兴。后来,丁老板提了酒令,两只小蜜蜂。汪小姐总算开怀,三人齐唱,两只小蜜蜂呀,飞到花丛中呀,飞呀，飞呀，飞呀。李李对阿宝轻声说，想得到吧。阿宝不响 其实早就想到了，没想到的是李李自己。李李夺了徐总酒杯说，我来倒，不许醉。章小姐说，常青同志，一点不起作用。吴小姐说，人已经绑到树上，准备点火就义了，只能喊几句口号，现在，就看连长跟南霸天搞革命了。阿宝说，南霸天有个土匪朋友，肩胛上蹲一只猢狲 捣糨糊起来。李李说，因此连长任务加重，要自告奋勇。徐总回头说，啥连长，猢狲，啥意思。秦小姐餐巾掩面。只有汪小姐，充耳不闻，眼神定漾漾 一种"水欲静而波不止"的样子，面如芙蓉，艳中有光，魂神飞越。小蜜蜂几圈下来，汪小姐坐不稳，倚到丁老板肩膀，丁老板一缩，汪小姐朝徐总慢慢斜过去 席面濒临沦陷。

阿宝说，我建议汪小姐，代表大家，感谢徐总，吃个交杯酒 看热闹不嫌事大。丁老板说，好。大家拍手。苏安不响。李李踏了阿宝一脚 一顿饭未完，已踏第三脚了。此刻汪小姐，凝神闭目，慢慢有了反应，腰一摇，风流波俏，软绵绵立起身。徐总笑眯眯，也立起来。汪小姐两颊红到了头颈，目光迷蒙，脚上是全高跟，腰忽然一软，徐总扶紧，两个人，臂膊勾拢，缠接了半刻，酒水滴滴答答，总算头碰头，候到杯口，一口咽下。大家拍手。此刻阿宝发现，苏安不响，面色不好 挂相了。章小姐说，丁老板明显不开心了，也应该交一次。李李说，这个交字，赞。丁老板端了杯子，对汪小姐说，交，还是不交 言语开始不三不四了。形势比人强。汪小姐笑说，我先问丁老板，我这种花瓶，跟宝贝铜花瓶相比，有啥不一样呢，讲讲看。丁老板说，当然是，汪小姐更漂亮唠。汪小姐发音模糊说，错，老古话讲了，女人年过三十，月褪光华，我漂亮啥呢，就是白了一点，腰身软一点，此地，李李最年轻，最漂亮 单挑。丁老板说，一样的，一样漂亮。汪小姐拍丁老板肩胛说，不许"捣浆糊"，认真讲。丁老板说,真讲不出来。汪小姐说,其实相当简单,铜花瓶,浑身是硬的,我呢,浑身是软的。徐总大笑 隽语,值得大笑三声。汪小姐伸过臂膊,对丁老板说,揿一记试试看,这只花瓶把手,是不是软的。丁老板笑笑。汪小姐说,不要慌嘛,揿一记,揿一记呀。丁老板笑笑,揿了一记 玉臂明明是伸向徐老板,何故丁老板先出手?乱了乱了。徐总说,好了好了,刚刚保险丝烧断,现在总算通电了,上海人讲,搭电麻电,有感觉了。李李朝阿宝看了一眼 再看也无济于事了。汪小姐说,铜花瓶,浑身冷冰冰,我从头到脚,有温度,有热度,丁老板扣分,先罚一杯。徐总抢过话头说,可以了,要罚,我来罚,我彻底买账了,再交一杯,可以吧。苏安不响。汪小姐此刻置若罔闻 汪小姐此时,目中障碍物只有李李一人,却不知黄雀在后有苏安,喃喃说,两只小蜜蜂呀,飞到花丛中呀,飞呀,飞呀。李李说,起来,交呀。汪小姐说,啥。李李说,先交杯呀。此刻,汪小姐瞳孔睁大,看定了一圈人,浑身发硬,忽然猛拍台面说,放屁。杯盏一跳,李李一呆。汪小姐说,命令我做啥呢,有啥了不起的。李李沉静说,好。汪小姐说,也就是开了一爿饭店,狠啥呢。李李说,做啥做啥。汪小姐说,别人讲几句,我吃几杯,也就算了,盯牢我黄包车了 民国时期苏州俗语,意即"紧盯不放",啥意思,没有我汪小姐,有李李今朝吧 意思帮李李拉了不少客。李李面色大变,立起来要发作。阿宝连忙揿牢。徐总微醺,低头戆笑。丁老板还算眼目清明,起身说,算了算了,汪小姐,我先自罚一杯,各位各位,现在我宣布,是我错了,我罚。汪小姐面孔铁板,面色僵红,也有点迟钝。冷场中,对面一直不响的苏安,笑一笑,分花拂柳,踱到汪小姐旁边,细声细气,贴耳安慰了一番,汪小姐眼神有点麻木。苏安移过丁老板酒杯,两杯倒满说,来,我姊妹淘两个,性情中人,弄个一杯下去，缘分深，留个纪念，小事一桩。汪小姐缓颊，动作明显迟钝，手势硬，但与苏安碰了杯，叮一声，一口倒下去。苏安落座。汪小姐坐到位子上，呆了廿三十秒，忽然头朝台面上一冲，人事不省。大家惊叫一声。苏安慢慢过来 怕她吐，吩咐阿姨照应。徐总抢过来一挡，扶稳汪小姐 这一挡一扶似不在苏秘书预料之中，责备苏安说，先搀到上面房间里再讲，本来蛮好，就是这一杯，缘分缘分，吃伤了吧。苏安镇静，声音朗朗说，这一杯不弄下去，还想再看几场白戏，觉得好看对吧。苏安转身就走 失算，不惜摇席破座大失礼。大家讪讪立起来。徐总与阿姨，搀扶汪小姐上楼，其余人跟进天井。苏安闷走一路，领大家穿过夹弄，到前面一进的天井，上了二楼客房，一人一间，安排定当，让大家先休息，到下午三点钟，再下楼吃茶 至此，李李、苏安几乎同时失算，得手者已双双飘然楼上去也。

丁老板挺身而出愿意罚一杯，勉强收场，三杯下去，苏安斜刺里杀将出来一单，"分花拂柳""最后一根稻草"，举着"可"一个：将她彻底放倒，动机只有一席上尽快移除。挑汪小姐，从酒

阿宝坐进房间不久，丁老板来访。阿宝说，苏安厉害 进入man's talk。丁老板说，场面见多了，晓得一杯下去，就可以收场 精明的丁老板早就看破了这一切，不承想那一杯有人代劳了。两个人笑笑，闲聊吃茶，吸烟，窗外鸟叫。阿宝说，丁老板的收藏，有多少年。」老板说，开初是生意原因，到陕甘一带发展，附近掘墓多，常有人送货上门，开价也低，因此件件收，一直收，收出兴趣，收到手软。阿宝说，机会难得。丁老板说，今朝见到宝总，突然有了想法，是否帮兄弟一个忙 与这批"绿锈满身"的古董相比，上次康总汪小姐春游时碰到央求帮忙推销"赤膊家具"的乡下亲戚顿时显得诚意可掬。阿宝说，毫无问题，任何事体，可以谈。丁老板说，五十年代，上海有一位青铜器收藏

大户,真有点像我。阿宝说,啥人。丁老板说,极少与外面来往,大门关紧,尤其对公家人,绝对谨慎,当时一位上海博物馆青铜器专家,数次登门造访,讲讲谈谈,根本见不到一件宝贝藏品。阿宝说,这位专家,应该是马承源,现在是上博馆长,青铜器权威。丁老板说,大概吧,我浙江人,"文革"时期,各种上海消息满天飞,博物馆里古董变人,人成古董,洋腔怪调不少。阿宝说,博物馆里名堂最多,如果老毛再搞下去,再破四旧,肯定敲光抢光。丁老板说,这不谈了,老祖宗已经坐了龙庭,还要反封建,不谈了 不批了。阿宝顿了顿说,丁老板问起马承源,有啥原因。丁老板说,当时博物馆开批斗会,马承源胸口挂了牌子,弯腰摆飞机式,忽然有人奔进来讲,老马老马,青铜器大户来电话了,人已经撑不住了,马上有几个组织要来抄家,请博物馆同志,马上派卡车去装青铜器,就是这天,这位大户一家一当,全部交公。阿宝说,另有版本,也是开批斗会,老马弯成飞机式,头朝地,屁股朝天,忽听到了青铜器消息,仰天大笑,哈哈哈哈,像发了神经病,吓煞革命群众故事真是好故事。丁老板说,心情可以理解,朝思暮想多少年的宝贝,如今自家长了脚,自动跑进了博物馆,这太高兴了,搞收藏的人,嗒着这种滋味,比蜜还甜。阿宝说,收藏家,严格来讲,心理不健康,眼见别人有好货,立刻生相思病,吃不落,坐不稳,想尽办法,要弄到手为止,但开心了半天,又出去觅觅寻寻,做人做到这一步,苦了佛说人生七苦,收藏家只占了"求不得、爱别离"两项,还好还好。丁老板说,收藏家,难道是变态。阿宝说,占有欲太强了,喜新厌旧,就是收藏家。丁老板说,宝总,是不是讲错了,新人笑,旧人哭,这是搞女人了,搞到手,开心半天,又到外面东看西看,看到了漂亮

○浙江镇海人,青铜器和古文字、楚简专家,1985年至1999年任上海博物馆馆长。

楼下说书，听书。
楼上的情况，不清楚，
很多事情如此。

女人，日思夜想，千辛万苦弄到手，开心半天，又出去看，去觅，觅到了，抱了两抱，再出去看美女，再出去搭讪，开心了半天，再出去觅，再寻 西西弗斯既视感。阿宝说，准备一直讲到天亮。丁老板笑笑说，收藏家，难道就是流氓，不对不对，收藏家最讲感情了，相当讲感情。阿宝说，大概吧，我以前脱手一张法国邮票，现在想想还肉痛。丁老板说，对呀，再讲了，收集古董，世界太平，收集女人，世界大乱，古董多多益善，是死的，完全闷声不响，女人是活的，收进一个女人，说不定收进一百多桩事体。阿宝笑笑 估计想到了隔壁的李李。丁老板压低声音说，我这个人，就像当年青铜器大户，太低调，与博物馆素无来往，虽然有过报道，但上博方面，一直闷声不响，不表态 不肯背书。阿宝说，是上海大报纸报道，还是外省小报纸。丁老板说，以前情况，不谈了，我最近，预备出一本青铜器画册，肯定引起专业圈重视，想请马老看一看藏品照片，做序，题书名，宝总如果有办法，开任何条件，全部答应，可以帮忙吧。阿宝说，应该可以 著述有助于洗白。套路。

○此情此景，龚定庵有《己亥杂诗》在前：『少年尊隐有高文，猿鹤真堪张一军。难向史家搜比例，商量出处到红裙。』

两个人讲到此地，也就随便聊开。到三点钟，听见天井里苏安招呼，请大家下楼吃茶。于是两人下楼，走到后天井，坐进回廊藤椅，女宾由苏安引来，李李换一身波点裙套装 别苗头，有备而来，章小姐，吴小姐打扮如仪，秦小姐家常，头戴塑料发卷，脚穿房间拖鞋，陆续入座。李李看看周围说，徐总呢 不问汪。苏安不响 此不响打响之前许多不响。丁老板说，汪小姐应该恢复了吧。苏安停了一停说 这一停动感满满，徐总陪汪小姐上楼，休息到现在，不见动静。李李看手表 下意识还是真在为楼上掐表。大家不响。天井东墙，飞檐小戏台里，端坐男女两位评弹响档，

○梨园行隐语，指上座率高的艺人或组合，比『名亨』低一等。

八章　169

先生一身海青长衫，女角是圆襟朱地梅香夹旗袍，腰身绝细。两人出尘清幽，目光静远，醒一醒喉咙，琵琶弦子，拨响两三声。先生一口苏白 废话，难道也要学徐总说上海话不成？，开腔道，欢迎各位上海客人，春风春鸟，秋风秋蝉，夏云暑雨，冬月祁寒，今朝天气蛮好 以上都是套路，各位刚刚看见，前面天井金鱼池里，残荷败叶，也是好看，有古诗一首，鱼戏莲叶东，鱼戏莲叶南，鱼戏莲叶西，鱼戏莲叶北。苏州绣花娘子，个个晓得，鱼戏莲叶，意盼情郎。于是，弦子再响，天井小庭院，无需扩音设备，先唱四句回文，香莲碧水动风凉，水动风凉夜日长，夜长日凉风动水，凉风动水碧莲香。开篇《貂蝉拜月》。女角娇咽一声，吴音婉转，呖呖如莺簧 必是"蒋调"无疑，蟾光如水浸花墙／香雾凝云笼幽篁／庭静夜阑明似昼／万喧沉寂景凄凉／一婵娟／拟王嫱／黛娥颦蹙泪盈眶／梧桐秋雨苍苔滑／淙淙池水咽清商。天井毕静，西阳暖目，传过粉墙外面，秋风秋叶之声，雀噪声，远方依稀的鸡啼，狗吠，全部是因为，此地，实在是静 金圣叹批《水浒》至"当时两个就王婆房里，脱衣解带，无所不至"时曰："此时不知武二已到东京否，武大炊饼已卖无否，读之一叹。"此处，或亦可发"此时不知楼上汪小姐酒已醒否，徐总殷勤献完否"之一叹。

○苏州弹词作家朱湘神作。后两句：『冰轮轻辗停眸望，忍使那露华轻袭薄罗裳。诚意虔心将香案设，初上香，把心头大事诉穹苍。』

玖 章

壹

　　长乐中学大门口，两个同学，发觉了沪生的新军裤，上来搭腔攀谈。此刻，淮海路方面，忽然喧哗作乱，三个人奔过去看，是外区学生来淮海路"破四旧"。一群人从"泰山"文具店周边有"向明""晓光"等四所中学，一应学生用品无所不有，今已不存方向拥来，经瑞金路，"大方"绸布店在爱司公寓楼下，"破四旧"时改名"东方绸布店"，朝西面移动。三个人紧跟不舍，只听前面有人喊，停下来停下来，不许逃。人群经过"高桥"食品店，市电影局广告牌附近，停了下来，围拢。沪生钻进去看，一个女人抱头坐地，上面有人剪头发，下面有人剪裤管，普通铁剪刀，嚓，长波浪鬈发，随便剪下来。女人不响，捂紧头发，头发还是露出来，嚓。下面剪开裤管，准备扯。下面一剪，两手捂下面，头上就嚓嚓嚓剪头发，连忙抱头，下面一刀剪开，嘶啦一响扯开。女人哭道，姆妈，救命呀。一个学生说，叫啥，大包头，包屁股裤子，尖头皮鞋，统统剪，裤脚管，男人规

新军裤似应来自沪生空军老爸，但不论50式还是66式，战士服或干部装、空军军裤皆为蓝色，与一般中小学生及少先队服装无异。"文革"初期北京青年讲究的是49式草绿之前正宗的"米黄"，沪生这条裤子如果蓝色，所谓"狂不狂，看米黄"，非但不够狂，而且相当不主流，草绿都不如。两位同学还想跟着他混，绝对洋盘。

● Since 1942。专做浦东本帮点心：高桥松饼、鲜肉月饼、薄脆饼、一捏酥等。前店后厂，现做现卖。今已不存。

玖章　171

定六寸半，女人六寸，超过就剪。只听外围有人说，小瘪三，真是瞎卵搞，下作。高中生立起来说，啥人放臭屁，啊，骨头发痒了。几个学生立起来，警惕寻视。大家不响。一个中年男人谦恭拍手说，太好了，真是太好了，坚决支持，女人的屁股，已经包出两团肉来，包到这种程度了，再不剪，像啥样子呢。学生看了看，蹲下去。中年男人说，扯呀，扯开来，扯大一点。人头攒动，只听嘶啦啦，裤脚管一直扯到大腿以上。周围人，包括沪生与两个同学，齐声叫好 从围观到下海，一步之遥。女人嘤嘤嘤哭，地上几只手，用力扯开另一只裤脚，嘶啦啦啦，女人哭叫，姆妈呀，阿爸呀。此刻，高中生立起来，拍拍中年男人说，喂，啥单位的。中年人迟疑。高中生说，叫啥名字，啥成分，讲响一点。中年人低下头笑笑。另一学生，也起身说，不肯讲对吧，要吃皮带吧。中年人说，讲成分嘛，我算小业主，我。高中生说，瘪三，瞎卵搞，下作，是啥意思。中年人慌忙摇手说，哪里是我讲的，我一直是拍手呀，一直讲支持，我一直支持剪四旧，采取行动呀。高中生高声说，小业主，属于剥削阶级，现在靠墙立正，听见吧。中年人一僵。啪，大腿上吃一记皮带 讲究的一定是用"铜头皮带"，以军用为佳。学生说，快，立直，靠墙立挺。中年人立直。高中生看了看马路说，有三轮车吧。沪生走到路边，喊了一声。三轮车来了，车板上面，剩了一只女式皮鞋，鞋头与高跟，已经敲烂，敲断。车夫讲苏北话说，我的妈妈，乖乖龙的咚，今嘎我，已经送四趟了。大家让开。地上的女人爬起来，一手捂头发，一手捂大腿，爬上车子说，到衡山路。此刻，沪生一个同学，忽然指定马路对面一个妇女，大叫一声说，喂，停下来。这个妇人回头一看，吓得一转身，立刻就朝"老大

○以上量化指标均为南下"破四旧"组织制定，包括发型，女不能披肩，男不能包头，否则剪掉或剃光。

昌"方向狂逃。两个同学大叫，包屁股，停下来，快停下来。沪生也喊 尚处于起哄阶段。高中生看了看对面狂奔的妇女，一挥手，大家就狂追过去。现场只剩中年男人，贴紧上海市电影局墙壁，立直不动 一动一静，满满张力。

沪生与两个同学，一直跟到陕西南路口，看够热闹，方才往回走。沪生说，实在太刺激了。身边同学说，我得到一个秘密情报，有一个香港小姐，一直穿黑包裤，平常只穿小旗袍，屁股包紧，尤其是穿香油纱 疑为"香云纱"之误 小旗袍，浑身发亮，胸部一对大光灯。另一同学说，这可以采取行动呀。沪生说，啥。同学说，沪生，去一趟吧。沪生不响。同学说，就凭沪生这条新军裤，现在大家就开过去。沪生说，我有事体，再讲吧 还晓得自家军裤"不开门"。同学说，怕啥呢。沪生说，参加行动，我至少要戴袖章。同学说，淮海路这批人，有袖章吧，走。沪生迟疑说，算了，再讲好吧。两个同学，拖了沪生就走，顺瑞金路朝南快走。同学说，这个香港小姐，以前是"大世界"的"玻璃杯"。沪生说，啥。同学说，就是"大世界"楼上的流氓茶馆，表面是吃茶，其实是搞腐化，陪吃半杯绿茶红茶，带到隔壁去"开房间"，浑身脱光。沪生不响。同学说，后来，就混到香港，打了两针空气针，居委会同志也讲，这把年纪，胸部不可能这样挺，这样高。沪生说，是吧。同学说，弄堂里经常有人喊，玻璃杯，打空气针，玻璃杯，打空气针。香港小姐立刻开窗，朝下面泼龌龊水，

○著名西点店，1937年由白俄开设亚尔培路（Avenue du Roi Albert），名Chakalian Brother's French Bakery。"破四旧"时更名为"红卫"。

○在万恶的旧社会，"大世界""新世界"以及"先施""永安"等百货公司均辟游乐场，屋顶花园设女招待，以为顾客泡茶掩护卖淫，被戏称"玻璃杯"。以后港台流行的"鱼蛋档"及"摸摸茶"，小偷类似以"摸摸茶"，小摸，并无"开房间"之大动作，同学脑补过度了。

·当年上海人对香港隆胸术的遐想。医学和法医学上，把将空气通过针管注射入人体，属于严重医疗事故或谋杀及自杀行为。

追下来打人,骂人<u>当年"玻璃杯"的顾客多为中间偏下阶层</u>。三个人走进瑞金路一条新式里弄,有几户正在抄家。同学对沪生说,腰板要挺一点,讲定规矩,三个人必须上。三人走到19号,同学推开后门进去,露天石楼梯,一个女青年走下来说,"方块豆腐干"<u>给戴袖章红卫兵起的绰号</u>,做啥。同学说,叫香港小姐下来,到弄堂里来。女青年惊骇说,叫我姆妈做啥。同学说,接到"红永斗"总部命令,现在对香港小姐采取行动,先叫出来,快死出来。女青年一呆。只听楼上玻璃门<u>略照"玻璃杯"</u>一响,香港小姐头发蓬乱,一面孔残花败柳,轻声轻气说,啥人呵。

三个人走进二楼,拉开落地玻璃门。香港小姐檀口樱唇,穿一条人造棉晒裙,绣花拖鞋,拿一把檀香扇,<u>骨牌凳</u> <u>状似骨牌,圆腿、侧脚、无靠背</u> 稳坐,房里有香气,壁炉架上,一张年轻时代紧身旗袍照,两靥有媚态。同学说,香港小姐,我今朝过来,是受"红永斗"。香港小姐打断说,"方块豆腐干",我已经听到了,有啥事体。同学说,大橱,五斗橱里,所有女阿飞衣裳,自家主动交出来。香港小姐说,为啥。同学说,剪刀有吧,当了革命小将的面,自家统统剪光。香港小姐说,全部剪光,叫我赤膊,我不答应。同学说,这就不客气了,现在就抄家。香港小姐面孔变色说,哼,我年轻时代,"红头阿三"<u>公共租界锡克族警察</u>,红眉毛绿眼睛,见得多了,敲竹杠的小瘪三,"小热昏"<u>民间吴语即兴说唱,嘻哈风格</u>,唱"小堂名",白粉鬼,<u>连裆模子</u> <u>玩蒙拐骗搭档、团队、团伙。一个唱红脸一个唱白脸</u>,我样样可以对煞,我怕啥人,我犯啥法 <u>译成现在的话就是:从前三教九流,牛鬼蛇神各色社会人,老娘见得多了</u>。同学一推沪生 <u>因为有军裤</u> 说,放屁,下作女人,生出来就是犯法,今朝必须交代,做过多少下作事体,自

○旧社会受雇上门贺喜的儿童乐歌舞班。○把上门抄家的小将视为这些角色,真是不知死活。

己兜出来。香港小姐说，我为啥要讲，我怕啥难为情，我不是反革命<u>政策水平停留在1950年代</u>。同学说，好，不肯是吧。香港小姐说，衣裳，是我摸钞票做的，不是偷来，抢来，为啥要剪。同学说，放狗臭屁，弄堂口的流氓裁缝手里，皮尺量上量下，摸上摸下，扭扭捏捏，嘻嘻哈哈，做了多少件，讲<u>这个真是反驳无力</u>。香港小姐不响。同学说，流氓裁缝，已经押进去了，缝纫机电熨斗，全部充公，晓得吧。香港小姐不响。同学说，不肯是吧，沪生，去开大橱。香港小姐一呆，忽然眼睛睁圆，上来一把掐紧同学的头颈，摇了两摇说，小赤佬，穷瘪三，弄堂里的穷鬼，欺负到老娘头上来了，我怕啥人呀，我吓啥人呀，黄金荣我碰到过，白相人，洋装瘪三，吃豆腐吊膀子，我看得多了，今朝我掐煞这只小赤佬，小瘪三。同学两手乱抖，面色发白，沪生与另一同学，急忙来拖。

<u>上海人自嘲：「不怕天火烧，只怕跌一跤」，形容一家一当，统统都在「玻璃杯」「罗衣」。○做「玻璃杯」收入低微，香港小姐的家底，大概以身后的大衣橱为底线，是伊的「百宝箱」。</u>

女青年狂奔进来，发急说，姆妈呀，快点放开呀，放开呀，放开来呀，要出大事体了呀。香港小姐一松，同学退后几步，大透气，摸摸头颈。静场。同学笑了笑，拎起旁边一只红木鸭蛋凳<u>椭圆凳面，四足，抛牙</u>，忽然发力，掼到玻璃门上，哐啷啷啷一连声巨响，玻璃格子断了三根。同学脚踏碎玻璃，冲到门外，对弄堂里大叫，快来人呀，19号有人破坏"文化大革命"了，大家快来采取革命行动呀，活捉"大世界"女流氓呀。

附近几户抄家队伍，前门后门，摆了长凳矮凳，坐了一排男女工人师傅，中饭吃得早，正是闲散无聊<u>抄家是力气活</u>，听到喊叫，男工全部跑上19号二楼，同学介绍了情况，拖了沪生下去。房间里立刻吵翻天，后来完全静了<u>表明香港小姐还试图顽抗几下</u>，随后，有人伸头出来，喊几个女工上楼，男工全部下来。过了一歇，两个背带

玖章　175

裤女工，拖了香港小姐下来，推到弄堂当中立好，脚一歪，工作皮鞋就踢上去 工作皮鞋又称"大头鞋"，翻毛，高帮，厚实，和"铜头皮带"配套，香港小姐披头散发，上身一件高领湖绉镶滚边小旗袍，因为太紧，侧面到腰眼，大腿两面开衩，已经裂开，胸口盘纽，几只扣不拢。旗袍里，一条六十四支薄咔叽黑包裤，当时女裤是旁纽，旗袍衩裂到腰眼，裤纽只纽了一扣，露出一团肉。脚上笔笔尖一双跳舞皮鞋，头颈里，挂十几双玻璃丝袜。弄堂里，人越围越多，楼上有几只紧身褡，奶罩飞下来，有人撩起来，挂到香港小姐头上，又滑下来。正是中午，马路附近吃猪油菜饭，吃面条的客人，也端了碗来看。工人师傅拎过一块牌子，空气里一股墨臭，上面写，黄金荣姘头 都怪自己嘴巴老，下作女流氓董丹桂 黄金荣发妻名字里确带个"桂"字。挂到香港小姐头颈里。工人师傅说，"大世界"搞过三趟大扫除，最后一趟，扫出一万三千只蟑螂，这次是第四趟，捉出这只女流氓。大家拍手。太阳毒晒，一群人让开，女青年低头出来，手拿一把剪刀，交到沪生手里，退下去 一递一退，别有一种"行刑"的仪式感。沪生蹲下来，照淮海路方式，朝香港小姐裤脚口剪了一刀，一扯，裤子裂开一点，同学抢过来，用力朝上一扯，全部扯上去，撕开，再剪，再扯，大腿上荡几条破布，旁边两只奶罩，同学也剪了几刀。大家热烈拍手。一个师傅拉过沪生说，先让大家认真批斗吧，三位革命小将，请到4号里，吃一点便饭 吃饭要紧。沪生跟同学，走到正抄家的4号后门，黄鱼车里，摆了单位食堂的搪瓷饭菜碗，红烧大排，炒长豇豆，咸肉冬瓜汤。三个人端了搪瓷碗就吃。沪生对同学说，我总算是见识到了，啥叫真正的对开，当面对杀 北京人叫"单练"，香

○手起刀落之际，沪生同学可否回想起几年前与宋老师在思南路上关于"律师"的对话？很多年后，沪生弄堂捉奸故事以"腻"时陶拉住大讲，沪生的这一幕，又会不会回想起眼前陶先生的对话？

176 繁花〔批注本〕

港人叫"只抽",一般人挡不牢。同学不响。沪生说,"方块豆腐干",厉害的。同学不响。沪生说,我要是打头冲进去,肯定是要逃的根子上是怂人。同学不响。周围冷清,人人到前弄堂看热闹,一阵阵起哄声音传过来。同学放下筷子说,其实,我已经闷了好几年了,最受不了有人骂我穷瘪三,"我不禁要问"了,人人是平等的,这只死女人,过去骂我,也就算了,到现在还敢骂,我不掼这只凳子,算男人吧。《繁花》若是章回体,这一回的标题是《破四旧小将大闹淮海路 剪裤脚沪生得趣老弄堂》。

贰

七月大热,复兴中路"上海"电影院,放映《攻克柏林》,学生票五分。每个椅背后,插一柄竹骨纸扇,看一场电影,阿宝扇了一场 影院名叫"上海",但并非上海所有影院都有冷气。电影即将结束,柏林一片废墟,苏联红旗飘扬,场子大灯未亮,周围已经翻坐垫,到处飞扇子,前排观众,扇子直接朝楼下飞 助兴。爆炸之中的柏林城,漫天飞舞碎片。场内广播喇叭响了,最高指示,增产节约,爱护国家财产,啥人掼扇子,不许掼扇子,听见吧,不许掼 扫兴。扇子继续飞。红旗飘扬,三大方面军从柏林东南北三个方向会师。阿宝立起来,走出电影院。梧桐荫凉,四面恢复安静,蝉声一片,随便去看,沿马路弄堂,已经有不少学生,工人出入 两大运动主力会师了,形势发展极快,淮海路"万兴"食品店橱窗,开始展览"抄家食品",

○1950年苏联电影,长度近5小时,分上下集,亮点是肖斯塔科维奇的配乐。

•说不定就是最后一场了。接下来整整十年,上海影院能放的苏联电影只有《列宁在十月》《列宁在1918》

△原名"万兴食物号",1907年开业,经营进口洋酒、罐头、糖果等高级食品,"破四旧"后易名"食品二店",今已拆迁。

玖章 177

整箱意大利矿泉水,洋酒,香槟,上面挂有蜘蛛网,落满历史灰尘,大堆的罐头,黑鱼子酱,火腿,沙丁鱼,火鸡,甚至青豆,俄式酸黄瓜,意大利橄榄阿宝可曾想起不久前蓓蒂描绘的法国"静物小全张","大面值法郎,一般的集邮簿,绝对摆不进",部分已是"胖听"罐头变型肿胀,因内部细菌活动引发,或由外力导致,商标脱落,渗出锈迹,背景是白纸大红字,资产阶级腐朽生活方式,暴露于光天化日之下!○原址现为"环贸",上海最高级的进口食品已安排在地下层City Super超市,免于"暴露于光天化日之下"。附近废品回收站,尤其淮海路24路车站旁的一家,堆满中西文杂志,画报,甚至拆散零秤的铜床,杂乱无章,阳光下,确实刺眼从柏林废墟走到淮海路废墟。阿宝慢慢走到思南路,锣鼓声此伏彼起,敲敲停停。这一带,抄家队伍更多,不少房门口,聚拢一群一群陌生人。·思南路如此"闹猛",历史上只此一回,这以后即自动恢复到1966年的寂静深秋。即便2010年建成时髦商业体"思南公馆",也是慢热,8年后才略有人气,皋兰路,依然寂静如故。祖父房子三楼窗口,有一只笨重红木五斗橱,逐渐吊下来,厂里派来起重师傅,带了滚动葫芦,缆绳,帆布,卡车跳板装卸大件家具,至今仍沿袭此法。两部黄鱼车,负责送饭,车上插红旗,摆有冷饮桶,馒头蒸笼,搪瓷碗。工人日夜把守,已经三天了。

阿宝走到大门口,女工说,又来做啥。阿宝说,我看嬢嬢。男工说,过来。阿宝走近,让男工浑身上下摸一遍文明严谨,盗亦有道,然后进花园,眼前看到了电影里的柏林,冬青,瓜子黄杨,包括桂花可怜刚栽下没几天,奉化移来的风水树,果然倒霉,全部掘倒,青砖甬道挖开,每块砖敲碎,以防夹藏。小间门口,一堆七歪八倒的陈年绍兴酒瓮,封口黄泥敲碎,酒流遍地,香气扑鼻可惜。大厅里空空荡荡,地毯已卷起竖好,壁炉及部分地板,周围踢脚线,俱已撬开,所有的窗台,窗帘盒撬开今日的读者眼里,大概是一幅"装修队进场开工"画面。三只单人沙发,四脚朝天,托底布拆穿,弹簧像肚肠一样拖出。一个工人师傅,手拿榔头铁钎,正从地下室钻出来,尘灰满面,肩胛上全部是石灰,根本不看阿宝,直接跑上二楼。厅里其他陈设,苏联电视机,两对柚木茶几,黄铜落地灯,带唱片落地收音机,一对硬木玻璃橱,古董橱,四脚梅花小台等等,已经消失,据说当天就运到淮海路国营旧货店,立刻处理了。饭厅门口,堆有几箱落满灰尘的罐头,包括油咖喱罐头,葡萄牙鳀鱼酱Anchovy saucey 即凤尾鱼之亚速海种,番茄沙司,精制马尼拉雪茄,数十瓶洋酒。阿宝走近餐厅门,内里拥挤不堪,大餐橱,餐椅,茶几已搬走,五六个工人,集中清理高叠的一堆箱笼。有个中年人,身穿及膝的蓝布工作衣 通常是技术工种标配,一个工人说,老法师,这叫啥。中年人看看讲,这是"落珠",就是银盘子。工人说,懂经 内行,会家子。中年人讲,古董店,估衣店,银行银楼的名堂,全厂只有本人,算是学过几年生意,吃过几年萝卜干饭。工人说,见多识广。中年人低声说,"隆鑫"三厂,资方大老板,不得了,徐汇区的洋房里,翻出一瓶法国三色酒,五十年以上的名酿,我也是第一趟见识,酒瓶内部,一分三的玻璃隔断,直到瓶口,同样三等分,分别装了红,白,蓝三种酒 若被小毛棒下苏北理发师看见,会说"乖乖龙的咚,可以做理发店灯箱了",可以分别倒,也可以混吃。工人讲,味道呢。中年人讲,香煞人 乾隆赐名苏州东山"碧螺春"之前,此茶在当地就叫"吓煞人香"。此刻,工人开始低头写,中年人唱名说,德国"Legends"老式落地保险箱,基本已经清点,剩下来是,英国金镑,就是小金洋,每块重计,贰钱贰分伍厘,算赤标金,壹仟零肆拾捌块。东洋,啥,就是日本小金洋,重计贰钱陆分伍,叁佰柒拾贰块。法国金洋钿,就写金法郎,每只

○旧时拜师,学徒要忍辱负重杂役三年以上、即"吃萝卜干饭",师傅方才肯传授些许皮毛。

玖章 179

分量多少,壹钱柒分伍厘,共总是壹千块整。德国金洋,也就是金马克,重计壹钱陆分伍,肆佰壹拾块,写好了吧,箱子数目,共总肆拾壹件,三楼箱子间,樟木箱,肆对,计捌件,此地,中式牛皮箱,肆大肆小,计捌件,其他西式皮箱,大小多少,一二三四,一共先写廿叁件,写了吧,好,藤箱肆对,包角铁皮箱子,壹对,其中要写明白,计有柒箱,目前已经出空。阿宝看看靠墙的大菜台,堆了一批晦暗银器,起码两套银台面,每一套,十副大小银汤盏,碗筷调羹。老法师与工人转过来,继续登记唱名,"金不离","银不离",就是金银别针,大小廿叁只。银子"条脱",就是镯头,就写银手镯,大小捌只。"横云",俗名银簪子,两包,计壹拾肆只。"落珠",就是银盘,拾寸,拾肆寸,各半打,壹拾贰只。银鸳鸯"错落",就是银酒壶,肆把。银茶壶,俗名"吞口",也叫"偏提",叁把。银咖啡壶两把。银冰筒,壹件,银瓶大小两对,银七宝莲花塔,两座。接下来登记杂器,银弥勒佛壹座,银观音菩萨,壹座,银凤凰摆件壹对,银镶宝枝花摆件,壹对,银香炉,香炉也叫"宝鸭",是写壹对,西式银烛台壹对,银中式蜡签,高低各两对,银灯,俗口是"聚虬高",壹座,银子鸦片灯,壹件,银子小痰盂,壹对,银框手拿镜,叁面,银柄手梳,大小肆把。银嵌宝首饰盒子,陆件。银盾,就是铭牌寿礼,先写叁件。阿宝转过面孔,看到大部分金器珠宝,垫了一大块印度丝巾,摊于靠窗的方台上,无人照看,花园里一只苍蝇,飞到一对金钏上,飞到一叠四十几根"大黄鱼"上,苍蝇发金光,停落一只翠扳指,苍蝇发绿光*神来之虫,奇绝之笔*,左面角落,乱七八糟一堆书画轴子,旁边是各种瓶,梅瓶,绶

○即整桌餐具样样式式一概银制。著名银楼『老凤祥』最擅此工。

•旧上海俗称十两重金条为『大黄鱼』,今折373克。一两重为『小黄鱼』。○今日一条三斤以上真正舟山野生东海大黄鱼市价,几乎和旧时一根『大黄鱼』持平,绍兴阿婆情何以堪。

带瓶，粉彩瓷盖坛，水晶瓶，车料酒具。○宣德型制，蒜头形口，束颈，圆腹，浅圈。

　　阿宝正是发呆没想到祖父"捏紧钥匙，开开关关"的"这块小地方"竟变出这堆金山银山，耳朵让人拎紧，一痛。一个工人说，做啥。阿宝说，啊。工人说，看啥。阿宝不响。饭厅里，另一个老工人走过来，讲苏北话说，这个，是皋兰路的孙子。老工人摸一遍阿宝两腋，裤裆，阿宝一让。工人说，不许罩，鞋子脱下来。阿宝脱了鞋子。老工人抽出鞋垫，一一捏过，仔细捏一遍阿宝的裤腰，衬衫后领斗争经验丰富，吸取租界巡捕房法式"抄把子"，基本要领熟门熟路，有一定的反侦察能力。阿宝一声不响。工人问，进来做啥。阿宝说，看嬢嬢。工人说，以前做了民办小学老师，后来调到区里，做办事员，有问题吧。阿宝不响。工人说，这次全部要抄。阿宝不响。老工人说，皋兰路啦块苏北话，那个地方；东北话，那旮旯，抄过了吧。阿宝点点头。工人说，态度要明白，懂吧，坚决跟资产阶级划清界限，揭发问题，听见吧。阿宝点点头。工人说，到楼上小房间，看五分钟了就下来大大低于监狱探视时长。阿宝答应，走上楼梯，踏脚板全部撬松，二楼朝南一大间，打了地铺，叔伯两家九个人，坐到席子上，低头不响。只是祖父，头颈挂了一块牌子，跪到墙角里，阿宝立刻冲进房间，拖祖父起来。门口工人说，做啥。祖父不动说，不要紧，不要紧。工人拎了阿宝的衣裳，拉出来，拖到小房间里，嬢嬢披头散发，也是独跪地板，面前摊开一只小皮箱，里面是一套国民党军装，一张白纸，写毛笔大字，1946年民国三十五年国民代表大会选民证？柳德文？阿宝说，嬢嬢。嬢嬢一动不动。阿宝说，柳德文是啥人。嬢嬢哭说，讲过十几遍了，是姑父朋友的箱子，1950年去香港前，寄放的小提箱，啥晓得，里面有一套军装，一张选民证好在不是委任状。嬢嬢内心，此刻或应窃喜。女工说，还想赖。嬢嬢说，私人箱子，我不可以看

玖章　181

的。女工说,娘的臭皮,垃圾货,死女人,柳德文到底是啥人,讲,今朝想不出来,讲不出来,就不许起来,臭皮。

阿宝回到大门口,听凭男工一顿乱摸,慢慢走回去。思南路房子全部变样,祖父孃孃低头落跪,阿宝莫名想到一部电影《红色娘子军》,南霸天 老戏骨陈强,就是陈佩斯他爹 接待南洋富商,红烛高照,白面小生洪常青 王心刚,当年中国头号小生,头戴铜盆帽,一身本白亚麻布洋装,不卑不亢,奉送银洋大礼,老爷少爷,讲讲谈谈,情景绝配,但接下来,洪常青头发蓬乱,衣衫不整,南霸天反剪双手,翻箱逃命,落汤鸡一只,情节表演,称得上"哀感顽艳",但阿宝感到一种不堪。思南路抄家结束,这批人,可能再来皋兰路,爸爸单位,已经来人抄过,母亲单位,也预备来抄,楼下蓓蒂的父母,已关起来,房间抄了两次。阿婆与蓓蒂一声不响,房里乱七八糟,钢琴随时可能拖走 幸好钢琴在一楼,省许多宝贵力气。记得昨天,绍兴阿婆轻声讲,阿宝,快点逃吧,天不会坍的。阿宝说,逃到哪里去。蓓蒂坐于琴凳不动,满地杂物垃圾。蓓蒂说,淑婉姐姐,准备逃到杨浦区高郎桥,躲到马头房间里,我也想逃。阿宝说,淑婉家,抄了两趟了,全家已经搬进了楼下汽车间,不可能逃了 法租界这些底楼汽车间,如今纷纷被辟为各色小店。蓓蒂说,可能的。阿宝笑说,马头敢收留资产阶级,根本不可能,家庭舞会的案子,也已经交代了,

○典出三国·繁钦《与魏文帝笺》,收入《文选》卷四十、《艺文类聚》卷四十三、《太平御览》卷五百七十三:"而此狷子,遗声抑扬,不可胜穷,优游转化,余弄未尽;暨其清激悲吟,杂以怨慕,咏北狄之遐征,奏胡马之长思,凄入肝脾,哀感顽艳。"然后汉以来,语人为此聚讼不已,或自艳之显现,或自认为,"哀感顽艳"实在不妨破之为一种"悲剧的、宿老庄道家得之,或自词境悟之,各有心得。现命论的宏大刻奇"

·查上海近代逃难史,从来都只有从"下只角"逃进"上只角",从华界避难至租界。

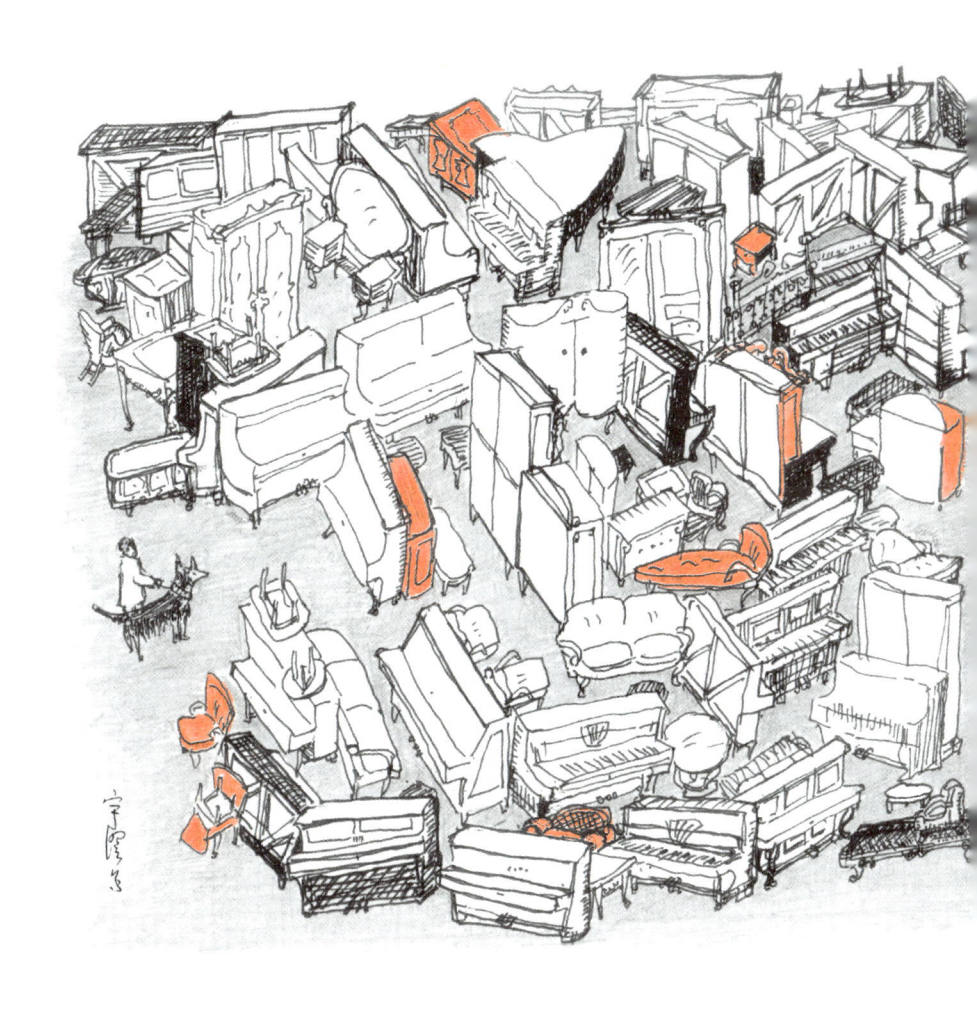

任何大革命，也即是财产大转移，时称『远东最大旧货店』，上海淮海路国营旧货商店，开门迎来千年难得寄售旺季，据说常有盗贼匿于柜橱，乘夜窃物，店方养一狼狗，务必每夜巡逻。

逃啥呢。阿婆说，要么，乖囡跟了淑婉，先到绍兴去阿婆此时连太平天国"宫女"逃难故事也来不及讲了。阿宝说，钢琴呢，钢琴有四只脚，走不动。蓓蒂说，马头讲了，以后钢琴，不管是高背琴低背琴，还是三角钢琴，肯定取消了，中国有笛子，胡琴，锣鼓家生，小镗锣，平时弹一弹山东柳琴，敲一敲竹板，一只盆子一根筷子，叮叮叮唱一唱《翻身道情》，也就足够了，满足了。阿宝不响。阿婆说，淮海路旧货店，钢琴已经堆成山了。蓓蒂说，如果有人来拖钢琴，马头讲了，完全可以摆平的。阿宝不响。蓓蒂说，马头一点也不怕。阿宝说，工人阶级，当然了。蓓蒂说，马头跟了同学，到徐汇区，抄了好几间洋房了。阿宝不响。蓓蒂说，马头讲，看人不顺眼，现在可以直接就打了。阿宝说，马头不一样。蓓蒂说，马头讲了，算一算，两派三派，七派八派，全部无产阶级，其实，内部一直也是打来打去，头破血流，互相不买账，无产阶级，互相也要斗，不讲别的阶级了。阿宝说，不许乱讲。蓓蒂不响。此刻，阿宝慢慢走到皋兰路口，远远看见蓓蒂与马头，迎面走来。蓓蒂一扫愁容，白衬衫，蓝布裙子，清爽好看。马头神态轻松。蓓蒂看看马头，犹豫不决说，我想，去看一看淑婉姐姐，好吧。马头说，蓓蒂，我已经讲过了，先到淮海路"万兴"，去吃冷饮。蓓蒂无语，低头弄裙子，最后，跟了马头走了柏林被攻克，日耳曼妇女跟着占领军大兵混了。"哀感顽艳"。

○小马哥出身虽好，惜乎前瞻性太差，让出身限制了自家的想象力：两年后，即推出钢琴伴唱《红灯记》、钢琴协奏曲《黄河》，待遇之高，不输八个样板戏。

叁

夜风穿过老虎窗，传来依稀锣鼓声由江风转河风，自外滩一带隔水遥

玖章 185

送而至。小毛娘说,这次海德的轮船,停靠大达码头 清光绪三十二年张謇督造,真正老码头,银凤抱囡囡去接船了。小毛爸爸放下酒盅说,领袖一声号令,轮船公司的领导,马上睏醒了,夹紧狗尾巴,连忙回来了 钢铁厂"硬核工人阶级"一向看不上"洋气"的轮船公司水手。小毛娘说,吃酒当中,不要议论领袖,吃了再讲。小毛爸爸不响 这个家是小毛娘当家。夜里十点多,后门一响,银凤回来了,也听见海德上楼,银凤说,轻一点。钥匙开门声音,地板缝亮出十几条光线,放行李的声音,小囡嗯嗯几声,像立刻压到银凤胸口。小毛担心囡囡忽然大哭,但囡囡不响 全书最低龄的"不响"。窸窸窣窣,海德的喉音嗡嗡嗡传上来。倒水,揩面,搬东搬西。后来是拖鞋落到地板上,银凤说,轻点呀,急点啥啦,手脚重是重咪。后来银凤说,关灯呀。地板一黑。平时,银凤换衣裳,淴浴,必定关灯。白天拉了窗帘,房间变暗,即使楼上有人偷看,人影模糊 晴湖不如雾湖。此刻,月光发亮,声音模糊起来,隐约有呼吸,也像是老房子开裂声,浑浊难辨。底楼理发店,二楼爷叔房间,早已寂静。24路末班电车经过,小辫子擦过电线,吵啦啦啦,后来银凤哼了一哼,像清一清喉咙。一部黄鱼车经过弄堂,车里的毛竹排,啪啪啪啪一路响过去,一切全部停止,万籁俱寂。小毛迷糊入梦。

○人声、物声、天声、地声,声声入小毛之耳,但小毛此时,入耳之声也只是耳进耳出,尚未走心不过也快了,说不定就在一觉睡醒之后。

隔日一早,小毛娘照例双手相握,立于五斗橱前面做功课 标准祷告姿势。小毛爸爸准备上班。小毛娘抬头看一眼领袖像,也预备上班。小毛爸爸说,厂里新贴不少语录对联。小毛娘说,我厂里也有,搞宣传的几只赤佬,爬上爬下,忙煞。小毛爸爸说,对联右面是,下定决心,不怕牺牲。左面,排除万难,争取胜利。小毛娘

·赤佬,上海骂人话,源自吴地对明朝红衣兵户的蔑称,自认倒霉,就是"碰着赤佬",此处仅作为"家伙"之意,略谐谑。

说，再讲一遍。小毛爸爸讲一遍。小毛娘说，对联左面，明显少了一个字。小毛爸爸说，啥字。小毛娘说，应该是去争取胜利。领袖真言，五个字，不可以漏一个，是啥人贴的，小毛爸爸说，是我。小毛娘说，啊呀呀呀，别人发觉，这就麻烦了。小毛爸爸不响。小毛娘说，这是闯穷祸的大事体，唉，文人此时即"赤佬"的事体，工人轧进去做啥。小毛爸爸不响，闷了头，连忙穿衣。小毛娘拿起钢钟 铝 饭盒，回过头对小毛说，快起来，学堂里停课，也要起来，唉，我样样事体要穷操心。小毛说，我起来了。父母急急下楼。小毛起身，拿了毛巾牙刷，走到底楼。银凤买了菜，由前门进来。此时二楼爷叔也下楼，看了看银凤。海德也下楼，朝小毛笑。小毛说，阿哥回来了。海德拿出一管牙膏，贴近小毛的牙刷，挤出一条说，日本牙膏，试试看 估计是"狮王"。两个人刷牙齿，揩面。海德说，有空来坐坐。小毛说，好呀。

　　这天一早，小毛去了叶家宅。拳头师父做了夜班回来，仍旧有精神。苏州河边，建国清出一块地方，摆两副石锁，一副石担。师父说，拳头硬点了吧。小毛说，还可以。师父介绍说，牛瘦角不瘦，这是荣根，这是小毛。荣根点点头，指石锁说，赞。小毛说，啥地方弄来的。师父说，厂里做了模子，此地浇水泥，分量平均就可以了，石担，两百斤多一点，石锁，一副三十斤，一副四十二斤 上夜班，大概就整这个了。荣根说，练得顺了，拳头上可以立人，肩胛上可以跑马 基础力量锻炼，属于硬功。小毛一拎石锁。师傅说，不会弄，容易伤手筋。荣根说，师父攒一次，让我徒弟看看。拳头师父吐了烟屁股，脚底一踏，拿起一对小石锁，马步开裆，锁由胯下朝上，用力一抢，超过头顶，手腕一转，十指一松，一放，一对小石锁，各自腾空旋转，坠落阶段，双手随势接住，再抡，再是一送，手腕不转，松了手，一对小石锁，平面上升，齐齐腾空，乘了落势，两手一搭，拎紧，落地放平 <u>这叫"顶花"</u>。拳头师父说，年纪大了，长远不弄，手生了。建国说，赞。荣根说，我来一记。荣根是单手掼锁式，单只小石锁腾空，自由下落之时，抬起臂膊来接，贴了锁，随势落下来，锁像是落于臂膊之上，有半秒停顿，手腕一翻，敏捷握紧锁柄，再抛，再转，再停，再接，再掼，煞是好看<u>这叫"肘接"，初级阶段</u>。师父说，好，我记得当时，只教了一次，车间还扣我奖金，想不到，荣根记得牢。荣根说，师父带进门，练功靠自身，我弄了一年半了。师父说，建国听到吧，样样要自觉，要上心<u>还教做人</u>。建国说，嗯，我看了看，小毛比较硬扎，可以先练。师父对荣根说，我这两个小朋友，年纪小，力道不小，想不到学堂里，天天让别人欺负。荣根说，欺负我的师弟，现在的形势，简直是翻天了。小毛不响。荣根说，以后，让我来摆平，班级里有啥事体，全部告诉我。<u>金庸《飞狐外传》："学武之人，听到旁人要比武打架，可比什么都欢喜"</u>小毛说，谢谢师兄。师徒四人边谈边练。旁边是河堤，苏州河到此，折转几个河湾，往来驳船鸣笛，此起彼伏，南风里<u>立秋之后，上海改刮南风，黎锦光有艳词为证："那南风吹来清凉"</u>，隐约是长寿路一带的喇叭广播，普通话教唱歌，大家现在一起唱。预备，起，革命是暴动，是一个哦阶级，推翻一个哦哦阶级，暴力的行音音音音动。唱，革命是暴。

忽然有人拍手说，好看好看，力道真大，可以打老虎了。四个人回头，一个女工，坐于脚踏车上，脚抵街沿石，三十出头年纪，大眼睛，嘴唇丰满，河风吹乱短发，

右侧批注：
○石担石锁，据说唐代已有之。这两种简易器械民间流传甚广，闲时可练功，急时可卖艺。后被列入武状元必考科目，即'弓、刀、石、马、步、箭'。

当时广播里流行'教唱歌曲'节目，先逐句逐句，然后一段一段，最后："让我们连起来一起唱一遍。"

左侧批注：
△忽然有人跳将出来，还拍手，按小毛熟读的旧小说之标准情节，应该口称'倒也倒也'吧？

188 繁花〔批注本〕

人造棉短袖蓝衬衫,工装裤。来人是女工金妹,拳头师父原来的徒弟,后调周家桥纺机厂,结婚三个月,男人工伤过世。金妹停稳车子,揩汗说,长远不过来了。师父说,上啥班头。金妹说,今朝休息,师父,一定是夜班做出。师父说,算得准的。小毛招呼说,阿姐。金妹拍拍小毛肩胛。师父说,这是我徒弟荣根,还有建国。金妹点点头说,麻烦几位阿弟,车子后面,有一只拎包,帮阿姐搬下来。小毛与建国,荣根上前,松开了车架后一只帆布包,重得吓人,解开一看,两副铁哑铃。师父说,不错。金妹说,难为情,拖了一年了,厂里做私生活,总是暗地里,偷偷摸摸去做。师父照准金妹滚圆的屁股,捏了一把说,偷偷摸摸,难听吧。金妹一推说,做啥啦,师娘上班了对吧。师父不响。建国与荣根欣赏哑铃。金妹说,标准哑铃,应该是翻砂,我做刨床,刨一对方便。师父说,生铁松软,钨钢刀头吃上去,豆腐一样。金妹说,只是方料难弄,要等机会,要碰巧,还要等金工间里,我单独加班。小毛看看哑铃,球型六角,边棱分明。金妹说,容易锈,荣根记得,弄一点红漆黑漆,漆几趟可以了。师父说,金妹真帮我,其实,我是随便讲的。金妹说,师父关照的事体,我样样记牢。大家回到师父房间。师父说,先吃杯冷开水,今朝,多坐一歇。金妹点点头,碰一碰师父的臂膊说,穷练肌肉做啥。师父说,运动开始了,形势自由了,练身体的人,就多了。讲到此地,师父朝小毛等人一眨眼睛。建国荣根,拉起小毛说,阿姐先坐,我走了。金妹面对师父一扭身体",全方位,大动态。工人阶级撒娇,奔放 身体说,为啥拉我呀,当阿弟的面,难看吧,我也走了。但金妹不动 形势自由了,师娘上白班了,陪师傅留下来继续操练。师父朝大家点点头,三个人出来。荣根去浜北的东新村棚户,建国去曹家渡,互道再会。

小毛回进弄堂,见王师傅捆扎一个烫发罩。小毛说,电热丝又坏了。王师傅说,破四旧懂吧,不许烫头发了。小毛说,赞,最好理发店打烊 淮海路上免费剪发了。王师傅说,真关了门,没得命了,我跑你家里噎饭。小毛笑笑。走上二楼,银凤房门敞开,台面是三菜一汤。银凤说,小毛,一道吃。小毛摇手。海德立起来说,来呀,客气啥。小毛进去,骨牌凳上勉强坐好,海德倒了半杯"上海牌"啤酒,银凤拎过瓶子说,小毛不可以吃。海德说,半杯嘛。小毛接过。海德说,我一出海,就是大半年,多亏邻里照应。小毛说,是我娘,不是我。银凤说,以前帮姐姐买电影票,忘记了。海德说,我天天海上漂,脑子是空的。小毛说,姐姐每一趟吃饭,就多摆一副碗筷,等阿哥回来。银凤红了面孔说,哪里有这种事体。小毛不响。海德一捏银凤的手背说,老婆一直是想我的,对吧。银凤说,一定是小毛偷看 暗撩。小毛说,经过门口,就看见了。海德说,做老婆,要大大方方,东想西想,怕啥呢。银凤低鬟不响。海德说,家主婆想老公,是应该的。银凤不响。海德说,我真不准备吃这口海员饭了,"文化大革命",最好搞得再大一点,搞到轮船全部停班,码头停工,就好了。银凤说,又乱讲了,可能吧。海德说,轮船抛锚,我改坐写字间,可以每夜抱老婆。银凤指指隔壁爷叔方位说,嘘。海德说,又怕了,样样要怕,

上海华光啤酒厂出品,前身为外资怡和啤酒厂,"海鸥牌"问世再一年,最高等级12度特制啤酒,三楼绿豆烧,一样阶级,品味有微妙差距。

胆子真小 锣鼓听声，说话听音。银凤面孔泛红说，瞎讲。海德看看银凤说，总归心事重重一副样子，担心啥呢，工人阶级，已经领导一切了，开心一点。银凤说，瞎讲了，我哪里不开心，哪里有心事。海德说，总归皱眉头，闷声不响，想心思 这是敲打。银凤拍一记海德。小毛说，阿哥一出海，姐姐就担心。海德不响。银凤吃了几口啤酒，胸口见红 这视角属于作者还是小毛。小毛说，海里，总有开心事体吧。海德说，甲板上蹲了几只猢狲，有啥甜头可以嗒呢，只有苦头，吃风吃浪，单讲日本内海，流速八节，濑底岛海峡，明石，关门海峡，如果是旧船，进港就算是全速，也开不动 日本内海，岛屿多，浅滩暗礁多，水流强劲，航道狭窄弯曲而且船只密集，尤以关门水域为甚。小毛说，我有个朋友，一直做船模。海德说，远洋货轮，我是权威。小毛说，将来，我可以做海员吧。银凤说，瞎讲八讲。海德说，做男人，这等于坐牢监，半年，一年一判，有啥意思呢，回到上海，天天弄得老婆出汗，腰酸背痛。银凤说，十三。海德说，我是唉声叹气，真无啥可以讲了，人坐到甲板上，眼前就是水，就这几个男人，吃老酒，吵吵闹闹，娶么想女人，想老婆 真正坐牢之人，通常先聊女人，聊无可聊，再聊吃的。故事不断重复，后来就是各种杜撰了。银凤说，哼。海德说，比吃官司好一点，我的床头边，允许贴老婆照片。银凤说，不许再讲了，我不答应的。海德说，男人想女人，我正常吧。银凤说，不要讲了。海德说，人人贴女人照片，单身汉，贴明星照，以前喜欢贴谢芳，最近是《女

○海员这个阶层，不仅是工人运动的先驱，如"香港海员大罢工"，成立于1921年的中国海员工会系第一个全国性产业工会，"硬核工人阶级"比之"洋气"的码头工产业，尤其是跟作为其下游的多少沾染几分"洋气"的码头苦力相比，又暴露出某种"软"的一样。下档海员，韩小强不安于装卸工人职，想当海员"乘风破浪远涉重洋"，险些被阶级敌人利用而导致重大事故。板戏《海港》——码头工本

○1960年代当红女星，代表作《舞台姐妹》《青春之歌》《早春二月》，人设为"书卷气不掩革命激情"。

玖章 191

跳水队员》剧照。银凤说，这部电影没看过。海德说，里面全部是穿游泳衣的女人，可以看看胸部，大腿。小毛不响。海德说，外国画报，大腿照片最多了，但政委要检查。小毛说，解放前旧画报，最近废品回收站不少。海德说，外面有的是，日本，泰国，西德，荷兰，垃圾堆里，<u>赤膊赤屁股</u> 乃是对"全裸"之强调 的女人画报，要多少有多少，政委经常搜查，翻出一本，就写检讨。银凤说，是应该查，男人的思想，太下作了。海德笑笑说，其实呢，政委没收了画报，关紧房门，自家去闷看，难道政委的裤裆里，是一根胡萝卜，还是红肠。银凤说，停，不许讲了。海德说，我是已婚，我可以贴老婆照片，政委无啥好讲。银凤说，不要讲了。海德说，小毛评评看，我预备让银凤，拍一到两张照片，带到船上，让我看看，养养眼睛，这应该吧，银凤不肯。银凤说，到照相馆里拍，我为啥不肯。海德说，好了好了，不讲了。银凤看看隔壁，轻声说，小毛来评评看，海德想请一个下作同事来，专门拍我横到眠床上的样子，冲印放大。小毛不响。海德说，我不懂照相机，请同事来帮忙，又不登报纸，不可以呀。小毛说，姐姐为啥不拍，大自鸣钟照相馆橱窗里，一张也不及姐姐 此时搭话是真的不懂。银凤看看板壁 不忍直视，压低声音说，小毛真老实，海德是要我赤膊，戴了奶罩，赤两条大腿，只穿三角裤，枕头旁边，摆出骚样子来，下作吧，太下作了，我可以拍吧。小毛不响 此时不响，似懂非懂。海德摇手说，既然不答应，就不要多讲了。

既然小毛也不响，就不要再讲了，真的不要再讲了。同一种新婚久别之苦，在新倌人身上，来得要比新娘子尤甚。性欲煎熬同时，感同身受之下，时时尚需心怀"银杏"是否出墙之忧，饭桌之上，不时拿话探测之，敲打之，皆发自此心。单论这一项，反观女方却是完全彻底笃定泰山。大海茫茫，寸草不生，放之四海也不生，何

・1964年长春电影制片厂彩色故事片，主角由专业运动员担纲。

192 繁花〔批注本〕

况还有船长耳提面命密切监督。然而种种苦头,总归是关起门来自理,当着"浑身不搭界"的小邻居口无遮拦,彻底不把这坨"小鲜肉"当外人,完全不考虑这只"童子鸡"感受,不论是觉得童"颜"无忌也好,还是有意无意火力侦查也罢,最苦还是小毛。可怜小毛这一日目睹了拳头师傅捏女徒弟屁股,回家又饱受这两口子荼毒——小说技巧上,这番对话会因小毛在场而更显张力,但批者怀揣一颗"替古人担忧"之心,实在是不忍不忍。

十　章

一

潘静的门钥匙，套进陶陶的钥匙圈，哒的一响，与其他钥匙并列，大大小小，并无特别。但陶陶看来，旧钥匙毕竟顺眼，新钥匙，即便调整次序，总归醒目，手里多一把钥匙，开门便利，但会不会开出十桩廿桩，一百桩事体，陶陶心中无底 人有钥匙忧患始。以前几把女人的钥匙，一般预先放于门垫，花盆下面，牛奶箱顶上，有一把，是包了报纸，塞到门旁脚踏车坐垫里，想出这个办法的女人，事后证明，确实心思缜密。可以讲，钥匙，是一种关系，单把钥匙，捏到手里开门，感觉异常，是暂时动作，手感无依无靠，轻薄，轻松，开进房里，像是见不到人，非常稳定，钥匙放回门里小台子上，凳子上，玄关的草编小篮里，前后听不到一点声响 钥匙不响，随拿随放，自然，也是生分。钥匙过手，往往只半分钟，冬天，更是冷的，缺乏体温，捏紧了一转，开了门，也就移交。这一次，钥匙固定于钥匙圈里，经历不同，分量就变重。钥匙与人的关系，陶陶完全明白，钥匙就是人。单把钥匙，并入其他钥匙圈里，状况就不一样，钥匙越多，摩擦就多，声音响得多，事情就复杂，烦。另外，钥匙圈起了决定作用，钢制圆圈，过于牢固，也许只有飞机失事，圆圈高空落地，才会破裂，钥匙四散 有诗为证：飞机落，钥匙散，乃敢与君绝。想到此地，陶陶扳开钥匙圈，拿出钥匙，重新放回裤袋里。过去时代的流行歌曲："什么钥匙开什么锁，什么阶级读什么书。"拜伦《与司各特书》中所谓"男子染开女锁之习"；又见之于《春光乍泄》梁朝伟演黎耀辉，皆不见有锁，脖子上却常挂钥匙一把。

　　这天潘静来了电话，陶陶手头有事，匆忙中，陶陶讲北方话说，我们再说吧。潘静挂了电话，下午又打来，潘静笑笑，压低声音讲北方话说，今晚来看我。陶陶不响。潘静说，想你了。三个字像蚊嘤，办公室一定有人，不方便。陶陶讲北方话说，咱们再说吧。潘静挂了电话。这天陶陶确实是忙，到了黄昏，顺便还赶到吴江路，去看钟大师，此人曾经介绍一笔生意，芳妹多次提醒，让陶陶登门酬谢。此刻，陶陶摸出信封，放到台面上说，这是小意思，请大师不要嫌避多少 又作"嫌鄙"，意思是"您别嫌少"。钟大师不响。台子下面，是钟大师养的白狗，几次想抱紧陶陶小腿 桃花旺到遍体发散，好笔，好狗，陶陶两脚并拢说，大师如果，是身体不适意了，对面就是公交医院，现在就去挂急诊 暗揣大师霉头。师娘过来冲茶。钟大师说，老婆先回避，我有事体讲。师娘回到楼上。钟大师说，有问题的人，不是我。陶陶说，我有啥问题。钟大师说，最近我听芳妹议论，陶陶比较内向了，文雅。陶陶说，啥意思。钟大师说，芳妹觉得，陶陶发闷，经常想心思，我的判断呢，最近，一定是碰到陌生人了。当时芳妹讲，做生意，天天有陌生人。我讲，是不是碰到陌生女人了。芳妹讲，大帅感觉，陶陶有了外插花 外遇。我讲，这我不晓得，不过陶陶今年，是桃花流年，并非佳运，凡事反复难定，吃饭防噎，走路防跌，如果酒入欢肠，就是蜜浸砒霜，割卵见茎，不妙了。陶陶打断说，喂，大师，少跟我老婆讲这一套屁话好吧，我跟我老婆，其实全部不相信。钟大师说，满口饭可以吃，满口话不可以讲。陶陶说,如果真有情况,也不应该跟我老婆讲嘛。大师说,我讲啥呢,要紧关子,我一句不讲的。陶陶不响。钟大师说,是芳妹常到此地来,想跟我谈,因此嘛。陶陶说,想让我每天,也来此地嚼舌头,我有空 <u>上海话,语气否定,"有空"即"没空"。1990年代开始流行</u>。钟大师戴了眼镜,看一看陶陶说,面色样子,是不大妙了。陶陶说,我黄种人,标准黄面孔 的确黄。钟大师说,运势命相,八字里已经摆好,桃花多,也没办法。陶陶说,大师讲过多少趟了,我的桃花,有四到五趟,好桃花烂桃花,这种屁话,多讲有意思吧。钟大师说,老毛是人民领袖,有威望,有腔调,开口一句,可以顶万句,我开口一句,顶一句,还有啥水分呢 以铁嘴自夸。陶陶说,我听了大师的屁话,房间里,已经到处摆花盆了,厕所门口一盆,窗台上摆一盆,大门附近摆镜子,样样照办,我平时只坐西面小沙发,让客人坐南面大沙发,我每样办到了,因此生意顺利。钟大师压低声音说,只是最近,陶陶碰到了一个水火关口,跟了一朵桃花,火里碰到桃花,花让火一烧,更加红了,血血红。陶陶一吓。白狗忽然跨到陶陶脚面上,抱紧小腿,屁股就动 人见人爱,狗见狗上,挡不住。陶陶一踢,两脚并拢。钟大师说,还是要避一避,先去剃头,头发太多了,乌云压顶。陶陶说,我走了,再会。钟大师说,如果有了外插花,记得要退一步。陶陶起身说,晓得了。 小说里凡有相士,人设无论正邪,道行无分高下,所言就没个不应验的,就连匡钟假扮的相士,也能把娄阿鼠吓个半死。此乃隐去上帝视角之后的作者派出之卧底或替身。

陶陶离开吴江路,心情变坏。回到房间,芳妹说,潘静来电话

[左侧批注] 按"烂桃花"所挂之相,面色赤红,鼻头发红且亮;眉毛浓重,头发硬直,眼角周边青筋毕露,鱼尾纹多而密且一路下行。

[右侧批注] 正、二、三月逢未、戌时;四、五、六月逢丑、辰时;七、八、九月逢酉时;十、十一、十二月丑时生人所面对的命理关煞,防水防火工作要做好。

了 打草惊蛇。陶陶说，啊。芳妹说，介绍一笔生意 声东击西。陶陶不响。芳妹看定陶陶说，这个女人讲了，几次想约陶陶出来，好好谈一谈，陶陶一直不回电话。陶陶说，是吧。芳妹说，潘静还问我，陶陶忙啥呢，现在还不回来呀。我讲，一言难尽，我的老公，不需要老婆体贴，一肚皮怨气。潘静听了笑笑，就挂了电话。陶陶不响。芳妹说，听到有了生意，有了女客户电话，陶陶为啥一笑不笑，心里想啥呢 抛砖引玉。陶陶说，我刚刚去看了钟老头子，听了一肚皮屁话，心里闷。芳妹说，点中了穴道，因此闷了 借刀杀人。陶陶说，哼，全部是狗皮倒灶的屁话，心里烦。芳妹摸摸陶陶的面孔说，有啥不适意，到医院看医生 无中生有。陶陶说，我到了吴江路，发觉钟老头子的下巴，已经讲得脱臼了，应该先挂急诊。芳妹说，好了好了，身体要紧，先吃夜饭。陶陶拿起筷子。芳妹说，夜里早点休息，让我到床上，好好弄一弄。陶陶说，啥。芳妹压低声音说，最近电视里开课了，男人身上，有几只秘密穴道，交关敏感，贤惠老婆，已经记下来了，要仔细按摩 趁火打劫。陶陶一拍筷子说，江湖骗子，已经到电视台混饭了，专门搞乱社会的瘪三，应该马上关牢监，判无期徒刑。

　　第二天下午，陶陶约了潘静，到"香芯"茶馆见面。潘静新做头发，看见陶陶，眼神柔和。双人位藤椅，陶陶靠外坐，潘静示意陶陶移进去，陶陶不动，潘静只能坐对面 屁股决定脑袋，手袋放到一边，讲北方话说，我以为昨晚，陶陶会来，但没等到。陶陶讲北方话说，我是小生意，哪有上下班时间，靠两条腿到处跑。潘静说，我一晚没睡好，说起来怪了，半夜迷迷糊糊的，听到有动静，以为是你来了，我就装睡，以为你悄悄进来，背后一把抱了我，但后来，什么声儿也没了，好失望，看表，才三点十五分。陶陶说，确

实不是我 意思是另有其人○金蝉脱壳。潘静娇羞说,我知道不可能,半夜三点,嫂子在身边,怎么能过来 隔岸观火。陶陶不响。潘静说,还是明天吧,跟嫂子请一次假,就说去江苏看货,然后,到我这儿过夜。陶陶不响。潘静媚软说,我要你陪我。陶陶不响,捏紧裤袋的房门钥匙,钥匙有四只牙齿,三高一低,指头于齿间活动,磨到了发痛 指头儿告了消乏。陶陶说,照理来讲,我该放松了,但那场火,一直追着我不放。潘静说,不会吧。陶陶说,我如果是石家庄的,就自个儿在上海,也许会随便一点。潘静说,我可不是随便女人,在上海多年,从没有花花草草的事儿,没动过心。陶陶不响。潘静碰了一下陶陶的手说,一场火,弄得我火烧火燎的。陶陶一声不响,想到了钟大师 蜜浸砒霜,割卵见茎;心头一热,胯下一凉。潘静说,身边有你,我才能安心。陶陶说,我呀,成天琢磨安全通道,消防梯,已经神经了。潘静说,我也怕呀,才有了这种需要嘛,昨晚有点儿冲动,往你家打了电话,我道歉。陶陶不响。潘静说,嫂子表面挺客气,其实呢,是盘问再三,你们俩最近,情况还好吗。陶陶说,可以。潘静说,我可不看好,不瞒你说,我在石家庄有过一男友,有次他来电话,我丈夫接的,其实说了我在,或不在,也就成了,可他问东问西,不挂电话,搞得我男友很窘,这种盘问,暴露了夫妻关系 石家庄人太实在。陶陶不响。潘静说,嫂子肯定给你压力,我丈夫,也一直给我压力,看我穿什么出门,下班回来,说是抱抱,其实是闻我脖子里的味儿,我固定一个香水牌子。陶陶说,你丈夫干嘛的,老呆在家里。潘静说,教书的,我每次回家,香水味儿差不多是消失的,但能依稀闻到,这是惯例,有天下午,石家庄一个浴场开幕,闺蜜拉着我,当了回临时嘉宾,因此洗了澡,等回来,他贴上来一亲我,就吵起来了,怀疑我下午开房了。陶陶说，鼻子够灵的。潘静说，全因为，是正经八百的事儿，我才洗了澡，平时我跟男友，再怎么开房亲热，脖子那一块，是免洗的，为的是应付检查。陶陶说，下班喷一次香水，不就结了。潘静说，那更是问题了，瞧，两人关系到这地步，有意思吗，当场大吵两回，我就南下了，刚到上海没一个月，他设法找上门，当时，我跟闺蜜长租酒店，他看看是双人房，盥洗室里，一把剃刀没有，又怀疑我俩是同志，我闺蜜说，真他妈的欠，早知道这种下三烂儿 又做"下三滥儿"，该早收拾，让他彻底消失。他这才走了。陶陶说，讲那么多，想说明什么。潘静低头说，昨儿晚上，嫂子几回盘问我，这说明你俩，已毫无信任可言，当年在孟先生家里邂逅，我就发现，你

○按面相理论，彼时潘眉眼里，芳妹应是高颧骨浓，零星雀斑分布于眼下以及鼻侧，眼大有神且飘忽不定。

们俩并不般配，虽然我看出，芳妹那方面很强。陶陶说，啊。潘静说，你并不快乐，一直是忍受。陶陶说，不说了。潘静说，人不能为对方活着，灵肉难以一体，快乐何在。陶陶说，这分析，我不爱听，我是简单人，只想过简单生活。潘静不响。陶陶讲到此刻，钥匙已经摸出手汗 论包浆的产生。陶陶说，潘静，你确实是好女人，最近，我想了很多，可惜我们不是一样的人，只能做朋友。潘静说，我不是上海女人，很直接，怎么了。陶陶说，我们很难进一步发展了，接你钥匙那天，我就这样想，我只能和一般女人来往。潘静失笑说，我是特别女人吗，如果陶陶玩自恋，我无话可讲。陶陶说，石家庄男友呢。潘静笑说，哈，你吃醋了，很好，秋月凉如水，秋扇慢慢摇，秋菊花开，冤家，我秋病又发了 一高兴，明代小曲《劈破玉》唱将起来，那也是意外邂逅，遇到意外，我才会爱上人 风高物燥人也燥。陶陶说，浴场也着火了。潘静说，是我换了新鞋，路上绊倒了，摔晕了，鞋跟儿断了，我躺在马路上，有人看，没人管。

十章　199

陶陶说，男朋友出现了。潘静说，你怎么知道的。陶陶说，他就帮你。潘静说，直接就抱住了我，就像你救我，抱我一样，成了我男友。陶陶轻松了一些，鼓起勇气，拿出汗津津的钥匙，摆到茶几上有诗为证：还君钥匙双泪垂，恨不相逢未火时。潘静一呆。陶陶说，潘静，谢谢您对我好，希望石家庄男友，尽快来看您，最好能来上海工作，以后有什么用得着我的地方，您尽管吩咐，言语娇头没轧成，北方话倒是大有长进。

二

梅瑞陪康总走进房间，装修已经完工，茶几，沙发已经送来。朝南有小天井，钉有露天地板，摆两把铁椅，有花草。两个人走进卧室，大床，梳妆台一应俱全直接进卧室，非关急色，盖因老式住宅客厅窄小或者根本没有。梅瑞说，装了窗帘，我就过来单住。康总说，以前我有个客户，对未婚妻开条件，婚后，就做周末夫妻，平时各自单独生活，女方一口答应，结婚之后，我一次问起，周末夫妻，还好吧。客户一呆讲，会有这种事体吧，为啥我要单过，我不是神经病。我笑笑。客户最后承认，是新娘子一发嗲，做几个小动作，男方房子就转手了，新娘子讲，单独过，肯定要出问题的，哪里有周末夫妻可能讲故事，只为再次确认此"小姑居处"是否一周七日皆无郎。梅瑞说，感情好，这是应该的，我受不了北四川路的气，是避难，想想我真搬到此地，到了夜里，只能看天花板。康总笑笑，两人走出卧室。梅瑞说，原来准备，离婚了就搬过来，但情况有变化。康总说，上次电话里讲，已经离婚了呀忽然情急。梅瑞摇头说，因为最近，小开一直来电话，不希望我离婚，我姆妈的离婚，结婚阶段，小开也是反对,觉得离了婚,就是over了,结了婚,也是over,心态会变怪 over有两解:一、完结;二、过分。康总说,反对结,反对离。梅瑞说,再反对,我也要离。康总坐进长沙发,梅瑞拿出信与照片,坐近康总身边,康总看信,亲爱的梅瑞,这月18日,妈妈跟小开叔叔注册结婚了。我真想好好办一办,但外公比较节省,也就简单一点。你看看照片,觉得好吗。延安路房子,装修好了吗 问起房子了。一切顺利。妈妈。照片拍了筵席情况,梅瑞娘穿胭脂红雪纺套裙,腰身一流,以前的跳舞照里,梅瑞娘还是浓妆,到了香港,五官也就素淡 毕竟二婚,显年轻,身边的小开,笑容满面,外公满面是笑,一张是婚房内部,一张是阳台栏杆,看得见半方香港的蓝天,层层叠叠高楼 房子一般,似不如梅瑞新居。梅瑞说,结婚费用,全部外公资助。我就问姆妈,应该是小开操办呀。我姆妈讲,小开的积蓄,全部投进生意里了,手头紧,不靠外公,买不起房子 正是小开本色,所以,真正的婚纱照,准备回上海再拍,上海便宜 上海拍婚纱照便宜、与邻城苏州彼时已成为全国乃至全亚洲婚纱生产基地有关。我讲,啥,要回上海了。我姆妈讲,小开做了一桩西北生意,最近有了起色,下个月,两个人准备回上海,顺便是拍照,摆酒水。当时我讲,啊。我姆妈讲,大惊小怪做啥,情况总有变化,小开,一直候机会,一直想来大陆发展,这叫见机行事 只能说"形势比人强"了○香港新房大概也住不太惯。

两个人看过照片,梅瑞放进信封,康总逐渐靠近,拉过梅瑞的手,梅瑞身体微抖,慢慢抽开了 今日第一抖。房间里静,天井里是阳光。康总有了热情,梅瑞逐渐平淡 阴差阳错○符合热力学第二定律。梅瑞说,我后来明白,姆妈是见到小开后,跟我的关系,开始冷淡,昨天电话里还问我,小开最近,来过电话吧。我讲,来过几次。我姆妈讲,以后,不许接电话。我问为啥。姆妈讲,不接就是了。我讲,是姆妈不开心了。我姆妈讲,好了,现在我挂了。就挂了电话。康总不响,靠近梅瑞,信封落下来,梅瑞目光恍惚,身体微抖 又抖了,不容易。房间里静,天井里是阳光,偶然来小风,几盆花叶动一动 花也抖起来了。康总揽了梅瑞腰身,梅瑞也软绵绵顺过来,身体像要化开,但慢慢又避让,慢慢立起来。康总放弃。梅瑞笑笑说,康总,不要这样 半渡而击。康总不响。梅瑞说,最近,我心烦。康总不响。梅瑞说,这个阶段,小开一直从香港来电话,要我情绪稳定,不要离婚。康总背靠沙发,不响。梅瑞说,我觉得奇怪了,离婚,是我私人事体,小开认为,还是不离的好 以干爹身份忠告晚辈似无不可,下月回上海,已经到铜锣湾,替我里里外外,买不少衣裳。康总说,里外 胯下一凉。梅瑞说,包括内衣,包括其他小衣裳。康总说,尺寸呢 凉意直蹿心头。梅瑞说,特地来电话问的,姆妈发觉后,就跟小开穷吵。我就埋怨小开了,为啥不替姆妈买呢 不自觉露出小老婆口气了。小开讲,同样也买了,数量牌子,几乎一样。我不响。小开讲,梅瑞,回来后,还是称呼我小开。我不响。小开讲,小娘舅,小爷叔等等名字,显得小开老了,大陆西北方面的项目,肯定会铺开的,前景看好,梅瑞还是辞职,跟小开去做,帮小开的忙 小开确实精。当时我应了一声,称呼上面,我可以叫小开,无所谓,但是帮我买小衣裳,有一种轻飘飘的感觉,让我心里无着落。康总不响,走到玻璃门前。小天井里铺满阳光。梅瑞走近来,外面有风,花动了一动 又动。两个人并肩,康总拉过梅瑞,梅瑞腰身变软,慢慢靠过来,靠紧。梅瑞抬头看看康总,面孔贴了

○ 北方话的「挂了」,上海人一般讲「就格能」(这样)或「再会」,香港人说「收线」。估计梅瑞最近比较频繁地参与了小开与西北方面的通话。

○ 小衣裳,亵衣也,古称「下衣」或「里面」,「小内内」。明清艳情小说每以「解了」「褪了」「失了」小衣暗指委身或失身,梅瑞得了小衣,「轻飘」「无着落」,足见一切得失无不互为因果。

康总的肩胛，一动不动 康总此时一心只在肌肤之亲，顾不上小开。小天井送来清风，阳光耀眼。康总抱紧梅瑞，过了一分钟，梅瑞贴近康总面颊，深呼吸一次 第三次终于没抖，深呼吸见效，嘴唇压紧康总皮肤，然后让开，梅瑞说，不好意思，我现在不可以，不便当 与其说是接吻，不如说是"维稳"，意在稳定康总，保持他情绪稳定。梅瑞慢慢避开一点，肌肤贴近，然后慢慢分开。康总松了手，梅瑞让了半步，两个人冷场，稍有尴尬。梅瑞说，不要不开心。康总说，我不会。梅瑞说，是最近情绪不好，住厌了北四川路婆家，一直想单过，等房子弄好，心里又无底，怕失眠。康总说，横不好，竖不好 怨言。梅瑞不响。外面有风，天井里是阳光，花动了一动 不是风动，不是花动。康总说，我有个朋友，手里有六套房子，老婆一直失眠，住进一套新房子，老婆就失眠，觉得隐隐约约有机器响，睁眼等天亮，无论住浦西，还是浦东，无论新房子多少静，老婆眼里，是毒药，五年里，我朋友的老婆，每夜只能单独回到开封路的老房子，住到煤卫合用的弄堂亭子间里去，每趟吃过夜饭，老婆吩咐保姆，一早买菜内容，做早点心内容，到了夜里八点钟，司机就送老婆，回到闸北开封路，亭子间里，单人地铺，堆满乱七八糟的旧家当，隔壁住了民工，有蟑螂，潮湿虫，或者鼻涕虫，但这个老婆，心满意足，一夜睏到天亮，一早六点半，司机准时开到弄堂口，接回到新房子里，进了房间，叫老公起来，大餐台上面，一同吃早点心，这种生活，过到现在了，最近，开封路要拆，我朋友急了，老婆哪能办 暗讽梅瑞不敢下决心离开北四川路男人。梅瑞冷笑说，哪能办，一定是表面文章，懂不懂。康总说，啊。梅瑞说，明里讲，这老婆是穷命，穷相，也许这个老婆，是有意的，或者，是性生活不配套 弄出『配套』这种词，估计是小开最近电话来得太勤。康总笑笑。梅瑞说，或者是憋

十章 203

气,这个朋友,有其他野女人,或者,是跟保姆乱搞,或者,是借荫头 <u>即找借口</u>,老房子隔壁,老婆有老相好。康总说,名堂不少。梅瑞说,也许,这朋友,全部是乱讲。康总不响。梅瑞说,人讲的故事,往往是表面文章,懂了吧<u>夫子自道</u>。康总不响。此刻,外面小天井里,阳光耀眼,花动了一动。不是风动,不是花动,是梅瑞心动。梅小姐此时心相,确实烦:本打算房子弄好,筑巢引"康",拿下后先做一处,视康总冷热再决定是否与北四川路正式离婚。不料人算不如天算,老娘竟然一个回马枪杀回上海,新房可能不保,小开则携"小衣裳"热情暗示——局面复杂至此,唯有暂时与康总保持距离,同时故意透露小开所献种种殷勤,增加自身"吸引力",先将其"维稳",将其"拿住",待小开来沪,再看他变出何等花样——香港男人、西北事业,至少能占一头,"梅"开五度也未可知。

康总与梅瑞的联系,决定从此结束。但一个月后,梅瑞打来电话,仍旧亲热非常,详细汇报,梅瑞娘与小开,目前已来上海。康总不响<u>已顺利找到备胎的自我感觉了</u>。梅瑞说,我只能吃瘪<u>上海话认输、吃哑巴亏</u>,两个人到上海的前几天,我出门办事,回进办公室,汪小姐对我讲,梅瑞,刚刚接到香港电话,有一对香港新婚夫妇,后天就到上海了,准备拍照,隔日就办酒水。我听了一吓说,我姆妈,简直是喇叭。汪小姐讲,大概还会来电话。当时我不响,我明明已经晓得日程,还要打电话到公司,跟陌生人汪小姐,讲七讲八,我老娘,真是年纪大了<u>娘是老的辣</u>。当时汪小姐讲,不要怪阿姨了,是我打听的,年纪再大,总归也是新婚,浪漫的。当时我不响。汪小姐讲,新娘子,新倌人,订了南京路"金门"饭店的房间。我讲,真是喇叭,房间号码讲过吧。汪小姐笑笑说,老辈子人,心里总是得意,总要讲一讲吧,过去旧社会,高档上海人,结婚不到"国际",就到意大利式样的"金门"。我当时不响,过半个钟头,我姆妈果然又来电话,真是越老越十三了,还想请汪小姐参加婚礼,我所有朋友,也可以请过来,人越多越好,还问我,是带了老公小囡一道来呢,还是。我一听心里就气了,嗯了一声,挂了电话,梅妈开始构筑战略防御工事。旁边汪小姐问,有啥变化了。我不响,拎了包就出门。到了这天黄昏,我下班,走近"金门"饭店,远远就看到,小开从一部黑牌照加长"林肯"里下来 当时黑色牌照为外资企业专用,牌照比车拉风,后门拉开,出来三个干部模样客人,小开洋装笔挺,笑容满面,陪同客人走进楼上大堂,我一路跟,到了饭厅,三只大台子,人已不少,姆妈朝我招手,小开回头看到我,笑一笑,只顾招呼客人。母女并排坐,我一声不响,我发现,这夜的聚会,来宾基本是小开的关系,外资老板 负责进口设备,外省干部 负责招商引资,银行经理 负责发放贷款,企业老板 负责接收进口设备,台湾人 负责喝酒,日籍华人 负责低息日元资金配套,香港人 负责起哄,男男女女,好不热闹,我姆妈,是黑丝绒旗袍,珍珠项链,头发梳得虚笼笼 元人杂剧《唐明皇秋夜梧桐雨》里"乱松松云髻堆鸦"的样子。把盏推杯,面面俱到。一顿饭下来,剩菜多,名片多 神来之名片、神来之笔,金门饭店"佛跳墙",食不知味,一动未动,我像是懂了,小开一直是穿针引线,为外省一条大型流水线做运筹 就是掮客,等到这夜人散,小开再陪部分客人转场子,再应酬,我跟了姆妈,回房间,南京路闪闪发亮 正是梅娘此刻心相,我关了窗,房间里静,我姆妈讲,梅瑞,姆妈走进这家饭店,赛过时光倒流,当年能够进来的人,非富

○ 在国际饭店东侧,1926年落成,资格比"国际"老。金色穹顶,二楼门厅四根乳黄色大理石云纹石柱,两人合抱,当年在意大利做好由海轮运抵上海后安装,文艺复兴加巴洛克风格,有点像柏林国会大厦和美国国会大厦。

○"金门饭店"在1958年改为"华侨饭店",改名后餐品走闽菜路线,一盏"佛跳墙"香煞上海人。

○李香兰当年频频光顾，1945年张灵甫与25岁年龄差的四任太太王玉龄婚宴在此举行。又因一楼设有当年上海头牌"华安理发"，名流趋之若鹜。

○越是豪车，越要搞清楚其牌照颜色、使用权产权等属性。○据说在外约会的上海女人，到了对方住处，事前要循例问一声"房子是租的还是买的"。

即贵，名流如云，姆妈年轻时代，几次跟小开到此地，只是看外公，当时叫"华侨"饭店，楼下可以买到特供商品，一般市民不敢进来有中国银行领取侨汇专柜，侨汇发放和回收一条龙，小开也讲过，1986年来此地会客，看见有一个男人，估计是刚从外国回来，带了一群上海穷亲戚，到底楼的特别柜台前面，摸出一厚叠美金，掼到柜台上讲，八条万宝路，多少钞票，自家随便拿。服务员一吓，有这种人吧美元是欢迎的，但不可直接购物，要先换成兑换券，FEC。小开因为香港上海两面跑，一眼看穿，这个上海人，最多出国两三年，以前刺激受得深，就要摆派头，越是差的人，越是要派头，小开的姐姐，以前到外国做保姆，头一次回上海，也落脚此地，根本不出门，像慈禧太后，静等亲眷朋友，进来拜会，外面租了长包轿车，一动不动停了南京路三天，派头大吧，怪吧表明自己正常。当时我笑了笑，对姆妈讲，小开的黑牌照车子，是包车吧。我姆妈讲，这是买的，已经注册了上海公司，借了写字间。我不响。姆妈讲，总算是跟小开结婚了，姆妈出了一口气，流水线项目如果成功，姆妈出一口气。我讲，哪里来的气。我姆妈讲，外公对姆妈的婚姻，一直不看好，我偏要让外公看一看，小开可以结婚，可以认真做事业，我不可能像外公一样，太太平平做香港人，等于我不可能，太太平平做上海女人一样。当时我问姆妈，外公觉得好吧。我姆妈讲，根本就不放心，认为我还是老脾气，橄榄屁股坐不稳，最好陪到外公身边，静静为外公养老，所以，姆妈心里晓得，只有回上海，心情会好转，现在，我婚纱备好了，请了摄影师，姆妈要风光一番，梅瑞要记得，如果外公来电话，千万不要响。我听姆妈讲到此地，问了一句，等吃了结婚囍酒，去哪里度蜜月呢。我姆妈讲，公司事体多，手头比较紧，算了，另外，姆妈提一个要求，梅瑞以后，少跟小开接触来往，可以吧 摊牌。我讲为啥 明知故问。我姆妈讲，记得就可以了，另外，再提一个要求，可以吧。我不响 知道自己摊上大事了。姆妈讲，公司租房子，买了车子，目前要节省一点，一直住长包房间，不大现实，梅瑞新装修的房间，暂时让姆妈住半年，也就半年，最多一年，好吧。当时我听了，也就呆了，康总评评看，天下有这种怪事吧。康总听到此地，电话已经换手多次，一时无语。康总此刻，两只手心应该都是汗了。上海滩，男女"房事"往往就是"房子的事"，非但男女，世事家事，几乎事事最后都会被弄成房事。文武百官，到此下马；悠悠万事，唯此为大。"深于一切语言，一切啼笑"。

○"娘要房子"比"娘要嫁人"更无法阻挡，更加不以人的意志为转移。○梅瑞娘一举两得，既省了房钱，又能把女儿逼回北四川路，隔离小开骚扰。

十章　207

拾壹章

壹

　　阿宝全家搬离的前夜,想不到小阿姨拎了半篮水红菱〔时在处暑至中秋之间〕,忽然上门,见房内大乱,姐姐姐夫,闷声整理行李,深受刺激,当场与抄家人员大吵大闹,杀千刀跳黄浦,样样全来。阿宝娘哀求不止。值班监督人员,初以为小阿姨是保姆,最后认定神经病,明天就搬场,也就无心恋战〔小阿姨若非"外地无业妇女"兼"罪犯配偶",而是铁杆工农,尚有情可一闹〕。小阿姨揩了眼泪,摸摸阿宝肩胛说,阿宝,小阿姨来了,不要怕。第二日一早,小阿姨跟了阿宝全家,爬上了卡车,迁往沪西曹杨工人新村。阿宝朝蓓蒂,阿婆挥手〔一笔带过满纸仓皇〕。蝉鸣不止〔时已近寒蝉凄切〕,附近尼古拉斯东正小教堂,洋葱头高高低低,阿宝记得蓓蒂讲过,上海每隔几条马路,就有教堂,上海呢,就是淮海路,复兴路。〔这至今仍是一部分上海人的地理观〕但卡车一路朝北开,经过无数低矮苍黑民房,经过了苏州河,烟囱高矗入云,路人黑瘦〔连人的模样都变了〕,到中山北路,香料厂气味冲鼻,氧化铁颜料厂红尘滚滚,大片农田,农舍,杨柳,黄瓜棚,番茄田,种芦粟的毛豆田,凌乱掘开的坟墓,这全部算上

〔上:『这趟走得远了。』〕

〔○对这种人家来说,从思南路到大自鸣钟算是郊游,而举家迁往曹杨新村,严重程度不亚于一场小型上山下乡插队落户○很多年后诞生于大规模动迁的上海新俚语,很合用在此时阿宝一家身上:『这趟走得远了。』〕

海。最后，看见一片整齐的房子，曹杨新村到了。如果有『一句话写尽上海』写作比赛，『这全部算上海』，当为上海开埠一百七十五年以来至为悲欣交集之句。

此种房型，上海人称"两万户"，大名鼎鼎，五十年代苏联专家设计专家组由希马柯夫领导，沪东沪西建造约两万间，两层砖木结构，洋瓦，木窗木门，楼上杉木地板，楼下水门汀地坪，内墙泥草打底，罩薄薄一层纸筋灰。每个门牌十户人家，五上五下，五户合用一个灶间，两个马桶座位。对于苏州河旁边泥泞"滚地龙"，"潭子湾"油毛毡棚户的赤贫阶级，"两万户"遮风挡雨，人间天堂此言绝对不虚，最起码有瓦遮头有水有电有充足日照。阿宝家新地址为底楼4室，十五平方一小间，与1，2，3，5室共用走廊，窗外野草蔓生，室内灰尘蜘蛛网第一批居民已迁入十多年，早就过了"新茅坑三日香"之佳期。一家人搬进箱笼，阿宝爸爸先捡一块砖头，到大门旁边敲钉子，挂一块硬板纸"认罪书"，上面贴了脱帽近照，全文工楷，起头是领袖语录，凡是反动的东西，你不打，他就不倒。下文是，认罪人何年何月脱离上海，混迹解放区，何年何月脱离解放区，混迹上海，心甘情愿做反动报纸编辑记者应是其彼时在俄侨《柴拉报》的潜伏身份，破坏革命，解放后死不认账，罪该万死。居委会干部全体到场，其中一个女干部拿出认罪书副本，宣布说，工人阶级生活区，一户反革命搬了进来，对全体居民同志，是重大考验，大家要振作起来，行动起来，行使革命权利，监督认罪人，早夜扫地一次，16号门口扫到18号，认罪人要保持认罪书整洁，每早七点挂，十八点收。阿宝爸爸遵命。干部看了看工作手册说，新社会到现在，还有大小老婆时刻不忘宣示自己"见过世面"是上海人通病。阿宝爸爸指小阿姨说，是我内人

・1952年初颁布最高指示『今后数年内，要解决大城市工人住宅问题』不到一年，上海即建此类住宅21830户，可容纳10.2万余人，主要集中在杨浦区和普陀区，供劳模和先进工人居住，俗称『两万户』。

拾壹章 209

妹妹，帮忙搬场。女干部拿出钢笔，记到工作手册里，一声不响。4室门窗前，立满男女看客，窗台上坐三个小囡，一切尽收眼底。阿宝一家四人，睽睽之下布置房间，大床小床，五斗橱摆定。2室阿姨讲苏北上海话说，妹妹，你家里，最要紧的东西，忘记掉了。阿宝娘不响。2室阿姨说，煤球炉子。阿宝娘惊讶说，此地用煤炉，皋兰路一直用煤气。2室阿姨说，嗯哪，洋风炉子即煤油炉，煤油又叫火油，舶来品，所以带个洋字，也可以滴，我才刚，一件一件看你家的家当，没得煤球炉子，也没得火油瓶子。阿宝娘愁容满面。3室嫂嫂讲苏北话说，用我家煤炉子，下点面条子，快的。2室阿姨说，还是用我家的，煤球炉，最要紧了，要便宜，买个炉胆子，用洋油火油箱子，自家做一个炉子，也可以在工厂私活系列产品里，自制煤油炉技术含量最高。阿宝娘说，谢谢谢谢。3室嫂嫂说，不要忘记了，去办个煤球卡。阿宝娘说，谢谢。只有5室阿姨旁边看，一声不响，细腰身，笑眯眯有礼貌。小阿姨对阿宝娘说，阿姐放心，我会生煤炉，也会烧洋风炉，以前住虹口，就靠洋风炉子过日脚，不急的。阿宝娘一时讲不出话来这也算不响。

"两万户"到处是人，走廊，灶披间上海话，原指临时搭建之简易厨房，后泛指厨房，厕所，房前窗后，每天大人小人，从早到夜，楼上楼下，人声不断。木拖板声音，吵相骂，打小囡，骂老公，无线电声音，拉胡琴，吹笛子，唱江淮戏，京戏，本滩，咳嗽吐老痰，量米烧饭炒小菜，整副新鲜猪肺，套进自来水龙头，嘭嘭嘭拍打神来之声。钢钟镬盖铝锅，铁镬子声音，斩馄饨馅子，痰盂罐拉来拉去，倒脚盆，拎铅桶，拖地板，马桶间门砰一记关上，砰一记又一记阿宝听到的声音逐渐和小毛趋同。正是"洗耳"本意。自来水按人头算，用电，照灯头算账，4灯收音机，等于15支光电灯，5灯收音机，算20支光灯泡的度数。阿宝爸爸每天准时扫地，赶到单位报到，认罪书天天挂进挂出，回来迟，阿宝代收。阿宝娘淴浴，方台靠边，小阿姨拖出床底的大木盆来，到灶间拎了热水冷水。房门关紧，家家一样。男人赤膊短裤，立到灶间外面，一块肥皂一只龙头，露天解决，再进马桶间里换衣裳。黄昏，各家小板凳摆到大门外，房前房后，密密麻麻是人，凳面当饭桌，女人最后收作碗筷，为一家老小，汏了衣裳，拉出躺椅来，搭铺板，外面乘凉过夜 立秋过后，"秋老虎"肆虐。小阿姨说，此地宽敞，市区郊区，上海人乡下人，其实差不多 既是安慰姐姐，亦是暗自窃喜。阿宝不响。小阿姨说，南京路天津路，倒马桶的房子，要多少有多少。阿宝说，嗯。小阿姨说，阿宝，要多交朋友，看见了吧，楼上10室的小珍，一直朝此地看。阿宝说，小阿姨，还不够烦呀 烦她不是楼下的蓓蒂。小阿姨笑笑。吃了夜饭，万家灯火，阿宝走出一排排房子，毫无眷恋，眼看前方，附近是田埂，几棵杨柳，白天，树下有螳螂，小草，蝴蝶飞过，现在漆黑 标准城乡接合部风物。当初苏联专家选定集体农庄风格不是没道理。阿宝闭眼睛，风送凉爽，树叶与蒿草香气，大蒜炒豆干，焖大肠的气味，工厂的化学气味 耳目鼻一新。等到夜深返回，整幢房子静了，家家开门过夜，点蚊香，熏艾蒿，走廊闷热黑暗。2室是两张双层铁床，月光泻到草席，照出四只脚，四条小腿。自家房门挂了半块门帘，阿宝爸爸已经打地铺，阿宝娘与小阿姨已经入梦。家人距离如此之近，如此拥挤，如此不真实 哀感顽艳，但阿宝对小阿姨，依然心存感激。搬来当日，小阿姨领了阿宝，阿宝娘，到日用品商店买了煤球炉，火钳，脚盆，铅桶，蒲扇，四只矮凳。阿宝娘说，买两只吧。小阿姨说，坐外面吃夜饭，两只凳不够。阿宝娘说，阿妹，我不习惯,不答应的。小阿姨说,外面吃饭,风凉。阿宝娘不响。小阿姨说,要跟邻居一样。阿宝娘说,要我坐到大门外,岔开两条大腿,端一碗粥,我做不出来。小阿姨说,苦头吃得不够,学习不够。阿宝娘说,十三点。小阿姨说,讲起来,以前我也算镇里有铜钿的二小姐,但吃苦比较早,人情世故早。阿宝娘说,结果呢,看错了男人。小阿姨说,是呀是呀,阿姐是享福人,房子好,男人好,现在呢,照样交"墓库"运<u>算命说法里的运势一种,深陷险境,如被困幽闭空间不见天日</u>。阿宝娘不响。小阿姨说,放心,我会帮姐姐出头的。阿宝娘说,房子小,还是早点回乡吧。小阿姨面孔一板说,啥,我跟派出所这个死人,已经离婚了呀,要我回乡,煤球炉,啥人来弄呢,每一户,照例轮流负责七天卫生,马桶间臭得要死,1室山东人,一家门天天吃韭菜大蒜洋葱头,熏得眼睛睁不开,啥人去弄。阿宝娘说,不要讲了。小阿姨说,楼上楼下,一共四只马桶间<u>只是"大便处"之代指</u>,下面通一条水泥槽,盖了四块马桶板,楼下负责打扫两块,每块要拖出来冲,揩,要到太阳里去晒,罗宋瘪三<u>旧上海人这样称呼贫困白俄</u>,苏联人搞的名堂,又臭又重,啥人做呢。阿宝娘说,不要讲了。小阿姨说,楼上几只赤佬,专门到楼下马桶间里大便,真自私,讲起来工人阶级<u>楼上不上上楼下,免冲洗之苦,"上上下下的快乐"</u>。阿宝娘说,嘘。小阿姨说,烂污撒到马桶圈上,底下的水泥槽子里,月经草纸,"米田共",堆成山,竹丝扫帚也推不动,真腻心呀<u>即"恶心"之意,不是"二心"</u>。阿宝娘叹气说,实在不想走,再讲好吧。

礼拜天,大伯来到曹杨新村。思南路大房子扫地出门,一分为三。大伯一家,迁到提篮桥石库门前厢房。孃孃因为皮箱事件,单

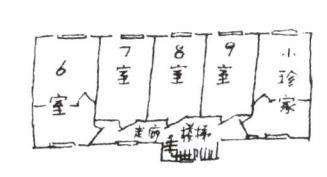

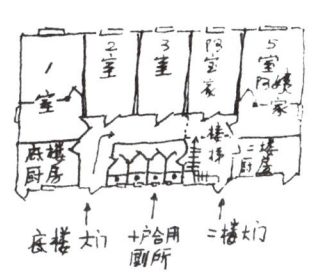

1950年代建造的工人新村，上海称『两万户』，以实际户数而得名，一说是仿自苏联集体农庄式样，由苏联专家参与设计。难怪小阿姨讲，马桶的盖板，又重又臭，是『罗宋瘪三』想的名堂。现基本拆除。

位加大力度，忍痛与老公离了婚，跟了祖父单过，住闸北鸿兴路街面房。小叔一家三口，搬到闸北青云路亭子间。祖父定息取消了，大伯每月只发二十九块三角，等于工厂学徒的满师标准，人口多，艰难。嬢嬢与小叔两家，单位工资一分不减，人少，还过得去。此刻，大伯靠了窗口，吃冷开水。从解放直到"文革"，阿宝父母只逢阴历年，到思南路与大伯见一面，来往不多。阿宝父母不响。○上海旧式楼房楼梯转折处的狭小房间，是对空间利用上的精打细算。房子越高级，亭子间越讲究，甚至有套间式的『双亭子间』。

大伯说，看来看去，此地最好，窗外有野趣，里厢有卫生 学会这样聊天，非一日之功。阿宝娘说，也有难处 竟然信了。大伯说，人比人，是气煞人，弟弟的工钿再减，也有六十八块，弟妹是事业单位，工资八十四块，跟我不能比。阿宝爸爸说，今朝来，有啥事体吧 明显不待见。大伯说，弟弟开口，还是硬邦邦，还不明白，两兄弟，其实是读书不用功，有啥好结果呢。阿宝爸爸不响。大伯压低声音说，如果以前就有觉悟，到十六铺码头当小工，现在我跟弟弟，就是工人无产阶级，为啥缺觉悟呢。阿宝爸爸冷笑。大伯说，我一直做小开，全部老爸做主，我做"马浪荡"，东荡西荡，吃点老酒，看《万有文库》，美国电影，听评弹迷魂调。○源自苏剧，王角马浪荡，人设为『一名频繁改行，无固定职业又不善办事的流浪汉』。约等于今时之『斜杠青年』。阿宝爸爸不响。大伯说，弟弟当初，读书太不专心，听了宣传，参加了组织，吃苦不记苦吧。阿宝爸爸不响。大伯说，如果认真读英文，中国公司先做起来，账做得好，春秋两季"点元宝"。阿宝说，啥。大伯说，也就是盘账，盘点·评弹二十五流派里的软糯徐调（代表作《狸猫换太子》、缠绵祁调，另评弹曲牌『离魂调』，表现人物的昏迷后回魂那种混沌沌的感觉，比如《白蛇·端阳》《情探·行路》《麒麟带·仗义》。盈亏，两兄弟再出洋，英国美国，先做跑街先生，再做"康白度"，也就是洋行买办 在"中式西餐"菜单上，加鱼翅的"金必多"奶油浓汤即是这

拾壹章　215

词,就不会有今朝。阿宝爸爸压低声音说,马上滚出去,出去 句句戳到痛处,上海人说"戳心筋"。大伯说,脾气真古怪,已经全部落难了,发啥火呢 同是下只角沦落人,一样坐垯夹骨认屁,相逢何必戏说从前。阿宝娘说,阿哥难得来一趟,不要讲了。小阿姨说,吃了中饭回去,少讲两句 这才是来意。阿宝娘说,阿哥,衬衫先脱下来,房间里热。大伯说,弟妹,这件衣裳,阿哥脱不下来了,难为情的。阿宝爸爸说,皮带抽过几趟,有伤了。大伯解开纽子说,运动到现在,只吃过一记耳光,还算好,每天写交代,问我黄金放啥地方,自家人面前,我食不兼味,衣不华绮,无所谓了。大伯脱了衬衫,里面一件和尚领旧汗衫,千疮百孔,渔网一样。大家不响 这一脱,瞬间拉近生疏亲情。大伯说,开销实在难,我只能做瘪三,每日吃咸菜,吃<u>发芽豆</u> 蚕豆泡发,最便宜的菜,还要帮邻居倒马桶。大家不响。

　　小阿姨出门,买来两包<u>熟食</u> 上海人叫"熟小菜",台子拉到床跟前,端菜盛饭。五人落座。小菜是叉烧,红肠 这两包是外卖熟菜,葱烤鲫鱼,糖醋小排,炒刀豆,开洋紫菜蛋汤 伙食不错,到底是月入152元的百足之虫。看到一台子小菜,大伯忽然滑瘫到凳下。阿宝拉起大伯。阿宝爸爸说,以前我坐监牢,也少见这副急腔。大伯喘息说,是我馋痨病发作,胃痛了 演的吧。小阿姨说,作孽,讲起来富家子弟,穷相到这种地步,快点吃。阿宝爸爸说,小阿姨,钞票太多对吧,为啥弄了七只八只,不是大客人,瞎起劲。小阿姨说,姐夫难得请兄长吃一顿饭,要面子吧,我不买账的,我是大脚娘姨,劳动人民,我买啥,就吃啥。阿宝娘说,轻点轻点。阿宝爸爸说,小菜弄得多,要吃伤的。大家不响,想不到此刻,大伯据案大嚼,已闷头吃进大半碗饭,叉烧红肠也吃了大半

○前有专门溜到楼下厕所"占便宜"的"讲起来工人阶级",后有见一桌寻常小菜"馋痨病发作"的"讲起来的富家子弟",小阿姨眼界大开,三观尽毁。

碗，仍旧不断拖_{一个"拖"字拖出了鼠相}到饭碗里，像聋聋，天吃星，嘴巴拼命动，恣吞恣嚼，不断下咽。小阿姨说，先吃口汤，慢慢咽，笃定吃，我早晓得，就买一只蹄髈，焖肉也可以，罪过罪过。大家不响，五个人这顿饭，吃得心惊肉跳。饭毕，大伯心定说，想想以前，本埠的上等馆子，我全部吃到家了，中饭夜饭，夜宵，公司菜_{商务套餐}，"新雅"茶点，焗蛤蜊，焗蜗牛_{语无伦次，是先有法式焗蜗牛，蜗牛断货改成蛤蜊}，"老正兴"虾籽大乌参，划水，鲃肺，金银蹄，"大鸿运"醉鸡醉虾，样样味道好，但是吃下去，就统统不作数了，人的肚皮，十分讨厌，吃过就等于白吃_{饭桌上的西西弗斯}，比不过这顿饭。小阿姨说，风水轮流转，叫花子吃死蟹，只只鲜。

・"老正兴"_{始创于1927年，苏锡帮菜馆，1966年歇业，原址由"老正兴"饭店，1996年更名"红云"占用。}

○"虾籽大乌参"_{始创于同治元年的本帮菜馆。"虾籽大乌参"，海参里的低档货，叫"婆参"，加高汤、生晒河虾籽调味煨熟，属本帮"硬菜"。}

阿宝娘正要开腔，只听外面敲门，进来几个居委会女干部。阿宝爸爸立起来。大伯也立起来。居委会女干部看看台面说，好的，小菜蛮多，今朝庆祝啥呢，国民党生日_{日子倒是近了}。阿宝娘说，是我老公的阿哥来了。居委会女干部看工作手册，看看大伯说，叫啥名字。大伯不响。居委会女干部说，资产阶级搬到了提篮桥，还要见面_{果然已登记在册}。大伯点点头。居委会干部说，老远过来，带啥东西来。大伯说，我空手。另一女干部说，拎包也不带。大伯说，是的。居委会女干部说，空手来，偷带几根金条银条，也便当，别到裤腰里，绑到脚膀上，一样坐电车_{秒变绍兴阿婆}。大伯苦笑说，各位干部，不要讲旧秤十六两一根大黄鱼，就是小黄鱼_{一根为一两，约合31克}，黄鱼鲞_{腌制晒干的黄鱼}，黄鱼籽，黄鱼身上金屑粒，金粉金灰尘，全部充公上交了。居委会女干部说，哭穷。大伯说，一句不假。小阿姨说，有啥多问的，饭也吃不太平。

居委会女干部说,喂,不许插嘴。小阿姨说,我现在是正常吃饭,犯啥法。居委会女干部说,外地乡下户口,乡下女人,赖到上海不肯走,为啥_{也在册}。小阿姨跳起来说,来帮我的阿姐姐夫,我不犯皇法,叫派出所来捉呀,我的死腔男人,就是派出所的,张同志李同志,我认得多了,我打电话就来,试试看_{此言亦不虚}。居委会女干部一呆。小阿姨说,太气人了,逼煞人不偿命。另一个女干部说,喂,嘴巴清爽点。小阿姨忽然朝干部面前一横说,我怕啥,我怕抄家吧,抄呀,抄呀,抄抄看呀。阿宝与阿宝娘去拖。此刻,旁边的大伯忽然解开腰带,长裤一落到底。大伯说,请政府随便检查,我啥地方有黄金。几个女干部,看见眼前两根瘦腿,一条发黄的破短裤,立即别转面孔,低头喊说,老流氓,快拉起来。下作。

○古今小说凡落难者,多为英雄豪杰、才子佳人,大伯曹杨新村之前后两脱,活脱脱露出落难小开的一副泼皮相。这一形象于文学虚构、于历史纪实,可并称史无前例。

贰

小毛进了门,端详一番说,到底是革命军人家庭,太平无事_{近期观摩街头形势有心得}。沪生说,我爸讲,必须提高革命警惕_{沪爸若有"居安思危"之意,算是先见之明}。小毛说,这幢大楼,最近跳下去多少人。沪生笑说,最近我爸讲,建国开头几年,也有一个跳楼高潮,当时的上海市长,一早起来吃茶,就问身边的秘书,上海的"空降兵",昨天跳下来多少。小毛笑笑。沪生说,当时天天有人跳,现在的河滨大楼,天天也有人跳,心甘情愿,自绝于人民。小毛摇头。沪生说,这幢大

·新沙逊洋行投资,1935年竣工,上海建筑总面积最大的"亚洲第一公寓",现代派风格,南面临苏州河,1938年曾设"上海犹太难民接待站"。现在是电视剧热门取景地。

楼，目前还算太平，最轰动的，是我中学隔壁，长乐路瑞金路口的天主堂，忽然铲平了。小毛说，我弄堂里，天天斗四类分子，斗甫师太，斗逃亡地主。沪生说，我不禁要问，这种形势下面，阿宝跟蓓蒂，是不是有了麻烦，是不是要表态 言下之意：若划清界限，还是可以一起愉快地玩耍的。小毛说，朋友落难，我想去看一看《彭公案》上脑。沪生不响。两个人走到阳台。小毛说，还记得大妹妹吧。沪生说，记得呀，喜欢跳橡皮筋，大眼睛。小毛压低声音说，前天见到我，大妹妹就哭了，因为，大妹妹的娘，旧社会做过一年半的"拿摩温"，之后，就到其他纱厂做工，最后跟小裁缝结了婚，做家庭妇女，又做普通工人，因此瞒到了现在，运动来了，只要听见附近的锣鼓家生，呛呛呛呛一响，连忙钻到床底下，有一次躲到半夜，等爬出来，大小便一裤子，浑身臭得要死。沪生说，这是活该。小毛说，我对大妹妹讲，不要哭，嘴巴一定要闭紧，就当这个老娘，天生神经病，已经风瘫了，痴呆了，准备天天汏臭裤子，汏臭屁股，也不可以开口。沪生说，大家不禁要问，这样的社会渣滓 四字基本可涵盖上述"坏分子"，为啥不去自首。小毛说，"不禁要问"，大字报口气嘛。沪生笑笑。小毛说，可以自首吧，不可以，隔壁弄堂，烟纸店的小业主，主动去自首，坦白从宽，抗拒从严，结果呢，打得半死，下个月，就押送"白茅岭"劳改了。沪生说，为啥。小毛说，讲起来简单，小业主的邻居，就是邻居嫂嫂，经常独霸水龙

○ 建于1928年，1966年拆除楼顶，先后被某机构和市油画雕塑创作室占用，用于制作超大型雕塑。1993年在巨鹿路重新开堂，2002年迁至重庆南路圣伯多禄堂。

· Number One 的上海话谐音，也有日语发音痕迹，旧上海纱厂车间工头，编号第一，NO.1。因作家沈乃熙首次以夏衍为笔名发表《包身工》（后收入中学语文课本）而广为流传，女童工'小福子'惨遭拿摩温毒打虐待之场景给读者留下深刻印象。作者在1995年去世前自认'我觉得我的作品中只有《包身工》可以留下来'。

△ 在安徽郎溪丘陵地带，皇名"上海市白茅岭监狱"，上海飞地。

拾壹章　219

头难怪有"龙头老大"一说,脾气一直刁,因此小业主跑到曹家渡,请一个道士做法,道士这一行,道行最深,香火叫"熏天",吹笛子叫"摸洞",鱼叫"五面现鳞"。沪生说,根本听不懂。小毛说,小业主一上门,道士心里想,"账官"来了,就是付账的人来了。小业主讲了嫂嫂情况,道士讲,搞这种"流宫",最便当。小业主讲,啥意思。道士讲,这是行话,流宫,意思就是"女人"。道士当场画了九张符箓,细心关照小业主,等邻居嫂嫂晾出三角裤,想办法,贴一张到裤裆里,三天贴一张,三三得九,贴九次,嫂嫂的脾气,就和顺了,浑身会嗲,等于宁波糯米块,重糖年糕,软到黏牙齿,样样可以随便,就是做眉眼,勾勾搭搭,搞腐化,样样答应 正是多年后康太那样的"糯米团子",糯、软、甜。沪生摇摇头。小毛说,九张符箓贴了,嫂嫂一声不响。有一日,嫂嫂到烟纸店买拷扁橄榄 福建特产,新鲜橄榄加盐、糖、甘草腌渍烘干制成。小业主讲,过来。嫂嫂讲,做啥。小业主讲,来呀。嫂嫂讲,啥意思。小业主霎一霎眼睛讲,到后间床上去,进去呀。嫂嫂讲,为啥。小业主讲,不为啥。嫂嫂讲,十三。小业主讲,身上有变化了。嫂嫂说,啥。小业主说,身体发软了。嫂嫂讲,啥。小业主讲,下面痒了吧。嫂嫂一吓。小业主讲,去后间,听见了吧。嫂嫂讲,下作坯。小业主讲,骚皮。嫂嫂讲,再讲一句。小业主不响。嫂嫂就走了。运动来了,曹家渡道士捉起来了,小业主吓了两夜,第三天到居委会自首,龌龊事体兜出来,嫂嫂的老公,三代拉黄包车。沪生说,黄包车有三代吧 这个的确"不禁要问"。小毛说,加上三轮车,反正,男人太强横,上来对准嫂嫂,辣辣两记耳光,冲到烟

○旧上海道士,如餐馆,分为本帮,苏锡帮,常熟帮,南通帮,四名帮,兴帮以及吴语区以外的广绍帮等,但大都传自江西龙虎山天师道一脉。势力最大的"本帮道士",又分成东帮、城帮和西帮,互不插足,地盘逐渐向市区扩展。曹家渡三官堂,1920年由西帮道士倪文藻住持,

纸店，柜台上面一排糖瓶，全部敲光，捆得小业主手臂骨裂，写认罪书，开批斗会，弄堂里看白戏的人，潮潮翻翻。沪生说，小业主绝对是"现行流氓犯"，罪名秒定，律师天赋大大地有，人们不禁要问，大妹妹的娘，为啥不揪出来，旧社会专门欺压工人阶级的女工头。小毛说，这不对了，照我娘讲起来，"拿摩温"，就是纱厂女工的远房亲眷，热心人，介绍同乡小姊妹，来上海上班，也时常教唆工人发动罢工，等于现在车间小组长，三八红旗手，劳动模范。沪生说，太反动了，不对了。小毛说，能说会道，手脚勤快，技术最过硬。沪生说，《星星之火》上海天马电影制片厂1959年出品，根据同名话剧改编 电影看过吧，"拿摩温"，东洋赤佬的帮凶，工人阶级太苦了。小毛说，电影是电影，解放前，工人其实还可以，我娘做棉细纱车间，工钿不少，每个月，定规到"老宝凤"，买一只金戒指。沪生说，啊。小毛说，解放前，猜我娘买了多少金戒指，一手绢包，至少四五十只，大自鸣钟"老宝凤"银楼，专做沪西纱厂女工的生意，自产自销，韭菜戒，方戒，金鸡心，店里三个金师傅忙不过来，过年过节，光是戒指里贴梅红纸头，根本来不及，夜夜加班。沪生说，停停停，太反动了，小毛要当心，不许再瞎讲了。小毛说，我爸爸，英商电车公司 上海市内第一代公共交通公司之一 卖票员，工钿也不少，上车卖票，每天要揩油，到"大世界"去混，去寻女人，每个月弄光，赌光，到结婚这天，我娘讲，耶稣眼里，人人欠一笔债，生来就欠，做人要还债，要赎罪，每天要祷告，我爸爸从此冷静下来，慢慢学好了。沪生说，乱讲了，宗教是毒药。小毛说，是呀是呀，所以我娘转过来,拜了领袖,比方我学拳,我娘讲,如果受人欺负,小毛不许还手,心里不许恨,领袖讲的,有人逼小毛走一里路,小毛就陪两里半。沪生说,还是像耶稣教"有人强逼你走一里路,你就同他走二里"。马太福音5:41。小毛说,我爸爸变好,完全因为信了宗教。沪生说,当心,这种瞎话,帮旧社会歌功颂德,走到外面去,牙关要咬紧,不许乱喷了。小毛说,这我懂的,人到外面,就要讲假话,做人的规矩,就是这副样子,就当我《参考消息》。沪生说,下次来,还是先写信,或者打传呼电话,万一我出去呢。小毛说,如果白跑一趟,我可以去看姝华姐姐。

○内部发行的四开四版报纸,1957年创刊,一度只限中层干部以上订阅。刊登外电为主。

一小时后,两个人离开拉德公寓,走进南昌公寓,见姝华靠近电梯口拆信。姝华看看两人说,阿宝来信了。三个人凑过去看,信文是,姝华你好,看到这封信,我已搬到普陀区曹杨新村,房屋分配单送到了,卡车明早就开。你如果方便,经常去看看楼下蓓蒂,情况不大好。你以前常讲陈白露的话,现在我已经感觉到了,我觉得,天亮起来了,我也想睡了。祝顺利。阿宝。大家不响。小毛说,最后几句,这是要自杀了。沪生说,我不禁要问,这种形势下面,阿宝的态度呢,彻底划清界限,还是同流合污。姝华说,沪生,大字报句子,少讲讲。三人出公寓,走到思南路上。阿宝祖父的大房子,红旗懒洋洋,门窗大开,里面碌乱,拆地板的拆地板,掘壁洞的掘壁洞。姝华说,工人阶级抄家,最看重红木家具,金银细软,踏进房间来抄,就算碧落黄泉,也要搜挖到底。沪生说,学生抄家呢。姝华说,高中生,大学生走

*陈白露,话剧《日出》女主,人设为交际花,悲剧人物,名言:"太阳升起来了,黑暗留在后面。但太阳不是我们的,我们要睡了。"以自杀收场。

进门,带了放大镜,注意文字,年代,人名,图章,图画,落款,一页页仔细翻书,看摘引内容,划线,天地部分留字,书里夹的纸条,所有钢笔,铅笔记号,尤其会研究旧信,有啥疑点,暗语,这是重点,中文外文旧报,旧杂志,一共多少数量,缺第几期,剪过啥文章,全部有名堂,最有兴趣,是研究日记簿,照相簿,每张照片抽出来,看背后写了啥,只要是文字,记号,照片,看得相当仔细。小毛说,学生抄家,一般就是偷书,弄回去看,互相传,工人抄家,是揩油,弄一点是一点,缺一只皮箱,少一只皮包,小意思。沪生不响。小毛说,厂里办抄家展览会,看不见一本书,账簿多,资本家变天账。姝华说,摆满金银财宝,雕花宁式床,东阳花板床,四屏风,鸦片榻,面汤台,绫罗绸缎,旗袍马褂,灰鼠皮袍子。小毛说,工人喜欢珍珠宝贝,大小黄鱼,银碗银筷,看得眼花落花 琳琅满目之意,骂声不断,表面喊口号,心里发闷。沪生说,乱讲了,这是阶级教育场面。姝华说,工人,等于农民,到城里来上班,想不到错过了农村"土改",分不到地主富农的一分一厘,享受中式眠床,红木八仙台,更不可能了,听老乡渲染当年场面,憋了一口气,现在,好不容易又碰到抄家,排队看了展览会,不少人心里就怨,问题不断,已经彻底清算了资产阶级,为啥不立即分配革命成果呢,乡下城里,过去现在,政策为啥不一样,不公平。沪生说,只会强调阴暗面。姝华说,农业习惯,就是挖,祖祖辈辈挖芦根,挖荸荠,挖芋艿,山药,胡萝卜白萝卜,样样要挖,因此到房间里继续挖,资产阶级先滚蛋,扫地出了门,房子就像一块田,仔细再挖,非要挖出好收成,挖到底为止,我爸爸是区工会干部,这一套全懂。沪生说,不相信。姝华说,不

○ 统称"千工床"或"拔步床",雕龙刻凤,朱漆贴金,飘檐花罩,豪华者设有多进,灯柜、梳妆台、文具箱、马桶一应俱全,堪称"屋中之屋,房中之房"。

拾壹章 223

关阶级成分，人的贪心，是一样的。小毛说，宋朝明朝，也是一样。姝华说，上海刚解放，工会里的积极分子，就向上面汇报，打小报告，工人创造了财富，自家差不多也分光了，农民伯伯走进工人俱乐部，一看，脚底下地毯，比农家的被头还软，太适意了，中沪制铁厂，工人拒绝开会学习，食堂里，肉饼子随地倒，每月每人发水果费，一天吃四五瓶啤酒，穿衣裳，起码华达呢，卡其布，每个工人有西装，不少人吃喝嫖赌，九个工人有小老婆，十几个工人有花柳病沪生没当场将姝华扭送公安机关，算是相当客气了。小毛说，啥。姝华说，厂里每月，要用多少医药费。沪生说，极个别现象，强调领导阶级阴暗面，有啥用意呢。小毛说，我爸爸讲，抄家相等于过春节，厂里人人想参加，矛盾不少，我师父厂里，也办展览会，雕花床，真丝被头，绣花枕头，羊毛毯，比南京路"床上用品公司"，弹眼抢眼多了，结果，出了大问题。姝华说，不稀奇的，大概有人偷皮箱，偷枕头。小毛说，是偷女人。姝华面孔一红。小毛说，半夜里，值班男工听到床里有声音，绣花帐子，又深又暗，男工钻进去看，窗口爬进一个夜班女工，睏进丝绵被头讲梦话，磨牙齿，结果三问两问，男工就压迫女工了。姝华摇手说，小毛，不要讲了。沪生说，后来呢。小毛说，后来。姝华说，小毛。沪生说，工人的败类。小毛说，第二天一早，工人领袖带了群众队伍，进来参观，排队走到床前头，讲解员拿了一根讲解棒，朝绣花被头一指，刚要讲解，女工睏醒了，翻过身来，睁开眼睛讲，做啥。工人领袖一吓讲，啊。女工说，做啥。工人领袖说，死女人，快爬起来。女工不响。工人领袖仔细一看说，啊，四车间落纱

○彼时主流话语，每涉剥削阶级男性针对被剥削阶级女性种种行为，一概用"压迫""剥削"等概念化大词，如《白毛女》地主黄世仁"侮辱"踢了贫下中农喜儿，这些语焉不详的实际意义，沪生、小毛只能靠自己在黑暗中摸索了。

工 纺纱工序，将纱线绕于筒管上定型、去除杂质。细活"小皮球"嘛，不要命了，"捐纱" 纱厂工序 生活，啥人顶班。女工说，我腰肌劳损，不做了。工人领袖说，快起来，不要面孔的东西。女工不响。工人领袖说，听见吧。女工说，我不起来，我享受。工人领袖说，简直昏头了，这是啥地方。女工说，高级眠床呀。工人领袖说，展览会懂不懂。女工说，展览为啥呢，现在我的体会，太深了，我住"滚地龙"，睏木板床，背后一直硬邦邦，这一夜不睏，有体会吧 工人里的落后分子，难怪住不进"两万户"。工人领袖说，起来起来，大腿也看到了。女工脚一动，一拉，等于让大家参观抄家物资，穿了一条白湖绸宽边绣花睏裤。女工说，资本家小老婆可以穿，可以睏，我为啥不可以，阶级立场有吧。姝华不耐烦说，好了好了，结束，不要讲了，完全嚼舌头了 不管哪一种时世，小毛和沪生、阿宝似乎总是生活在两个世界里——欢迎新移民阿宝。小毛笑笑，沪生不响。三个人转到皋兰路，蓓蒂的房门关紧。姝华招呼几声，蓓蒂，蓓蒂。无人答应。走上二楼，看见阿宝房里一片狼藉，果然已经搬走了。几个工人撬地板。姝华说，家具留了不少，曹杨新村，一定是小房间。工人说，进来做啥。三个人不响。沪生说，乱挖点啥。工人说，关侬屁事。沪生说，我是红永斗司令部的。工人打量说，为啥不戴袖章。小毛说，调换袖章，经常性的动作，司令部新印阔幅袖章，夜里就发 看来小毛更熟悉业务。工人说，走开好吧。沪生说，我有任务。工人说，此地已经接管了。小毛说，老卵 即北方话"牛逼"。工人说，小赤佬，嘴巴清爽点。小毛上去理论，沪生拉了小毛下楼。姝华叹息说，真不欢喜跟男小囡出门，吵啥呢。三人坐到小花园鱼池边，水里不见一条金鱼，有一只破凳子，一只痰盂。姝华说，善良愿望，经常直通地狱 1944年哈耶克忠告欧洲知识分子："地狱的道路是由善良的愿望铺成的"。沪

拾壹章　225

生不响。姝华说,庸僧谈禅,窗下狗斗。沪生说,啥。姝华说,我现在,只想钻进阁楼里,关紧门窗去做梦。小毛说,阁楼关了窗,太阳一晒,要闷昏的。姝华说,听不懂就算了 女文青心里,此人此时估计已被打入"花折辱"第三十三了。沪生看看周围说,少讲为妙,走吧。小毛立起来说,现在,参加"大串联"的人不少,我想去散心。

○见袁宏道《瓶史》:"僧谈禅"、"窗下斗狗"、"俗子闹入"、"丑女折戴"、"强作怜爱"、"破书狼藉"及"应酬诗债未了"、"韵府"押字"等"摧花"恶行并列"花折辱"二十三条。

叁

停课闹革命,沪生的父母,热衷于空军院校师生造反,一去北京,几个礼拜不回来。姝华父母,"靠边站",早出夜归。沪生不参加任何组织,是"逍遥派"。刚崭露头角就做了逃兵,宋老师当年在思南路上的谆谆教诲算是白费,有时跟了姝华,出门乱走。瑞金路长乐路转角,原有一所天主堂,名君王堂,拆平的当天,姝华与沪生在场观看。某一日,两人再次经过,这个十字路口空地,忽然搭起一座四层楼高的大棚,据说,是油画雕塑室的工棚。两人走进满地狼藉的长乐中学,爬上四楼房顶,朝隔壁这座大棚张望,工棚里相当整洁,竖了一座八九米高的领袖造像,通体雪白,工作人员爬上毛竹架子,忙忙碌碌,像火箭发射场的情景。沪生说,五月份,清华大学造了领袖像,上海各大学全部响应。姝华不响。沪生说,《东方红报》看了吧。姝华说,啥。沪生说,复旦独创"三数"标准,"五·一六通知",石像基础就高5米16,"七·一"党生日,石像就高7米1,两数加起来,正好领袖生日,12月

○此情景应是在1966年10月28日上映的新闻片《热烈欢呼我国发射导弹核武器试验成功》里看到;新闻片《我国第一颗人造地球卫星上天》里再次目睹。

历史城市初稿，画笔替代伟大的相机镜头，记录这个街角四十年戏剧性变迁。

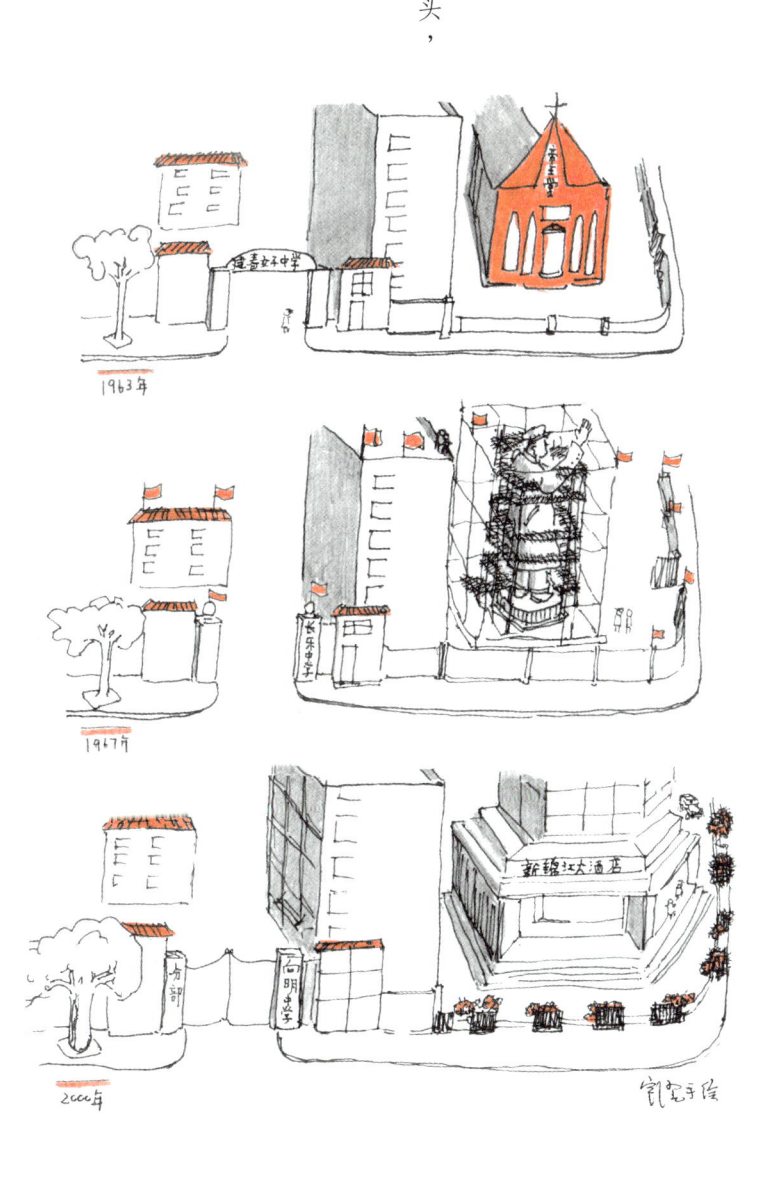

26，太赞了。姝华说，也有人讲过，伟大，不等于巨大，巨大，未必伟大。沪生说，反动透顶。姝华说，我看报了，同济造像，晚霞色花岗岩，复旦造像，也全部自家做，蔡祖泉领头，根本不懂雕塑，老师，学生，赶到青浦淀山湖，掘上等粘土。沪生看工棚说，这个专业油雕室，究竟是帮大学，还是小学做呢。姝华说，也许，是帮外地做吧，数量肯定不少。沪生不响。姝华说，我记得君王堂，有两排圣徒彩塑，身披厚缎绣袍，可惜。沪生说，拆平天主堂，等于是"红灯照""义和团"天津女团，造型为全身红，并且手提红灯笼，义和团造反，我拍手拥护。姝华冷淡说，敲光了两排，再做一尊。沪生一吓说，啥。姝华不响。沪生轻声说，姝华，这是两桩事体，对不对。姝华不响。沪生说，即使有想法，也不可以出口的。姝华说，我讲啥了。沪生不响。两个人闷声下楼，蹀出校门。姝华说，此地，我不会再来了。沪生说，不开心了。姝华不响。长乐中学大门，路对面是向明中学校门，中间为瑞金路。沪生想开口，一部41路公共汽车开过来，路边一个中年男人，忽然扑向车头，只听啪的一声脆响，车子急停，血溅五步，周围立刻看客鲤集，人声鼎沸。沪生听大家纷纷议论，寻死的男人，究竟是向明老师，还是长乐老师，基本也听不清。姝华目不斜视，拉了沪生朝南走。两人刚走几步，沪生忽然说，这是啥。姝华停下来。沪生发现，路边阴沟盖上，漏空铁栅之间，有一颗滚圆红湿小球，仔细再看，一只孤零零的人眼睛，黑白相间，一颗眼球，连了紫血筋络，白浆，滴滴血水。姝华跌冲几步，蹲到梧桐树下干呕。沪生也是一惊，过去搀起姝华。姝华微微发抖，勉强起身，慢慢走到淮海路口，靠了墙，安定几分钟。

○复旦大学电光源研究所所长、光电源专家，曾被誉为"中国的爱迪生""中国照明之父"。

○从芥川龙之介、川端康成到东野圭吾，从大正、昭和到平成，历代日本作家在"临终之眼"（末期の目）上孜孜不倦的文学追求，全部到此下马。

拾壹章 229

两人垂头丧气,朝东漫走,最后转到思南路。这一带树大,相对人少〔是绝对〕,梧桐叶落,沿路无数洋房,包括阿宝祖父的房子,已看不到红旗飘飘,听不到锣鼓响声,沸腾阶段已经过去〔"红八月"已过〕,路旁某一幢洋房,估计搬进了五六户陌生人,每个窗口撑出晾衣竹竿。两人坐到路边,一声不响。姝华说,人与人的区别,大于人与猿的区别,对吧。沪生不响。姝华说,罗兰夫人临死前讲,自由,有多少罪恶,假尔之名实现。沪生说,我不禁要问了,姝华一直喜欢背书,背这种内容,有意思吧。姝华说,秋天到了,人就像树叶一样,飘走了〔小资情调大发作,可惜对牛弹琴〕。沪生说,春夏秋冬,要讲林荫路,此地是好,上海有一棵法国梧桐,远东最大悬铃木,晓得吧。姝华不响。沪生说,中山公园西面,又粗又高,讲起来法国梧桐,又是意大利品种。姝华不响。沪生说,租界时期,这条路叫马思南路,为啥呢。姝华说,听说是纪念儒勒·马思南,法国作曲家。沪生说,我只晓得儒勒·凡尔纳,《海底两万里》。姝华说,马思南的曲子,悲伤当娱乐,全部是绝望。沪生说,姝华不可以绝望。姝华说,此地真是特别,前面的皋兰路〔原名Rue Corneille〕,租界名字,高乃依路,高这个人〔高乃依原来姓高〕,一生懂平衡,写喜剧悲剧,数量一样,就像现在,一半人开心,一半人吃苦,再前面,香山路,旧名莫里哀路〔原名莫利爱路,Rue Moliere〕,与高乃依路紧邻,当年莫里哀与高乃依,真

〔○ 1934年公共租界工部局年报:"国内北部种有中国最大之悬铃木标本一株。"此园原为兆丰洋行主人英商霍格私家花园。1944年为纪念孙中山更名『兆丰公园』。树来自意大利,约于1866年间植入。如今树高22米,胸围470厘米,冠幅直径30米,树龄超过150年。〕

〔• 流传甚广的是《冥想曲》,又名《沉思曲》Meditation,系1894年歌剧《泰伊思》第二幕第一场与第二场之间的间奏曲,剧情为公元四世纪的埃及宗教故事,亚历山大城名妓泰伊思受修道士感化而从良、皈依。〕

〔△ 莫里哀:『我的朋友高乃依,拥有与生俱来的灵感,帮助他写成世界上最美丽的诗句。有时这份灵感离开了他,他就变成了原来的自己。』〕

也是朋友，但莫里哀只写喜剧，轻佻欢畅，想想也对，一百年后，法国皇帝上断头台，人人开心欢畅，就像此地不远，文化广场，人山人海，开会宣判，五花大绑，标准喜剧。沪生说，又讲了，又讲了。姝华不响。沪生说，路名就要大方，北京路，南京路，山东路，山西路。姝华说，前阶段吵得要死，每条马路要改名，"红卫路"，"反帝路"，"文革路"，"要武路"，好听。沪生笑笑。姝华说，法国阵亡军人，此地路名廿多条，格罗西，纹林，霞飞，蒲石，西爱咸思，福履理，白仲赛等等，也只有此地三条，有点意思。沪生说，不如小毛抄词牌。姝华说，啥。沪生说，清平乐，蝶戀花。姝华不响。沪生低声说，小毛认得姝华之后，暗地抄了不少相思词牌，浮词浪语，比如，倦尋芳，戀繡衾，琴調相思引，雙雙燕 以上词牌，《全宋词》收入不多。小毛别有用心。姝华面孔一红，起身说，我回去了。沪生说，好好好，我不讲了，不讲了。姝华跟了沪生，闷头朝前走。

两个人转进了皋兰路，也就一吓。阿宝家门口，停了一部卡车。沪生说，会不会，阿宝又搬回来了。姝华说，是蓓蒂要搬场

○ 文化广场自带"标准喜剧"基因，也与其前身1928年兴建的"逸园跑狗场"有关。彼时上海赌客将"canidrome"谐音读为"看你穷"。设旅馆、餐饮、舞厅、标准族球场和露天电影院等，类似今之澳门。1952年更名"文化广场"，满足了万人规模之刚需，成为上海市中心规模最大的集会场所。1969年12月19日突遭特大"天火烧"，救火者伤逾200，13人殒下音乐剧剧场。

・租界部分中国路名，为汪伪政府在1943年更改，包括把"莫里哀路"改名香山路。沪生若是知道，断然不敢这样举例。

△ 南京路曾改名为"反帝大街"；淮海路为"五卅大街"；肇嘉浜路为"反修大街"；静安路为"忆苦思甜路"；徐汇区为"延安区"；长宁区为"群红区"；普陀区为"红旗区"；卢湾区为"红卫区"；长征区为"前卫区"；战斗区为"工人区"，等等。

了。两人走近去看明白,是外人准备迁来,一卡车的男女老少,加上行李铺盖。司机正与一个干部交涉,阿婆与蓓蒂,立于壁角,一声不响。干部说,居民搬场,要凭房屋调配单,我只认公章。司机一把拉紧干部衣领说,啥房管局,啥公章,现在是啥市面 指形势,懂了吧。干部说,不懂。司机说,最高指示,就是抢房子。干部说,胆子不小,毛主席讲过吧。男人说,现在就打电话去问呀,外区,全部开始抢了,新旧房子,全部抢光。此刻,一个工作人员跑过来,压低声音对干部讲,真的抢了,沪西公交三场附近,一排新造六层楼公房,五六个门牌,全部敲开房门,抢光,底楼八九家空铺面,也坐满人了。干部强作镇静说,此地是市中心,不是外区,不可以论政策水平,还是市中心干部高。卡车上的女人说,阿三,拳头上去呀,有啥屁多啰嗦的。房管干部跳起来说,无法无天了,啥人敢动,我不吃素的,试试看,我马上调两卡车人马过来,我也是造反队,我可以造反。干部讲完,即与同事密语,随后说,立刻派人来,快一点。同事转身就跑。干部拖来一只靠背椅,坐到卡车前面模子。司机与家属见状,忽然不响了。大门旁的阿婆,面有菜色,蓓蒂头发蓬乱,一声不响,几次想奔到姝华身边来,阿婆拖紧不放。时间分分秒秒过去,司机转来转去,与车厢下来的几个男人聚拢,低声商议。沪生觉得,随时随地,卡车的厢板,忽然一落,这批男女直接朝房子里冲。但是,卡车发动了。干部起身,拖开椅子。司机跳上车踏板说,娘的起来,下趟再算账,房子有的是。司机拉开车门,钻进去,车子一动,车厢里的痰盂面盆,铁镬子铅桶一阵乱响。一个女人朝下骂道,瘟生,臭瘪三,多管闲事多吃屁无产阶级的审慎魅力。卡车出了马路,绝尘而去。

沪生松一口气,上去招呼阿婆,蓓蒂。姝华说,还好还好。干部说，好啥，做好思想准备，现在抢房子最多了。沪生看看蓓蒂，阿婆说，苦头吃足。姝华说，蓓蒂好吧。阿婆说，蓓蒂自家讲。蓓蒂不响。四个人走进房间，满地垃圾。阿婆说，我带了蓓蒂，参加"大串联"，刚刚回来。沪生笑说，小学生，跟一个小脚老太去串联。蓓蒂说，来回坐火车，不买票。阿婆说，我等于逃难。蓓蒂说，我到哪里，阿婆跟到哪里，讨厌吧。阿婆说，我要为东家负责，有个叫马头的赤佬，一直想搭讪蓓蒂，我心里气，这天呢，马头跟几个中学生，想拐带蓓蒂去北京，蓓蒂是小朋友，我根本不答应，蓓蒂就吵，奔进北火车站，我一路跟，北火车站人山人海，人人像逃难，蓓蒂哪里寻得到马头。蓓蒂说，人太多了，阿婆还想拉我，人就像潮水一样推上来了，火车开了门，后面一推，我跟阿婆跌进车厢，刚坐稳，人就满了。阿婆说，人轧人，蓓蒂想小便，寻不到地方。蓓蒂白了阿婆一眼。阿婆说，等到半夜里，火车开了，第二天开到南京浦口，我想到外婆，眼泪就落下来，大家等火车开进长江摆渡轮船<u>当时火车过长江要摆渡</u>，一次几节车厢，慢慢排队，看样子，过长江要等半天，我肚皮太饿了，拖了蓓蒂下来，搭车进了南京城，蓓蒂跟我一路穷吵，想去"红卫兵接待站"，以为碰得到马头，据马头讲，进了接待站，就可以免费吃饭。两个人走到半路，我看到一扇大门，上面写，本区支持大串联办公室，不少人进进出出，我拖了蓓蒂进去，十多个小青年，戴了红卫兵袖章，围拢一个写条子的干部，一个小青年讲，接待站吃不到饭，我饿了一天了。另一个讲，我饿了两天了。干部讲，不要吵，一个一个讲，住南京啥地方，哪里一个街道接待的。

○大串联，即各地学生到京"交流经验"，"也支持北京学生到各地串联"。1966年9月在全国兴起，全程享受免车票免粮票待遇。

•学者金大陆：" ……几十万人乘车不要钱、吃饭不要钱，属于社会非正常行动，而非常行动在因果上不可能持久。因此，周游大地、探亲访友也就不足为怪。"

拾壹章 233

小青年讲了街道地方，干部两眼朝天，想了一想，落手写几个字讲，好，凭这张白条子，到接待站西面，数第三家店，49号，小巷子隔壁，有一家"奋斗"饮食店，凭我条子，领六只黄桥烧饼，两碗面，以后问题，接待站逐步会解决。小青年欢天喜地，拿了条子轧出来。我一看急了，拖了蓓蒂，就朝里钻，朝里轧，同志，同志呀，干部同志呀，此地还有饿肚皮的红卫兵，一老一小，上海来的，要领烧饼，领两碗面，我可以节省一点，菜汤面，素浇面就可以了，帮我写，帮我写条子呀，批一张条子呀。想不到，周围小青年，是一批坏学生，立刻骂我，死老太婆，老神经病，年纪这样大，好意思骗吃骗喝，马上轰我出来，蓓蒂当场就哭了，两个人出来，路上乱走，幸亏蓓蒂捏有四斤全国粮票，买了一对黄桥烧饼，我让蓓蒂吃糖藕粥南京人叫"糖芋苗"，两人分一碗鱼汤小刀面，唉，看见南京城，我落了眼泪，准备去天王府里拜一拜，蓓蒂胆子不小，还想去北京，去寻马头。我讲，敢。眼睛不识宝，灵芝当蓬蒿，南京天王府，哪里比北京差呢，以前此地，名叫太阳城，天安门有多少黄金，我不明白，南京天王府里，现成的金龙城，一样是金天金地金世界此时估计还没有阿宝祖父家里抄出来的多。沪生说，广西打到南京，禁止人民姓王，书上有王，就加反犬旁，一路抢杀，金子堆成山三观忽又不正了。阿婆说，结果又听讲，天王府，早已经烧光了，造了一间总统府，啊呀呀呀，作孽呀，我头昏了，真是乱世了，以前南京太阳城，就有天朝门呀，

○江苏省著名的"红色点心"，1940年10月陈毅指挥韩德勤3万敌军，粉碎了"黄桥决战"中，"黄桥镇群众冒着敌人的炮火把烧饼送到前线阵地，谱写了一曲军爱民、民拥军的壮丽凯歌"。

•苏北里下河著名面食，所谓小刀，相对于木杠压制、工艺粗犷、面皮粗阔的"大刀面"而言，手工擀制，骨硬皮薄，韧而劲道。以鲜活鲫鱼汤加虾籽、蒜花、白胡椒粉做成。

△在两江总督府基础上兴建的天王府，1853年11月施工期间遭一次天火烧，1864年7月被曾国荃放火毁了大部。

234 繁花〔批注本〕

高十几丈,城墙高三丈,金龙城里,黄金做的圣天门,黄金宝殿,看见了洪大天王爷爷金龙宝座,我一定要磕头的。蓓蒂说,好哎,不要讲了。姝华说,这是真的。阿婆说,大天王爷爷宝殿旁边,蹲有黄金大龙,黄金大老虎,黄金狮,黄金狗。蓓蒂说,金迷"纸醉"。阿婆说,喜欢黄金,天经地义,虽有神仙,不如少年,虽有珠玉,不如黄金。蓓蒂捂紧耳朵说,好了,不要讲了。阿婆说,接待站,不发一钱一厘金子银子,一只铜板,一只羌饼也拿不到,还要赶我出门,真是恨呀,如果我身上有黄金,就算是逃难,也不慌了。沪生说,拿出金银去买饭,肯定吃官司。姝华说,阿婆,不要再讲了,遇到陌生人,千千万万,不可以再讲磕头,不可以再讲南京北京黄金,圣天门,天安门,要出事体的。阿婆说,我还有几年活头呢,是担心蓓蒂呀。大家不响。阿婆说,马头讲过,可以保牢蓓蒂的钢琴,这是瞎话。蓓蒂说,我答应马头,钢琴可以寄放到杨树浦,工人阶级高郎桥。阿婆死也不肯,怪吧。姝华说,这是做梦,现在太乱了,随便几个人,就可以来搬来夺。阿婆不响。姝华叹息说,这副样子,确实是悲伤当娱乐,一半喜剧,一半悲剧。沪生不响。

马克思《路易·波拿巴的雾月十八》:"黑格尔说过,一切伟大的世界历史事变和人物,可以说都出现两次。他忘记补充一点,第一次是作为悲剧出现,第二次是作为喜剧出现。"○用阿宝外公和小毛娘的话来说,等于是"做人,多少尴尬"。

姝华属于"纸醉"。

○典出《汉书·西域传》:"虽有珠玉,不如金钱。"南朝任昉《述异记》卷下:"《汉世古谚》:'虽有神药,不如少年;虽有珠玉,不如金钱。'"清代林伯桐《古谚笺》卷三:"'虽有神药,不如少年;虽有珠玉美,不如金钱。'人言珠玉美,见寒者未能即衣之,见饥者未能即食之。以金钱适市,即可解衣推食矣。"

• 上海著名面食,"羌"字或是历史上回族聚居南京一路传人,分"硬""油"两种。无油,坚韧,耐饥,适合道途便携。

拾壹章 235

十二章

一

陶陶回来,见芳妹独自落眼泪。陶陶说,又不开心了 经常不开心。芳妹说,潘静来过了。陶陶一吓,外表冷静说,为啥。芳妹说,要我让位,要我离婚。陶陶说,乱话三千。芳妹说,潘静明讲了,跟陶陶,目前已经无法分开了,男女感情最重要,性关系,以后弥补也算"先结婚后恋爱"。陶陶说,怪吧,有这种女人吧。芳妹说,我当时笑笑讲,骚女人,吃错药了,我老公陶陶,最讲究性关系,讲得难听点,潘静横"横"字用得够横到床上,是静还是骚,是哭还是叫,有啥奇才异能,有啥真功夫,陶陶根本不了解,就可以谈离婚结婚了,笑煞人了陶陶虽躺枪被摆上台,但这番话也难以反驳。潘静讲,这是私人事体,不跟外人讨论。我对潘静笑笑讲,骚皮,一厢情愿。潘静讲,两厢情愿这就抬杠了。我讲,人心隔肚皮,讲到感情,我根本不管账,我有本事管紧老公,不到外面去偷去搞,现在社会,还有啥狗屁的感情可以谈,感情可以当饭吃吧,啥男女感情,阶级感情,全部不作数,只看实际行动"人必须生活着,爱才有所附丽"——鲁迅的确讲过的。潘静笑笑不响。我讲,有本事,现在就跟陶陶搞呀,搞一趟两趟,讲起来是头脑发烫,一时糊涂,立场不坚定,潘静跟陶陶,能够搞到十趟朝上,搞过十几趟,搞出十几趟汗，搞脱一百根毛，有资格跟我谈其他 芳妹驭夫，搞数字化管理。陶陶说，为啥一讲，就要讲搞，讲这种下作闲话。芳妹说，女人跟女人，有啥客气的，男女不搞事体，做相公对吧 指男色，或麻将缺牌，流局。陶陶不响。芳妹说，姓潘的，是比我有文化，比我多一块肉，多一只胸部。陶陶说，不要烦了，人家，是碰到了天火烧，吃了一点惊吓，喜欢谈谈感情，一看就是老实女人。芳妹说，哼，老实女人是重磅炸弹，炸起来房顶穿洞 这一节若按"书接前回"来读，潘静此举给这对夫妻造成的震惊，不亚于当年上门抄家。陶陶说，老婆，要耐心讲嘛，吵起来难听的。芳妹说，我一直是笑眯眯，潘静也笑眯眯，我是等潘静离开，一个人想想，心里难过，大师讲得不错，桃花旺，桃花朵朵红，我哪能办 大师可有提供"桃花剑"一类专破烂桃花之法器？陶陶说，钟骗子的屁话，就是摇小蒲扇，专门挑拨离间，一句不要听。芳妹说，讲得准，我为啥不听。陶陶说，好了，一切是我不对，可以吧。芳妹说，我现在开始，要做规矩了，事关潘静骚女人，样样式，陶陶必须汇报。陶陶说，晓得。芳妹说，我想想心里就恨，男人多少讨厌，真想买一把锁，据说日本有卖，专锁男人，早上锁，夜里开 刚还了潘静钥匙，又被芳妹加一把锁。开开关关，陶陶很忙。陶陶说，有卖这种锁，就有万能钥匙卖，再讲了，男人锁出了器官毛病，吃亏的总归是老婆。听了这句，芳妹破涕为笑，拍陶陶一记说，死腔 换了潘静讲北方话，就是"德性！"。到了第二天，潘静来电话，再次向陶陶道歉。陶陶讲北方话说，不必重复了，我理解。潘静讲北方话说，你总该说句安慰的话儿吧。陶陶说，我也要安慰呀。潘静柔声说，我可以安慰呀。陶陶说，我现在不愿听，真的，我很抱歉。潘静不响。陶陶缓和语气，讲讲天气冷热。潘静觉得无趣，应声几句，挂了电话。听到话筒里嗡嗡嗡的声音，陶陶晓得，总算过了一关，心里辛苦，叫了几声耶稣 <u>按命理，陶陶八字，日时上带了两个以上桃花，命犯咸池，主煞。叫耶稣也不灵。</u>

二

　　礼拜五，陶陶报告，夜里有饭局。芳妹说，酒记得少吃，早点回来。陶陶答应 <u>于现实于小说，以上统统都是废话，包括本条批文。</u>饭局是沪生通知，陶陶以前的朋友玲子请客。当年陶陶介绍沪生做律师，帮玲子离了婚，因此相熟。玲子到日本多年 <u>当年涌向日本的那几拨上海人，都说自己去留学，</u>最近回上海，于市中心的进贤路，盘了一家小饭店，名叫"夜东京"。此刻的上海，一开间门面，里厢挖低，内部有阁楼的小饭店，已经不多。店堂照例吊一只电视，摆六七只小台子，每台做三四人生意。客人多，台板翻开坐六人，客人再多，推出圆台面，螺蛳壳里做道场。这天夜里，"夜东京"摆大圆台，来人有阿宝，苏州范总，俞小姐，经历"沧浪亭"的人物，沪生记忆深刻。加上范总的司机，玲子，陶陶，此外是新朋友葛老师，菱红，亭子间小阿嫂，丽丽，华亭路摆服装摊的小琴，小广东 <u>一个无名无姓的广东男似乎是当年各种饭局之标配。</u>大家坐定。葛老师说，七男六女，应该夹花坐。亭子间小阿嫂说，花了一辈子了，还不够呀。此刻，沪生看看小琴。陶陶说，这位美女是 <u>开始以"美女"取代有歧义的"小姐"，系受日本卡通《蜡笔小新》影响。</u>小琴说，沪先生好。白萍还好吧。沪生说，还好。小琴对陶陶说，我叫小琴，以前沪先生常来华亭路，代白萍买衣裳，寄德国。玲子说，大家静一静，

旁批（左）：○1980年代由劳教释放人员为主力，开设首批私人饭馆，1990年代『撑市面』的，加入了日本回沪人员。

旁批（左下）：△一般成年男性，上海人称『师傅』无碍，让人感觉『应该』比较有文化的，尊称老师。

旁批（右）：·上海人家都有这种『圆台面』，平时立壁靠边站，需时滚动推出。

238　繁花〔批注本〕

我来介绍,这位,是亭子间小阿嫂,我老邻居,以前也算弄堂一枝花,时髦,男朋友多,衣裳每件自家做。葛老师说,是的,1974年,社会上开始时髦喇叭裤,小阿嫂就用劳动布做,到皮鞋摊敲了铜泡钉,一模一样。玲子说,之后港式衣裳行俏,小阿嫂照样为老公做上海长裤,帮葛老师做上海两用衫 全称"春秋两用衫",属于夹克的变种,规规矩矩,服服帖帖。小阿嫂说,规矩服帖,是讲我做衣裳呢,还是讲做人。玲子说,当然是讲衣裳。小阿嫂不响。玲子说,全弄堂的女人,只吃小阿嫂的醋,因为做不过小阿嫂 华亭路起来后,该轮到小阿嫂吃小琴和小广东的醋了。葛老师说,讲得简单点。玲子说,这位是葛老师,三代做生意,六十年代吃定息,八十年代吃外汇,现在独守洋房,每天看报纸,吃咖啡,世界大事,样样晓得。这位是菱红,上海美女,我到日本认的小姊妹,以前老公,是日本和尚。菱红说,少讲我以前事体。玲子说,这是丽丽,我小学同学,爷娘有背景,北京做官,另外是小琴,小广东,两位不是夫妻,不是情人,华亭路服装摊的朋友。小琴笑眯眯。玲子说,不要看小琴像菩萨,手条子辣,日本一出新版样,我从东京发到上海,小琴再下发,六天后,摊位上就有卖 六天完成"上海—广东—上海"循环。沪生说,我买过。小琴笑笑。阿宝说,亭子间小阿嫂,名字特别。小阿嫂笑说,一定想到《亭子间嫂嫂》了,以前算黄色书,我看过三遍,先

○ 工厂工作服面料,粗针纹棉织物,质地紧密、坚牢耐穿。多为藏蓝色,类似牛仔布。

按葛老师人设,早饭看《参考消息》,晚饭《新民晚报》,每周加一份《南方周末》或本地时髦小报《每周文艺》,吃咖啡搭配《China Daily》。

^ 华亭路,法租界时代名麦阳路,纪念死于"一战"的旅沪同名法商。1984年穿服装摊迁入此地『集中管理』,成立了上海最大的个体户服装市场,独窄道路两旁挤满400多帐篷式店铺,香港与东京齐飞,新衣共故裳一色。

▲ 重要的书看三遍 ○《亭子间嫂嫂》,1930年代末连载刊于上海《东方日报》,作者周天籁,逾百万字。小说女主是住亭子间里的暗娼顾秀珍,男主是隔壁邻居兼窥探者小文人朱道明。

生贵姓。阿宝说,我叫阿宝。小阿嫂说,这本书,据说已经重版了。阿宝说,以前是黄书老祖宗,现在不稀奇了。玲子说,菱红目前,有啥打算,廿七岁的人了,不小了。菱红说,我廿四岁呀。亭子间小阿嫂说,介绍男朋友,我来想办法。菱红说,我不急的,我的表阿姨讲了,可以先等等,先包几年再讲。俞小姐夹了一块目鱼大烤,筷头一抖说,啥。菱红说,要我先活络几年,见见市面。苏州范总说,见啥市面。菱红说,先见识香港男人,台湾男人,日本男人,这就是市面。阿宝说,这位表阿姨,是对外服务公司的,还是。菱红悠然说,是一般的外资女职员,让一个日本男人包了两年多了。大家不响。玲子说,包是正常的,菱红条件好,日语好,会念日本经,跟日本和尚。菱红说,又翻老账了。玲子说,中国日本,和尚是一样的吧。菱红说,日本一般是私营庙,可以传代,和尚养了长男,就算寺庙继承人,将来就做大和尚。小琴呵了一声。菱红说,我怕生小囡 上海话"生孩子",每天要念东洋经,我也是吓的,想想真作孽,我前世一定是木鱼敲穿,碰到了这桩婚姻 当时,日本机灵小和尚"一休"的卡通形象在中国老少咸宜,喜闻乐见。

阿宝看看范总。俞小姐说,范总自称闷骚,比较闷,闷声大发财。范总说,我一般是带耳朵吃酒,闷听闷吃,黄酒一斤半。亭子间小阿嫂说,最闷骚的人,是葛老师。丽丽说,啥意思。小阿嫂说,每次见了这两位日本上海美女 这叫"出口转内销",骨头只有四两重,老房子着火,烧得快。葛老师说,无聊吧。菱红凌厉说,葛老师,是至真的老男人,只有中年老女人,是真正闷骚货,骚就是烧,一不小心,烧光缝纫机,烧光两条老弄堂 烧光也就是两条弄堂,

· 宁波菜,墨鱼加红腐汁、酱油、冰糖等炖成,讲究用整条墨鱼,浓油赤酱。

○ 批者忍不住替周先生鸣一声冤,"黄书老祖宗"实在担不起。周先生初以儿童文学作家身份在沪出道,著述颇丰,有《甜甜日记》《三兄弟流浪记》《梅花接哥哥》等十余种。

上海格局，烧煞人。亭子间小阿嫂不响 因为提到了缝纫机。葛老师说，越讲越黄了，古代日本国，倒真有个闷骚男，看见帘子里两位日本妹，这个男人，就唱一首诗道，此地叫染河／渡河必染身／现在我经过／染成色情人。帘子里的日本妹马上回了一首，虽然叫染河／染衣不染心／侬心已经染／勿怪染河深 平安朝歌物语《伊势物语》第六十话，丰子恺译文。玲子摆摆手说，我一句听不懂。葛老师说，过去四马路"书寓" 即设于公共租界核心区域的高等青楼，又称"长三堂子"姑娘，出来进去，密叶藏莺 原典为"翠叶藏莺"，语出晏殊"踏莎行"之"小径红稀"，必定是穿文雅苏绣鞋子，现在呢，穿拖鞋也有了，真是丧德了，马桶间里，互相换裤带子的 指男同性恋，有了，"磨镜子"有了 女同，"三层楼"有了，"肉弄堂"，有了，"姊妹双飞"，也有了，社会每天扫黄，还是黄尽黄尽。小阿嫂不响。范总说，上个月，我跑到广州，确实是黄尽黄尽，客户帮我预定"红月"酒店，广州朋友来电话，一听"红月"就笑 某"月"酒店，当年确实艳帜高张，威震五羊城，十个广州朋友听见，十个笑，我跟同事下了飞机， 以上为旧上海黄业名词，部分意思相近，或全是同义词。葛老师要么完全不知道听途说，一如本地年轻时尚杂志有『老克勒』『从前上海高纪大自己搞混。某时大谈名表，手表牌子只认两大级男人，一个叫劳力士，另一个叫罗莱克斯』。到酒店，也笑了，酒店大堂，等于夜总会，夜里九点多，电梯旁边，两排几十个小姐，楼梯旁，立满小姐，庸脂俗粉，等于是肉屏风，总台附近，算是娱乐区，当中一个吧台，就是小T台，三面高脚凳，坐 圈客人，台上有钢管，走内衣秀，女人直接走到酒杯旁边，奇怪，看客只是老太太，老外婆，男小囡，中学生 广州风俗，但凡有吃有喝，即不分场合，不分男女老幼。小姐不断上吧台，大腿像树林，我晓得吃药了 上海话，中计了，被坑了，进电梯，到了楼层走廊，五六个小姐立等，走进房间，门铃，电话，一夜响到早，小姐不断来电

十二章　241

话,敲门,这种场面,《亭子間嫂嫂》这本书里,写过吧,差得远了 只因居住面积所限,一般宾馆,也就打来几只电话,叫几声先生,也就不响了,这家酒店,早上两点三点四点钟,五点六点七点钟,照样有小姐来敲门,开一条缝,泥鳅一样,就想钻进来,轧进来,讲是借打电话,或者直接问,老板,先生,要不要换枕头。小琴说,啥意思。玲子说,这是客人的黑话,打电话到总台,换枕头,就是要小姐。范总说,第二天一早,我跟同事吃了早饭。玲子说,慢,夜里到天亮,太潦草了吧,要慢慢讲,这一夜,不可能太平的。俞小姐说,老鼠跌进白米囤。范总说,我哪里有心情,广州朋友的电话,一夜不断打进来,一讲就阴笑,问我情况好吧,要保重身体。我实在烦,我等于进了四马路 今福州路,旧时红灯区,进了堂子,会乐里 四马路某青楼,让我短寿。我朋友讲,范总活到这把年纪,已经可以了,万恶的旧社会,六十就算上寿,四十为中寿,可以满足了。我只能大笑,我的心情,啥人会懂。俞小姐说,算了吧。陶陶说,后来呢。范总说,我吃了早饭,决定退房,同事出门去办事,我回房间,走廊里几个小姐挡路,其中一个讲,老总,现在一个人了,可以做了。我一吓。小姐讲,同事出去了,做一做好吧,十五分钟,我有化妆品,快的。我讲,化妆品。小姐讲,装糊涂,我还叫安全套,这也太土了,太不文明了。我看看小姐,皮肤好,身材玲珑,讲句酸的,此地小姐 指江浙沪,基本是大身架,北地胭脂,眼前的小姐,倒是南朝金粉。我讲,听口音,小姐是江南一带的人。小姐讲,我上海人呀。我问,上海啥地方。小姐讲,上海昆山。我讲,昆山是江苏呀 小姐不是上海人,范总不是苏州人,同是天涯沦落人,相逢何必曾相识。小姐笑笑讲,老总呀,这是一条走廊,为啥就要开地理课,快一点,拖我到床上开课嘛,去呀。我不响。小姐讲,上海嘉定昆山太仓苏州,东南西北位置,可以写到我肚皮上,我就记得牢,跟学生妹上一课,要认真一点,去呀。当时我讲,阿妹,就要过年了,早点回昆山吧。小姐讲,生意人,真不懂感恩,小老婆特地来照顾,因为老公太辛苦了,做男人,适意一趟是一趟。范总讲到此地,吃一口酒。陶陶说,后来呢。范总说,后来就不讲了。葛老师说,说书先生卖关子。丽丽说,我要听。范总说,当时我就问小姐,适意一趟是一趟,啥意思 大哉问。小姐笑笑不响,人就靠上来。我旁边一让,我讲,是我马上要枪毙了,我晚期癌症了。小姐发嗲说,唉呀呀老公,小老婆是吹枕头风,灌一点迷魂汤,为啥当真呢。俞小姐说,这种做皮肉生意的坏女人,应该立刻关进妇女教养所。阿宝说,过年之前,照例会扫黄。陶陶说,现在的老婆,缺一个项目,基本不懂嗲功 估计想到了一味搞KPI管理的芳妹,小姐最领市面,也就更加嗲,更加软,黏上来就软绵绵体贴,生意就好做。范总说,还好,我几个广州朋友到了,后面,也是跟了一串戴胸罩的大闸蟹 看官请自行脑补画面,花花绿绿,好不容易关了门。我朋友讲,这段时间,此地价格公道。我讲,喂喂,是不是以为,我已经做过了。朋友笑笑不响。我讲,为啥不相信我。朋友说,哈哈哈哈。我讲,总要相信我吧。朋友讲,大家懂的,管得松,价钿公道,服务就到位,管得紧,也就偷鸡摸狗,仙人跳,放白鸽,敲诈绑票,样样全来,因此,做也就做了,无所谓的。当时我听了胸闷,差不多要发心脏病了。朋友讲,假客气,想做就做,此地,一般是不寻情人了,太麻烦,过节,要写贺卡,要吃饭,买礼物,过生日,看星星,点

○ 套路同「仙人跳」,又名「放鹁鸽」,北京则称作「放鹰」或「打虎」。《旧京琐记》曾记载:流氓常装饰妇女聘卖异乡人,乘隙卷而之。

○ 原名「扎火囤」。语出《二刻拍案惊奇卷十四》:「少年因荼浪贪淫,等闲踹入风流阵。馒头不吃惹身膻,也俗传名扎火囤。」「做自家妻子不着,装成圈套,引诱良家子弟,他一个小富贵,谓之『扎火囤』。」

蜡烛,过了情人节,三八节,劳动节,七七节之后,中秋节,国庆节,感恩节一过,圣诞,过了元旦,再是情人节,烦 1926年2月19日徐志摩致陆小曼情书:"情人最怕的就是过节。"。

范总讲到此地,大家不响。葛老师叹息说,这位昆山小妹妹,根本不懂立世根本,唉,万恶淫为首。沪生说,老先生,最喜欢背这句 老先生兴此叹,至为悲壮。葛老师说,现在事实证明,美色当前,范总是经得起考验的,居心清正,不贪欲事,必有好报。范总说,是呀是呀。葛老师说,看《金瓶梅》,不学其淫 张竹坡"凡人谓《金瓶》是淫书者,想必伊止知看其淫处也",当然,男人一见冶容,名利心就变淡,这是好的,但是古代某种文人,不是专评淫书,就是写淫传淫,鼓励女人思春,结果呢,不是腰斩而亡,就是嚼舌自杀,犯得着吧,做人,要堂堂正正,不可以昵情床枕,探花折柳,窃玉偷香,女人也一样,不可以贪色,思想上面,首先要戒淫,否则,自取其殃,得不到好报,自短寿命 古之淫书,于头尾二处必如此道德训诫,多为韵文。俞小姐冷笑说,范总的朋友,原来全部是不三不四的男人,太下作了。范总说,俞小姐哪里懂男人。俞小姐说,乌七八糟的宾馆,野鸡,政府要加大力度,全部消灭光。沪生说,不错,苏联新政府,妓女消灭最多,成群结队勾搭革命红军,列宁写过一封信,建议全部枪决,结果中文版里,"妓女"翻译成"卖身投靠者"。葛老师说,中国人,最懂春秋笔法,文字功夫一流,罗宋人呢,做事体最辣手辣脚,最无所谓,苏联红军多数有梅毒,为啥,妓女做了随军护士,1920年,苏联妇女集中营,大部分也关这批苏联妓女,牢监里,每天播送交响乐,为啥呢,因为妓女欢喜靡靡之音,最讨厌进行曲,交响乐,铜喇叭一吹,铜鼓一敲,可怜这批苏联妹妹,头发落了不少。亭子间小阿嫂说，葛老师最近信耶稣教了，开口就是姐姐妹妹，肉麻吧，妓女，就叫妓女。葛老师说，古代人提倡优秀，就是"倡优"两字，数蕊弄香，雅极，后来俗极，英文里叫火腿店，上海人讲咸水妹 指专做外国人生意的中国妓女，咸肉庄 1927年前后上海低级卖淫场所，男人走进去，叫"斩咸肉"，接待外国人，叫啃洋肠，罗宋咸肉，高丽咸肉，矮子咸肉，提篮桥，有东洋堂子，晓得吧，只有我，跟新中国的政府叫法一样，这是教育嘛，太平天国女兵，互相也称姐妹，所以一直称呼姐姐妹妹，后来国家拍一部教育妓女的电影，《姐姐妹妹站起来》，当时采取行动，捉了多少姐姐妹妹，包括外国姐姐妹妹，潮潮翻 吴语，表示多，又作"潮潮泛"，关到通州路，龙华教养所，有的女人，抱了白皮小囡，黑皮小囡，大哭小叫，要上吊，要寻死，教育结束后，思想就通了，心甘情愿，做三轮车夫的老婆，有一批，报名去了边疆，因为军人缺老婆，太平三十年，社会松动，风调雨顺了，新妹妹小妹妹，乐而思淫，又冒出来了，压得越紧，萌蘖 即"发芽"，典出《孟子·告子上》"是其日夜之所息，雨露之所润，非无萌蘖之生焉" 有力道，讲起来，天下确实有一种女人家，欢喜这口饭。玲子说，是的，天生喜欢，无啥办法。葛老师压低声音说，只有当时的日本小妹妹，最了不起。亭子间小阿嫂说，啊。葛老师说，因为责任太重，二战结束，市面上来了一批日本小妹妹，浓妆艳裹，到上海做皮肉生意，怀孕了，乘轮船回日本，再来一批，有喜了，乘轮船回去，来一批，有了，就回去，再来一批。陶陶说，一共来了几批。葛老师压低声音说，大概十几批不止，为啥呢，是来借种，日本男人打仗，基本死光了，已经到

十二章　245

了关键阶段，根本寻不着男人传种的关头。丽丽疑惑说，真有这种事体，讲起来严重了，难道现在日本人，全部是中国种了，上海人了。葛老师尴尬说，这是听讲嘛，民间故事，民间传说可以吧，日文里有"雑婚"ざっこん，"混血"こんけつ的讲法，明治年是"人種改良"じんしゅかいりょう。亭子间小阿嫂说，停停停，好了好了，每一次吃饭，讲来讲去，不是讲听不懂的事情，就是讲恶阴事体。菱红说，恶阴恶状 又作"恶形恶状"，样样龌龊事体，垃圾事体，不弄到日本人头上，就不适意 战胜国国民福利。

○出自1888年日本二任首相黑田清隆《明治维新的国度》，力行『脱亚入欧』，包括伊藤博文、井上馨、森有礼等政治家，也曾大力提倡黄种人借白种人优化种族。葛老师所言『日本小妹妹』，实属闻所未闻。

大家吃酒吃菜。丽丽说，每次见到大家，见到玲子姐姐，菱红姐姐，我开眼界。玲子说，丽丽见过大市面，太客气了。丽丽说，刚刚讲到包养，我就一直想，觉得有道理，一个小弄堂里小姑娘，有啥优质的男女教育呢，但是跟了一个高级领导干部，优质日本男人，香港好绅士，体验男女生活，过几年，眼光，谈吐，品位，气质，习惯，等于几年里，免费硕博连读，免费培训直升班，人完全就两样了 竟然意完神足。菱红说，嫁人不对，不如不嫁 兰陵笑笑生："自古才子佳人相配着的少，买金偏撞不着卖金的"。丽丽说，弄不好，是倒了大霉，我同学嫁了一个男人，婚前无啥，婚后呢，老公对上海的反感，全部转移到老婆头上了，可怜呀，看见老婆吃一碗菜泡饭，吃一口白米饭，老公就翻面孔，老公是种麦出身，天天要吃手擀面，认定天下白馒馍，最是养人，要死了吧，上海新娘子，天天去发面粉，等于开了大饼店，噼哩啪啦，每日要做大饼，老公买来大小两根擀面杖，一块木板，一见老婆淘米烧饭，就要哭，要吵，要辩论，讲起来，受过最高等教育。小琴说，这也不一定，我是农村人，我就根本不喜欢农村，我有位小朋友问，这四个女人的发型穿戴，怎么是婚服等等的古早式样？我知道这不合战后日本的特征，此图只为一句传言，表达了以『贬日』为满足的某种情绪。

只想上海,回去过年,是看我爷娘的面子,现在一台子人,热闹,我回乡过年,弟兄姐妹,也是一台子,吃吃讲讲,但是房子外面,山连山,上海房子外面,仍旧是房子。玲子说,小琴讲这几句,有意思吧。小琴说,去年回去,我同乡的同乡,托我带六双皮鞋,满满一旅行袋。玲子姐姐讲,我是发痴了,地摊货的皮鞋,十五块一双,六双鞋子总共九十块,一股化学味道,又臭又重。姐姐讲,就算背到邮局里寄,也不止这点钞票,但我心里晓得,只能带回去,这是乡下规矩,要我回绝,我开不出口。玲子说,小琴的脑子,已经进水了,一百块不到,一大包,轧长途汽车,而且这个同乡小保姆,小琴完全不认得,是隔壁村庄老乡介绍的。小琴说,姐姐,乡下就这样呀,一桩事体做不好,传一辈子。陶陶说,结果呢。小琴说,要人传句好,我一世苦到老,我当然带回去了。陶陶说,小琴真好。小琴说,乡下,就是这副样子呀,鸡看不见人长大,人看不见山高大那山那人那鸡,我父母,一年一年见老,门口两棵树,一年年粗,今年,两棵树加了新木料,做了父母两副寿材树犹如此。玲子说,小琴做啥。小琴说,不好意思,弄得大家扫兴了,不讲了。陶陶拿了纸巾,小琴接过说,我本想讲讲开心事体,让大家笑笑,啥晓得一开口,就不对了。陶陶讲,讲得有感情,请继续。小琴说,去年大年夜,乡下一台子人刚刚吃饭,外面有人敲门,我爸出去一张,不见人影,回来坐定,外面有人笑一声,北风大,有人咳嗽,我跟爸爸出去看,雪地白茫茫一片,见不到人,家家户户关门过年,狗也不叫,我吓了,跟爸爸回来,一台子兄弟姐妹吃菜吃酒,我吃不进,听外面还有啥声响。爸爸吃了一杯,跟我娘小声讲,肯定,是小叔来捣乱了,小琴,先帮小叔摆一副碗筷,我娘讲,算了,几年不摆了,小叔一定去县城了,不会再来了,我爸讲,就靠

十二章　249

冬至烧一点纸,有啥用呢,过年大家一回来,坐满一台子,有人就冷清了,难免会眼红。爸爸讲到一半,大门哗啦啦一阵乱响。菱红说,吓人。小琴说,我一开门,一只绶带鸟飞进来,乡下叫练鹊。我爸对这只鸟讲,大年三十,有啥可以闹呢,有啥不开心呢。这只鸟不响 鸟也不响,第一次非人类不响,大家也不响。我心里晓得,这只练鹊,就是我小叔。丽丽说,哪里有这种吓煞人的鸟。小琴说,乡下就这副样子,反正只要大年三十,常有这种事体,有动物冒出来,听到怪声,咳嗽,结果撞进来一只鹧鸪,一只毛兔子,一只鸮,这次是练鹊,春天飞到坟墩上,死叫活叫的怪鸟。此刻大家不响 一桌子的故事,数小琴的这个讲得最为清新脱俗。

小饭店外面是进贤路,灯光昏暗。小琴说,1961年大饥荒,我小叔到阴间报到,做了讨饭饿煞鬼,当时葬得太薄,因此容易逃出来 原来厚葬是防止阴间脱逃,每到过年,大家到齐吃饭,吃得好,讲得好一点,汤汤水水多一点,热闹一点,小叔就不平衡了,闹一点事体。大家不响。小琴说,这个大年夜,大家怕小叔惊吓,炮仗就不放了,大年初一,我开了门,小叔就飞走了,到了正月十五,天下的宴席,全部散了 至痛也,房子里,只剩我父母,全部走了。玲子说,如果全家迁来上海,小叔飞得到上海吧。小琴说,这不可能了,说不定,变成一部土方车,撞到街面房子里,倒是可能的。满座笑翻 在《聪明的一休》之前,风靡全中国的是另一部日本动画片《变形金刚》。小琴说,我这是瞎讲了,我小叔,如果是一般的鹞子,一只麂,上海密密麻麻的马路,房子,也是飞不到安亭,走不过黄渡,肯定迷路了。陶陶说,最后关进铁笼子,送到西郊公园 大煞风景之语。大家不响。小琴说,我以前一直认为,人等于是一棵树,以后晓得,其实,人只是一张树叶子,到了秋天,就落下来了,一般就寻不到了，每一次我心里不开心，想一想乡下过年，想想上海朋友的聚会，就开心一点，因为眼睛一霎，大家总要散的，树叶，总要落下来 此树婆娑，生意尽矣。玲子说，这有啥呢，散了再聚，聚了再散嘛。葛老师说，小琴看上去笑眯眯，心里是悲的，听老师一句，做人要麻木，懂吧，像我一样，看看报纸，吃吃咖啡。玲子说，好了好了，葛老师已经老得阴笃笃了，要大家也一样，最好集体蹲养老院。大家不响。亭子间小阿嫂说，开这家饭店，葛老师一点不老，帮了不少忙的。玲子白了小阿嫂一眼，端起杯子说，是呀是呀，借此机会，我就请请各位，以后常来。

○阴笃笃，即阴冷、阴森。北京话『凉飕飕』之意。○骂人话，上海话叫『老甲鱼』，杭州话补刀，不提『甲鱼』老嫩，直接说『裙边拖地』。

・鲁迅先生在《而已集・小杂感》里说：『人类的悲欢并不相通，我只是觉得他们吵闹。』○鲁迅引顾炎武的话：『北方人是"终日，言不及义"』；就有闲阶级而言，我以为大体是的确的』。

这顿夜饭，陶陶与小琴虽只攀谈几句，但有摆摊的共同话题，比较投缘 只可惜潘静没练过摊。等饭局收场，大家朝外面走。沪生与小琴，边走边聊。陶陶想跟过去，玲子一把拉过陶陶，回到店堂里来。玲子笑笑说，陶陶，想到啥了。陶陶说，啥。玲子说，看见身边小琴，想到啥呢。陶陶说，我想不出来。玲子说，想到芳妹了对吧。陶陶说，为啥。玲子惊讶说，有良心吧，已经忘记了。陶陶不响。玲子说，陶陶认得芳妹，是我请的客，忘记了。陶陶说，这我晓得。玲子说，当时的芳妹，坐陶陶右手边，芳妹摆摊卖毛巾 这是芳妹来处，这一夜跟陶陶讲得热络，一男一女，因为摆摊，热络投机，陶陶三花四花，花来花去，谈来谈去，两只摊位，摆到一道，最后，绣花枕头并排，做了夫妻 标准蒙太奇。陶陶不响。玲子说，现在，陶陶右手边，坐一个小琴，我是明眼人，开通人，但要当心了，不可以七花八花，弄我的小姊妹，弄得不好，要出大事体的，晓得吧 老板娘前面已经摆过话了："不要看小琴像菩萨，手条子辣。"勿谓言之不预。陶陶说，我晓得，放心好了。陶陶告辞，走出了店堂。"夜东京"外面，苏州范总开了车门，送俞小姐回去。小阿嫂陪葛老师慢慢走。大家四散。小琴立于梧桐树旁边，低鬟凝目，一动不动，见陶陶出来，走前了几步。陶陶对小琴笑笑。两个人不响。小琴说，陶陶有空，到华亭路来看我 此刻离这市场整体拆除，也只剩几年光景了。陶陶说，好呀。小琴说，我走了。陶陶挥挥手。两个人告别 方才惊险"脱北"，又"撩琴"于梧桐下。陶陶劳碌命。

拾叁章

壹

钢琴有心跳，不算家具，但有四只脚。房间里，镜子虚虚实实，钢琴是灵魂。尤其立式高背琴，低调，偏安一隅，更见涵养正是"靠边站"标准立姿，无论靠窗还是近门，黑，栗色，还是白颜色，同样吸引视线。于男人面前，钢琴是女人，女人面前，又变男人忽然想听中性人弹琴。老人弹琴，无论曲目多少欢快跳跃，已是回忆，钢琴变为悬崖，一块碑，分量重，冷漠，有时是一具棺材。对于蓓蒂，钢琴是一匹四脚动物。蓓蒂的钢琴，苍黑颜色，一匹懂事的高头黑马，稳重，沧桑，旧缎子一样的暗光，心里不愿意，还是让蓓蒂摸索。蓓蒂小时，马身特别高，发出陌生的气味，大几岁，马就矮一点，这是常规。待到难得的少女时代，黑马背脊，适合蓓蒂骑骋，也就一两年的状态，刚柔并济，黑琴白裙，如果拍一张照，相当优雅本来也可做成邮票。但这是想象，因为现在，钢琴的位置上，只剩一块空白墙壁，地板留下四条拖痕。阿婆与蓓蒂离开的一刻，钢琴移动僵硬的马蹄，像一匹马一样消失了蓓蒂已经遇到了马头。地板上四条伤口，深深蹄印，已无法愈合。

阿宝发愁说，我马上去淮海路，到国营旧货店看一看。蓓蒂说，我去过两三趟了，马头也陪我去过了。阿宝说，马头讲啥。蓓蒂说，马头觉得冤枉，根本不明白，啥人拖走了钢琴。姝华说，真的，还是装的,现在样样式式，可以搬出去卖，我爸爸讲了，现在捞外快，最方便，预先看了地方，带几个弟兄，卡车偷偷从厂里开出来，冲进这种倒霉人家，一般无人敢响，以为又是来抄家，进门就随便，可以随便搬"靠边站"的基层工会领导，对这种情况掌握得比较清楚，红木家具，铜床，钢琴，丝绒沙发，地毯，随便搬，其实，是拖到"淮国旧"去卖，三钿不值两钿，然后，大家吃几顿便宜老酒，家常小菜，毛豆百叶结，素鸡，烤麸，猪脚爪，啥人管呢。阿宝不响。阿婆说，我已经头昏了，是高郎桥的马头做的，还是陌生人做的，根本搞不清爽，我去过"淮国旧"，后门是长乐路，弄堂路边，毛竹棚里忽然货如潮涌而仓促搭建，也摆了旧钢琴，哪里寻得到呢，看得我眼花落花。姝华说，这地方沙发多，家具多，钢琴也多，各种颜色，牌子，摆得密密层层，弯弯曲曲，路也不好走，要侧转身来，店外，仍旧有琴运进来，店员用粉笔写号码。店员讲，上海滩哪里冒出来这样多的琴，作孽，怨煞人如果钢琴是马，此际、此地便是马厩。我一进店里，就跟阿婆蓓蒂走散了，钢琴，沙发，各种人家的气味，有的香，有的臭，琴背后一样，全部是灰，看到一架古钢琴，羽管键琴，西洋插图里有过，洛可可描金花样，像小写字台，四脚伶仃，上海真看不懂，样样会有。阿婆说，白跑了几趟，每趟出来，蓓蒂就蹲到地上，不开心突做此"反公主"的"下只角"姿势，大概是近期跟马头混得太多。姝华说，这天阿婆进店，先坐到一张琴凳上，后来坐一只法国弯脚沙发，面色难看。阿婆说，是接不上气了，我晓得差不多了。

○ 全称"淮海路国营旧货商店"，当年曾改名"人民货商店"。全盛期日成交万笔以上。从日用百货到木器家具无所不有，卖旧货寄售商品、清仓积压产品、工厂次出口转内销、海关罚没产品等，价廉物美，无需票证。1980年代开始式微，1990年代因兴建成都路高架被拆。

蓓蒂说，不要讲了。阿婆说，想想再回绍兴，无啥意思。蓓蒂拉紧阿婆说，坟墓已经挖光了。阿婆说，索性变一根鱼，游到水里去。蓓蒂说，真这样，我就变金鱼。阿宝说，有了钢琴，也不便弹了。蓓蒂不响。阿婆说，蓓蒂一个人也去寻过，琴上有小鱼记号，容易寻到，吃中饭阶段，四面无人，听到有人弹琴，有一个七八岁小姑娘，弹几记，关好琴盖，东看西看，再开一只琴盖，弹几记普鲁斯特：" 世间却又一件东西拥有凡人永远不具备的加剧痛苦的能力：这就是钢琴"。蓓蒂不动，听小姑娘弹。姝华说，店员的小囡。蓓蒂说，跟我一样，是寻琴的。阿婆说，只能这样子想，如果来人采取行动，明当明拖走，我跟蓓蒂，也只能看看，两眼提白。阿婆摸了摸蓓蒂说，南京城去过了，乖囡想去哪里散心，跟阿婆讲。蓓蒂说，我想去黄浦江。阿婆说，敢上海人切不可无故提到黄浦江。姝华说，蓓蒂的琴，也许一拖到店里，就让人买走了，现在便宜货多，老红木鸭蛋凳，两三块一只，钢琴一般三十块到八十块吧。阿宝说，青工一两个月工资，只是，啥人买呢。曹杨新村，工人阶级最多，可以买，但是地板软，房子小，弹弹《东方红》，有啥用场。大家不响。

其实这天黄昏，是阿宝最后见到蓓蒂与阿婆的时刻，阿宝离开时分，天完全灰暗，阿宝回头，见阿婆为蓓蒂梳头，阿婆说，拜拜拜，拜到明年有世界，世界少，杀只鸡，世界多，杀只老雄鹅。蓓蒂说，我不要听了，讨厌了。姝华立于门口，阿宝再回头，见姝华身边，掠过两道光，闪进水池里，阿宝一揩眼睛，视觉模糊，眼前，只是昏暗房子，树，一辆脚踏车经过，一切如常。几天以后，阿宝收到了姝华的信，信文是，阿宝，这天你先回曹杨新

○《拜月亮》，阿婆最后一次绍兴儿歌放送了，绍兴人范寅1882编撰《越谚》收入："看见月亮特特拜，拜到明年有世界。世界多，杀只雕。世界少，杀只雄鹅。"○前文阿婆不喜欢蓓蒂养兔子，或与忌讳"兔子拜月"之凶兆有关。

拾叁章　255

村，会相信我吗？以后就发生了不可思议的事，就是这夜之后，阿婆和蓓蒂失踪了，大概是去了南京？还是哪里？有空详谈。姝华 此信若用毛笔书写，可命名为"不可思议帖"。

十天后，阿宝与沪生，小毛以及建国等人，赶到杨浦区高郎桥的马头家，再三打听蓓蒂，阿婆，以及钢琴的下落。结果讲了几句，气氛就紧张，也许是建国想动手，小毛的姿势引起了误会，五分钟里，马头家周围，聚拢不少青年，搞得不可收拾。事后，马头耐心告诉阿宝，现在市区的造反组织，太多了，根本搞不明白，啥人拖走了钢琴。阿宝不响。马头说，小毛真是十三点，要动手，也不想一想，普陀大自鸣钟地区的人，哪里可以跟大杨浦对开，上海人讲了，根本是不配模子的。阿宝拍拍马头肩膀，一声不响 法租界的"模子"就更插不上嘴了。马头说，蓓蒂跟阿婆失踪了，我也难过，我一个人去皋兰路，看了三次，世界乱了，我确实是看不见，寻不到。阿宝说，会去哪里呢。马头说，希望是去了南京，或者去绍兴，我听蓓蒂讲过，上海，越来越没意思了。阿宝不响。马头说，此地高郎庵，沪东天主堂，本就破破烂烂，取消了，敲光了，也就算了，市中心好房子，又是撬又是敲，完全变了样，我想不到，昨天我去了一趟，看见阿宝的老房间，搬进三户人家，底楼蓓蒂房间，迁进来两户 神速，不输四十年后抢购商品房，门口的小鱼池，清理过了，水里有几条金鱼。阿宝心里一痛。眼前出现蓓蒂的样子，池边的鱼鳞。马头说，我有了空，再去看看，一老一小，到底去了啥地方，唉，上海，真是无啥意思了 这话出自马头之口，上海是真的没啥意思了。

○工厂翻砂用语，"约架"之隐语。意思是，普陀区和杨浦区打架，等于"轻工业打重工业"。

这天下午，阿宝再次走进淮海路国营旧货店。满眼是人，店堂宽阔,深不见底,钢琴摆满后门内外,以及附近弄堂,过街楼文明溢出。店里的营业员,精通种种旧家具,方台子叫"四平",圆台叫"月亮",椅子叫"息脚",床叫"横睏",屏风叫"六曲",梳妆台叫"托照",凳子统称是"件头",方凳圆凳,叫"方件","圆件",时常有东张西望的顾客,也许跟阿宝一样,寻觅自家或亲朋的家当,看到了,当然不可能赎回,但可以紧盯不放,或是长长一瞥,眼神发呆,摸一摸,问一句卖价,离开逡近扫墓。犹豫性格之人,几步几回头,预备过几天重来,有空再来看看,也许一直等到旧物消失,会鼓起勇气,打听去路,与营业员攀谈。营业员说,卖脱了。啥。大概是前几天吧。买客,是哪一类人呢,大概做啥工作。营业员心情好,敷衍几句。有警惕心,立刻就反问,喂,做啥,公安局的,介绍信拿出来。提问人立刻做了缩头乌龟,走路了事,这块地方,再不会来了。另一种人,一眼寻到钢琴,或者沙发。营业员说,古董提琴,越古越艳,古董钢琴,难了,钢琴要买这种老牌德国货,但太旧不好,钢丝容易松,容易走音,经常要校,沙发嘛,这一件是法国真正老货,骨子硬,扶手雕工精细,泡钉,丝绒面料,绷带,鬃丝,完全进口料作,底盘高级弹簧,包括"库升"即弹簧软垫英文靠垫cushion音译,广东话叫"咕筲",样样货真价实,赞。来人不响,改变了计划,里外环境,看个两三遍,看明详细位置,时间,何时人多,人少,中午转到附近,吃一碗菜肉馄饨神来之馄饨。一般是下午一到两点,客流少,或者四点钟,前面挡了一部黄鱼车,多数人,走不进某一条家具形成的夹弄,此刻光线也最暗,时辰一到,东看西看,直接来到既定位置,四面一瞄,摸出

○普鲁斯特:『我感到家具有生命,它们在哀求我,就像波斯神话里的物品表面似乎没有生命,但内部却隐藏着神话故事一样:此外,由于记忆往往不遵力,祈求解脱、折磨,并备受此外,向我提供的回忆仿佛是左右颠倒的反光』。守时序,而仿佛是左右颠倒的反光。

拾叁章　257

裤袋里的旋凿，或拎包里的剪刀，一戳，一剪，一撬，一挖，拿到一只纸包，或者铁皮小盒子 <u>迹近盗墓</u>，连工具摆进人造革拎包，拉链一拉，佯装客人，全身放松，东看看西摸摸，马上滑脚走路 <u>即"开溜"</u>。这就是保卫个人私产，或侦查他人财产，巧取夹藏的情节，寻宝，是世界永恒的主题，是这家远东最大旧货店，辉煌时代的惊鸿一瞥。当时小道消息多，传闻有人躲进旧橱，关店后，半夜出来作案，店里因此养了两头狼狗，一夜巡逻三遍。最轰动事件，是附近几个小囡，某日到旧沙发上蹦跳吵闹，结果踏穿了一只法式洋缎单人软椅，露出内衬一包赤金链，两大卷美金。因此，堆满旧家具的店堂与马路，像苏联电影《十二把椅子》。此刻，阿宝于琴间流连徘徊，钢琴自由摆放，罗列散漫，形成各种行走路线，跻身于此，打开任何一块琴盖，内里简单而复杂，眼下的键盘，一丝不动，周围听不到一个音阶，有时，键盘上有几根头发，一屑碎纸，半枝断头铅笔，琴盖内散发出陌生气味，阿宝难以亲近，感觉到痛，怅然闭阖 <u>阿宝一生可能都不自觉、不自主地被困于"鬼堵墙"式的此时此地</u>。蓓蒂留下的小鱼刻痕，阿宝走了几圈，望穿秋水，也寻觅不见。

阿宝独自来到南昌公寓。姝华靠于床头 <u>宝玉来探黛玉的样子嘛</u>，姝华娘端来一杯开水。姝华有气无力说，姆妈，我跟阿宝有事体讲。姝华娘知趣避开。姝华忽然两眼发光说 <u>有气无力、两眼发光，都是病态</u>，阿宝，我像是做梦了。阿宝不响。姝华说，我真不相信这

[左侧批注：○苏联电影：布尔什维克革命时代，贵族夫人别墅，霍娃将一生积蓄的珍宝藏在十二把椅子中的一把，弥留之际，将秘密透露给神父及其女婿沃洛比亚尼诺夫，父和女婿展开了一场寻宝争斗。1970年也被好莱坞拍成同名电影《The Twelve Chairs》。"恶搞大王"梅尔·布鲁克斯（2013年获美国电影协会AFI终身成就奖）]

[左下批注：•忽有《太阳帝国》英国少年吉姆在上海龙华集中营堆积如山的欧美家具里，奔跑追逐零式战斗机的既视感。]

天的样子。阿宝点头说,蓓蒂与阿婆,确实是失踪了,毫无消息。姝华说,这天,我见阿宝先走,我也想走了,我讲了一句,阿婆,可以烧夜饭了,天夜了。阿婆笑笑,蓓蒂看看我,一声不响。我隐约闻到一股鱼腥气,刚想走,外面花园里,出现一道光,我一看,阿婆刚刚还在身边,现在看不见了,蓓蒂拉了我,对池子里叫,阿婆,阿婆。我看一看,黄昏天暗,水里有一条鲫鱼。蓓蒂讲,这是阿婆。阿宝说,真的假的。姝华说,奇怪,池子一直是枯的,这夜有水了,有鱼,我伸进水里,鲫鱼一动不动。蓓蒂讲,阿婆,让我变金鱼呀。我讲,蓓蒂,童话看多了,普希金讲的金鱼,是上帝。蓓蒂讲,姐姐如果想变,也是一条金鱼,试试看。我笑笑讲,我不想做金鱼,我做人。蓓蒂讲,金鱼比鲫鱼好看。我讲,是的,以前有个叫契诃夫的男人,一写情书,就是我的金鱼,我亲爱的小金鱼。都这时候了还不忘记掉书袋蓓蒂忽然蹲下来,哭了。我回到厨房寻阿婆,走到门口,我回头再看,水池四面,已经不见人了。我讲,蓓蒂,蓓蒂。我听不到声音。我跑进去看,水更多了,有一棵水草,一条鲫鱼,一条金鱼。我觉得情况严重了,伸手去摸,鱼游到水草下面,我吓了这一吓估计中了邪魔,从此落下病根,我讲,蓓蒂,周围一声不响,金鱼摇摇尾巴,鲫鱼一动不动,贴近了金鱼,像一块石头。我寻到厨房间,想不到阿婆跟蓓蒂,忽然立到我眼前。阿婆讲,天不早了,姝华回转吧。我心里嘣嘣跳,觉得放心了。我讲,好的,我走了。阿婆讲,天冷了,姝华面色不好,多穿一点呀,阿婆明早,是想带蓓蒂出去了。我讲,到啥地方去。阿婆讲,现在话不定,真要话一句,就是想走了。姝华讲到此地,低头说,我不想讲了。阿宝说,我觉得还好,不觉得紧张。姝华说,这等于是童话选集。阿宝说,两个人,真就消失了。姝华不响。阿宝说,记得蓓

拾叁章　259

蒂几次讲故事,完全乱梦堆叠,看见裙子变轻,分开了,是金鱼尾巴,水池旁边,月光下面有一只猫,衔了蓓蒂,到外面走了一圈,再回来。姝华说,当时,天完全暗下来了,蓓蒂身上发亮。蓓蒂讲,姐姐,我跟阿婆走了。我警惕起来问,到啥地方去。蓓蒂讲,现在等猫咪来呀,夜里有三只猫会来,其中一只,是来带我的,有一只花猫,带阿婆先走 第三只猫的分工是?细思极恐。我讲,笑话。蓓蒂讲,三只野猫,一直跑到日晖港,黄浦江旁边,猫嘴巴一松,喵呜一叫,我跟阿婆就游了,游一圈就回来,如果我不回来,就游到别地方去。我笑笑讲,除非我做梦。蓓蒂讲,不相信就看呀,我跟阿婆,头颈后面,有牙齿印。我看一看,只闻到头发里的鱼腥气。我讲,快让阿婆汏头发,不许吓姐姐,我走了。蓓蒂讲,我不要钢琴了。阿宝不响。姝华说,当时,只觉得背后发冷。阿婆不声不响过来,面色枯槁晦暗,摸摸蓓蒂的头讲,蓓蒂。我觉得有点尴尬 怵到极点变尴尬,敷衍笑了笑,我真就走了,两脚无力,梦游一样走的,我只记得,阿婆的相貌,完全变暗了,我现在想想,还是不相信这夜的情况。阿宝不响,心里想到了童话选集,想到两条鱼,小猫叼了蓓蒂,阿婆,乘了上海黑夜,上海夜风,一直朝南走,这要穿过多条马路呢,到了黄浦江边,江风扑面,两条鱼跳进水里,岸边是船舷,锚链,缆绳。三只猫一动不动。阿宝说,这肯定是故事,是神话。

关于这一老一少的去向和结局,《繁花》问世以来,读者、评家种种分析及猜测,基本倾向于"投江自尽"。卡夫卡有言:"要客观地看待自己的痛苦",遑论看别人的痛苦。客观地看,阿婆和蓓蒂,只是失去了不属于前者而后者也未必那么钟情的钢琴,远未到山穷水尽境地,双双寻死不至于;逃到绍兴,南京或高郎桥,皆有理由,上海就算再没意思,却也不可能有去无回。姝华所述亲眼所见以及属于阿宝应激反应的"童话故事"于常理虽荒诞不经，然而若将此局部之"皋兰路黄昏小荒诞"置于这一年全上海全中国之背景前，等于负负得正，本可姑妄听之的小说家言，依然不失其"宁可信其有"意义上的可信度。〇书中人物纸上失踪十年后的1977年，上海民间流传过这样一桩灵异事件：7月28日，蒙自路430号的第六收容遣送站接到一位20岁的河北农民黄延秋，自称在家里一觉睡醒就到了上海。被遣送回乡后，9月8日深夜一觉醒来，发现自己又躺在了1100多公里以外的上海火车北站广场上。

贰

第二年初夏某天，气温滚热，叶家宅小菜场附近，有一爿酱油店，卖散装啤酒。营业员接过小毛的钢钟水壶，扳开黄铜龙头。营业员说，师兄师姐，来了不少。小毛说，当心，眼睛看龙头 仗着人多，出言就不客气。营业员对女营业员说，练功夫，练拳头的人，就是不一样，做了夜班，日里还不瞓，还有精神吃老酒 被小把戏呛，心有不甘。小毛说，有意见对吧 再呛。营业员说，毫无意见，是眼热 意即羡慕，我当时是一念之差，做了柜台猢狲 对营业员之蔑称，看看现在，工人阶级多少开心。小毛不响。啤酒满了。营业员手一扳，转过柜台，竹壳热水瓶摆到绍兴酒坛旁边，漏斗插进瓶口，竹制酒吊，阴笃笃，湿淋淋提上来，一股香气，朝漏斗口一横，算半斤。热水瓶装满黄酒，小毛付了钞票，一手拎水壶，一手拎两只热水瓶。女营业员说，劲道大，厉害。小毛挺直腰板，大步离开酱油店，来到师父房间。八仙桌已靠床摆好。建国，荣根，国棉六厂艺徒 即学徒 小勇，绢纺厂小隆兴等人，买了熟菜，拆开油纸包，摆到台子当中。灶披间里，金妹炒了两碗素菜。小毛倒了酒。师父讲，小菜蛮好，今朝，人人要吃老酒。金妹穿无袖汗衫，端菜进来，颈口流汗，一

拾叁章

双藕臂,两腋湿透。小毛说,我叫名虚岁,只有十五岁。师父说,十五岁,我已经准备养小人 即吴语"生孩子",非关亚盅,准备做爹爹了,吃酒不碍的。小隆兴笑笑。金妹吃了一大口啤酒说,灶间太小了,太热了,我现在只想汰浴。师父说,我就一间房间,真要汰,现在到床脚旁边去汰。金妹说,十三,当了小朋友面前,我好意思汰吧 意思是小朋友不在就无所谓了○貌似照顾小朋友感受,其实完全无视。师父说,有啥不可以呢,我师父当年,召集了师兄弟,看过一次女人汰浴 猝不及防就开车。金妹说,好意思讲的。大家入座。建国说,师父吃。师父说,我这次,是指挥部派我到杨浦区三个月,帮几个工人组织训练基本动作。小毛说,我有空来看。师父说,也就是一般格斗擒拿,路太远,情况也乱,大家不便来。小毛说,万一有要紧事体呢。师父说,教拳三年多,借此机会,我跟大家告一个段落 为师现也算有组织的人了。大家不响。师父说,蜻蜓吃尾巴,现在只能自顾自,管好自家,市面乱,心就要定,做人单凭一个"义" 港产黑帮片常用语。粤语发音同"二",要帮弟兄,我师父的师父,是苏北难民,到上海做工,当时成千上万工人参加青帮 青帮当年借此迅速坐大,帮规真多,进香堂,先要看漱口,水吐得太重,是血水喷人,净身揩面,毛巾不可以过顶,揩过头顶,灭祖欺师,横揩,横行霸道,乱揩,江湖作乱。小毛笑笑 莫非忽然想到自家楼下剃头店。师父压低声音说,规矩严明,不许邪盗奸淫,一徒不许拜两师,不许拜墓为师,不许兄徒师弟。师父不收,不许徒弟代收,扶危济困,惜老怜贫,换香不换烛,先上小爷烛,再上檀香,然后呢,信香三支,群香三炉。金妹说,算了吧,讲起来苏北

"苏北帮"老大顾竹轩,16岁逃难来沪,落脚闸北新疆路棚户,拉黄包车为生,后拜"通"字辈老头子刘登阶加入青帮。

○青帮与洪门最大不同在组织纪律性强,讲究单线联系,会众以师徒相称,崇尚"师徒如父子"。江湖上素有"青帮一条线,洪门一大片"之说。

帮最厉害，一般就是卖命，立到前头，吃到拳头，拿到零头，肉体还要让老头子弄。小毛说，啥。师父说，沪西帮派女流氓，"小粢饭"，"雌老虎"，当年肯定风光，"十姊妹"，纱厂杨花娣为首，看起来风光，十个女工，全部要跟军师过夜。金妹说，真啰嗦。师父说，搞罢工，纱厂里又有帮，安徽帮，湖北帮，苏北帮，山东帮，绍兴帮，南洋香烟厂，不是宁波帮，就是广州帮，苏州河码头，太古码头，水太深了_{祖国各地讲得兴起，不小心北京话也出来了}，到我师父一代，还算聪明，只做同乡人的弟兄，少惹是非，供关公，关老爷，张天师_{"天师道"（五斗米道）始祖张道陵，相传为汉张良八世孙，历代受朝廷敕封}，我现在只能供领袖，一般情况里，记得领袖语录，人不犯我，我不犯人，也就可以了。小毛说，有人欺负朋友，我哪能办。小勇说，讲讲看。师父说，社会纠葛，一般朋友关系，目前尽量少管。小毛不响。师父说，运动一来，车间里真也冒出几只瘪三，领袖语录，朗朗上口，革命形势，样样懂，身披军大衣，样子像领导，真是奇怪_{军大衣必须披着，显示重任在肩，日理万机，完全穿上身，那就是体弱畏寒了}。金妹说，我厂里，也有这种瘪三，奇怪。师父说，老古话讲，这叫小人多才。金妹笑说，打扮最重要呀，据说以前搞罢工，美亚厂来了一个代表谈判联合行动，穿了一身旧衣裳，大家根本不理睬，结果换了一套新衣裳，就谈得爽快了_{好在双方都不是东北人，不然就得披貂上阵了}。师父说，我是看透了，讲起来，是斗阶级，其实跟过去的帮会，党派搞罢工差不多，是斗人，人跟人之间，主要靠

○论雌威，要数『青帮十姐妹』，不是工人，多为娼优出身，此乃天地会『军师』这个职称，青帮专属。

·师傅慎言，青帮还有一条潜规则：『许充不许赖』，即允许非青帮成员对外自称青帮，若惹上事，则不允许抵赖。青帮当年得以迅速壮大，部分得益于此规。○黄金荣亦因未曾开过香堂而一直被怀疑是个『充不赖』的『空子』。

△这句老古话，说的是俊总有几分小才气，比如高俅善踢宋朝足球，严嵩书法了得等等。

互相闻味道，互相看脾气，合得拢，还是合不拢，就算是一个阶级了，一个组织，亲生亲养的同胞手足，同宗弟兄，往往也是互相打小算盘，一个朝东，一个要朝西，结果呢，就互相斗，互相打，互相戳娘倒皮的骂，哼，讲起来好听，路线斗争。

大家不响。吃酒吃菜。师父说，比如我这次到杨浦，我已经想定了，只教拳，搞七捻三 <u>即乱七八糟</u> 事体，我不参加 批者代小毛问一声：师傅这回该不是出任"禁军总教头"？。小隆兴说，这段时间，大家做啥呢。师父说，无啥好做，少跟造反队搭界，跟车间里小姑娘，小阿姨，小姆妈搭讪，讲讲笑笑，倒是可以的，因为年纪到了，懂一点女人的味道，以后少走弯路。金妹说，师父要教坏小朋友了。师父说，年纪确实不小了，我来问，小隆兴年龄多少。小隆兴说，十九。师父说，建国，荣根两弟兄，一个是十九，一个十八，小勇十七。小毛最小。大家不响。房子外面，传来驳船汽笛声，天气热，每个人吃得面孔发红。师父看看大家说，我来讲个故事，老古话讲，看佛警僧，看父警子 <u>通过观摩佛祖行为警戒僧人</u>，古代有个高僧，自小出家，清修到老，名声好，临死阶段，徒弟问，师父有啥要讲吧。高僧说，一世看不见女人的下身，我苦恼，因此死了两夜，还是死不脱，辛酸。金妹说，好意思的，不许讲了。师父说，徒弟就跑到堂子里，叫一个女人过来，裤裙一落，高僧一看说，啊呀呀呀，原来跟尼姑是一样的，两脚一伸，圆寂了。金妹说，下作。师父说，上面要作，下面也要作，这叫下作。吃了老酒，我头脑拎清 师傅对"看佛警僧"的理解清新脱俗，

○寄身『通』字辈青帮老大杜月笙门下凡二十年的章行严先生，1956年酬长句予陈寅恪，有『闲同才女量身世，懒与时贤论短长』之语。

·每次有人开讲『下作』故事，总有另一人从旁不断劝阻，这次是金妹对师傅，上次是沪生对陶陶。无论这次叙事策略还是小说叙事策略，现场开讲效果上，这种阻止，纵之术，与其说是阻止，不如说是推动。

264　繁花〔批注本〕

现在我来问徒弟，女人赤膊 知识分子用语为"裸体"，看见过吧。金妹说，不许讲了。师父说，我重点来讲一讲，男人不下作，小图哪里来，早晓得，就早懂事，人就聪明，我师父讲了，男人早一点晓得女人，也就不稀奇了，以后少犯错 高级的表达是"黑暗中摸索"。小毛说，我看到过了。师父说，讲讲看。小毛不响。师父说，不要紧，讲。金妹筷子一放说，蛮好吃一点师徒老酒，就讲下作事体。小毛不响。师父说，金妹是过来人，下作事体，样样做过了 看佛警僧的下一句是"看父警子"。金妹说，太难听了，不要讲了。师父说，社会乱，这批小图，样样不懂，我就有责任。金妹说，讲得出口吧。师父说，又不是让金妹讲，是听小朋友讲，小毛快点讲。小毛说，是去"大串联"，车厢里人山人海，我坐的地方，车厢连接板，屁股下面漏空，人多得实在不能动，厕所间里全部塞满人，半夜里，对面两个北方大姐姐，穿的是棉裤，实在太急了，结果就一脱到底，对准铁板。师父说，小毛当时想啥 交代思想活动是关键，当时流行语叫做"狠斗私字一闪念"。金妹说，不许讲了。小毛不响。小勇说，我有次去中山桥棚户区，看到同学的小阿姨，隔壁小姆妈，大热天赤膊，房间里走来走去，样样无所谓 这个"赤膊"，是上半身。建国说，我小娘舅，小舅妈，到上海来大串联，夜里睏双层床下铺，哥哥跟我睏上铺，因为是木条子铺板，半夜里我就跟哥哥看下去。金妹面孔飞红说，真不晓得，男人为啥喜欢讲这种事体。大家不响。金妹说，难怪有一次，我到厂里汰浴，听到顶棚上面有声音，一个班次的女工汰浴场面，两排莲蓬头，三四十个赤膊女人 此处"赤膊"应为全裸，结果上个礼拜，轰隆隆隆一响，顶棚让水蒸气熏酥了，爬进一个人，想不到忽然全部塌下来，灰尘垃圾里，趴了一个电工阿胡子，十几个小姊妹，捂紧上身下身，连忙就逃，真是吓煞人，其他几个老阿姨,老女人,老师傅,根本不怕,衣裳顾不得穿,赤膊骑到阿胡子身上,打得阿胡子七荤八素 上海话,意思是"晕头转向"。师父说,一顿粉拳,厉害。金妹笑说,下作男人,真是下作。师父笑笑。金妹说,这桩事体之后,三车间的小姊妹讲,金妹,我想过了,以后发觉有男人偷看,我只要双手捂紧面孔,就可以了。师父说,为啥。金妹说,一手遮下身,一手挡上身,根本不起作用,我后身屁股呢,大腿呢,别人样样看得到。师父说,不明白。金妹说,如果我捂紧面孔,下作男人,就看不明白了,这个赤膊女人,究竟是金妹呢,还是银妹,宝妹,看不明白,等于白看,女人身体,是一样的,随便看 男师傅女师傅到齐。师父笑说,这倒也是,小骚货,真是聪明,做人,其实就是凭一张面孔,屁股算啥呢。金妹说,现在我算是晓得,天下最骚是男人,自小就偷看女人。大家不响。师父说,怪吧,女人让男人看一看,身上会缺几钱几两肉吧,一钱一厘也不会损失,偷看三十几个女人汏浴,问题严重 量变引起质变,但是最严重是破坏了公共财产,公家的顶棚,这种低级男人,就因为看得太迟,缺少教育,我是受过教育的人,根本不费这种心思,脑子里,我全部晓得,有啥看头呢。大家不响,吃闷酒。师父说,旧社会,我九岁学生意 学徒工、学做买卖,通称"学生意",十岁拜师父学拳头,十四岁有一日,师父叫来洋金车间所有小弟兄,像今朝一样,先练拳,然后吃老酒。我师父问了,啥人见过女人赤膊 也是"全裸"意。大家不响,这真叫老实。我师父讲,从今朝起,大家就要做男人了,这个世道社会,做男人难,最容易上当受骗,因此早一点明白,以后就不做十三点,面孔上的赤豆,就是骚粒子 旧时上海话,指青春痘,也生发得少一点。我师父当时,已经请来一个堂子里的女人,坐进隔壁房间腰子形大脚盆 木质浴盆,一本正经汏浴

"一本正经"四字亮了。我师父叫到徒弟的名字,徒弟就进去看,每个人看一刻钟,其他人,外面吃酒,所有小弟兄,毛估估算就十个,一人看一刻钟,这澡洗完,患风湿概率激增。当时大家不响。我师父讲,做人要实在,我最看不起摆腺劲 旧时上海话,意思是摆架子,装斯文,假正经的闷骚货,现在听好了,一个一个进去看,等于开女人展览会,啥叫女人,啥叫氽浴,免得以后,东看西看偷看,心惊肉跳,面孔变色,上了女人的当,坏事做尽 防"仙人跳"。当时大家紧张了。我师父对我讲,鸿寿,现在先进去看。我不肯,我师父一掌劈过来,我就逃进去 徒弟面前多少保留几分师道尊严,看见一个女人,摊手摊脚,坐进腰子形大脚盆,浑身粉嫩,雪雪白。金妹说,不要讲了,可以了。师父说,女人看看我,笑了笑讲,弟弟。我讲,啊。女人讲,过来,过来呀,来看姐姐汏脚。金妹讲,要死了,旧社会真下作。师父说,这有啥。金妹说,师父的师父,一定是黄金荣的流氓徒弟了。师父说,瞎讲有啥意思呢,我师父,以前讲起来是青帮,照样参加工人起义,真正三代无产阶级,可惜呀,不到解放,就死了。金妹说,真是不懂了,为啥要教坏这帮小囡。师父说,我这是上生理卫生课,懂了吧,女人啥样子,老师会管吧,有教授教吧,我做师父的,就应该教,我有责任。

此刻,酒菜吃了大半。小隆兴说,刚刚讲到,有人欺负小毛的朋友 一门心思约架。小毛说,是的,我一个朋友,房间里的钢琴,让别人搬走了。师父说,有钢琴的人家,多数资产阶级,这可以随便搬

○"氽浴"也是裸体的另一个代指○"赤膊"和"氽浴",这两个词大致可以穷尽当年上海底层民众对"性"的全部得体表达。

・黄包车夫顾竹轩,加入青帮得势,成为上海滩"江北大亨",热心支援抗战,掩护营救进步人士上海市第一次各界人民代表会议。1956年7月6日善终于上海。

△中学生理卫生课,一直在语焉不详和欲语还休之间摇摆不定,小毛一代,像沪生那样能共享父亲书架者不多,大都处于"在黑暗中摸索"状态。

拾叁章　267

师傅的阶级觉悟高，到底十四岁就观摩过赤膊女人。小毛说，开始我以为，是杨浦区一个叫马头的搬的，结果马头死不认账，我就跟建国等等几个朋友，到大杨浦高郎桥，寻到马头，想不到讲了几句，就准备打了，马头人多，蛮防我的。马头对我笑笑讲，普陀区的武功，算啥呢，一副娘娘腔，要讲力道，要拉场子，摆场子，摆功架，大杨浦，全上海一级水平，一只鼎 北方话，大拿，此地根本不会吓。师父说，听这种小赤佬瞎讲。小毛说，后来，我真不敢动了，马头叫来不少人，手里有角铁，洋圆，自来水管子。建国说，角铁不稀奇，现在最时髦，自来水管子，焊三角刮刀，新式标枪。师父说，建国，打拳头，就是打拳头，弓有各种弓，人有各种人，这种野蛮家生，碰也不许碰，要出人性命的。建国不响。师父想了想说，以后有啥事体，小毛打传呼电话过来。小毛说，好的。师父说，老实讲，这种"上只角"的事体，以后不要管，也根本管不过来，去年抄家，五原路有一个老板，一幢大洋房里，抄出六个小老婆，解放十多年了，啥人晓得呢。旁边的五原小菜场，批斗一个男人，据说平常喜欢瞄女人，就算流氓犯了，赤膊批斗，胸口挂一块咸肉，苍蝇乱叮，公平吧，管得过来吧 都是小时候没看赤膊女人给害的。大家不响。荣根羞涩说，师父刚刚讲了汏浴，只讲了一半。金妹说，荣根，夜壶水多了吧 即北方话"马尿"。师父笑说，也就是这点事体，我一个师兄叫龙弟，当时赤了膊，从里厢房间出来，胸口刺一只青龙头，上面吸出两块血印子。大家看龙弟穿衣裳，不响。我师父笑笑讲，看起来，男人身上有了刺青，就比较登样，隔壁这只小娘皮，单单欢喜龙弟嘛，讲得龙弟的面孔，像洋红番茄。小毛扳手指头说，第廿三把交椅，天微星九纹龙史进，大概是龙弟的祖宗。师父说，刺青，其实叫刺花，上海人讲起来，肉皮上刺青，不是宋朝来的，是外国水手的规矩，逢到翻船死人，做了落水鬼，烂肉不烂皮，认尸便当 拍摄个人牙齿的X光片存在诊所，有助于空难后认尸，之后，就传到了上海的帮会，人人喜欢，以前"白相人嫂嫂""白相人"即流氓、混混，"白相人嫂嫂"即女流氓、女混混，胸口两只咪咪，也会刺花。金妹说，不许再讲了 金妹金妹，意思意思可以了，不要再碎碎念了，再念下去，感觉像男女搭档的"拆白党"了。师父说，当时我也喜欢了，胸口想刺关云长，后背刺赤兔马，但工价太大 想想正面的美髯和背面的马鬃，老实讲，也是怕痛，怕夜里老婆吓，解放以后，龙弟身上盘的这条大青龙，麻烦了，请人全部刮清爽，一身疤瘌，大热天不敢赤膊 古法是"灸灭之"。小毛说，为啥要刮。师父说，租界也一样呀，也会捉刺花弟兄，发现臂膊上刺花，就"到香港"了。小毛说，啥。师傅说，过去讲的切口，就是捉进西牢，巡捕房。小毛说，原来这样。师傅说，以前行话，租界巡捕，叫"外国卵子"，"洋狲狲"。比如流氓，北京叫"土混混"，日本叫"浪人"，上海叫"乱人"，手铐叫"金钏"，银洋叫"阿朗"，角子叫"小马立师"，吃饭叫"赏枪"，吃酒叫"红红面孔"，嘴巴能说会道，叫"樱桃尖"，一句不会讲，叫"樱桃钝"，两人相吵，叫"斗樱桃"，老女人，叫"老蟹"，漂亮女人，叫"枫蟹"。金妹说，我这样子的女人呢。师父说，叫"好枫蟹"。金妹说，要死了，我变蟹了，真难听，我想起来了，三车间老师傅，一直讲"玉蟹，玉蟹"，啥意思呀。师父说，好听是吧，反正，"蟹"就是女人，懂了吧。金妹说，这我晓得，"玉蟹"究竟啥意思，讲呀。师父说，听起来，有个"玉"字，以为是好的，其实，是讲一种又老，又难看的女人，但财产多，有钞票。小毛说，师父，刚刚讲了一半，这个龙弟爷叔，浑身一条青龙，为啥要刮呢。

〇 以上皆为上海"拆白党"曹语（隐语），女性或为"蟹"，或为"盘子"，约等于北派"春典"里的"果"或"蜜"。

师父说，因为是新社会，不管龙弟，还是海员，身上有刺花，就算流氓，坏分子。小毛不响。金妹多吃了几杯啤酒，此刻眼神定漾漾说，讲来讲去，就是这种肮三的事体，我想不通。师父说，金妹讲啥。金妹说，一个女人淴浴，让大家去看，这女人心里想啥呢。师父说，人家，是凭本事吃饭 竟无力反驳。金妹说，男人看女人，看得腻吧，我觉得看不腻，看了一趟，就想两趟，想三趟 金妹指的应该是"同一个女人"。师父说，这是男人家的想法了，女人懂啥呢，良家女人懂啥，见识过啥呢，堂子里的女人，脾气最和顺，最懂男人，花样经，也是最多，专门做小男人的女先生，现在叫女老师 当时教师地位也已经低到尘埃里了，让男人更有腔调，过去是定亲结婚，十三点新娘子比较多，新郎倌手忙脚乱一夜，瞎子摸象，有啥味道呢，因此先要学习。金妹说，想不到想不到，我师父，是脚盆女人教出来的，怪不得刚刚要我去淴浴，哼，正正经经的女人，哪里做得出来，我寒毛也竖起来了 看佛警僧下一句：看师警徒。师父一捏金妹手心说，其实呢，已经样样想过了，看，手指头发抖了。金妹腰身一扭，媚声说，死腔 北方话"瞧你那德性样儿"，天气真是热呀，老酒一吃，再讲下去，我就要睏了，汗出几身了。师父说，好，这就讲到此地，酒吃得也差不多了。建国荣根立起来，小毛趴在台子角上不动。小隆兴拖小毛说，小毛，醒醒了。小毛勉强起来。荣根说，大家走吧。师父不响。金妹收台子。

　　此刻，只听外面有通通通的声音。师父说，啥人掼石锁。小毛也一惊，头不昏了 有杀气。大家出门去看，太阳蛮热，正是涨潮，一只巡逻艇停靠苏州河边，一群年轻男女，全部运动衫打扮，回力球鞋，或荷兰式皮鞋，有人背了咖啡色皮套的方镜照相机 上海产海鸥牌4型120双镜头反光相机，奢侈品，立到房前空地上。水泥堤岸边，两

○ 即低级趣味，上不了台面，据说由英文on sale音译而来。

个年轻人掼石锁，其中一人身体壮硕，肌肉发达，明显是生手，每次石锁抡空，根本接不住。师父轻声说，只看，不许响。来了砸场子的"溜子"。石锁翻了几记，落下来，差点压到脚背，随手将另一副小石锁举起来，直朝河里掼，一只沉下去，一只撞到河堤上，落地打滚。另一个人，身高起码一米九，拎起石担，毛竹杠远比杠铃杆粗，功能完全不同，不得要领，最后双手高举，朝前一推，石担差一点翻到河里，哐一记，敲到防波墙上面。此刻，师父踱出来说，喂，朋友，石担石锁，全部有主人，客气一点。掷地有声。这批人回头打量师父。一米九青年说，是我掼了，这又哪能呢，土八路，乡下人。上海鄙视链瞬间展开。师父说，嘴巴清爽一点。一米九青年上来，忽然就是一拳。师父接过拳头，一转，对方就蹲下来。另一人窜上来拉，建国一绊，合扑倒地。小毛酒意全消，单膝压紧对方面孔。其他人全部不动，感觉意外。师父松开一米九青年，拉开小毛说，大家不许动。人群里走出一个小胡子青年说，老师傅有功夫，我是啥单位，晓得吧。师父说，上海体育造反司令部，上体司。小胡子说，一点不错，不要动气，我今朝，是想看看老师傅的石担真功夫。师父说，随便到我地盘，掼我家生，啥意思。小胡子说，对不起，我可以赔。小胡子低声讲了一句，有人跳到汽艇里。小胡子说，老师傅，请。师父说，我吃了老酒，弄不动了，建国，过来弄弄看。建国朝手心吐一口馋唾，轻举了石担，放于肩胛，头一低，一转，石担围绕头颈周围，逐渐转动起来，肩胛前倾后仰，石担转得可快可慢，有人叫好。建国身体一矮，躬身低腰，石担由肩胛，慢慢滑到腰眼，然后自动回到头颈骨，肩膀一转，双手一接，石担轻轻落地。接下来，单手抓

"扑""一掀""一剪刀"专美于前。

一接，一转，一绊，一扑，一压，一转，一行云流水，无缝连接，不让景阳冈大虫

1967年7月成立，领头是足球守门员胡永年，成员多为运动员。

牢一只大石锁,三抛三接,第四抛,大石锁腾空,建国头一偏,人一坐,大石锁稳当停到肩胛上,一动不动。几个人拍手,叫一声好,建国微微欠身,大石锁落下来,随手一接,握紧锁柄,顺势摆到地上。小胡子说,老师傅,不打不相识,交个朋友。师父不响。有人从汽艇里,拿来两副拉簧。小胡子递到师父手里说,不好意思,请到司令部三分部来坐坐,讲一讲拳经,我此地有汽艇,上去开一圈。师父抱拳笑说,我是粗人,不会游水,落到苏州河里,定归淹煞,不客气,再讲再讲。听罢"枕头"故事立即转入"拳头"实战,先"赤膊"后"肉搏",第一次喝多,第一次酒醒,而苏州河边突然闯入的汽艇,更将现场陡然带入了《水浒》的意境——这顿中饭,小毛吃得七荤八素,正是"青春不解红尘,燃烧少年的心"。

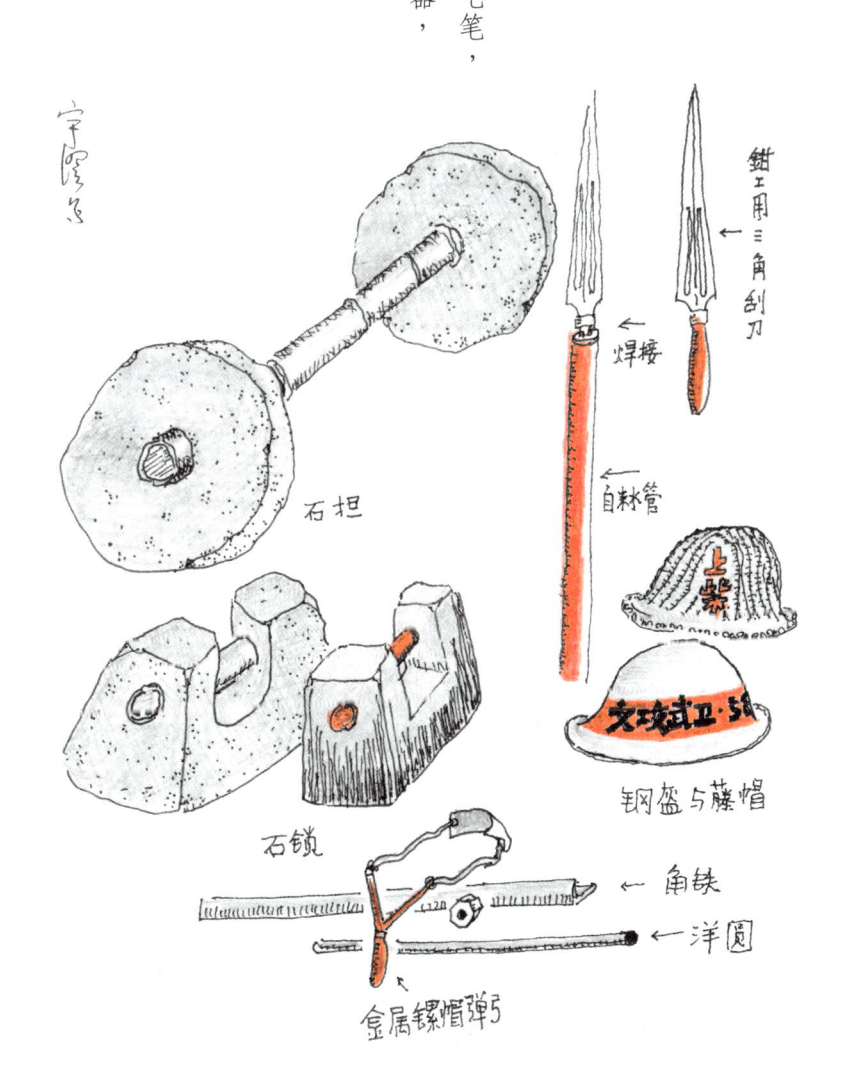

可增加的物品（除常规武器外）计有：各类徽章，纸质高帽，麻绳，语录，袖章，铜头皮带，解放鞋，军靴，军用书包，水壶，大瓶墨汁，毛笔，排笔，浆糊桶，竹梯，锣鼓响器，旗帜，广播喇叭，手提电喇叭，蜡纸，刻蜡纸铁笔、钢板，手提油墨印刷机等。画家可考虑这类宏大静物题材。

石担

钳工用三角刮刀

←焊接

←自来管

石锁

钢盔与藤帽

←角铁

←洋圆

金属镙帽弹弓

十四章

一

康总结束午宴，陪了三位老总，赶到昆山谈生意。康太带领女眷，太太团一行四人，一部商务车，到"华亭伊势丹"1990年代第一批外资高档百货消费，各人大包小包，康太埋单，随后去"希尔顿"上海第一批外资五星级酒店，2018年更名"静安昆仑饭店"下午茶，四人入座。古太讲北方话说，上海的汪小姐，就是宏总，宏太太，中午怎没见。康太讲北方话说，这女人，最近不太对劲，我这是背后议论了，汪小姐不愿陪老公应酬，说要换一个活法儿。陆太讲北方话说，上海女人，作。古太说，我们康太贤惠，可真不像上海女人"真不像上海人"，是非上海人对上海人的最高褒奖，男女通杀。康太赔笑说，我是家务事多。古太说，对了康太，您还是先回吧，受累陪我们大半天了，晚饭，我们自个儿能解决，没事儿。康太见状，也就客气一番，拿出一只信封，放到茶几上说，一点小意思，各位尽管开销。三个太太客气几句，起身致谢，目送康太离开。

此刻，古太立即拨通汪小姐电话，聊了几句。半个小时后，汪小姐袅袅进来，落座寒暄。古太讲北方话说，好久没见，人更精神了。汪小姐讲北方话说，我这是才明白，北方人讲的精神，就是漂亮"精神"确实不在上海女人日常词汇表里，除非骂人"神经有毛病"。古太说,我介绍一下,这一位,是台湾林太。汪小姐笑笑。古太说,最近上海方面,反对夫唱妇随的运动,形势如何,咱们得学习开资。汪小姐笑说,一定是康太嚼舌头了。古太说,男人带不带太太,真无所谓,可是太太甩了老公,自个儿出门,除非是同学会。陆太讲北方话说,有些声色场面,真也是不方便,姐妹会呢,心里就惦着家里。林太讲国语说,夫妻出面应酬,那是理所当然耶。汪小姐说,各位怎么了,讲点别的成吗。古太说,咱不得学上海改革的经验,互相交流不是嘛。林太笑说,大陆人碰面,一说到交流,问我的问题,就是独,还是统,蓝还是绿。汪小姐摆弄头发说,政治有啥意思,女人要的是情,缘,心情,环境当年时髦上海话管这叫"劈情操"。古太说,这我爱听。汪小姐说,一个多月前,我跟几个上海骚女人,去了一趟常熟,结果呢,被一个上海老派男人,缠上了,那叫刺激,最后,虽然闹得不欢而散,遭人嫉恨,我还算是长了记性,长见识。陆太说,听起来,像争风吃醋。汪小姐说,做女人难,跟老公出门,怎么打扮,一毛钱问题没有,自个儿出去,同样打扮,有问题了,上海话讲,就是狐狸精了,骚货了就精神了。古太说,狐狸精这句,全国通用,那结果呢,被老男缠上了,又怎么着了,反正你这样儿的,照我们那儿说起来,那就叫"欠"贱。汪小姐笑说,随便说。林太说,听这故事,很不一般耶。汪小姐说,一般。古太说,老派男人,是不是那方面很冷淡。陆太说,有没有家庭两位太太各有侧重。汪小姐说,瞧,我一口茶没喝,做询问笔录哪。古太敬茶说,来,先润一润嗓子,慢慢讲。汪小姐说,其实也没什么,只是那种情调,确实浓,环境气氛,少见。三个太太眼看汪小姐,十分好奇。

此刻,汪小姐想了想说,我先打个电话。汪小姐走到大堂,通

○徐总虽然一口上海话,汪小姐直接称他『上海老派男人』,等于苏州范总遇到了自称上海人的昆山小姐。

了电话，进来入座。古太说，真吊胃口_{此番讲故事无人从旁阻止，作者只能安排讲者自行打断}。汪小姐说，刚才我说的那位老男人，最近正巧在上海，不如我们，晚上约了他，到"至真园"吃个饭，怎样_{看来常熟徐总还是相当拿得出手}。古太说，这可以呀。汪小姐说，我刚才约了。古太点头说，好。陆太说，刚才说起的情调，继续吧。汪小姐笑道，说来惭愧，当时我刚到常熟，等于就醉倒了_{此处略去一顿中饭}，下午醒过来，模模糊糊，躺在一张雕花帐子床里，懒洋洋起身，老派男已经端了茶盏过来，放唱片，备洗澡水，妥帖周到，最后_{此处略去"泡浴"以及出浴}，两人到窗前，肩并肩坐了，边上，是自鸣钟，雅致茶几，古薰里飘来上好檀香，老派男换几张旧唱片，留声机慢慢转，有一首唱的是，我等着你回来／我想着你回来／等你回来让我开怀／你为什么不回来／我要等你回来／还不回来春光不再。林太说，唔，白光的老歌。汪小姐说，坐在窗前朝下看，青瓦屋脊，中间私家天井_{"私家"二字露怯了}，东面一小戏台，弹弹唱唱，露出一对娇小绣花金莲，一双黑面圆口布鞋，白袜，西面的回廊里，坐了不少同来的女人，鞋子五花八门，老派男一推花窗，苏州曲子传上来，翻译成北方话，就是，归房扶着春香婢，倒卧牙床恨无穷，从此她，一日回肠经百转，菱花镜里损姿容。三位太太静默_{羡慕嫉妒恨}。汪小姐说，难不成，北边有重要领导过世了，肃穆成这样了_{上海人在北京人面前要贫嘴，技止乎此尔}。林太说，情调很赞，我原以为，喝个巴黎咖啡，看个甲板日落，数个草原星星，是情调，酒中风格天地别，一个女人家，古旧大床懒洋洋醒来，面如桃花，娇柔无力，老

*戏台上的《貂蝉拜月》此时不觉已转为常熟籍弹词名家朱雪琴之"琴调"《牡丹亭》。

○白光，1921年生于北京，旗人，1940年代在上海成名，歌影双栖，歌声低迷颓唐，台风妖艳，人称"一代妖姬"。《等着你回来》曲风阴森，怨气侧漏。

△典出宋人曹逢《玲珑四犯·被召赋茶》："酒中风格天然别"。

十四章 277

绅士殷勤伺候,焚香沐浴,窗下歌弦,秋风鸣悲,一百五十年前,两江总督三姨太,也不过如此耶 历任两江总督查无此事,这位女台胞凌乱了。古太笑说,编。汪小姐说,生活平淡无奇,因此要编 再提高一档"贫"度,"你这是吃铁丝拉笊篱——你可真能编"。陆太说,也就汪小姐,能整这一出,我们那儿,谁敢呢。古太说,醉就另说了,上海老男人,尽了地主之谊,怜香惜玉,造化造化,我那地区,一般是猛张飞多,阮氏兄弟,鲁智深也不少,膂力过人,男女之间,也就是一推六二五 河北潘静小姐的家乡土话,指直截了当地把事给办了。据说出自珠算口诀,速战速决 汪小姐应该在电影《红高粱》里见识过。林太说,鲁智深倒拔垂杨柳,不近女色。陆太说,吃狗肉的,能不近女色,《水浒》那才叫编。古太说,上回跟我老公来上海,客户请到夜总会,包房里男男女女,议论极品男,极品女,我就走了,其实我不明白,什么叫极品。陆太说,必须年轻,女不过二十,男不过二十八。古太说,俗了吧,还采阴补阳,印度神油呢 这四字"蹦"得实在突兀,陆太这是太虚神游了,我说的是境界,派头。林太说,这故事的男女,属于上海极品,我有个台湾朋友,写的是反面文章,认为上海男女,已经变形了。古太说,这文章,我记得读过,上海男人一早起来,不是倒痰盂,就是洗老婆内裤,买回一条带鱼。林太笑说,确实是这样写的,引得上海文人集体围攻,认为是歪曲抹黑了上海男人,热闹了好一阵,朋友收集这些文字,配她的原文,众星捧月,再出一本书,当时我送了一本,给上海的宝总,他是超懂的,也只有他,看懂这书的意思,苦笑两声。汪小姐讲,宝总,不会是阿宝吧,我朋友呀。林太说,对耶,宝总好眼力,他知道,这文章看似奚落男人,其实是考量,女人有了充分自由之后,是否会节制,是保持传统女人,极品女人的特点呢,还是继续上行,最后无法无天,因为女人一变，身边男人，随之也变，几十年男女平权，同工同酬，"半爿天"教育，菜场女贩子，胆敢活剥鹌鹑皮，杀兔子，杀猪，杀牛，一个女人杀一只驴子，因为上一代女人，也炼钢打铁，开山修路做石匠，驾巨型公车，遗传历史基因的自立观，再加经济上位，赚钱多少先不论，膨胀自信，所谓精神独立，是肯定的，就算表面不长胡须，三围超赞，天天用名牌口红，内里是慢慢雄化，身边的男人，难免不逐步雌化，此消彼长 不男不女，上海话叫"雌孵雄"，当时宝总觉得说，既然男人是石头，女人厉害的力量，就是软招和慢功，懂不懂，表面弱水三千，天下之物，莫文于水。古太说，什么意思。林太说，水面最静嘛，国文课里有说，细则为罗縠，旋则为虎眼，还有就是，注为天紳，立为嶽玉，驕而為龍，噴而為霧，吸而為風，怒而為霆 袁中郎不响。陆太说，不对了不对了，山洪暴发，疯了，更吓人了，不就成上海人讲"雌老虎"了。林太说，主要是柔嘛，涨大水，一点声音都没有，楼上水管坏了，一早醒来，水已经涨到脚面了，水有声音吗，是隐秘的慢功，宝总讲的是水滴石穿，厉害吧，这才是女人本性，样子最文静，假如男女都是硬石头，两石相碰，火星四起。陆太笑笑，汪小姐不响。古太说，有道理。林太说，水就是女人不知不觉的大力道，石头一点不知道，最后磨成鹅卵石，这精致水磨功夫，可以让顽石点头 男人是泥做的，状并卵。陆太扑哧一声。古太说，受教。

○把"半边天"读成这，像某电影伪装大陆渔民的台遣特务上岸，称我少先队员红领巾为"红领带"，被当场识破，束手就擒。

此刻，汪小姐喃喃说，原来林太，还认识阿宝 一番高论完全没有入耳。林太说，在虹桥住了五年，后跟我先生去北方做事，怎么了。汪小姐说，世界太小，我后悔讲那故事了，这事儿，我们到此为止，传出去就有麻烦。林太说，放心，今天就是见了阿宝，也不

十四章　279

多说一字,都四五年不见了。古太拍拍信封说,不如,现在打电
话,晚上也请过来聚,我们埋单,老派上海男,再加宝总,这主意
好。汪小姐不响 感觉要坏事。林太说,可以吗。陆太说,赶紧给宝
总电话呀。汪小姐说,这个嘛。林太羞怯说,那我打了。林太打
通阿宝电话,讲上海话说,宝总呀,猜猜我啥人啦。人立刻痴笑起
来。双方当下讲定,阿宝直接到"至真园",见面吃夜饭。林太挂
了电话。古太说,一跟老情人讲话,怎么就风骚万种了。林太说,
我这种洋泾浜上海话,他一猜就是了,因此我笑。陆太说,藏得挺
深的,原来在上海,还有个姓宝的。林太要辩解。汪小姐慢慢起身
说,我忘了一件事儿,先去一次再来。古太说,怎么了。汪小姐
说,去去就来嘛 估计是联系常熟徐总,紧急取消。古太一把拉住说,别
是宝总要来,感觉不爽了,俺们可什么都不知道,别介。汪小姐
说,我怕什么呀,阿宝以前,还是我客户呢,多年朋友了。古太
说,有事儿另说吧,都啥时候了。汪小姐只能一屁股坐下来。真真假
假,虚虚实实,汪小姐掐头去尾,加油添醋地"劈"出一段她理想中的江南暧昧
"情操"。炫耀也好,自嗨也罢,事情到底还是如港版《石头记》里唱的那样:"一心
把思绪抛却似虚如真,深院内旧梦复浮沉,一心把生关死结与酒同饮,焉知那笑靥
藏泪印。丝丝点点计算,偏偏相差太远 ,兜兜转转,化作段段尘缘。纷纷扰扰作
嫁,春宵恋恋变卦,真真假假,悉悲欢思怨原是诈。"

二

这天黄昏,阿宝来到"至真园"大堂,领班说,老板娘出去
了。阿宝随服务员进了包房,里厢孤零零,坐一个常熟徐总,四目
相碰,两个人一呆。阿宝说,是我走错,还是徐总认得林太太。徐

总说，我是接了汪小姐电话，有三位外地太太来上海，应该不会错，订座只有我一个姓徐。阿宝落座。徐总说，我晓得，宝总是不愿意跟我见面了。阿宝说，瞎讲有啥意思，我是忙，我应该回请，上次常熟盛情接待，一定要谢的。徐总说，常熟这次，我酒多了点，抱歉，丁老板讲了，出书计划，宝总非常帮忙，有路道，有肩胛 即"有担当"，我谢也来不及。服务员斟茶。徐总低声说，老实讲，也只有男人，可以做我知己，理解我。阿宝笑笑。徐总说，女人面前，我一般就是摆渡船，女人上船来坐，我划到东，划到西，地方一到，女人就下船了，只有男朋友，可以长长久久。阿宝说，女人上了船，多数就不肯下来，准备摇夫妻船 百年修得同船渡嘛。徐总压低声音说，我要的女人，从来不上船，上船的女人，我不要，比如李李，蹲了河桥头，东张西望，假痴假呆，有啥办法 小毛若在场，心里大概会吟一句"独怜幽草涧边生，野渡无人舟自横"出来。阿宝不响 斜刺里杀出一个徐总，这个真没料到。徐总说，行船忘记翻船时，脑子容易发昏，上来女人有一点不对，摆渡船就可能改行，改运货色，装山芋，捉鱼摸螺蛳，水路也差，浪头高，两个人主张多，一个要东，一个要西，要装棉花，要装黄沙石卵子，我烦煞，苦煞，腰酸背痛，最后船板漏水，浪头上来，有啥好结果。阿宝说，悲是悲了一点。徐总说，难怪我，船翻了几趟。阿宝笑笑。徐总说，还是宝总懂经 上海黑话 上道或内行的意思，坚持基本原则不动摇，守到现在，稳做童男子。阿宝笑说，人一过三十岁，哪里有童男童女 从前慢。徐总说，这句好。

这一番行船经若是由梅瑞主讲，想必会是"男人这条贼船，千万不可随便就上，一个不小心，搵船的突然翻面到江心，问你要吃馄饨还是要吃板刀面，就走得远了"。

讲到此刻，服务员领进汪小姐，古太，陆太，林太。房间立即香气袭人，一番寒暄介绍，汪小姐排位子，古太上座，再是常熟

十四章　281

徐总,汪小姐,对面坐陆太,林太,阿宝,门口留老板娘李李的位子 便于往返串场,小菜上来。古太,陆太,表面轻松,两人四粒眼乌珠,骨碌碌打量徐总。徐总是老习惯,遇到陌生女宾,椅子就拖近一点 摆渡船嘛,这次一拖,大约汪小姐勾牢凳脚,只能保持原位。汪小姐靠近,徐总比较冷淡。另一边的林太,端详徐总片刻,微微一笑,转过来与阿宝叙旧。古太讲北方话说,两位老总,百忙中赶来,我要先敬。于是三人吃了酒。徐总讲北方话说,要不是三位美女光临上海,本人现在还坐办公室,吃盖浇饭 盖浇饭、盖饭、烩饭、捞饭,都是把菜浇在饭上吃,此处喻简餐,类似盒饭,意思是胡乱将就一顿。汪小姐笑笑,为徐总夹菜,徐总身体一让说,汪小姐,靠得太近了吧 这也太不给面子了吧。汪小姐白了徐总一眼。徐总说,我先敬身边的美女。古太不回避,与徐总干杯,玉面含笑说,如今美女成灾,我一点电流感觉不到 古太若能预见后来满世界网红脸,应为"美女成灾"四字感到脸红。徐总拿过服务员的红酒壶,替古太斟满。汪小姐说,北方话讲,这叫二龙戏珠,须(虚)对须(虚),今天允许相互吹捧,可以恬不知耻。林太笑说,这句子赞,我记下了。古太说,咱三姐妹,跟两位帅哥,好好走一个。三位太太红颜飞春,五只酒杯一碰,走了一个。徐总说,跟北方女子喝酒,境界就高。古太说,以前我一直觉着,上海人小气,菜码太小,三两筷子,一盘菜没了,苏州也一样,莲子羹一小碗,冰糖燕窝一小盅儿,现在北边的菜碟,逐渐也减量了,这就叫精致。陆太说,我的公公,算是老上海了,吃个小小的月饼,切四小块,月饼不能直接咬。汪小姐说,没听说过 本想说可以直接咬的是葱油饼。陆太说,天狗吃月亮,直接咬。

慢慢上来。」
稳岸,另一脚勾牢船帮,再
定,记得一脚跨到岸
姐:『慢慢踏落船舱,先要
领』,有必要安利给汪小
绍兴阿婆口授蓓蒂阿宝
『脚划船乘坐技术要
之『一脚进去,先上勾

众人笑笑。林太说，我自小在眷村，河北人东北人江苏人住一起，上海人最看不惯的，是广东人鱼翅捞饭，上好的材料，为什么每人一大钵，吃得稀里呼噜。眷村伙食，风格草根，无非烧饼油条之类，问世于香港经济起飞时代的鱼翅捞饭实属乱入。陆太说，记得头一回来这边，我就犯了错，可尴尬了。古太说，和上海石库门小白脸，弄堂里私许终身。汪小姐说，陆太太水蛇腰，马路回头率，一级水平。陆太说，我不理解的，上海的葱姜摊，一分钱三根小葱，在我老家，大葱都成捆卖，我到了上海同学家，见案板上三根小葱，随手给吃了，相当豪放，结果阿姨做鱼找不到葱，发了一通的火。我才知道，上海人买葱，只为做鱼，平时根本不吃葱。徐总说，本帮讨论会，可以结束了，三位美女光说不喝，我敬一次。汪小姐镇定说，酒喝到了现在，起码也想想，三位美女怎么来的。古太说，哎哟喂，该死，都忘了敬汪姐酒了，对不起，我先来。汪小姐说，徐总可不能喝了，再喝要出事儿，我们林太太，干嘛来了，跟我们的宝总，就算四十多年没见吧，迫切心情可以理解，不也得照顾别人情绪不是，企图将林太太推向宝总以退常熟徐总之兵。林太笑说，那我让宝总代表，跟汪小姐喝一杯怎样，不经意体现了对宝总的"使用权"。汪小姐说，我滴酒未沾，你们个个喝得跟玫瑰花似的，我跟宝总，有啥可喝的。陆太说，宝总目前，受到林太严重影响，男人女人，石头跟水摩擦的话题，一点都没发挥，这样吧，还是隔开坐比较好，徐总跟宝总，换个位子如何，搞事情。阿宝笑说，可以可以。徐总想立起来，衣裳后摆像是勾紧，一时立不稳，死活必须开船。林太急忙摇手说，我不同意换。阿宝说，怎么了，徐总那么可怕。林太凑近阿宝，低声说，我吓到了，徐总要是坐过来，边上的醋坛子，岂不翻

○○○○○○○

○也不是"根本"不吃，作为调味和配料，"葱燤河鲫鱼""葱油饼""葱油拌面"，上海人甘之如饴。

十四章 283

了 沪生若是在场，想必"不禁要"吟出一句李义山：隔座送钩春酒暖，分曹射覆蜡灯红。

三

事后阿宝得知，该日下午，李李在外办事，四点半做了头发，做指甲，忽然接到饭店领班电话，称徐总，宝总，汪小姐等人，准备来店里吃饭。李李说，晓得了。挂断电话，李李避到美容院走廊，犹豫片刻，拨通苏安的电话。李李说，我简直像密探 旧上海某些饭馆老板娘确参与类似工作。苏安说，谢谢帮忙，巧是真巧，夜里，我去饭店一趟。李李说，会闹出啥事体吧。苏安说，放心，要我带人去吵，去打汪小姐，不是我风格，如果要动手，也不会选择"至真园" 暗藏杀机，苏总管是狠角色。李李说，仇结到了这种地步了，不大可能吧，汪小姐做人，还算可以的。苏安说，我昨天已经讲了，具体情况，李李哪里会懂呢，徐总，是百事不管，我跑到上海，寻汪小姐，一百廿个不理睬，不见面，不响。李李说，有啥事体，可以到汪小姐公司谈呀。苏安说，绝情绝义的地方，我是不去的，我夜里去饭店，也只是跟徐总，汪小姐，笑眯眯吃一杯酒，总可以吧。李李说，有啥事体，好好商量，不要动肝火。苏安说，放心放心，我一定笑眯眯。李李挂电话，回到镜子前面，忽然觉得头发样子，全部不顺眼了，与理发师抱怨，横竖不好 一是心情凌乱，二是一时想不出适合搭配这种局面的发型。

接近八点钟，李李匆忙赶到"至真园"，进包房之前，平静片刻，然后春风满面踏进去 女特务上身了。台面上，徐总与几位太太，酒意已浓，大家朝李李笑笑。汪小姐起来介绍。服务员倒酒。李李讲北方话说，各位姐姐光临，我失礼了，谢谢汪小姐，给我面子。大家笑笑，吃了一杯。陆太说，我们喝到现在，宝总见了台湾红粉，只想搞单独活动，兴致不高，我提议宝总，至少也讲一讲认识林太的浪漫经过。林太说，不可以，不可以。汪小姐说，浪漫故事，我爱听。林太讪然说，超夸张的，浪漫哪里呢，是一群人去西北，谈一个企划项目，顺便种树，我跟先生一起去的，上海方面，是宝总等等人士"人士"一词，为祖国大陆在某种场合特定专用，林太太学歪了，大家就这样互动呀，觉得比较劳累，冷，也就回来了。阿宝说，也就是一个礼拜，林太林先生，吃了点惊吓，没有大事。林太说，不讲了。阿宝说，我不讲。古太笑说，要讲，仔细讲，笼统讲话，没人爱听，尤其到那种荒凉地方，文明社会妇女，爱听殖民地故事，荒凉故事，惊险海上故事，只有这样的故事，会有野蛮的真感情。汪小姐说，讲吧。李李笑说，讲作为席上唯一预知山雨欲来者，李李相当淡定。阿宝说，有一段路，两边是沙漠。林太说，不讲了，我害羞了。阿宝说，司机介绍，这是清朝的淘金地。林太说，还是不讲了 本次作梗者，轮到当事人自己。陆太说，不许插嘴。阿宝笑笑说，司机一路念经，过不久，车子上坡，码表踩到七十，速度最多二十。徐总说，"鬼打墙"了。阿宝说，车子怪叫，忽然一震，坡上滚下不少石头，大光灯一照，都是死人骷髅。古太说，完了，乘凉晚会开始了。阿宝说，大概是风化了，老坟一层一层露出来。林太掩面说，不讲了，超丑的耶"丑"字指的不是风化老坟，我不想再听到了。阿宝说，车子一拐弯，轮胎爆了三个，司机只能换两条备胎，带了我走上坡顶，远看月亮下面，隐约有一群衣衫褴褛的男人，像是坐地休息，吃饭，

上海夏夜旧俗，在街头、弄堂口、天台等场地集休"乘风凉"，刺激性消遣就是讲鬼故事，比较热门的有《恐怖的脚步声》《一双绣花鞋》《绿色的尸体》等等。

十四章　285

月光发黄,头发是金的。司机小声讲,这一批是当年采金的死鬼,今晚作乱了,赶快磕头吧。司机磕了十几个头,祷告说,求黄金大仙,小人下个月就来烧纸,大仙保佑小人平安呀 黄金这样阿物儿,在本书里简直就是挥之不去的冤孽。我抬头一看,眼前一片月光,死鬼的身影,忽然就淡了,最后,消失了,等我们回到车子跟前,林太太在车里大哭。林太说,宝总超夸张的,太丢脸了,快别讲了。阿宝说,大家一惊,林太的老公,口吐白沫,浑身直抽,司机和我,立刻把林太太拉出来。司机说,赶紧磕头吧。林太哭得接不上气来。林太说,瞎说。阿宝说,我们三个人,就地给黄金大仙磕头,当时林太太,一口气磕了三十几个头,最后五体投地,拉也拉不住。林太羞怯说,人逼急了,有什么办法想呢,恨的是穿了裙子,基本走光了。徐总说,就是全部走光,也是贤惠女人 此处,应有林太太一记白眼翻过来。阿宝说,林先生慢慢就醒了,司机看前轮,竟然还有点气,大家上车就跑,油门有了感觉,七十就是七十,一百就一百。古太说,接下来呢。阿宝说,接下来,是修车,陪林先生看病,回到宾馆,第二天就告别了。陆太笑说,真的,就没一点花絮,这一晚,林太多需要安慰哪,没半夜敲门进来,总有话要搂着说呀 与"天火烧"后潘静的想法无二致,估计是河北老乡。林太笑说,两位姐姐真无耻,这种时候,我就是再有什么想法,也犯忌,何况,我是从一而终的女人,我给了司机一笔钱,代为祭扫。阿宝说,这是应该。说到这里,林太双手合十,闭目喃喃说,笃信西方黄金大仙,黄金大仙保佑我,保佑大家 宝岛原本已是漫天神佛,遍地拜拜,不介意林太太新请一尊。大家不响。汪小姐说,碰到这事儿,我还真磕不下去 再次表示对老公之不屑。古太说,确实的。徐总说,磕不下去,老公难保。古太说,只是说

○中外迷信咸信此举有驱邪驱鬼功能。○林太太前面所言『害羞』及『丢脸』,皆言此事。

说嘛,为我老公,最后一定是磕了。阿宝笑说,磕不下去,一车子人也不答应。徐总笑说,摁住牛头去喝水,非磕不行。

大家不响。此刻,阿宝发现李李新做了发型,面色极不自然,比较紧张,也就忽然,包房门开了,一阵小风 有杀气。经前面鬼故事铺垫尤甚,进来一个人。李李不动 知情者不动。徐总与汪小姐忽然变了颜色 当事人自动。苏安走进了包房。阿宝起来招呼说,苏安呀 不知情者乱动。李李转过来,略有尴尬说,稀客稀客,服务员,加椅子。苏安笑眯眯不动,讲北方话说,宝总,介绍一下客人呀。阿宝介绍了三位太太。苏安挡开阿宝的酒杯,讲上海话说,现在听得懂的,基本就不是外人了 一副吃讲茶腔调,今朝我来此地,是因为多次寻汪小姐谈,全部不理不睬,不见面,不响,我现在,只想问汪小姐一句,从常熟回来,已经两个月了,汪小姐,胸部有点胀了,肚皮里的小囡,也是日长夜大,请问汪小姐,预备几时几日,到红房子医院去打胎,这个小囡,必须打胎。

○道光二十二年发配新疆的林则徐在《壬寅日记》里提及西部道途险阻:『路多坎窝,车每陷入。』『约二里许至其巅,而狂风大作,几欲吹飞人马,欲停车不得,扑入车内,雪又缤纷,山巅非驻足之所,欲下岭则陡坡有覆辙之虞』。清代淘金在于阗以南昆仑山浅山克里雅河流域。河里金沙,『大者如豆,细者如粟』,金矿和作坊『阴森可怖,恍若地狱』。○这批到西北谈项目的,也算淘金『人士』。

○复旦大学附属妇产科医院,前身为1884年两位传教士在黄浦江边创办的『上海西门妇孺医院』,美国基督教会主办,是中国历史最悠久的妇产科医院之一。因有红色屋顶而得名。

十四章 287

拾伍章

壹

曹杨加工组,总共有五座冲床,制造马口铁玩具_{多年后成为怀旧玩具收藏界的宠儿},铅笔盒子。部分残障人员,装配简易五金件。5室阿姨,是阿宝同事,四十出头,瓜子脸,细腰,勤快和气,养有三个小囡。老公昌发,棉纺厂工人,国字面孔,工厂积极分子,神气里有点强横_{一个细腰,一个方脸;一个和气,一个强横——轻描淡写,俱是伏笔},以前每日一早,坐大门外的小板凳,细读"毛选"半小时,等5室阿姨叫一声吃泡饭,再回房间。有一次,单位的黄鱼车拖了昌发回来,昌发拉紧铁栏杆,不肯下车。大家看热闹。5室阿姨走近,轻幽幽一句,昌发。昌发酒醒了一半,乖乖爬下来,摸回房间里。小珍的弟弟小强说,不要看5室阿姨笑眯眯,关紧房门,要昌发做啥,就做啥。小珍说,小强有天爬上杨柳树,细竹竿顶上捏一团湿面筋,黏知了,看到5室窗口里,昌发用一根鸡毛,帮5室阿姨搔痒。5室阿姨横于藤榻上,两腿长伸,鸡毛滑过脚底心,5室阿姨哼了一声,鸡毛朝下滑,脚趾头弯曲,小腿发抖,鸡毛撩另一只脚心,阿姨笑一声_{包袱在笑声中抖开}。透过杨柳叶子,小强脚底板一痒,差一点跌下来_{批者也痒了}。这一般是礼拜天,5室的三个小囡,全部野到附

○街道里弄主办的小型简易工厂,解决"社会闲散人员"就业,业务由正规工厂发包。

近小河浜旁边去疯。落雨天，三个人一排，呆坐大门口。邻居讲，阿大阿二阿三，可以回房间去了，回去呀。阿大讲，已经锁门了，走不进去。邻居压低声音讲，去敲门，敲了门，就进去了，敲得响一点，去敲呀，敲呀。阿大不响。大家笑笑。后一年，阿大已经懂事。有次邻居叫阿大去敲门，阿大忽然怒了，马上回嘴说，赤娘的瘟皮。邻居一惊，也直截了当回骂，拿<small>吴语，即"你、你的"</small>娘瘟皮，赤拿娘。再到礼拜天，5室照样房门紧锁，三个小囡，照样稳坐大门口，邻居一声不响。再一年，昌发得了小中风，房门就不锁了，到了礼拜天，三个小囡，一个也不出来。

<small>○论爆发力和穿透力，"沪粗"大逊于各地方言，唯"瘟皮"二字可圈可点，与中华方言里各种不堪前缀之"皮"相比，多一种凄惨哀怨之病态，以不应有之婉约胜出，别具"要眇宜修"的复杂性。</small>

<small>·上海诗人木心有"你锁了人家就懂了"之名句传世，此时此处，易一字为"你不锁人家就懂了"，也是板好的。</small>

工人新村的生活，加工组哐哐哐的冲床声音，一天又一天。附近沪杭铁路，真如货运站的无名铁道，时常交替咯噔咯噔，嘶嘶嘶嘶的金属噪声，重复震响，正南风起，是苏州河船鸣，西风足，菜田的粪肥臭气<small>好一派田园风光</small>。到了生日，年节，邻居十户为范围，送各家一碗三鲜面，馄饨，甜咸圆子，粽子。家家门窗大开，纯真坦然，同样也饱含心机<small>皮薄馅大</small>，单是马桶间，内容相当丰富。号称"两万户"工人民居，楼上楼下，以十户合用一个厕所单元计算，两万除以十，总数就是两千个厕所单元。每个单元有四间厕位，中间隔有三块板壁，两千乘以板壁之三，二三得六。上海的"两万户"，计有六千块厕所板壁，每一块板壁，为竖条杉木板拼接，靠近马桶圈的位置，上下左右，挖有六到十六个黄豆大小的洞眼，按最低数字，每板六个洞眼算，六千再乘六。结论是，上海工人新村"两万户"马桶间，计有最低数目字，三万六千个私人窥视

拾伍章 289

孔。住过这类户型的居民，心知肚明，这个统计数目字，只少不多。阿宝走进马桶间，关了板门，也就处于两面满布孔洞的空间里。经常咿呀一声，隔壁有人进来，板壁只遮蔽小腿以上位置，下为空档，无需弯腰，看得见近旁，出现一双塑料红拖鞋，漆皮木拖板，脚趾甲细致，小腿光滑，这是2室大姐姐，或楼上小珍。对方也看见阿宝的海绵拖鞋，脚趾 把阿宝换成沪生或小毛，此时或会吟一句"料青山见我应如是"，脚跟，近在咫尺，一板之隔，两面稳坐一对男女，夜深人静，即便非礼勿视，也听得见隔壁，宽衣解带的一切动静，入厕声响，撕纸声音 一字不易，断成三行，便是极好俳句。如果来人落座，先是将封堵板壁洞眼的旧纸，一一拔除，耐心换上一团一团新纸，逐个塞紧，窸窸窣窣 用的若是自家手纸（一度需凭票供应），这是十分重视，相当舍得，接下来，种种私密过程，谨慎掩饰，一般就是年轻女子，其他妇女同志，除5室阿姨外，要麻木得多 因为腰细？。这个所在，只有双方是互相不开口的异性邻居，多少免一点尴尬。题外话，如今观念里，这种半公开，男女混厕的场合，起码要用背景音乐屏蔽，但当年只有红歌红曲，如果有人敢冒天下大不韪，于这种不洁空间拉一根电线，播放红曲红歌，一经举报，足够条件打成现行反革命，这是毫不手软，毫无疑问的。

○古人作诗，但凡触及数字，多取善巧方便，大而化之，似乎有所依据。比如李白"和三万六千日，夜夜秉烛"和"三万六千日，一日须倾三百杯"；辛弃疾"三万六千排日醉，龚毛只恁青青地"，算来如西高安出土元青花把杯中"人生百年常在醉"，等等，皆基于○道家讲三千六百法，而准算出○"人生百法，即是门，每门又一万法。○道在三万六千种法门。屎溺。

○谷崎润一郎《日本的厕所》"……都以木制的为上品，涂蜡的最佳。用木质制作的，经年累月，虽渐呈灰黑色，可是木材的纹理仿佛具有魅力，神奇地令人心安适。尤其是青翠的杉树叶散落在木制小便池里，不仅使人眼目清明，而且静谧得绝无任何音响这一点，真是太理想了。"

阿宝端坐于冲床前，机器发出均匀声响，使人清心寡欲。机器是监督者，尤其冲床的机头较高，右上方的飞轮，发出轻快的哗哗声，让阿宝集中思想，分散压力。脚踏板一动，世界有变化，上方出现复杂的摩擦与润滑，飞轮产生机械运动，吃足分量，发出巨大的哐当声，转动曲轴，形成效果。维修工黄毛介绍，冲压原理，叫"雌雄配"，冲头，也叫"雄头"，直接顺从两面燕尾滑槽，重压下来，顶下来，让铁皮压进模具凹孔，静止半秒，相当有力道，铁皮与模具充分吃透，吃到底，懂吧，模具工行话，凹凸到底，称为"煞根"或"杀根" 上海话"厉害"或"决绝"之出处。雌模里面，有弹簧顶针，高碳钢快口，冲头顶到铁皮，压进雌模，回缩之际，冲压件外缘的边角，顺便一并截除，截断，然后冲头退缩，返回上方，飞轮内弹簧销子脱开，回复到轻快的空转状态。阿宝单脚一松，雌模内顶针一顶，长脚镊子一钳，原本一块花花绿绿的铁皮，弹了出来，已压制成一件立体品种，喳的一响，落到竹筐里，这算完成了一件。五座冲床，冲压五种铁皮构件，五个操作工，显得并不重要，机器是主角，五只不同的脚，踏出不同的下冲时间，机器声毫无规律。五座机器，五尊丈八金刚，五面铁屏风，左遮右挡，稳如泰山。维修工黄毛穿行其间，有时，阿宝的角度，能看见黄毛一条腿，一只袖套，并不是黄毛已为机器所肢解，是处于不同的视觉位置。阿宝只能看见其中部分 工业立体主义画风。5室阿姨，有时做3号冲床，有时做4号冲床。如果模具边角变毛，顶针断根，黄毛就要拆卸整座模具，送到制罐十八厂修复。黄毛是该厂正式工人，老婆死了三年，5室阿姨比较关心，曾经介绍过不少女工对象，有一个梅林罐头厂的女工，圆面孔的小阿桂，最近经

· 单调重复之声色，迹近入定，洗脑功能特强。今之电子游戏亦无不以这种配乐令人沉迷。

○ 旧上海黑话里的黄腔，将勾搭或调戏妇女称为"车"，比如当年流行之"车赖三"，或由以上动态而来。

常来往。见面地点,就是工棚内外。小阿桂厂休,经常过来做客,有一趟,小阿桂带来"糖水蜜桃",一次带来一饭盒子"午餐肉",一搪瓷缸"茄汁黄豆",这叫"散装罐头",是罐头厂的内部供应,卖相不好,味道一样。黄毛坐下来就吃,5室阿姨夹了一大块午餐肉,走到4号冲床,直接塞进阿宝嘴巴 当年梅林牌罐头午餐肉虽然淀粉含量高,但多少还算有肉。但小阿桂来了几次,忽然见不到了。有天5室阿姨说,黄毛确实喜欢小阿桂,只是,罐头厂吃得太好了,小阿桂做了新娘子,回家习惯只吃素菜,黄毛想想,两个人生活,吃饭方面,就不大有意思,因此不谈了 这样的理由居然也能编得出来,5室阿姨魅力何其强大!。5室阿姨准备继续介绍,黄毛说,再讲吧。5室阿姨笑笑,低头不响。这个表情,证明5室阿姨,永远是文静女人。部分女邻居,包括小阿桂,喉咙响,容易嘻嘻哈哈,打情骂俏,5室阿姨一开口,和风细雨,路上见到阿宝爸爸妈妈,也是微微一笑,不声不响,让人觉得舒服 所以能"慎独"于厕所。现在已经是夏天,工棚沿用弄堂私人小厂方式,梁上吊了十几面硬纸板,让一个智障小弟牵绳子,挂板整齐前后移动,靠风力降温。今年,黄毛借来小马达,自做三片铁叶子,外加网罩,造了一架排风扇,一开电钮,棚内风凉至极。到了八月,来料减少,冲床工,只剩阿宝一人,其他人员,集中到工棚另一个角落里,做一批电线插头的手工,两片接触铜片,捻一对铜螺丝。

　　事件发生于阿宝独对冲床的阶段。这天下午,铜片手工,基本结束了,大部分人放了班,只有三个智障小弟,于墙角台子前忙碌。阿宝手边,还剩一个钟头的料。5室阿姨拿了一团油回丝 纺织厂废料,可用来擦拭机器设备,保养四部静止的冲床。天气变阴,闷热,

(批注:每一样俱是当年备受欢迎的美味,三天两头能吃上这些个,还是特价,今天标准,绝对算"奢"了。按"轻)

马上要落阵雨。每次冲头回到高位,工作台前出现的一方小窗,也已经变暗,有时勉强看到,5室阿姨半爿身体移动,一条臂膊,头发。有时,阿姨全身完全隐入黑暗,大部分时间,是机器的模糊侧影。人机合一 天越来越暗,冲床前的工作小灯,更黄更暗。每一次冲压,小灯铁皮罩抖了几抖。雨落下来了,顶上的石棉瓦响声一片。黄毛走到2号冲床前,总开关一揿,2号飞轮均匀转动,冲机上下滑动,油壶对准滑槽八只加油眼,注油保养。这是阿宝的听觉,此地位置看不见。以后,飞轮一直空转,黄毛一定是忘记关车,走开了。再以后,空中一个雷鸣,一道雪亮的豁显。阿宝眼前,冲头缩回高位,小窗前方,露出5室阿姨三分之一后背,三分之一短发,5室阿姨蹲于2号冲床的阴影里,看不见黄毛。闪电一显而失,5室阿姨蹲于直立的冲床前面,两臂抱紧前方,头发与肩胛,不断前后作横向移动,与冲床上下滑动的频

○闪电,又作"豁西"。类似桥段,曾出现当时芭蕾舞剧《白毛女》第六场,地主黄世仁逃跑途中躲进奶奶庙避雨,一个惊雷外加一道闪电之中,惊现庙中偷食贡果之白毛女喜儿。

率不一致,一经银光勾勒,也立刻消失,因为冲头已经下落,遮挡了小窗。阿宝注意挑出铁皮件,噔的一响,落到竹筐里。雨落下来了,冲头回上去,眼前一方小窗,只见黑暗,上方是机器轮廓线。然后,冲头又滑下来,遮蔽小窗。所谓机械运动,铣床是横向移动带旋转,当年少见数控机床,以及自由机械手,上下运动,也只是冲床,插床。前后反复横向运动的机型,相当多了,镗床,磨床,狗头刨,牛头刨,包括龙门刨。机械内部构造,基本以锁紧V字滑槽,M字滑槽为配合要件,所谓铸铁质地的燕尾槽,雌雄槽,经过金工修正刮铲研磨,两者之间高度配合,保持内部的自如润滑,通有油眼,带油封,经常压注机油,用以在滑动之际,保持灵活度与力道,防止磨损。这故事是作者自己来讲,书中人物无从打断,只好自行"外插

拾伍章 293

花"了。过了一刻钟,阿宝听见2号冲床关闭,手头还剩了十几张铁皮,5室阿姨慢慢走近来了,搬了一只凳子,坐到阿宝身边,帮忙做下手。阿姨清爽的短发,有不少已经翘出,前额一滴汗光这一滴,胜却人间无数,尽得风流。此刻,黄毛由另一方的机器后面出现,直接走到角落的台子前。三个小弟,漠然面对剩余的铜皮手工,迟钝缓慢,语焉不详。也许雷电之亮过于深刻,阿宝晓得,这是5室阿姨与黄毛的第一次接触。中年男女的方式,隐秘,也极为大胆"隐秘"谈不上,符合卡尔维诺《未来千年文学备忘录》里的"轻逸""迅捷"。一周后,阿宝中班放工,忘记了饭盒,返回到车间,已空无一人,阿宝走到冲床侧面,忽然,5室阿姨与黄毛跳了起来,两个人仍是雷雨时期的姿势,黄毛像冲床一样直立,外表还算整齐,5室阿姨蹲于黄毛身前。阿宝见状,急忙转身离开。5室阿姨追出来说,阿宝。工棚外面,是一条小河,垂柳依依。5室阿姨说,我不换工作服了,一道回去可怜黄毛就这样被"晾"在冲床边上。两人一路走。5室阿姨面露惧色说,刚刚看见啥了。阿宝说,外面进来,眼睛一片漆黑,眼睛痛。5室阿姨说,是吧。阿宝说,是的。5室阿姨笑笑,叹了一口气。阿宝闻到5室阿姨的肩膀,头发上,全部是黄毛身上浓烈的机油气味。

冲床也是床。现代主流汉语文学,每写男女苟且,不是田间地头,就是村前村后,如此重金属工业风现场实属罕见,亦大异于屡屡出现于本书之"弄堂居家泡浴风",显得"相当有力道",且发散出"浓烈的机油气味"。

贰

小毛做钳工的七十年代初,上海民间,盛行一种自制不锈钢汽水扳手,图案有孙悟空,天鹅,海豚,奔马,老鹰与美女都是容易做出自然弯势的形体，扳手两面，可以用精密磨床加工，亮可鉴人，也可用金工刮刀，手工刮铲各种花式的金属隐花，就如镜面上，出现星星点点的小花图案，太阳一照，相当别致。每一只扳手的咬口，设计得各不一样，另留小圆孔，可以挂进钥匙圈 为了不时能在人前炫耀，天晓得当年上海人因此多喝了多少箱汽水啤酒。小毛的师傅，钟表厂八级钳工。姓樊，大胖子，解放前跟外国铜匠学生意，车钳刨磨铣，样样精通，往往是做中班，吃了夜饭，樊师傅拿出一块三毫米不锈钢板，上面已用钨钢划针打样，比如三只老鹰，一匹马，一个美女，量材而定，让小毛用白钢样冲定位，然后，到钻床前打透一圈。不锈钢坚韧，容易发烫，扭断钻头，这是苦生活。然后，台虎钳夹紧，每一件毛坯，要用白钢凿子，顺了钻眼，一一凿断，再锉光毛刺，逐渐修平整，交到樊师傅手里，通常已经是下班时间 整整干了一个班次私活。精加工的部分，樊师傅亲手做。老鹰羽毛，马蹄，美女头发，小腿，皮鞋后跟，锉得有肥有瘦，细脚伶仃，曲曲弯弯，精致玲珑。细钢凿，奶子小榔头，慢慢敲，慢慢凿，刻出马尾，鹰爪，美女大腿，双峰纹样，最妙是眼睛，钟表厂条件优越，小钻床，钻八丨丝的细孔，压进半透明蓝色，咖啡色尼龙棒料，这种有色尼龙棒料，先用钟表车床，车出规定尺寸，用"米乌表" 即微米尺，"米乌"系微米符号μ之音读 仔细量准，然后做配合。樊师傅说，就算沪西"老宝凤"银楼，最高级金师傅，也做不到的。中式嵌宝挂件，难有这种精度，跟洋式不能比的，手势，生活经 即工艺，完全不一样。小毛不响。明白这几种扳手

○ 当年技工最高等级，地位接近高级工程师，工资约是艺徒小毛10倍。○ 现今技工只为初级、中级、高级工，技师、高级技师。

• 外国铜匠，特指江南机器制造局为造洋枪洋炮于1904年派往德国日本奥国法国学习的上海工人，"海归"后即成上海和中国第一代技工。

○ 彼时另一家名气更响的银楼"老凤祥"，承制了大量体育比赛、主要是国际乒乓球比赛的专用奖杯。

拾伍章　295

里，美女式最是精美，尤其正面双峰，先要钻一对绝细的孔洞，压进两粒粉红尼龙棒料，然后，双面锉成粉红凸点，砂纸打出圆势。二百多斤樊大胖子，大手大脚，特号背带裤，大额角上面，套一只钟表眼罩，工具摊开一台子，只为一个拇指大小的钢制美女服务，件件合金钢锉刀，堪比柳叶嫩芽，更细更柔。樊师傅十根胡萝卜胖手指头，灵巧非凡，美女逐渐颠鸾倒凤，曲线毕露，逐步顺滑，滚热，卷发飘飘，这真是缭乱青丝，锦衾怜月瘦。最后，通体用绿油抛光。这个过程，是一段动人的纪录电影，DIY奇迹，寄托男人的感情与细心。

○蓓蒂若能一睹樊师傅手相或者会想到1957年连续在大光明影院开两场演奏会的奥伊斯特拉赫，前苏联小提琴圣手，被誉为"莫斯科的帕格尼尼"，重超过樊大胖子，一双又大又厚的肉手，樊师傅那样的"胡萝卜胖手指"用不上，"翻飞"、"跳跃"、"滑动"词汇，是不着痕迹几乎看不出来，力度和高度，再细腻的技巧，再精确的指法，完全被这双伟大的大肉手一手遮天。

•又名绿油抛光膏，由三氧化二铬、氧化铝和粘接剂合成，外表呈深绿色。

　　樊师傅说，汽水扳手容易做，钳工最要紧，是精度配合。樊师傅拿出一只旧铁皮罐头，里面有洋火盒大小一块方钢，手一抖，方钢内滑出一块钢榫。小毛拿过来看，两件方钢，叠角四方，严丝合缝，抽送自如，到灯前一照，不漏一丝光线。樊师傅说，这是我十七岁手工生活，雌雄榫，也叫阴阳榫，看上去简单，其实呢，做煞人不偿命。孔要方透，榫要方透，两方变一方，两方穿一方，要一点一点，锉刀尖去搭，铲刀尖去挑，三角刮刀去擦，灯光里去照，绿油去磨，去养，以上六个动词之后的被及之物，不是木材，不是玉而是金属，是不锈钢！小毛说，嗯。樊师傅说，现在的工人，三十七岁，四十七岁也做不出来。小毛不响。樊师傅说，做生活，就是做人，如果腰板硬，自家先要做到，出手要漂亮，别人有啥可以讲呢，无

△这"一抖"，可与卖蛋男人"有勇无谋，朝天乱抖"，以及俞小姐夹一块目鱼大烤"筷头一抖"并称"金三抖"。

DIY开瓶器,式样包括孙悟空,铁扇公主,阿飞,熊猫,鹿,嫦娥飞天等等,网上不见本项民间收藏,当年草根创意,富含机械金工手段,表面呈现暗影装饰,比如金属压花,滚花,铲花等等,手法精湛,拙笔实难表现于万一。

啥好讲了。小毛动一动方钢,闷声不响。樊师傅说,想当年,有人揭发,讲我解放前参加黄色工会,经常抱舞女,穿尖头皮鞋,踏兰铃脚踏车,哼,滚拉娘的茶叶蛋,算啥呢,去调查汇报呀,就算是解放了,兴茂铁厂,一半工人去嫖,去赌,舞厅里,全部是工人,盛隆机器厂,工人顶讨厌车间开会,读报纸,只想滑脚出去,去抱舞女。永大祥绸布庄,一成人养小老婆,上海,小老婆有多少,据说十万不止,这有啥呢,天塌下来了吧,毛心里的天此时塌了半边。有一种瘟生,天生就会打小报告,搞阴谋,嚼舌头,讲我贪图个人奖金福利,跟资本家穿连裆裤,欺骗政府。有天开会,大家讲到一半,我一声不响,拿出这只生活经玩意儿,台子上轻轻一摆。我讲,啥叫上海工人阶级,啥叫老卵,啥叫大老倌,啥叫模子,面子,这就叫真生活真本事,真把式,这就叫上海工人阶级的资格。据说技术工人最有觉悟,最有理想,喏,这就是觉悟,就是理想。小毛说,人家讲啥。樊师傅说,吃瘪了,不响了,会开不下去,统统回去汰脚,瞓觉了北京话·洗洗睡,闷屁不放一只,无啥好讲。于里做的生活,就是面孔,嘴巴讲得再好听,出手的生活,烂糊三鲜汤,以为大家不懂,全懂,心里全懂。小毛说,现在四十七岁的人,为啥做不到这种精度。樊师傅说,人各有命,有的人,开手就做得好,尤其做艺徒时代,如果天生笨,懒,最后眼高手低,只

拾伍章　299

能偷偷摸摸去开会，搞花头，搞组织，捧大腿，拍马屁，跟老板讲条件，要求增加工钿待遇，<u>巫搞百叶结</u> 东北话"净瞎整"，北京话"蒙事儿"，搞点外插花，心里明白，单靠自家两只手，已经赚不到多少钞票，养不活一家老小了，有啥好讲呢，只能瞎卵搞了。小毛说，"大字报"写过，革命工人参加黄色工会，同乡会，互助会，是刘少奇鼓励的，让我朋友沪生听见，师傅肯定是反革命。樊师傅不响。小毛看看方钢说，师傅，我到四十七岁，做得出这种精度吧。樊师傅不响。

待等小毛人到中年，精密数控机床全面取代八级钳工，樊师傅这一类上海工人师傅，无论是大肌肉型还是小肌肉型，作为一种固定人设，基本绝迹。

叁

沪生分配到一家小厂，混了一年半，父母找到关系，调入某五金公司做采购与这份工作比，小毛等于降级进了曹杨加工组，阿宝算直接上山下乡，插队落户，经常出差，来来往往，认得几个列车员，买不到票，安排坐邮政车享受陆地版徐志摩待遇，这是夏天的特别经验，车门大开，白杨与田野不断朝后移动，凉爽至极。每到一站，工作人员抛下几只邮袋，收上来几只邮袋。火车永远朝前。沪生席地而坐，其他人员，坐车门前两条长凳，聊天聊厌，就到帆布邮袋堆上躺平，从邮袋里顺手摸一沓信，仔细看。国民之间的联络，只靠信件来往，数量巨大。这些人看信，相当有经验，先看落款，笔迹。老式红框信封，公家信封，牛皮纸，道林纸，再生纸信封，外表不论，折扇一样展开，从中拣出几封，等于打扑克牌，先选大小王，大牌仔细摆好，其他掼进邮袋。再伸进邮袋，挖出一大叠。大量城市青年去了农村,因此农村寄往农村的信,也有价值,主要是注意寄信人落款,如果落笔明白,某市某区某楼某号某缄或某省某市某单位某寄,一般就是无价值的垃圾牌,塞进邮袋。留下来的信封,笔迹要羞怯,谨慎,娟秀,落款必须是"内详"两字,属于好牌 属于今天"斗地主"里的"王炸"了。选五到十张好牌在手,人躺于邮袋上面动一动,头颈一靠,寻到舒服位置,交叉搁脚,抖个两抖 一抖变两抖,本书迄今为止最愉快的一抖,然后出牌,也就是拆信封,看信。即便经过了精选,大部分信件的内文,对于陌生人还是莫名其妙,看个三五行,张三李四同志你好,首先敬祝领袖万寿无疆。阿姨爷叔,外婆舅母,最近好。一切安好。革命的握手。革命敬礼。眼光于信上一扫,捏成一团,抛到车门外面,零缣断素,风立刻刮走,一道白光。再拆一封,读,张三李四,万寿无疆。抛弃。一道白光。再拆,再看,阿姨爷叔外婆你好。抛弃。小风凉爽,车子摇晃,昏昏欲睡。忽然,看信人读出声音,比如,我一直想你。真的想你。此刻,其余人在摇晃中入梦,这类信文的声调,钻进梦中人的耳鼓,或读信人一拖入梦者裤管"拖裤管"动作表示读信人目光被信纸牢牢吸住,大家睁开眼睛,爬过邮包,凑近读信人,认真读出声音,读两到三遍,仔细审看信纸,其中的段落,结尾,纸面起皱,认定有眼泪痕迹,或胭脂痕,对准太阳一照,但最终,一封滚烫的情书,化为了一道白光,飞向茂密的白杨,广阔田野的上空,消失。此刻,沪生通常独坐于车门口发呆,头发蓬乱,车门外面,快速移动的绿影,一间间孤独房舍飞过去,看见牛,几只白羊,一切不留声息,不留痕迹,飞过去。一切朝后飞快晃动,消失。火车经过一条河,开上铁桥,一格一格高大

○又称"零缣断楮",即"写在零碎细绢和残破纸片上的诗文"。○早期"碎片化阅读"。

・十年后滥觞的"知青文学",不知有多少种子萌芽于这些"数量巨大"的"农村寄往农村的信"里。

拾伍章 301

的铁架，出现姝华的面孔。<u>想起电影《日瓦戈医生》的开头</u>。司机鸣笛，进入上坡，副驾驶多加几锹煤，沪生前胸扑满浓烟，煤屑从头发中洒下来，落入头颈，两眼刺痛，即便有眼泪，沪生也不想离开，心里明白，姝华去吉林务农，已经几年了，少有往来，只是半年后写来一封信。

○卡夫卡《致密伦娜情书》："写信意味着在贪婪地等待着的幽灵面前剥光自己，写下的吻不会到达它们的目的地，而是在中途就被幽灵们吮吸得一干二净。"○前面被拆开然后化作白光飞走的无数封信，纷纷扬扬都为落在此处。

沪生：原谅我迟迟写信。我一切好。带了几本书，一本《杰克·伦敦传》。下乡落户是朝鲜族地区，吃米，吃辣，也吃年糕。女人极能干，家家窗明几净，来了客人，男主人通常不动，即使大雪天，也由女人送客到大门外很远，雪地里不断鞠躬，颇有古风<u>初来乍到时的例行新鲜感</u>。离开上海去吉林的路上，发生一件大事，车停铁岭火车站三分钟，大家下去洗脸，然后列车缓慢开动。南市区一个女生，从月台跳上火车，发现车门口全是陌生男生，想回到月台，再上后面一节车厢，没想到一跳，跌进车厢与月台的夹缝里。我当时就在这节车上，眼看她一条大腿轧断。火车紧急刹车。女生的腿皮完全翻开了，像剥开的猪皮背面，有白颜色颗粒，高低不平，看不到血迹。女生很清醒，一直大叫妈妈，立刻被救护车送走了<u>很清醒，可能是有预谋的自残。细思极恐</u>。火车重新启动。我昨天听说，她已经痊愈了，变成一个独脚女人，无法下乡，恢复了上海的户口，在南市一家煤球店里记账<u>小集体编制，最低等级单位</u>。几个女同学都很羡慕，她可以留在上海上班了。这事叫人难忘。沪生，我写信来，是想表明，我们的见

○前文阿宝一家迁往曹杨新村，见"大片农田，农舍，杨柳，黄瓜棚，番茄田，种芦粟的毛豆田，凌乱掘开的坟墓"时，作者既有'这全部算上海'之语，此处何不兴'这也算留在上海上班'之叹。○信封字迹想必格外娟秀，邮车工人拆开若只看开头，应无耐心卒读，后面才是值得'一拖裤管'之戏肉。

解并不相同，所谓陈言腐语，"花鸟之寓目，自信心中粗"，人已经相隔千里，燕衔不去，雁飞不到，愁满天涯三句出自宋人薛梦桂《眼儿媚·绿笺》，像叶芝诗里所讲，我已经"支离破碎，六神无主"，也是身口自足。我们不必再联系了，年纪越长，越觉得孤独，是正常的，独立出生，独立去死。人和人，无法相通，人间的佳恶情态，已经不值一笑，人生是一次荒凉的旅行。我就写到这里，此信不必回了。祝顺利。姝华。自《繁花》刊行以来，这一封绝交信，犹如沪剧《碧落黄泉》"志超读信"，不断被热心读者单独拎出来反复把玩咀嚼，更成为改编话剧最具剧场效果之大段独白。此信若真有那么好，好就好在虽于叙事部分之外处处用典，"所谓陈言腐语"碎了一地，几无一句原创，却字字发自内心，句句戳到痛处，哀感顽艳。一个恋爱中的上海女文青内心"荒凉"之日常，至此突变为无比真实、冷酷而坚硬之现实，满目大荒，彻骨寒凉，"为赋新词强说愁"和"为说愁硬搜词"，竟不知哪一种来得更为自然，更为得体。

　　沪生希望收到姝华的信，但心里明白，再不会有信来。姝华走前，归还几本旧书，其中肖洛霍夫短篇集《顿河故事》内，夹有一张便条，上面写：曾经的时代，已经永别，人生是一次荒凉旅行。这让沪生记起，1967年深秋1966年以来的至暗时刻，一个下午，沪生陪姝华，走进中山公园，去看

○龚自珍《顾伯升修撰》："即有时对清歌艳丽舞，亦如花鸟之寓目，自幸心中粗了，可以隐矣。六月内遍踏匡山，水石胜绝，自恨宿因不深，不得为此中净侣。至真州，遇三弟，备知兄近日行履。兄才识盖世，阅事已久，若于此事稍稍勘破，人间佳恶情态，真不直兄一笑也。"

△四字语出袁中郎万历二十九年与陶望龄书："数椽残茅，十亩烘田，已付之妻儿管理，身口自足，毋庸劳心仕途。"

●两句出自叶芝《第二次圣临》（The Second Coming）："在不断扩展的循环中旋转/旋转/猎鹰已听不到驯鹰者的呼唤/万物都已解体，中心难再维系/世界一片混沌/血染的潮流横溢到处/都有纯洁的礼仪被淹没/好人都缺乏信念，而坏人/却狂热到极点。"

▲语出奥逊·威尔斯《公民凯恩》台词："我们一个人活，一个人死，只有借着爱情和友谊，我们才制造了一时的幻象，觉得自己并不孤单。"

◎肖洛霍夫1926年作品集，上海文艺出版社1959年出版，草婴译本。

拾伍章　303

一看华东最大,还是远东最大的法国梧桐,公园门口,一样贴满大字报,但越往里走,等于进入一个坟场,寂无一人,四顾旷莽,园北面有西式大理石音乐台,白森森依旧故我,旁边一口1865年铭记的救火铜钟,已遍寻不着,另有一条小径,上跨一座西式旱桥,静幽依然,满地黄叶。园西首,遍植梧桐,极自然的树冠,与行道树不一样,寒风割目,两个人寻了许久,总算于荒芜中,见到了这棵巨大梧桐,树皮如蟒,主干只一米高,极其壮伟,两人无法合抱,虬枝掩径,上分五杈,如一大手,伸向云天。沪生说,听说是意大利人手种,工部局里记录,是意大利移来,总之,正巧100年了。姝华仰面说,1867年,法国梧桐,还是意大利梧桐,100年的荒凉。沪生不响,树上有一只斑鸠,鸣了一声,弃枝飞离。沪生拉了姝华的手,走了几步,姝华松开说,古代人,每趟看见乔松嘉木,心脾困结,一时遣尽,但是我仍旧觉得,风景天色,样样不好看,浓阴恶雨。沪生不响,地上的枯叶发出响声,一个工人骑脚踏车经过说,几点钟了,快走吧,要关园了 彼时工人师傅说话都不太客气了。沪生不响。一周以后,两人再聚静安寺,坐94路去曹杨新村看阿宝。上车并排坐定,车子摇摇晃晃,位子小,姝华看看窗外,靠紧沪生说,我觉得荒凉 真正的荒凉已在远方静候。车到曹家渡,上来两男一女,两男是高中或技校生,一人是蓬

○ 工部局于1924年建成的露天音乐台,英式建筑,半圆穹顶声音效果极佳,台面长17公尺,高8公尺。『工部局交响乐团』专用。1970年底拆毁。2013年按文献图纸重建。

· 铸造于纽约,1881年运抵上海公共租界救火会瞭望台,为上海最早火警钟,1922年移至中山公园做为摆设。重约2吨半,高4英尺,底部直径6.3英尺。1958年『大炼钢铁』期间失踪。2013年按同比例仿制。

公园西北角近苏州河

△ 树若成精能做人语,此刻应大喝一声:『老子也曾见证过衣香鬓影,仙乐飘飘的时光,没你说得那么荒凉,少来这一套。』

▲ 见到好大一棵树但是心里不高兴的人还有《世说新语》里的那位大司马:『桓温北征,经金城,见年轻时所种之柳皆已十围,慨然曰:「树犹如此,人何以堪!」攀枝执条,泫然流泪。』

松的火钳卷发，留J型鬓角，军装，大裤管军裤，身背"为人民服务"红字绒绣的军绿挎包。另一男戴军帽，蓝运动衫，红运动长裤，军装拎于手中，脚穿雪白田径鞋，照例抽去鞋带，鞋舌翻进鞋里，鞋面露出三角形的明黄袜子。女初中生，穿有三件拉链翻领运动衫。这段时期，无拉链运动衫，上海称"小翻领"，拉链运动衫，称为"大翻领"，即便凭了布票，也难以买到，只有与体育单位有关系的人员，才会上身。女生的领口，竟然露出里外三层，亮晶晶铝质拉链，极其炫耀，下穿黑包裤，裤管只有五寸，脚上是白塑底，黑布面的松紧鞋，宝蓝袜子，如果是寒冬，这类男女的黑裤管下端，会刻意露出一寸见宽的红或蓝色运动裤边——1966年的剪裤时代，已经过去。此刻三个人，处于1967—1970时代，小裤管仍旧是这个时期的上海梦，这身女式打扮，风拂绣领，步动瑶瑛，是当时上海最为摩登，最为拼贴的样本，上海的浪蕊浮花，最为精心考究的装束。姝华轻

拾伍章　305

声说,色彩强烈。沪生说,是的。姝华说,漂亮吧。沪生说,这不议论。姝华说,过去纱厂里,江南女工穿蓝,黑衣裳,绒线大衣,像女学生,胸口别自来水笔_{姝华早生15年,也是这样一身},苏北女工,喜欢绿缎红绸,绣花鞋面,粉红袜子。沪生不响。姝华说,我觉得太土了。姝华的发际,撩到沪生耳边。沪生说,嗯。姝华说,此地又不是北京。沪生看看自己的军裤,一声不响。

<small>讲到穿衣戴帽,姝华此刻应该拽一句黑格尔:"历史的针角再次开线,传统的联系再次分崩离析,多少世纪的约束转眼便杳无踪影。"</small>

<small>○此物正被运动裤或工装裤取代。军裤再次流行,要等7年以后北京时髦青年流行军裤改制的"军喇"。</small>

<small>(接上页)贴艺术"之精髓,即"不同经验在各自发展过程中突然被阻断后的巧合遭遇——"三分革命+三分自嘲+两分自觉或不自觉+两分荒诞不经"。上海新"阿飞"领先欧美"朋克"足十年。○此风格有可能在很多年以后出现在纽约的某些"中国风"潮牌时装发布会上。</small>

军队子弟,对于父母的背景,难免自豪。当时军装军帽军裤,尤其五十年代授衔式样,留有肩章洞眼黄呢军装,包括军用皮鞋,骑兵马靴,为服饰新贵,是身价时尚翘楚,也是精神力量信仰的综合标志。这段时期,上海年轻人习惯于军帽内里衬一层硬纸板,帽型更挺<small>为了把软塌军帽做出挺刮的"大盖帽"顶圈</small>,学生往往于上课时把帽子置于屁股下压坐。旧时代上海四川路桥,泥城桥头,有人以抢帽为生,黄包车准备冲到桥下,客人头戴苏缎瓜皮帽,燕毡帽,瑞秋帽,灰鼠皮帽,高加索黑羔皮帽,英国厚呢帽,下桥一刻,有人五爪金龙,一捏一拎,头上一空,车子飞速下桥,难以追回,帽子卖于专门旧货店<small>都还值几个钱○钢琴当然更值钱</small>。几十年后此刻,也有人专抢军帽,临上电车,电影散场,进男厕所小便,拥挤中,冷清中,头顶

<small>○北京人称"喇嘛黄"。○1965年取消军衔制,军官的阶级,干部和士兵,至少在军装上,只是两个口袋和四个口袋之别。</small>

<small>△"拆梢党"日常营生之一,黑话称帽子为"顶宫",抢帽子为"抛顶宫",抢衣服是"剥猪猡"。</small>

306 繁花〔批注本〕

一轻,军帽消失。或是三两青年迎面走来,肩胛一拍,慢慢从对方头顶,卸下帽子,套到自家头上,戴正,扬长而去"戴正"二字非关尊重,而是宣示"物已有了新主"。军帽价值,在极短时间内,地位高到极致,但是行抢者一般自戴,不存在倒卖关系,这是上海历史的奇观与北京相比,上海市区驻军和部队大院不多,军装军帽属于紧俏货色。当时全体国民崇尚军队,风行景从,最高的职业象征,只在军容军装。此外,国家体育并不废除,代表了蓬勃朝气,也因上海体育系统"上体司"红卫兵,一枝独秀。军装与运动装的趣味结合,引为时尚。当时上海的市民服饰,普遍为蓝灰黑打扮,其中出现这类出挑的男女,就有电影效果,满街蓝灰黑的沉闷色调,出现一个女青年,娟娟独步,照例身穿三到四件,彩色拉链运动衫,领口璀璨耀眼,裤脚绽露红,蓝裤边"红配蓝、讨人嫌",外露脚背的红袜,蓝袜或者黄袜"红配黄,赛流氓",这种视觉效果,既是端丽可喜,也等于蚬螨乘驾,竟然能逼作者拽出《楚辞》里的大词,足见视觉效果之震撼,驰骤期间,醒目显眼,见者无不惊赏,这种实力,色谱,趣味,精神内涵,实在与前后历朝历代,任何细节文化元素,扮相,品格,质地,无法相较,流行与流氓,一字之差,即也是讲,车中的男女,与年前革命小将的内涵,渐行渐远,完全化为两种人。两男一女三个青年,坐于车厢中部香蕉位子 前后连接处带有弧度的面对面纵向座位,一男紧靠一女,军装盖于两人之上,女生靠紧男生,眼睛紧闭,粗看是平静,但是军装下面,一直是动,使得女生一直有表情,车子右转弯,香蕉位子横向左面,更是醒目可观。姝华有点异样,身体分开了一点,轻声说,想下车了。沪生说,过几站就到了。姝华说,大概是晕车。姝华低了头,面有红晕。香蕉位子又移动到眼前,军装下面,一直是动,抖 这一抖,也是愉快,女生两腿相绞,眼睛紧闭,嘴

拾伍章 307

角时时抽搐。车子开开停停。忽然男生对一个中年乘客说,看啥,当心吃生活 吴语"挨揍"。中年男人不响,立刻别转身,静看窗外,捏紧了拉手。沪生对姝华说,靠过来一点 批者不禁要问,这是打算安抚还是意欲效尤?。姝华不动。沪生轻声说,我不禁要问,这种情绪,太消极了,世界并不荒凉。姝华怒了,扭身看定车窗外,一路无话,到了站,急忙下车 这对冤家但凡一起上街,貌似就不曾碰上过什么好事。

该日,天色发灰,站牌旁等候的阿宝,看上去也是灰蒙蒙。沪生见到阿宝,松一口气,姝华也松弛下来。阿宝身边,是曹杨新村邻居小珍与小强。小珍提议去长风公园。大家同意。小强带路,穿过公园附近大片灰扑扑的菜地,田头照例有零星老坟,有几种砖墓,只埋了半棺,四面用青砖砌漏空狭长墓室,上盖青瓦,现已经一律毁坏,破碎棺材板横于田埂旁。

长风公园内,秋风萧瑟,游客稀少,景色发灰,发黄。灰黄色"银锄湖"上,只几叶小舟。游人食堂业已关闭。大家逛了一圈,索然无味,只得爬上湖边的"铁臂山" 开湖挖出约30万立方米泥土堆成,山门前一对石狮,来自圆明园,登临山顶,传说可以看极远的景致,是当时所谓沪西第一峰 海拔26米,与

○ 1959年国庆节建成,园名取《宋书·宗悫传》"愿乘长风破万里浪"之意,取领袖《送瘟神》"银锄"、"铁臂"命名人工湖和人造山

湖上泛舟之人,可能包括姝华、沪生都喜欢的《梦》后的恐惧》之匿名作者陈建华:"在一九六七年秋,我们去了长风公园,租了一个船,水手被遗忘在荒岛上。我想起俘房,被征服者……想起这些弱势坐在草地上,四周渺无人影,王定朗读老朱的新译作——波德莱尔的《天鹅》一诗……而在最后一段:'我想起一切失而不复得的人!不再!不再!'同中,对文明发出了不平的抗议。"《陈建华《天鹅》之死》○六十年代的文学追想起仁慈的母狼哺育他们,想起有人吞声饮泪,悲哀想起瘦弱的孤儿像枯萎的蓓蕾。○一个古老的"记忆"有泛舟银锄湖的体验。○上海人九成以上都

小朋友又问：这傻男人，干什么的？

我答：当年精干的人，运动积极分子，体育教练或教工，1967年，皮鞋是凤毛麟角，普通时尚男女，以田径鞋，乒乓鞋为上品，篮球鞋，为上上品，即使是1972年，上海产『回力』篮球鞋，在北方仍属稀罕之物，鞋带则容易买到。

杭州西湖孤山高度相等，望得见市中心国际饭店，及苏州河旁大小烟囱此时冒出的尽是有气无力的"事后烟"。然而此刻，这些远方风景，包括沪西细节，已经朦胧。姝华说，上海，一副灰扑扑的荒凉和"荒凉"干上了。沪生说，亭子间文人的《夜夜春宵》，讲四十年代一对杭州男女，到国际饭店开房间，茶房领进去，两个人去看窗外风景，一眼发觉，上海的西南角，有一座小山。姝华冷笑说，这种书也谈了。沪生说，是批判的眼光谈呀。阿宝说，小山，距离不对吧。小强说，铁臂山，解放后堆的呀。小珍说，啥叫开房间。沪生说，真想不到，两人发觉的小山，是佘山。阿宝说，市中心，一眼看到七八十里外，不可能的。姝华说，下等文人，还有啥可以讲。

○因《亭子间嫂嫂》走红，周天籁稿约不断，高峰期一天同时为七八家小报连载小说，包括《夜夜春宵》在内，堪称"亭子间春宵金庸"。

沪生说，只能推断，三十年代，空气好，房子少，"步行串联"的阶段，我走过七宝，走到佘山，走了整整一天，脚底起几只泡。沪生讲到此地，极力朝西南面佘山方向瞭望，远方与近旁，同样灰色，缥缈如雾。小强拎了一袋老菱，此刻请大家吃。姝华勉强剥了一只，立秋后的嫩菱清香生脆，深秋老菱带壳煮熟，果腹效果更佳。阿宝与沪生，吃得满地菱壳。小珍提议说，我湖州的娘舅，开船到了上海，大家要不要去前面，盘湾里码头，到船上去看看，近的。于是大家下山，满园萧条，秋叶飘零。姝华说，眼前景物只供愁，我已经发冷了，生命不止眼前的满地菱壳，还有更愁更冷的远方。

• 难说。《夜夜春宵》男主到国际饭店顶层二十四楼，可以看到苏州天平山甚至杭州亘山。当年『远东第一高』的国际饭店，在上海人心理上距离天空之近，如白先勇《永远的尹雪艳》里所写：『(王贵生)天天开着崭新的开德拉克，在百乐门门口候着尹雪艳转完台子，两人一同上国际饭店廿四楼的屋顶花园去共进华美的夜宵，及灿烂星斗下的月亮。王贵生说，如果他家的金条儿能够搭成一道天梯，他愿意爬上天空，去把那弯月牙儿掐下来，插在尹雪艳的云鬓上。』

公园对面，是华东师范大学后门。华师大枣阳路校门至今仍斜对长风公

拾伍章 311

园2号门，大字报仍有不少。五个人晃进校门，荡来荡去，东张西望，越朝里走，人越少，无意之间，逛到一个冷僻地方，一小片葡萄园，枯枝败叶后面，有一排铁丝网，内有狗吠，但看不见狗影。不远就是大学天文台，满眼荒凉。一幢大楼门口，碎纸乱转，楼厅里，到处是垃圾。大家顺楼梯上去，灰蒙蒙，空无一人。走廊两面的房间，摆有大小玻璃瓶标本，部分已经漏气，破裂。光线照到的地方，是灰黄色，液体浑浊，仿佛是浸泡咸菜或者肚肠，暗褐形状，全部像是腐败，地上大量碎玻璃，黏腻液体。小珍捂紧面孔说，快下去。姝华朝走廊叫一声，有人吧。引起走廊回声，一串窣窣的响声，像有动物爬过，空气里福尔马林气味变浓，复杂起来，暗中作响。小珍说，真吓人，我下去了。大家不动。味道越来越刺鼻，时冷时热，有一阵喘息，也许锅炉漏气，水管渗水，破窗里一阵风移动，砰的一响。传来几声狗哭，走廊深处，似有哭声回应。沪生后背发冷，拉了姝华，跟小珍下楼。阿宝与小强奔下楼来。小珍说，怪不得大学闹革命，原来，比殡仪馆还吓人。小强说，大概有僵尸，棺材，有赤佬 厉鬼。狗大吠，大家奔了一段路，才算停下来。眼前灰色校园，灰蒙蒙领袖像，灰蒙蒙湖浜，亭子，荒凉程度与隔壁的公园一样。沪生说，一场噩梦 总算说出一句对女朋友胃口的话。还是被吓出来的。姝华说，如果是夜里，这幢房子的味道，等于《巴斯克维尔猎犬》，《四签名》两部中篇小说均出自《福尔摩斯探案集》，风格惊悚。

　　五个人晃出大学正门，过了马路，斜对面，便是盘湾里沙石码头。大家直走进去，见到了苏州河，岸边一排大型抓斗，景色开人心胸，变得暖温异常。大家跟定小珍小强，熟门熟路，走上一条湖州拖轮，船老大就

○多年后，年轻人成群结队晃进购物中心，见到一排排"抓娃娃机"那些小型抓斗，心中也会觉得"温暖异常"。

是湖州娘舅,向大家招呼,请上甲板。拖轮不算小,船舱里,玻璃明亮,舱板两面叠了棉被,可以靠背。湖州娘舅让大家坐定,拿出老菱,成段青皮甘蔗招待,行灶里,是热腾腾湖州肉粽。小珍说,哥哥姐姐,不要客气,我自家娘舅。此刻沪生感觉,四周恢复了正常。舱板与窗外苏州河,临流沧涟,同样上下左右浮动,颜色变亮,闪金碎玉,显露生动韵致 和劳动人民在一起倍感踏实。大家吃甘蔗,吃粽子。湖州娘舅说,每两个礼拜,我运一趟生石灰到上海,已经做了七年,尤其对苏州河的盘湾里,相当熟了,相信吧,我眼睛闭紧,也靠得稳码头。沪生笑笑。船舱里一股粽叶香,大家讲了一番,精神起来,再去甲板上望野眼 即"无意义远眺"之意。湖州娘舅说,前面就是沪杭线,凯旋路铁桥,《战上海》电影,解放军开火车进上海,经过铁桥的镜头,拍的就是这座桥。阿宝说,我第一次听到。湖州娘舅说,苏州河像盘肠,就是盘湾里的来由,对面是以前的圣约翰大学,也叫学堂湾,一座"学堂桥",去年拆掉了。沪生说,拖轮吃水多少,是铁板船,还是水泥浇的。湖州娘舅说,内河拖驳,一定要用钢板焊,只能跑里港,如果开长江,叫外港,开杭州湾,叫新港,俗称的"黑底子",是夜航船,"红底子",日班轮船 都是"老底子"的事。此刻,大家发现,东面来了一条巡逻汽艇,由下游开来,汽艇头翘得高,分来的白水,像唱老

○又称"枕头粽",与嘉兴粽并列江南两大名粽《鹿鼎记》:"韦小宝闻到一阵肉香和糖香。双儿双手端了木盘,用手臂掠开帐子。韦小宝见碟子中放着四只剥开了的粽子,心中大喜……提起筷子便吃,入口甘美,无与伦比。他两口吃了半只,说道:'双儿,这倒像是湖州粽子一般,味道真好。'"

△1879年建基督教圣公会学校,1952年停办,院系并入华东师范大学、复旦大学、同济大学、上海交通大学、上海第二医学院、上海财政经济学院、华东政法学院,校址划归华东政法学院。

• 1949年5月,解放军打到苏州河,铁桥久攻不下,"伐谋"于北岸五十一军军长兼"淞沪警备副司令"刘昌义,25日促成其倒戈,解放军当日跨过苏州河接防。

生戏的白毛髯口 神来之毛，吞波吐浪，艇后小红旗，猎猎飘扬，拖了一具死尸。白浪分开，死尸面孔就朝上，相貌如生，随了艇身，于浪里起伏，如果尸体两手活动，几乎是仰泳运动员。湖州拖轮开始起伏。大家不响。湖州娘舅说，落水鬼面孔朝下了，是航速太快，死尸就轮番打滚，跟流速有关，一般静水情况，男人做了落水鬼，是面孔朝下，女人是朝上，唉，这个死人，跳了黄浦了，或者跳泥城桥。大家不响。湖州娘舅祷祝说，弟弟，小师傅，做人有悲有苦，不要觉得冤枉，早点到阴间去投胎，冬至日，我烧一点楮钱。汽艇顺了河道转弯，艇后的白浪，时隐时现一根绳索，水波不间断冲刷死尸面孔，漾起细花来，面孔埋下去，又翻转过来，一对赤脚出水，拉出一长道波痕。天色又开始发灰。最后，汽艇拖了死人，穿越了沪杭线铁路桥。对面曾经的圣约翰大学，像一幅图画，再后面，应该是旧书里多次写到的兆丰公园，即中山公园，看上去极为宁静，黄中带绿 正是北京青年最崇拜的"将校呢"色。姝华与沪生立于船头，沪生看定这块黄中带绿的树冠，想到了华东最大最高的法国梧桐，但看不清晰，河水东流去，听到附近火车鸣笛，沪生不响 两人一起目睹死人不是第一次了，区别是路上和水里，当场寻死和已死的。姝华手扶栏杆，忽然轻声读出《蘇州河邊》几句歌词，河邊／只有我們兩個／星星在笑／風兒在譏／輕輕吹起我的衣角／我們走著／迷失了方向／迷失了方向／僅在岸堤河邊裏／彷徨／不知是／世界離去了我們／還是我們把她遺忘。

○ 科学的解释：男性胸肌和骨架大于女性，女性臀肌和股盆大于男性，故而背重，正面轻，男性反之。

· 苏州河老桥，现为西藏路桥。○1853年太平军占领南京，租界当局在英租界西开挖"护界渠"，挖出泥土全积成墙，乃有"泥城"之名。

○ 陈歌辛词曲于1946年，由百代唱片公司姚敏、姚莉兄妹唱红。探戈节奏，黑人蓝调唱风，有"春申小夜曲"美誉。○歌词第一句为："夜，留下一片寂寞，河邊只有我們兩個。"

十六章

一

　　这天夜里，阿宝眼看苏安进来，面对一桌客人，质令汪小姐立即去做人流手术，轻悠悠，一字千钧。汪小姐滴酒未沾，云发漆亮，面留三分假笑。徐总立刻离座，拖了苏安就走 <u>摆渡船突然变身拖驳船</u>。苏安不肯从命，推来搡去，像吃多了酒，两个人刚移到包房外，李李一个眼神，阿宝关紧房门。静场。大家不响。李李讲北方话说，各位，再来个点心，上海生煎，蟹黄小笼，相当不错的 <u>常熟吃蟹两个月后，正值大闸蟹盛极而衰，阳澄湖膏尽黄散，汪小姐珠胎暗结</u>。古太眼睛骨碌碌看定汪小姐，讲北方话说，这是咋回事儿，什么人哪，她说什么了。李李说，这个嘛 <u>再机智的老板娘也有解释不了的局面</u>。林太讲国语说，我已经好饱，吃不下了。林太凑近陆太密语 <u>林太懂沪语，翻译</u>。阿宝说，来一碗酒酿小圆子 <u>教衍</u>。林太说，这个，真的不要了，时间不早了。陆太忽然说，啊呀，我们还是先回吧，刚想到一件事儿，我得去一趟衡山路，看个朋友。古太狐疑说，怎么了，那咱们，先走一步，服务员，埋单吧。李李说，埋什么单呀 <u>要埋也是常熟徐总埋</u>。阿宝见汪小姐面色凛然，准备开腔，欲言又止。古太客气了一番，拉拢手袋拉链，与林太，陆太匆匆忙起身，告辞 <u>"上海先进经验"至此宣告破产</u>。李李跟随送客。汪小姐也立起来，样子僵硬，客

十六章　315

气了一句,但声音太轻,不知所云,目送三个太太出门。<mark>自完全不明就里者阿宝"目接"始,至"欲辩已忘言"的汪小姐"目送"毕,短短数行之间,出场两男六女共计八人,竟分为挑事者、当事者、和事者、避事者、预先知情者、临时知情者以及临时也不知情者,分别做出六种不同情状:或只身砸场子,或贸然暖场,或挺身救场,或试图圆场,或集体冷场,或借故离场——如此紧锣密鼓密不透风之局面,竟然还强行顺利插入两道上海点心、"眼睛骨碌碌"以及"拉拢手袋拉链"之类小动作,至于汪小姐脸上,更有从"假笑"到"凛然"再到"僵硬"之三变。上下有俯仰,左右有顾盼。白描巨椽在此。</mark>

　　包房里,只剩阿宝与汪小姐。阿宝让服务员离开,关紧房门<mark>逼供架势自然摆开</mark>。汪小姐摇摇头说,我的霉头,触到了南天门<mark>"倒霉到家了"之意</mark>,碰着赤佬了<mark>见鬼了</mark>。阿宝不响。汪小姐说,也太滑稽了。阿宝说,怀孕是真的,还是假的。汪小姐发恨说,等徐总进来,我倒要问一问了,苏安有啥资格,对我指手画脚<mark>虽有避重就轻之嫌,其实道出此事关节所在,相比之下,怀孕算是正常</mark>。阿宝说,去一趟常熟,就有了身孕。汪小姐说,关苏安屁事,真是好笑,还好意思叫我去红房子,十三点。此刻,李李进来,乌云满面,随手关紧房门。汪小姐说,徐总呢。李李说,服务员讲了,徐总的车子,一直停门口,两个人上车就走了。汪小姐气极说,看到了吧,我当初太相信李李了,徐总有多好,做人热情,样样好,现在呢。李李说,啥,我根本一句不响,只记得有一种人,不想带老公,非要自家散心,要放松,现在好了,松出大事体了<mark>怼得好</mark>。汪小姐不响。阿宝说,吃了交杯酒,发了脾气,最后,吃瘫了,挳进楼上的房间里。汪小姐说,就算我怀孕,有啥呢,我有老公,正常呀。阿宝不响。李李

<mark>○苏安与徐总关系,两个月前商量常熟行程时宝总已有所提及,但被李李打断。『南霸天』一词上戏时似乎忘记,此处常熟车到『南天门』时,还有一个名叫"老四"的凶神恶煞大总管提醒。</mark>

说，这天下午，大家集中到天井里听弹词，有两个人，一男一女，为啥不露面。汪小姐说，男女坐到楼上，关紧房门，一定就是做呀。李李不响。汪小姐一笑说，老实讲一次，这天我呢，最多让徐总抱了一抱，香亲了几记，这就怀孕了，笑话。李李不响。阿宝说，后来呢。汪小姐说，后来嘛，后来就是听唱片，吃茶，谈谈呀。阿宝不响。汪小姐说，现在我再一次声明，我怀孕，是私人事体，我本来就想生一个。李李不响。汪小姐说，我可以老实讲两次，到常熟之前，我身上已经有了。阿宝沉吟说，有了身孕，硬要吃白酒，这不大像名侦探阿宝。一句话扭转局面。汪小姐闷一阵说，我老实讲三次可以吧。阿宝不响。李李眼睛看台面。汪小姐说，我跟宏庆，已经办了假离婚。阿宝不响。汪小姐说，主要是为了怀孕，不影响宏庆的职位，办了假离婚，立刻也寻人假结婚，是宏庆托了人，让我跟一个新老公，开了结婚证，三方约定，讲起来是结婚，肉体不可以接触也只能是君子协议了，这次老实不得，登记这天，办事员面前，我跟新老公，只拉一拉手，然后我迁进对方的户口里，宏庆付新老公费用，百分之三十，等到小囡出生，报进对方户口，再付三十，然后，我就离婚，再跟宏庆恢复婚姻，我跟小囡的户口，再迁回来，余款全部付清计划无懈可击。李李不响。汪小姐摇头说，结果呢，办定了协议，领了结婚派司结婚证，"派司"即英语pass音译，医院里查出来，我是假孕，怪吧，一场空欢喜，宏庆就紧张了，因为跟新老公的协议，一年为限。阿宝笑笑。汪小姐说，这种事情，我真不想讲，别人当笑话听。阿宝说，后来呢。汪小姐说，怀孕泡了汤，宏庆就跟新老公打招呼，耐心等一等，协议再拖一拖，新老公，宏庆的驾驶员介绍的，钟表厂下岗工人，会武功，脾气好。阿宝说，名字叫啥。汪小姐说，登记这天，宏庆，驾驶员陪我，户口迁进新老公的地址，所有阶段，我一声不响。阿宝说，新老公地址，是啥地方。汪小姐说，苏州河旁边，莫干山路。阿宝说，慢，新老公叫啥。汪小姐说，叫小毛，做工厂门卫，有啥不对吧。阿宝说，名字呢。汪小姐说，只看了一眼结婚证，我忘记了，驾驶员叫新老公小毛，我就叫小毛。阿宝说，小毛讲啥。汪小姐说，我告诉小毛，情况有变化，再次怀孕时间，讲不准了。小毛讲，阿妹，不要紧，一切好商量，无所谓的 失散多年之故人，竟以这种方式"回归"，可发一声长叹。

三个人闷声不响。李李说，讲得漏洞百出，假离婚假结婚，对外面保密，这我可以理解，到常熟之前就有了身孕，明显是说谎了，具体真相是啥。汪小姐不响。李李说，为啥苏安会吵上门来，关键部分，一句不肯讲 至此，明戏者应该只有宝总一人。汪小姐不响。阿宝说，也许苏安是眼睛尖，我以前的老邻居，绍兴阿婆，只要看一眼女人家的走相，身架，就可以明白，究竟是私带黄金，还是怀孕 书上只隔着一沓薄纸，小毛和绍兴阿婆，此时已隔万重山岳。李李说，如果苏安是这种老妖怪，有这种眼火 即北方话"眼力见儿"，可以到红房子坐堂了。阿宝笑笑。李李说，苏安的消息，肯定是徐总透露的，徐总的消息，是啥人讲的。汪小姐闷声不响。李李说，这是瞒不过去了，这种坍台 梨园行术语，演砸了，丢脸 的事体，要是让宏庆晓得了，我等于是拉皮条了，带坏别人的老婆，领了良家妇女到常熟，胡天野地，宏庆就是抽我两记大头耳光 北方话叫"大嘴巴子"，杭州话叫"杀头巴掌"，也是应该的 以深度自责逼供，放大招了。汪小姐叹气说，啊呀，现在我开始老实讲 四次，可以了吧。李李不响。汪小姐说，怀孕是一场空欢喜，到常熟前一天，我再去检查，医生看了看讲，已经看见，我又有一粒优质卵子，要我努力，我现在，等于讲到个

318　繁花〔批注本〕

人隐私了，当时，宏庆也一直去看男科，因为数量不足，医生讲，这一次不足，下一次，也可能提高，老婆一亩三分田，老公要认真种，多付体力劳动，以前老毛最高指示，每个人，要自觉自愿，做播种机。做夫妻，只要认真种田，就有好收成这大夫莫非是农村赤脚医生出身，医院回来当夜，马上就种田，坏就坏了"接下来"三个字，当时我想了，我这样一个弱女子，结婚，离婚，结婚，我已经三趟了，眼睛一霎，我拿了三本派司，上海人讲，我已经"两婚头"了，我心里烦，到了夜里，我还要配合，跟宏庆插秧，种稻沪生在场，一定不禁要问："这岂不是插队落户了？"，我等于是犯法，等于是过婚外性生活，我等于轧姘头，我裤带子松，真是作孽前面李李所责"现在好了，松出大事体了"，原来落在此处，因此，我思想活了，也想去外面去放松，结果蛮好，放出了大事体。李李说，讲得对路了。汪小姐说，旧老公，离了婚，新老公，又不作数，我到了常熟，当时对徐总的印象，是不错的，要吃就吃，想醉就醉，结果呢，弄我到楼上去休息，醒过来，帮我氽了浴，糊里糊涂，两个人就做了这桩事体。○不论书中是猴年马月、今夕何夕，"氽浴"一直顽固地成为"这桩事体"之代指，不过依然有"自行氽浴"和"帮我氽浴"之别

李李咳嗽一声。阿宝说，后来呢。汪小姐说，从常熟回到上海，寿头宏庆，还是振兴"农业八字方针"1950年代农业纲要，即"土、肥、水、种、密、保、管、工"，以农为木，开荒种稻种麦，抢种插秧，单季稻，双季稻，夜夜深耕，弄得我昏头昏脑，一个月后，肚皮有苗头了，有了。宏庆的检查报告出来，数量也是达标，我这就烦难了，不上不落，跑到玉佛寺里，几次许愿，求求菩萨保佑保佑宏庆抑或徐总？，一次走出庙门，请一个瞎子算八字，瞎子皱眉头想了半天，吞吞吐吐讲，目

•1900年代建寺，经历了1965年代，寺院、经卷、佛僧、法器法物竟毫发未损，奇迹。

十六章　319

前形势,大告不妙,瞎子居然明明白白看见,有两条蛇。阿宝说,是假瞎子 意思是信了?。汪小姐说,讲是"开天眼",明明白白,看见有两条蛇,盘紧一只蛋,比较复杂。我当时一吓,因为宏庆与徐总,同样是属蛇。瞎子讲,一般情况,是蛋壳一破,两条蛇游走,或者其中一条蛇,一大口吞进了蛋,连带对方这条蛇,也统统吞进肚皮里,世界也就太平了,但是目前,这只蛋,过于大了,壳相当硬,两条蛇抢来抢去,吞不进,吃不落 沦为"二龙戏珠"之低配版。我问,蛋是啥意思。瞎子讲,蛋,就是目前一桩大事体。我一吓讲,有啥解决办法吧。瞎子讲,如果主动敲破了蛋壳,世界就太平了。我心里一抖,怀孕得来不易,要我去流产,不答应,我付钞票离开,回到房间,宏庆得知怀孕,殷勤周到,新老公也马上来电话,恭喜我怀孕,老三老四的腔调,要我细心保胎,多吃营养,我表面笑,心里虚,现在想想,我到常熟,是贪酒贪色 好像哪里不对,眼泪朝肚皮里咽。李李不响。服务员开门想进来。李李一挥手,门关紧。汪小姐说,我就跟徐总通电话,讲明我怀孕了 倒也不好说她有"碰瓷"之嫌。徐总无所谓,笑了笑,只讲徐家汇房价涨跌情况。我就气了,掼了电话。隔了一天,苏安就来电话,一只接一只,打过来骂人,先讲我诈骗,后来逼我去红房子,我气伤心,决定不睬,不接电话。接下来,苏安就不响了。徐总还算好,几次约我碰头吃饭。我只恨苏安,想当初,就是吃了苏安一杯酒,拿我摆平,让我昏头,让大家看笑话,看我羊入虎口,昏倒楼上,我等于是脱光了送货上门,一钿不值,这一次,苏安翻了面孔,我总算明白,姓苏跟姓徐的,穿了连裆裤子。汪小姐讲到此地,拿出纸巾揩眼泪。李李说,蛋要是敲破了,宏庆就疑心,如果保蛋,苏安每夜睁眼到天亮,真要是徐总的骨血,接下来官司,遗

○ 苏安那一杯酒,应只为速度放倒酒疯正炽之汪,息事宁人而已。事到如今,依然错判形势,执迷不悟,贪、嗔、痴俱足。

产，名分，潮潮翻翻。本来"常熟的一家一当，包括前妻两个小囡"，有可能全部算李李的财产。汪小姐不响。阿宝说，照阿婆的绍兴话讲起来，这就叫"贱胎"。汪小姐趴到台面上，当场就哭。这件勾当，大可不至于狗血如此。生物学上，宏庆虽不是亲爹的"不二之选"，但于人情于常理，皆是当仁不让之首选，"红房子"自然要去，还要勤去，不为"破蛋"，而是完卵，即小毛所嘱之"细心保胎，多吃营养"直至顺利分娩。日后即便有"滴血认亲"之类狗屁倒灶，与"打死狗讲价"之既成事实相比，终归是后话之后话。整件事情，坏就坏在汪小姐对徐土豪别有怀抱，情有独钟，以至于读者在哀其不幸怒其不争之际，竟然忘记这里最大的苦主其实是苏安。苏安酸。

二

这天下午，康总陪了三位老总，赶到昆山，谈定了生意，主方设宴招待，饭后进K房消遣，陆总先是醉了，斜到沙发上，闭目养神。少爷摆上水果，白裙小妹开了酒。昆山是台资厂聚集处，以上"职称"皆产自宝岛。陆总毫无知觉。妈咪领来十余位紫裙小姐，鱼贯进入包房，排队立齐，陆总醒了，讲北方话说，我先瞧瞧，哪位是大美女。大家不响。陆总走到小姐队伍前，一个一个细看，笑眯眯看定一个，握手问候，热情拥抱，哈哈哈哈，笑容满面，拍拍抱抱。小姐素质高，见过各样世面，面对热情过分的客人，自然配合。一个哈哈哈，一个吃吃吃，笑声一片。十余人抱完，陆总等于首长检阅，深情问候说，小姐们辛苦了。小姐齐声道，老总辛苦。青年沪生若在场，一定"不禁要"痛斥"反动透顶"。陆总一一细看，退后三步，软声说，哪位美女想上床，自个儿站出来。队伍里有五个小姐，一个接一个，羞答答朝前跨出一步，姿态姣妍，笑容可掬。陆总不响，大

十六章　321

家不响。也就是此刻,陆总忽然退后了两三步,面色由笑变凶,变为狰狞,只半秒钟,怪叫一声说,都给我滚,什么狗屁美女,什么小姐,歪瓜裂枣,真他妈差劲,都他妈的滚,通通滚蛋,滚出去,全部滚出去,滚出去。康总当时一吓。陆总身材矮小,最后几声喊叫,借助两手动作,魂神飞越,拍手拍屁股,用尽了浑身力气,蹲到地上,喉咙嘶哑,痛心疾首。妈咪吓得低到尘埃里张爱玲也被吓出来了,妈咪保重,小声说,出去出去,快。小姐低了头,蛇一样快速溜走鱼贯进场,斗折而退,一夜鱼龙舞。妈咪转身赔笑,讲北方话说,这位大哥,别那么大声成吗,我胆儿小。陆总上去,一把抱住妈咪,笑笑说,对不起对不起,我怎么了,我可以啊。妈咪挣扎,拉一拉肩带说,小姐还要不要了敬业。陆总说,要呀,赶紧带过来呀,赶紧的。陆总退后一步,向妈咪深深鞠躬说,真是对不起了,给您添麻烦了,劳驾您了,请再邀请一些小姐过来嘿。妈咪七荤八素,心事重重出去内心独白想必是"碰着赤佬了"或"又碰着赤佬了"。大家不响。陆总嘿嘿一笑说,小妹点歌,点《北京一夜》。大家不响。音乐起来,京字京韵。此刻门外,妈咪领来十余位小姐,见陆总唱歌,缩头静候。陆总拿了话筒,脚一顿,并不顾忌音乐节拍,用足丹田之气,高声唱道,one night in Beijing 我留下许多情 / 不敢在午夜问路 / 怕走到了百花深处 / 人说 / 百花的深处 / 住着老情人 / 缝着绣花鞋 / 面容安详的老人 / 依旧等着那出征的归人 / 把酒高歌的男儿 / 是北方的狼族 / 人说北方的狼族 / 会在寒风起 / 站在城门外 / 穿着腐锈的铁衣 / 呼唤城门开。

以上歌词,有男声女声,高昂难唱,但陆总句句唱到,五音不全,情绪彻底投入,身体一伏一仰,声嘶力竭,唱得最后蹲于地

○陆总家乡话,这叫"闹酒炸"。○陆总与在上海老同学厨房随手就吃了案板上三根小葱的陆太,果然两口子。

上,几乎咯血。大家不响。康总觉得,面前就是一个狼人,一个恶魔,喊到极点,唱到身体四分五裂,五脏六腑崩溃为止,就像电影,胸口穿出一团黏液,喉咙伸出一只怪手,暴露獠牙,朝天长啸,也不觉奇怪。这匹来自北方的狼把上海小男人着实吓得不轻。一曲结束,陆总大汗淋漓,接过小妹的毛巾。妈咪带了十余名小姐,再次进来排队。陆总冷冷一看,挥手轻声讲一个字,滚。妈咪怨极,回身对小姐说,出去。小姐连忙出去。妈咪说,这位大哥。陆总不耐烦说,干嘛呀,赶紧再带人进来呀,废什么话呀。妈咪只好出去。这天夜里,妈咪一共带进四批小姐,全部让陆总赶走。旁边古总,台湾人林先生等等,笑眯眯看戏。康总走近古总,低声讲北方话说,这位陆老总,脾气够怪的。古总讲北方话说,一回生两回熟,这主儿,每回一喝高,就这德性,嚎几个歌儿,撒个欢儿,要的就是这股劲儿,有啥法子呢,他好这一口儿。到了第五批小姐进来,康总实在看不过去,为陆总,古总等人,请出几个小姐 夜场老手。陆总回头一笑说,嘿,真是好,个个赛天仙,美人儿,快请,请吧您哪。陆总做一个一个邀请手势,特别高兴,陪了康总,一一殷勤安排小姐落座,拉过每位小姐玉臂,搭上客人肩头。有位小姐抽回手来,陆总微笑,再次上前,将玉臂摆正 好正,好笔。气氛也就缓和。最后,陆总拖了一个小姐,退回队伍。康总说,嘿,这是给您选的,干吗,再这么折腾,我可走了。陆总说,别介,我已经有了。康总说,哪个。陆总说,小妹呀。康总说,小妹是小妹。陆总说,我喜欢。此刻,跪在茶几前的小妹讲北方话说,陆总,我的工作,不是陪客人,是为大家点歌倒酒水的 分工精细。陆总微笑说,丫头,我就是喜欢你,过

○此曲是摇滚底子加京剧唱腔,素有『下房杀手』之称。○陆总老家不愧是吃狗肉的。

·此店规模不小,与前文苏州范总在广州某月酒店遭遇之游击战相比,完全是『昆山化』的流水线工业风。

十六章 323

来。小妹跪于茶几前不动。陆总变色说，那你就滚，赶紧滚，滚出去。小妹低下头来。此刻，古总搂了一个黑里俏小姐说，小妹，陆总的脾气，你是知道的，也就是陪着说说话儿，小费要吧，快。小妹勉强起来。陆总说，乖。我就喜欢这丫头的白裙子。妈咪见状，松一口气，带其余人马离开 人强马壮。陆总对小妹说，过来，先跳个舞。小妹勉强走到电视机前。小妹的裙子，经陆总一提，康总也觉得好看，蓬松的白颜色，像旧时舞裙，康总去年去美国，为女儿买的礼物，其中一款Forever 21白裙子，才三十二美金，但是优雅 康总此时应想不到，二十年后，这家店开到了上海南京路"老介福"楼上。音乐一直响，陆总与小妹跳舞，表情舒展，功架保持距离，合乎礼仪。大家放下心来，各自与身边小姐讲讲谈谈，猜骰子，吃酒。

康总刚刚定心，康太来了电话，康总避到走廊里接了。康太说，夜里三个太太，约汪小姐吃饭，想得到吧，结果冲进来一个女人，跟汪小姐大吵大闹，原来这个汪小姐，已经让常熟的徐总，弄大了肚皮，必须要打胎了。康总一吓说，真的假的。康太说，三个太太，全部跟我通电话，具体说法差不多 康太虽不在场，却是八卦汇集枢纽○八婆不出门，能知天下事。康总说，要是宏庆晓得，这哪能办。康太说，是呀是呀。康总说，不要外传，到此为止。康总挂了电话，靠到走廊里发呆。康总与宏庆多年老友，无所不谈，现在事关男女，事关怀孕，事关面子，如何是好，这是男人讲不得的事体 宏庆之前久耕不获，亦是"男人讲不得的事体"。且代阿宝外公和小毛娘同声一叹：做人，多少尴尬。康总想象不出，宏庆得知后，是大发雷霆，追问不休，还是沉默无语。眼前的走廊，互相交汇，错综复杂，金碧辉煌，华灯耀眼，像是皇朝巨大后宫，一队一队小姐，统一紫裙，玉颈香肩，一样的胸,一样的腿 多年以后,此处必须追加一句"一样的脸",妈咪带领之下,有如奔赴寝宫,接受皇帝龙恩的红粉队伍,也像是一支一支奔向前线的娘子军队,耽于声色,穿梭于四通八达,镜子一般的幻觉迷宫中,无疑是人间幻景 这样的幻景里传来这样的消息,更令人百感交集。康总木然回到K房,灯光已经调暗,音乐轻幽。沙发上,男男女女,刚吃了洋酒,吃水果,讲荤素笑话,猜大猜小,闷罐里的骰子,骨碌碌碌打转,一次次扣玻璃台面,哐哐作响,兴奋之后,容易倦怠,现在成双做对,相拥休息 竟然读出一派温馨祥和。电视墙的一侧,陆总与小妹还是跳舞,跳了快四,跳慢三,最后是慢两步,小妹双目紧闭,相貌柔和,白裙更为素净。陆总前趋,小妹后让,不知不觉之中,越跳越慢,一直跳到墙壁角落,小妹慢慢嵌进帘布深层,陆总背身朝外,显得高大,小妹在里,已经弱小,露一对金莲 作者入戏太深。社会和妇女都已经解放四十多年了,两侧裙边,遮挡了身体。慢舞,已慢到陆总身体停摆,停止,不再妄动一动 从四步到三步,从两步到一步。从康总的角度看过去,这场长舞,最后舞到了小妹消失,剩下陆总沉默的背影。陆总像是为开初种种怪异举止,寻求弥补,养气吐纳,面壁思过,两个人像是羽化遁离,墙角落里,只留了一个悬挂陆总衫裤的三脚衣架 老子云:"孰能浊以静之徐清?孰能安以动之徐生?"。看到此地,康总苦笑,稳坐沙发,身边的小姐,松一口气说,老公,太关心朋友了,电话太忙了,现在宁心休息。康总不响。小姐递过毛巾说,生意实在紧张,对吧。康总笑笑,看一眼周围。小姐侧过身体,酥胸汹涌,靠紧康总发嗲说,不要偷看别人呀,人家万一做点啥,难为情的。康总说,嗲煞人了。小姐笑笑,玉臂从康总胸口溜滑过去,签一块

○从古代『大人』『官爷』『官人』『军爷』『师爷』到后来之『大爷』『老总』甚至『哥』『老板』『老师』『老领导』,诸名之中,以公罕有回称『老婆』者。最为得法。客人只是笑纳,

十六章 325

草莓,送到康总嘴里。小姐说,老公,工作归工作,休息是休息,电话不许接了,身体要紧 快速进入"老婆"角色。康总笑笑不响 奈何这一套也正是康总正牌太太的日常。小姐说,老公做啥生意呢。康总说,我啊,是倒卖军火的,卖原子弹的。小姐说,瞎讲有啥好讲的。康总说,妹妹啥地方人,上海话,讲得可以嘛。小姐说,猜猜看。康总说,我猜不出来。小姐说,此地是昆山。康总说,等于是上海呀 约等于。小姐说,教我讲上海话好吧。康总说,学讲上海话,三个字比较难。小姐说,三个字,一定是三字经,开口骂人,难听的,此地是三好文明单位,有礼貌,讲规范。康总说,上海话"一只碗"三个字,讲讲看。小姐讲了三遍,龇牙咧嘴。康总说,上海人讲,嘴型基本不动。小姐再试,最终一嗲,倚到康总胸口说,讲得出汗了,实在讲不来。康总说,舌头要请师傅捻一捻。小姐说,啥。康总说,八哥鸟的舌头要捻,上面有一层硬壳,捻脱之后,就会讲了。小姐拍了康总一记说,十三。康总不响 以上皆为夜场尬聊寻常套路。○"碗"字上海话发音为⓪或⓪,与法语音素⓪相同,亦为从前国内大学法语专业倾向于录取江沪浙新生的原因。

小姐说,做上海女人,有意思吧。康总笑笑。小姐说,前天,碰着一只上海妖怪。康总说,妖得过这位陆总吧。小姐说,是讲女人,我陪客人唱歌,开心热闹,外面忽然冲进一个上海女人,拖一个客人就走,看上去,最多也就是个姘姘,做小老婆也没资格,还想装大老婆的腔调,真好笑 夜场从业者眼中的消费者,分工也相当明确。有个客人讲,阿嫂,先坐一坐,吃一点水果,唱几支歌再走。女人发脾气讲,这种不清不爽的龌龊地方,我哪里坐得下来,要是坐下来,就生龌龊毛病,我绝对不可以坐的 除非坐地吸土。康总笑笑。小姐说,老公,听听看,天底下,有这种十三女人吧,有这 ○"妖"或"妖怪",是上海话对一切不按牌理出牌、特别是不按上海本地牌理出牌的统称。○人无鲜焉,妖不妄作。

种垃圾吧,讲句老实话,此地多少干净,龌龊啥呢,这只女人,比我干净啥呢,每天的个人卫生,有我做得清爽,有我到位吧大实话,竟无力反驳。康总不响。小姐说,我一看女人这只面孔,就是蝴蝶斑,白带过多。小姐攀谈到此,康总一直笑笑不响。

康总一直是考虑,踌躇,是否暗示宏庆,但也是难不响为上策。此刻,墙角里的陆总,让开了身体,白裙子小妹从暗里钻出来,像是生气了,低头快步走出房间。陆总转过身来,灯光暗,看不到陆总表情。康总一拉身边小姐说,去呀,上去招呼陆总第一时间指挥补位,周到。小姐浑身一抖,缩紧头颈说,我不要,我不要,我吓的,这种妖怪男人,变形金刚一样,我吃不消的。康总打算起来,手臂让小姐抱紧,动弹不得。与此同时,陆总拉开了包房门,一直朝外张望。康总初以为,是等白裙子小妹进来,发现陆总笑容满面,寻花觅蕊,对每个经过走廊的小姐,频频招手把自己当成小姐了。门外常有小姐零星来往,尤其几只房间,同时有熟客,小姐忙于敷衍,见门内有男人招手,立刻就笑。此地并不是同楼陌生居民,不是冰冷马路,是天堂社会,大同世界,男女相见皆笑,满面春风,娟媚可人,也因为记忆模糊,以为是从前江湖恩客,也就让陆总拖了手,走进来,进来就关门,发觉眼前,只是一个热情过头的陌生男人,为时也晚。陆总笑容满面,鞠一躬,立刻抱紧了小姐跳舞,旋转舞动,不依不休。一直舞到小姐头晕目眩,舞到"发昏章第十一",回过一点心神,陆总已经开了门,执手为礼,躬送小姐返回走廊。这种开门招手,拖进来跳舞,礼貌送别,再招手,带进来跳,再欢送的重复做法,等于让康总看一组快镜头,目不暇接,

○冯梦龙《醒世恒言》第二十六卷『蔡瑞虹忍辱报仇』:『卞福脚影不敢出门。一日捉空楚到瑞虹住处,看见锁着门户,吃了一惊。询问家人,方知被老婆卖去久矣。只气得发昏章第十一』。○相当于前文及后文的『七荤八素』。

十六章 327

看得身边的小姐,一样七荤八素,眼花缭乱。小姐说,这副样子像啥。康总说,啥。小姐说,电视里,有一种吓人的非洲长毛蜘蛛,躲到黑洞里,头顶有一扇小门,只要外面有动物经过,门一开,拖进来再讲。康总大笑。小姐说,这只男人,是真正的宝货_{北方话"活宝"},胃口太大了,太怪了_{可怜小姐们本来也算是见多识广}。康总笑笑,眼看陆总不断带小姐进来胡调,转圈子,小姐的裙摆,时隐时现,有的惊叫,有的发痒,有的风骚,最后由陆总恭敬送出,鞠躬,笑容满面,直到白裙小妹进了房间,陆总才静下来,回到沙发,与小妹并排坐定,你侬我侬,情话无数。K房的风景,此夜因为有了陆总,注定

○这一番『K房的风景』,读起来活色生香,七荤八素,写起来步步惊心,不堪言。关于写作,冯尼苦古特曾这样告诫他的学生:『(写作时),应该能够像是在与陌生人的相亲中大放异彩,给陌生人带来快意的时光。或者,仿佛在经营一家上好的妓院,人尽可夫,门庭若市,即便事实上写作是一件极度孤独的差事。』

是特别。康总松了一口气。

众人消磨到半夜一点半,起身离开,走到外面,陆总满面疲倦,也意犹未尽,开口请古总,台湾人林先生等等朋友,先回酒店。古总讲北方话说,你们干嘛呢。陆总讲北方话说,有事儿跟康总商量_{犯了生意场大忌}。于是大家上车先回。陆总与康总,立于会所门口。陆总说,咱俩坐一会儿。康总讲北方话说,商量啥呢。陆总说,今晚我失礼了,闹腾不停是吧。康总说,没关系。陆总说,坐会。陆总蹲到旁边台阶。夜风有点冷。康总说,要不,去附近吃个夜宵_{观康总当晚表现,真欢场第一暖男也}。陆总说,别介,就坐这儿,烦劳康总大驾,真是过意不去。康总笑笑。陆总说,说白了,我是等一个人。康总说,啊。陆总说,就是小妹,白裙子的。康总说,酒还没醒哪,小费已经给了,已经结束了,其他人都走了_{银货两讫}。陆总说,不瞒康总,我已经爱上了这丫头了,我得等她下班。康总不

响。陆总说，小妹跟我讲，两点换衣服下班，我可以等。康总说，小妹真的好吗。陆总说，真是好，我什么女人没见过，心里明白，今儿我碰到小妹，那种好感觉，十几年没有了。康总不响。陆总说，我是肺腑之言，综合感觉，总体的感觉。女人，我要多少，不会看错。康总不响。陆总说，如今什么世道，有什么诚信亲情可言。康总不响。陆总说，家族企业，我都看透了，我可以完全堕落，一直找这感觉，一直找不见，没想到，这回来南边，碰见了小妹，让我回到少年时代，我得耐心等她下班。康总看表不响。陆总说，不瞒您讲，刚才说是跳舞，我俩已经做过了。康总不响。陆总说，我得跟小妹好好谈谈，我不是随便人，我得娶她。陆总说到此地，落了眼泪。

康总拍拍陆总肩膀。陆总说，她可是冰清玉洁，真是个天使，我是魔鬼，我服了，绷不住了，我得问她以后的打算，好多问题要问，要谈。康总不响。陆总说，这个丫头，是女人里的"至尊宝"，天九牌里最大，大小通吃，我实在没办法了。康总笑笑。这一夜，两个人在风头呆坐到凌晨三点半。但小妹始终不露面，到三点三刻，康总拉陆总起来，仔细问了保安，方才晓得，会所共有两个后门，一部分小姐，包括少爷与小妹，习惯走另一扇后门，容易打出租车。保安说，人员流动厉害，两位老板，是少了钞票，还是手机，是哪个房间的小妹，姓啥，工号多少。陆总摇摇头。康总与陆总再立了五分钟，不见人影，无奈坐出租车回去。一路无话，走进房间，天上起了朝霞，一点一点发红。

拾柒章

壹

　　小毛娘逢人便讲，全靠领袖的照应，否则小毛，就算是三只眼的杨戬，再千变万化，也不可能分配到钟表厂工作，档次太高了。小毛爸爸说，小毛以后，如果讨了一个蝴蝶缝纫机厂，凤凰脚踏车厂女工做娘子，一年就可以领到手表票，缝纫机票，脚踏车票。理发店王师傅讲苏北话说，乖乖隆的咚，小毛中状元了，讨两个老婆。小毛讲苏北话说，嚼蛆。王师傅说，缝纫机，脚踏车，大小老婆，快活快活。小毛爸爸白了王师傅一眼说，哼，想女人想痴了，每天摸女人头发，女人面孔，从早摸到夜，还不够。王师傅不响。正宗炼钢工人面前，小手工业者还是识相的。这是礼拜天的一早，小毛走到店堂里，听父母与理发师傅讲了几句，最后接过小毛娘的菜篮，送上两只拎包，父母转身去上班，小毛提篮上楼 周一，父母常日班，小毛应做夜班。黄梅天气，闷热异常，银凤开了房门，吃冷开水，摇蒲扇。小毛上三楼，银凤跟上楼来说，我来剥毛豆。两人对面坐

○ 实在是高，档次不输二楼海员，相当于1980年代进了外企，2000年后进入百达翡丽，并且是大中华区总部。

△ 即"胡说八道"。江淮方言。《金瓶梅》第七十二回："口里一似嚼蛆似的，不知说的什么。"

· 时称"三转一响"的"三转"，"一响"为高级半导体收音机，当年结婚标配，等于今天"有房有车"。

▲ 前有"借量体裁衣乱摸女人身体"的瑞金路"眠裁缝"，现又发现了"以做头发为掩护乱摸女人头发面孔"的王师傅，群众的眼睛，贼亮。

下来 弄堂日常，"一起剥毛豆"是"一起愉快聊天"的同义词。小毛说，海德阿哥，到非洲啥地方了。银凤说，只晓得到了非洲。小毛说，图图呢。银凤说，去外婆屋里摆 "摆"字传神 几天，我房间实在太热了，讲句难听的，铺了篾席，也是热，夜里只好赤膊 开撩。小毛不响。银凤说，不许偷看 投下鱼钩，抖了抖渔竿。小毛说，可能吧。银凤轻声说，剥了毛豆，到我房间坐一歇。小毛说，有啥事体。银凤说，非要有事体呀。小毛不响。银凤说，我最恨海德了，一直讲，带日本电风扇回来，每趟是空屁。小毛不响。两个人剥毛豆。银凤手指雪白，毛豆碧绿 一地毛豆，摆到搪瓷碗里，两手相碰，银凤捏过小毛指头说，有伤口了，痛吧 直接上手。小毛说，榔头敲的。银凤吹口气说，机油嵌进了皮肤，海德也是。小毛想抽开，银凤捏紧说，二楼爷叔去上班了。此刻，一阵楼梯响，是大妹妹与兰兰，通通通奔上楼。小毛赶到门口，两人已经进来。小毛说，做啥。大妹妹说，拿出来。兰兰从背后拿出一张报纸，里面夹了一张旧唱片。大妹妹说，想问姐姐借电唱机 多年后情形是揣一盒VHS录像带鬼鬼祟祟借录像机。银凤说，是日本旧货，有用场吧。兰兰说，可以呀，这是沪剧《碧落黄泉》。银凤说，啊呀，王盘声呀。大妹妹说，嘘，别人晓得，弄到派出所，麻烦了。银凤想了想说，还是搬到三楼来

○ 实前述 "三转一响"的豪华加强版——电风扇，有称"四转一响"。

沪剧骨子老戏，沪剧"王派小生"鼻祖王盘声主演"文滨剧团"1946年首演于新光剧场。剧情：抗战时期，大学同窗汪志超、李玉茹毕业。汪回上海就职，约定找到工作即结婚。汪父挪用公款亦遭父其妻变无业。金钱、地位诱之下，汪拒之父允其婚事。一父亦其利用汪父势迫李玉茹应允婚事。订婚之夜被迫嫁与在杭州做商人妄。之夜，将家出走。举行婚礼的汪接海恨交逃亡之茅之亲笔信与奄奄一息的李 《梁祝》 永别。○相当于民国版《梁祝》。

听吧，免得底楼剃头师傅发觉。银凤下去，端上来一架电唱机，日本货110V，带调压器。小毛关紧南北老虎窗，房间更热。大妹妹与

兰兰，此刻已是时髦女青年，银凤是少妇，无论如何，七十年代上海普通弄堂女子，听到王盘声，绝对痴迷 沪剧基本受众集中在纱厂女工和烟纸店老板娘这两个群体。三个女人围拢台子，78转粗纹唱片，先一段"志超读信"，声音轻，亮，荡气回肠 王盘声唱腔以"鼻音重"为标志，甜，醇，糯，王盘声唱，志超志超／我来恭喜侬／玉茹的印象／侬阿忘忘忘记／我跟侬一道求学么／书来读／长守一间么课堂里／感谢侬常来嗳嗳嗳嗳／指教我／志超侬对我么最知己／志超啊啊啊啊／我唯一希望望望。

多出的这些"志"和"望"字，皆来自于鼻腔共鸣。○《碧落黄泉》八场大戏，唯独"志超读信"最受欢迎，等于《茶花女》《饮酒歌》或《卡门》《哈巴涅拉》相当考唱功，必须在只有清板鼓敲木鱼般单调"伴奏""读信"时且吟且唱，模拟"读信"时波澜不兴的声调变化，拟目光在信纸上的流速，于心平气静中真情流露，喃喃自语又字字入耳，一花旦声气呵成，作为小生却模拟花旦声气呵成。○《碧落黄泉》影响大于《志超读信》，因当年滑稽戏艺人小刘春山的恶搞，在他带动下，上海电台掀起一股各剧种艺人恶搞甚至亵搞"读信"的热潮，有扬州评话艺人故意将"志超读信"成"超志"（草纸），以至家喻户晓，满城争唱。○不亵则不能使人欢笑。

上海新式里弄洋房，钢窗蜡地，百足之虫死而不僵，与西洋音乐还算相配 如淑婉在老式公寓闭门偷听卡拉斯，普通中式老弄堂，适宜小红挂鸟笼，吹一管竹笛，运一手胡琴，可以从黄昏，缠绵到更深夜半，地方戏，老弄堂首推"本滩"，无论冬夏，湿淋淋黄梅天，沪剧唱段，缥缈到此地，服服帖帖，顺了小毛屋顶，一垄一垄黑瓦片房山头，可以你侬我侬，密密层层一路铺过去，嗯嗯嗯唱过去，由沪西绵延曲折，朝东，直达杨树浦路到底 以上俱是"本滩"地盘，再往东则是江淮戏辖区。小毛虽不听沪剧，并不反感。看眼前三个女子，闷进阁楼听戏文，个中滋味，只有上海弄堂女人，能够真正领教，尤其是本埠小家碧玉，骨子里，天生天化这类音色气质，代表沪剧的灵魂，沪腔沪调，二分凄凉，嗲，软，苦，涩，一曲三折，遗传本地的历史心情与节律"绍兴大班"也苦，却苦得惨烈高亢，苦到撕心裂肺，只是天太热，唱机音量压得太轻，门窗紧闭，唱片不断转"四转"之上再加此一转，顶配，男声女声，嗯嗯声，咿呀声，搅拌高温高湿，因为热，不断摇蒲扇，大妹妹与兰兰，汗出如浆，裙摆撩起来，纽扣解开，不断揩汗，银凤一件家常白竹布背心 一种致密棉布，夏服常用，已经湿透，房间里闷进阵阵刺鼻汗气，绕到黑胶木唱片纹路里，转进去，钻进去，吸进去，声音更黏，更稠。三个女子，为了一个男声，开初安稳，之后燠热，坐立不定，始终围拢台子，以唱片为核心，传递快感，飞扬自由想象翅膀，唱片是一口眩晕之井，里面有荫凉。热汗流过两腮，聚集下巴，滴到白木台面上，部分顺了头颈，往胸口流 台面上包浆又多一层。多年后谁能想象到这层包浆之由来？。唱片里的王盘声，一帖老膏药，一杯酸梅汤，让女人腹中一热，心头一凉。如果不计音乐，眼见唱片慢慢转，小毛想到1971年，齐奥赛斯库来访，8月23日罗马尼亚国庆，上海多放了几场《多瑙河之波》。小毛与沪生，银凤，大妹妹去看，眼前的阁楼，等于镜头中的船舱之夜，闷热无风的航程，安娜 红杏出墙的船长夫人 燠热难耐，唱片慢慢转，安娜落寞，焦虑，双手推开头发，拭汗，犹豫，怀春，煞是动人。镜头的中心，唱片慢慢转 转出的是华尔兹《多瑙河之波》，慢慢唱，船长米哈伊，上海人讲，也就是粗坯，胡子满面，汗流浃背，其实已经失败，男人再强横，胡子再硬扎，到女人面前，总归无能为力，最后，船长抱紧湿淋淋的安娜，欲哭无泪。当时银凤讲，船长抱得再紧，有啥用呢，安娜早有外心了 自况乎？。沪生说，陈白露最后，只讲一句，天要亮了，我要睏了 应自妹华

○1959年出品，罗马尼亚黑白电影，多瑙河非但不"蓝色"，而且凶险，遍布狰狞之水雷。因有少量男女授受相亲动作，而成当年最受追捧的两大经典"合法"身体语言电影片之一，另一个是苏联芭蕾舞《天鹅湖》。《列宁在十月》里一小节

处贩来。安娜,是一声不响 第一次有外国人不响。唱片慢慢转,此刻小毛,难免想到了海德,非洲船舱里,会不会同样闷热,海德穿了米哈伊的横条海魂衫,还是脱光了上身,海面无风无浪,灼热难耐,海德绝对想不到,老婆银凤,目前也已经热昏,闷进三层阁楼,闷听黄色唱片,听上海一个陌生老男人,唱得银凤浑身湿透,后背等于肉色,中间勒紧的一条带子,还算雪白 "还算"二字含义多重,暧昧至极:既喻银凤自奉勤俭,又能反衬其肤色胜雪。头发盘上去,两臂同样是汗出如瀋,肩胛晃动。旁边大妹妹,苗条得多,人高,小腹紧靠台面,兰兰一扇风,三个女人的头发就一动。等唱片翻面,小毛面孔发烫,心里乱跳,热得实在撑不住,果断推开了北面老虎窗。三个女人一吓。大妹妹过来拉。小毛说,不许再听了,结束了。兰兰说,马上就好呀,时间紧张,借了马上要还。小毛走到南窗,拉开插销,朝外一推。三个女人彻底扫兴。银凤说,寻死呀。兰兰拎起唱针说,瘪三,只配做工人 这样骂人会有报应。小毛说,太热了。银凤说,我觉得风凉呀。小毛说,王盘声,唱得像死人一样,嗯嗯嗯,嗳嗳嗳,一副死腔 真正论"死腔",不如老生邵滨孙的"蹲坑调"。大家不响。大妹妹讲,我只好买账服了,算了。兰兰说,等一等。兰兰转身拉拢墙边的帘子,进去坐马桶。大妹妹说,小毛太小气了,唱机能用多少电呢 外地的读者们见笑了。大妹妹讲罢,随手想开碗橱。小毛一挡说,做啥。大妹妹说,小气吧,吃一块咸带鱼,有几钿呢 有人听得蹲马桶,有人听得开碗橱。小毛关紧橱门说,快下去,走呀。兰兰从帘子里出来,拿了唱片,看定小毛说,垃圾。两人轰隆隆跑下楼梯。小毛不响。银凤说,

○三女此时绝不会想到,十几年后偏偏有一曲《为你打开一扇窗》的王派小生唱腔,风靡上海大街小巷:"为你打开一扇窗,请你看一看请你望一望昂昂昂……"

·室内使用马桶之上海人家,一般于墙角下风头处安放此物并悬布帘相隔,无挂碍。帘内帘外讲讲谈谈,了无

小娘皮 字面虽然略糙，不过是北方话"丫头片子"的意思。楼梯要踏穿了。小毛不响。银凤收了电唱机，说，小毛，下去帮我泡热水。小毛不响。银凤说，下去呀 银凤此刻，全身心一股本帮欲火眼看就要烧穿楼梯。

　　两个人下楼。二楼后间，爷叔大门紧闭。银凤拿出一对热水瓶，两只竹筹，小毛接过，下楼，出后门，到前弄堂泡开水，回到银凤房间，床前大脚盆里，已经放了冷水。银凤关房门，小毛想走，银凤一把拉紧，轻声说，吓啥，难得有清静，到里厢去坐嘛，窗口风凉，吃杯冷开水 凉白开○竟然不是"吃我这半盏儿残酒"而是劲饮白水。房门嗒的一锁。小毛心里一抖 此一抖收拾前面数抖。坐到窗台前，听见银凤在背后脱衣裳 这句以下，宜以耳读。此刻，天色变暗，就要落雨了，一阵滚烫的潮气飘来，背后阵阵汗风，热气。小毛吃冷开水，直到杯子罩紧面孔 好画面！王家卫导演务必要来个大特写，大雨落下来了。热水倒进脚盆 也是绝好蒙太奇。银凤说，小毛不要紧 不要一，等于自家屋里，坐一坐，等阿姐汏了浴，下去买两客 两份 青椒肉丝冷面，一道吃。小毛说，我有事体 犹做困兽之斗。银凤抖声说 你抖我也抖，放心好了，隔壁爷叔出去了，难得到阿姐屋里来，陪阿姐讲讲。雨点作响，越来越大。眼前湿热之雨，背后是热水混合冷水的响声，听见银凤坐进水里，嗯了一声说，天真热。水里一阵响，听起来滑软，流过皮肤，肩胛，淌到后腰 水声提示身体不同部位。银凤说，小毛。小毛不响，水滑过皮肤，毛巾拎起来，身体移动。银凤说，帮阿姐一个忙。小毛说，做啥。银凤说，拿肥皂盒子 传说中的肥皂终于出现了。小毛不响。银凤说，转过来嘛，不要紧 不要二。小毛不响。银凤说，我不便当拿，不要紧 不要三，姐姐是过来人了。小毛不响。银凤叹气 悲哀，一阵水响，肥皂盒并不远，盒子打开，肥皂滑过皮肤。银

○老虎灶，即北方人的"茶炉"，大灶上水一滚就会呜呜咽咽作响。

拾柒章 335

凤说,小毛,不要紧 *不要四*,总归有一天的,转过来看看阿姐 *别有一种悲壮的宿命感*。小毛一直看外面,紧贴窗口不远,是隔壁513弄房山墙,不留一扇窗,下面是弄堂,听到王师傅倒水,咳嗽。梅雨如注,小毛热出一身汗。眼前的青砖山墙慢慢模糊,发白。雨完全是烫的。房间小,房门关紧,肥皂水与女人的热气,包围小毛,蒸腾于热雨之中,高温高湿,笼罩了一切 *屋里屋外都是水*。初听起来,银凤稳坐木盆不动 *木盆狭窄,不是想动就能动的*,之后像有水蟒裹紧,透不过气来。银凤忽然轻声说,看看姐姐,有啥关系呢,做男人,勇敢一点。听了这一句,小毛放了茶杯,慢慢回头去看 *回头有了"正当"理由——要"勇敢"。听觉结束,转入视觉部分*,只觉胸前瑞雪,玉山倾倒,一团白光,忽然滚动开了,粉红气流与热风,忽然滑过来,涌过来,奔过来。小毛窒息,眼前一根钢丝绳即将崩断,樊师傅对天车司机喊,慢慢慢。要慢一点。小毛呼吸变粗,两眼闭紧,实在紧张。银凤立起来,房间太小,一把拖了小毛。脚盆边就是床,篾席,篾枕。银凤湿淋淋坐到床上,抖声说 *又抖,紧张导致气息急促*,不要紧 *不要五*,阿姐是过来人了,不要紧 *不要六*,不要紧的 *不要七*。银凤这几句,是三五牌台钟的声音 *行文至此,若非箭在弦上,作者想必会不失时机地聊聊这个当年几乎全上海每家一座的著名土特产*,一直重复,越来越轻,越来越细,滴滴答答,点点滴滴,渗到小毛脑子里 *"在黑暗中……我的头脑变成一泓清水,滴滴答答地流出来,以后什么都没有留下,只感觉甜蜜的愉快。"川端康成《伊豆的舞女》*。小毛倒了下去,迷迷糊糊一直朝后,滑入潮软无底的棉花仓库,一大堆糯米团子里,无法挣扎。银凤说,小毛慢一点,不要做野马 *不要八*,不要冲 *不要九*,不要蹿 *不要十*,不要逃 *不要十一*,不要紧的 *不要十二*,不要紧 *不要十三*,不要紧的 *不要十四*。*连续十四个"不要"*。银凤家的三五牌台钟,一直重复。不要紧，不要紧 也是一抖一抖的节奏。银凤抱紧小毛，忽然间，钢丝绳要断了，樊师傅说，慢一点，慢。瑞士进口钟表机床，"嗵"的一斜，外文包装箱一歪，看起来体积小，十分沉重，跌到水门汀上，就是重大事故，钢丝绳已一丝一缕断裂。要当心，当心。空中刹的一声，接下来，"嗵"一记巨响，机器底座，跌落到地上，"嗵嗵嗵嗵"，木板分裂，四面回声，然后静下来了，一切完全解脱。世界忽然静下来，空气凉爽，雨声变小，银凤缩小了尺寸，只有身下篾席，水漫金山。银凤说，不要动 事后又补刀第十五个"不要"，感觉是一台外科手术前后主刀之医嘱，姐姐会服侍，人生第一趟，要休息，姐姐服侍小毛，想了好几年，讲心里话，姐姐欢喜。小毛不响。银凤浑身亮光，到脚盆里拎起毛巾。银凤说，小毛。小毛转过头去，不看银凤 这一段，湿度大于尺度。

○ 汉文学每以"赋"、"巫山云雨"、"天人合一"、"鱼水之欢"、《繁花》画风一向清新俗雅好大自然"绿滴牡丹"男女交合，却载"紧绷—断裂"卸硬钢铁兴业意外景观冷—解脱—彻底反自然，完全非人类，亦无机合。 乎小毛基本人设，托地跳出了俗套。男主体感心相，

• 银凤尺码忽大忽小，既是小毛"主观镜头"物理距离所导致，亦不失"事前事后"主观心理感受的微妙变化。

雨落得无休无止，等小毛起身，冷面已经买到 事前凉水，事后冷面，病根从此落下。两个人吃了面，小毛准备开门下楼，忽听隔壁一声咳嗽。两人一惊，二楼爷叔回来了。雨伞门口一挂，房门一开，开收音机，开窗，咯啦一响，凳子拉到门口，人吱嘎一声坐下来，扇子拍沓拍沓。银凤像是变了一个人，身体缩小 这么一会儿变大变小好几次了。这次变"小"非关小毛主观距离，而是出于恐惧，贴紧小毛耳朵，轻声说，要死了，出不去了。小毛轻

△ 彼时上海冷面，出水后以电风扇吹凉，风扇电机护，平日用缝纫机润滑油带机油皂味，故冷面入口常添一层肥水味，此时此地又

拾柒章 337

声说，我想回去 不要逃。银凤拉紧小毛说，嘘，一开门，爷叔要怀疑的，大热天，两个人关紧房门为啥呢。小毛不响。银凤说，耐心等，跟姐姐再歇一歇。两人回到床上 重返"犯罪"现场，小毛进入人生第一次"贤者模式"。隔壁收音机开得响。两个人头并头，银凤轻声打扇说，不怕。小毛不响。银凤贴紧小毛耳朵说，姐姐也是怕的。小毛不响，觉得银凤浑身打战 整个房间内连人带钟抖成一团。银凤说，姐姐好吧。小毛不响。银凤腰身一动，轻声叹息说，做海员家属，别人是眼热，其实最苦。小毛轻声说，海德哥哥，讲姐姐最有面子了，上海每样要凭票，外国样样可以白送。银凤轻声说，算了吧，堂堂海员，一到外面，就偷鸡摸狗，样样偷到船里来，一靠东洋码头，见啥偷啥，脚踏车，田里的小菜，垃圾堆里翻旧电器，日本黄色画报，旧衣裳，旧鞋子 进入例行数落亲夫时段。小毛不响。银凤说，东洋人看到中国轮船，就讲，贼船来了。小毛说，不可能的 是不可能，从来只有倭寇犯境。银凤说，偷来脚踏车，卖到南洋，菲律宾，日本旧电器，弄到印度尼西亚，可以卖好价钿。小毛说，我不相信。银凤说，海德一个同事，屋里样样有，旧电风扇，旧电吹风，电饭锅，电烤炉，要死，摆了一房间，全部偷来捡来，110V转220V，调压器装了一房间，笑煞人了 的确多占使用面积。小毛说，总不会样样偷，一样也不买。银凤不响，后来低头说，海德总共买了一样，只是外人不许看。小毛说，东洋刀。银凤不响。小毛说，日本高脚拖鞋。银凤不响。小毛说，我猜不出。银凤说，要看吧，不许讲出去。小毛答应。银凤从枕头下拖出一件塑料玩具说，这是啥。小毛一呆。银凤一开电钮，玩具就抖。银凤说，这是啥。小毛笑笑。银凤说，到日本，付了钞票的，就这一样，下作吧。海德讲了，轮船出海，这只宝贝就代表海德。我根本不睬的，我不承认 掷地有

338 繁花〔批注本〕

声!,恶形恶状,我多少苦呀,一直有男人欺负我,吃我豆腐。小毛说,啥人呢。银凤压低声音说,这就不讲了,唉,我等于活死人,《红色娘子军》一样。小毛说,啥意思。银凤说,一个女人要参军,吴琼花问,为啥参军呢,女人拉开帐子,床上有一个木头做的男人,这个情节,看一眼我就不会忘记,如果我每夜跟木头人,塑料男人去过,啥味道。小毛说,王师傅讲了,娘子军里只有两个男人,每天看几十个女人跳大腿舞,等于一个做皇帝,一个做宰相。银凤轻声说,女人苦呀。小毛不响。银凤身体发抖,贴紧小毛轻声说,二楼爷叔,以前经常跟我讲黄色故事,有次讲一个古代寡妇,一辈子不改嫁,皇帝就送牌楼表扬,这个老太,十六岁死男人,守到八十四岁过世,雄鸡雄狗不看一眼,只想皇帝送牌楼。小毛说,牌坊。银凤说,老太过世,枕头下面翻出一样物事,猜猜是啥。小毛说,猜不出。银凤说,随便猜。小毛说,不是好东西。银凤说,随便讲好了。小毛一指玩具。银凤说,瞎讲,古代有电池吧。小毛说,我朋友建国,到菜场买"落苏",也就是茄子,发现一个女人,专门捏来捏去,菜摊叫白萝卜是"白条",这个女人不捏,专门捏茄子,也就是"紫条",专拣又光又滑,不硬不软的茄子,怪吧,拣来拣去,捏来捏去,放了手,再拣一根壮的,长的,再捏。菜摊里人多,手多,无人去注意,女人一根一根捏过来,捏过去,最后,买了一根最登样的茄子,走了。建国讲,怪吧,不管红烧,油焖,酱麻油冷拌,一根茄子,总是不够的。银凤说,瞎讲了吧,切成斜片,两面嵌肉糜,拖面粉,油里一汆,正好一碗。猜错了,再猜。小毛说,建国讲故事,有个女人,老公支援到外国造纺织厂,两三年不回来,自家菜园里有黄

拾柒章 339

瓜了，枕头下面就摆一根。银凤说，不对不对。小毛说，邻居小图爬到帐子里，翻到了黄瓜，一咬。银凤说，好了好了，不许讲了。小毛说，觉得味道不对。银凤说，停，下作故事，坏男人瞎编的。小毛说，后来出大事体，因为黄瓜咬过 果真"勇敢"起来了。银凤说，我不想听了，最后断了一半，送到医院里抢救，一听就是假的 表示听过，建国是坏人，猜错了，不是茄子，不是黄瓜，丝瓜，苦瓜，夜开花（瓠瓜）瓠瓜，葫芦科葫芦属，反正，枕头下面，不是这种形状，猜猜看。小毛说，猜不出来。银凤叹气说，其实呢，是一串铜钿，也叫铜板，已经磨得看不到字了，发亮，镜子一样。小毛不响。银凤轻声说，二楼爷叔对我讲，银凤，想到了吧，几千几万个夜里，女人浑身蚂蚁爬，床上滚来滚去，睏不着呀，为了得奖，为了牌楼，夜里有了心思，只能暗地里捏这一串铜钿，摸这串铜钿，12345去数，数到天亮，做女人，多少苦呀 诸多苦事，银凤漏了曾打算让小毛相帮缓解肿胀痛苦之事。

对小毛来讲，这是人生最深刻的一次接触。几天后，小毛告诉了樊师傅 皆因几天前那个关键时刻眼前都是樊师傅。车间里，排气扇呼呼作响，樊师傅五只胡萝卜手指头，捉了一块毛巾 捉字传神，樊师傅巨掌跃然纸上，一面听，一面揩汗，也像揩眼泪。樊师傅说，听得我伤心，银凤，确实是好女人，但小毛是吃亏了，以后记得，做男人，一辈子等于走路，不管白天夜里，眼睛朝前看，不可以回头，一回头，碰得到银凤，也碰得着赤佬 这是旧社会上海八级钳工之价值观。小毛不响。樊师傅说，这次回了头，讲起来无啥，其实是让一个大女人，吃了童子鸡 幸好小毛未提事后同吃冷面，否则必招师傅含泪痛斥"一只童子鸡居然只换来一盘冷面！"。小毛不响。樊师傅说，以前走小路，我穿夜弄堂,有人就上来拉皮条,老太婆,小男人,背后打招呼,野鸡来搭讪。小毛说,银凤不是野鸡 是凤凰。樊师傅说,野鸡是女人,银凤是女人吧 神逻辑。小毛不响。樊师傅说,有一种女人,表面是良家妇女,仔细看,大襟里掖了一块绢头,花气一点,松一粒盘纽,头发梳得虚笼笼,刨花水,揎得光亮,拎一只篮,像是买小菜。我走过去,女人讲,阿弟,小弟,地上的钞票,阿是侬的。我不回头,这就是搭讪 疑似拆白党套路。有房间的女人,上海叫半开门,香港叫一楼一凤。小毛说,旧社会的情况,不要讲了 这句倒像沪生口气。樊师傅说,我是提醒,吃苦要记苦。我的师傅,喜欢女相命,就是墙壁上到处贴的桃红纸传单,移玉就教,出门不加,讲起来,是上门算命,难听一点,是送肉上门。"相金三元,包君得意,欲问前程,随请随到。"打了电话,女人娇滴滴来了,专门卖色。报纸里讲,吃这碗饭,污人节操,离人骨肉,拆人金钱,伤人生命,当然了,做人,不以职业分好坏,这一行里,好女人也真不少,民国元老于右任,两手空空,躲进上海半开门小娟房间里,为避风头,一蹲三个月,身上摸不出一只铜板,小娟,照样服侍周到,毫无怨言,讲的就是义。良家女子,是做不到的 "良家师傅"也讲不出这番道理。小毛说,元老名气大吧。樊师傅说,小娟吃的是皮肉饭,根本不识字,哪里会晓得呢,是江湖义气懂吧,这是好女人的义,等到天下太平,老先生来上海,登报寻小娟,哪里寻得到,伤心啊。樊师傅讲到此地,拖过毛巾揩汗,揩眼泪。小毛不响。于右任与小娟本事见陈存仁《银元时代的上海生活》:早年右老在沪办报被租界当局通缉,避入妓家"荷花"处近五个月,事后图报漂母一饭的消息不意由《晶报》以"于右老花丛访恩

○香港1960年代流行的一种游走法律边缘的半公开淫业勾当。樊师傅蛮聆市面。

•当年只要在『右老』面前摆上纸笔,再看他从随身搭裢里摸出一坨印章,别说铜板,就是金元宝,也能从天而降。

拾柒章 341

人"为题刊出，四马路群玉坊"惜春老六"和"珍珠花"为得墨宝，声称可助其找到"荷花"长久挽留款待之。

隔了一天，小毛去了叶家宅。拳头师父说，樊胖子，屁不懂一只，啥叫童子鸡，女人，是不讲年龄大小的，只要对男人好，就可以了，做人，为啥不可以回头，回头有味道，有气量，老祖宗的屁话，我是一句不相信的，做人方面，祖宗的屁话最多，一句"勇往直前"，一句是"回头是岸"，"退一步海阔天空"，"好马不吃回头草"，搞我脑子嘛，做子孙的，我到底相信啥呢，"大丈夫宁死不屈"，"大丈夫能屈能伸"，这就是大白天出乱话，乱话三千。小毛不响。师父说，银凤这种邻居小阿嫂，小姆妈，最讲情分。金妹说，肉麻。师父说，比如上海人讲，吃女人豆腐，叫"揩油"，北方人叫"蹭毛桃"，意思是一样的，这不要紧，但是祖宗传下来的屁话，往往是拉橡皮筋，舌头里装弹簧，两碗饭可以吃，两头闲话，不可以乱讲，等于绍兴师爷写字，群众的"群"，"羊"字可以摆左面，也可以摆右面，群众左右为难，吃得消吧，"兔子不吃窝边草"，"近水楼台先得月"，我哪能听呢，我哪能办，我只能无所谓，糊涂一笔账，这种名堂，编成了套路，就是太极拳，世界第一。小毛说，做生活不认真，推三推四，搞七捻三，就是打太极拳。师父说，是的，明白就好了。小毛不响。师父说，小毛看过了女人汏浴，吃到了甜头，有了经验，就是男人了，师父要表扬小毛。金妹说，这样子教徒弟，就是放毒。小毛不响。

○ 与八级钳工相比，习武之人，并有疑似青帮外围背景，价值观处庙堂之远。

· 金克木先生言，『己所不欲，勿施于人』这类格言，万勿以为是国人传统美德，恰为国人所独缺，故圣人强调之。

△ 汉隶、唐楷写法，"君"字居上，"羊"字在下。

练硬功的看不上太极拳

毕竟拳头师傅向小毛亲授旧社会"汏浴"故事。

342 繁花〔批注本〕

一男一女，一层楼板之隔，两个人相当贴近，但小毛每次溜进银凤房间，并不容易，房有十扇门，人有百只眼，每次要等机会，银凤能等到与小毛相好的机会，当中多少盘算、多少心机、多少难得。两个人的班头，经常变，时间要适合。小毛的兄姐，要上下楼，父母翻早中班，二楼爷叔是棉胎商店的店员，经常回来，房门大开，习惯坐门口，银凤最是忌讳。爷叔娘子，食堂三班倒，等等等等，不算底楼理发店，整幢楼，每个人出出进进，活动规律要记得，以前不留意，两人有了私情，就要排时间，计划，留意观察，寻到合适的空档，精确，苛刻，紧张，敏捷。总之，机会属于有准备的人。自有这一金句以来，未尝见有如此用法，一锅鸡汤泼地上了，眼睛再多再杂，永远有机会。三点钟，到三点廿五分，四点一刻，或上午八点半，十一点零五分。这幢老式里弄房子，照样人来人往，开门关门，其实增加了内容，房子是最大障碍，也最能包容，私情再浓，房子依旧沉默，不因此而膨胀，开裂，倒塌。有一次表示屡次矣，银凤抱紧小毛说，我已经想好了，准备叫我婆阿妈 就是婆婆，海德他妈 带囡囡，带两个礼拜，我抱到娘家去，一个月后，再让婆阿妈去带，小毛就可以放松一点了。小毛不响。银凤说，不要有负担"不要"终于第十六。小毛不响。银凤说，我晓得，小毛喜欢大妹妹。小毛说，不可能的。银凤叹气说，年轻人，这是应该的。小毛不响。银凤说，小毛将来，会交女朋友，结婚，但每个月，最好来看姐姐一次，最好是两三次。小毛不响。此刻，房间里暗，小毛下中班，溜进银凤房间，已经一个钟头了，等于迟一小时放工，小毛娘一般是醒了，就

○修辞上，私情膨胀到诅咒发誓「天地合，夏雨雪」这种吓人倒怪的地步，然而此处（私情）而是负责「提供场地」者，仍然是『膨胀，开裂，倒塌』的房子——上海人最为看重，这会坍塌，这信念在上海人心中永远不会倒。

等小毛推门回来 *所谓"眼皮子底下"之正解*。银凤放开了小毛，轻轻开了门，小毛屏了呼吸，赤了脚，蹑手蹑脚，摸到底楼 *难度极高。陈年失修老木板，不踩它尚且自言自语自说自话，存在"告密"风险*。狭长的理发店，安静至极，路灯从窗外照进来，四把转椅，发出黄光，地上是剪纸一样暗影。小毛到门口，穿上鞋子，再开门，哐一记关紧，然后，一步一步，走出声音，重新爬楼梯。二楼房门半开，银凤扶门掩襟 *画面太美，批者看得掩面扶墙*，静看小毛上来，小灯微亮。小毛视线一步步升高，先看到银凤发光的脚踝、膝盖、大腿、腰身，再是浑圆的肩膀。经过二楼，银凤前胸完全变暗，散发特别的气味 *心里有鬼，光影都自带气息*。小毛转过眼睛，转向三楼阶梯。感觉银凤房门逐渐关闭，锁舌嗒的一响，混到小毛的脚步声里 *只怕脚步落地腿已软*。

两人这一层关系，不是一个结果，是刚刚起步，见面不自由，甚至相当苛刻与紧张，双方的兴奋与倦怠周期，也此消彼长，不能同步。小毛下中班，不方便夜夜迟归，银凤同样有种种磨难，经常觉得隔壁有动静，临时改期，或者突然抱回囡囡，打针吃药，哭哭闹闹，一夜无眠。这类意外变化，如果双方不理解，只能逐渐冷淡，分手。如要养成默契，也应该从初期沸点，回落到与时俱进的状态，才可以久长。银凤的特别信号，是半夜十二点开电灯。三楼地板缝，漏出几道亮光 *仿佛会把地表上大活人隔空自动吸走的UFO*。楼下的银凤，侧转面孔，并不朝上看，但预料小毛会看 *你永远偷看不了一个"假装不知道你在偷看"的人*。深夜四面暗极，贴近地板缝去看，楼下的床铺更亮，银凤拉开盖被，微闭双目，睏相文静，也是一览无遗，不知羞耻 *此四字莫非出自小毛娘之口*。情绪低落阶段，小毛深夜下班，无精打

○果然磨人，此事性质对小毛复杂得多，各种常用名义似乎都不太适用，是而非，不贰不叁。

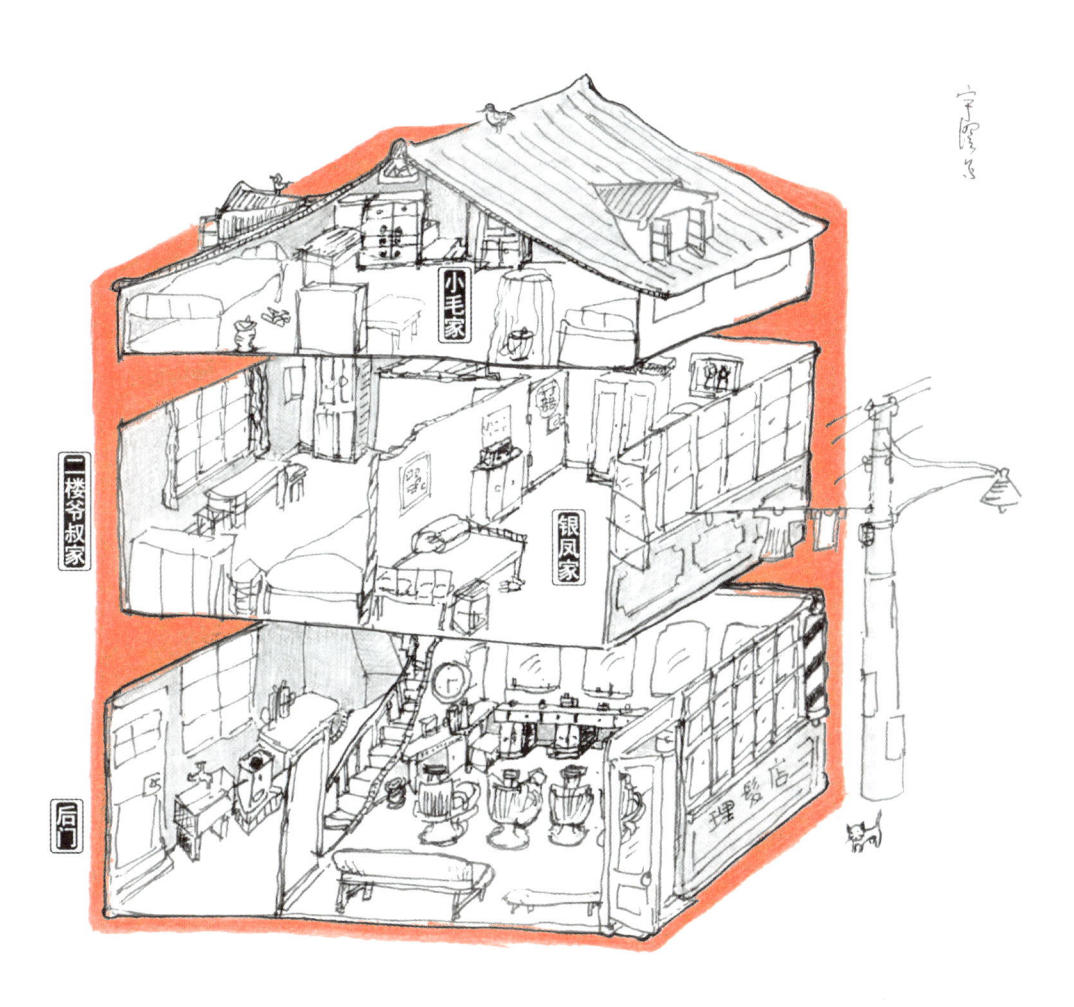

典型上海老弄堂，无天井，无抽水马桶，基本是周璇与赵丹说笑，挂鸟笼的布景。1990年，出品了粉碎式马桶，底部装粉碎器，一切可以打碎，冲入卜水管道，重点的销售对象，就是这类民居的人们。

采踏进理发店，坐进理发椅，转动扳手，让椅背慢慢放低下来，放平 终于知道了"啥叫肉体"和"啥叫肉欲"之后的一种迷惘和倦怠。此刻，楼顶出现几道亮光，银凤拖鞋移动，或是漆黑无声。不管如何，小毛感觉，只要踏进理发店，银凤就透过地板缝，朝下面看，目光有如电力，笼罩下来，难以逃遁 磁铁吸引力=磁铁排斥力。窗外的路灯光，同样映进店堂里，镜子斑斑驳驳，白天的所有景象，锁进镜台下的抽屉与小橱里，包括理发工具，顾客的面孔，对话，王师傅咯咯咯干笑，江淮戏调门，水垢气，肥皂水味道，爽身粉味道，金刚钻发蜡的甜俗味道，烫发铁火钳的焦毛气，完全锁进黑暗，异常宁静。小毛调正了角度扳手，椅背就朝后面靠，铸铁踏脚板上升，直到身体摆平。理发椅浑身发出摩擦声，镜子慢慢升高了，映出对面墙头褪色的价目表，及酱油色地球牌老电钟，一跳一抖的秒针 先跳再抖是惯性使然，也与彼时电网运转不稳有关。此刻，整个店堂，包括所有男女顾客的气息，完全消失，银凤的气味，从楼上飘下来，无孔不入，雾气一样细密弥漫，雪花一样无声铺盖下来，清爽而浓烈 热恋中人，感官格外发达，智商急剧下降。与此同时，银凤全身的热量，忍不住泄漏，从楼板缝里蒸发开来，辐射下来，覆盖下来。二楼爷叔醒了，拖痰盂的声音。窗外有人咳嗽。银凤的热气直逼下来，滚烫，贴近小毛，枕头一样的蓬松前胸，丝绸一样软弱呼吸 床上之人与床上用品合为一体。小毛抬头，只看见理发店四面镜子，椅背，走廊。有时，楼梯口无声无息，朦胧一团白影，镜里也白云飘过，影子移动了，其实，是实在的肉体，解开的纽扣，近靠面前的温度，两腋的暖风，汗气，头发慢慢散开，堆叠过来，最后，完全盖没小毛的面孔 无水沉溺。坐椅的漆皮已

○ 1930年上海大华仪表厂以美国进口机芯组装电钟，1945年更名为中国标准电钟厂，以国产元件做出国内第一台地球牌电钟。1956年改名中华电钟厂。

拾柒章 347

经老化,金属构件经不住压力,发出摩擦声。待等小毛再次抬头,躺平身体,风月影子,已烟雾一样退回,消失殆尽,无一点回声,椅子仍旧几十年前的铸铁质地,太监一样驯服,白天污黄颜色,夜里为老灰色。有时,窗玻璃一响,发出银铃一样的笑声,外面有人进来,是大妹妹与兰兰。小毛开了店门。两个年轻姑娘,先痴笑一阵,坐到窗前的长凳上。与此同时,楼顶的几丝光线,立即熄灭了,热气退回去,再无波澜。小毛懒洋洋闭了眼睛 不经意流露出一种老吃老做派头,听大妹妹兰兰讲故事,两个人叽叽喳喳议论,刚从南京西路,淮海路回来,一路有男人盯梢,如何无聊,如何苦恼,如何紧张,如何好笑 街头冒险派对结束后之after party。其事究竟如何,且听下回分解。

贰

1970年代的上海,部分十六到二十六岁男女,所谓马路游戏,就是盯梢。通常风景,是两女相挽而行,打扮并不刺目,只让内行人看得明白 所谓内行人,既是"盯梢者",也包括"盯梢捕手"。大妹妹与兰兰,等于两只雌蝶,只要飞到马路上,就会引来两只雄蝶,两个上海男,青春结伴,一路紧跟不放,可以盯几站,十几站路 找到感觉的过程比较漫长。一路上,雌雄保持二十步上下的距离 相当于足球十二码点球距离,宜攻宜守,中途不发一言,但双方会有深度感应与了解。兰兰一贯是低头走,后面两男,究竟是英才,还是坏料,最后到底交往与否,由

语谓之「盯梢」。第一步,是追随不舍,术

爷要勾搭摩登小姐的盯梢》:『上海的摩登少梢中人,堪称为此专写《唐朝的盯句。』一步一回头地瞟我一意之名有之。湖畔诗人汪静之古然回首,那人却在,灯火阑珊处』,盯梢之事,须伴醉且随行,依稀闻道太狂生』,南宋辛弃疾『蓦绣帘轻,慢回娇眼笑盈盈消息未通何计是,便○晚唐张泌《浣溪纱》『晚逐香车入凤城,东风斜揭

大妹妹来定 好比空战中长机和僚机。大妹妹并不回头,但脑后有眼,表面上是自然说笑,一路不会朝后面瞄一瞄,心里逐渐可以下决定,这是内行人的奇妙地方。一般是一路朝南,走到北京西路怀恩堂,大妹妹如果有了好感,脚步就变慢了,让后面人上来,搭讪谈笑。如果脚步变快,对兰兰来讲,就是回绝的信号。这一夜,大妹妹最后是快步走,越走越快。后面两男毫无意识,快步跟过南阳路,陕西路菜场,泰康食品店,左转,到南京西路,到江宁路,再左转,走得越快,后面跟得更快,紧盯不舍,距离逐渐接近,到"美琪"门口,后面两男终于靠上来。一般规矩的开口语,是称呼一声"阿妹"或者"妹妹"。兰兰低了头,大妹妹决定要交往,此刻一捏兰兰手心,等后面开口了,兰兰就可以痴笑。这一次,听到后面搭讪,大妹妹拖紧兰兰,忽然就朝前面奔。后面刚刚讲出,阿妹,小阿妹。兰兰已经明白,两人同时转头说,死开死开,死得远一点。话音一落,立即朝南阳路方向狂逃。后面两男一吓,立停,无奈高声斥骂说,骚皮,骚赖二,两只卖逼货 大妹妹果然脑后有眼,料事如神。对前面两只蝴蝶来讲,骂声越来越细远,这种声音,也许是一种奖励。一路嬉笑追逐,到此结束。两个人坐24路回到弄堂,仍旧笑个不停。小毛说,一点不好笑,啥意思。大妹妹说,这就是开心呀。兰兰说,太紧张了。大妹妹说,这两只男人,我一个不欢喜。小毛说,我觉得比较怪,无啥好笑 两女

○ 一路之上始终不瞄一眼,好恶之感从何而来?是感念盯梢者的专心致志,穷追不舍,有诚意?还是自家走累了,必须做一了断?

• 美琪大戏院,Majestic Theatre,Art-Deco风格,建于1941年,专映西片的首轮电影院,曾改名北京影剧院,1985年初恢复原名。○ 这一路,现名『梅龙镇商圈』。

△ 搭讪套路包括:『阿妹,侬只面孔蛮熟嘛,好像哪里见过?』标准答案:『是吧?我哪能没啥印象啦。』

▲『赖三』『拉三』有多种记法,一说为英语lassie,即少女、情侣,引申为妓女、卖淫者或生活不检点的青年女子之洋泾浜音译,语气比阿飞重。

拾柒章　349

此时完全不知小毛已是过来人。大妹妹说,笑,就是开心懂吧,逃来逃去,不大容易成功,就是有味道。小毛说,当心了,派出所一刮台风 相当于十年之后"严打",但规模和幅度较小,刮得蝴蝶东南西北,昏头碌冲。兰兰说,不可能的。1970年代初有专人在南京路、淮海路等闹市街头"执法"。○同一时期北京东四、什刹海、王府井,以及军队大院集聚的翠微路、八一湖一带,青年男女流行之类似行径,叫"拍婆子",即当街锁定目标后,尾随或用自行车别住,强行搭讪。标准用语:"你哪儿的?好像在哪儿见过。"拒绝用语:"你姑奶奶有主儿了!"或"臭流氓!"如果"拍"上,则反问:"你哪儿的?"然后上车,一起溜冰、吃包子。

  大妹妹的穿着,表面随便,骨子里考究,日常藏青两用衫,元青中式棉袄罩衫,颜色,样子,相当低调,但懂行的人,一眼看出 大妹妹所作所为,貌似都是"懂的人",料子全部老货,无光丝锦缎,暗纹罗缎,甚至元青羽绫,裁剪上,必有考究暗裥,收腰,细节风致,是另有一功。夏季卡其长裤,瘦,但不紧绷,粗看朴素,其实是水媚山秀的精神。香烟灰派立司西装裤,稍微宽舒的裤脚,烫线淡,极其自然。面料不同,裤脚尺寸顺势来定,收放到位,走路的条感,流丽标致,是不同的风情 低调、精致、耐看、安全,适合长途行走。秋冬季法兰绒长裤,据说改自爸爸的旧大衣,翻一个面,甚至拼片,倒裁 处理绒面织物"顺毛"和"倒毛"的一种手段,天衣无缝,穿得身架更妙,婷婷袅袅。大妹妹的原则,是"三少不包",颜色要少,式样要少,穿得也要少,尤其后身要贴,但不可以包紧,这是相当独立的态度,用以抵挡急功近利的女式黑包裤。一般服装店卖的大路货,大妹妹嗤之以鼻。春夏秋冬,走出弄堂,即便是夜里,明

・Flannel之音译,粗梳棉毛织物,柔软而有绒面。

○Palace之音译,平纹毛织品,表面有纵横交错的隐约线条,适用夏服。

眼人碰见，惊为天人，衣锦不怕夜行，只怕不遇明眼人。大妹妹的爸爸，上海"奉帮裁缝"。大妹妹自小接触，对这一行的名称，料作，相当熟悉，满口行话，提起外国裁缝，缝纫机是叫"龙头"，剪刀叫"雪钳"，试衣裳叫"套圈"，"女红手"，专门做女衣，"男红手"，只做男装。大妹妹说，解放前，上海裁缝店，起码两千多家，成衣匠四五万人，吃裁缝饭，算起来有廿万人。小毛说，不可能的，1948年上海人口580万，算下来平均每29人配备1个裁缝。大妹妹说，到了每年六月初六，全城裁缝，到城隍庙开晒袍会，是我爸爸讲的。兰兰说，现在国营服装厂，人也不少呀。大妹妹讲，手工做衣裳，懂了吧，尺寸最登样，当时上海女人，只喜欢洋绸，洋缎，洋绢，我爸爸讲起来，罗纺叫"平头"，绉纱叫"桃玉"，缥纱叫"竖点"，纺绸叫"四开"，最普通是竹布，不会有死褶。小毛说，裁缝剪刀，我听到过，叫"叉开"，竹尺叫"横子"。大妹妹笑笑。兰兰说，大妹妹记性太灵，光一个蓝颜色，大妹妹讲讲看。大妹妹说，蓝颜色名堂不算多，鱼肚，天明，月蓝，毛蓝，洪青，夜蓝，潮青，水色，河蓝。

七十年代初期，上海女子的装束细节，逐渐隐隐变化，静观上海，某些号召与影响，一到此地，向来是浮表，南京路曾经日日夜夜广播北方歌曲，扭大秧歌，舞红绸，打腰鼓，头扎白毛巾，或时髦苏式列宁装，"曲曼丽"式工装裤，

拾柒章 351

"布拉吉",短期内,可以一时行俏,终究无法生根,因为这是江南,是上海,这块地方,向来有自身的盘算与选择,符合本埠水土与脾性,前几年以军体服装为荣的政治跟风,开埠后衣着趣味最为粗鄙,荒芜的煎熬,逐渐移形,走样,静然翻开另一页 这"另一页"实质是往回翻。真正向前大翻特翻,要等小琴在华亭路摆服装摊的时代了。大妹妹的爸爸,因为早期北方定都,奉调京师,上海一批轻工企业北迁,包括商务印书馆,出名饭店,中西服装店,理发店,整体搬场。小毛说,我不想去,可以吧。大妹妹说,可以吧,不可以,样样要迁,雪糕厂,全部迁过去,甫师太的妹妹,大小姐,沪江大学毕业生,一部火车,全部发到北面,我爸爸讲,当时淮海路一幢高级公寓,内部全套进口热水汀,也是拆到北面安装了,厉害吧,场面大吧。小毛说,我真就不懂了。大妹妹说,国家重要事体,小毛就算搞懂,准备做啥呢 上海人"不搭界"观念代代相传,我爸爸也看不懂,当时上海西区的好洋房,敲碎多少抽水马桶,为啥呢,因为新来的房东,新来的领导坐不惯,大便有困难,从小一直坐惯蹲坑,茅坑 既然蹲坑茅厕,何来"坐惯"？大妹妹不愧是从小坐马桶的,因此就敲光了,改砌一排蹲坑,要死吧,臭吧,我爸爸听到,心痛呀,上海老弄堂的居民,日思夜想,就是想装一只抽水马桶,高级马桶,外国进口雪白瓷,

○ 俄语пла́тье音译,苏联式短袖连衣裙,既区别也近似资产阶级无袖或吊带one piece连衣裙。

△ University of Shanghai,1906年建校,初名浸会神学院,1951年院系调整,各系科分别并入复旦大学、华东师范大学等院校。著名校友包括徐志摩、李公朴、冯亦代、谢希德等等。

· 1950年代初京城服务业仅两万余户,半数为餐饮、鸡毛小店。1956年为"繁荣首都服务行业",迁入服装、理发、照相、洗染、餐饮等一大批上海名店。

▲ 谷崎润一郎方案:"假如依我所好建造厕所,还是避免抽水式,尽可能使粪池远离厕所的花坛或田地之中。即使过去,这样,地板下面没有明亮的出口,就会变得幽暗。也许会有些冥想和风雅般的气味。"

奶白瓷马桶，榔头就敲碎 大不了就直接蹲上去，不必敲，彻底结束，讲起来，只要是资产阶级生活习惯，无产阶级就有障碍，先敲了再讲。小毛不响。大妹妹说，爸爸走之前，对我姆妈讲，以后做"对交"，也就好办了。小毛笑说，啥。兰兰笑说，真下作 又开始痴头怪脑了。大妹妹说，十三，裁缝行话懂吧，"对交"，就是中式长裤。兰兰笑笑。大妹妹捏紧兰兰的大腿说，讲，想到啥了。小毛说，不要吵了。兰兰叫痛说，开玩笑懂吧，落手太重了。大妹妹说，"对交"是长裤，"光身"，是长衫，"对合"是啥。小毛摇头。大妹妹笑说，就是马褂，"护心"呢，是马甲。小毛不响。大妹妹说，"遮风""压风"呢，不懂了吧，前一个，是皮袍子，后一种，是一般袍子，我爸爸讲，"对交"好办了，就是讲西装长裤，要做到登样，只有回上海了。小毛说，难道北方人，每天骑马，只穿棉袍子，皮袍子，穿箭衣。大妹妹说，啥，头一次听到。小毛说，古式长袍，前面开衩，叫箭衣。大妹妹说，北面人多数不骑马，但太冷了，上身要穿小棉袄，外面罩大棉袄，下身，厚棉裤，棉花要多，尺寸就宽厚，棉裤的"脱裆"。小毛说，啥。大妹妹说，就是罩裤，夏天还要考虑单穿，所以，做裤子，只能裁成大裤脚管，洋面袋一样，冬夏两便，懂了吧。小毛不响。大妹妹说，我要是跟了爸爸，搬到北面去，定是自杀的。小毛当时不响 上只角不去下只角，下只角不去北面。

○奉帮裁缝所谓"对交"，即中式传统大裤裆长裤，穿时宽大裤腰可折叠。( ) 大妹妹爸爸这一代上海裁缝，在1950—1960年代最着实"红"过几年，最热门业务，把各种旧社会服装改造新社会模样，比如长袍马褂改中山装，西装不好改，领带却有一个绝佳去处——一概被扎成拖把。

・位于长江中下游南岸，南接黄山，境内丘陵遍布。

但是想不到，隔了年，大妹妹就接到了分配通知，上海革命电机厂的安徽代训，即上海户口，先迁安徽，暂留上海培训两年，到了期限，就要去贵池军工厂报到。当时上海，包建不

拾柒章 353

少外地军工厂,地点往往是安徽山区,代号5307厂,做57主体高炮,5327厂,做57高炮瞄具,革命厂负责建设5337厂,负责57高炮电传动。大妹妹哭到半夜三更。兰兰告诉小毛,我完全懂了,为啥大妹妹,情愿做了花蝴蝶到处飞,到处笑,到处胡调,也就轻松这一两年了,以后迁到安徽,大妹妹讲的,如果套一条老棉裤去爬山,肯定爬到山顶,就跳下去寻死 不去插队落户,不幸中之万幸。我只能安慰讲,到山里上班,就算穿了开裆裤,也无所谓了,山里只有野猪野鹿,根本无人会看 小毛会否想到银凤枕边语"雄鸡雄狗"。大妹妹又哭了。小毛说,"三线"工厂,迁过去的上海男工,太多了。兰兰说,这是当然,因为男人太多,厂长有一天,打电话报告上峰,喂,帮我接上海市长好吧,市政府对吧,市长同志对吧,我是安徽呀,安徽工厂呀,是呀是呀,我是讲,快一点好吧,快送一批女人过来好吧,是的,送女工过来,多送一点,好吧,是的是的,不要忘记了,此地比较急。上海市长挂了电话,拿过紫檀木算盘一拨,一下五去四,大妹妹就是其中一粒算盘珠,嗒一响,五去五进一,九去一进一,大妹妹啪啦一响,就拨到安徽去了。大妹妹应声又哭。兰兰说,哭有啥用呢,想开点,无论如何,大妹妹到了安徽,一定是封为厂花的,假使爬到厂长办公室阳台,水塔顶上,掼一只篮球,下面肯定抢得头破血流兰兰会聊。大妹妹说,这也太土了。兰兰说,厂里总有文艺宣传队,可以唱唱跳跳。大妹妹说,这种组织,只许穿军裤,背军用书包,打竹板,我受不了的。兰兰说,每年过

○苏联单筒式身管C-60式57毫米高射炮仿制品,1965年定型投入大批量生产。○这些数字在大妹妹和兰兰听来,都是"搞七捻三"。

*战备需要,1964年开始,从大城市整体迁往中西部"三线地区"的工矿企业、科研单位和大专院校。

△"我是革命一块砖,哪里需要哪里搬",是当年"坚决服从组织分配"的豪言壮语,若以"一块砖"比喻"水媚山秀"会打扮的大妹妹,还是"一粒算盘珠"较为体贴。

春节，总要回上海吧，要探亲，人到了上海，尽管打扮嘛（越来越会聊了）。大妹妹不响。当时中学毕业分配，户口连带种种生活票证发放，等于生存判决，十三道金牌下来（比岳飞多一道），花落山枯，必须签字，私人无法抵抗，大妹妹只能认命。想不到第二年，兰兰同样分配到安徽宁国（安徽省东南部山区，距贵池约200公里），据说是到一家手榴弹工厂做学徒。兰兰娘是个角色，几次上门，哀求小毛娘帮忙。小毛娘的弟弟，是地段医院医工，最后搞到一张"视神经萎缩"证明，兰兰因此留沪。有一天清早，小毛娘面对五斗橱，祷告良久。小毛说，姆妈，不要多啰嗦了，应该叫兰兰过来，对领袖谢恩。小毛娘叹气说，兰兰留了上海，大妹妹就哭了。小毛不响。小毛娘说，帮兰兰做了手脚，姆妈觉得有罪，心里难过，因为呢，有一个陌生弄堂的小姑娘，现在一定是哭了，要代替兰兰，到安徽去装炸药，做手榴弹了。小毛说，肯定的。小毛娘说，做人真是尴尬，真真左右为难呀，唱戏就唱，熨不平眉头皱，剪不断心里愁，我对不起领袖，所有事体，领袖看得见。小毛说，是的。小毛娘说，人一生下来，是有罪的，姆妈还是想办法，要帮人，一辈子帮有难的人，怜恤的人，必得领袖怜恤。小毛不响。小毛娘说，小毛，来，跟领袖讲一讲真实想法，来呀。小毛身体一扭，根本不动。

○这个病不太好验证，容易开具假证明。○幸亏兰兰是分配到对视力要求较高的手榴弹厂，插队落户的话，这证明不一定好使。

·词出明万历小曲集《挂枝儿》："熨斗儿熨不开眉间皱，快剪刀剪不断我心内愁，绣花针绣不出鸳鸯扣。两下都有意，人前难下手。该是我的姻缘哥，耐着心儿守。"

十八章

一

　　这夜饭局收场,阿宝陪了李李,坐进一家茶馆,平静心情。阿宝说,苏安一出场,李李的心情,就急转直下。李李说,怪吧,我是这种人吧,会喜欢徐总吧。阿宝不响。两个人吃茶,灯光柔和。此刻,阿宝接到林太的电话,林太讲国语说,阿宝,明天我就走了。阿宝嗯一声。林太说,真想碰个面,再讲一讲话。阿宝讲普通话应付说,是呀是呀"应付"二字多余,连续两个"是呀"足矣。此刻,阿宝像是看见,宾馆里的林太,心神不宁,卸妆,梳头,看电视,靠到床上,四面暗极,宾馆的内景,可以是新竹,东京,也如伊宁,银川 都是林太的"主叫地"。床垫软,夜气如浮云,电话的作用,是让两个不同状态的人开口,但双方往往只顾及自身,看不见对方的表情,容易南辕北辙 林太所谓"真想碰个面,再讲一讲话"亦是出于此心。林太一定是关了床灯,眼睛闭紧,以为阿宝只身一人,谈到了饭局,谈了突然出现的苏安。林太说,我想说,是拜汪小姐所赐,见到了老朋友。阿宝应付说,是呀是呀 照此说来,阿宝李李此时喝茶以及茶后好事,要拜汪小姐和苏安联袂所赐。阿宝明白,如果讲起汪小姐,就是林太明日的谈资。但阿宝保持冷淡,话筒传递了繁弦急管,茶馆的丝竹音乐,林太此刻,也许睁开了眼睛,小灯捻亮,决意收篷。阿宝手捏电话,坐正身体说"坐正"是肢体与语言的下意识配合,也是演给李李看,这次见面,非常愉快,以后多多联系吧,多来上海。此刻,李李吃了一口茶 这一口定心茶。阿宝说,请多保重。林太娇声讲了一句上海话,阿宝,我谢谢侬。阿宝讲上海话说,一路顺利。阿宝挂了电话,心里明白,男女之事,缘自天时地利,差一分一厘,就是空门 怪林太电话来得不是时候乎。阿宝几乎看到,宾馆里的林太,轻云淡月人憔悴,为乐未几,苦已百倍 两句出袁宏道《答梅客生》,慢慢由床上起身,拉开了窗帘,高楼之下的上海,沉到黑夜之中,轮廓线继续变短,变暗,不再发亮。今夜的林太,只能是就寝入梦了 这光景,让陆太用北方话来讲,就是"洗洗睡" ○林先生何在。李李说,女朋友出国了。阿宝说,哪里,是刚刚饭局的林太。李李说,哦,台湾女人,我不打交道。阿宝说,与大陆女人比,相当谨慎,上次参加招商,办事员见一个台湾女客,称赞一句漂亮,对方就认定吃豆腐。李李说,这意思是,如果林太放荡,阿宝就可以勾搭。阿宝笑说,来"至真园"吃饭,有两个台男,一见老板娘,就眉花眼笑,目酣神醉,李李为啥不考虑。李李咳嗽一声说,人还未嫁,娘已经叫了好多年 你来我往几个回合下来,气氛已调节到相当融洽,一扇纸窗吹弹可破。阿宝不响。李李说,单单只劝我结婚,阿宝啥意思 趁气氛好及时切入正题。阿宝说,有人盯李李,无人盯我呀。李李说,女人可以盯男人吧。阿宝不响。茶馆里的中式音乐,细敲细打,一曲终了,又换一曲,茶已近尾声 茶近尾声,人心思变。李李说,直到现在,我也想不出,还可以跟啥人结婚,我认真讲一句,我可以吧。阿宝说,可以。李李说,刚刚听阿宝跟女人通电话,我已经吃醋了 等于表白。阿宝说,人家是太太。李李说,装糊涂,太太是啥意思,日

○此BGM提醒了对方处境。○"收篷",上海切口,意即"收手",反义词是"起篷"。

十八章 357

本片子看过吧,小男人一开口,就是太太,太太。太太更直接,更骚,懂了吧。阿宝笑笑。李李说,夜深人静,林太电话一来,我就头昏,浑身发冷了。阿宝说,感冒了,要不要去看夜门诊。李李说,乱讲了,女人怕冷,男人一般是脱一件衣裳,轻轻披上来,笨蛋也想不到去看医生。阿宝不响 这种套路,阿宝岂能不晓,是不为也。李李说,煞风景,阿宝坏到底了,对我根本不好,我吃瘪。阿宝不响。李李伸手说,过来一点。阿宝动了动 初动之。李李轻声说,现在陪我回去,到我房间里去坐 身段一放下,就露出银凤勾引小毛腔调。阿宝看看表。李李说,看啥手表。阿宝不响。李李说,男人进我房间,阿宝是第一个。于是,阿宝起身,埋单,跟李李出茶馆,叫了一部车子 更复动之,开到南昌路,走进沿街面一间老洋房底楼,独门进出,外带小天井。两个人推门进天井,暗夜里,一只野猫穿过 成年阿宝每欲有"动",即有疑似蓓蒂的阴影一闪而过。

自从金圣叹为潘金莲细数出三十九个"叔叔"之后,"叔叔"这称谓从此也自带某种"骚"感。○李李老司机。

二

这天夜里,李李开了房门,里面一片漆黑。李李靠贴门框,等阿宝走到背后,人就转过来,一把拥紧,两唇相贴,发抖 饮茶过量也会抖,舌头已经进来,相当自然,圆熟媚软 四字也适用烹饪得法的牛舌。阿宝抱紧了李李,感觉李李的腰身发热。房间漆黑无底,两人在门旁纠缠许久,好容易挪进几步,李李伸手关门。阿宝说,开关呢,开灯。李李说,不要开,不要,跟我进来。两个人摸黑走了四五步,李李让阿宝坐。阿宝脚一碰,地上一只席梦思 进门让座,一屁股直

不知何故,电影里男女入室之前皆酷爱在门口纠缠。○"里面一片漆黑",唯独门口有廊灯?

接坐床。于是坐下来,解衬衫纽扣,感觉李李就在身前宽衣,眼前一个模糊身体,散发能量,伸手一碰,是李李发烫的膝盖与小腿。从腰到腿一律发烫,老板娘气血畅通。黑暗中的李李,靠近阿宝,前胸紧压过来,足可让阿宝窒息。两个人慢慢倒到床垫上。房间四面完全黑暗,顶上同样深不见底,而此刻,忽然春色满园,顶棚出现一部春光短片,暗地升发的明朗,涨绿深烟,绾尽垂杨。黑暗里,一切是皮肤,触觉,想象,虽然晴空卷纱,青红斓然。老手所见殊胜于小毛眼前那场工业事故,阿宝还是想看,几次摸到床头线形开关,李李就抽走。开灯还是关灯,这的确是个问题。等春光电影结束,一切平息,李李坐起来,走进卫生间说,可以开灯了。电影终场,可以开灯,可以离席。阿宝摸到开关。小灯亮了,房间二十多平方,床垫居中,各门派阳宅风水理论,皆视此格局为大凶,左面一面墙,除卫生间玻璃门,一排金属挂衣架,挂满衣裳,外面罩布。右面墙,房东遗留一对食品店旧柜台,带三层玻璃搁,摆满大小杂物。一副无意久留之相,不是老板娘居处应有的格调,像餐厅打工妹合租房。阿宝起来开了壁灯,也就一吓。货柜与玻璃架子上,摆满陈旧残破的洋娃娃,上海人称洋囡囡。阿宝走近一步,脑子也就混乱。架子上的玩具,材料,面目,形状,陈旧暗黄,男男女女,大大小小,塑料,棉布洋囡囡,眼睛可以上下翻动,卷头发,光头,穿热裤,或者比基尼外国小美女,芭比,赤膊妓女。"赤膊"显而易见,"妓女"何以见得?傀儡,夜叉,人鱼,牛仔,天使,所谓圣婴,连体婴,小把戏,包裹陈旧发黄的衣裳,裙衩,部分完全赤裸,断手断脚,独眼,头已经压扁,只余上身,种种残缺,恐怖歌剧主角,人头兽身,怪胎,摆得密密层层。一副旧上海大世界游乐场"怪胎展览会"腔调。李李穿了浴袍过来,举一瓶古龙水,朝两橱收藏深喷几记。阿宝说,收集这堆名堂,我真想不通。李李拿出一只断手赤膊美女,拉开大腿,让阿宝看,下身有一簇同样的金毛,同样有形状。李李说,这是澳门买到的旧货,一百年历史的手工美女。阿宝说,衣裳总要穿一件。李李说,原装衣裳,多数已经发脆,上面有蟑螂污迹,以前租的房子,有老鼠。当时这些宝宝,越集越多,装进几只纸箱,结果小动物钻进来,小裙子小衣裳里做窝,洋娃娃衣裳咬破不少,等生了小的,我刚刚发觉,因此部分宝宝,只能赤膊了,也算一种真相,比较单纯,各种年龄的洋娃娃,要是认真分别,有清纯型,忧郁型,或者车祸型。阿宝不响。李李拿了一只赤膊娃娃说,惊悚片角色,诈尸型。阿宝说,太香了,真吃不消。李李说,只能经常喷一点,必须防蟑螂老鼠。阿宝说,跟这批宝货过夜,噩梦一只连一只。李李说,我不怕。李李一指墙角,竟然有小佛龛,供一尊观世音。李李走到小龛面前,双手合十,蒲团上落了跪,浴袍滚圆,大腿雪白,脚趾细巧精致,认真上一炷香,房间里,古龙水与中国棒香气味混合,产生特别的味道。李李说,观世音菩萨在此,我每夜太平。

阿宝沉默。房间里只有一把椅子,李李开一瓶红酒,两个人重新回到床垫上。灯光捻暗,枕头垫高。阿宝说,如果进来就开电灯,我怕的 不开灯的另一个秘密揭晓在即。李李笑笑不响。阿宝说,收集这堆破旧宝货,啥意思。李李说,我欢喜,可以吧。阿宝说,当心半夜里作怪,有部捷克电影,一房间洋图图,半夜三更造反。李李说,

○ 各门派阳宅风水理论,皆认为居室置放有形之物,为不祥,人形尤甚,容易被"灵体"附着。

· 洋娃娃之所以一直成为恐怖小说和电影常见道具,根源就在于"人形",赋恐惧以一种日常感、现实感。

味道诡异

不许开灯原因之一。否则两人就看不成什么"春光短片"了。

虽有熟汤气,却然是好看

○《玩具起义》:两个小偷半夜进入百货店玩具部,玩具们奋起反抗,将小偷打得屁滚尿流。

是吧。阿宝说，因此请观世音镇妖。李李拍阿宝一记说，瞎讲八讲，看到这些图图，我一直做好梦，看到人，就难讲了，往往噩梦一场 一直遇人不淑。两个人吃了一杯红酒，有点倦，酒杯放开，李李关了灯，脱了浴袍，钻到阿宝身边不响。房间重回黑暗。李李说，阿宝睏了。阿宝说，还好。李李说，讲故事可以吧，如果讲到我，阿宝会嫌避吧。阿宝说，哪里会。李李静了一静说，我的心情，一生一世不好，以前我离开省模特训练班，也是心情不好，后来跟别人到深圳，广州，心情不好了，去龙岩寺，广州六榕寺，拜佛菩萨。有次碰到一个算命瞎子，听见我就讲，小妹，不要为自家兄弟难过，人各有命。我一吓。先生讲，算中了吧。两人不认得，心思我晓得，坐下来，坐下来 一坐下来事情就好办。我坐下来。先生讲，我准不准，我灵不灵。我点头。先生讲，吃这碗饭，开口就是铁口，要有定身法。我讲，啥是定身法。先生讲，客人听了，心里会一跳，自觉自愿，定下心来听我算，这是先生我的本事。如果我讲，这位老板，天庭饱满，肯定大发财，太太，过来算啦，富贵人呀，这种低级先生，只能回去烧饭睏觉 广东大师还会说上海话。现在的人，警惕性高，一般的屁话，啥人会停下来听呢。阿宝说，结果呢。李李说，先生讲我父母双全，有个兄弟，前几年过世，这其实自有道理，做姐姐的，真不必难过。阿宝说，准吧。李李静了静说，我爸爸是高级工程师，笃信佛菩萨，房间里摆设，跟庙里也差不多少。阿宝不响。李李说，信仰上，我是浅的，我弟弟，自小跟父母烧香磕头，到十七岁的一天，弟弟忽然讲，已经考虑明白，打算出家做和尚。我爸爸大发雷霆，根本

十八章 361

不同意,又骂又打。想不到第二天,弟弟就自杀了。阿宝拉过李李抱紧。李李说,父母一面哭,一面烧香磕头,我心里恨,因此跑到了广东。彼时离家出走,广东必是首选。先生讲到我弟弟,是自有道理,我服帖,高兴了一点,两个人隔开一步距离,先生是双眼瞎,居然还算得出我是排骨,认为做女人,身上要有点肉,圆润一点,命理丰润,一身排骨,相就薄,讲我最近有大劫,凡事三思,尤其切记,跟身边最好的人,保持距离,不可以坐船。我重谢了先生,后来嘛。阿宝说,后来呢。李李说,我瞒了。李李头埋进阿宝胸口,抱紧。李李说,阿宝会嫌避我吧准备自爆猛料之前的最后试探。阿宝说,不会的。李李说,当时我经济不稳,所谓高级模特班又称"野模",做高档时装表演,有点收入,经常也做低级生活,到各大夜总会,包括香港,走小T台,走到吧台当中,一小块地方,脚尖碰得到观众酒杯,吧台周围,全部是人,穿得太风凉,现在讲丁字裤,算啥,前后一样细丁字,见过吧。每次我是不答应的。客人有多少下作,灯光雪亮,面孔贴近我大腿了,有人还要用望远镜客人有要求的话,店家连天文望远镜也拿得出来。领班天天骂人,讲某某某客人,刚才大笑,因为某某小姐,剃得不清爽,因此个人卫生,要更认真细致。只有我不理睬,认为这是放屁,我经常不上班,再穷我也不穿,团里有个小姊妹叫咪咪,一直跟我好,自从算命先生讲后,我发觉咪咪走了坏道,前后一样的细丁字,咪咪总想诱我上身,我警惕了。新来一个小姐妹以小姐妹相称,自动进入某种语境,心相心气跟我差不多,叫小芙蓉,平时少言少语,对我一点不热情,跟我一样,讨厌领班,

○修不修行,原本都无所谓,最忌修到一半,行至中途前瞻回顾,前后都不是岸。

△话术:飞机也算船,因为古代没飞机。

•话术:嘴唇丰满主旺夫、臀部浑圆主旺丁、大腿粗壮主守财、面部圆润主生财。

。李李之苦,盖出于自定位"省模特训练班科班出身"与实际工作"消费场所走'台野模'"之间严重脱节。

362 繁花〔批注本〕

小芙蓉来的第二天，大家到一个高级场所表演，这次不是走小T台，走镜子地板，两面两排观众椅子，当天衣裳，全部是蓬蓬裙，加秋冬大楼，我觉得可以，格调高档 李李对于"高档"之判断，基本取决于穿得多少，没想到，等大家到化妆间穿袜子阶段，领班进来讲，今朝全体脱光底裤。大家一呆。领班说，不要吓，不要紧，因为外面是穿裙子，里面光，这是流行趋势，正常。小芙蓉讲，这肯定学日本了，日本法律规定，禁止当面暴露下身，镜子反照出来，不算当面，钻法律空当。我不响，我不脱。小芙蓉也不脱。领班讲，好，结束以后，再跟李李算账。小芙蓉，到底穿还是不穿 模特说脱、领班说穿，钞票要吧。后来小芙蓉吓了，跟大家一道，光了屁股，穿裙子出去。我贴近后台看。照规矩，小芙蓉跟小姐妹慢慢走过镜板，立定，转身。我一看，这批女人还要半蹲，做马步，这是人做的生活吧。讲起来是穿裙子，穿大楼出去，冠冕堂皇。这天的客人，一半还穿礼服，表面斯文，看不见一只望远镜，但每只眼睛，全部看地板，就是看镜子，我想不通了，男人的脑子，为啥骚到这种程度 李李与银凤背景、阶层都不同，但在此事上共识无二。阿宝不响。李李说，等表演结束，小芙蓉一个人缩到角落里不响。咪咪讲，摆啥膘劲 北方话"装逼"呢，让男人看到了屁股，又有啥呢。小芙蓉不响。领班看看我，表面骂小芙蓉讲，走了儿趟，小芙蓉缺几块肉吧，不要学有种人，铜钿不赚，拉别人垫背，做瘟生 冤大头，我现在讲清爽，任何人，不要以为自家是金逼，银逼，没有这种事体的，大家全部是普通逼，有啥稀奇，有啥了不起 借李李之言："这也是一种真相"。

阿宝说，领班太刁了 "刁"字不准确，改成"坏"就好。李李说，领班讲了，北方人一直讲装逼，现在各行各业，样样是装的，讲到底，有意思吧，装得花头经十足，真的一样，其实是空的，假的，一点意思,内容看不见。阿宝说,有点意思 <u>被李李带入北方话节奏</u>。李李说,当时我不响,也不装,我简单,心里不愿意,感觉不好,就拒绝,结果事体来了,当夜我跟小芙蓉,还有其他两姐妹,到房间里抽香烟。我讲,心里有点烦,准备请假散心。两个小姐妹就想跟我出去,小芙蓉也去。一个去海南,一个要去香港。小芙蓉抽了两根香烟,不响。大家让小芙蓉讲。小芙蓉说,大家定了地方,我就出发,我是不管地方的。大家一定要小芙蓉仔细讲。小芙蓉讲,香港好,海南便宜,澳门我有熟人。一听澳门,大家是刚刚想到,也就开心起哄。领班进来问,吵啥呢,是啥人怀孕了,早点讲出来比较好 <u>领班眼里的日常</u>。大家不响。这天夜里,到澳门去的事体,也就定下来。小芙蓉托熟人,办了手续,大家跟领班讲,是去"世界之窗"<u>当年最热门的深圳游乐场,中式迪斯尼</u>,请了一天假。隔天礼拜六,夜里有表演,可以逛两个白天,第二天,四个人就上船,开到海上,我忽然想,啊呀,算命先生讲过,不可以坐船 <u>偷渡只能走水路了</u>。小芙蓉问,李李忘记啥了。我不响。想到先生讲过,跟自己最好的人,保持距离,小芙蓉是我好朋友吧,不是。我心定。四个人到了澳门,蛮开心,小芙蓉熟门熟路,领大家走进酒店一间房间,侍应生推来一车子小菜点心,大家惊讶至极,小芙蓉让大家先吃,出去联系车子。大家吃了点心,小芙蓉再也看不到了 <u>小芙蓉,上海话"放倒钩"的干活</u>。三个人等了一个钟头,进来两个老妈子 <u>旧社会上海风月场所叫"娘姨"</u>,非常客气,请大家先到楼下客厅里坐。大家才晓得,这是一家带夜总会的酒店。我当时闷了,三个人去跟一个主管见面。主管说,三位已经签了字,自愿来本会坐台,现在讲一点本会规矩 <u>夜总会业者自称"本会",可疑</u>。小姊妹就闹起来。主管说,此地收益,比大陆好得多,坐

<u>○ 彼时澳门回归已成定局,赌业空前繁荣,江湖势力为重新洗牌蠢蠢欲动。</u>

台,打炮,小费二八分账,公司 自称"公司"比较正常 拿二成,各位身材一流,比较专业,因此另加节目,就是每夜加跳两场钢管舞,大家应该懂,学起来快,要求最后脱衣舞风格,露三点,也应该懂的。按照澳洲雪梨红灯区规矩,客人只看,不会动手,此地客人多,收益高,各位应该满意,丑话在先,实习半年之后,可以入袋 即免费打工六个月。主管没讲完,两个小姊妹大吵大哭起来。我冷静讲,这是一场误会。主管讲,废话少讲,烦到火滚,此地见多了,先跟老妈子去休息。三个人还要理论,老妈子过来,一个一个拖到隔壁房间里,地板上立两根钢管,有电视,几只床垫,水斗,马桶,淋浴龙头,肥皂,毛巾,纸巾,一切齐备,电视里一天二十小时播放历年脱衣舞,钢管舞录像,墙壁门窗隔音。三个人大叫大闹一番,外面无反应,到用餐时间,三客饭从门下推进来 门缝何其宽,饭盒何其扁,每客不同样,味道好。三个人过了四天,两个姊妹,开初哭天哭地,第三天起来,揩了眼泪,练钢管舞,学电视里反复拗造型,反反复复,全世界同样的一首,《苹果花白·樱桃粉红》。主管讲得不错,有基本功,学起来容易。到第五天,两个女人已经会脱会扭了,爬上管子,也嗯嗯嗯懂得啑了 嗯,这个相对好学。我一声不响,正常吃饭梳头,坐到垫子上,听的就是《苹果花白 樱桃粉红》。角落里有一只大纸箱,里面有各种各样,大大小小洋囡囡,应该是以前姊妹遗弃的宝贝,原本带到身边,枕边,宝宝肉肉,放进行李,带进此地,也许是哭哭啼啼拿出来,天天看,天天摸,天天掐,弄得破破烂烂。我一只一只看,看到断手断脚,上面的眼泪,牙印,血迹,五天后,

○ 对舞者要求极严,短期内断然学不上手,尤其是缺乏肌肉的李李。

○ 1950年问世的法语歌《樱桃红与苹果花白》(Cerisier Rose et Pommier Blanc)拉丁曲风,曾风靡全球夜场。

• 应该是捏样子,正宗钢管舞绝非五天可以练就,就算再有走T台的基本功,哪怕伙食再好。

十八章 365

两姊妹就去上班,抱我哭了一场。我一滴眼泪也不落,音乐继续放,《苹果花白·樱桃粉红》。我讲,我要让小芙蓉五马分尸。主管不响,我讲,本人是硬骨头,不可能接客,只觉得主管可怜 何出此语。主管讲,我不冒犯观世音,这是我嘅工作需要,我前世作孽,下世报应,对不住,规矩如此,再都唔做烂好人咧,嘅通通唔好搵我。两个老妈子捉紧我,打了一针 越说越离谱了。等我醒过来,发觉身体横到纸板箱边,小腹刺痛,再一看,眼泪落下来。李李讲到此地,浑身发抖,无声痛哭。

房间里漆黑一片,眼前过了一部电影,窗外梧桐静止。阿宝说,不讲了,已经过去了。李李说,夜里醒来,我经常觉得,我还是一个人,一丝不挂,四脚朝天,瘫到垫子上,旁边洋囡囡的纸板箱子,跟现在的房间一样,我已经习惯,从此我跟席梦思,洋囡囡不会分开 深陷被迫害情景。阿宝说,小肚皮刺痛,是有了蝎子,蜈蚣 此语大有茶馆里"要不要去看夜门诊"风格。李李笑说,我就想死过去,昏过去。阿宝说,为啥。李李说,脐下三寸,一行刺青英文,"FUCK ME"。翻译过来,我不讲了,另外一枝血血红的玫瑰花,两片刺青叶子,一只蝴蝶。阿宝松开李李,朝李李腰下滑,李李一把拉开,笑说,不许动。阿宝不动。李李说,我穿了衣裳,心里只有恨,接下来两天,主管让两个小姊妹做说客。三个人见了面,无啥好讲。我笑笑不响,不许这两只女人哭。第四天,领班叫我出来,说真正大佬来了,要看我。我走进房间,看到一个白面书生,相貌英俊的混血男人,自称周先生,斯文礼貌,让底下人离场,然后向我道歉,自

○端的匪夷所思。澳门黑道从来专注赌业及其周边,奉"时间就是金钱"为圭臬,品流一向不高,断无此勾花范叶之闲情逸致。

·应是中葡或亚欧混血人,Eurasian,一百多年以来备受欧洲和东方双重文化歧视。

366 繁花〔批注本〕

称晓得这桩事体,已经迟了一步,手下鲁莽,多有得罪,从现在开始,不会再有任何不愉快发生,希望原谅。听周先生一讲,我人就软下来,几乎昏倒,我想不到有这种发展,一声不响 三流剧情往往这种效果。周先生讲,得知李小姐情况,尤其看到本人,相见恨晚,现在先这样,叫保养部 还有这种部门,上海话"邪气大兴" 两个小妹负责,好好服侍,先做全套南洋SPA,进一点洋参鸡汤 广东人相信鸡汤是发物,受外伤者忌之,放松休息,里外衣裳等等,有人预备,夜里八点半,我开车来接,一道吃葡萄牙菜,顺便看看夜景,算正式接风。我一声不响。周先生讲,李小姐买我的面子,玉体恢复后,请到总部写字间上班,所有服装,皮鞋,化妆品,公文包 这个略土,手袋,宿舍钥匙齐备,工资由财务主管交代,李小姐,可以了吧,请答应 苦逼小姐妙变高级白领,好故事。我当时忍不住,落了两滴眼泪。我晓得,这是佛菩萨照应,算命先生帮忙,让我万难中,有了转机。我答应下来。离开一刻,我提出纸箱里的洋图图,每一只要带走。周先生一口答应。接下来所有内容,甚至超出想象,我忽然变了一个女人,虽然穿过好衣裳,用过好牌子化妆品,拎过顶级手袋,但全部是道具,是昙花一现,现在,是真实 假作真时真亦假。这天半夜,我走进作为宿舍的酒店公寓,一小间,外面是海,里面有床,一箱跟我受苦的洋图图,我表面上不响,心里激动。我觉得,澳门是我祸福之地。我跟大堂打一只电话,工人马上就来,拆了床架子,拖出去,床垫摆到地板上,我拿起台子上一瓶血血红的玫瑰,交到工人手里讲,不许再让我看到玫瑰花,不管啥人,不许送玫瑰花进这个房间。

　　房间沉于黑暗。李李讲到此刻,四面像有微光。阿宝说,这种

○剧情反转,变态大恶人良心发现,原因只有一个:为李容貌所吸引或同时为其坚贞不屈所感动。○熟悉而亲切的桥段

澳门奇迹,难以想象。常年循规蹈矩以及良好阅读品味限制了一个上海好男人的想象力。李李说,接下来,一切全部变了,后来,我就跟了周先生,也只有面对先生,我可以开灯,暴露我的花,人做的恶,常常伤及自身,先生根本不敢看这朵花,一次先生讲,《圣经》里的上帝,是一朵玫瑰,我是绿叶。我难免笑笑,但每次先生联系香港激光祛纹医生,我就拒绝。一年多后,我去看望两个小姊妹,其中一个,还是想回去,另一个,已经习惯。依照个人愿望,我送其中的妹妹回大陆,告别阶段,妹妹问我,假如碰到小芙蓉,如何回答。我讲,不可能碰到了。妹妹讲,如果见到了,我上去辣辣两记耳光。我讲,妹妹是打,还是骂,我不管,如果问起我,妹妹就讲,李姐姐已经失踪了,或者发神经病了,就这样讲莫非心声。妹妹讲,这是为啥,姐姐现在多好呢,小芙蓉晓得,一夜睁眼到天亮,气煞。我讲,碰到任何人,不要再提姐姐,一定要这样,做人要宽容,不要记仇。妹妹答应。这天我目送妹妹离开,心里晓得,妹妹再也不会碰到小芙蓉了,前十天的清早,我已经得知,小芙蓉彻底消失了,应该是现浇混凝土,小芙蓉已经浇到地底深处,不会再笑,再抽香烟,再说谎了"恶人"在黑帮片的制式结局。当然,这是我一生中最大罪孽,但问心无愧,我必须让小芙蓉彻底消失。我做这桩事体,先生并不知情不像受宠女白领所为,而是"大嫂"手段,三年后,先生全家决定迁加拿大,有一天跟我交代后事,希望我回大陆,好好发展,帮我开了银行户头,求我不管到任何地方,细心寻一个好男人结婚,另外,先生希望我明白,小芙蓉的事体,完全天衣无缝,不用再担心了,可以永远宽心,安心,还有就是,整容医院联系方式,包括全套去大陆的证件,我一到香港,有人负责办理,然后回到大陆,一切从头

○小毛楼下理发师一句苏北顺口溜:"辣块妈妈不开花,开起花来大红花。"

再来 这类场面TVB粉丝都不陌生。先生讲,只有玫瑰消失,可以消减我的苦痛。听先生这样讲,我心里佩服,样样事体,完全在先生控制之内 类似"斯德哥尔摩综合征"。我同意这些要求,即使一百廿个要求,我也同意。两个人告别,我就到了香港,住两个礼拜,这朵玫瑰,最后确实消失了,半个月,血痂褪清,口服维生素C,减轻色素回流,一切已经恢复原来。阿宝摸索 煞风景,李李挡开说,我带了洋囡囡,请了一尊开光佛菩萨,回到了大陆,来到上海。李李讲到此刻,房间逐渐亮了起来,梧桐与老房子之间,有了拂晓微光。阿宝说,菩萨保佑。李李说,保佑阿宝,保佑我。阿宝说,可以开灯了 阿宝自带一种昆虫式执念。李李说,不要开,阿宝不可以看。阿宝说,故事结束了,已经太平了。李李说,我晓得,但是菩萨,还看得见玫瑰,这朵玫瑰,一辈子跟定我了 玫瑰对李李的象征意义,复杂性大大超越了"耻辱"和"仇恨"。阿宝说,佛菩萨根本是不管的,据说每天,只是看看天堂花园的荷花 意思是菩萨也不响。李李不响。阿宝说,天堂的水面上,阳光明媚,水深万丈,深到地狱里,冷到极点,暗到极点,一根一根荷花根须,一直伸下去,伸到地狱,根须上,全部吊满了人,拼命往上爬,人人想上来,爬到天堂来看荷花,争先恐后,吵吵闹闹,好不容易爬了一点,看到上面一点微光,因为人多,毫不相计,分量越来越重,荷花根就断了,大家重新跌到黑暗泥泞里,鬼哭狼嚎,地狱一直就是这种情况,天堂花园里的菩萨,根本是看不见的,只是笑眯眯,发觉天堂空气好,蜜蜂飞,蜻蜓飞,一朵荷花要开了,红花莲子,白花藕。李李说,太残酷了,难道我抱的不是阿宝,是荷花根,阿宝

○樱桃红与苹果花白,也是一红一白。○儒家来看"出淤泥而不染",但佛家爱它,它是繁花中唯一能花、(藕)、种(莲子)并存、实(花)完美体现了体、相、用三位一体,心、佛、众生三无差。○这故事,估计是少年阿宝从绍兴阿婆那里听来的。

太坏了唯有以结婚为目的，方能将终极隐私和盘托出。阿宝抱了李李，觉得李李的身体，完全软下来。天色变亮，房间里有了轮廓。李李说，我怕结婚，大概是心里有玫瑰，阿宝为啥不考虑，不结婚呢，据说是为了一个小小姑娘。阿宝不响。李李说，我跟阿宝，就算一夜夫妻，也满足了。阿宝抱了李李，闭紧眼睛。

○此时，阿宝可趁机把皋兰路『大变活鱼』故事和李李PK一番，让南昌路老洋房底楼之夜来得更刺激。

　　虚构乃小说家天职，但所谓小说家言，虚在架构，纸上"虚人"一言一行，则必以"逼真""仿真"乃至"高仿"为本分，如此"虚实结合"，乃得"假作真时"之妙。李李黑暗中这段口述历史，时代背景若是清末民初，则地不分上海纽约、还是澳门里斯本，人无分男女老幼以及美丑肥瘦，尚有七分可信。澳门虽声色犬马之地，无为而治，亦有黑道横行其间，毕竟时维1990年代初，文明法制社会，身为偷渡"黑户口"，"逼良为娼"之本事或有之，但细节、情节以及部分人设——比如"老妈子""小妹"种种，无不近似民国通俗言情小说、1970、1980年代蹩脚港产片特别是1990年代国内地摊文学。早年家庭变故以及后来夜场生涯，可能让李李受过刺激，精神状况不甚稳定，有不足与外人所道之癔症发作。该女主今后言行命运，看官不妨于字里行间察言观色，拭目以待。

拾玖章

壹

　　礼拜天，大伯来曹杨新村。从路口进新村，有一段直路。小珍住楼上10室，北面有窗，看到大伯远远走来，立刻登登登跑下来报告说，阿宝，大伯伯来了，已经过来了 楼上功能等于电影里日本鬼子炮楼。阿宝看钟，十一点半，台面上已经摆了小菜 不如来得巧，阿宝娘拿过一把扇子，闷声不响。阿宝爸爸摆了碗筷，小阿姨开架橱，翻翻拣拣，大口瓶里有虾米紫菜 从前上海人家夏日常备，可凉拌，可滚汤，快。小阿姨说，小珍乖，大伯伯一来，小菜就不够了，跟爸爸借两只鸡蛋，下旬就还 按旬计，窘迫至此。小珍跑上楼去。阿宝跟小阿姨走到外面，大伯踏进大门，三伏天气，头上披一块湿毛巾，汗衫湿透 好一个落难小开。小阿姨接过人造革破拎包，让大伯到灶间里揩面，大门口阴凉，先坐　坐。小阿姨弄小菜。大伯朝阿宝笑笑说，热煞。阿宝不响。大伯说，天一热，人就狼狈 人一狼狈，天就更热。小珍点点头，手里拿了两只鸡蛋。大伯说，想想以前，真比现在苦恼。阿宝不响。大伯说，死要面子活受罪，热天穿西装短裤，配英式羊毛长统袜，如果是中式短打出门，长衫定规是随身带，热得穿不上，也要叠得整整齐齐，臂膊弯里一挂。阿宝说，为啥。大伯说，要面

○ 1960年代，「礼拜天」一律改称「星期」。此时社会禁锢已趋松动，蛰伏的亲戚开始走动。

拾玖章　371

子呀，表明自家穿长衫，有身份 _{咸亨酒店，"长衫主顾"店内喝酒，"短衣帮"只能站在店外}，等于上海阔太太，圣诞节到香港，貂皮大衣，灰鼠皮大衣，贵气外露，其实穿了容易见老，但女人最欢喜，香港热呀，根本穿不上，出门到外面，皮草大衣，照样朝臂膊弯里一挂，这就做太太的身架了 _{也称身价（或身家）}。小阿姨过来，接过小珍的鸡蛋说，大阿哥是坐车子来，还是跑过几站路。大伯伯枯窘说，跑过几站。小阿姨说，看来，我加一只炖蛋，还是不够的，让我再 _{体贴和讥讽一起乱炖} 大伯说，随便的。小阿姨说，下次来吃饭，阿哥帮帮忙，先打一只传呼电话好吧，让阿妹预先，也有个准备 _{有怨气}。大伯有点尴尬。阿宝说，广播里讲，西哈努克又到北京了。大伯伯看看周围，轻声说，听到新闻了 _{准备大放厥词}，这个大老倌，世界第一享福人，讲起来亡国之君，逃到中国，会吃会用，耳朵像菩萨，手拿一双象牙筷，吃到东来吃到西，吃啥也不凭票，点名高级西餐，一般是西冷牛排，香煎小羊肉，奶油葡国鸡，焗洋葱汤，焗蜗牛，中餐名堂，就更多了，雅一点，比如"金粉滑金条"，阿宝说，啥。大伯咽一口馋唾说，就是虾籽蹄筋，炖到豆腐一样，比如"西湖莼菜羹"，人世第一羹，玉皇大帝最喜欢，真叫是滑，鲜，比如"金银蹄"，火腿蹄炖鲜蹄，"荷叶粉蒸肉"，上好五花肉，凭户口肉票，根本买不到，切块加料腌透，浑身滚满炒得喷

○上海人惯以logistic精确规划公交站数，算出最省钱、最省脚力之出行方式。正常情况下，不以这种精打细算为耻，反因『门槛精』（会占便宜）为荣。大伯父此时『枯窘』盖因『门槛精』之外的『大枯窘』所致。

△『奶油葡国鸡』应是大伯父私淑的『上海西餐』，只存在于澳门、广州、香港和上海本地西餐厅。

○杭帮菜，莼菜为水生植物，味道清香入口即『滑』。蛋清加淀粉调成底汤，入莼菜嫩叶即成。

•柬埔寨前国王。1970年流亡中国。亲王在华到各地参访，受到盛情款待，并及时拍成新闻纪录片，所有电影院正片开始前必加映。

▲苏锡帮名菜，干河虾籽和猪蹄筋炖至将烂未烂，撒上漫过黄酒的晒干河虾籽。

•杭帮菜，杭州民谚：『头伏鸭儿二伏鸡，三伏吃只金银蹄。』

香糯米粉，荷叶裹紧，上笼蒸透（也是杭帮菜），"扁口八宝"，扁口就是鸭子，肚皮里八宝，十八宝，样样名堂，全部到位（按不同季节大致不离香菇、火腿、栗子、莲子之类），唉，这个男人，要吃啥，就是啥，随便的，吃多少有多少，老婆又是标致玲珑的妙人，日里吃饱，夜里沉酣脂粉，席梦思里做神仙，男人做到这种地步，枪毙也值得。此刻，楼上小强喊，小珍，上来吃饭。小珍朝大伯一笑，跑上楼去。大伯对阿宝说，这个小珍姑娘，对阿宝真好。阿宝说，汗停了吧（"停"字用得好，好就好在反义词是"不停"），进去吧。两个人进房间，大伯对阿宝父母笑笑，阿宝娘立起来招呼，大家吃饭。大伯夹菜扒饭，照例闷头一顿猛吃（"照例"表示蹭饭为常态）。小阿姨端了紫菜蛋羹，走近来说，宁波人讲，下饭无膏，饭吃饱，今朝小菜少，比唐伯虎吃白饭，总是好一点。大伯伯连吃两碗饭，停下筷子说，小阿姨，唐伯虎这一段，是苏州说书先生，乱话三千了，古代不搞运动，唐伯虎再穷，也不会穷到吃白饭的地步。阿宝娘说，一讲两讲，就讲运动。阿宝说，唐伯虎为啥吃白饭。阿宝爸爸白了大伯一眼说，当心噎，少讲（我见犹怜）。大伯吃进半碗，胸口一挺说，配合忆苦思甜，我惊堂木一拍，是这样的，各位老听众，老听客，今朝，我来讲一讲风流才子唐寅，落难时期，穷得眼面前，只剩了一碗白饭，要死呀，无论如何咽不落，就叫了小书僮，立到身边，慢慢唱菜名，小书僮头颈骨一伸，现在报菜了，喂呀，"响油鳝糊"。来了呀。唐伯虎伸筷，台子上空，就是一夹，扒了一口白饭，"滑炒子鸡"，来么哉。

（边注：
• 莫尼克公主，亲王第6任妻子，父亲为意大利血统法国人，母亲是有中国血统的柬埔寨人，1952年在金边的一次学生选美活动中出道，一时艳压群芳。
• 毋庸置疑，亲王、王后是当年全中国人民心目中第一也是唯一的一对美食家，若加上时时伴随在侧的宾努亲王，绝对是"最强美食三人组"。
• 苏帮菜，黄鳝丝主料，辅料火腿、冬笋、葱姜大蒜和香菜，猪油、麻油和酱油调味，上桌前热腾腾淋油，毕剥作响而得名。
• 嫩鸡脯肉改刀薄片，起大油锅加蛋清等一挥而就，吃个嫩滑。）

拾玖章　373

唐伯虎扒一口白饭。"八大块"呀,就是红烧肉,唐伯虎扒一口白饭。"腌鲜砂锅"一客呀。唐伯虎改用调羹,腾空一舀,调羹再朝下,舀了一口白饭,哈哈。"走油蹄髈"来喽,香是香来糯是糯。唐伯虎筷子朝前面一夹,一卷,这就是老吃客,懂得先吃蹄髈皮,实际上,只弄了几粒饭米碎,吃进嘴里<u>卷裹热腾腾白米饭同吃最佳</u>。小阿姨笑。大伯扒了一口饭说,讲来讲去,这个唐寅唐伯虎,还没饿透,细皮嫩肉少爷公子,死要面子,死要排场,到我这种地步,三扒两扒,一碗饭早已经落胃,还叫啥小菜名字,十三点。

不到廿分钟,台子上每碗见底,吃饭结束。小阿姨说,烧得一趟比一趟慢,吃得一趟比一趟快。阿宝娘笑笑。阿宝爸爸说,旧上海<u>不觉被亲哥带入坑,进入逆向"忆苦思甜"节奏</u>,饭店堂倌照规矩要喊菜,喊饭,第一碗饭喊"阳春",第二碗是"添头",第三碗"分头",碰到这副急相,堂倌来不及开腔。大伯笑笑。阿宝爸爸说,读教会学堂的阶段,我面前这个人,同样是吃饭第一名,眼睛一霎,样样吃光。大伯说,住宿制的学堂,我有啥办法呢,一只方台子,八个人吃饭,如果其中有我这种馋痨坯,<u>天吃星</u> 就是"吃货",其他人,立刻也就跟进,饭越吃越快,噎煞为止。阿宝说,为啥呢。大伯说,菜少饭少,肯定要抢,学堂里,容易闹饭菜风潮,后来定了新规矩,小阿姨猜猜看。小阿姨说,简单的,添饭加菜。阿宝说,自家管自家吃。阿宝爸爸说,每只台子,选一个同学做桌长,其他七个人,夹菜,盛饭,样样看桌长眼色,桌长吃啥菜,夹一筷子长<u>豇豆</u> 北方统称"豆角",大家也夹一筷子,桌长盛了饭,大家方可以到

○咸猪肉与鲜笋合炖,半汤。

• 本帮"硬菜",蹄髈炸过加入姜片、葱结及酱油、冰糖,文火慢炖,大火收汁。

△"文革"后落实政策,大笔钱财突然从天而降,市面却无车无房无奢侈品可购,无股票可炒,唯有猛吃,鱼翅、鲍鱼登场之前,"走油蹄髈""全鸡全鸭"一度成为发还抄家财物者"报复社会"之首选,曾有人日进一簋,月余暴卒。

饭桶 此处"饭桶"正是饭桶本桶 里添饭，吃饭也就斯文相。大伯说，我留了一级，就跟我弟弟吃饭了，样样听我弟弟指挥。阿宝爸爸说，台面上，我长一辈，中国人，吃饭有仪注，要讲规矩，饭前不忘根本，先向长辈请安，长辈动筷，才可以动，嘴里有饭，不许讲张，筷子不许乱翻，不可以飞象过河，不许发猪猡唧唧声，不做人，去做动物，我夹一筷长豇豆，阿哥筷子伸进茭白碗，我桌长的筷子，必须辣一记敲过去，敲得阿哥筷子一松，小菜落下来，照规矩，这一轮阿哥就是停吃，等大家吃了长豇豆，吃一口饭，阿哥可以动 第一次叫阿哥。同桌吃饭可以敦厚人伦，古人诚不我欺。小阿姨说，作孽。阿宝娘笑笑 两兄弟忆往，外戚不便置喙。大伯尴尬说，我苦头吃足。阿宝爸爸说，我做了桌长，大家越吃越慢，越吃越礼貌，我阿哥的嘴巴，从此就吃不饱了，越吃越馋，刚刚这副吃相，我真想敲筷子，实在难看。大伯笑说，我的馋痨病 "今人以积劳瘦削为痨病"《正字通》，是弟弟敲筷子敲出来的，另外有一趟，是学监拖了我出来，对我讲，这不是馋痨病，是苟且 学监若东北人，直接骂"不讲究"即可。听到此刻，小阿姨放了碗盏，感慨说，大户人家出身，馋到了这种地步。大伯说，我是饿煞鬼投胎，毫无办法。小阿姨说，以前我娘家镇上，刘府大墙门，有一个刘老爷，也叫刘白虱。大伯说，啥意思。小阿姨说，刘家，房子连房子，足足六七进还多，天井里有私庙，香堂，良田千亩，外加竹林，湖塘。大伯说，家产不小。小阿姨说，只是刘老爷，一生馋痨，不舍得吃用，腰里吊一串钥匙，样样要锁拢，一家老小，面黄肌瘦，人人是饿煞鬼投胎。大伯说，切，我不是这种人，三年困难阶段，我照样全鸡全鸭，鱼翅照吃，不

虱子，又称"瘪虱"，吴语"老白虱"。∧饿或可忍，馋不可忍。同属"不可抗力"的"不舍得"。

○狼吞虎咽之吃相，并不全然关乎教养，亦未必皆因饿急。有研究发现，这个也可能跟某些人"快感区"集中于咽喉部位有关。

拾玖章 375

会笨到这种地步,一面剥削农民,一面剥削自家人。小阿姨说,刘白虱只有一件棉袍子,千年不换,万年不汰,爬满白虱,看上去,就是一个老瘪三。阿宝娘说,我见过几趟,作孽 轮到娘家人主聊,可以插嘴了。小阿姨说,我娘家镇上,天下鱼米之乡,街上讨饭花子,照样盖丝绵被,不吃死鱼死虾,也只有刘白虱一家门,是烂污三鲜汤,只喜欢吃种种落脚货,死白鱼,"死弯转",也就是死虾,吃得箸五食六,味道好极。大伯说,这是害小辈了,要是我,《百万英镑》亨利·亚当斯,我破衣裳一掼,先到南京路"王兴昌","培罗蒙",定几套西装,几打府绸衬衫,再到来喜饭店吃大菜,先开了洋荤再讲。小阿姨说,上海人讲,叫花子吃死蟹,只只鲜,有滋有味,刘白虱屋里呢,米仓生蛀虫,年糕长绿毛,吃饭有定量,街上卖麦芽揿饼了,刘白虱喜欢看,籴油条了,喜欢看,做梅花糕,喜欢看,摸一只铜板买,府里两个老用人,真是胎里苦,已经苦惯了,苦得天天穷笑,后来,笑煞一个,寻不到人来顶替 批者一发笑煞。大伯说,这种人,已经是妖怪了,等于活罗汉。阿宝娘说,大冷天,开了太阳,刘白虱缩到天主堂墙脚跟,同几个叫花子,并排蹲下来,一声不响,这批叫

○ 上海本帮骂人话,原指无业游民,后泛指一切"烂人",等于后来的"三无人员"。

○ 均为"奉帮裁缝"开设于南京路的洋服店,后者餐馆。1940年代更名为"茜餐室",1956年迁京,长期从事高级定制。

○ 1920年代有名的德式西餐馆。1940年代更名为"茜餐室",1964年再更名为"西海饭店",已不存。

原址建起"锦沧文华大酒店",今亦不存矣。咸猪脚和德国酸泡菜是餐厅招牌。张爱玲《色,戒》处借麻将上太太们之口,贡献了"来喜饭店就是吃个拼盆","德国菜有什么好吃的?就是个冷盆"等差评。

△ 白面粉+豆沙+糖猪板油丁,糕呈金黄色,形如梅花,松、软、糯。

· 吴俚,又做"嘴五食六",原意七嘴八舌,此处可引申为"吃得热火朝天,津津有味"。

▲ 山东名物,最初是专为官府定制的高级面料,后曲草)和咸面团,包豆沙特指以纯棉或毛、涤混馅、核桃肉和猪油丁成纺,类似于丝绸的平纹细饼。先蒸后煎,最后刷麦密织物。 芽糖水。

· 浙乡土点心,用大麦芽粉及渍明菜(鼠

花子，个个嫌避刘白虱，翻一翻白眼，最后全部逃开去。阿宝说，为啥。小阿姨说，公共场所晒太阳，不用摸钞票，刘老爷身上，老白虱比叫花子身上多几倍，太阳一照，白虱乱爬，刘白虱就捉，一面捉，一面就朝叫花子身上掼，这批叫花子，恨得要死 招惹丐帮，后果很严重。大伯说，解放后呢。小阿姨说，土改第二天，工作组走进刘白虱的天井，掘出银洋钿，肮尽肮是 吴语"满坑满谷"之意，发黑结块，一麻袋钞票，也已经发霉，白蚂蚁做窟，当然全部充公了，刘白虱当场死过去好几趟 死去活来，工作组叫了刘家两个儿子，用一块门板，抬刘白虱参加清算斗争大会，结果呢，天主堂前面晡太阳 晒太阳 这批穷瘪三，叫花子，新社会做新主人了，搬过来一块厚门板，压到刘白虱身上，六七个人爬上去，穷跳穷叫，跳了三刻钟，刘白虱吱吱吱叫了几声，压得像扁尖笋，海蜇皮一样，肚皮里一粒饭米碎也压不出来，断气哉。大伯说，这个人，确实是讨厌，铜钿眼里翻跟斗，早点投胎也好。阿宝说，压两扇门板，不大可能吧，刘白虱不是驼背 冷。大伯看看阿宝，心情低落说，不许瞎插嘴，小青年懂啥呢。

　　《水浒传》写到鲁达英雄末路、五台山出家时，列举长老、方丈准备斋食、会斋、僧鞋、僧衣、僧帽、袈裟、拜具物品名目之繁多，仪式之烦琐，金圣叹批曰："特详之语，写得鲁达出家可涕可笑。要知以极高兴语，写极败兴事，神妙之笔。缝匠攒造新进士大红袍，新嫔嫔衣裳，极忙，攒造新开人大殓衣衾，新出家袈裟拜具，也极忙。然一忙中有极热，一忙中有极冷，不可不察。"大伯父小开落难，于饭桌上将家常小菜狼吞虎咽之际，细数往日种种好吃好喝、种种吃饭规矩，亦"极高兴语，写极败兴事"，更不待作者白描铺陈，直接以"特详之语"自道之，情状之"可涕可笑"，更是不堪。

贰

　　这段时期，沪生出差少，夜里经常来看小毛。当时市民之间的往来，一般是直接上门，沪生走进大自鸣钟弄堂，朝楼上喊一声，小毛答应，拿了两只杯子，下楼开店门。沪生走进理发店，杯子摆到镜台上，每人坐一只理发椅，转来转去，讲七讲八。夜里的店堂，等于小毛的客堂 客厅。有一夜，沪生刚到店里，阿宝进来了，三人见面，比较意外。另一次，是阿宝带了小珍进来，气氛热闹，也稍微有点尴尬。四个人坐一阵，小毛就拉了沪生，走到门外说，外面走走也好，前面老虎灶，也有凳子坐。沪生说，可以。小毛说，沪生有了户头，也可以带到理发店来 主动邀请，亲疏立判。沪生说，我不禁要问，啥叫"户头"。小毛说，就是女朋友，有了，就带过来，理发店比电影院，好多了，样样便当 功能强大兼实用，安全、免费。沪生不响。小毛说，放心，店堂前门，只有我一把钥匙。这幢房子的居民，夜里习惯走后门，用不着担心。沪生不响。

　　夜里的理发店，非常静，楼上难得一声拖鞋响，然后更静，更暗。有次小毛说，姝华有信来吧。沪生说，基本不联系了，听说回来过一趟，住一个礼拜，就回吉林了，人完全变了。小毛说，樊师傅讲过，女人容易服水土。沪生不响。小毛说，姝华看书多，脾气怪，回来也应该通知大家，讲讲谈谈吧。沪生说，我听讲，姝华出去一年多，就跟当地朝鲜族小青年结婚了。小毛不响。一部24路电车过去，路灯光闪

○讲究的，事先打个传呼电话，贴四分邮票信约，情比阿宝深，阿宝不打招呼就把外人、还是个"女外人"带来小毛"半私人会客室"，难免尴尬。

△沪生不禁要问，这樊师傅，到底是八级钳工，还是八级老中医？

378　繁花〔批注本〕

一闪，两个女青年推门进来，慌张里，带进一团夜风。小毛说，做啥。对方叽叽喳喳，谑浪笑傲，忽然不响了 此时店里想必亮了起来。小毛说，这是大妹妹，兰兰。大妹妹不响。也许发觉店堂里有陌生人，大妹妹比较警惕。小毛说，这是我朋友沪生。大妹妹像是不相信 是不相信小毛有朋友，还是小毛竟有"这样的"朋友？，走近沪生面前看，拍了一记心口，说，啊呀，真是吓人 习惯了马路上被男青年紧跟，难得从正面近距离接触，是吓人。沪生起来招呼。夜色朦胧，眼前两个女子，与记忆里相比，个子长高了，尤其兰兰，路灯光照出侧影，双十年华，嘴唇轮廓，肩膀的线条，娟好照眼 一歇功夫，已经"亮"到"照眼"程度了。小毛说，发生啥情况了。大妹妹坐到2号理发椅子上，朝后一靠说，苦头吃足。兰兰说，下午跑出去，弄到现在才回来，太倒霉了。小毛说，夜饭呢。大妹妹说，还有心思吃夜饭，根本吃不进。兰兰说，我已经饿了。沪生说，饭总归要吃的，要么，大家去"四如春"吃一点。小毛说，请这两个人吃，等于白请。大妹妹推一记小毛说，讲得难听吧，我一直记得沪生的。

四个人出理发店，出弄堂，走进"四如春"饮食店坐定。沪生点了两碗小馄饨，两客炸猪排，两碗葱油拌面，逸兴遄飞。店里人少，大妹妹朝猪排上洒辣酱油，不动筷。兰兰吃得急，小毛与沪生吃拌面。等吃到差不多，大妹妹说，我倒霉了。兰兰说，还有我。小毛放了筷子。大妹妹说，吃了中饭，两个人出去，等走到大光明电影院门

○"四如春"，上海知名小吃店，1929年开在圣母院路（今瑞金一路）15号，招牌有"排骨面""爆鱼面""鳝丝面""鲜肉汤包""两面黄"和"金都大戏院""瑞金剧场"（即后来的"瑞金剧场"）"开洋葱"针对面散戏后也常到此宵夜曾被大批伶戏迷和毕春芳搞到交通阻塞，翌日小报有"上海越剧迷大闹四如春"之报道。1952年首创将面条先蒸后煮，再用冷风吹凉的加工法，开上海"电风扇冷面"之先河。大自鸣钟有此分店。

○"四如春"四字出自《滕王阁序》。每样各来两客，四人分亨之，还"逸兴遄飞"，又让北方朋友笑话了。

拾玖章 379

口,想不到,后面有"暗条"_{"条子"是警察,"暗条"即便衣},结果,捉了我跟兰兰,关进人民广场派出所,到现在放出来。沪生说,平白无故捉人,不可能的。兰兰说,之前,我跟大妹妹一路走,背后一直有两只"摸壳子"盯梢,这两只骚男人,从余姚路,一直盯了八九站路 _{这段路,后来坐出租车大概要跳表十次以上},紧盯我跟大妹妹,狗皮膏药一样,根本掼不脱,其实,我跟大妹妹一点不显眼,后面这两个死人,打扮比较飞 _{流气},想不到,让两个"暗条"发觉了,也开始紧盯不放,这就等于,路上一共六个人,前面,是我跟大妹妹,后面,两只骚货,再后面,两只"暗条" _{赫然一串大闸蟹,两雌四雄}。六个人一路走,一路盯,一路跟,我如果早点发觉就好了,等走到南京路"大光明",黄河路口,两个男人上来搭讪了,怪就怪大妹妹,肯定是发情了,发昏了头,我真是不懂,后面这两只骚货,啥地方好呢 _{称男子为骚货,当年罕见}。大妹妹说,不许乱讲,我根本无所谓的。兰兰说,我得不到大妹妹信号,不晓得心相,闷头走到黄河路口,后面上来搭讪,刚开口叫一声阿妹。大妹妹听到,身体就不动了。大妹妹笑说,不许瞎讲,不许讲。兰兰说,我停下来,大妹妹一回头,就痴笑 _{大妹妹这次抢了兰兰分工,自行痴笑了},我想不通了,吃瘪了。大妹妹说,乱讲,我会回头,会这样子笑吧。兰兰说,大妹妹,笑得像朵喇叭花 _{下只角的繁花}。大妹妹说,瞎三话四,要我对陌生男人笑,我有空。兰兰说,笑得像朵栀子花,白兰花,我看得清清爽爽 _{都是上海的季节性马路之花}。大妹妹说,再瞎讲。大妹妹伸手就捂兰兰嘴巴,兰兰掰开大妹妹手说,真的呀,当时大妹妹看看背后的男人,笑眯眯讲,叫我做啥,有啥事体呀。大妹妹急了,伸手要打。小毛说,疯啥,让兰兰讲。大妹妹松开手。兰兰

_{○又叫"木壳",旧社会黑话,指一种打扮入时,喜欢调戏女性的轻浮男子,又名"小抖卵",见陈定山《春申旧闻》。}

说，一女一男，一前一后，只搭讪了这一句，也就是证据了，两个"暗条"，马上冲上来，一人两只手，当场捉牢四个人，走，进去谈谈，到"大光明"办公室里走一趟。啊呀，上海人讲，我的"招势"，"台型"，完全褪光了，完全坍光了，我面孔摆到哪里去，国际饭店，大光明，包括工艺商品服务部，人本来就多，全部围上来看热闹，我恨不得寻条地缝钻进去。小毛说，后来呢。兰兰说，准备到"大光明"办公室楼上去处理，但是人人看，人山人海，六个人只能穿过南京路，直接关进人民广场派出所。小毛与沪生不响。饮食店外面，24路电车开过，小辫子冒出火星。小毛说，以前我一直讲，天天野到外面去乱荡，蝴蝶乱飞，肯定会出事体，不相信，现在好了，哼，总算关进老派了。沪生说，后来呢。兰兰说，可以问大妹妹。小毛说，大妹妹讲。大妹妹说，关进老派，男女先隔开，先问名字，我当然讲不出，这两个男人叫啥，接下来，兰兰就说谎了，讲跟我大妹妹，是普通一般的朋友，互相根本不了解，后来还哭，软骨头。兰兰说，笨吧，人到这种地方，就要瞎讲八讲，就要瞎胡搞，不可以老实，就要瞎搞三千，搞得几只老派，头昏脑涨为止。大妹妹说，搞啥呢，我本来就正大光明，听见后面有人打招呼，以为是熟人，以为是小学男同学，就算互相不认得，我跟陌生人讲几句，为啥不可以，我犯啥法。

小毛不响。沪生不响。大妹妹发呆。兰兰一笑说，我现在问沪生哥哥，可以吧。沪生说，问啥。兰兰说，我跟大妹妹，啥人更好看呢。小毛说，喂"流飞行为"说来就来。沪生迟

○"褪招势""坍台型"或"坍台"，俱出自梨园术语，"演砸了""丢人现眼"之意。

坍台坍在以上地点，受伤害值暴增1万点。

切口，指派出所或派出所民警。

○1970年代中期，因"资产阶级回潮新动向"，频频展开"打击歪风邪气"的"联合执法"，主抓"奇装异服"和"流飞行为"。

首现连续两个不响。

拾玖章　381

疑说,比较来讲,大妹妹身材好,兰兰嘛。讲到此地,已经出了问题。兰兰说,我为啥身材不好。大妹妹说,我难道大饼面孔,单眼皮。兰兰笑笑说,理发店王师傅讲,做女人,面孔跟头发,最要紧北方理发师傅:"勤剃头,常刮脸,有点倒霉也不显"。我的面孔,头发,沪生哥哥讲讲看呢。小毛喊一声说,喂,已经搭进了老派,做了笔录,全部忘记了,黄鱼脑子。大妹妹推一记兰兰说,讲呀。兰兰说,我已经讲过了,讲五遍六遍,一个意思。小毛说,是啥。兰兰说,我跟大妹妹,是正派走路反义词莫非"邪派走路"乎?,后面坏男人上来搭讪,我记性差,承认是黄鱼脑子,以为是男同学,再讲了,大妹妹的男同学,男朋友,加起来真有几个班,不可能个个记得。老派听了,台子一拍说,喂,此地是啥地方,晓得吧。当时我一吓,我讲,此地上海南京路。老派讲,南京路是啥地方,全中国流氓阿飞坏分子,全部加起来,也没有南京路多诚哉斯言,男流氓女流氓,此地看得多了,不要以为了不起,再好看的面孔,再登样的打扮,此地要多少有多少,潮潮翻翻。当时我笑笑,我对老派讲,是的,《霓虹灯下的哨兵》里,流氓已经不少了,阿飞穿尖头皮鞋,卖美国画报,狐狸精女特务曲曼丽,胸部已经包紧,我请人民警察同志搞搞明白,我跟大妹妹,是劳动人民出身,懂了吧,三代工人无产阶级,我本人,等于南京路卖花的电影演员,苦命阿香姑娘,一直受到地痞流氓的压迫,懂了吧。老派笑笑,钢笔一掼,面孔一板说,装可怜,废话少讲,不管啥阿香不阿香,今朝再讲一次,男方上来搭讪,处理男方,女方如果已经笑了,已经接口,答腔了,就是生活作风不正派,必须吃辣火酱指接受处罚,疑似旧上

○"没头脑"之意,黄鱼属石首科鱼类,头骨中有耳石两颗,老中医称"鱼脑石"。

○阿香姑娘被地痞流氓老七一再逼债,威胁将她卖到香港。○忽然感觉这是李李故事原型。

"打击歪风邪气""以批评教育"为主,时而受到"被执法者"的公然抵抗。

海巡捕房切口，写检查。沪生说，这样讲起来，如果大妹妹先搭讪，先回头呢。兰兰扑哧一声。大妹妹白了一眼说，到现在还开汽水瓶子"扑哧"一笑如开瓶声，一点没脑子。兰兰说，只有闷骚老女人，会主动开口，搭讪小男人，吃小男人的豆腐，闷吃童子鸡，开这种无轨电车，性质更严重。小毛一闷说，啥叫童子鸡，无轨电车。兰兰说，女大男小，乱搞关系，肯定吃辣火酱。小毛听了不响 胯下一凉。沪生说，对了对了，上一次我到外地出差，看见马路布告，枪毙四个犯人，其中一个小学女老师。兰兰说，为啥。沪生说，弄过几个男小囡，吃童子鸡，罪名是三个大红字，"吸精犯"。大妹妹说，啥。沪生说，就是这三个字 自家也是似懂非懂。这天我要回上海，外地同事讲，可惜了，前几年经常枪毙人，现在集中到秋天执行了，机会难得。我问，为啥。同事讲，这是老规矩，古代叫"秋决"，春天夏天，万物生长旺季，不可逆天行事，等草枯花谢，可以动杀机，机会太难得了，尤其枪毙女人，少见，一定留下来看。我答应了。第二天，犯人先坐卡车游街，人山人海，人轧人。同事讲，热闹吧，这次有了女老师，人多吧。我不响。四个犯人，四部卡车，开得慢。兰兰说，女老师呢。沪生说，女老师坐第三部卡车，面孔粉嫩。同事讲，大女人做了这种事体，吸了小男人阳气，皮肤是又白又嫩，当时马路上，男人全部看呆了，全部不响，几个老太婆，老阿姨，一路看，一路跟，一路跳脚骂 绝倒，但是卡车高，有警卫，只能跳跳骂骂，无啥办法，大家跟到荒滩旁边，人流隔开，午时三刻，犯人五花大绑，远远一排跪下来，胸前挂牌子，头颈后面，插老式长条牌子。兰兰说，啥。小毛说，古代规矩，杀头，有人拉了辫子，刑牌一抽，一刀斩下去 开始缓过神来。大妹妹说，我吓了。沪生说，现在规矩，比古代多加一块牌子，前挂后插，一式一样，写了"吸精犯"大红字,打了大叉,远看过去,女老师面孔雪白,特别显眼,前后见红,像已经斩了一刀,前后出血 入戏太深。大妹妹说,太吓人了,不要再讲了。小毛说,这是古代规矩了,据说死犯名字有德,寿,文,不许用,要改字,然后午时三刻,阳气最旺,压得住阴气,上刑场,女人头发揾了鱼膘胶水 用黄鱼鱼膘制成,当年是木匠专用胶,如今餐厅里卖得老贵,插一朵红绫花。大妹妹说,为啥。小毛说,鬓发不会乱,看得见头颈,花等于是做记号,头斩下来也整齐。兰兰说,我发抖了,后来呢。小毛打断说,后来呢,后来呢,啥叫枪毙犯,就是乓的一响,家属付一角五分子弹费,56式7.62普通弹,行刑之前,命令犯人张开嘴巴,子弹后脑打进,嘴里穿出,跟古代一样,十二点钟一定要死。大妹妹不响。兰兰说,我如果看到,要发疯了 一个忘了自己要去安徽深山造高射炮,另一个忘了要去同样地方造手榴弹。小毛一敲台子说,我也要疯了,"大光明"捉进去的事体,讲了半天,也讲不清爽,结果到底呢,讲呀 聊到此处,方才真正有了些"逸兴遄飞"的意思了,而且前缀"遥襟甫畅"。大妹妹笑说,笨吧,结果就是,我又哭又吵,老派吵昏了头,抄了我名字地址,让我跟兰兰,写检查,两个人拿了纸头,两支圆珠笔,闷到小房间里写,兰兰平时,樱桃真会翻。沪生说,啥。大妹妹说,樱桃就是嘴巴,这也不懂 指能言善辩,拆白党切口。小毛说,哼。大妹妹说,真要兰兰写字,就呆了,根本文理不通。我是写了一行字,心里就气,觉得实在冤枉。后来,老派走进来一看,冷笑讲,果然,聪明面孔笨肚肠,好了,天也不早了,先回去,写了明早送过来 顺水推舟,放人。所以,我就来寻阿哥了。小毛说,啥意思。大妹妹说,啥人肯帮我呢,根本写不出来,古代古文书,阿哥看得最多,帮帮忙好吧。小毛不响。大妹妹说,沪生阿哥,肯不肯帮兰兰,就要看兰兰本事了。兰

七十年代沪西局部，按记忆所画。所有工厂，现已经拆除殆尽。

兰听了，腰身一软，发嗲说，只要沪生哥哥肯写，我样样答应"赖三"腔调出来了。小毛说，既然如此，吃点心的钞票，先交出来再讲实惠。大妹妹跳起来说，怪吧，也太小气了吧，男人对女人，可以讲钞票吧，十三。沪生说，算了，小毛就写吧，我也写一张草稿，让兰兰拿回去誊清爽，早一点有个了断。大妹妹笑了。兰兰看看沪生，满眼感激。夜已经深了，西康路越来越静。沪生到账台上，借了一支圆珠笔，拆开飞马牌香烟壳子 香烟若是沪生自奉，属于"中低端"，符合人设，到"四如春"的白木台面上，写"个人深刻检查"妹华若参与这场谈话，会以"爱与死是两大永恒的主题"总结。

有一次小毛说，大妹妹跟兰兰，就是上海人讲的"赖三"。沪生说，不会吧。小毛说，二楼爷叔讲的。沪生说，注销了上海户口，大妹妹断了活路，心里悲，嘻嘻哈哈，到处乱跑，但"赖三"这两个字，不可以随便讲，我也听不懂 经过失恋、尤其走南闯北采购员生涯，沪生明显晓事不少。小毛说，二楼爷叔拆过字，"三"，就是1960年困难阶段，小菜场附近，有一种随便的小姑娘，做皮肉生意，开价二块人民币，外加二斤粮票，当时，一般工人平均月工资，三十元上下，定粮三十斤，钞票加粮票，等于十分之一，代价不小。因此，这种女人就叫"三三"，也叫"三头"。沪生说，"赖"呢。小毛说，有一种鸡，上海人叫"赖孵鸡"，赖到角落里不肯动，懒惰。女人发嗲过了头，上海人讲，赖到男人身上，赖到床上。混种鸽子，上海叫"赖花"。欠账不还，叫"赖账"。赖七赖八，加上

○按二楼爷叔拆字思路，旧社会高级青楼名"长三"堂子"或"幺二"，出处皆为骨牌，可能与当初收费标准有关。○吴语似存在遇'三'则×low的构词潜规则，如'猪头三'、'瘪三'。○1970年代上海'流飞顺口溜'上海三座山：松江佘山、风公园铁臂山，南京路赖三（吴语'三''山'同音同调）。○三生万物。

拾玖章 387

"三三",就叫"赖三"。沪生说,头一次听到。小毛说,"文革"刚开始,马路上出来一批新"赖三",就是父母不管的女学生,跟男学生到处招摇,穿黄军裤,跳"忠"字舞,讲起来革命,顺便就乱搞。沪生不响。小毛说,大妹妹跟兰兰,是再以后的一路的小"赖三",又懒又馋,念念不忘自家橱柜里时遭哄抢的红烧带鱼,要打扮,天天荡马路,随便让男人盯梢,跟"摸壳"男人,七搭八搭,喜欢痴笑。沪生说,为啥叫"摸壳"。小毛说,就等于以前的阿飞,留J勾鬓角,黑包裤,市里的跳舞场,溜冰场早就取缔关门,只能到马路上,做"马浪荡""楼下理发店"之重要性和稀缺性可见一斑,养鸽子朋友懂的,雄鸽子要"盯蛋",雌头前面走,雄头后面盯,走也盯,飞也盯,盯到雌头答应为止,这是二楼爷叔讲的,这就叫"盯赖三",或者"叉赖三"。"赖三"前面走,"摸壳"后面盯,搭讪,这个过程,也叫"搓"。沪生说,为啥呢。小毛不耐烦说,打麻将,上海叫"搓"麻将,为啥。沪生说,不晓得。小毛说,"叉"就是用手,乱中求胜。因此这种男人,就叫"摸壳","摸壳子","摸两","摸亮",全部是用手,懂不懂。沪生说,我听弄堂小囡唱,三三"摸两",摸到天亮,啥意思。小毛说,沪生猜呢。沪生说,我哪里晓得。小毛说,二楼爷叔讲了,也就是以前的"三三",打了一夜的麻将,手里一直捏了听牌,"三三"一直想自摸。比如,一直准备单摸两筒,但摸来摸去,摸到了天亮,一直摸到两万,意思就是,白辛苦一场感觉是在背乘法口诀表,蛮辛苦。我当时听了不响,理发店刘师傅讲,二楼爷叔是瞎讲了,"摸两",就是两摸,一直摸到天亮了,也叫"摸亮",懂了吧,两个人做了生活,男女事体,总是夜里到天亮,要靠两个人来办,两个人动手,天就亮了,懂吧。沪生

○"叉""搓"两个同音字之外,尚有"车"字写法,都兼有"泡妞"之意,比如"调戏"即是北方话"你丫拿我打岔"之意。

说，讲这种男流氓，讲了半天，为啥叫"摸壳"，"壳"是啥意思。小毛说，就是蚌壳呀，总懂了吧。

兰兰、大妹妹、沪生、小毛"生在新社会"一代，原本大有机会在沪生父母书架那本铜版画《爱的科学》指引下度过"科学"乃至"阳光"的青春期，惜乎世事难料，唯有"在黑暗中自行摸索"，可叹。

叁

有一天上班，阿宝发觉5室阿姨眼泡虚肿，面色不对。后来得知，机修工黄毛，接到厂部命令，调回杨树浦分厂上班了。黄毛家住杨浦区高郎桥，上班方便了，但如果再赶到曹杨来，路程就远了，除非厂休。果然，以后黄毛只来过一次，不是同事，见面就像做客人，与5室阿姨讲了几句，两人到冲床后一看，立刻就走出来了。黄毛一去，"黄"了好事。一个新调来的机修工，已取代黄毛的位置，冲床后面已经改了格局，摆了一把椅子，一只热水瓶。从此以后，黄毛就不再来了。5室阿姨是两点一线的女人，平时从不出门。一个休息天下午，阿宝看见5室阿姨匆匆从外面回来，神色沮丧，一句不响，闷头做家务，后来打小囡，骂了半个钟头，平时上班，丝毫不见笑容上班是她，下班也是她。一直到初秋，5室阿姨恢复了半静，看见阿宝，像以前一样笑笑。一次5室阿姨说，阿宝跟小珍，合得来对吧。阿宝说，是吧。5室阿姨说，还装糊涂，夜里跟小珍出去过几趟，阿姨全晓得互相监督。阿宝不响。小珍读技校，即将毕业了。有一次，阿宝到曹家渡44路车站，等到了小珍，两个人到附近吃鸡鸭血汤。小珍说，5室阿姨，一直想搭讪我。阿宝说，是吧。小珍说，讲我家务做得太多了，还问我爸爸的情况。阿宝说，阿姨是热心人。小珍说,我姆妈过世,已经五年了,真不晓得我爸爸要不要再讨女人。阿姨劝我讲,如果有了新姆妈,我的家务,就可以有分担,阿姨手头,有一个国棉六厂女工,相貌和善。阿宝说,这可以呀。小珍说,我不欢喜。阿宝不响 心里明白,不是"相貌和善"讨不讨喜,是不欢喜老爸续弦。

　　小珍爸爸,是三官堂桥造纸厂的工人,瘦高身材,平时见邻居,包括阿宝,一声不响,百事不管。此刻,革命形势已经缓和不少,阿宝爸爸已经不挂认罪书,不扫地,但仍旧算反革命 这状态叫"未摘帽"。小珍爸爸明知阿宝与小珍来往,一直保持沉默。男人的态度冷淡,女人容易注意。邻居女人,包括小阿姨,全部觉得,小珍爸爸脾气特别。5室阿姨说,小珍的爸爸,据说只喜欢过世的老婆。阿宝不响。5室阿姨说,阿宝,帮我一个忙,我准备为小珍结一件绒线背心,代我去讲。阿宝说,讲啥呢。5室阿姨说,家务方面,我可以做小珍的姆妈。阿宝说,这好像。5室阿姨说,我做小珍的阿姨,这样讲总可以吧 暗藏愿景。阿宝点点头。此后,5室阿姨一到工间有空,闷头结绒线,毛腈混纺开司米,三股并一股,结得快极了,5室阿姨讲,正规工厂,女工一样呀,只要有一点点空,马上躲进更衣室里结绒线,里面全部是女工,全部是棒针声音 黄毛走后,对5室阿姨来说,接近于听到银凤故事"数铜钱"之声,如果是粗绒线,快手,两个钟头结一两。阿宝不响。一个多礼拜后,5室阿姨拿出一只牛皮纸包,塞到阿宝手里说,谈女朋友,要记得送礼物。阿宝拆开纸包,一件米色细绒线鸡心领背心,胸前结出两条绞莲棒 绞花,既有装饰作用,也使成衣更显厚实,均匀服帖。阿宝说,赞。5室阿姨说,去送呀,让小珍欢喜。阿宝说,为啥我去

○现名"曹杨路桥",1925年由虞洽卿等集资兴建江南造纸厂,2004年停产,厂区改为创意园区。

○由羊毛、腈纶或者毛腈混纺制成,色泽鲜亮,价格亲民。

送。5室阿姨说，邻里隔壁，嚼舌头的人多。阿宝不响。一天早上，阿宝与5室阿姨出门上班，见小珍从楼上下来，黑颜色布底鞋，白袜子，咖啡色长裤，白衬衫，米色背心，一个清清爽爽，规规矩矩女学生 标准技校女生模样。阿宝与5室阿姨停下来欣赏。小珍经过5室阿姨身边，低头说，谢谢阿姨。5室阿姨说，不谢。两个人静看小珍转身，慢慢离开。5室阿姨说，小珍越来越好看了。阿宝说，背心的尺寸，啥地方弄来的。阿姨说，我的眼睛，就是一把尺。阿宝不响。一件背心，附加细密的心思，5室阿姨与小珍的关系进了一步 阿姨下的是一盘大棋。接下来，阿姨开始做红娘，两张女工的照片，经过阿宝，传到小珍手里，一张，年龄三十九，圆端面孔，大隆机器厂车工，身边有一个小囡。小珍觉得，有小囡不碍，但是女工眼睛下面有三粒哭痣，相貌不合。另一张，年龄四十一，中山桥纺机厂装配工，单身离异，面相善静。小珍收下来，答应跟爸爸提 莫非"面相善静"是优质继母相？几天后，小珍说，爸爸一声不响，讲了几次，只好算了。阿宝接过照片说，明白了。小珍说，阿宝真怪，喜欢做媒人。阿宝说，是5室阿姨意思呀。小珍说，我姆妈，比照片里这种女人，漂亮多了。阿宝说，5室阿姨，应该是见过的。小珍说，我是讲照片，我姆妈二十四岁一张照片，单独摆一只照相架，邻居房间，一只照相架，要摆十几张小照片，完全两样 待遇高，等于"煤卫独用"。阿宝不响。当时很少有邻居去小珍家，只有1室的好婆 苏州话"阿婆"，见过照片，二十四岁的小珍娘，穿一套洋装。5室阿姨说，不可能的，好婆眼花了。阿宝说，我小阿姨讲，小珍娘，等于电影明星黎莉莉。5室阿姨说，也有人讲，像阮玲玉，结果呢，全部是好婆乱讲，小珍娘再好看，总归是手帕三十七厂女工对吧，女工跟电影明星，可以比吧。阿宝说，

星，钱壮飞之女。 上海"明月歌舞团"出身、默片时代从影的明

反正我相信，小珍娘好看 相信是因为真心觉得小珍好看，也算血统论。

　　有天吃了夜饭，阿宝与5室阿姨，走进楼上小珍的房间。小珍爸爸与小强做中班，房里就是小珍。10室是南北狭长房型，一隔为两，后面是小珍小强的双层床，前间里有一只大床，家具简单。5室阿姨走到前间，一眼看见了大床板壁的照相框。照片里的女人，短发，杭线绉的大襟衣裳，发髻端丽，相貌周正，表情有味道，眉头间有浅浅的"几"字，一点婉妙，眼睛是笑的 倒是蛮有黎莉莉神韵。阿宝觉得，与传说的美女比，有距离，确实也算好看。小珍说，我姆妈好看吧。阿宝说，好看。5室阿姨说，登样的，眼睛好看 算一种礼貌说法。小珍满意了。5室阿姨看看周围说，小珍爸爸照片呢。小珍说，爸爸不好看。5室阿姨摸一摸大床的被褥，叹气说，天还没冷，已经用八斤棉花胎了 阿姨双眼不仅是一把尺，还是一杆秤，窗帘也不装，男人就是男人。讲到此地，楼下小阿姨喊，阿宝，下来揩面。阿宝就走了。这天夜里，阿宝长了见识，女人之间一提家务，话题是无底洞，阿宝彻底丧失兴趣，就此再不上楼。事后得知，这个夜里，5室阿姨帮小珍整理房间，绗了几条被头，装窗帘布，手脚极快，忙到十点一刻才下来，期间，小珍翻箱倒柜，样样拿出来显宝。5室阿姨拣出几团旧绒线，一条小珍爸爸的破绒线裤，准备去结 地形侦查完毕，顺手缴获战利品一件。

○"绗"指一种缝被子的方法，针线同时固定被面和里子，要求疏密相间，部分针脚隐藏于夹层中间。

　　一月后的某天夜里 5室阿姨确实善于等待，阿宝，小珍，5室阿姨，到三官堂造纸厂大门口，去等小珍爸爸，然后，一同去附近光复西路苏州河旁边，介绍女朋友。这个活动，阿宝不愿参加，但小珍一定要阿宝陪，小珍其实也不想去。5室阿姨认为，一个已婚女人，夜里与小珍爸爸单独到外面碰头，尤其夜里，万一有人看见，比较难听_{心思缜密如织毛衣}。小珍只能答应。阿宝说，为啥不请女方，直接等到造纸厂门口。小珍说，女方架子比较大，工厂门口，影响也不好，因此约到朝南的苏州河旁边等，如果阿姨与爸爸，夜里单独立到苏州河旁边，墨黢乌黑的地方，不像样_{此时已对阿姨言听计从}。阿宝说，我不去。小珍说，阿宝就是不好，一定要陪我，不许偷懒。阿宝说，5室阿姨太热心了。小珍说，热心有啥不好，我对爸爸讲了，阿姨比我亲阿姨还亲。爸爸不响，看不出是开心，还是不开心。阿宝只能答应。到了这天夜里，5室阿姨打扮登样，藏青卡其两用衫，中长纤维裤子，接近车间女干部。三个人到造纸厂大门口，灯光昏暗，小珍爸爸一身工作服，走出厂门，朝5室阿姨点点头。传达室里有人喊，长脚。小珍爸爸不睬，四个人朝南走。5室阿姨说，长脚是啥人。小珍爸爸不响。5室阿姨说，脚真是长，两斤绒线也不够_{笑煞}。四个人朝南走了不远，是光复西路苏州河边，对面是曹家渡，密密层层的瓦片房顶，昏暗繁复的灯火，两岸停满大船小船，眼前多数是稻草驳子，有几条还没卸清，一船半船的厚稻草，暗里是灰白颜色。有一垛稻草上，立有两只草狗_{画风清奇}。空气与风里，是稻草气味，工厂纸浆的酸气，苏州河本身的腐烂味道，几种气味时而分开，露出稻田的泥土气_{别有一番"风吹草低"情调}。光复西路狭小，一路的街面民房，一层一层黑瓦，昏暗潮湿。屋脊后面，是造纸厂无数大型稻草垛，古堡一样四方叠角，一座一座，无人无声，如果是大太阳的白天，每一座金光锃亮，现在一律灰白，灰黑颜色。小珍跟5室阿姨讲个不停。阿宝靠紧河堤，旁边是小珍爸爸，电线杆一样立直。过了十分钟，小

○即"长腿"，吴语指"腿"为"脚"，脚仍是"脚"。

○化纤面料，全称"中长型短纤维"，质地类似毛织物，挺括滑爽、易洗快干、免烫、价廉物美。

拾玖章 393

珍爸爸开口说，要等到几点钟。阿宝一吓，小珍爸爸的声音，接近金属质地的喉音，极具磁性。邻居多年，想象不出会是这种陌生效果（有杀气）。5室阿姨轻声说，爷叔，不急的，人立刻就来了，我现在就去看。5室阿姨顺河堤边走过去，背影看得出，5室阿姨的腰身，脚步，女人味道十足（此视角属于阿宝还是小珍爸爸?）。过了几分钟，5室阿姨从小弄堂里领了一个女人过来，带到大家面前。阿宝跟小珍先是一惊（要坏事）。来人是滚圆面孔，头发刚用火钳卷烫，一只一只圆圈。五短身材，眉眼倒是可以，也许是场所不适，比较暗，又靠近驳船，面孔有苏州河的黑气。女人说，这位男同志，长脚螺丝钉，长是真长。女人的声气，银铃一样脆，黑暗里出现一块手绢，咯咯咯笑了几笑，手绢动了一动。5室阿姨说，这位女同志，是我的过房阿妹（干妹妹），附近顺义村米店的店员。这位阿哥，男同志，隔壁造纸厂的工人。两位先随便谈谈。小珍爸爸一动不动。5室阿姨说，阿宝，小珍，陪阿姨去曹杨路办事体。三人刚要走，小珍爸爸说，我先走了。5室阿姨说，做啥，请假两个钟头，急啥。小珍爸爸说，我要走了。小珍爸爸干巴巴讲了这一句，回头就走。四个人全部呆了。小珍爸爸走了几步，又回来，对5室阿姨说，谢谢。然后大步流星，越走越远（腿长，步幅大）。滚圆女人停了一停说，搞啥名堂，死腔，真一副死腔（即"阴阳怪气"）。5室阿姨失望说，这是为啥呢。滚圆女人说，算了，我如果晓得，这是造纸厂的男人，根本不会来，这种断命的纸浆味道，我从小闻到现在，还不够，夜到床上，我每趟还要抱紧一个纸浆男人做生活，我是行不消的。5室阿姨低声道歉，陪女人顺河堤走一段，一直送回前面的小弄堂里。这天夜里，阿宝印象最深的，是夜气里的苏州河，墨沉沉的水，星空寥落，灯火无语，包括

○"行"，此处读做"航"，上海话"航一记"，约等于北方话"开个洋荤"或"过把瘾"。

面孔，声音 完全游离在外，"浑身不搭界"。小珍靠近阿宝身边，一直是笑。5室阿姨如释重负 四字可疑 说，红娘不容易做呀，鞋底跑穿，嘴巴讲破，也难成一对好姻缘。三个人离开苏州河，5室阿姨刚来时的紧张表情，回归了稳健，哼了几句绍兴戏 不像是搞砸了之后的应有反应，有诈。就此以后，小珍与5室阿姨的关系，更近了一步。以后几周，每逢小珍爸爸与小强做中班，5室阿姨就到小珍房间里坐。直到有天夜里的八点多钟，楼上忽然大吵大闹，轰隆一声巨响。邻居全部跑出来看，走廊里，楼梯上，大门口，全部是人。5室阿姨急急忙忙从10室里逃出来，头发散乱，胸口纽错 纽错的狼狈相，更胜于来不及纽上，拖了鞋爿，踢踢踏踏下楼梯，钻进自家房间。楼上10室的房门，乒乒乓乓，开开关关。忽然，小珍爸爸喉咙一响，虽然闷于房间之内，语焉不详，金属声音还是刺穿了"两万户"的屋顶，一把一把钢刀 把把都是裁纸刀，然后，一切静下来，听到小珍嘤嘤嘤穷哭。阿宝想上去看，小阿姨拉紧说，不许上去，快进去。第二天清早，阿宝一家吃早饭。小阿姨进来说，我听2室嫂嫂讲，昨天夜里，楼上闯穷祸了。阿宝娘说，为啥。小阿姨说，5室阿姨，最近一直到10室里去坐，昨天夜里，先是跟小珍讲讲谈谈，小珍听收音机，5室阿姨讲，夜里吃了一点桂花酒，精神有点倦，坐到小珍爸爸的床沿旁边，后来就靠下去，然后摆平，然后，盖了被头。有这种事休吧，想不到，造纸厂锅炉大修，中班提早放工。小珍爸爸回进房间，看到5室阿姨枕了自家枕头，被头盖紧，眼睛闭紧，旁边板壁上，自己老婆的大照片，翻到了背面朝外 小动作过于俗套，气昏了，随手一拖被头，要死了，被头里面，5室阿姨一丝不挂，赤膊赤

按照阿姨本来设计，只要坚持装睡，摁小珍爸爸中班回家，正是半夜，小珍定然熟睡，天时地利人不知，好事乃成。〇惊不惊喜？开不开心？〇古今多少"提前回家"的好事，皆因"可以理解"陡然演变为"不可饶恕"之恶行。

拾玖章　395

屁股，有这种下作女人吧。小珍当场吓煞。小珍爸爸一只凳子掼到地板上，凳脚掼断，马上叫5室阿姨滚出去，打了小珍一记耳光"坑爹"了吧。听到此地，阿宝父母吃了一惊，阿宝放下筷子。也就是此刻。房门轰隆一响，撞开，小珍爸爸顶天立地走进来，吓得阿宝全家立直。小阿姨说，10室爷叔，做啥。小珍爸爸顿了一顿，喉咙一响说，从今朝开始，阿宝不许再跟小珍来往，如果不听，不要怪我踏平4室房间，敲光4室一家一当，我讲得到，做得到。讲完了这句，低头出去。隔壁就是5室。小阿姨立刻关紧房门，只听到外面轰隆一声巨响，天花板落灰尘，隔壁5室房门踢穿。5室阿姨大哭小叫，听不出小珍爸爸讲啥，当时昌发已经偏瘫，发音不全，只听5室阿姨穷喊。房门再是一响，彻底安静了。全家不响。阿宝爸爸拈起一根筷子，指指阿宝的头说，我的事体还不够多，还不够烦，吃了饭，先抄三百遍毛主席语录，我再算账。简直是昏头了。阿宝不响。

○"玉婆"伊丽莎白·泰勒·进门时"顶天立地"，全在《埃及艳后》里曾把自凭气势逼人：「低头出门」己脱光了裹在一卷地毯里则回归"个子太高门太在凯撒面前滚将出来。矮"之现实。

毕竟宝爸不再扫地及停挂认罪书没过多久。

△房门踢穿的同时，鳏夫的贞节牌坊随之树立，也是"轰隆一声巨响"。

▲在"发音不全"的男声衬托下，"大哭小叫"这把女声更觉凄唳不堪。

○沪剧《罗汉钱》有一曲全上海、尤其"两万户"几乎人人会唱的《燕燕做媒》，紫竹调，一开口就是："燕燕侬是个小姑娘，侬做媒人不像样"。经过此事，阿宝再闻此曲不知是何滋味。

二十章

一

"夜东京"生意清淡,经常一两桌生意,雨天基本是白板_{指收入为零}。葛老师日日来坐,面对一只小圆台,端端正正看报,吃咖啡,品茶,三七分头,金丝边眼镜,冬天中式丝绵袄,板丝呢西装裤,夏天,长袖高支衬衫,派力司翻边背带西裤,表情一直笑眯眯,抽香烟,看电视,用餐简单,一盅黄酒,一客咖喱牛利或三丝盖浇饭,朋友来吃酒,葛老师极少参与,自顾吃饭,兴致上来,讲几句耳朵出茧的老话_{这叫"蹭聊"},比如,女流中最出挑,最出名的,是犹太老板哈同的老婆罗迦陵,原只是南市一个咸水妹,卖花出身,最后呢,万贯家产了,单是爱俪园内,就养了两个面首,至于食客,全部是中国一等一的文豪,罗迦

旁注(从右至左):

○罗迦陵,1864年生在上海,自述乃某法国水手与原籍福州闽县沈氏生下之混血儿,由亲戚抚养长大,嫁给生在巴格达、从孟买经香港来上海的英籍犹太裔哈同,婚后大发帮夫运,哈同由沙逊洋行小门房成为上海房地产大亨。○"咸水妹"指专做外国人生意的妓女。哈太是否有此经历,属江湖传闻。

养面首之事并无实锤,而应邀前往赴宴、小住、咸作为园内私餐西席者,岂止文豪,有岑春煊、黎元洪、章太炎、章士钊、孙中山、宋霭龄、康有为、王国维、章一山、罗振玉、费恕皆、邹景叔、徐悲鸿等。

▲又名哈同花园,以《红楼梦》大观园为蓝本建造,1910年竣工,有"海上大观园"美誉。1940年遭日军洗劫,几成废墟。1955年原址建起苏式"中苏友好大厦",今上海展览中心。

○Shark-skin,通过毛纱排列结构,织成一种特殊花型。
·粤语生造字为"䱽",因"牛舌"谐音"蚀"不吉,索性翻转为"利"。

陵等于开了饭店,清朝倒台,这女人收留了几名宫里太监,照常清宫打扮,见到女主人,必行跪拜礼,像见西太后。大家不响。_{接不住}葛老师说,还有是阿庆嫂了,据说以前,弹筝侑酒,红烛绣帘,也是做饭店出身,阿庆做跑堂。还有董竹君,"锦江餐室"发达了吧,还有古代卓文君,当垆卖酒,多少姣好。_{葛老师讲故事,讲究虚虚实实。}大家不响。葛老师说,眉色如望远山,颊如芙蓉,肤滑如脂,十七而寡,放诞风流,结论呢,女人投身餐饮事业,人样子,也就婀娜有致,漂亮之极,最容易出名。

沪生到"夜东京",一般是吃便饭。打工小妹端来三菜一汤,也就坐了下来,与沪生,玲子一同吃。菱红来了,摆四人位置。华亭路小琴来了,自家人,再加一只菜,两瓶啤酒,气氛就热闹,因为小琴一到,过不多久,陶陶必到。_{盯上了}如果是弄堂小阿嫂进门,必带来新鲜名堂,橄榄菜,牛蒡,芝麻菜,海裙菜,味噌,或者蜗牛,菱肉,寒暄几句,转进厨房炒了,大家品尝。只有接到丽丽订位电话,玲子认真来办。_{这才是买卖}丽丽往往是请一桌生意人,银行干部,或三两个以色列,比利时人,_{这个也算是"模子组合"了}。红酒及酒杯预先存店。对于沪生,"夜东京"只在于家常味道。几次进门,小妹说,老板娘出去了,不必等了,先吃吧。沪生坐下来,对葛老师点点头,两菜一汤端上来,小妹陪沪生吃,两人不熟,也像一份普通人家,偌大一个上海,寻不到第二张台面,可以如此放松。

有天玲子说,沪生觉得,菱红还可以吧。沪生笑笑。玲子说,人样子标致,聪明,外加有一笔私房压箱钿。菱红笑说,做啥。玲子说,廿七八岁的人了,不小了。菱红说,我廿四岁呀。玲子说,跟日本和尚,早已分手,现在讲起来,还算是嫩相,沪生下决心,跟白萍离了婚,就跟菱红配对。菱红笑笑,端起酒杯,碰一碰沪生面前的杯子,叮一响,抿到了底,两颊起红晕。沪生说,这要等白萍回国了,再讲吧。玲子敲敲台面说,沪生算律师吧,缺席判决,懂不懂。沪生不响。玲子看手表说,今朝夜里,两个人就过夜。菱红说,啥。沪生说,又来了。玲子朝阁楼上指指说,到假两层去,先试一试,做得感觉好,也就定下来,买房子,沪生也不缺钞票。菱红说,十三吧。玲子说,如果床上不配胃口,就算同一个支部,劳动模范一对红,也是白辛苦。沪生笑笑。玲子说,沪生还等啥呢,讨了菱红做老婆,热汤热饭,省得老来此地混。菱红笑笑说说,我要享受,叫我去烧饭,做梦。玲子说,白萍有消息吧。沪生说,去了温哥华。玲子说,有男人了。沪生说,大概吧。菱红说,也许不止一个,生了别人的小囡了。沪生说,也许吧 正是"戆先生"本色。玲子说,脑子进水了。沪生不响。玲子说,当时为啥会结婚。沪生说,讲过八遍了。菱红说,再讲一遍。沪生说,房子紧张,谈得时间也长,就结了。菱红说,白萍是好脾气。沪生说,是的。菱红说,喜欢打扮。沪生说,比较朴素。菱红说,谈过几次男朋友。沪生说,大概两次。玲子说,女人讲两

○ 白萍,菱红,一红一白,配色好看,且两者俱为水生,能生之旺之者,非『沪生』莫属。

• 具体操作:『由一个较进步的人与一个较落后的人配对,由先进者帮助后进者,以促进其进步,然后两个人共同进步』。○一对红、白相间。『白辛苦』,又见『一对红』,『白』相间。

二十章 399

次，乘以两，或者三，估计四到七次 亲，三二得六。菱红说，据说，白萍几个男朋友，全部是突然出国的 "突然"二字突然。沪生不响。玲子说，跟沪生新婚之夜，详细情况呢。沪生说，这不便讲。玲子笑说，还记得吧，沪生当年帮我办离婚，见了我，面孔一板就问，新婚之夜情况呢 打离婚官司必须收集之证据，通常会选择有利于原告的部分。菱红一笑说，玲姐姐新婚之夜，发嗲发了一夜，男人彻底买账 服了。沪生说，啥，我会问这种无聊问题，不可能的。玲子说，现在，我来做离婚律师，我不问沪生，新婚之夜做了啥，只问这第一夜，白萍讲了啥。沪生说，多讲有意思吧。菱红说，我要听。沪生想了想说，这天白萍讲，沪生缺少男女经验，太简单了，太老实 也是风话。玲子说，哼，其实呢，一面跟白萍谈恋爱，一面抱了梅瑞，又香 动词，即亲吻 又舔，脚踏两只船，经常吃零食。菱红说，啊，真的呀。玲子说，菱红，这就是男人，表面老实。沪生说，女人也一样。玲子不响，忽然大笑起来。菱红说，轻骨头 北方话：嘚瑟。沪生说，自从我父母出了问题，我就明白了，一切毫无意义，白萍想结婚，我同意，想出国，我也随便。玲子说，新婚之夜，白萍究竟讲了啥。沪生笑笑说，这就是兜圈子的问题了，当时白萍问我，为啥要结婚 大哉问。人生诸事，经不起追问者十之六七。

二

沪生记得，所谓的新婚之夜 "所谓"，可以是有所谓，无所谓亦无不可，床头开一盏暗红色台灯，白萍手白如玉，像旧派闺秀，罗衫半解，绾了头发，忽然说，沪生，我是认真的。沪生说，我也是认真的，真心诚意 此言若是认真，貌似为时已晚。白萍不响，慢慢松开最后一粒纽扣，坐到雪白的大床里，沪生让开一点 让出了间隙。白萍说，爸爸妈妈的问题，哪一年可以解决 这个也问晚了。沪生说，如果一般的政治问题，早就平反了，不一般的问题，不解决，也是一种解决。白萍说，我听不懂。沪生说，我爸爸一个老上级，最近放出来了，改了名字，迁到另外一个地方生活，用了新户口簿，人生结局，完全变样了 问题性质，应属于"上了贼船"。白萍说，我的几个男朋友，出国以后，情况也差不多，到了外面，改了名字，也完全变样了 这种行径，属于"下了白萍贼船"。沪生说，这些干部，心里其实是懂的，以前对别人，也用这种方法，不奇怪，规矩就是这样，处理之前，互相握一握手，讲几句勉励与希望，认真过每一天，要冷静反思，实事求是，不抱怨，不自暴自弃，积极面对，保重身体 也是鸡汤。白萍说，简直就是讲我这些男朋友，出国以后，到了新环境，面对新现实，也要实事求是，不自暴自弃，认真过好每一天 鸡汤越熬越浓。沪生说，语重心长，讲了这番名堂以后，铁门一锁，失去了自由，失去联系，十年八年，毫无消息，忽然有一天，可以出去了，因此露面了，也不奇怪。白萍说，我几个男朋友，一到外国，也等于国门一锁，忽然失踪，等于失去自由，世事浮沉，天南海北，也许有一年，忽然回国，露面了，不奇怪。沪生说，处理干部的方式，形成一种习惯，大家已经看惯，做惯，心知肚明，这批人倒霉，也就是离开了熟悉环境，面对陌生房间，陌生人，过陌生生活，根本不会叫，不会喊，不会哭，心里明白，再叫，再跳，再哭，还是看不见，摸不着，必须平衡，必须承受。白萍说，这与出国之后我这批 以批量计了 男朋友，真也差不多，忽然跟陌生世界接触，再哭再喊，必须承受，只是，我父母觉得，沪生的条件，比我原来几个男朋友要差，我觉得，其实是一样的。沪生不响。白萍贴近沪生说，我就坚持了，所以结婚了。沪生笑笑。白萍说，沪生满意吧。沪生不响。白萍说，沪生父母有政治问题，等于沪生有问题，我也同样，我也有严重的政治问题。沪生不响。白萍说，以前我跟几个男人，已经做过了，我不是处女，这个问题不小，沪生一定是有想法的。沪生说，我无所谓。白萍说，沪生如果一想，已经是白萍第四个男人了，应该有想法。沪生不响，关了床灯，窗帘映出梧桐的影子。白萍的手臂搭上来。白萍说，表面上，我工作积极，其实，我就想出国。沪生不响。白萍说，只要有出国机会，我一定不回来了彻底摊牌。沪生说，这我理解。白萍不响。

○以对方家庭「政治问题」扯平自己「生活问题」，白萍冰雪聪明，果然「立竿见影」。

　　这桩婚姻，当初只有阿宝了解。夫妻一年多，到1989年初，白萍公派德国 此时尚分东德西德，进修半年，开始，经常来信，秋天阶段，沪生依照白萍寄来的清单，到华亭路代买牛仔裤，裙子，文胸底裤，颇费口舌 全身上下一体拥戴A货。摆服装摊的小琴，当时只有十八岁，经验丰富，考虑周全。有一次，小琴忽然称呼说，沪先生。沪生一呆，原来白萍的信封，就摆到小琴的眼前，沪生笑笑。这家摊位里，专卖日本版样，攀谈中，小琴提到与日本的业务联系，无意中讲到了玲子。沪生心里晓得，结婚的消息，一定会传到日本。果然一个月后，玲子来了电话。玲子说，沪生，现在外面不少人，全部想借了理由，不回来了 借外在理由为个人理由。沪生说，当然。玲子说，自家的老婆，要多联系。沪生答应。玲子一语成谶。当时沪生，已收到白萍八张彩照，其中一张照片背后，白萍写了一行字，美丽的人儿在远方。阿宝看看照片说，女人一出国，就变得漂亮，老上海人讲，变得登样，标致，交关漂亮，霞气漂亮 参考葛老师讲法，女人出国后若投身餐饮业，岂不变成天仙。沪生看了看照片里的白萍，神清气爽，凹凸有致，等读到了照片背面的这句文字，阿宝忽然不响了 自题小照，作风老派，然而文字略感轻佻。沪生说，白萍的上海单位，一直发信，希望白萍早点回来，一切事体，好商量，但白萍对我讲，已经申请滞留，准备去加拿大。阿宝说，白萍身边，基本是有人了。沪生说，啥。阿宝说，这套照片，肯定是男人拍的。沪生不响。阿宝说，女人的照片，照相机端到男人手里，还是女人手里，选择的角度，味道，不一样。沪生说，我理解，人人会有故事，人人心里有想法，只是内容有别。阿宝说，最近来过电话吧。沪生说，比较少，我讲得也少。阿宝说，是怕人偷听。沪生笑说，感情好的夫妻，最怕人听。阿宝说，我一个外地客户讲，国际长途台的接线小姐，做夜班，就是结绒线，比较无聊，多数是听听隔洋长途消遣，等于听广播节目。沪生说，我以前坐邮政车，眼看别人随便拆信，现在想想，文字不算啥，夫妻隔洋相思，最有声色，也最无能，感情好到极点，只一个"想"字，电话里，是想眼睛，想耳朵，想头发，一直想到十只脚趾头，以为是二人世界，无所不讲。阿宝说，年轻接线员，听这种半夜内容，其实也是自讨苦吃，长期受刺激，如果是收袖口，手里的绒线针，往往会发抖，乱戳，天亮全部要拆 十分担心最后穿上这毛衣的人，因此经验丰富的中年接线员，只听调情电话，男女关系未定，内容有点复杂，来来往往，像蟋蟀触须，互相动来动去，用足心思，聪明机智，有暗示，有味道，也不伤筋动骨，长途台的资深老阿姨，这方面要求完全变淡，夜班只喜欢简单内容，喜欢听夫妻相骂，家长里短，互相攻击，紧张热闹，百花齐放，等于听滑稽戏 这批资深阿姨后来都集体升级为电视台金牌主持人某阿姨之铁杆粉丝。

○书信和电话，一个考笔头写作水平，一个靠口头表达能力，各自精彩，无可比性。

沪生记得,有一天凌晨,白萍来电话说,沪生,最近忙吧。沪生说,还好。白萍说,现在做啥。沪生说,看书,准备休息。不想聊或可聊可不聊。白萍说,一个人。沪生说,是的。白萍不响,电话里有丝丝杂音,白萍说,最近想我吧。沪生说,嗯。白萍说,想我啥地方呢"想眼睛,想耳朵,想头发,一直想到十只脚趾头"。沪生说,就是想。白萍说,想我啥呢。沪生不响。白萍说,要我吧。沪生说,要呀。标准佛系答案。白萍停顿几秒说,我觉得房间里,现在有一个陌生人。聊骚兼查岗。沪生说,啥。白萍说,我听出来了。沪生说,啥人。白萍说,现在听不到声音了,我是感觉。沪生说,我听糊涂了。白萍说,糊涂啥。沪生说,房间里,就是我嘛。白萍说,身边啥人呢。沪生说,我一个人。白萍说,我看不见,听见了,床上是两个人,对吧。沪生说,笑话。白萍说,我感觉,是多了一个人。意思意思好了,再聊就是聊斋了。沪生说,听错了。白萍说,前几年沪生搬出去,我就有感觉了。沪生不耐烦说,我解释几遍了,现在有条件,我就借了房子。白萍说,我爸爸妈妈是一直怀疑,沪生,为啥要搬呢。得了便宜卖乖。沪生说,我想换环境。白萍说,我听到了,女人喘气了。沪生说,不可能的。白萍说,我心情不好了,最近,不会打电话了。沪生还想回答,话筒里咯的一响,一串嗡嗡声。卡尔维诺在《日瓦戈医生》里也读出了一串关于"两种死亡属性"的"嗡嗡声",在《帕斯捷尔纳克与革命》中写到:"在小说最后,这些章节把她(拉拉)消除了,我们看不到她,她被匆匆地送往西伯利亚某个集中营;这也是一次'历史性'的死亡,而不是像日瓦戈那样是私人性的死亡。"沪、白婚姻之死,亦属于年份化的"历史性死亡"或"历史性半死不活",而"私人性死亡"比"历史性死亡"通常更容易得到救赎。

○苏州之夜,沪生跟阿宝讲过,当时的情况是"人一走,丈人丈母娘,就开始冷淡,我也就搬回武定路"。

404 繁花〔批注本〕

三

陶陶听钟大师说，头发硬的人呢，比较勇敢，心比较狠，做事会偏心，因此可以做大官，镇得住场面，如果做事不偏，位子容易不稳，心不狠，关键阶段，无法决断，做任何大事，要狠，也要偏，落得了手，这是做大官的要素。头发软的人呢，比较温和，公平，人一公平，就做不成大事，样样犹豫，容易妨碍别人利益，这种人的好处，是容易心安理得，只管自家，总之，我讲到底，头发硬软，无啥好与不好 总之，秃子最狠，社会分工不同，比如审犯人，心肠软的人，下不落手，事事不容易成功，往往拖泥带水，两面不讨好，女人也一样，如果皮肤白，头发软，一般来讲，脾气比较好。陶陶听了不响。对于钟大师讲大官小官的解释，陶陶毫无兴趣，后面这句，陶陶想到了小琴的皮肤，一双手，雪雪白，脾气好。上次吃饭，人人讲男盗女娼，小琴话题一转，谈起乡下过年的经历，不咸不淡，心里有悲，讲得大家不响，讲得陶陶心里落眼泪。也是这天之后，陶陶经常到华亭路看小琴，摊位后面，两个人坐一坐，陶陶讲得多，小琴讲得少，陶陶讲得急，小琴耐心听，时常只是笑，从不多言。每次等陶陶要走，小琴拿出准备的马甲袋，里面一件T恤，或一条长裤，这是小琴的心意，要陶陶去穿。一次芳妹看到了新衬衫，陶陶说，这是昨天买的。芳妹说，尺寸正好，登样的。有次是一条西裤，芳妹说，穿穿看。西裤一般留出裤脚，但这条长裤的裤脚，已经缝齐，烫过。芳妹说，这家店考究的，定做一样。陶陶说，别人留的尺寸，我一穿

○在相术里，「头发」除了软硬，还有粗细、疏密、厚薄、色泽、鬓角、发际线甚至头旋之细分，不可一概而论。○此事宁可信小毛楼下苏北剃头师傅。

•按《黄帝内经》，人之肤色与性格、命运有关。色白者属「金型」人，性格内向，沉着稳重，精明能干。

二十章　405

正好，因此买下来。芳妹也就不响 此处不响等于不说破，一旦说破，其响必如裂帛。当时陶陶心里，真想提一提小琴，赞扬几句小琴的周到，温和，当然，这是不可能的 几近神志无知。事后陶陶对小琴说，再送我马甲袋 北方统称"购物袋"。芳妹就要怀疑了。小琴笑一笑，马甲袋到此为止。

　　从此以后，小琴去"夜东京"看朋友，陶陶必到。玲子见陶陶进来，比较冷淡，但玲子与小琴，一直是亲妹妹的交情，遇到玲子在场，陶陶也不声不响，只是小心吃饭，日常势久，玲子也就习惯了。有一天，芳妹带小囡，到无锡走亲戚，讲定当夜不回来，陶陶连打几个电话，约小琴到黄河路吃夜饭。小琴支吾说，外面吃，难为钞票，还是到姐姐店里吃吧。陶陶说，店里熟人太多。小琴说，人多热闹。陶陶说，摆摊一天，还想热闹，心里不烦呀 上海细雨绵绵，多在冬、春，陶陶正值"农闲"，小琴正忙换季。小琴说，饭店是自家姐姐开的，何必调地方。陶陶说，我现在，就想两个人单独吃饭。小琴不响。陶陶说，好吧，就到进贤路。小琴想想说，稍微迟一点，夜里八点钟见面，可以吧。陶陶说，为啥。小琴说，我手头比较忙。陶陶说，好辰光，就这样浪费。小琴说，讲定八点钟，我去买小菜。陶陶说，啊，只有亭子间小阿嫂，会去买菜。小琴犹豫说，我本来不想讲，夜里八点后，店里只剩服务员小妹一个人了。陶陶说，为啥。小琴说，炒菜师傅，七点半请假 厨师这时候请假，等于罢工。玲子姐姐，一天忙，夜里要去看葛老师。陶陶说，这我晓得，葛老师生病几天了，天天闷进老洋房，看电视。小琴说，是的。陶陶笑说，原来，饭店是空的，为啥吞吞吐吐，早

○ 位于南京路国际饭店和"大光明电影院"之间的"美食街"，正值兴旺时期，"楼子菜"餐厅云集，夜市鼎盛。

• 按《围城》讲法，"约着见一面，就能使见面的前后几天都沾着光，变成好日子"。如此算来，小琴非但没有浪费"好辰光"，反而让陶陶多赚了将近90分钟。

406　繁花〔批注本〕

点不讲，非要挤牙膏。小琴笑笑。陶陶心里热起来。

这天夜里，天空飘小雨。马路上人少，陶陶七点三刻到"夜东京"，门口挂了"休息中"的牌子，灯暗，里面是服务员小妹，呆看电视，几只空台子，一座冷灶头。情况与小琴讲的一样。陶陶说，不碍吧，我先坐一坐，去隔壁吃盖浇饭 合理。小妹答应，泡了一杯茶，自顾看电视。陶陶翻报纸，眼睛看手表，长针指到12，门一响，陶陶继续看报。小妹起来招呼说，小琴姐姐呀。小琴说，经过此地，雨大了，只好进来 合情。马甲袋的声音，伞放进铅桶声音。陶陶抬头，看到小琴的眼睛，雨一样朦胧。小琴说，是陶陶呀，真是巧，外面落雨了。陶陶说，我是刚来。小妹说，饭吃过吧。小琴说，我买了熟菜，准备回去吃 合情合理。小妹说，此地吃吧，我到隔壁买两客盖浇饭，陶先生也要吃。小琴顿了顿说，干脆大家吃。小妹说，我吃过了。小琴说，我买了"振鼎"鸡，菠萝派，小妹先吃，我去厨房炒一只素菜，落一点面条 白切鸡加素菜热汤面，随便吃吃本来蛮落胃，菠萝派纯属乱入，估计是小琴特意打发小妹的。小妹说，陶先生可以吧。陶陶说，好呀。陶陶立起来，觉得小琴每讲一句，有巧妙，得体周到，做戏一样滴水不漏 水分全部锁在眼睛里了，满腔是邓丽君歌曲的绵软。三个人坐下来，一大盆白斩鸡，姜丝调料一小碗，一瓶黄酒，三双筷子，两个人一再让小妹吃，小妹不饿，夹了几筷鸡，拿了菠萝派去看电视 肉包子打狗，果然奏效。陶陶与小琴四目相看，吃吃讲讲 此时芳妹大概也正在无锡亲戚家，无锡小笼吃吃，陶陶近况讲讲。陶陶低声说，讲得圆兜圆转，就是鸡买了太多。小琴说，多吧。陶陶说，一个小女人，买大半只鸡回去吃，只能瞒小妹 时价大约30元。小琴说，轻点

○善解人意这招，既是后天学不来的天性，也是可藏可露之冷热兵器兼大规模杀伤于无形之暗器。善用者，驰骋情场战无不胜。

• 1990年代流行的中式连锁快餐，以鸡为主打，与"小绍兴"形成"斗鸡"之势。今已式微。

二十章 407

呀。陶陶说,听不见的。小琴低了头。陶陶一面讲,就捏了小琴的手。小琴笑笑,慢慢抽回来 天下功夫,唯慢不破。陶陶说,小妹,再开一瓶黄酒。小妹拿过酒来说,姐姐,面孔红了。小琴说,我去烧菜。小妹陪小琴到厨房,然后回来看电视。陶陶吃了半杯,走到厨房间,小琴面对水斗,冲一把菜心。陶陶走到小琴背后,靠紧小琴说,不烧了,我不想吃。小琴朝后避让,陶陶靠上去,靠上去。小琴手里的菜心,一棵一棵落到水斗里,人像糯米团子,反身倚到陶陶身上。小琴轻声说,不欢喜这种样子 循例表个态。陶陶不响。小琴说,走开呀。口里一面讲,身体一面靠紧,滚烫。△发一种特别嗲的嗲,上海话叫『发糯米嗲』,粘性十足。 ▲换了是潘静,手里的菜心想必是『一把捺进水斗』,北方话『大撒把』。 ○小琴此时『面对水斗』,陶陶在背后有所动作,『朝后』避让『理应前趋,『朝后』就是逢迎了。

　　这天夜里,厨房间听不到一声镬铲响,小琴的清炒菜心,注定上不了台面 "上不了台面"有双重含义。过不多久,小琴与陶陶空手出厨房 "空手"二字,曲尽其妙。店堂里,小妹两眼盯了电视,看得一动不动,毫无知觉 全靠电视掩护。两个人回到台子前面,一本三正经,坐了一歇。陶陶摸出酒钿,压到杯子下面,人就立起来。小琴一直看定陶陶,此刻也慢慢立起来。两个人与小妹讲了几句,告辞 有可能成为次日八卦物证的菜心处理干净否?。拉开店门,雨丝细密,迎面而来。陶陶走了三家门面,撑开伞,让小琴钻进来,两个人一路无话,四只眼睛看定马路,慢慢朝西走,穿过几条直路,弯弯曲曲,走进延庆路一条弄堂。这是小琴租的房子 陶陶到底老手,即便芳妹"讲定当夜不回来",讲起来新式里弄,其实是底楼围墙改造的披屋 搭建于两幢正房之间空地的违建房,开门进去,一盏节能灯,塑料地板一半堆货色,另一半摆一把椅子,十四英寸电视,钢丝床。小琴进来,人已经不稳，贴紧陶陶，眼泪就落下来。陶陶顺手关门，关灯。小琴说，我不喜欢关灯，不要关 居住风格和李李相近，照明需求完全相反。房顶石棉瓦传来淅淅沥沥雨声，然后轻下来，像是小了。钢丝床不稳，狭，太软，吱吱嘎嘎铁器摩擦，越来越响 此消彼长。小琴停下来说，邻居要听到了。两个人不再动。陶陶轻手轻脚起来，收拢地上衣裳，折起钢丝床，货堆里抽出两张纸板箱，地上四面铺平，摊垫被，摆枕头。房间小，节能灯越点越亮，照得小琴浑身雪白，甚是醒目 一字未提宽衣解带却以"浑身雪白"而尽得赤膊之状。等两个人弄舒齐，陶陶想关灯。小琴贴紧陶陶耳朵说，我习惯开灯。讲了这句，臂膊滑过来，意态婉娈，身体贴紧陶陶。整个夜里，小琴不声不响，经常落眼泪，陶陶半睏半醒，一直到身边的小琴，呼吸均匀，叹了一口气 此"长叹息以示爱"足可报彼"常掩涕以传情"。等一早五点钟，陶陶轻手轻脚起来，穿了衣裳，对小琴说，我走了。小琴睁开眼睛，摸摸陶陶的面孔，眼神迷蒙，一声不响。陶陶出门，走到弄堂外，天已经全部亮了，坐到附近一家摊头吃豆浆，眼睛看马路，心里像做梦，眼前一直是小房间里这个女人，无法忘怀。

　　沪生听了这一段说，陶陶，看起来，这像是甜面酱，说不定就变辣火酱。陶陶轻声说，嘘，女人，我见得多了，但是碰到这种一声不响，只落眼泪的女人，第一趟 是不停冒泡的生猛大闸蟹看多了。沪生不响。陶陶说，这个社会，毫无怨言的女人，哪里来，我只要走到华亭路，小琴立刻请人看摊位，陪我到延庆路，一路讲讲笑笑，进了房间，钻到我身上 "钻"字习钻，就落眼泪，这叫闷嗲，讲来讲去，要我注意身体，对待姐姐，就是芳妹，多多体贴，两女一男，三个人，

○ 在云、贵、川、湘四省人吃来，上海"辣火酱"实在与甜面酱并无二致，无非是甜度更高。

二十章　409

太太平平过生活，一面讲，眼泪落下来了。沪生不响。_{这种自带尧舜古风的特殊情况在沪律师职业生涯中恐闻所未闻。}陶陶说，男人为啥只欢喜邓丽君。沪生说，为啥。陶陶说，邓丽君金曲，唱来唱去一个字，嗲，听不到半句埋怨，其他女人，开口一唱，就是鉴貌辨色，冷嘲热讽，要死要活，夹头夹脑，一肚皮牢骚，阴阳怪气，怨三怨四，搞七搞八，横不好竖不好，还以为，这是男人最吃的嗲功，妖功，男人吃得消吧，根本吃不消。沪生说，这是各人口味不同了"民族美声"或者"花腔女高音"也各有粉丝。陶陶现在，已经是火热达达滚的阶段，感觉不一定对，再下去，会有问题的，我对这种关系，一向不看好_{也不看衰}。陶陶说，不怨三怨四，每一句贴心贴肺的绝品女人，哪里去寻，这社会，像沪生讲的，女人永不满足，一作两闹，最后上帝发火_{陶陶沪生绝对想不到多年后更有一种"神曲"的女声唱法。}沪生说，这不是我讲的，是童话故事。陶陶讲，是呀，夫妻两个人，碰到河浜里的妖怪，捞到一只脚盆，男人满足，女人不满足，想要房子，妖怪送房产证，男人满足，女人不满足，想做女老板，妖怪让女人做老板，让男人跟女人打工，女人又不满足，条件越开越高，到最后想做女皇帝，上帝火大了。沪生说，一遍又一遍跟我讲，啥意思呢，思路已经不正常，有点痴了。陶陶笑说，最近，我是有点花痴了，因为小琴太好了。沪生说，上帝发火_{惹到上帝发火，如假包换"天火烧"矣，}算是好的，陶陶最多逃

_{○一切委曲求全，尽在不响；所有恕气吞声，皆因有泪。}

_{•邓丽君的"嗲"，并非完全依赖"感情注入"，更侧重"咽音"和"气声"两大法门，技术流。前者把声音压低、压扁，于高亢处陡然收住张力，自有一番荡气回肠；后者是自然声息关联假声，在假声掩护下完成换气，完美掩盖不接下气，于不动如诉四个字⋯⋯忍气吞声。○小邓唱功精髓。}

_{声色之间，有意不使声带完全闭合，让气流通过未完全振动的声带，赋予音色暗哑和虚婉，轻吟低唱，如泣}

_{"聪明的女子是这样一种女性：和她在一起时，你想要多蠢就能多蠢。"——瓦雷里《不好的想法》}

回去，重新跟芳妹太平生活，一般的外插花，等于发一次感冒，总是无声结束，要是上帝真送来一个不一般女人，麻烦了，男人开心呀，其实最后，吃足苦头。陶陶不响。沪生说，不一般的女人，最容易让男人昏头昏脑，最后翻船，碰到一个真正的绝品女人，一不小心，日月变色，改朝换代，亡党亡国沪生一时还戒不断这类术语，不如换一句更贴切："卫星上天，人头落地"。

贰拾壹章

壹

礼拜三，阿宝去看祖父，位置是闸北鸿兴路，老式街面房底楼，房门紧贴马路。祖父摇扇子 法租界扫地出门，做了"下只角寓公"的日常。台面上摆一碗切好的冬瓜。阿宝说，每趟吃冬瓜。祖父说，红烧冬瓜，我咬得动 此物加酱油、开洋及姜葱料酒红烧得到位，能吃出红烧肉滋味。阿宝从网线袋里拿出两包熟菜，钢钟饭盒里两客冷馄饨，宝山路老北站买的 扇子、冬瓜、冷馄饨三物将上海带入夏天。嬢嬢说，每次大手大脚，阿宝要节省。阿宝不响，发觉角落里，有一只缺脚茶几，是思南路搬来的，砖头垫稳，叠了秋冬衣裳，棉花胎，遮塑料布。祖父说，加工组每月发几钿。阿宝说，十五块 当时平均月工资的半数。嬢嬢说，一双男式皮鞋，最便宜七块六角五，阿宝将来哪能办 "将来"就是谈恋爱○猪皮的比较便宜、五块有找。阿宝不响。房间里的大橱，小方台子，是嬢嬢到虹江路买的旧货。台子靠墙，夜里移开一点，搭一只帆布床，日收夜搭。夏天，帆布床热，嬢嬢到门外路边，靠一只躺椅过夜。最近两年，祖父门牙落了三只，旧竹榻是前任房客遗物，比祖父相貌更老，一动吱嘎作响。门外，家家户户搭一间灶披，摆放煤炉。炉子现在捅

○1950年代开始兴盛的上海四大旧货市场之一，主营二手机械和电子零件，据说与早年虹口日籍侨民撤离前在此大肆抛售家当有关。

开,准备烧饭。祖父说,我原来几爿工厂,学徒工记得是十六块,三年满师,廿七块八角。阿宝不响。嬢嬢说,以前我的学生沪生,据说父母是军队干部,做了采购员,一月工资呢。阿宝说,革命家庭嘛。嬢嬢说,起码三十六块朝上"朝上"部分,不是奖金就是外快。阿宝说,总比插队落户好。嬢嬢说,下个月,我为阿宝买皮鞋,小青年要穿皮鞋 阿宝脚上大概是"风凉皮鞋",百分百纯塑料。阿宝说,不大出门,算了。嬢嬢说,阿宝一道吃,还是吃过了。阿宝说,吃过一客冷面 可吃可不吃,态度暧昧。嬢嬢说,总归这副样子,嬢嬢不会烧菜对吧。阿宝不响。等嬢嬢到外面的煤炉间里。祖父说,爸爸妈妈好吧。阿宝说,还好。祖父看门外,凑近阿宝说,嬢嬢不开心,每天夜里落眼泪,阿宝要劝一劝 阿宝是"小青年"了,祖父不再摸头,可以托付正事了。阿宝点头。竹榻吱嘎作响,蒲扇哔哒哔哒 俱是祖父心事传声,等到开饭,阿宝坐门外的小凳。路边到处是乘凉居民,大人小囡,脚下无数双木拖板,滴刮乱响,想到嬢嬢的情况,阿宝烦闷。造反队翻出小皮箱,几年过去了,嬢嬢一直痛苦。姑丈黄和礼,工程师,笑眯眯的斯文男人,据说已经花白头发,弯腰塌背。记得电影里,有一个女革命到上海寻组织,走进石库门,镜头移到天井,一个旗袍女人朝楼上喊,黄格里,有人寻侬 电影《革命家庭》片段。上海话"格里",有顺口,亲昵之意。

○「格里」出处有二:一「某家的先生」;二「colleague(同事)的洋泾浜谐音,称呼『洋行里做事』的男人,泛指西装男或『斯文人,带有谐谑味道的尊称」,约等于香港话里的「某 Sir」。

当时,黄和礼浑身笔挺,走进思南路大房子,嬢嬢忽然大笑说,黄格里,有人寻侬。黄和礼一呆。这是夫妻的甜蜜期。小皮箱事件后,黄和礼与嬢嬢分别关进各自单位审查。一套国民党军装,内有一张填了国民会议选民证的柳德文,究竟与黄和礼有多少瓜葛。有人到档案馆调查,传进嬢嬢以前

贰拾壹章 413

同事，薛老师的耳朵。嬢嬢转正，调到区里工作，薛老师有意见，等到自由揭发的年代，人人就可以检举。当时上海有人检举，本地某一张报纸，正面印"毛主席"三字的背面位置，正巧排印"老反革命"四字，当班编辑，就是现行反革命。薛老师读过一点俄国文学，读过名诗《鲁斯兰与柳德米拉》，认为柳德文，是柳德米拉公主后裔，是苏联共产党，因为中苏交恶，就是敌对党，反动异己分子，间谍。另一个柳德米拉，苏联女狙击手，得金星勋章，1953年官拜海军少将，曾访问美国，是罗斯福总统接见的第一个苏联女人。因此，柳德文应该有苏军背景 薛老师可被追认为中国网络文学鼻祖。这个揭发，来头不小。黄和礼事情搞大。单位做出决定，嬢嬢必须与黄和礼离婚，划清界线，先回到市民队伍做检讨。如果同流合污，一个发配新疆，一个去云南充军，自取灭亡 "充军"这种说法应该出自外祖父之口。夫妻二人抱头痛哭，离了婚。黄和礼关了半年，单位监督劳动。之后几年，形势稍有松懈 黄工单位也无法前往苏联外调取证。两人就设法联系，悄悄见面。压力逐渐减轻，时常双双溜出来，胆子变大，多次约会。一般是躲到公园冷僻角落。黄和礼事先打传呼电话到鸿兴路，不回电，传呼单子写，明早十点，送蟹来。意思就是闸北公园碰头，蟹，就是大闸蟹 上海人是有多么热爱大闸蟹！。送鸽子来，顾名思义，虹口和平公园。送奶粉，海伦路儿童公园。嬢嬢一次让阿宝猜，黄格里明早，送外公来。是啥地方。阿宝说，猜啥呢，外滩黄浦公园。嬢嬢叹气。阿宝说，为啥每次要调公园。嬢嬢说，每礼拜去一个地方，太显眼了《地道战》里著名台词"打一枪换一个地方"人人

○普希金1820年完成于皇村的长篇童话叙事诗，武士与公主的爱情故事，夹杂各种怪力乱神民间传说。作曲家格林卡以此为谱写了5幕同名歌剧，其"序曲"一直是交响音乐会常客。

○如果就近约鲁迅公园（原"虹口公园"），暗号是送"鲁迅全集"还是"绍兴梅干菜"？

414 繁花〔批注本〕

皆知，另外，传呼电话老太婆也会奇怪，有男人每礼拜送奶粉，像我有小囡了。阿宝说，每礼拜送大闸蟹，送鸽子，送外公，也不大正常 彻底解除此忧，要等到外卖业兴盛。姆妈叹一口气说，是呀，本想省一点电话钿，怕省出问题来，我就打回电了 多花四分钱。阿宝不响。姆妈说，唉，夫妻见面，就像搞腐化，轧姘头，又不敢结婚，姆妈真是怨 一对倒霉的上海版鲁斯兰与柳德米拉。阿宝说，让黄格里来鸿兴路呢。姆妈说，我是离婚女人，不方便的。阿宝说，难得一趟，两个人坐坐讲讲，应该可以的。姆妈说，阿宝，姆妈如果讲出来，真难为情。阿宝不响。姆妈说，阿宝虽然大了，还不懂男女事体。阿宝说，我懂的 阿宝和小珍在一楼理发店行迹已有甚于"坐坐讲讲"。姆妈说，讲讲看。阿宝也就讲了5室阿姨，冲床后面的情况。姆妈满面飞红说，要死快了，真是下作 循例骂几句。阿宝不应该看呀，眼睛马上闭起来。阿宝说，来不及了。姆妈说，这就叫野鸳鸯，我跟黄格里，是门当户对，原配夫妻 这都什么时候了。阿宝不响。姆妈说，阿宝是大人了，我讲一点也可以，成年男女，不是碰碰头，讲讲就可以了，见了面，就算到公园里靠一靠，是不够的。阿宝不响。姆妈说，黄格里住的集体宿舍，我不可能去，到公园里呢，两个人总是怨，有一趟，我真恨呀，恨起来，咬了黄格里一口，臂膊上咬出牙齿印了 怨极生恨，恨到牙痒，借旅馆，想也不要想，先要凭单位介绍信，男女住一间，要审验结婚证，难吧。阿宝不响 此时是否有这一闪念：推荐去小毛楼下理发店？。姆妈说，结果有一次，我爸爸直接请了黄格里，马上到鸿兴路来，爸爸回避，到公兴路长途候车室里去养神，黄格里就来了，太不顺利了，门口路边，坐了不少邻居，我是离婚，里弄有记录，爸爸刚刚出门，有一个大男人就溜进来了，邻舍隔壁，全部看到，男人进来，也不方便关门，因为家家开门，两个人面对面,皮笑肉不笑,发呆,真是讨厌,巧是后来,忽然落了阵头雨,邻居全部回进去,关门关窗,我也关门关窗。讲到此地,孃孃不响。阿宝说,不讲了。孃孃不响。阿宝说,还是讲其他事吧。孃孃捂紧面孔说,实在是难为情,不可以再讲了。阿宝不响 脑补无法自控。孃孃说,从此以后,黄格里再也不好意思来鸿兴路了。阿宝说,邻居发现有情况,告诉居委会了。孃孃不响。两个人闷了一歇。孃孃说,已经好几年不接触了,讲出来难听,以前黄格里,根本不是这副急相,结果,竹榻中间,有一根横档,突然就压断了,啪啦一记,上面的老竹爿,压断七八根,两个人,吓是小事体,竹榻正当中,有了一个面盆大的破洞,要是我爸爸看见,多少难堪呀,闯穷祸了,两个人修也修不好,满头大汗 难为黄工,三个钟头后,爸爸回来了,看到竹榻上遮了不少破竹爿,拨开来,还是一只大洞,我实在是难为情,就想去寻死。孃孃捂紧面孔,无地自容 老父亲"难堪"就难堪间在一边心疼女儿,一边还要心痛家当。

○"繁花"从中每遇好事,老天爷都要配合下个雨,搞气氛,区别是规模和"雨种"。比如小毛第一次,情势地势又相当险要,所以一场大雷雨从头浇到底;陶陶是惯犯,场合安全,安排一夜绵绵细雨;这次心急火燎"原配野鸳鸯",特赐一场突如其来无厘头之及时阵头雨。

•开口之前"闷了一歇",竟然闷出极为得体的"接触"二字,也真是难为孃孃。

贰

银凤与小毛约定,如果门前摆一双拖鞋,表示想小毛。摆一双布鞋子,想煞小毛"鞋"谐"邪"。但环境有制约,阴差阳错,有时,是小毛无兴致,无动静,银凤奈何。有时耐不过,听见小毛上下楼梯,银凤忽然开了门,堂堂正正叫一声,小毛 等于紧急情况下直接以明码通讯。二楼爷叔房门大开，空不见人。但小毛不在状态，自顾上楼下楼，银凤只能关门。最后，门口出现单只拖鞋，是紧急信号。小毛即便故意不见，走到三楼看书，吃酱瓜吃泡饭_{不是"无兴致"就是"不在状态"，营养跟不上}，眼前慢慢出现银凤的样子，等于空气有了变化，出了效果。整幢房子，无人会明白，一只普通的海绵拖鞋，是如此涵义，只有小毛懂得，这就是上海人讲的，<u>辣手辣脚</u>_{即"十万火急"之意}。每到此刻，小毛灵魂出窍，慢慢成为遥控模型，两脚自动下楼_{单只海绵拖鞋等于遥控器}。还好，二楼爷叔大门紧闭，小毛溜进银凤房间，拖鞋收进_{完美特写镜头，导演不可错过}，坐到方格子被单上，银凤两手掩胸，看了看小毛，钻到小毛身边来。小毛说，急成这副样子了，讨厌_{不叫姐姐了，一副老吃老做腔调}。银凤说，我是恨，只有恨了，隔壁爷叔讲过，想郎想得心急了，女人脱了绣花鞋子，猜一课，合扑，见不到人，仰天，人就会来，结果，一合一仰_{做鞋，多少尴尬}。小毛说，自家门口就摆一只，讨厌_{连说两个"讨厌"了}。银凤不响。小毛说，昨天夜里，我来了几个朋友，为啥要偷看。银凤笑说，我从来不看的。小毛说，看到啥了。银凤不响。小毛说，女人偷看，少有少见_{银凤认为只有男人才如此下流}。银凤说，看得到啥呢，就算楼下，是天蟾舞台，共舞台，天天唱筱丹桂，我也不动心。小毛说，算了吧。银凤说，真的。小毛说，银凤看了还是不看，

○上海女人口中"恨"字，成分复杂，大体游走于"仇恨""怨恨"或者"要""不要"之深及关联上下文以及参照吐字、小动作等复杂变量而定。

△1920年代上海四大京剧舞台之一，原为大世界游乐场一部分，以机关布景和长篇连台本戏海派京剧出名。

• 1920年代建立的大型京剧戏园，南北名伶无不以在此献艺为荣，曾有"京角不进天蟾不成名"之说。○上海第一代"越剧皇后"○旧时越剧地位不高，难登大雅，"文革"后方得登上"共舞台"。竟品"天蟾"之名，典出蟾蜍折食月中桂枝，当时有"压倒丹桂"（另一知名戏院之名）第一台（之义。

贰拾壹章 417

我心里一本账。银凤说,看得到啥呢,店堂里又不开灯,一团一团黑影子,窸窸窣窣,男男女女,嘻嘻哈哈,看不清,听不到。小毛说,啥叫偷看,要的就是这种味道。银凤腰身一软说,对是对的,我看来看去,心里就痒了。小毛不响。

小毛完全晓得,寂寞银凤,长夜如磬,冷眼看定楼下的世界,卿卿我我,是是非非,即便模糊身影,轻微动静,让银凤的眠床更冷,内心更热。店堂是一个模糊焦点,大妹妹,兰兰,阿宝,小珍,沪生,样子相貌,脾气性格,相互关系,银凤经常提到俨然业余影评人。小毛说,这帮人比较无聊,沪生原来呢,还算正派,现在也学坏了,大妹妹跟兰兰,是花蝴蝶一样以"戴罪"偷情之身嫉妒正常恋爱之人,难免恼羞成怨。银凤说,我发觉,沪生对兰兰,已经有意思了,阿宝呢,带了女朋友小珍进来,小毛就避开,门一关,两个人抱紧不放。小毛说,不许讲了。银凤说,两个人到长凳旁边抱紧。小毛说,管得太多了吧,心思太野了。海德哥哥,就要回来了,要静一静了俨然是代替海德管教老婆口气。银凤不响。小毛说,过了几个月,就会冷下来的,正常的恐为樊师父所授。银凤说,啊,这是小毛的意思,准备冷下来了。小毛不响。银凤说,我不肯的,不会答应的。小毛不响,银凤轻声说,我心里的苦,以前吃过的亏,我可以跟啥人讲呢。小毛一捏银凤的手说,跟我讲"义气"还是要讲的。银凤畏惧说,这不可以。小毛不响。银凤说,小毛太绝情了。小毛不响。银凤说,我已经想到,海德回来,夜里跟我做生活的样子,我表面不响,心里不情不愿,会更想小毛的,我喜欢的人,绝对不会变。小毛听到此地,两人相拥,无言而眠。这次见面后,过了六天,海

○二楼情况,小毛不是不晓得,只是不喜欢自己『消防队员』被动身份,宁可做『纵火者』。

○很多年以后,可能只有银凤才能听懂这样一支流行歌:『在人间已是癫,何苦要上青天,不如温柔同眠』。

德回到了上海。当夜小毛中班回来，银凤房门，已不漏一丝灯光，门口有海德的皮鞋，一只折叠的外文纸箱。小毛推开三楼房门，开灯，台子上有一包外国饼干。小毛娘在帘子后说，回来了。小毛嗯了一声。小毛娘说，早点休息，明朝夜里，姆妈有要紧事体商量。小毛嗯了一声。一夜无话。小说里凡帘后之语大多凶险。第二天小毛醒来，已是早上九点钟。小毛下楼接水，跟王师傅讲几句，回到二楼，房门开了，银凤与海德吃泡饭，台子上是油条，红乳腐，萝卜干炒毛豆。海德说，小毛进来，一道吃。小毛说，阿哥回来了。海德说，进来呀。小毛进去，银凤面色不好，一声不响。海德立起来，走到五斗橱前面，朝一只米黄铁盒子一撳，嗒一响，跳出两片焦黄面包。海德拿出一片，揎了黄油，让小毛吃。另一片也揎黄油，摆到银凤面前碟子里，银凤一动不动。小毛说，这机器叫啥。海德说，toaster，香港叫"多士炉"，我买的旧货。银凤低头说，买的，还是拾的。海德不响。海德说，外国人，单靠这只机器吃饭，因此又高又壮。小毛说，还有啥稀奇东西。海德说，这趟只有几本旧画报，里面有凤飞飞，邓丽君，大陆无人晓得。小毛吃面包片，翻一翻画报。银凤不响，海德吃了一碗泡饭说，这趟回来，轮船差一点出事故。小毛抬起眼睛看海德，目光只停留海德的胸口不敢直视○感觉有煞气。海德说，开到327海区，船长肉眼观察，右前方有拖缆来船，航向是东南，0140阶段，挂出垂直三盏白灯，一盏红舷灯，距离大概四海里了，船长看望远镜，对方仍旧是保向保速，接近到两海里，仍旧保向保速，变成交叉对遇局面，晓得危险了，鸣三声短汽笛，来船仍然直接过来，要死吧，夜雾重，船越来越

贰拾壹章　419

近，越来越近，船长大幅度左转舵，最后，来船离船艏右侧五十米通过，甲板吊紧大型构件，一根钢丝绳断裂 无意间竟然说出了小毛"第一次"眼前景象，大家一身冷汗 小毛也一身汗，如果有浪，压舱"面包铁"大幅度移动，甲板上的货色侧翻，船一斜，阿哥就危险了，回不到上海了。银凤冷冷说，讲这种事体，啥意思。海德苦笑不响，吃泡饭 若非笑不可的话，苦笑最搭。小毛说，太危险了。讲到此地，发现银凤仍旧冷淡。小毛说，我上去了。海德说，坐一歇。小毛说，我先走了，再会。等到下午，小毛在后门碰到了银凤。小毛笑笑。银凤低声说，情况有了变化，以后，小毛跟我，不要再联系了，讲定了。小毛一呆。银凤讲了这句，眼睛不看小毛，端了面盆，直接跑到楼上，房门一关。

　　小毛猝不及防，完全呆了。当天小毛娘下早班 下午两点下班，回到房间说，小毛，吃了夜饭，陪姆妈到澳门路去一趟 玫瑰花李李见不得，这条路大概也走不得。小毛说，做啥。小毛娘说，路上再讲。全家饭毕，母子两人出门，沿西康路朝北，走澳门路。小毛娘说，人已经不小了，有桩事体，姆妈想了不少天。今朝出来，准备为小毛介绍女朋友。小毛停下来说，我不要女朋友，我不去。小毛娘说，去，姆妈讲去，就要去，男人大了，就要讨老婆，要有责任，领袖讲过了，女人是男人身上一块骨头，意思是男女恩爱，工作好，身体也好。小毛不走。小毛娘说，要造反是吧，想翻天是吧，快点走，我跟春香小姐姐 "小姐姐"一词在2018年以二次元方式开始流行 讲定了，七点半，快点。小毛说，啥，啥春香。小毛摇摇头，脑子空白，勉强跟了娘走，穿过江宁路，转到莫干山路一条石库门老弄堂，走进一户人家的灶间，底楼前客堂，已经开

○当年"三好学生"标准："品德好，学习好"，身体好"；"五好职工"条件："出勤好，工作好，服从领导好，爱护公物好，支援农业好"。

了门,春香小姐姐立于门口。小毛娘招呼一声说,春香。小毛心里一跳。眼睛扫过去,房门口的春香小姐姐,鹅蛋面孔,眉眼忠厚,青丝秀润。小毛记起了模糊的轮廓,小学生时期,春香来小毛家几趟,春香娘与小毛娘,以前是教友。此刻,小毛娘说,小毛,进来呀。春香说,小毛认得我吧。小毛笑笑,三个人进前厢房,里面一隔为两,前间摆大橱,方台子,缝纫机,面汤台,摆一部26寸凤凰全链罩女式脚踏车,墙上有春香父母照片,五斗橱上面,挂一只十字架,下面供一瓶塑料花。后面一半,上搭阁楼,下面隔出一小间,有小窗玻璃,里面是双人床。小毛娘感叹说,春香好看吧。小毛不响。小毛娘看看四周说,房间好,样样舒齐,小毛觉得呢。小毛说,瞎讲啥呀。春香说,是呀,阿姨也太直了,难为情的。小毛不响。春香说,小毛,现在还练拳吧。小毛说,长远不练了,小姐姐哪里听来的。春香两眼看定小毛说,有几年一直看到呀,当时,我做环卫所苏州河驳船生活,船过了洋钿桥,上粮仓库,经过叶家宅,岸上有一块空地,几次看到小毛练拳头,我跟值班长讲,这就是我弟弟。小毛娘说,苏州河有多少垃圾码头,多少粪码头,春香样样晓得。小毛不响。

　　弄堂背后是苏州河,一阵一阵,是夜航船汽笛声,河对面,是潭子湾,弄堂旁边有啤酒厂,路西不远,申新九厂高楼,每一个铁丝窗栅栏上,零缣碎素,挂满棉絮,风里无数飞舞白鸽。春香的房间走廊,飘过来苏州河气味,棉纱味道,啤酒花隐隐约约的苦气。三个人坐了一个钟头,小毛娘带了小毛告辞。春香送出弄口,春香说,小毛要常来。小毛不响。小毛娘拉了一把说,答应呀。小毛点点头,笑笑。母子两人一路往回走,小毛娘笑眯眯说,蛮好。小毛说,姆妈,这根本,是不可能的事体。小毛娘说,我已经定了,讲起来,也算青梅竹马,两小无猜 这也算。小毛不响。小毛娘说,现在春香孤单了,春香娘故世前,我答应的,一定照顾好春香,现在只要春香满意,就可以了。小毛说,不要讲了,我根本不答应模仿银凤,可加一句"我根本不承认的"。小毛娘说,男青年如果怕难为情,家长就要做主,姆妈困难中求告领袖,这也是天意,小毛结了婚,就晓得老婆好了。小毛说,八字没一撇的事体。小毛娘说,姆妈看定的人,不会有问题,墙壁上,确实有十字架,小毛看不习惯,可以商量,替换,姆妈以前信耶稣教,后来改信领袖,一样的。小毛不响。小毛娘说,昨天,姆妈跟春香,已经分别做了祷告。小毛说,啥啥啥,昨天碰过头了。小毛娘说,昨天,就是现在的辰光,我开口一谈,春香就爽快答应了,因为见过小毛嘛。小毛一呆,觉得事体严重了因为做了祷告。小毛娘说,自家房间小,哥哥姐姐,接下来要谈朋友,办婚事,住哪里去撇除亲情,本质上和阿宝祖孙三代一样,等于被变相扫地出门,春香的房子,以前是申新厂职员宿舍,马上要装煤气,还有啥缺点,国际饭店,也不过如此,姆妈真眼热。小毛说,要住,姆妈去住,我不感兴趣。小毛娘说,女人比小毛大个两三岁,更懂事理,女大两,赛过娘,将来服侍小毛,有啥不适意。小毛不响。小毛娘说,春香一讲起小毛,眉花眼笑,这就是缘分。小毛说,太奇怪了,如果春香样样好,为啥拖到现在。小毛娘顿了顿,一部装菜的带鱼车,歪歪斜斜经过马路正是小毛娘此刻心相。小毛娘说,结过一

国际饭店离苏州河不远,一河之隔,申新厂职员宿舍还算『左岸』

1970年代中期，春香有这样的婚房，摆设，算上海弄堂里的殷实人家了。

次婚，两个月里就结束了。小毛说，啊，已经结过婚了。小毛娘忽然光火说，我耐耐心心一路讲，还是不肯听。小毛不响。小毛娘忽然哭了起来，啊啊啊，我想想我，真是苦命女人啊，啊啊啊，我一辈子，做牛做马，我还有啥意思啊，啊啊啊。小毛说，姆妈，轻点呀，轻一点。这天夜里，小毛难掩心中之悲。银凤改变态度，一定得知此事，面临选择，使小毛纠结，混乱。接下来的两天，银凤看见小毛，冷淡里带一点客气。海德一贯是热情好客，毫无变化。到第三天，春香拎了水果篮，彩色奶油蛋糕上门 色素裱花，当年的洋气高级点心。小毛父母非常高兴，谈谈讲讲，坐了两个钟头，春香告辞，小毛爸爸拉了小毛，送下楼梯。二楼两家邻居，开门来看，小毛尴尬至极。二楼爷叔，海德，笑眯眯盯紧了春香的胸口 走过路过都不放过。小毛看海德，目光也"只停留海德的胸口"。银凤看到春香，眼神冷淡。短短三天时间，世界有变。第四天上班，樊师傅说，小毛要结婚了，蛮好蛮好。小毛一呆。樊师傅说，老婆大几岁，浦东人喜欢大娘子，顶好。小毛说，我不答应，我娘就寻死上吊，穷吵。樊师傅说，小毛，讨老婆，不是买花瓶，口脚 日子 过得去，就可以了，以前讲结婚，就是尽孝，有道理的 忠孝节义对小毛有效。小毛不响。樊师傅从包里拿出一张照片说，春香不错的，一看，圆端端面孔，雪雪白，肯定是贤惠家主婆，会养双胞胎。小毛一吓。樊师傅胡萝卜手指头，捏了一张春香的照片，微微发抖，"人民照相馆"，手工着色四寸照片，四面切花边，春香烫了前刘海，一字领

○ 春香离异之身，才是小毛娘心里觉得最亏待小毛之痛处，扫地出门甚至二为人父母之事，多少尴尬楼苟且之事，倒在其次。有"忽然光火"、唯出"哭二闹"套路。

· 按礼法，即使父母不在，亦应由长辈陪同。○教友之间可能不拘本地俗礼。

▲原名乔奇照相馆，俄商办，法租界最高级照相馆。芥治·奥贾吉安于1940年创

△旧时浦东的男丁大多到上海市区营生，操持农事家务，端赖"手能绣，肩能挑"的年长女子，乃有讨"大娘子"之习俗。

贰拾壹章 425

羊毛衫，扎丝巾，笑眯眯染两朵红晕，看定了小毛。樊师傅说，老娘家，特地来寻我，求我来看，我只讲一个字，好。我赞成，我要吃喜酒。小毛拿了照片，心乱如麻，下班后，到叶家宅看望拳头师父 去捞最后一根救命稻草。师娘上班，金妹烧菜，陪小毛吃了几杯，以往，拳头师父最反感樊师傅，但这次非常赞同，只望小毛结婚。小毛有一点醉，慢慢走回大自鸣钟，已经九点敲过，小毛懒得开门，走后弄堂，后门敲开，听见理发店堂里有人说笑。小毛身体一避，里面坐定两个人，一个女人靠了镜台，仔细听口音，是阿宝，沪生，银凤。三人有说有笑 终于从"看戏"参与到演戏了。银凤说，小毛的女朋友，交关标致，有房子。沪生说，太不够朋友了，我跟阿宝，为啥一点不晓得，有啥可以瞒的。阿宝说，嫂嫂结婚几年了。银凤嗲声说，我年纪大了。沪生说，嫂嫂笑起来好看。银凤笑说，我晓得沪生，早就熟的，一道看过电影。沪生说，这我记得，《多瑙河之波》，船长跟安娜。银凤软声说，是呀是呀 提到船长跟安娜，声音自动放软。阿宝说，我一般只是夜里过来，嫂嫂哪里会认得。银凤笑说，这是秘密。沪生说，笑起来好听。银凤轻笑，撩心撩肺 肺是阿宝沪生的肺，心是小毛的心。阿宝说，这个小毛，看到了新娘子，走不动路了。沪生说，大概是过夜了，这是允许的 一直懂政策。银凤说，沪生真会说戏话。小毛靠了门框，一股热血涌上来，慢慢走进理发店。三个人发现小毛，身体一动。银凤穿一件月白棉毛衫，手拿一条毛巾，路灯光照过来，浑身圆润，是象牙色，但此刻，小毛毫不动心，也并不难过 郎心似铁。小毛拿出春香的照片说，讲得不错，我确实要结婚了，从现在起，大家不要再虚伪，不需要再联系。沪生说，小毛，做啥。小毛说，本来就不是结拜弟兄，我走我独木桥，以后不必要来往了。阿宝说，小毛，酒吃多了。小毛说，我死我活,我自家事体,从今以后,大家拗断。阿宝与沪生立起来说,小毛。银凤不动,凛若冰霜,忽然蹲下来抽泣 "冰霜"忽然"蹲下"而泣,其势有如"雪崩"。小毛说,对不起,大家到此为止,我决定了,说一不两。讲完这句,小毛十分平静,忽然感到无所畏惧,能独立面对一切磨难,小毛一步一步走到楼上,关门睏觉。

○上海话"绝交",网络语言叫"拉黑"。"大家",包括在场所有人,听者有份。

"拗断"二字虽然"说一不两",但绝交原因,却远不似这般干脆利落,非但"说一有两",甚至"有三有四":被银凤甩,心有不甘或不舍;被老娘甩,对方还是二婚,还要"入赘",加上两个师傅倒戈"神助攻",等于同时被甩两次,一夜之间一把推出家门,一脚跌进"成家立业"的陌生成人世界,目睹亲密小伙伴在即将不再属于自己的世界里嬉戏如常,与银凤轻佻调笑,满腔愤懑、委屈、惊慌、嫉妒等等火头四起,火苗乱窜,乃至光火,俱是有名之火,借些许酒意,伤及无辜也是在所难免。绝交虽来得突然,但毕竟属"私人性死亡"。连续两节书,只见老老少少男男女女,人人活得委屈,事事尽是糟心,满纸营营役役,偷偷摸摸。相继出场凡十五人中,岁月静好者唯二楼爷叔与春香二人。小毛临了突发这一声断喝,虽然孟浪,读之倒也痛快,索性罢了罢了,楼上楼下一发拗断,长出一口鸟气而掩卷。

叁

从此以后,大自鸣钟弄堂理发店,白天营业照常,夜里永归寂静。小毛与沪生,阿宝绝交,婚后搬到莫干山路,很少回来。小毛娘眉头皱紧。二楼银凤,形容憔悴,身材发胖 于生理和心理、体格及人格,在1970年代尚不足以造成重大伤害。大妹妹,已去安徽山里上班。只有兰兰与沪生有联系,时常见面。有次夜里,两个人走到西康路三角花园 三路交错的街心绿地,谈恋爱免费打卡处。兰兰说,理发店里,现在老鼠多起来了，一到夜里，门口蹲两只野猫 竟然读出一种"空庭飞着流萤，高台走着狸狌"的荒凉○境由心造。沪生心里一酸说，太冷清了，最近见到小毛吧，兰兰说，见过一次，不理不睬，脾气完全变怪了。沪生不响。兰兰靠紧沪生，捏紧沪生的手说，人人不开心，阿宝也不开心，据说跟小珍分手了，沪生为啥不开心。沪生不响，同时也觉得，兰兰是细心人 不再是负责痴笑的那个跟班了，这半年里，沪生心情变坏，是家中发生了逆转，起因是1971年一架飞机失事，数年后，牵连到沪生父母，双双隔离审查，随后，拉德公寓立刻搬场。沪生与沪民兄弟两人，指定搬进武定路一间旧公房，两小间，合用卫生，与原来英式公寓，天地有别 与阿宝居处依然天地有别。此刻，沪生表面上笑笑，其实是有气无力。沪生说，小姑娘，少管闲事。兰兰说，要开心一点，跟我讲讲嘛。兰兰贴近沪生。三角花园里，到处是一对一对，抱紧的无声男女，附近的夹竹桃，墨黑沉沉，满树白花。兰兰说，过几天，跟我去听唱片，散散心。沪生答应。

○与马路历险相比，兰兰算是上岸了；与当年那架"失事飞机"相比，沪生算是安全降落在西康路三角花园，然而深夜兰兰花园里虽然四处静悄，仍然不能乱说乱动，动作尤其不可出格，肢体仍有可捏捏手就好，否则可能被"老派"雪亮手电筒照到，无所遁形。

三天后，兰兰约了沪生，阿宝，走进玉佛寺附近，一条新式里弄 地段不算"上只角"，但高于大自鸣钟和"两万户"地区，去看兰兰的女同学，电车卖票员雪芝。兰兰说，雪芝的房子，照样独门进出，一楼到二楼，红木家具，一件不缺，楼上小间里，照样有唱片，也有唱机 一连两个"照样"，已照出未出场主人样子。阿宝说，奇怪了，现在还会有这种好人家 到底在"两万

• 1900年始建于吴淞江湾。1882年普陀山慧根法师从缅甸开山取玉雕成坐佛、卧佛各一尊。几经搬迁，1918年择现址重建，易名为"玉佛禅寺"，属禅宗临济法系，风格仿宋。

户"住了将近十年。兰兰说,雪芝爸爸,以前是铁工厂小老板,应该算资本家。沪生说,我不禁要问,革命到了现在,还有漏网之鱼。阿宝叹息说,沪生到了现在,还讲这种口头语,还谈革命。沪生忽然不响,忽然想到了自身难保,阿宝心里也在"不禁要问"。兰兰说,大妹妹最倒霉,穿棉裤爬山,雪芝倒霉,是五个哥哥姐姐,全部下乡了,讲起来,雪芝条件好,大小姐派头,平时要临帖,打棋谱,集邮票,一卖电车票,马上一副武腔,敲台板,摇小红旗子。阿宝不响。三个人进了小弄堂,后门一开,眼前的雪芝,苗条身材,梳两根辫子,朝阳格衬衫,文雅曼妙。阿宝吃了一惊,1970年代,工厂,菜场,国营粮油店,饮食店,每条公交线路,包括环卫所,可以看见容貌姣好女青年,阿宝看看雪芝,无意之间,想到了夜班电车,雪芝胸前挂一只帆布票袋,座位上方,是昏黄的小灯,车子摇晃,嗡嗡作响,几个下中班的男青年,认定雪芝的班次,每夜专乘这一趟电车,为的是看一眼雪芝,看一看雪芝的无指绒线手套,小花布袖套,绒线围巾,中式棉袄,看雪芝一张一张整理钞票,数清角子,用旧报纸一卷一卷,仔细包好,然后,拆开一叠车票的骑马钉,预先翻松,压进木板票夹,台板一关,移开窗玻璃,小旗子伸出去,敲车厢铁皮,提篮桥提篮桥提篮桥,提篮桥到了,提篮桥到了。雪芝说,阿宝。兰兰推了推阿宝。阿宝发现,眼前的雪芝,吐嘱温婉,浅笑明眸。阿宝说,啊可以下车了。雪芝说,阿宝,几时让我看邮票。阿宝说,我早就停手

○阿宝眼里的雪芝和唱机、唱片以及红木家具,皆属于沧海遗珠。不是抄家时期的漏网之鱼,就是当时趁机到『淮国旧』淘来。

△这一套标准作业方式,系旧上海『英商电车公司』1908年初制定。提篮桥位于虹口区东南部商业区,上海人更多是指此地的同名监狱。上海公共租界工部局于1903年设立,被称为『远东第一监狱』,雪芝此时在阿宝的意识里,同时连喊五个『提篮桥』,对这些『电车痴汉』们,另含一种『触霉头』的震慑力。

•废除高考,小家碧玉,上海大家闺秀,十年间统一分配工作,成为基层行业一代颜值担当。

贰拾壹章 429

了，对了，最近有啥新票呢。雪芝想了想说,"胜利完成第四个五年计划",J8,十六张一套。阿宝笑笑。雪芝说,不过,我只集旧票〔这句说到阿宝心里〕,我哥哥,两个姐姐,安徽插队,另外两个姐姐,黑龙江农场,加上这帮人的同学,信封旧票全归我。阿宝不响,心里不相信,陌生的雪芝,可以讲个不停。桌面上有棋盘,砚台,笔墨。阿宝说,我有一本丰子恺编的《九成宫》〔楷书四大名碑〕,我不写字,雪芝要吧〔献殷勤要早〕。雪芝说,民国老版本,我要的。沪生说,如果1966年,雪芝多写几批大标语,多写横幅,等于多练榜书〔又称"擘窠大字"〕,更容易提高。阿宝说,这要看情况,当时最时髦,就是"新魏碑"了,马路上,到处"新魏碑",我比较恶心。雪芝说,阿宝讲得有意思,字确实要清贵,要有古碑气,要旧气,不可以薄相。沪生不响。雪芝说,"新魏碑"呢,硬僵僵,火气太足,结体就不一样了〔"新魏碑"破的就是旧魏碑的"残破"气息,只取其方硬棱角之势〕。沪生说,一笔一画,峭拔刚劲,激情十足,为啥不好呢。阿宝轻声说,已经吃足苦头了,还要激情。沪生不响。兰兰说,1966年,雪芝还是穿开裆裤,就会写大字了。雪芝拍一记兰兰说,要死了,十三〔即"十三点"之简化〕。大家一笑。兰兰领沪生到楼上听唱片,阿宝与雪芝,落子棋枰,房

〇邮电部于1976年2月20日发行,图案为"农田""灌渠""石油""煤炭""水电""铁路""牧区小学""纺织""造船""职工宿舍"和"商业""研究院""油港""铁路""公社卫生院""小化肥"。这一年距阿宝搬家蓓蒂失踪十年将过,又到了巨变前夕。

•宜兴书法家陈禄渊根据《张猛龙碑》等"旧魏碑"骨架以及晚清张裕钊"墨笔法"所开创,且以近现代"美术字"法度规范,别有一种"印刷体"自带的官威。据说还受到"京剧抑扬顿挫的唱腔"启发,形成了"用笔提按有致以及强烈和紧张的节奏感"。

▲原《水镜神相》:"薄者,体貌劳弱,行轻气怯,色昏而暗,神露不其藏,如一叶之舟而泛重波之上,见之皆知其微薄也。主贫夭。"○上海话"白相",据说即"薄相"之讹。

△不在字体而在于其溢觞,相当于多年后满大街日本江户"勘亭流"体(かんていりゅう)。

○估计不是"卡门",不是俞振飞、言慧珠的《贩马记》,是"志超读信"。

间里静，阿宝想到雪芝卖票的样子，心生怜惜 想到了蓓蒂。这天回去的路上，沪生看了看阿宝说，连输了两盘，肯定是有意的。阿宝说，我一直是臭棋，从来不动脑筋，只是看雪芝，夹一粒黑子，端端正正揿下来，滴的一记，雅致相 雪芝朝阳格衬衫若是长袖，落子要以另手挽袖。沪生不响。阿宝说，棋一动，就晓得对方心气，无论打劫，死活，收官，雪芝根本无所谓，一点不争。沪生不响。两个人到饮食店吃馄饨。阿宝说，沪生，想开一点。沪生不响。阿宝说，小毛发作这天，沪生倒是嘻嘻哈哈，跟银凤又讲又笑。沪生说，是苦笑，懂吧，也是酒吃多了 碰巧小毛也在拳头师傅家吃了苦酒。阿宝说，是吧。沪生说，大家全部是明白人，这一夜，大家全部不对头了，小毛，银凤，我呢，更是不谈了。阿宝不响。想到这一天，阿宝得知沪生家中变故，黄昏赶到武定路，开门先吃一惊，两个房间，灰尘之中，只有两床地铺。沪生无精打采，看看阿宝说，我还可以，沪民情绪不好。沪民裹紧一条棉花胎，一动不动 一副难民相。阿宝大可以请5室阿姨上门帮忙绗一下被面。阿宝拖沪民起来，摸出皮夹说，阿哥，麻烦去买点酒菜上来，大家随便吃一顿。沪民勉强起身，摸一把面孔，下楼去买。阿宝到走廊里，寻着一把破扫帚，四周粗粗打扫。沪生说，我无所谓。阿宝说，搬也就搬了，当年，我搬到曹杨新村，邻居要围观，此地算静 过来人语。沪生不响。阿宝笑说，想起我祖父讲，做官的抄家，完全是应该，抄到生意人头上，千古少见 祖父迂腐。沪生说，为啥。阿宝说，也就是随便讲讲，太平天国，长毛造反，照样一路抄杀，不管官民，这就是革命。沪生说，观点混乱，人呢，还是要以阶级来分，就算到了出事前一天，我爸爸讲起来，是为了阶级，为了国家，不是为个人，我爸爸已经无法退缩，身不由己了。阿宝说，这我全懂，向来如此，只要是上面大领导出事体,也就是打闷包,内部处理,下面一大批人,准备翻船,唐宋元明清,一式一样。沪生说,不多讲了,接受现实,我随便。不久,沪民买来几包熟菜,两瓶加饭酒。三个人闷头吃了,坐到夜里七点半,沪生送阿宝下楼,路上一直乱讲,结果糊里糊涂,两人顺西康路一直走到大自鸣钟弄堂,理发店锁了门,楼下喊小毛,无人答应,转到后弄堂,银凤穿一套月白棉毛衫,靠近水斗搓毛巾。银凤笑笑说,大概是沪生,阿宝对吧 <u>地板缝之下的影子终于对上号了</u>。阿宝说,小毛呢。银凤说,上班到现在也不回来,不要等了。沪生说,不要紧的,我坐一坐。银凤看看楼上,轻声说,还是回去吧 <u>似乎已预感到结果</u>。阿宝说,我以前见过嫂嫂吧。银凤微微一笑说,反正我认得阿宝。沪生笑笑,酒眼朦胧,看见面前少妇,心情松一点。两个人坐进理发店,银凤依了镜台,说笑十多分钟 <u>毛巾不搓了?</u> 想不到,小毛冲进来大发作。事后,银凤抽泣一阵,木然上楼。两个人呆坐许久,沪生说,还是走吧。沪生拉了阿宝,走出店门 <u>酒也醒了</u>。阿宝说,结束就结束。沪生不响。阿宝说,最后再看一看,理发店这一页,也就翻过去了 <u>小珍这一页也翻过去了</u>。沪生看定寂静的弄堂,路灯昏黄,一只野猫穿过。沪生说,如果是结拜弟兄,也许就好一点。阿宝叹息说,人是要变的,情况变了,一切会变。沪生不响。阿宝说,既然小毛要结束,我买账 <u>服气</u>。沪生不响。<u>从旧书上看来的古代"结拜兄弟"仪式,必有"不能同月同日生,但愿同月同日死"之誓言。小毛趁理发馆人齐,与两位"兄弟"结束、拗断、也算是一种不会死人的"同月同日死"。</u>

○上海古玩行切口,指一种不用开封验货的一口价交易,类似美国"过期仓库拍卖"或后来流行的"开盲盒"。

·酿造时加增糯米饭的绍兴黄酒,用水量少,醇液浓度高。

432 繁花〔批注本〕

二十二章

一

走进花园饭店,康总一呆,几个月不见梅瑞,车马轻肥,周身闪闪,名牌犬牙纹高级套装,大粒头钻戒,火头十足,神态,发型,完全两样。两个人落座,客套了几句。康总说,最近,有汪小姐消息吧。梅瑞说,我已经长远不上班,有啥情况了。康总说,我是随便问。梅瑞疑惑说,远兜远转的盘问,汪小姐会有啥消息呢。康总说,是长远不联系了,突然想到。梅瑞说,一定有情况了。康总笑笑说,我找借口,只想跟梅瑞联络,总可以吧。梅瑞笑笑说,康总一入座,就一直盯我看,这是为啥。康总说,面相,打扮,尤其面孔轮廓,跟原来完全不一样了。梅瑞说,不许瞎讲,我不可能整容的。康总说,碰到贵人了。梅瑞看看周围,压低声音说,讲起来,这要几个钟头,最近确实碰到了有相当背景的贵人,我现在,可以老实讲吧。康总说,讲呀。梅瑞说,其实我姆妈跟小开,混到上海,基本也就是硬撑,已经山穷水尽,突然之间,贵人轻轻放一句话,打了一只电话,情况马上就两样了,协议签了字,钞票源源不断进来。康总不响 见面先吃"一呆",开口再吃一惊。梅瑞说,我姆妈跟小开,也就来回飞,西北,上海,香港,日本 当时的外贸术语"国际大循环",用沪生的话来讲,这是政策鼓励的。这种大动作,大项目,大事体,做到后来,非要有自家人帮衬,我只能辞职。康总说,有了奇迹,就一顺百顺,确实搞大了,要是走到马路上,我根本不敢认了,不敢叫梅瑞的名字 虽然尚未缓过神来,随口应付几句也是滴水不漏。梅瑞低鬟说,我也不欢喜这副打扮,全部是为了小开。西北方面呢,跟上海情况不一样,政商两界,有点身价的人,相当讲究穿着。康总说,上海人最会打扮呀 宝总:"会打扮和讲究名牌,不完全一回事吧。"。梅瑞说,现在不对了,越是小地方,越讲究名牌,手面越大,对牌子越是懂,前几天,西北一个县领导对我讲,沿海干部,到底是不一样。我当时不响。县领导讲,最近带了干部,到江苏参观学习,学到后来,不好意思了,人家干部开的车子,也就是一般"帕萨特",裤子皱皱巴巴 华亭路小广东:"这算啥,我老家干部痛饮XO,腿上还带着泥。",工作经验丰富,我手底下这批人呢,每日讲吃讲穿,比牌子,比车子 小开:"名牌吃穿用,我有贡献。"。康总说,这只能够讲,两个地方,道行不一样 西北贫瘠,样样需要"引进",自然要摆一副"迎客"腔调,穿一身"出客"行头。梅瑞说,我广东有一个同学,挂职做副县长,等于做花瓶,做摆设,根本无人理睬,当地的风气,人人忙生意,办公室讲本地粤语,外人根本听不懂,但是西北地方,有一个挂职的女副县长 阿宝:"梅瑞交往的女副县长怎么南北都有。",最近跟我讲北方话说,妹妹呀,我真是想不到,做县长的好处,是真正的好,想不到的好。我讲北方话说,姐姐,好在什么地方呢。副县长讲,身边配一个秘书,从早跟到晚,县长,

○沪生在场,必然频频点头:"这叫工作需要,各是各的小算盘。"○这对宝贵聊起来,各别打趣,故者邀书中各色人等一并参与,旨在把尴尬气氛搞活。

早餐预备好了。县长，车子备好了。县长，今晚有三个饭局，时间路线，已安排好了，请放心 常熟苏安："做秘书，这是最基本的，大惊小怪了吧。"。副县长有一次，想回省城看父母，悄悄打了电话，预备隔日坐火车走，到了夜里，秘书汇报了，县长，明天到省里探亲的车子，已经预备好了，宝马越野车 阿宝："道路崎岖，越野车属于下基层工作需要，上次我和台湾林先生林太太一起去西北。"，下午两点十五分过来，其他内容，也已经备齐了。副县长讲，什么呀。秘书讲，已安排手下，杀了一只羊，准备六只活鸡，包括土鸡蛋，几袋新收小米，四张新硝的黑山羊皮子，一点儿自酿酒，山货土产，环保蔬菜，全部准备齐了，请县长放心 二楼嫂嫂："只只都可以烧出过年的好小菜。赞！"。副县长轻声对我讲，怪不得，人人要当官，原来，做官这样舒服，那叫一个爽 陆太插一句北方话："这叫爽？你确定？姐姐我就算了，千万别当着古太跟前儿提，还不得被她笑死。"。康总说，这无啥稀奇，中国古代做官，完全一样，就是派放到再穷的山沟，照样是肥缺，做官就是享福，完全应该，官就是老爷官大人，人民百姓，永远是小人，长幼有序 沪生正色摆一句话："这是封建社会克己复礼，请不要乱讲。"，有一趟，我跟宏庆到了西北，真是领教了排场，最后搞得宏庆，差一点失身。梅瑞笑说，要死了，男人还有这种讲法。康总说，梅瑞这次回上海，准备住几天 岔开话题。梅瑞说，啥叫失身。康总说，我开玩笑。梅瑞说，我要听，讲嘛。康总说，多年前的事体，我现在是听梅瑞讲。梅瑞笑说，讲呀，啥叫失身 小毛不响。康总无奈说，是有天夜里，我跟几个投资开发老总，住进县招待所，县领导住三楼，一批女工作人员，也住三楼，二楼空关，四个上海来宾，住底楼。当夜开舞会，一个一个女工作人员，走过来，拉上海来宾去跳舞，非跳不可，我比较痛心 沪生："我不禁要问，啥叫痛心？为啥痛心？"。梅瑞说，为啥。康总说，

二十二章　435

语言不通,我讲普通话,对方不懂,对方讲北方土话,我不懂,还有就是。梅瑞说,动作比较大胆拳头师傅:"闲话讲不通,只好靠动作了。"。康总说,个个老实朴素,农村大龄女青年大妹妹:"'大龄女青年'只有上海北京有,乡下啥地方来?",一身蒜苗气,手像锉刀,面孔两团太阳红,长统丝袜,一连串缝过的破洞眼。舞会结束,县领导坚持,四个上海来宾,每人必须住单间,我坚决不同意,县领导笑一笑此处应该不是笑上海人小气,对女青年讲北方话说,大伙儿有什么问题,搞什么咨询,别叽叽喳喳,吵吵闹闹,一堆女人冲进嘉宾房间,要文明,雅观,一个一个,礼貌敲门进去谈,对我们上海老总们,就该细谈,单独谈了,更有效果,听明白吧苏州范总放下酒杯:"为什么我又想起了广州'红月酒店'?"。女青年说,听明白了。梅瑞笑说,康总是嫌避这批女人太土。康总说,脑子有吧。梅瑞说,结果呢。康总说,我一一拒绝,我必须跟宏庆一个房间,四个人,必须住两个标准间梅瑞感叹:"康总与宏庆确实有'同房缘',修得来也要百年朝上。"。到了半夜,宏庆抱怨讲,一人一间,为啥不可以李李:"我想起动不动宣布'自己出去放松'的汪小姐。"。我讲,可以可以,进来一个女青年,讲了几分钟,忽然拉松头发,又哭又吵,宏庆,就摊开合同,准备签字常熟徐总:"上海男人,关键时刻屏不牢、洋盘、憨卵一只。"。宏庆不响。第二日,省报一个记者对我透露,这个县领导,是当地最出名的老色鬼,讲起来开招商会,自家独霸三楼,周围房间,全住了女工作人员,等于三宫六院七十二妃,这批笨女人,其实再卖力,也进不了编制,全部耽误了,如果早一点明白,跟某个乡下男人开心结婚,养个胖小囡,种一点小菜,养几只鸡,养猪,再养一头牛,生活多好。

两个人吃咖啡。梅瑞笑笑说,后来呢。康总说,后来,我就回上海了。梅瑞说,这算啥失身这算守身如玉。康总说,男人已经逼到这种地步，让乡下女人来抢来夺，我当然紧张 常熟徐总："糖衣吃掉，炮弹退回，有啥好紧张。"。梅瑞说，袜子上面，全部是缝过的破洞，真悲惨 汪小姐："惨过赤脚。"，男人也真是坏，假使高级会所呢，一批时髦佳丽，高级香芬，双色盘发，丝质抓皱连身裙，重坠设计拼接半裙，Loewe手握袋，或者编织缎面手拿包，南洋黑白珍珠镶浪花钻项链，胭脂，唇妆，清淡对比，或是金属单一色调的浓妆，这样打扮，这样档次的女人，如果也扑上来抢，来夺，一双顶级袜子上千块，浑身香透，康总哪能呢 汪小姐："梅瑞这是在讲自己吧。"。康总说，有脑子的男人，照样怀疑警惕，女人自动送上门，定归有名堂，除非特定场合 常熟徐总："对的，比方上次在我那里。"。梅瑞说，啥叫特定场合。康总说，只有跑进K房，男人可以无心无脑，胡天野地 北方陆总再鞠躬："实在对不起，上次在昆山真喝大了。"，这种场面，我见得不少，熟客进门，七八个小姐，加上妈咪，直接扑上来，压到沙发里，花笑云愁，香气扑鼻，根本不管客人叫救命，还是叫耶稣，七手八脚，嘻嘻哈哈，上面解领带，下面解皮带，为啥，根本不为小费，见到了恩客，发一发糯米嗲，搞搞活动，有意搞得轻松活泼，做游戏，等于工间广播操，是一种减压，一种热闹 北方陆总正色道："康总，上一次我是认真的。"。梅瑞怫然说，康总变了，以前是静雅的 康太掩口失笑："是吧?"。康总不响。梅瑞说，是不是因为，上一次我不答应，心里就痛苦，就要去这种无良地方，去解闷，去堕落，或者，是狐狸尾巴露出来了 一个是拼了老命要把自己摘出来，一个是挖空心思要把对方装进去。康总说，我哪里会，这个世界，就是两厢情愿，我只是讲讲风景，懂吧。梅瑞说，我见的老总，全部是大领导，相当斯文了，最多也就是。梅瑞不响。康总说，最多是啥。梅瑞不响。康总说，见了面，先送两打法国高级丝袜。梅瑞说，啥。康总笑说，我是开玩

二十二章 437

笑，以前上海房地产大亨沙逊，勾引女人，见面就大量送丝袜。梅瑞笑说，厉害的，女人一定会激动。康总说，开玩笑，现在大领导出手，比沙逊厉害多了葛老师呷一口雀巢咖啡："送丝袜算啥，这只外国翘脚，见到混上海的美国女作家项美丽，当场送一部最新款雪佛兰轿车。"梅瑞不响。康总说，但是美女也多，我一次去北面，拜见大老板，大领导，对方先带我游泳，进门一看，桃红柳绿。梅瑞说，模仿杭州西湖。康总说，室内泳池，四面摆了沙滩椅，周围三三两两，七七八八美女，三点泳装，玉腿横陈，有的立，有的坐，眼睛带电，每个美女，划有活动地盘，连接池边小房间，就是小K房 小开："啥人喊我？"，每间有门帘，美人立到池子旁边，半掩门帘，不断招呼领导，生张熟魏，张老总，李领导，一旦牵了手，走进小间，帘子一拉，唱男女两重唱，或者其他。梅瑞说，少见。康总说，这是男人地盘，一般女人，哪里有见识。梅瑞不响。康总说，现在官场，时髦当场题字，这天老领导高兴了，当场题诗一首，北国江南美人多／温水游泳好个冬／吴娃芙蓉双双醉／朝朝暮暮浴春波 妹华不响，左右各翻一个白眼。梅瑞冷笑说，我完全懂了。康总说，女人自认为懂，往往根本不懂。梅瑞说，啥。康总说，漂亮女人，周围总是奉承，也就看不到本相，真正懂世界的女人，条件长相，比较差，其次就是小姐，妈咪，只有面对这类女人，男人可以随便暴露本性。梅瑞说，讲得我头昏了，我要问一句，比如讲，有一个男人，极力包装一个女人，啥意思。康总说，我不了解。梅瑞说，开始，这个女人根本不习惯，夜夜跟男人去应酬，出门前，男人讲明饭局背景，某人最重要，某人可以不理睬，样样分析研究。康总说，这是老手了。梅瑞说，台面上一问一答，

○埃利斯·维克多·沙逊，上海房地产大亨，英籍犹太人，世袭准男爵。因"一战"中参加英国皇家空军左脚致残，上海人称"翘脚沙逊"。喜欢混娱乐圈，好结交女明星。

记得ABCD重点，出门前，先吃一只小面包，一杯白糖水，普通白糖水最解酒，冰糖水，盖碗八宝茶，包括"千杯不醉"等等解酒药水，无效。康总说，厉害的。梅瑞说，穿衣裳，也是死讲究，黑鸢色套装，要严肃，尽量少笑，眼神要贵气，枇杷色，槟榔色袒胸裙装，如果对方随便，可以放松一点，逐渐嗲一点，真要胡调，比如薄香色袒胸酒会裙，细跟皮鞋，总之，神态样子，香水牌子，味道，眼影，粉饼，口红，首饰，手包，走势，每样预先想定 李李对阿宝耳语："像澳门'保养部'做的事体。"。康总不响。梅瑞说，大领导，一般比较清正，严肃，不大会笑，可以坐近一点，开始不可以出格轻浮，酒多之后，对方手滑过来，不要大惊小怪，也不要麻木，反应要敏感，态度要复杂，对方搭腰，贴面，完全允许，西式礼貌，眼睛要有精神 沪生："我不禁要问，这是'西式'还是'西北式'？"，也可以朦胧，表一点心情，露一点内容，总之，只有回去后，半夜接电话，可以自由调情，完全放松，因为有距离，也因为是夜里，是接一个电话。康总说，戏做得深了，知识面广，这对好男女，再加一点花头经，申请一个许可证，可以开一间交际花高级研修班 常熟徐总："我负责免费提供场地。"。梅瑞说，这种过程，天天有变化，女人比较紧张，后来学会胡调了，推三阻四，会嗲会笑，有一天，女人忽然感动了，感觉到，这是身边男人的 ○以上这一套，深得鲁迅教诲之精髓："与名流者谈，对于他之所讲，太不懂之处，不懂之处，不懂之处，偶有不懂之处，彼此最为合宜。" 一种关心，是以前受不到的照顾，是真体贴，讲起来，应酬是目前的重要工作，事业正朝预想的目标发展，相当有成就感 玲子一掀门帘："十三点！"。康总说，人心是肉做的，这个女人，已经动心了。梅瑞说，男人对女人讲，目前要以事业为重，两个人，即使有了想法，环境不方便，以后再讲 二楼爷叔冷笑："环境不方便？想想小毛和银凤。"。

康总说，确实不方便，旁边有眼睛，有耳朵。梅瑞说，康总像是明白了，讲讲看，这女人的名字。康总说，不便讲，我是推测，这种关系，一定还有好故事，情节曲折。梅瑞吃一口咖啡，低头不响。康总说，烟雾一多，肯定有火头 陶陶："当心搞出天火烧。"。梅瑞不响。康总说，我只问一句，这位国家一级男教授，是啥人。梅瑞说，是我朋友。康总说，这女人呢，梅瑞说，我同学，某合资公司商务代表 阿宝："副县长也下海了？"。康总说，公司开啥地方，是不是西北。梅瑞看看周围，鞋跟轻轻一顿说，康总，又开始包打听了，我一向喜欢用别人举例子，为啥样样要让我讲明白 "不主动"是梅瑞底线，不幸也是康总的。两个人不响。康总吃一口咖啡说，我去过一次女子教养所，朋友是警察，加了我，以及所里女管教，三人进走廊，两面是监房，走到每间监房口，我立停，朝里一看，里面六个女犯，端坐小板凳，仔细做手工，也就立正，齐声一喊，首长好。我再走一间，门口一停，六个女犯立起来讲，首长好 沪生父亲："乱弹琴。"。女管教对警察说，实在心烦，昨天解过来十一个女人，搞啥名堂，全部有头虱了，吓人吧 刘白虱笑笑："来来来，一道晒太阳。"，分局的卫生工作，也太差了吧。我问管教，此地的女犯人，是为啥关进来。女管教摇手讲，不谈了，不谈了，这个社会，总归这副样子，男人做的案子，一个比一个聪明，女人犯的法，一个比一个笨，笨到家了。梅瑞听到此地，放下杯子，想了许久说，康总这样讲，是啥意思，我根本听不懂 梅瑞收到小开发来一条短信，是《大话西游》一段台词："悟空，你想要啊？你要是想要的话你就说话嘛！你不说话我怎么知道你想要呢，虽然你很有诚意地看着我，可是你还是要跟我说你想要的，你真的想要吗？那你就拿去吧！你不是真的想要吧？难道你真的想要吗？"。

○电影里，被审讯者往往在深吸一口烟之后开始坦白，康总这时吃过一口咖啡，是准备放大招了。

两人无语。康总说，好不容易见一次面，讲了一堆别人琐事，乱开无轨电车，有意思吧 沪生："应该展开批评与自我批评。"。梅瑞不响。康总说，梅瑞真的变了，原本跟汪小姐坐办公室，是讲讲山海经，吃吃零食，现在挑了重担，志向深远。梅瑞吃一口咖啡，叹息说，只是，我跟我姆妈的关系，越来越紧张了，以前算摩擦，现在是吵，三个人，我，姆妈，小开，关系搞不好，烦。

○表面夸奖，内心是失望。几个月不见，梅瑞事业突然"搞大"，原本"骨多肉少"，密密层层，浑身滚遍虾籽，表面麻麻小刺，内里深淡淡，滋味复杂"的一片姑苏"虾籽鲞鱼"，突然香袭凌厉。"虾籽鲞鱼"，浓香袭人的西北烤全羊，成一匹四脚朝天，弹眼落睛，一时真吃她不消。

。。。。从"只是"开始，全然未听出"志向高远"的话外音，一门心思要将康总扯进"吃人情感纠纷，以乱局逼他先表态"，"摆一句话"。

康总不响。梅瑞说，我一时觉得，姆妈坏，小开好，一时觉得，姆妈好，小开坏，讲出来难为情 梅瑞亲爹一拍桌子："都不是什么好东西。"。康总说，我懂的。梅瑞说，感情与事业，像两根绞莲棒，扭来扭去，绞来绞去，我已经绞伤心了 钟大师："梦到这两根绞莲棒，其实是两蛇缠身，不妙了。"。康总不响。梅瑞说，公司情况，当然是好的，我感情这一块，是玻璃橱里的蛋糕，看得见，我吃不到。康总说，母女感情，还是男女感情。梅瑞低头说，我不想讲得太明白。康总不响。梅瑞说，经常觉得闷，日里忙事业，夜里讲得难听点，当然想男人 银凤眼泪汪汪看定梅瑞："阿姐。"，样样得不到，要候机会，要等，二十四小时等于做地下工作，我现在晓得，地下工作真了不起，以前看电影，地下党，就是穿件旗袍，听组织安排，今朝做三层楼发电报男人的假老婆，明早戴一条珍珠项链，当银行家太太，礼拜天，跑到黄浦滩的公园里，假装看报纸，其实是接头，两个人见面，要装陌生人，情报到手，看看四面风景，人就漂亮。我现在，同样是做秘密工作，一样性命交关，一点不比地下党差，只少了一条，不会捉进国民党司令部，日本宪兵队，不会

二十二章　441

吃老虎凳,也不灌辣椒水 阿宝爸一声冷笑:"热你的大头昏!"。康总说,难讲了,现在有SM,有的女人,心甘情愿,喜欢受刑罚,情愿皮带抽,吊起来最适意 常熟徐总:"这就上路了,让女人瞎讲,跟牢伊,一直讲到大闸蟹乘飞机,远天八只脚。"。梅瑞说,我好好讲一点心事,康总就开始打嗙,讲戏话。康总不响。梅瑞说,昨天我想一想,真也不想做了,还有啥意思呢,我准备回上海了,准备离婚。康总说,上一次不是讲,已经离婚了 沪生:"办离婚可以找我。"。梅瑞笑笑说,我只要回到了上海,跟我姆妈的关系,也就恢复了,上海有我朋友,比如康总,阿宝,沪生,上海女人,跟上海男人最讲得来 阿宝、沪生面面相觑:"搭界吧?"。康总说,小开也是上海人呀,三个人一道工作,有啥具体矛盾呢 继续装糊涂。梅瑞说,康总又准备打听了,我不想再提这个人了,讲起来,小开算上海人,早就去了香港。康总说,人跟人,完全是一样的,毫无地方分别。梅瑞说,我喜欢讲规则,讲信用,领市面的男人,对待女人,先要真心实意,不吊女人的胃口。康总说,一样的,现在社会,真心真意的女人,也比较少了 双方扯平。梅瑞一笑。康总说,洋装瘪三,越来越多了,包括旧社会的"荷花大少"。梅瑞说,啥意思。康总说,阮囊羞涩,性喜邪游 故做"狭邪游",夏天穿得漂亮,有几副行头,到了冷天,衣裳就差远了 葛老师:"四马路妈咪,眼睛最毒,有一种客人,只有夏天出现,天一冷不见人影,为啥?天热最多丝绸长衫,冬天就要皮袭,空心大老倌,钞票摸不出,只好逃了。"。梅瑞笑笑。康总说,上海人过去讲,"不怕天火烧,就怕跌一跤"。梅瑞说,啥意思。康总说,房子是租来的,烧光无所谓,自家西装,一百零一身,跌了一跤,穿啥呢 转弯抹角,句句直怼小开。梅瑞说,等于我姆妈讲的,身上绸披披,屋

○插科打诨,北方话"扯闲篇儿",也写作"打棚",鲁迅《"京派"和"海派"》:"我也可以自白一句:我宁可向泼辣的妓女立正,却不愿意和死样活气的文人打棚。"

里看不见隔夜米 梅瑞亲爹:"讲的就是我女儿。"。康总笑笑说,已经讲了一大串,梅瑞到底要谈啥。梅瑞笑说,我也不晓得谈啥,开无轨电车,可以吧。康总说,讲起来,小开是资产阶级出身,到资产阶级香港住了多年,见多识广,事业有成,总应该开开心心 李李:"资产阶级澳门我也住过,也算高级白领,不过真没啥好开心的"。梅瑞说,又提小开了,我不会讲一个字的。康总说,梅瑞与小开,到底有啥矛盾。梅瑞说,我不想讲。康总说,坐了半天,东讲西讲,心里闷,男人坏,到底想谈啥 花园饭店Rose咖啡厅女服务员:"咖啡要续杯吗?免费的。"。梅瑞说,我发昏好几天了。康总说,总结起来,事业上,梅瑞有声有色,母女关系紧张,感情不满足,欢喜某个男人,由于种种原因,只能等 一切把自己先摘出来的总结,总这样客观到位。梅瑞点头说,也许是这样。康总说,我想到一句言论。梅瑞说,讲。康总说,女管教讲的,男人做的计划,一个比一个聪明,女人做的计划,一个比一个笨。此刻,梅瑞眼睛睁大,身上的爱马仕套装,爱马仕丝巾,爱马仕胸针,忽然一抖 小琴:"姐姐这件爱马仕手感实在好,香港进的?价钱肯定是我摊头同款十倍朝上。"。梅瑞说,我听讲这些年来,银行高管外逃太多,最近上面表示,今后多让女人做高管,女人比较守责,比较老实,这就等于讲,女人胆了小,比较笨,心思比较定。康总听了,朝沙发上一靠,哭笑不得 绍兴阿婆扇子摇摇,摇出绍兴童谣,"癞痢背洋枪,洋枪打老虎,老虎拖小人,小人抱公鸡,公鸡叮蜜蜂,蜜蜂刺癞痢。"。

○康总其实已扎出苗头,即"贵人相助"和小开生意的种种不靠谱,借女管教之言,算是给梅瑞提个醒。

二

阿宝与沪生,走进西区一幢法式花园,徐总出来迎接,此地

二十二章　443

是徐总上海公司总部,安稳静雅。三个人到客厅坐定。徐总说,我要感谢沪先生。沪生说,不客气,先汇报情况,丁先生的藏品,做一本画册,绰绰有余了,出版社少量包销,精装还分AB两种,每册码洋八百块,老实讲,这是出版社吃进的一块肥肉,我可以拿回扣,这全靠徐总带我出来混到底做过几天采购员。徐总大笑说,讲啥笑话呢,无论如何,我同老丁,是靠沪先生指路,靠沪先生混,我要谢的。阿宝说,西北方面,摄影师已经选定,两间库房里,几百件名堂,一张一张拍照"夫作事者必于东南,收功实者常于西北"《史记·六国年表》,常熟老房子里几十件,也要重新认真拍。徐总说,北方人讲,好饭不怕迟,老丁过意不去,下个月,想请两位高人,飞一趟西北,走走看看。阿宝说,我排不出空来。徐总说,西北朋友多,但现在,要请我夜里出门,已经谢绝。阿宝不响。徐总说,不是寻女人,是去觅宝,一般是探洞打到一半,老丁请一顿饭,价位与尺寸,台面上讲定,中人协调,一口价,小墓,一般付两到四万,中人收进,大家连夜下乡,到一个小村,老乡备了锄头铁锸,一群人走夜路,到了地点就挖,一小时见分晓,挖出金银财宝,还是几根骨头,全部归客户,不论中头彩,摸空门,自家吃进这才是如假包换的"打闷包",记得最后一次夜出,墓室太浅,中间直接掘开,结果发现,历代已经盗掘多次,剩一堆骨头,电筒照来照去,泥里只见一只金戒指,唐朝公主格调,有波斯纹特征为"波形连缀式"或"圆形连续式",图案左右相反交错,等于古代高级进口首饰。大家收工,我与老丁回城,天已经亮了,到了我房间,老丁讲,如果挖到了好名堂,大概要出问题。我讲为啥。老丁讲,这一次,阴气特别森,这批人有问题,说不定,弄到后来,我跟徐总,是活埋完结。

○唐代金器含金量约七成,其余为铜或银,约等于今之18K金。若是"进口波斯金",基本元素以铜为主。

我笑笑讲,不可能的。老丁讲,电筒光一照,发现这批人,个个青面獠牙,凶杀犯一样 荒山野地被手电筒照到不像杀人犯,是真好看。我听了,当时是笑笑,其实我的心情,与老丁一样,照这一行的规矩,掘开墓,就要掩埋,要上香,这一趟收场,眼看唐公主曝尸旷野,中人也不管,带了人马就离开了,老丁深受刺激,戒指当场塞到我手里,关门走了。戒指摆到我房间的小台子上,第二夜,房间墨黑,台面有一道亮光,过五分钟,又亮一次,我一吓,看看戒指,想到了唐公主的手节骨,我吓了,只能开电灯,整夜看电视,第三夜,我叫了一个按摩小姐上门推油 看电视和推油可以辟邪,做到一半,小姐的眼睛,一向是尖,看到了金戒指,赤了两条大腿,上手就戴,我一吓 半裸状态更有"尸意"。小姐讲北方话说,老公,这是我姐姐的,还是哪个小三儿,哪个狐狸精的。我讲,现在不要动,不要过来。小姐讲,干嘛呢。小姐手指雪白,戒指金黄,白肉配黄金,实在好看。我讲,喜欢就戴走。小姐张大嘴巴,开心至极,定归要为我,再做一个全套,要陪夜 搞不好会亏本。我讲,现在不要过来,不要过来,我要休息,结束了。我一面付钞票,一边讲,谢谢关照,谢谢谢谢,谢谢谢谢谢谢。阿宝和台湾林太、上海康总、常熟徐总,三次提到西北之行,邪祟无役不与,第一次是沙漠金矿遗址遭遇"西方黄金大仙",第二次招待所农村大龄女青年贴身强迫签约,这次是阴森墓穴挖唐朝公主脏骨,——钟大师掐指一算:"西北卦象为乾,五行有金有水,上海在正东,属木,前往西北发展,所到之处若在西北偏北,遇水则生;若是偏西,逢金必败。还有,北方虽是大吉,却也不可过北,水大则涝,草木易朽。"○事已过三,梅瑞母女要当心了。

○西北夜生活,康总、庆是小镇官方招商舞会以及"个别咨询",徐总和丁总是盗墓。

三个人吃了几口茶。沪生说,照片拍两套,我转送青铜器权威过目,再转请马老过目,题写书名。徐总说,添麻烦了,等画册印出，全世界博物馆，我全部要寄，新闻界，大小领导干部，关系户，亲眷朋友，人手一本，接下来，就做私人博物馆，常熟的房子，也会做博物馆"洗古董"至此圆满完成闭环。沪生说，国外有记录，私人博物馆，过不了三代，古董收藏，老实讲，就是一个人代为保存几十年，也就这点作用。徐总不响。沪生说，压箱宝，一般遇到了三D，就要抛了。徐总说，三啥，三围。沪生说，碰到欠债Debt，离婚Divorce，死亡Death，宝贝就转手，等于张三保存四十年，李四收进，传两代，流到王五手里，王五跟了古董，一同葬棺材，埋两百八十三年，人烂光，古董掘出来，流到赵六手里，三十年后，小辈转让，李七买下来，因为太喜欢，再进棺材，闷了一百三十一年，然后。阿宝看看手表说，讲下去有底吧 再扯下去阿宝要开讲集邮和收藏的相似性了。沪生说，古董不生脚，可以到处乱跑，寿命比神仙还长。其实人是死的，古董是活货。徐总不响。阿宝说，国际标准，捐出来最太平。徐总说，讲是这样讲，我看五十年代的捐赠人，领到国家一张纸头，比如"热爱祖国"奖，眉花眼笑。阿宝说，总比抄家好吧，全部搬光，发一张清单。沪生说，讲起"文革"这一段，阿宝总是恨 说到恨，沪生远在阿宝之上，而沪生只能不响。徐总说，现在有些名人家属，专门去博物馆上访，要求补贴，要求工作，要房子。沪生说，据说有个老太，提了最低要求，只求发还一件祖上珍宝，一只小碟子，或者一只小缸杯，就可以了，如果真能到手，老太的房子，车子，包括贴身丫鬟，男女保姆，一道坐环球邮轮海景包厢半年，也用不光 若是鸡缸杯，航空母舰也可以考虑了。徐总说，已经是国家财产了，可能吧。阿宝说，外国博物馆，一年几百亿私人捐赠，此地一般是做光荣榜，刻个名字，帮家属装一只空调，写篇文章。徐总说，要死了，我的子孙，会这副样子吧。沪生说，上海人讲，老举不脱手，脱手变洋盘。徐总说，我一直不脱手，一直捏紧，领导就另眼相看，年年上门拜年，嘘寒问暖 一怕贼惦记，二怕领导不惦记。沪生看看手表说，徐总，我另有约会，先走一步。徐总说，多聊聊嘛。阿宝说，改日再会吧。沪生告辞。

○ 上海人世代口口相传之金科玉律，译成北方话，"不见兔子不撒鹰"、"只有傻逼才会先交货后收款"。《地雷战》里的"不见鬼子不挂弦"亦是此意。

徐总陪了阿宝踱进小书房。阿宝敷衍说，小巧玲珑。徐总说，我喜欢小地方，北方做官，包括大老板，喜欢大办公室，旁边往往摆一张床，甚至双人床，摆一对绣花枕头，甚至密码锁的套房，里面有私人卫生间。阿宝笑说，双人床摆进办公室，我始终不理解，尤其看到绣花枕头，我总是一吓。徐总说，此地工作午餐，最多一小时，北面两三个钟头，排场就不一样了，上个月，我跟一个煤老板谈生意，房子格局，比刘文彩庄园

・上海人鄙夷事物，本取自称"受到惊吓"。

△ 刘文彩，民国川西大土豪，1960年代四川美院创作大型泥塑群像《收租院》，所塑造的剥削压迫贫下中农场景，一时全国闻名，成为"恶霸地主"代名词。

大多了，墙头装电网，警卫拿长枪，我跟朋友敲门求见，送上名片，警卫关门退进去，煤老板看了名片，先到私人家庙，就是佛堂里，求一支签，如果签文好，放客人进门。如果下下签，免谈，一礼拜后再来 家里有矿。阿宝看看手表说，私家煤矿，接通国矿，借风借水。徐总说，私人铁路一扳道岔，连接国铁，生意太大，门庭要谨慎。阿宝忽然发笑说，我今朝来，眼看徐总天南地北，可以一路讲下去。徐总说，啥。阿宝说，一直讲到天黑，有啥意思呢。徐总不响。阿宝说，我几次打电话来，徐总只讲其他，主要情况，闭口不谈。徐总说，我有啥情况 这是预审室口气，只差"台子一拍说，喂，此地是啥地方，晓得吧？"。阿宝说，苏安上次到包房发难，消息已经传到了外地，人人晓得，汪小姐有了徐总的骨血，徐总照样笃定泰山，虱多不痒。

二十二章　447

徐总说，我无话可讲。阿宝说，徐总当夜拖了苏安，离开包房，服务员就讲，两个人一上车子，就走了，以后再不露面，也不来"至真园"吃饭。徐总说，瞎讲有啥意思，我忙生意呀，苏安这一趟发火，基本是发昏，无意中接到汪小姐怀孕诊断的传真，因此吵得乱糟糟，唉，我现在，伸头一刀，缩头也一刀，只能不管账了。阿宝说，已经是老游击队员了，吃酒会吃出一个小囡来嚛。徐总叹息说，李李一定以为，是我成心灌翻了汪小姐，天地良心，其实当时，两个人上楼进房间，阿宝是懂的，男人酒多了，根本做不动这种生活，但这天我床上一倒，汪小姐就有本事做 技不压身。阿宝不响。徐总说，我稀里糊涂，觉得这个女人厉害，之后，汪小姐放了热水，拉我去氽浴，然后，放唱片，倒茶，处处体贴。阿宝说，啊。徐总说，女人酒醉，十有八九是装的 男人装酒醉，十有七八是为女人，汪小姐，为人冷静周到，两个人从浴缸里起来，讲讲谈谈，忽然又嗲了，要死，我晓得不妙了，"盘丝洞"明白吧，盘牢不放了 央视版《西游记》已播十年朝上，人人懂。阿宝不响。徐总说，等于做了捉对蚕蛾，这次是一雌一雄，死也不放了，表面看上去，一动不动，等于缚手缚脚，最后，只能再次缴枪，输光为止 小赌怡情，大赌伤身。等汪小姐回了上海，每天就来电话发嗲，我晓得，这就难办了，生意也忙，就退一步，见我不声不响，汪小姐怀疑，是李李从中作梗，就讲了当年，如何帮李李，李李如何精怪，最有心机，喜欢勾引成功男人，港台男人，只等对方七荤八素，接近临门一脚，李李忽然就不理不睬，"引郎上墙我抽梯"，辣手吧，李李肯定是变态，心理有问题 不肯定，但直觉也不是空穴来风，再有，如果去浴场，李李从来不脱

○ 有点像沪生说他爸：'讲起来，是为了阶级，为了国家，不是为个人，我爸爸已经无法退缩，身不由己了。'

男人装酒醉，十有七八是为女人

央视版《西游记》已播十年朝上，人人懂

• 冯梦龙《醒世恒言》卷三：'你贪我爱，割舍不下。一个愿讨，一个愿嫁。好像捉对的蚕蛾，死也不放。'

不肯定，但直觉也不是空穴来风

光,肚皮包一条白毛巾,肯定开过封的,养过了小囡,有了花纹,有针脚,怕暴露,因此怕结婚。我听了笑笑,告诉汪小姐,对于这种私人八卦,本人毫无兴趣。听到这里阿宝心中不知是何滋味。好了,电话里开始哭,作。之后忽然就讲,月信不来了,身上是有了。我根本不相信,马上传过来一份怀孕诊断。我晓得,事体搞大了,我决定面谈。但这只女人,电话里跟我讨价还价,非要开房间碰头,我只答应咖啡馆见面。有天见面,我对汪小姐说,其他少谈,开价多少,让我听听看。汪小姐说,谈也不要谈,小囡,一定是要生的。我当场就光火了,一走了之,仍旧电话不断,接下来,电话忽然不打了,我后来明白,是苏安看到了传真,寻到汪小姐,警告多次,汪小姐不松口,苏安紧盯不放,汪小姐就转风向,一声不响,电话不接,逼得苏安,最后吵进饭店来。阿宝笑笑说,我明白,徐总是感觉摆不平了,就叫苏安出马。徐总不响。阿宝说,我开初以为,是苏安吃醋了,其实,是徐总搞的舞台总策划。徐总说,随便分析。阿宝说,这次汪小姐与三位太太吃饭,绝好的机会,徐总就通知了苏安,来一个杀手锏,回马枪,不管旁人对苏安,有啥看法,如果摆不平汪小姐,也就横竖横"横下一条心"或"破罐破摔"之意,无所谓,出一口恶气阿宝一直在同情苏安,此情真不知所起。徐总说,随便讲,我无所谓,我跟苏安,真的无所谓,以前是有过一段,我担心生米变熟饭,就冷了下米,苏安比较识相,懂事体,一直尽心意尽力帮我,常熟这一次,我拖了汪小姐上楼,走进卧室,呵呵,我越讲越多了,不讲了无意中审出了苏安与徐总一段前情。阿宝说,现在不讲,吃点酒再讲。徐总说,常熟这间卧室,其实有一道暗门,我与汪小姐进房间,苏安哪里会放心,开了暗门进来看,当场就看不下去,冲进来,拖紧汪小姐头发,两个人扭成一团,汪小姐当时一丝不挂，毫无平衡能力，苏安精明，下面有客人，因此落手闷头闷脑，不声不响，不打面孔，我用足力道，推苏安出暗门，锁紧。汪小姐的大腿，腰身，已有不少乌青红紫，又哭又嗲，见我态度坚决，也是得意，我现在想想，当时苏安冲进来，真不是辰光 不是时候。阿宝说，为啥。徐总说，真不懂还是假不懂。阿宝说，老法师面前，我懂啥。徐总说，古代有一种说法，主人要招丫鬟，事先要跟夫人做一趟，然后到厅里招聘选女人，就眼目清亮，不会失真，不会点错人，某人贤惠，某人乖巧，一目了然，如果缺这一步，心相完全不对了，判断上面，容易犯低级错误，苏安如果迟半个小时冲进来，两个人刚刚结束，我准备沆浴，浑身无力，心里厌烦，如果苏安这个阶段进来，也许，我就随便这两个女人打到啥地步了，我是不管了，肯定不会去拉，汪小姐，一定也是手下败将，也许最后认真搏斗，就会破相，结果呢，客人全部冲上来看，真相大白，一塌糊涂，这桩事体，也就不会闷到现在了，也不会接做第二春，做出肚皮里的麻烦事体来，因此，要讲好人坏人，我是最坏，最恶的男人了。阿宝说，恶到极点。徐总笑笑，表情自然，看起来并不愧怍。阿宝叹息说，这个苏安，真是徐总长期利用的一件道具，悲。去常熟前，阿宝与徐总素昧平生，如此穷追不舍，既像是八卦好奇，又像要替汪小姐讨个说法。前者人之常情，后者似可理解为念及旧情；而李李作为常熟之行发起人，也勉强算是汪、徐孽缘之中介者，负有间接道义责任，因此阿宝此举亦可被视为帮现任解套。然而，那腹中块肉究竟姓徐姓宏庆，汪小姐本人都无法肯定，只是出于某种"不可告人尽皆知"之目的单方面"倾向于"锁定徐总——这一直是宝、李所知之事实，阿宝此时却一字不提，只一味逼徐认账，完全没有表现出一个"上海好人家"出身的成年人应有的得体举止——按住宏太、瞒住宏庆、保住胎儿、屏蔽苏安，一切待母子平安再说不迟。因而，阿宝实际发挥的作用，是受作者派遣，从徐总嘴里套出了"争先恐后奔向终点的好故事"，作用正如李渔在《无声戏》里说的那样："说到审奸情，就像看戏文的一般，巴不得借他来燥脾胃。"身为小说人物，阿宝徐总，俱是作者笔下"长期利用"之道具、傀儡，都是苏安一样的命。

贰拾叁章

壹

一次阿宝说，雪芝，我来乘电车。雪芝说，好呀。阿宝说，真的。雪芝说，乘几站，还是几圈。阿宝说，曹家渡到提篮桥，我乘两圈。雪芝说，可以。阿宝说，要我买票吧。雪芝说，买啥票。阿宝说，我上来就坐。雪芝说，当然。阿宝说，坐前面，还是后面。雪芝说，坐我旁边**免票，还升舱**。阿宝说，碰到查票呢。雪芝说，就看阿宝讲啥了。阿宝说，讲啥。雪芝笑起来。阿宝说，讲啥呢。雪芝笑了。

○13路电车，曹家渡起，经停武宁路、叶家宅路、常德路、江宁路、恒丰路、火车站、晋元路、山西北路、四川北路、吴淞路、商丘路、高阳路、东长治路，终点提篮桥。

•旧上海英商、法商电车公司劳资矛盾，部分与资方派稽查上车检查售票员参与私吞票款行为有关。

阿宝说，明白了。雪芝说，讲讲看。阿宝说，我讲了。雪芝睁大眼睛。阿宝说，我就讲，我是雪芝男朋友。雪芝笑起来说，聪明，也是坏。两个人笑笑。阿宝沉吟说，真的不要紧。雪芝笑笑。阿宝说，我的单位，是小集体，雪芝是全民，不可能的。雪芝说，可能的。阿宝不响。当时男女双方，所属单位的性质，极重要，小集体与全民，隔有鸿沟**"小集体"和"全民"之间还隔着一个"大集体"，差两个档次**。曹杨加工组，像模像样，有了门房，有了电话，阿宝做了机修工，总归是小作坊。但雪芝照常来电话。5室阿姨说，阿宝，电话又来了。阿宝拎起电话，是雪芝的声音。有次雪芝说，阿宝，我下礼拜过来。阿宝想想说，最好这个礼拜，小阿姨去乡下了。雪芝说，是吧。到了这天，雪芝来曹杨新村看阿宝。下午一点钟，天气阴冷，飘小清雪，新村里冷冷清清，房间里静。阿宝倒一杯开水，两人看邮票，看丰子恺为民国小学生解释《九成宫》。后来，雪芝发现窗外的腊梅。阿宝说，邻居种的。雪芝说，嗯，已经开了，枝丫有笔墨气。阿宝说，我折一枝。雪芝说，看看就好了。阿宝不响_{愈发自惭形秽了}。雪芝说，真静。阿宝说，落雪了。雪芝说，花开得精神，寒花最宜初雪，雪霁，新月_{袁宏道粉丝又多一个，真同"道"中人也}。阿宝不响。两个人看花，玻璃衍出一团哈气，雪芝开一点窗，探出去，雪气清冽，有淡淡梅香。雪芝说，天生天化，桃三李四梅十二，梅花最费功夫。阿宝说，这是腊梅，也可以叫真腊，黄梅。雪芝说，也算梅花呀。阿宝说，我记得一句，寒花只作去年香。雪芝说，梅花开，寒香接袂，千株万本，单枝数房，一样好看。阿宝说，嗯。雪芝不响。阿宝说，我有棋子。雪芝摇手说，算了。阿宝说，为啥呢。雪芝嫣然说，阿宝不认真的。阿宝笑笑。雪芝说，我只记得一个对子，棋倦杯频畫永，粉香花艳清明_{宋代赵闻礼《风入松》}。雪芝伸手，点到窗玻璃上，写几个字。阿宝觉得，眼前的雪芝，清幽出尘，灵心慧舌，等于一枝白梅。两个人讲来讲去，毫不拘束_{昔日与蓓蒂细数百花邮票之美好时光重现，伊人却已"寒花只作去年香"}。一个半小时后，雪芝告辞。两人走到

○ 历代画梅皆以枝干为重。讲究新条老干粗细、疏密、虚实及走势对比。新枝以直线一笔到顶；老干折方硬，虬曲凌空；势或斜刺或扶摇而上；用"飞白法"复加乾皴，墨勾勒，触于目而运于心。

△ 宋代陈师道《次韵李节推九日登南山》："平林广野骑台荒，山寺钟鸣报夕阳。人事自生今日意，寒花只作去年香。巾欹更觉霜侵鬓，语妙何妨石作肠。落木无边江不尽，此身此日更须忙。"

• 种桃树三年始实，栽李树需四年，梅则更待十二年之久。典出《埤雅·释木》："白头种桃。"又曰："谚曰：桃三李四、梅子十二。"

453

大门口,想不到碰着小珍。阿宝有点尴尬,闷声不响,陪雪芝走到车站,又遇见5室阿姨,撑一把伞迎面过来,纷纷雪花,碎剪鹅毛,伞显得厚重。5室阿姨看定雪芝,对阿宝说,冷吧,要伞吧"伞"谐音"散"。阿宝笑笑。隔天上班,5室阿姨说,女朋友啥单位的。阿宝说,电车售票员。5室阿姨说,哼哼,七花八花,七搭八搭,搭到全民单位女朋友了,这要请客的 等于1980年代初男性公交车司机搭上了空姐。阿宝不响。5室阿姨说,小珍见了雪芝,就对我讲,明显是"上只角"的面相。阿宝说,啊,阿姨跟小珍,现在还敢来往呀。5室阿姨说,当然了,不像有一种人,翻脸无情,说断就断,做人要凭良心。阿宝不响。此后,阿宝不便再请雪芝来曹杨新村,改坐电影院,逛公园,有时,陪雪芝到电车里做中班,如果雪芝卖后门车票,两人可以多讲一点,前门卖票,离司机近,比较无聊。之后有一次,阿宝到安远路看雪芝,两个人落子纹枰,未到中盘,外面进来一个五十上下的男人。看了阿宝一眼,上楼片刻,也就走了。棋到收官,雪芝说,这是我爸爸。阿宝一吓,陌生男人目光,当时闪一闪,像一粒黑棋,跌落到棋盘天元上 棋盘正中央的星位,坐标点K10。阿宝有点慌。雪芝敲敲棋板说,又乱摆了,又来了,专心一点呀。

・人未到中盘时现身,及收官才说明,一个不问,一个不说,观棋不语,落子无悔,中间多少犹豫。

○前铁工厂小老板,1950年代公私合营时应只是二十出头的准小开。

△冬日下午四点廿分的上海,天色擦黑,气温下降,别有一种『路上行人欲断魂』的丧。

这天阿宝离开雪芝家,下午四点廿分,走到江宁路,背后有人招呼,阿宝回头,是银凤,孤零零,像一张旧照片,神情戒惧,双目无光。阿宝说,阿姐。银凤惨惨一笑。阿宝说,最近还好吧,对了,小毛好吧。银凤说,小毛结婚后,长远见不到了。阿宝说,小毛真怪,狗脾气一发，面孔说翻就翻。银凤不响。阿宝讲了这一句，预备走了，但银凤不动，眼圈变红。阿宝说，阿姐。银凤说，小毛以前，经常讲起阿宝沪生，不要怪小毛了，全部是我错。阿宝不响。银凤说，我跟小毛，是有情况的。阿宝说，啥。银凤轻声说，讲难听一点，有过肉体关系 <u>1970年代用语</u>。阿宝不响 <u>寒风中陡然凌乱起来</u>。银凤叹息说，结过婚的老女人，如果有了麻烦，责任就是我。阿宝局促说，已经过去了，这就算了，不讲了。银凤说，我如果再不讲，一定要寻死，要跳黄浦了，我实在闷煞了。阿宝说，阿姐，慢慢讲，不急。银凤不响。两个人移到路边墙角 <u>借一步说话</u>。银凤说，到了最危险关头，我哪能办，人靠心好，树靠根牢，我不可以害小毛。阿宝说，啊。银凤说，小毛以前溜进我房间里，我一直以为，这是保险的，想不到，根本不保险，隔壁有一个最卑鄙的瘪三，一直偷听，偷看。阿宝不响。银凤说，二楼爷叔，天底下面最下作，最垃圾的瘪三。阿宝不响。银凤说，小毛几点钟来，几点钟走，我跟小毛讲啥，做啥，每次做几趟，全部记下来，记到一本小簿子里。阿宝说，会有这种人啊。银凤说，实在是下作，龌龊，暗地里排我的班头 <u>指下上班、尤其是"早中晚三班倒"的时间表</u>，我跟小毛不上班，这个人就请假，像是上班了，房门关紧，其实闷到房间里偷听，偷看，我后来明白，大床旁的板壁，贴了几层道林纸，还是薄，有洞眼，隔壁看得清清爽爽。阿宝说，厉害 <u>这种句当原来大自鸣钟不输"两万户"</u>。银凤说，阿宝一定会想，这只老瘪三，为啥盯我不放，我跟小毛初次接触，人家就在场，全部掌握，其实我嫁过来，新婚第一夜，这只瘪三，大约就偷看了，新佾人海德，头一次出海，瘪三开始搭讪我，热天我揩席子，汰浴，换衣裳，后来我奶水多。阿宝摇手说，阿姐，事体过去，算了，想办法调房子，搬场最好 <u>每次</u>

只要一听到"肉体""奶水"这种敏感词,阿宝便自动闪退。银凤说,阿宝耐心一点,因为后来,闯了穷祸了。阿宝不响。银凤说,小毛发火的前几天,海德回到上海,我是上班。这只瘪三拿出这本账簿,跟海德摊牌 择此时摊牌,时机掐得何其精准,小毛跟我,总共有几次,一个礼拜几次,一次做几趟,全部有记录,簿子摊到海德面前,阴险毒辣,男人只想戴官帽子,怕戴绿帽子,幸亏海德好脾气,闷声不响 银凤"出墙",海德应有心理准备,只是没有想到会是小毛,送走瘪三,请小毛娘到房间谈判,要么,小毛寻一个女人结婚,尽快离开此地,从此结束,要么,海德跟我银凤离婚,小毛做接班人,接我住到三层楼去 倒是方便,真要这副样子,海德就到居委会,全部兜出来,海德讲得客客气气,这两个解决方案,请小毛娘随便拣 合情合理。阿宝听到此地,一身冷汗。银凤说,小毛娘自然是急了,连夜出门,帮小毛寻对象,让小毛马上结婚,总算有了春香,前世有缘,来搭救小毛 连夜就能找到,真是神仙搭救,不枉小毛娘一腔虔诚。阿宝说,太吓人了。银凤不响。阿宝沉吟一刻,看看银凤说,二楼爷叔,除非有仇,一般情况,不会这样狠。银凤一呆。阿宝说,算了,已经过去了,不要多讲了。银凤含恨说,阿宝这个问题,太刺我心了。阿宝不响。银凤羞愧说,是我做阿姐的不老实,瞒了一桩龌龊事体。阿宝不响。银凤说,当初嫁到二楼,隔壁这只瘪三,就开始搭讪,动手动脚,吃我豆腐,我一直让,不理睬,苦命女人,男人出了海,我等于寡妇,门前是非多 门口鞋子的花样更多,瘪三天天搭,越搭越近,差一点拉松我的裤带子,我是吓了,万一哪里一天,真要是缠不过去,答应了一趟,瘪三一定要两趟,要三趟,房间近,开了门就来,天天讲下作故事,每天想进来,有一次,我下定决心讲,爷叔,再这样讲来讲去,我就跟婶婶讲了 讲晚了。这句一提,瘪三笑了笑,买账了,看是结束了,一切太平,我现在想,瘪三就是从这天开始,记恨我的,表面还客气,笑眯眯,心思我哪里懂呢,等后来,我跟小毛有了来往,每一样私房内容,一明一暗,这个人全部掌握,证据捏牢,直到这次总发作,唉,我等于做了一场噩梦,接了一场乱梦,几趟吓醒,急汗两身。阿宝不响 两个人一起出冷汗。银凤说,这天我下班,海德就对我摊牌了,海德讲,过去工人阶级搞罢工,搞一个礼拜,就加工资,现在搞"文革",穷喊口号,有实惠吧,有一分一厘便宜吧,屁看不到一只,甲板上一个女人也看不见,房间里的老婆,倒有了外插花,这是啥社会 主要怪社会,当时我听了不响,老古话讲,无赃不是贼,簿子不是照片,不是录音机,我可以赖,可以不认账 还可以反戈一击,但想到以前,想到我跟瘪三有过这种吃豆腐的恶阴事体,我心里发虚,这一记报复,太辣手了,等于两面夹攻,万针刺心,我肚皮里恶心,翻上翻下,是折寿的,我的表情,肯定也变色了,如果再提以前这件事体,瘪三肯定死不认账 势成互相不认账之僵局,恐怖平衡,自动扯平,海德也一定觉得,肯定是我发骚,裤带子太松,主要是,小毛哪能办,我不敢争了,全部吞进,吃进 这是吃了大亏,隔一日,我就对小毛讲,以后不联系了,关系结束了,我一面讲,想到前几天,两个人还粘牢不放,要死要活,当时我再三许愿,这辈子跟定了小毛,一直要好下去 此愿许得过于一厢情愿,现在变了面孔,小毛完全是呆了,我又不能解释,小毛娘,也是闭口不谈,只是逼小毛结婚,海德见了小毛,照样笑眯眯,小毛多少闷啊 在见多识广,觉悟与法道等高的老牌工人阶级面前,学徒工算个毛。银凤讲到此地,落两滴眼泪说,真如果讲了,也许小毛会弄出人命来,手里有武功,力道大,二楼爷叔房间,也许是敲光,烧光,全弄堂的人,踏穿理发店门槛,我跟小

贰拾叁章 457

毛，面孔摆啥地方呢，我只能全部闷进，吃进 虽然小毛力道究竟大到何种程度只有银凤知道，不过"敲光、烧光"之类，皆是妄念。阿宝不响。银凤说，这天夜里，我见到阿宝跟沪生，表面上，我是谈谈讲讲，面孔笑，心里落眼泪，我到啥地方去哭呢，想不到，小毛听到议论，冲进来发火，我完全理解，多少恨，多少痛，可以讲吧，小毛不讲，我一句不能讲 相对于"肉体关系"，似乎银凤更需要的是一个诉苦对象。阿宝不响。银凤掩掩抑抑，句句眼泪。阿宝叹息说，二楼爷叔的房间，真应该三光政策，敲光，烧光。银凤说，我现在，只巴望小毛安定，一世太平，忘记这条弄堂算了，就当我是死人，已经翘了辫子，完全忘记我，最好了。阿宝摇头。银凤说，瘪三手里，肯定还有我跟海德的账，真是龌龊，下作，上海人讲起来，我是霉头触到了南天门，嫁到这种吓人的房子里来，碰得到这种瘪三 主要怪房子。阿宝不响。银凤说，我现在，做人还有啥意思呢，我跟海德，还有啥味道，我只想去死了。阿宝不响。其实大可以讲讲5室阿姨如何从劫难中迅速、勇敢站起来的事迹宽慰之。就事论事，于情于理，既然"无赃无贼"，若男女当事者一口咬定不认账，甚至反戈一击，揭发二楼爷叔吃豆腐不成栽赃陷害，从一楼到三楼甚至前后弄堂里所有人，亦拿此二人无可奈何。讲起来"责任就是我"是顾及"小毛哪能办"，其实反害了小毛，尽管长远来看，不失为一种"不如短痛"的解决方案。责其"胆小怕事"是冬烘，斥之"始乱终弃"更是乡愿，无论如何，一切至此已成"前传"，阿宝为别人出汗在理，批者替古人担忧可笑。何以解忧？唯有道之以上一回书康总援引女管教那两句话："这个社会，总归这副样子，男人做的案子，一个比一个聪明，女人犯的法，一个比一个笨，笨到家了。"

○ 阿宝放此狠话，发自内心对祸害朋友者入骨之恨，语言风格受到小珍父亲影响。

贰

沪生遭遇搬家之变，哥哥沪民当即病倒，萎靡不起。有次沪生出差，特意请了阿宝照应沪民。当时，兰兰已到街道卫生站帮忙，也经常请"赤脚医生"上门照看，沪民逐渐康复，赤脚医生都能治愈，应是急火攻心，无大碍，时常与外地战友写信，打长途电话，存了一点全国粮票，预备离开上海，外出度日。沪生以为只是计划。但一天下班回来，发觉沪民真的走了。沪生赶到北站，寻了两个钟头，根本不见沪民影子。当时上海到新疆，黑龙江的火车班次，俗称"强盗车"，候车室位于北区公兴路，一人乘火车，全家送站，行李超多，不少车厢内，一侧行李架已经压塌，干脆拆除，形成行李更多，更无处摆放的恶性循环，上车就是全武行，打得头破血流。这天沪生到了车站，内外寻找，到处人山人海，大哭小叫，轧出一身汗，茫然四顾，旁边有人一拉。沪生一看，一个披头散发的女人，手拎人造革旅行袋，棉大衣像咸菜，人瘦极，眼神恍惚。沪生定睛一看，叫一声说，姝华。女人一呆说，是叫我呀，这是啥地方。沪生说，我沪生呀，此地是上海。姝华张大嘴巴说，沪生来无锡了。沪生说，此地是上海公兴路。姝华说，无锡火车站关我进去，现在放我出来了。沪生闻到姝华身上一股恶臭。姝华说，我想吃饭。沪生拉紧姝华说，跟我走。姝华说，我是准备走的。沪生撩开发黏的头发，看看姝华眼睛说，走到哪里去，上海还是吉林。姝华双目瞪视，想了想说，到苏州去，到沧浪亭好吧，波光如练，燭

贰拾叁章 459

盡月沉。沪生说,出毛病了,快走"沧浪亭"三个字一出现,人就出毛病。两个人拖拖拉拉,踏进公兴路一家饮食店,叫两碗面,两客生煎,沪生毫无胃口。姝华低头闷头吃。沪生说,吃了以后,就回南昌路。姝华说,我想去吉林。沪生说,是从吉林出来,还是去吉林。姝华闷头吃 来路去路两茫茫。沪生说,完全不像样子了,出了啥事体。姝华说,讲我是逃票,关到无锡,后来放我了。沪生说,关了多少天。姝华说,一直有人抄身,乱摸,有人抄不出啥,以为钞票塞到牙膏筒里,结果呢,塞到月经带里。沪生说,去苏州为啥。姝华笑一笑背诵说,滄浪亭畔,素有溺鬼。沪生说,啥名堂。姝华说,南昌路晓得吧。沪生说,晓得,现在就是回南昌公寓,去看父母。姝华说,以前叫环龙路。沪生叹气。姝华笑说,复兴公园,以前有"環龍紀念碑",上面有字,好像是,纪念飞行家,环龙君祖籍法京巴黎,飞机于1911年上海失事。沪生说,停停停,不要再讲了。姝华说,碑上刻诗,光辉啊／跌爛於平地的人／没入怒濤的人／火蛾一樣燒死的人／一切逝去的人。沪生说,不要讲了。姝华放了筷子不响。沪生七荤八素,身心疲惫 被"沧浪亭效应"波及。两人踏到店外,拖拖拉拉,穿过宝山路,乘几站电车,姝华下车就逃,沪生拎了旅行袋一路追,走走停停,讲七缠八,跌跌冲冲 多个叠音词组,用东北话讲,就是"毛毛糙糙、笨笨咔咔、跟头把

○语出《浮生六记》之《闺房记乐》:『是夜,月色颇佳,俯视河中,波光如练,轻罗小扇,并坐水窗,仰见飞云过天,变态万状……未几,烛烬月沉,撤果归卧。』

○同出《浮生六记》,下一句是『恐芸胆怯,未敢即言,芸曰:「噫!此声也,胡为乎来哉?」』不禁毛骨皆栗。

△芮内·环龙(René Vallon)驾法曼4型苏姆双翼飞机从江湾起飞,作飞行表演,万人空巷,途经上海半个城区突然熄火,乃迫降至跑马厅无人空地,因俯冲角度过大机毁人亡。租界公董局相信环龙是避免伤及地面人群而放弃跳伞逃生,上海各界群起捐款相助其墓碑遗址均在今公园喷水池位置。遗孀,当局为表彰纪念,将今南昌路命名为环龙路(Route Vallon),葬之『法国公园』(今『复兴公园』)立碑纪念,后由日军拆除。

460 繁花〔批注本〕

势",等敲开姝华家房门,已经半夜。姝华娘一开门,立刻大哭,对沪生千恩万谢。

三天后,沪生与阿宝再去南昌公寓,方才得知,姝华是生了第三个小囡,忽然情绪异常,离开吉林出走。朝鲜族男人打来几通电报,但上海见不到人。现在姝华稍稍恢复,两个人进房间,姝华当面就问,蓓蒂呢。阿宝看见姝华的眼睛里,重新发出希望的光芒,宝石一样发亮 部分精神疾病患者眼中常常闪现这种光芒。阿宝说,不要胡思乱想了,好好养病。姝华说,我记得蓓蒂看到一条鱼,一条鱼。姝华娘说,妹妹,不讲了,眼睛闭一闭 光芒太刺眼,不忍直视。阿宝说,好好休息。姝华说,鱼跳进了日晖港,黄浦江里。沪生说,不讲了。姝华说,池子又小又浅,水一动不动,人就看不到了。沪生说,姝华。姝华娘说,不许再讲了。姝华闭了眼睛,静了一歇说,朱湘有诗,葬我在荷花池内,耳邊有水蚓拖聲。大家不响。接下来,姝华讲一串东北话,舌头打滚,加朝鲜话,思密达,思密达。南昌路的汽车喇叭传上来 神来之汽车喇叭,作者苦中作乐思密达。阿宝说,好好养身体,我跟沪生先走。姝华闭眼睛说,小毛好吧。沪生顿一顿说,小毛结婚了。姝华叹息说,小毛,空有一身武功。阿宝说,倒也是,小毛极少动粗 姝华未必是这个意思。姝华说,我想跟小珍去盘湾里。阿宝应声说,想去长风公园,好呀,再去爬山。沪生说,过几天就去,好吧。姝华点头笑了。沪生与阿宝也就离开了南昌公寓。阿宝感慨说,结了婚,女人就变了。沪生说,小毛呢,结婚之前,先就绝交,变得更快。阿宝不响。沪生说,大妹妹也结婚了。阿宝说,这我想到了。沪生说,信里告诉

○诗名《葬我》,下两句是"在绿荷叶的灯上,萤火虫时暗时明。" ○从沧浪亭、黄浦江再到荷花池,金山○钟大师铁嘴一开,水漫滚出两个字:"水厄。"

贰拾叁章 461

兰兰，人刚到安徽，男工就叮上来了，蚊子一样多 盛况殊胜南京路，每天叮得浑身发痒，后来听了领导意见，跟一个技术员结婚了，否则，就算每天自带三盘蚊虫香，也无法上班。阿宝说，非常时期，只能非常处理。沪生说，以前城市女青年，讲起来要革命，跑到解放区，非常时期嘛，一般结果，也就是年纪轻轻，跟一个干部结婚配对，干部待遇高，当时叫"350团"，女方三年党龄，男方五十上下，团一级干部。阿宝说，没听到过。沪生说，我爸讲的 沪生爸爸知道得太多了。阿宝说，爸爸情况好吧。沪生不响。阿宝说，想开点。沪生说，大案子，性质就严重，毫无消息。阿宝说，飞机跌到温都尔汗 2013年更名为"成吉思市"，等于大地震，波及四方。我爸当年的案子，震级也不小的，地下工作的大领导翻了船，大批人马落水 又翻船又落水，也是水厄，还是地下水，照规矩，一律是通知去开会，人到了现场，客客气气握了手，也就是隔离审查了，坐进汽车，车窗拉紧帘子，绕来绕去，开几个钟头，到一个地方，每一幢别墅，关一个人，每天写交代，一年多时间，我爸一直不明白别墅的位置。有次听见窗外喊，卖面包，卖面包哎。五十年代上海，常有小贩穿弄堂卖面包，我爸心里一抖，做地下工作，人比较聪明，小贩是沙喉咙，声音熟，这个声音，皋兰路经常听到的呀，别墅位置，应该是上海，一定是市区，离皋兰路应该不远，属于小贩叫卖的范围，听这种声音，我爸觉得，世界上最开心，最自由，最理想的职业，其实是小贩，以前一直以为，参加了革命，思想就自由了，就快乐了，眼目光明了，有力量，有方向，有理想了，其实不是，审查两年，写材料无数 一部长篇小说也脱稿了，等到释放，发觉这几幢别墅，原来是淮海路常熟路附近的一条弄堂。离皋兰路，只有两站路。沪生不响 以上本事，可参见作者纪实作品《回望》。

沪生计划，陪姝华去长风公园，有天打电话，与阿宝商量，建议原班人马重游。阿宝说，好是好的，但是小强与小珍，不可能去了，因为我跟小珍，已经结束了。沪生说，集体活动嘛。阿宝说，比如我现在上厕所，小珍要是走进隔壁一间，看到壁板底下，是我两只脚，立刻就走了。沪生说，女人真古怪。阿宝说，我解释过，这次是陪姝华去散心，也就半天。小珍讲，算了吧，阿宝七兜八转，一定是寻理由，想陪我去散心，花心男人，就是这副样子，抱紧了"上只角"雪芝，又准备勾搭"下只角"小珍，到了公园里，人多乘乱，走过冬青树，肩胛上碰我一碰，搭我一搭，准备脚踏两只船对吧，哼，小珍，"两万户"正能量女王。沪生说，大家是爬山呀，又不是成双做对去划船，到长风公园只爬山不划船，等于进迪斯尼只坐过山车不上海盗船，摆啥臭架子，我来开口。阿宝说，算了算了，两个人已经冷了，再去烧热，又不是老虎灶。沪生说，扫兴。阿宝说，小珍一直讲，我是受了大自鸣钟弄堂理发店的坏影响。沪生说，算了吧，小珍当时每一次进理发店，人就发软，眉花眼笑，嗲得要死。阿宝说，小珍对我讲，除非阿宝跟雪芝，堂堂正正到曹家渡状元楼，请大家吃饭，其他免谈。沪生说，十三点小娘皮一提到状元楼，宁波粗话也出来了，不去算了。但是小毛呢，我来通知，还是。阿宝说，算了。沪生说，多年老朋友，应该见面了。阿宝说，当时去公园，有小毛吧，现在人家已经结婚，就安安稳稳过生活，不要再三朋四友，出去瞎搞了。沪生叹气说，阿宝是对我，对姝华有啥意见。阿宝说，小毛的情况，真的不一样，再讲好吧。沪生说，阿宝。沪生听见话筒里有杂音，冲床响了几记，电话挂断了。

○1938年开设的宁波菜馆，兼营上海菜，当时曹家渡一带最高级酒楼，糟卤菜最有名。

·被银凤告知了内情之后，阿宝就开始吃上了银凤的苦头：『多少恨，多少痛，可以讲吧？我一句不能讲。』

这天黄昏，沪生回到武定路，开了门，灯光明亮，房间整洁，哥哥沪民，从窗前转过身来，一身军装，脚穿荷兰式皮鞋 即所谓"船鞋"，loafer，精神十足。沪民说，温州的战友，办了一家小作坊，专门做皮鞋，因此多住了几天。沪生说，有这种事体，目前可以搞资本主义了 运动方向是"割资本主义尾巴"，不过运动本身亦只剩下尾巴了。沪民笑笑说，温州人看重钞票，北方人专讲政治，上海人两面讨好。沪生说，沪民太退步了。沪民说，我是反革命家庭出身，可以退一步。沪生不响。沪民点了一支凤凰牌香烟说，用不着担心。小作坊顶了一家小集体单位名目，可以四面去卖。沪生说，上海人是欢喜这种温州货，但这种鞋子，衬皮是硬板纸，落雨，爬楼梯，皮鞋就断 温州皮鞋当年名震四方。沪民说，这次我带了一批鞋子来，准备再过去。两个人讲到此刻，阿宝推门进来，看见沪民回来，相当高兴。沪生拉了阿宝走进房间，感叹说，干部家庭出身，现在倒卖皮鞋了。阿宝说，已经吃了苦头，还讲出身 苦头吃得还不够。两个人看看窗外，沪生说，到长风公园，准备几个人去呢。阿宝说，三个人，简单一点。沪生想了想说，可以叫雪芝去，热闹。阿宝说，这就再叫兰兰。沪生说，算了吧，兰兰出面，就不方便了。阿宝说，两男三女，方便呀。沪生看看门外，轻声说，我以前跟姝华，拉过手的，是有过一点意思的，如果这次兰兰也去长风公园，姝华面前，总归不妥当 姝华这副样子，更不可再受刺激。阿宝说，哼，当时我去长风公园，已经看到了沪生的小动作，讲是拉手，不止拉手吧。沪生说，旧事不提了。阿宝说，后来呢。沪生说，后来结束了。阿宝说，不可能的。沪生不响，笑了笑说，当时，我陪姝华拿到了吉林插队的通知，再

• 1970年代顶级好烟，凭票也不好买，抽起来一股"奶油香精"气味四溢，闻者羡慕之情莫不溢于言表。

陪姝华领了棉大衣，皮帽子，回到南昌公寓，姝华穿棉大衣，照镜子，穿上穿下，后来糊里糊涂，两个人好了一次 轻描淡写，"穿上穿下"之间一笔飞渡。想不到，姝华坐起来 不写躺下 就讲，沪生，这是句号，我要走了，大家已经结束，各管各。我哪里肯答应。姝华讲，等到了吉林，最多写一封信，真的结束了。我不响。姝华说，以后我如果结婚，如果养了小囡，遇到沪生，我可以让小囡叫一声爸爸。阿宝说，原来，姝华第一个小囡，是沪生的。沪生说，乱讲。姝华意思是，小囡面前，我是妈妈第一个男人，大概意思吧 此种风俗不知从哪本书里看来，想不到，姝华生了三个 略煞风景。阿宝说，有一个上海插妹 女知青，到北面，结婚五年，生了六个，一年不脱班 雪芝娘稍逊风骚。沪生说，谣言比较多。阿宝说，一帮上海男女去出工，天天看到，蒙古包前面，一排六个小囡，爸爸妈妈穿长袍，靠近帐篷不响，有人讲，这个上海插妹，是一部机器。我讲，也许人家是最幸福，最满足呢。姝华看上去苦，大概是太幸福，太满足，因此要逃呢，讲不准的。沪生说，想想也对，一般的插兄插妹，到现在还两手空空，一事无成。阿宝看看窗外，两个人谈了一段，沪民走进来讲，温州战友请客，不如大家去南京西路"绿杨邨"，吃得好一点。于是三人下楼。隔了几天，沪生接到姝华娘的电话，讲姝华已经回吉林了。沪生吃一惊。姝华娘说，吉林男人一接到加急电报，乘了最快一班火车，莫斯科到北京的国际特快，从吉林到天津，立刻转乘京沪特快，两天就赶到了上海。沪生说，真是快。姝华娘说，这是夫妻感情深。沪生不响。姝华娘说，我真是感谢沪生，此地有一包朝鲜红参，一包明太鱼 这个上海确实没有，

○全名"绿杨邨菜社"，原名"绿杨邨酒家"，1936年开店，丁南京路，主营淮扬菜点。抗战胜利后，四川风味随重庆接收大员顺江而下，与"梅龙镇"形成"川扬合流"，一时风头无两，"文革"初曾改名"伟民饭店"，比"状元楼"高两个档次。

贰拾叁章 465

沪生改日来拿。沪生说,不要了,阿姨太客气了。姝华娘说,一定要的,我只望姝华顺利,开心,这辈子,我做娘的,还有啥可以想呢。对于姝华触目惊心的荒秽惨状,阿宝、沪生以及姝华娘之间,似乎达成了一种麻木的默契,一切避而不谈,只是你一言我一语地展开了一场"自我安慰"竞赛,最后是做娘的胜出,人送上火车,皆大欢喜。不知姝华行前,除了朝鲜红参和一包明太鱼,依于北上列车的窗口,是否会随口给这两位少年玩伴留下两行拜伦的《春逝》:"若我会见到你,事隔经年。我如何和你招呼、以眼泪、以沉默。"

叁

小毛初次到莫干山路,见过春香,之后半个月,两个人就结婚了。新婚之夜,小毛一副不情不愿,不声不响,欠多还少的样子,符合处男情景 伪装处男,既掩盖与银凤私情,亦不失为一种礼貌。春香长几岁,二婚,识敦伦,懂事体,这天夜里,多吃了几盅,顺了酒气,两个人近身,春香态度放松,关了床头灯说,万福玛利亚,小姐姐问小毛,可以叫老公了吧。小毛不响。春香说,我叫了 若春香得知以后夜店里"老公老公"张口就来,情何以堪。小毛说,叫我小毛。春香说,我如果讲私房话,小毛叫我啥。小毛说,叫小姐姐,或者春香。春香说,叫家主婆,香香,老婆,随便的,到了被头里,小毛叫我啥 循循善诱,移步换名。小毛不响。春香说,如果叫老婆,就贴心了。小毛不响 小毛虽然老司机,但对这种"居家敦伦"环境还是不太适应。春香说,小姐姐讲一只故事,要听吧。小毛拉开一只手 不写伸手,不响。春香笑说,从前有个男人,姓戀名大,叫戀大 傻瓜,男人讨娘子,洞房花烛,样样事体,由男人做主,先拿一双红筷子,夹起盖头布,新娘子照理一动不动 难怪说旧礼教"吃人"。春香推推小毛说,结婚当夜,男人要做啥呢。小毛不响。春香说，讲呀。小毛说，我不晓得。春香贴紧说，老实人，小姐姐就喜欢小毛老老实实样子顺水推舟，也给自己找个台阶。小毛不响。春香说，当天夜里，戆大一动不动，一夜睏到天明，新娘子怨极，第二天吃了早粥，新娘子去汏碗。阿妈娘问，阿大，夜里好吧。戆大讲，蛮好。阿妈娘问，做了点啥。戆大讲，夜里还做啥，一睏到天亮。阿妈娘讲，<u>独头独脑</u>吴语"呆子"之意，新倌人，要睏到新娘子上面，懂了吧。戆大讲，晓得了。小毛说，不要讲了，这种故事，可能吧。春香箍紧"箍"字肉紧小毛说，夫妻之间，这种故事要经常讲，如果小毛听过，换一只。小毛说，下作故事。春香说，清清爽爽的故事，这日天，阿妈娘到田里去捉草割草。"捉"字有趣。"莺飞草长"，江南的草难道会飞不成？，戆大就做木匠，搭了一只双层铺，新娘子讲，做啥。戆大讲，我娘讲的，结了婚，我要睏上面。新娘子不响。第二天吃了早粥，新娘子去汏碗，阿妈娘拉过儿子问，阿大，夜里好吧。戆大说，睏得好。阿妈娘问，听到鸡叫吧。戆大讲，听不见。阿妈娘问，夜里做点啥。小毛说，重复故事，不要讲了。春香贴紧小毛说，戆大回答，一夜睏到天亮。阿妈娘看到双层铺讲，独头独脑，新倌人嘛。春香讲到此地，贴紧小毛耳朵，讲了几句此处无声胜有声，小毛觉得痒耳痒还是心痒，让开一点。春香说，后来呢，阿妈娘就到田里去捉草，第三天，戆大吃了早粥，新娘子汏碗，阿妈娘问，阿人，夜里好吧。戆大讲，睏得蛮好。阿妈娘问，做了点啥。戆大讲，蛮好呀。讲到此地，春香说，接下来呢。小毛说，我哪里晓得。春香说，猜猜看。小毛说，可以结束了。春香说，阿妈娘夜里关照了啥。小毛，刚刚耳朵里痒，听不清爽。春香说，小毛装老实噗语，为放大招做铺垫，这天一早，阿妈娘问，事体做过了。戆大讲，做了三趟。戆大到床铺下，拉出一只夜壶，

朝马桶里一塞讲 神隐之主语，姆妈要我一夜摆三趟，看见吧，就这样子，一趟，两趟，三趟，阿妈娘讲，戆大呀，戆大呀。戆大讲 也是一连三声，姆妈做啥。此刻，小毛心里的冰块忽然一热 大概想到自家老娘的用心良苦。春香说，阿妈娘夜里讲了啥。小毛说，我不听了。春香说，到底讲啥呢，否则不会做出这种动作。小毛说，这种下作故事，可以一直讲下去的，有啥意思 这种"清清爽爽"的下作故事，小毛有一肚皮。春香说，嗯，会讲的人，可以讲十五个来回，阿妈娘捉十五趟草，新娘子汰十五次饭碗 讲故事的和故事里的夫妻一发累死。小毛说，我只想做戆大，我就是戆大。春香说，瞎讲了，我以前，每一趟看见小毛打拳，心里就吃不消一趟，真的。小毛拉过春香说，不要讲了 冰块已化为涓涓春水。春香说，当时我一直想，小毛太有精神了，太有劲道了。讲到此地，春香的声音已绵软无力，也就委身荐枕，两个人熟门熟路，一鼓作气，三鼓而歇，交颈而眠。○"委身荐枕""交颈而眠"，与小毛初经人事的那副笔墨相比，明媒正娶莫非就只配这些陈腔滥调？

第二天吃了早粥，春香汰了饭碗，依足了"下作故事"剧本 拉过小毛，轻幽幽说，我跟小毛，等于是先结婚，后恋爱，真好。小毛说，上一次，春香是先恋爱，还是先结婚。春香低头说，讲起来，当时有场面，摆了酒水，其实是太匆忙，忙中出错。小毛说，是春香太急。春香面孔一红说，是我娘太急，听信一个江湖郎中的瞎话，结婚就等于冲喜，我娘的气喘病，就会好。当时我只巴望娘身体好，但我只相信上帝意志，我娘讲，冲喜，这是迷信 洋教徒嫉迷信如仇，只是呢，春香也不小了，我做娘的，如果吃到一杯喜酒，口眼就可以闭，上帝也讲过，如果点了灯，不可以只摆泥地上，要照亮一家人，当然了，约伯身○冲喜风俗各地皆有。《红楼梦》第九六回：……"若是如今和他（宝玉）说要娶宝姑娘，竟把林姑娘撂开，除非是他人事不知还可，若稍明白些，只怕不但不能冲喜，竟是催命了。"

边，也无子无女，无牛无羊，穷苦到了极点，照样坚信不疑，但上帝也讲了，人是一棵树，最好按时结出果子来，叶子就不枯干，这是上帝意思，也是做娘的最后心愿。春香讲到此地，落了眼泪。小毛拿出手绢来，春香抱紧小毛说，当时我想来想去，糊里糊涂，已经想不出，主耶稣，到底是橄榄山升天的，还是加利利山了，脑子里一片空白，第二天，江湖郎中带了我，去厂里看男人，到了印染十五厂，第三车间的大食堂，两个师傅买来饭菜，男人立起来，相貌可以，看看我，双方点了点头，就算认得 似有诈 ，攀谈了几句，大家坐下来吃中饭，之后，我就跟郎中回来，郎中一路对我讲，爱情，可以婚后再谈，只要两人八字合，肯定恩爱。等我回进房间，我娘讲，耶稣讲过，人不肯婚配的理由，多种多样，有的是生来不宜，也有人为原因，是为了天国缘故，春香是为啥呢。我不响。我娘讲，还是结婚吧。我不响。郎中讲，运动阶段，可以破旧立新，谈恋爱，已经是旧风俗了 脑回路清奇 。我不响。郎中讲，一对工人阶级，国家主人翁，组成红色家庭，白天车间里搞革命，夜里眠床上读报纸，儿女英雄，神仙眷属，瑟好琴耽，赞吧。我低头不响。郎中讲，良辰吉日，向领袖像三鞠躬，六礼告成，多少好。我不响，我心里不答应，我要恋爱结婚 也是执念 。我娘讲，运动一搞，教堂关门做工厂，春香的脑子，要活络一点，心里有上帝，就可以了，上帝仁慈。我不响。我娘轻声讲，圣保罗讲了，婚姻贵重，人人谨敬遵奉，就是上帝的意志。我低头不响。郎中讲，老阿嫂就算证婚人吧，新郎倌不是教徒，现在也走不进教堂，也买不到戒指。我娘轻声讲，是的是的，上帝实临鉴之，请大施怜悯，荣耀圣名。当天夜里，我娘做了祷告，我到苏州河旁边，走了两个钟头。第二天一早，我帮娘去买药，回来一看，床上，椅子上，摆了雪花膏，嘴唇

贰拾叁章　469

膏,新木梳,新买中式棉袄,罩衫,藏青呢裤子,高帮皮鞋,棉毛衫裤,花边假领头,针织短裤,本白布胸罩,尼龙花袜子 以上服饰除化纤制品外均需凭布票供应。我心里一吓。我对上帝讲,我要结婚了。上帝不响,像一切全由我定。我娘也不响,房间里是新衣裳气味,还有中药味道 新衣裳味道来自男人,中药味道属于娘,里应外合,两路合袭,吃了中饭,时间到了,我娘有气无力,闷声不响,拿起衣裳,看我穿,一把眼泪,一把鼻涕,一切预备定当,大概,这算上帝的安排,上帝的意志,男家昌化路的弄堂里,已经拉了帆布,请了师傅,借了五桌汤盏碗筷,三车间小师傅踏来两部黄鱼车,樟木箱一对,葛丝缎子被头六条,花边鸳鸯戏水枕头,龙凤枕头,包括绣红字抓革命促生产枕头,一共四对,变戏法一样。男家全部备齐,拖到弄堂里,让我邻居看 诚意满满,我低了头,里外穿新衣裳,不会走路 里不应,外不合。我娘

○又叫「节约领」,犹如位置升至肩颈部的有衣领「胸罩」。省钱省布票,衣领翻露罩衫或毛衣外,于一派沉闷的「藏青灰蓝」统治中,摆出一种「出墙」态势。

讲,乖囡,车子来了,走吧。我讲,新倌人呢。娘讲,是呀。小师傅奔进来讲,新倌人去排队,去买什锦糖了。娘讲,为啥不来接,不应该。我娘气急,胸口一闷,小师傅讲,还是去了再讲吧,马上就炒菜了 喜宴唯此为大。我只能答应,两个人坐一部黄鱼车,我帮娘裹紧了被头,旁边摆氧气橡皮袋,路上冷风一吹,我娘接不上气,我就送氧气管子,一路小心,到了昌化路,帆布棚外面,两只大炉子烧火,棚里摆了砧板,碗盏,生熟小菜,

○当时上海女方嫁妆高配为:丝绸被面被子八床、羊毛毯两条(或化纤腈纶毯)、软缎绣花枕头两对,大、中、小脚盆三个,搪瓷洗脸盆一对,高脚痰盂罐一对,马桶一只,樟木箱两口(花费约100元,两到三个月工资)。○以上部分物品需凭「工业券」供应,此券按工资比例发放,平均每20元工资发一张券),全部装上黄鱼车或卡车,在新娘及其家人盛装押运之下招摇过市。

• 喜糖,混合大白兔奶糖、话梅糖、水果硬糖等,凭票供应。

470 繁花〔批注本〕

新房间,位于底楼前厢房,男家已经布置停当,公婆住的客堂,拆了大床,摆了两桌,其他几桌,借邻居房间,我走进去,新倌人已经坐定,我搀扶娘也坐定当,每次有客人来,新倌人起来招呼,然后坐下去,笑一笑,有礼貌,等大家吃了喜酒,我送娘爬上"爬"字狼狈 黄鱼车,然后回到新房间,男人稳坐床沿,看我进来,帮我脱了衣裳,这天夜里,简直不谈了,直到第二天一早,总算看明白,新倌人是跷脚 腿残疾,走一步,踮三记,过了半个月,我娘故世,我从火葬场出来,立刻逃回莫干山路,从此不回昌化路男家。小毛不响。春香说,这不是春香嫌避残废人,我不应当受欺骗,这个男人,修外国铁路受工伤 1970年代对外援建项目多在非洲,是光荣,应该大大方方。春香讲到此地,低头不响。小毛说,讲呀。春香说,出国时间长,开山铺路,比较闷,工友讲各种故事,男人记性好,三百六十五天,天天可以讲三四个不同样,白天讲得我昏头昏脑,夜里讲得我眼花落花 上海话"眼花缭乱"之意,真要做具体生活,就吓人了。春香讲到此地,低头不响。小毛说,我的师姐,金妹的男人,也比较吓人,力大无穷,每夜要冲冷水浴,因为身体太热,太烫,要冷却,但是夜里到了床上,还是发热发烫,每夜不太平,后来工伤过世了,否则,金妹也要离婚了,因为夜里像打仗,实在吓人,实在吃不消。春香冷笑说,如果是这种样子的男人,我就不离了。小毛说,啥。春香说,我这个男人,是口头故事员,口头造反派,身上一点苗头,一点火头也看不到,只能想其他下作办法。小毛说,啥意思。春香说,简单讲,就是下身畸形,不及三岁小囡,上厕所,就要坐马桶,如果立直了小便,就漏到裤子里。小毛朝后一靠,差点从椅子上跌下来 热有热的不堪,凉有凉的凄惨;大有大的难处,小有小的苦衷。

时光飞快,有一日清早,春香说,小毛醒醒了。小毛动了一动。春香说,起来吧。小毛睁开眼睛。春香说,看一看,有啥变化了。小毛手一伸。春香笑说,摸我肚皮做啥。小毛说,有小囡了。春香说,这要听耶稣了,我不可能让一根头发变颜色,我不做主的。小毛说,有啥变化呢。春香说,我随便讲的,起来吧。春香一拎床头的拉线开关,外间的灯光,照亮卧室一排小窗。小毛穿衣起来,发觉外间墙上,贴了一大张领袖像。小毛说,厂里开追悼会,我也领了一张 1976年秋季了。春香轻声说,我要讨老公欢喜,十字架收起来了。小毛说,为啥。春香说,老公喜欢啥,我就做啥。小毛说,一定又去了大自鸣钟。春香说,嗯。小毛说,我姆妈乱讲啥了。春香说,姆妈讲得对,做人要讲道理,上啥山,捉啥柴 砍柴。我想来想去,觉得贴领袖像比较好,小毛比较习惯。小毛说,我无所谓。春香说,老公太客气了,讲起来,生活习惯是小事,其实有大影响,夫妻过得适意,相互要尊重对方,就不会闹矛盾。小毛说,样样神仙菩萨,我可以相信,无所谓的。春香笑说,小毛如果信了耶稣,等于是耶稣走进加利利山,最高兴的事体了。小毛笑笑说,记得我娘讲过,1953年3月份,斯大林过世,天崩地裂了一趟,鼻涕眼泪一趟,现在,又来了一趟,当时每人要付一只角子,去买黑纱,厂里的锅炉间,马路大小汽车,全部鸣汽笛,这次呢,领袖一走,情况有变化,黑纱免费了,看样子,运动差不多了,改朝换代,市面松得多,总归两样了 上海当时"市面松动"的显著标志是飞跃牌9英寸黑白电视机突然动销。春香说,以前是真苦呀,我几个教友姐姐,坚持挂十字架,群众立刻采取行动,让姐姐亲手掼到煤球炉里去烧。小毛说,狠的。春香说,现在

○3月7日至3月9日全国下半旗致哀,一律停止娱乐,县以上地区各界联合举行追悼大会;3月9日,六十余万人在京举行追悼大会,全国两千多个城市同时举行追悼大会。

呢，一个房间，总不便两种场面，我已经明白了，只要心里有，就可以嘛，我一个教友姐姐，肌肉萎缩，全身一动不能动，两眼漆黑，心里有了愿望，主的荣耀，就直到永远，姐姐每一样就看得见，心里可以画十字。小毛说，真的。春香说，比如现在，天花板有十字，房子，马路，昌化桥栏杆，玻璃门窗格子，仔细一看，就有。小毛不响。春香靠过来说，老公，欢喜我对吧，亲我一记。小毛亲一记春香说，我欢喜 是真喜欢。两个人讲到此地，也就起身。春香点洋风炉，烧泡饭，小毛叠被铺床。等两人坐定吃饭，小毛说，理发店里，生意还好吧。春香说，还可以。小毛说，看见啥人了。春香说，二楼爷叔。小毛说，还有呢。春香筷子一搁说 筷子一搁，等于敲黑板，划重点，对了，二层楼的海德银凤两夫妻，已经调了房子，搬到公平路去了，据说离轮船码头近，比较方便。小毛说，搬场了。春香说，搬了一个多月了。小毛闷头吃泡饭 可否吃出冷面滋味？。春香说，新搬进一对小夫妻，男人做铁路警察，女人叫招娣，做纺织厂，刚生了小囡。小毛不响。春香说，招娣的胸部穷大，奶水实在足，姆妈笑笑讲，实在太胀，就让警察老公帮忙吃一点 二楼风水实在是好。小毛不响。春香说，二楼爷叔见了我，见了招娣，一直笑眯眯。二楼爷叔讲，春香，有宝宝了吧。小毛笑笑说，爷叔讨厌剃头师傅，对我，一直是不错的。春香说，爷叔问，小毛为啥不回来，最近好吧。我讲，小毛评到车间先进了。二楼爷叔讲，赞。旁边招娣讲，这有啥呢，我老公，得过两年铁路段先进分子，一直跑长途，我有啥意思呢。当时，我表面不响，心里明白，女人独守空房，确实是苦的 转述招娣，真假几分？虚实几何？是经过后期加油添醋，还是为小毛"量身杜撰"？。后来招娣讲，据说这位小毛，拳头打得好。小毛说，少跟招娣啰嗦 心虚了。春香说，嗯。我当时不响，只是笑笑，预备走了。二楼爷叔讲,代我望望小毛。小毛说,爷叔太客气了。春香说,是呀,要么今朝下了班,我陪小毛,再到老房子走一趟,去看看姆妈。小毛说,这就算了。春香说,小毛,要多去大自鸣钟三层阁,去看看姆妈,结了婚,一直不肯露面,邻里隔壁,以为是我的意思,这就不好了。小毛不响。

○ 民谚有云:"远怕鬼,近怕水,新光棍就怕老邻居。"原来除了新光棍,小毛这个新倌人也怕老邻居。

时间飞快,小毛结婚两年半,春香已怀孕四个多月。当时匆忙结婚,小毛也因为情绪不稳,结婚摆酒,朋友同事一个不请,小毛娘心里过意不去,一直想办个一桌,弥补遗憾。这一次,小毛预先邀了钟表厂樊师傅,叶家宅拳头师父,金妹,建国,小隆兴等,借邻居一只圆台面,请大家来吃中饭。金妹带来一套绒线小衣裳,建国兄弟,拿出两听麦乳精。樊师傅复杂一点,<u>中央商场</u> 在南京路近外滩,当时著名旧货商场,并以维修小电器著称 淘来四只轮盘,厂里做私生活 意思是干私活,非指私人生活,全部短尺寸,拎到莫干山路,看不出啥名堂,十几分钟,配出一部童车,皆大欢喜。春香因为保胎,陪大家讲讲谈谈。小毛娘炒菜,小毛做下手,金妹帮忙。等大家坐定。小毛娘先敬樊师傅一盅黄酒说,多亏樊大师傅帮忙,促成这桩好姻缘。两个人吃了。一旁的拳头师父有点尴尬,认为当时小毛犹豫不决,是最后走到叶家宅,师父与金妹苦口婆心劝导,最终才答应结婚 这种醋也要吃。金妹说,我是横劝竖劝,这桩好姻缘,得来不容易,想当初,小毛一面孔的不情不愿。樊师

△ 又叫"乐口福",以奶粉、可可粉、炼乳、麦糠、奶油、鸡蛋粉、柠檬酸、维生素等,经制成的一种速溶饮料,1930年代开始在上海生产,1970年代属于轻奢,通常用来探望病人或产妇。

· 虽然圆台面不用时可靠墙摆放,但在逼仄如当年的一般家居仍嫌占地,故通常不备,神奇的是,要时好像总能借到一个,更未闻有人被这事难倒过。

傅笑笑。小毛娘有点窘。金妹帮拳头师傅讲话，几杯酒喝下去，言语开始"豁边"。春香起身说，各位师父，台子上面，我最感恩了，也最感激，让我现在认认真真，敬各位师父，敬金妹阿姐。春香咪了半盅。这半盅酒其实并不受用。樊师傅与拳头师父吃酒，稍微轻松一点，后来酒多了，称兄道弟，分别跟小毛春香，讲了一番成家立业的道理。这桌饭吃到后来，建国透露了一条特别消息，江苏省，已经有社办厂了，"社办"并非"社会办"，是"人民公社办"，专门请上海老师傅抽空去帮忙，出去做两天，赚外快四十块，等于半月工资，这是上海工厂里最了不得的大新闻。等席终人散，小毛送了客，回来帮娘汏碗，收作清爽，小毛娘匆匆回去，已经下午四点敲过。房间里，只剩小毛。春香到里间休息，一觉醒来，已经夜到。小毛面前一片漆黑。春香起身说，老公。小毛不响。春香开电灯，小毛看看春香，独自发呆。春香说，老公想啥。小毛不响。春香说，有啥不开心了。小毛说，我开心呀，吃了点酒，喜欢静一静。春香说，我明白了。小毛不响。春香说，小毛想啥呢。小毛不响。春香说，小毛是想朋友了。小毛不响。春香说，想沪生阿宝对吧。小毛说，瞎讲八讲。春香说，今朝台面上，只是老公的师父，同门师兄弟，我心里一直是想，小毛的好朋友呢，自家的贴心好朋友呢。同门师兄弟难道不算"自家的贴心好朋友"？提沪生阿宝，似乎有用心。小毛说，朋友太忙，我一个也不请了。春香说，做男人，要有最好的朋友，如果一道请过来，有多好。小毛不响。小毛最想不到的是，五个月之后，到了最关键阶段，春香同样讲到这一段。一提再提，不正常。当时春香已经临产，但胎位一直不正，忽然大出血，送到医院急救，产门不开，预备做手术，但迟了一步，先救大人，再救小囡，结果最后，一个也救不到

"乡镇企业"兴起时，因缺乏技工，乃从大工业城市的国企聘请兼职，时称"星期六工程师"，属于有争议的半合法"私人生活"。

贰拾叁章 475

从吃喜酒到病危，纸上竟只隔两行，端的是："作者一杯酒，读者泪两行"。 春香到了临终弥留之际，面孔死白，对小毛笑笑说，小毛，现在我最想晓得，主耶稣，是橄榄山升天的，还是加利利山。小毛心里伤惨，五中如沸。春香说，老公，小毛，不要哭，天国近了，我去天堂拜耶稣，我是开心的。小毛不响。春香说，不要担心我。小毛落了眼泪。春香说，只觉得，我走了以后，老公要孤单了，太孤单了，我有自家的教友姊妹，老公要有自家的好朋友。小毛眼泪落下来。春香说，老公要答应我，不可以忘记自家的老朋友。小毛不响，悲极晕绝，两手拉紧了春香，眼泪落到手背上，一滴一滴，冰冷。小毛眼看春香的面孔，越来越白，越来越白，越来越白，眼看原本多少鲜珑活跳的春香，最后平淡下来，像一张白纸头。苏州河来了一阵风，春香一点一点，飘离了面前的世界。万福玛利亚。阿门。

○ 小毛或在古书里读过这词，当时应无深切感受，莫知莫觉；同一个词，爱玲1943年小说《琉璃瓦》里也只是一笔带过，直到三十多年后，才为《小团圆》自家化身的女主做出了详解：『这时候也都不想起之雍的名字，只认识那感觉，五中如沸，混身火烧火辣烫伤了一样，潮水一样的淹上来，总要淹个两三次才退。』

• 朋友居五伦之末，遑论沪生阿宝辈俱是故友，与春香素无往来，但自喜酒、临产直至临终嘱托，一字不提小毛续弦以及提照顾婆婆等，只是忧其孤单，问句句只劝他重拾旧友，即便身为教民，仍大不合中国情理。春香婚后，大自鸣钟跑得蛮勤，楼上楼下混得蛮熟，连二楼爷叔也搭上了话；而婚宴酒桌之上坐满知情人士，酒酣耳热，银凤与小毛之事或者小毛与沪生阿宝绝交真相，虽片言只语，却也难保不入春香耳。然而人之将死，一切秘密就此吐露还是永远带走，此事又如何向小毛开口，实在难为春香。

二十四章

一

陶陶时常去延庆路。黄昏，夜里，只要有机会，就去看小琴。心中有人，外表也显得忙 这也能挂相○难怪大多数人看上去闲散，即便应酬，等于赶场子，吃到六七点钟 上公家班的，五点准时下班，五点半左右即开晚饭，小商贩和专业炒股票的下班更早，白领一般加班至六点以后，想出理由告辞，叫一部车子，直开延庆路，进了门，小琴就贴到身上来 由脱身到上身，只二十一字，一支笔动若脱兔，直抵人心之急。有一次，菜场老兄弟过生日，陶陶敬了三杯酒，推说去医院吊盐水 为轧姘头不惜自触霉头，急忙出来，竟然于走廊里，碰到一个气韵矜贵的女人，穿千鸟格套装，大波浪头发，面带三分醉。陶陶难免多看一眼 急成这样犹不忘多看一眼。对方忽然立定，讲北方话说，嗨，还认识我呀。陶陶一吓，原来是潘静。陶陶讲北方话说，好久不见了，最近好吗。潘静笑了笑，显然吃了酒，两人接近，陶陶仍旧闻到潘静身上熟悉的香气 香水借酒酣耳热发散，上一次则借火势。潘静说，我还行，最近忙什么哪。陶陶说，也就这点破事。潘静说，前几天我还惦着，今儿就见了 经不起惦记乃烂桃花太旺体质之显著表征。陶陶看看表说，我有急事，再联系吧。陶陶离开潘静，一路朝前走。潘静在后面顿脚

○脱胎白咸尔士王子格的一种粗花呢图案，在温莎公爵以身作则之下，成为19—20世纪英国上只角标配。

说，陶陶，陶陶 <u>气急败坏</u>。饭店门口有空车，陶陶开车门说，到延庆路。关门，眼睛一闭，车子开了十分钟，潘静电话就进来。潘静说，陶陶，我难道会吃人，对我太不尊重了吧。陶陶说，我真有事。潘静说，真的。陶陶说，好久不见，本想多聊几句。潘静说，亏你还这么说，那咱俩明天见，说个地方。陶陶说，明天没时间。潘静说，那哪天，后天成吗。陶陶说，后天，后天嘛。潘静说，晚上也可以，我家也行<u>《孙子兵法》："归师勿遏，围师必阙，穷寇勿迫"</u>。陶陶说，这个，酒多了吧。潘静不响。陶陶说，我有空给你电话。潘静忽然激动说，我这也太失败了，我这样的女人，居然会被拒绝 <u>"居然"二字居然</u>，我问你，究竟对我怎么想，说个真实的想法成吗。陶陶说，已经讲清楚了，不是吗。潘静说，我不清楚，不清楚，我恨你，恨你，恨你 <u>潘静三恨：一恨陶陶，二恨男人，三恨上海小男人</u>。电话挂断。陶陶朝后一靠，叹气连连。这天夜里，陶陶抱紧小琴，一言不发。小琴周全，同样一声不响。等送陶陶出弄堂，小琴说，最近要少吃酒，心里想到啥，样样告诉我。陶陶不响 <u>与潘静的穷追不舍相比，小琴以逸待劳，围城打援，棋高N着</u>。回到屋里，开了门，见芳妹正对房门坐定，眼光笔直，精神抖擞。芳妹说，回来啦。陶陶觉得口气不对，有麻烦，闷声不响。芳妹说，面色不对嘛，刚刚做了几趟 <u>数字执念</u>。陶陶说，啥。芳妹说，自家做的生活，以为自家晓得，裤子拉链拉拉好。陶陶朝裤子看了一看。芳妹说，<u>校门</u> <u>上海旧俚，称裤链为『校门』</u>经常开，校长容易伤风咳嗽。陶陶说，瞎讲有啥意思。芳妹说，我对老公，算得宽松了，讲起来雌狗尾巴不翘，雄狗不上身，但是一门心思外插花，屋里软，外面硬，样样只怪别人，可能吧。陶陶说，夜深人静，轻点好吧。芳妹说，我管啥人听不听，随便听，还要啥面子呢，我现在，面子，衬里，已经输光输尽了，今朝一定要讲出来，夜里去了啥地方，跟啥人做的 芳妹审案，依足"新闻五要素"，先来When、Where和Who。陶陶说，喂，神经病又发了，我不可能讲的。芳妹说，好，不讲对吧，我来讲，不要以为我是瞎子，我一直怀疑，也一直晓得，再问一遍，要我报名字，还是自家讲 老警察套路。陶陶不响，心里有点吓，嘴巴硬到底说，讲名字，讲呀。芳妹说，蛮好，浆糊继续淘，为啥叫陶陶，可以淘，我只问，今朝夜里，松裤腰带的女人，发嗲发骚，出几身汗的女人，名字叫啥。陶陶说，不晓得。芳妹说，真要是无名无姓的野鸡，我还气得过，讲，讲出来。陶陶说，啥人。芳妹冷笑一声说，我讲了。陶陶说，可以。芳妹说，还有啥人，当然就是这个女人。陶陶讲，啥人。芳妹说，狐狸精，外地女人。陶陶一吓说，啊，啥人啥人。芳妹说，除了潘静，还有啥人 正打歪着。陶陶听到这个名字，心里一松，叫一声耶稣。芳妹说，不响了是吧，这桩事体，现在就讲清爽，准备以后哪能办 新闻五要素之How。陶陶说，真是又气又好笑，我跟这只女人，会有啥事体呢，也就是走廊里讲了两句，通一次电话，可能是吃了酒，我神志无知。芳妹说，讲得圆兜圆转，合情合理，说书先生一样。陶陶说，我确实一声不响呀，后来。芳妹说，对呀，后来呢，后来，就开了房间。陶陶说，啥。芳妹说，不要紧张，房间单子，潘静马上可以送来，我早就相信了，会有这个结果。陶陶吓。芳妹说，潘静刚刚来电话，全部坦白，两个人做过几次，心里做，事实也做，三上两下，倒骑杨柳，旱地拔葱，吹喇叭，吹萨克斯风双簧管 好一派马戏杂耍既视感，是吧，发了多少糯米嗲，样样不要面孔的事体，全部讲出来了 新闻五要素之What。陶陶跳起来说，娘个起来，逼我做流氓对吧，根本是瞎七搭八的事体，讲

○宁波话全称为"娘额起来阿拉里"，虽然也是骂娘话，但前面隐去动词，力度稍逊，近似于北方话里的"妈了巴子"。

得下作一点，真正的说书先生，就是这只外地女人，我连毛也见不到一根，这社会，还有公理吧。芳妹跳起来，方凳子一掼说，喉咙响啥，轧姘头，还有理啦。陶陶说，喂，用点脑子好吧。芳妹忽然哭起来说，成都路大碟黄牛房间里，已经勾搭成奸了，现在目的达到，腰板硬了，要养私生子了逆向的生育执念。陶陶大叫一声，不许唱山歌上海话指"哭"或"嚎哭"。芳妹哭得更响，此刻，忽然电话铃响。两个人一惊。陶陶拎起电话，潘静声音，是深夜电台热线朦胧腔调，标准普通话说，对不起，陶陶，我刚才心情不好，陶陶，你心情还好吗，有太多的无奈与寂寞，不要难过，我唱一首歌安慰你，你的心情／现在好吗／你的脸上／还有微笑吗／人生自古／就有许多愁和苦／请你多一些开心／少一些烦恼／祝你平安／噢／祝你平安十三点到家了。陶陶此刻，忽然静下来，潘静的静功，仍旧发挥作用，一时之间，陶陶感觉自己静下去了，一直静下去，浑身发麻，甜酸苦辣，静涌心头这种感觉，大概就是传说中的"酸爽"。芳妹一把抢过话筒，大喊一声说，下作女人，骚皮，再打过来，我报警了。芳妹电话一掼，陶陶一屁股坐到沙发上。芳妹说，事体已经清爽，现在讲，准备哪能办。陶陶摇头说，我实在太冤枉了。芳妹说，当初我跟潘静讲过，如果做了十趟廿趟，就可以谈。现在看起来，不止十趟廿趟，我是输光了"数字化驭夫管理大师""量变引起质变"哲学理论忠实拥趸。陶陶说，事体总会搞清爽的。芳妹说，搞啥呢，再搞，这个吓人的社会，搞出一个小人，老婆顶多叫一声啊呀，我看得多了，今朝夜里，就解决。陶陶说，解决啥，谈也不要谈。芳妹说，不谈对吧，有种做，有种就走，走呀。陶陶说，走到啥地方去。芳妹冷笑说，问我做啥，开房间呀，到骚皮房间里去呀。陶陶说，再讲一遍。芳

○此时芳妹若要回骂又不拾人牙慧，可选择近义词「娘额冬菜」或「娘额大头菜」

妹说，我怕啥，有种，就立起来，立起来，不做缩头乌龟，敢做敢当嘛，上海男人嘛 让外地看官一再见笑了。芳妹拉开大橱，拖出几件衣裳，塞进一只拉杆箱子，开大门，轰隆一响，箱子掼进走廊。陶陶立起来，兜了几转说，好，蛮好，一点情分不讲是吧。芳妹两眼圆睁说，有种吧，有种就出去，大家结束。陶陶立起来，走到外面，背后哐的一响，咔嚓一记反锁。陶陶拖了箱子，走出弄堂，坐到街沿上发呆。一部出租车开到面前，司机说，到虹桥啊 看样子是到虹桥机场。司机被拉杆箱误导，以为鸿鹄将至。陶陶不响。车子开了几步，倒车回来说，朋友，七折可以了吧，脱班就讨厌了。陶陶不响，爬起来开了门，箱子朝里一掼说，到延庆路 司机心里骂娘声不输芳妹。

造化弄人。这天半夜，陶陶昏头昏脑回到 小琴嘴巴再老，也不敌作者这一个"回到"，将陶陶彻底逐出家门矣 延庆路，进门竟然一吓。房间里，取暖器烧得正热，台面上一只电火锅，一盆羊肉片，一盆腰花，还有馄饨，黄芽菜粉丝腐竹各一盆，一对酒杯，两双筷，两碟调料。小琴穿一件湖绉中袖镂空睏袍，酥胸半露，粉面桃花 索性一俗到家。陶陶说，小琴做啥，等啥人。小琴笑笑不响。陶陶说，乡下阿姐要来。小琴说，下个月来。陶陶说，这是。小琴说，等朋友来呀。陶陶说，朋友呢。小琴说，查户口啊。陶陶说，男的女的。小琴说，男的呀。陶陶不响。小琴走过来说，呆子，我等陶陶呀。陶陶勉强一笑，坐到箱子上说，吓我一跳，赛过诸葛亮了 椅子不坐坐箱子，下意识似有"梁园虽好"之忧。小琴说，我晓得陶陶会来。陶陶说，啊。小琴说，晓得就是了。陶陶说，是吧。小琴说，感觉陶陶要出事体了。陶陶不响。小琴说，夜里离开的样子，照过镜子吧，面色吓人。陶陶不响。小

○袍必镂空，胸必酥胸，露必半露，此处真不知应笑小琴俗套还是骂作者败笔。

二十四章 481

琴说，我当时觉得，陶陶回去，不跟姐姐吵，姐姐也要跟陶陶吵，要出事体了。陶陶不响。小琴说，我就爬起来做准备，穿了这件衣裳，这批货色里，全镂空也有，全透明也有，觉得不好看，我换一件<mark>这批货还打不打算卖了</mark>。陶陶说，好看。小琴说，我当时想，陶陶如果回来，我要请陶陶吃冰淇淋，做女人，关键阶段，不可以死白鱼一条，要有味道，女人打扮为了啥，让男人看，眼睛爽。现在先吃一点，先散散心。陶陶说，小琴一般不讲，一讲就一大串。小琴说，我急呀。陶陶起来，踢一记拉杆箱说，不谈了，现在我扫地出门，等于民工<mark>踢行李，确认此地可以久留</mark>。小琴说，瞎三话四，姐姐是气头上嘛，明朝就好的。陶陶摇摇头。小琴说，做一份人家，不容易的，先垫垫饥，明早起来，去跟姐姐赔礼道歉。陶陶说，哪里来这种便宜，老婆脾气，我最晓得。小琴说，真动气了，我有办法，去跟玲子姐姐讲，请介绍人出面，打圆场，也就好了<mark>为了陶陶的家庭和睦，小琴操碎了心</mark>。陶陶说，我不懂了。小琴说，为啥。陶陶说，我这种情况，小琴照理要帮我撑腰，拉我后腿。小琴说，先坐，边吃边讲。于是两人坐定，眼前草草杯盘，昏昏灯火，镬汽氤氲，一如雾中赏花，有山有水，今夕何夕。小琴端起一盅黄酒说，碰着这种麻烦，吃一杯回魂酒<mark>"回魂酒"指解宿醉之酒，这一杯应该叫"定神酒"</mark>。来来来，吃一点小菜。陶陶心神恍惚，学一句邓丽君台词说，喝完这杯，请进点小菜，小琴接口唱道，来来来，愁堆解笑眉，泪洒相思带<mark>这一年莫不是邓丽君客死泰国的那一年？</mark>。两个人吃

<mark>○典出王安石《示长安君》：「少年离别意非轻，老去相逢亦怆情。草草杯盘共笑语，昏昏灯火话平生。」</mark>

<mark>・袁枚《随园食单》有『戒火锅』一节：『冬日宴客，惯用火锅，对客喧腾，已属可厌；且各菜之味，宜文宜武，宜撤宜添，瞬息难差。今一例以火逼之，其味尚可问哉？近人用烧酒代炭，以为得计，而不知物经多滚总能变味。或问：菜冷奈何？曰：以起锅滚热之菜，不使客登时食尽，而尚能留之以至于冷，则其味之恶劣可知矣。饮食男女，其道一也。</mark>

酒。小琴说,为啥不拖后腿,我讲可以吧。陶陶说,嗯。小琴说,玲子姐姐早就讲了,陶陶,绝对不是一般男人。陶陶说,上海滩,我顶多是一只小虫,一只麦蝴蝶_{上海常见的飞蛾,以印度谷螟和麦蛾居多},小蟑螂。小琴说,比大比小,这就不适意了,蝴蝶大一点,黄鱼大一点,黄猫大一点,老鹰也大,飞机最大,这又哪能呢,就算做一只小蚊子,飞来飞去,有啥不好呢。陶陶说,我是打比方。小琴说,玲子姐姐一直提醒我,要当心陶陶,碰到陶陶,千万不要动心,有多少女人,伤到陶陶手里。陶陶说,冤枉。小琴说,但一般男人呢,女人又不满足,女人是蜡烛,不点不亮,但碰到了陶陶,就算烊成了蜡烛油,陶陶是不管的,看到蜡烛油,陶陶拔脚就跑。陶陶说,厉害,等于戳我的轮胎_{暗中使坏。莫非不幸言中?}。小琴说,我一直记得蜡烛油,我吓的。陶陶说,讲得太难听了,女人三围,腰身大腿,变成一摊油,太吓人了。小琴说,我如果跟其他男人来往,玲子姐姐从来不管,所以,我不会替陶陶撑腰,不拖后腿,我旁边看看_{等于"不反对也不提倡"}。陶陶说,蛮好。小琴说,陶陶看到了我,根本也不激动,心里的想法,一句不讲。陶陶说,讲得花好桃好,小琴就会相信。小琴不响。陶陶说,小琴如果碰到一个男人,见面开始埋怨老婆,倒要当心。小琴说,为啥。陶陶说,男女结婚,是用了心思的,现在讲得老婆一分不值,肯定是绝情人,面孔说翻就翻的男人面前,女人真要变蜡烛油的。小琴点头说,我记牢了,只是陶陶以前,跟玲子姐姐,为啥结束的。陶陶说,包打听了,我不讲。小琴发嗲,一屁股坐到陶陶身上说,我要听。陶陶说,等于讲别人坏话,不可以的。小琴说,讲。陶陶一拎小琴的睏裙说,当时玲子有老公,我上门送蟹,

_{○ 冰心生前有言:『志摩是蝴蝶,而不是蜜蜂。女人的好处就得不着,女人的坏处就使他牺牲了。』}

_{• 又做『花好稻好』,出自上海郊区农谚,泛指农作物长势喜人。『花』特指棉花。}

二十四章　483

玲子就穿了这种等于不穿的衣裳,开了门,女人结过婚,中国叫老婆,日本叫人妻,我是小青年,上海童男子,进门看到这种人妻,我吃得消吧,当然吃不消。小琴笑说,童男子,<u>我买账</u> 意思是I服了You。陶陶说,我不讲了。小琴一扭说,后来呢。陶陶说,后来,玲子就跌了一跤,讲是穿了高跟拖鞋,不当心,要我去拖。我一拖,玲子肚皮就痛了,黄鳝一样,扭来扭去,嗲得不得了 形容这种姿态一般用蛇,黄鳝属于陶陶习惯的菜场用语。小琴说,太下作了,陶陶完全是临时编的,我只晓得,当时玲子姐姐心情不好,人是绝瘦,正正派派。陶陶说,越瘦越厉害,懂吧,上海有一句流氓切口,"金枪难斗排骨皮",懂了吧。小琴说,下作,反正这天,玲子姐姐是穿正装,高领羊毛衫,下面长裤,结果,裤纽让陶陶拉脱三粒。陶陶说,所以我不讲了,明明是热天,搬到冬天,一只嘴巴两层皮,翻到东来翻到西 大热天何来大闸蟹?要么是六月黄。小琴笑说,我听了,还是心动的。陶陶说,所以穿得这副样子。小琴说,等有一天,我也要穿正装,里面硬领旗袍,马甲,再里面,全身绷,拉链,带子纽子,全部扎紧,纽紧锁紧,下面厚丝袜,加厚弹力牛仔裤,看陶陶有多少力气来剥。陶陶说,实在变态 拟同意。小琴抱紧陶陶说,老实讲,不是我诸葛亮,刚刚玲子姐姐来电话,讲陶陶离家出走了,芳妹哭天哭地,问姐姐要人,当年姐姐是介绍人,要负责。芳妹讲,陶陶是跟一个外地女人搞花头,估计要生小囡了 又是生育执念。玲子姐姐一急,想来想去,肯定是我,因此悄悄来电话,要我关电灯,锁门,先让陶陶做一夜无头苍蝇,到火车站跟民工睏地板,明早写检查。我根本是不听的,起来准备小菜。电话又来了,讲可以开电灯了,陶陶的野女人,实名叫潘静,经理级的女人,性欲强,脾气犟 蛮押韵。我一听,当然吃醋了,我就去氽浴,衣裳换了好几件,心里难过。陶陶太厉害了，每礼拜跟我做几趟，回去跟姐姐交公粮，还要跟潘静姐姐搞浪里白条，冰火两重天，小琴懂的也不少，想想就要哭，是我难以满足陶陶，真担心陶陶身体，这样搞下去，等于一部特别加急快车，上海开到安徽，安徽到河北，再开回上海，上海再开到安徽，再开河北，三个地方兜圈子，总有一天，轮盘烧起来，就要粉粉碎 一列加急快车带出两个女人籍贯。陶陶不响。小琴说，潘静姐姐，有啥真功夫呢，我有啥不到位，我要听。陶陶一声长叹 感觉身体被掏空，此刻，窗外两只野猫忽然咆哮厮打，怪叫连连 一只是芳妹，另一只是潘静。

二

电话里，玲子问沪生，最近见过陶陶吧。沪生说，极少联系。玲子说，小琴跟陶陶私奔了 可能是史上最短距离私奔。沪生说，啊。玲子说，礼拜三夜里，沪生过来吃饭吧，是苏州范总做东，见面再讲。沪生答应。到这天夜里，沪生与阿宝走进"夜东京"，台子已经摆好。葛老师照例是看报纸。玲子说，有陶陶的新消息吧。沪生摇头说，根本不接电话。玲子说，芳妹怀疑，陶陶是跟一个叫潘静的野女人有关系，寻到成都路孟先生，要来地址 严重泄露客户资料，还是北方大客户，芳妹不知使了何种手段，然后，到潘静公司里大吵，结果是一场虚惊，两个人根本不搭界。之后，忽然接到了一个匿名电话，讲陶陶与小琴，已经同居了 一个举报电话，两个嫌疑人，一个是玲子，另一个怕是当事人本人。要死吧，芳妹急了，到店里寻我，小琴是我小姊妹，我有责任，于是我陪芳妹到了华亭路，发觉小琴请人看摊位，已经失踪了，再赶到延庆路，人去楼空 报案前做足准备，最后，芳妹拉我，去见命相钟大师，走进弄堂，碰到钟大师遛狗，芳妹问大师,陶陶去了啥地方,钟大师讲,打电话问呀 因芳妹未遵师嘱而生气,不想搭理。芳妹讲,陶陶不接。钟大师讲,无药可救了,陶陶,是绩不偿劳,专骑两头马,原可以放过韶关,但是做定了花蝴蝶,来不及采蜜,情况不妙了。○『骑两头马』犹骑墙。元代尚仲贤《气英布》第一折:『你既归汉,便当背楚,却骑不得两头马的。』芳妹讲,究竟去了啥地方。大师说,难讲的,陶陶的命,太上老君也算不出了。芳妹讲,这只死男人的狗命长短,并不重要 完全没有顾及在场白狗的感受,我是问,现在死到啥地方去了。大师讲,我算不出来,我不开私人事务所,如果算得到这一步,公安局可以关门。芳妹讲,平常端一只死人的罗盘,横看竖看,到处卖野人头 忽然恶言相向,也是气急败坏。大师讲,喂,嘴巴清爽点。芳妹讲,老棺材。大师讲,啊,抛弃精华取糠秕,五讲四美懂吧,不许骂人。白狗冲过来穷叫,芳妹想踢,大师一挡,芳妹朝地下一蹲,哭天哭地讲,观世音菩萨呀,居委会同志呀 从观世音菩萨到居委会同志,中间隔着无数个钟大师,我蛮好一个男人,听了这只老棺材的屁话,学坏了呀。白狗穷叫,弄堂里全部是人。大师讲,各位高邻,现在请大家观察这只女人的面相,吓人吧,两条法令线,像老虎钳,钳煞人不偿命,克夫克到底了,做男人,肯定要逃的,逃到啥地方,思之思之,鬼神通之,上海西北方向 又是西北,可以了吧,绿杨桥,门口有两只垃圾筒,就这个方位,有本事去寻呀,死女人。○据《三命通会论》:女人法令纹,又称『苦泪纹』,命苦兼克夫。

• 欧阳修《望江南·江南蝶》:『江南蝶,斜日一双双。似何郎全傅粉,心如韩寿爱偷香。天赋与轻狂。微雨后,薄翅腻烟光。才伴游蜂来小院,又随飞絮过东墙。长是为花忙。』

玲子讲到此地,苏州范总踏进饭店,身边是俞小姐。范总说,俞小姐现在,是我的老板,我称呼俞董 买卖不成"人才"在。俞小姐一趟苏州也不算白跑。贼不走空。俞小姐

• 位于上海西北方向普陀区桃浦镇,相传始建于南宋年间,原名洛阳桥。

说，难听吧，北方人以为，我是鱼冻还是鱼肚，蟹粉烩鱼肚。大家笑笑。俞小姐说，听说陶陶私奔了。沪生不响。此刻，菱红带一个男人进来。菱红说，这是日本人，就住前面的花园饭店（饭店管理方为日本大仓酒店）。日本人鞠躬。亭子间小阿嫂，拎了一把水芹走进来。葛老师放了报纸说，水芹又滑又嫩，赞。玲子看一眼小阿嫂说，是的，真滑真嫩，一掐就出水，不用化妆品。小阿嫂头一低，转进厨房。最后，丽丽与一个中年男人进来，司机搬进一箱红酒，一箱红酒杯（讲究）。丽丽说，这位是我生意朋友，投资公司韩总。于是，十个人围坐，一室雍雍，冷盆摆上台面，大家端杯动筷。范总介绍新公司计划。丽丽与韩总听得仔细，答应去苏州一趟（上一次俞小姐被陶陶拉去苏州，一转眼变成俞总自己拉人去苏州了）。玲子看一眼菱红说，中国人吃饭，为啥要带东洋人进来，廿八岁的人了。菱红说，为啥不可以。日本人坐得笔挺，菱红随势一靠。玲子说，一句中文不懂。菱红说，吃一点上海小菜，总可以吧。玲子说，这次，是包一年，还是两年。亭子间小阿嫂说，啊，眼睛一霎，菱红有了男人了。阿宝说，张爱玲讲，做女人，包养要早（难道不是杜月笙说的吗）。菱红笑笑说，我欢喜宝总的噢。小阿嫂说，葛老师有个侄子，条件不错，刚刚国外回来。菱红说，做啥行当呢。葛老师说，会计师，五百强大公司。菱红说，这是唐僧肉，我有兴趣的，现在打电话。小阿嫂露惧说，日本人在场呀。玲子说，这次是无性包养，不要紧的。俞小姐说，啥意思。丽丽莞尔一笑。菱红说，就等于，现在有男人抱我，就是香我面孔，日本人无所谓（对"无性包养"最直观的名词解释）。沪生说，不可能的。菱红说，要试吧，日本人根本不吃醋。大家看看日本人。丽丽笑说，试试看。菱红就立起来。俞小姐说，大家文明一点好吧，尤其新朋友

○5年后的日本国内统计数据显示，约有四成夫妇已进入"无性婚姻"状态。

韩总面前。韩总说,不碍的,我样样明白,样样懂。菱红说,韩总是明白人。范总说,好是真好,台面上,就应该有甜有咸,有荤有素。菱红说,一听包,就想到抱,一讲到抱,就觉得我低档,一般的结婚,跟包,有啥两样呢。阿宝说,好。俞小姐说,法律上面不一样。菱红笑说,对呀,我最讲法律,讲文明,所以,我不搞男女关系,无性无欲,但我靠一靠,总可以吧。菱红靠紧日本人。玲子笑说,像啥样子,廿八岁的人了,一点不稳重日本人坐姿的僵硬似乎只是为了衬托菱红柔软的身段。

大家吃了几轮。丽丽说,菱红姐姐一开口,就是特别。菱红说,别人不讲,不做的事体,我来讲,我来做,一般事体,几千几百年,基本一样普通情节,故事,多讲有啥意思呢"瞎讲有啥讲头",这是另一句上海俚语。葛老师冷笑说,惊险故事,上海要多少饭桌话题上被抢了风头,意图反击。小阿嫂说,还是少讲讲,吃菜。葛老师说,我可以讲吧。玲子说,可以。葛老师说,以前,有一个外国老先生故世了,身边的老太,盖紧被头,同床共枕,一死一活,过了好多年威廉·福克纳小说《献给爱米丽的一朵玫瑰》有此情节,前几天呢,本埠也有了,一个老太故世了,身边的老先生,闷声不响,不通知火葬场,每夜一死一活,陪老太半年多,一直到邻居觉得,味道不对了,穿帮了,这是电视新闻,夜里六点半播出,这个老先生对镜头讲,自从老太一走,心里就慌了,天天做噩梦,但只要一碰身边老太,也就心定了葛老师的意思是:上海终于再次和国际接轨了。俞小姐说,标准神经病。丽丽说,吓人的。葛老师说,我是伤心。小阿嫂说,现在吃饭,<u>腻心</u>上海话"恶心"故事少讲。葛老师说,男女现在有这种情分,是难得了。小阿嫂说,要命,我隔壁的邻居,也是老夫妻,万一一死一活,我是吓的。菱红冷笑。玲子说,是呀是呀,有一种女人，表面上，是关心老头子，其实，有情分吧。小阿嫂不响。阿宝说，我爸爸讲了，人老了，就准备吃苦，样样苦头要准备吃。菱红说，不一定吧，我以前到花园饭店，碰着一个八十多的老先生，根本就是享福人，头发雪白，人笔挺，一看见我，老先生慢慢踱过来，背后一个日本跟班，夹了一只靠枕。老先生讲，小姐会日文吧会不会说日文，大概从肢体动作即可判断。我点点头。老先生讲，可以坐下来谈几句吧。我点点头。老先生坐进大堂沙发，日本跟班马上垫了靠枕何不直接穿女式和服？老先生讲，我是老了，我只考虑享福。我点点头。老先生讲，如果小姐同意，现在就陪我，到前面的大花园里走一走，可以吧。我答应。两个人立起来，老先生臂膊一弯，我伸手一搭。老先生可以做我外公，有派头，日本跟班收起靠枕，皮包一样，随身一夹，旁边一立"一弯""一搭""一夹""一立"，小动作捕捉精准，我跟老先生走出大堂，到前面大花园里散步，小路弯弯曲曲，两个人一声不响，听鸟叫，树叶声音，走了两三圈，三刻钟样子，全高跟皮鞋，我不容易，回到大堂，老先生讲，天气好，菱小姐好，我是享福。我笑笑。老先生微微一鞠躬讲，添麻烦了。我鞠躬讲，不要紧。老先生讲，明朝下午两点钟，菱小姐如果方便，再陪我走一趟。我点点头。老先生讲，菱小姐有电话吧，我最懂数字了退休前不是会计师就是数学老师，号码讲一遍，立刻就记得。我报了号码，就走了，第二天吃了中饭，老先生电话就来了，约定两点钟散步，第三天吃中饭，电话来了，约定两点钟散步，第四天。玲子打断说，一共几天。菱红说，第四天两点钟散步，照例到两点三刻结束，我陪四次了，老先生讲，本人就要回日本了，菱小姐有啥要求，尽管讲。我不响。我当时稀里糊涂，我讲啥呢，沪先生可以猜猜看。沪生说，

○此"大花园"原为前"法国总会"草地网球场区域，当时辟有球场20多个。

简单的,要我讲就是,我准备去日本。菱红不响,眼睛移过来。阿宝说,祝愿中日两国人民友谊,万古长青,再会。菱红看了看韩总。丽丽说,我建议是,夜里再去坐船,浦江游览。韩总想想说,我想开店,想做品牌代理,可以吧 渔夫太多,奈何日本老锦鲤只得一尾。大家笑笑。这个阶段,玲子一直为日本人翻译,此刻大家看日本人。玲子说,日本人讲了一首诗,意思就是,今朝的樱花,开得深深浅浅,但是明朝,后日呢 此君熟读《源氏物语》。大家不响。葛老师说,要是我来讲,简单,我想好了,我准备日夜服侍老伯伯。大家看亭子间小阿嫂 也算众望所归。小阿嫂眉头一皱说,我不讲,请范总讲。范总说,总共去了花园四次,不客气,这要计时收费了,然后,建议去苏州沧浪亭,最后散步一次,散散心。阿宝与沪生大笑三声 沧浪亭诡异之夜,懂的人。俞小姐说,太荒唐了,非亲非眷,陪一个糟老头子逛花园,有空。玲子说,赞。菱红不响,面孔红了,像有了眼泪,之后笑了笑说,大家讲的,是七里缠到八里,我当时讲得简单,我最喜欢花园饭店,眼看饭店造起来,又高又漂亮,我真不晓得,最高一层,是啥样子。老先生笑笑,带我乘电梯,到了三十四层套房,日本跟班开了房门,轻轻关好,房间里就是两个人,我激动得要死,想不到,我可以到花园饭店顶层的房间里了,下面就是上海呀,前面,四面,全部是上海,我真的到了此地呀,像梦 泉兰路屋顶上阿宝、蓓蒂只能看到"半个卢湾区"。菱红讲到此地,不响。小阿嫂说,后来呢。菱红说,后来,我就走了,老先生讲,过三个月,再来上海,要我等电话。我讲,好的。我就一直等电话,结果等到现在,等我上海,东京,来回多少趟了,等我跟日本和尚结婚,离婚,最后回到上海,一只电话也等不着。葛老师

右侧批注:
○还可以用『渡尽劫波兄弟在,相逢一笑泯恩仇』『前事不忘,后事之师』等等。

左侧批注:
○吴谤,『七里传到八里』,鞋子穿到袜里,意思是『越说越邪乎』。

说，老先生一定是过世了 也可能电话号码记错了。菱红说，大概吧，否则，一定会来电话的。大家不响。菱红说，但我还是等，已经等惯了，一辈子，死等一只电话的女人，是我。俞小姐说，我比较怀疑，两个人到了房间里，就是看看风景，不符合逻辑。丽丽说，我相信的。小阿嫂说，如果老先生出手，一定大方。菱红冷笑说，是呀是呀，大多数人，一定这样想，好像我是妓女。

进贤路开过一辆大客车，地皮发抖。大家不响。沪生说，我不禁要问了，这是一场梦，还是一部电影 雨果·毛尔霍佛："在睡眠中，我们自己制造我们的梦，在电影中呈现给我们的是已经制成的梦。"。韩总说，从头到尾巴，一个大花园，一老一小两个人，走来走去，比较单调。阿宝说，有一部电影，两个美女约老先生跳舞，一帮年轻人，进房间，抢夜礼服，老先生好不容易轧进去，只有空衣架，墙角一只纸袋里，有一套邮差制服，接下来，老先生穿了皱巴巴邮差制服，走进跳舞大厅，男男女女舞客看见，突然灯亮，音乐全部停下来。菱红说，后来呢。阿宝说，忘记了 查无此片。菱红说，这像做梦，宝总，有问题了。玲子说，我听讲，宝总的心里，只想过去一个小小姑娘。阿宝不响。葛老师说，讲到了老先生，前几年，我跟一个日本老朋友，到塞班岛，点过一个女人，当地中国小姐不少，讲是小姐，多数已经四十出头，灯光暗，等小姐近身，四十多岁女人，一面孔哭相，我不大开心。我讲日文说，小姐有啥心事。女人讲日文说，父母生了重病，缺一笔钞票，因此苦恼 塞班岛两个中国人用日语对谈。我不响。女人讲，先生喜欢我苦恼，对吧，还是喜欢我哭。我讲，此地，还有啥项目。女人讲，隔壁房间，样样有，来的客人，比较特别，让小姐打耳光，拉头发，吃脚趾头也有，只要满意，全部可以做。我不响，我身边的日本老先生笑笑。女人讲，有个老客

二十四章　491

人，只喜欢装死，让小姐跪到身边，哭个十几分钟，就满足了。女人讲到此地，我骂了一句，贱人<注>加上"丢人都丢到国际上去了！"就足够义正词严了</注>。女人一吓。我讲，到底受啥刺激，做了啥噩梦，还是中国父母生神经病。女人哭丧面孔讲，先生，先生，真是对不起，是我发昏了。日本老朋友问，老实讲讲看，到底是为啥。女人不响。我一把捏紧女人的面孔说，讲呀<注>日本鬼子腔调出来了</注>。女人哇的一叫，哭丧面孔说，是我心里烦，确实，是我父母生了大病，现在请尊敬的先生，打我几记耳光，打我屁股，大腿，也可以，打了，我就适意了。我不响，捏紧女人面皮不放。女人讲，因为急得发昏，胡说八道了，请先生原谅，实在失礼了<注>看过《迷失东京》的读者可自行脑补有关场景</注>。我喊一声，妈妈桑。一个胖女人连忙进来。我松了手问，此地用这种恶劣态度，服侍客人，还有责任心吧。妈妈桑是倒眉毛，声音像蚊子叫，哭丧面孔讲，全心全意服务客人，要让客人称心满意，是本店最大的责任心。我讲，既然要客人愉快，为啥私人父母事体，带到工作里来，摆出这副死人哭丧面孔，应不应该。我当时，真想扭妈妈桑一记面孔，想不到，妈妈桑已经猜到了，凑近过来，面孔自动送上来。我看了看，肉太厚，粉太多，我不动手<注>捏人家面皮这癖好蛮小众</注>。妈妈桑马上就落跪，头碰地板道歉。我讲，上年纪的人，最怕看见小辈哭相，等于是哭丧，好像，我马上要翘辫子了，马上要开追悼会，要进火葬场。妈妈桑翘高屁股，头碰地板，不断道歉。我讲，立刻叫这只死女人滚蛋，滚回上海去，我不想再看到这种贱人。妈妈桑唯唯诺诺，屁股翘高，头碰地板，立起来，再鞠躬，嘴巴一歪，旁边的女人一低头，脚步细碎，连忙跟出去，走到一半。我日本老朋友讲，慢。两个女人立刻不动了。老朋友摸出支票簿

<注>○本以为"开追悼会""进火葬场"这种氛围只有日式或台式茶道表演才有，没成想还包括夜总会。</注>

讲，死过来。女人哭丧面孔转过来。老朋友讲，贱人，父母看病，缺多少钞票。女人低头不响。我讲，快讲呀，死人。女人哭丧面孔不响，鞠躬落跪，翘高屁股，头碰地道歉。老朋友叹口气，戴眼镜，凑近台灯，开了一张六十万日币支票，飞到地上说，快点死出去 死过来，死出去，这位懂经的日本老朋友，上海话讲得邪气地道。女人伸出两根手指头，支票一钳 前面嘴巴"一歪"，此处手指"一钳"，小动作大大地传神，跟妈咪一路鞠躬，屁股朝后 废话、屁股朝前的是蜡笔小新，慢慢退出去。

大家不响。葛老师说，古代有过归纳，不欢之候，也就是不开心的情况，有十多条，灯暗，啰嗦，反客为主，议论家政国事，逃席，音乐差，歌女刁，面孔难看，包括狂花病叶。韩总说，啥。葛老师讲，也就等于这种陪酒女，是欢场害马，蔑章程，不入调，不礼貌，懒惰，嚣张。范总说，这位日本老朋友的钞票，等于是厕所间的卫生纸，随便就扯。

○袁宏道《觞政》:"不欢之候，十有六：主人吝，一也；宾轻主，二也；室暗铺陈杂而不序，三也；乐涩而妓娇，四也；坐驰，五也；议朝除家政，六也；迭谑，七也；附耳嗫嚅，八也；兴居纷纭，九也；蔑章程，十也；醉唠嘈，十一也；客奴逃席，十二也；平头盗瓮及居寒，十三也；狂花病叶，十四也（饮流以目眙者为狂花，十五也；夜深逃席不法，十六也)。其他欢场害马，例当叱出。害马者，语言下俚面貌粗浮之类"。○《繁花》里的男女老少，人人都是公安派铁粉，金句张嘴就来。

玲子说，这只女人，实在太赚了。沪生说，戏外有戏，炉火纯青。阿宝说，葛老师享受了。菱红说，宝总眼光毒的 并非宝总 人看出葛老师的隐藏癖好，黄雀在后有菱红。亭子间小阿嫂说，夜总会，等于开殡仪馆 "喜丧" 也是有的。玲子瞄了小阿嫂一眼说，老头子嘛，最喜欢的，就是这种四十多岁的老女人，日本叫邻家大嫂。小阿嫂不响。玲子说，这种年龄的中国女人，面皮像轮胎，相当厚，可以一面让日本人摸，一面借客人电话，打国际长途。小阿嫂说，啥叫这种中国女人，一竹篙打翻一船人。玲子说，这批女人以为，日本人不懂中文，身体已经横到沙发里，已经一动一动，扭起来了，屏了气，还对电话里讲，老公，国内天气好吧，小明（"小明"在故事里第一次当了配角）乖不乖，想吃啥，就买啥，听见了吧，我回来过春节，我多少辛苦，我回来要检查的，如果小明不乖，房间里有女人长头发，我肯定不客气，不答应的，听见吧。俞小姐说，确实，一到过年，"全日空"飞机下来的女人，花花绿绿，大包小包，吆五喝六，讲啥茶道瓷器，讲啥情调，三蛇六老虫，以为别人不明白。（三条蛇六只老鼠，比喻各种隐藏的罐龊，有的没的。清代翟灏《通俗编·禽鱼》："一亩之地，三蛇七鼠。"）韩总说，这是个别女人，不可以讲全部。小阿嫂提高声音说，上海正经女人，要多少有多少。玲子不响。葛老师端起酒杯说，小阿嫂，不必动气，以前中华公司的电影明星，周文珠（又名周丽君，二三十年代上海演技派电影明星，多产，代表作《风雨之夜》《火烧红莲寺》（第12、14集）《透明的上海》《柳暗花明》《爱欲之争》以及《上海屋檐下》等。），有"温吞水"之号，从来不动气，永远不发脾气，多少人欢喜呀，女人就要学这种榜样，才是正道，就等于现在的讲法，谦虚谨慎，胸怀世界，对人，要春风温暖，小阿嫂来。小阿嫂端起杯子，抿了一口，葛老师说，玲子来，我敬一敬，开饭店辛苦，保重身体。玲子不响。葛老师说，不要不开心。小阿嫂冷笑说，哼，不开心的人，是我，人家是千金，我做丫鬟，骂到现在了。玲子说，喂，嘴巴讲讲清爽。小阿嫂冷笑说，我最近才弄明白，开"夜东京"，原来是葛老师坐庄，是葛老师全埋单，上海，有这种野狐狸（义近北方话"幺蛾子"）事体吧。葛老师说，少讲两句。玲子说，台面上，大家是朋友，讲清爽也好。沪生说，不讲了，吃酒吃酒。菱红说，不要讲了。小阿嫂说，做了日本婊子，还插嘴。菱红说，喂，老菜皮（即北方话"老帮子"），嘴巴像痰盂，当心我两记耳光。小阿嫂立起来说，我怕啥，两只东京来的婊子，两只上海赖三（听上去骂了四个人，其实是两名"双重身份"的女人，打呀，我好人家出身，我怕啥。菱红要立起来，日本人压紧肩胛 正是"按住"本按。小阿嫂说，我跟葛老师，不讲青梅竹马，起码从小邻居。玲子说，好，赤膊上阵了，去问问葛老师，当时为啥拿出钞票来，让我随便开饭店，为啥主动送上门来，随便我用多少，懂了吧。菱红说，老骚货，还吃醋了，轮得到吧。小阿嫂说，饭店开到现在，有啥进账吧，铜钿用到啥地方去了，大家心里有数。玲子说，讲出这种屁话来，有身份吧，有名分吧，葛老师一家一当，想独吞，有资格吧。菱红说，葛老师有一幢洋房，我真眼痒呀，实在痒煞，痒得大腿夹紧 这是"痒煞"本痒，我哪能办啦。葛老师说，不许再响了，不许讲了。小阿嫂说，我坐得正，立得直。玲子想还嘴，葛老师一拍台面说，停。大家一吓。葛老师说，当了一台子朋友，尤其新来的韩总，加上日本外宾，国家要面子，我也要面子，要衬里，再讲下去，等于我自捆耳光，到此为止了 平日报纸没白读。韩总说，小事体，小事体，大家少讲一句。范总端起杯子，蔼然说，葛老师，各位，我代表玲子，菱红，小阿嫂，我吃一杯。沪生说，我代葛老师吃一口，可以吧。丽丽说，一口太少了。沪生说，现在我做葛老师，酒量小。阿宝说，吃一杯。丽丽说，我代表小阿嫂，可以吧。葛老师笑笑。小阿嫂不响。葛老师说，小阿嫂，笑一笑可以吧。小阿嫂不响。葛老师说，笑一笑。小阿嫂不响。葛老师说，小阿嫂一笑，甜蜜蜜，最标致，登样。小阿嫂不响。葛老师说，今朝这把水芹，嫩的，是几钿一斤。小阿嫂说，三块五。葛老师说，吃亏了吃亏了，大沽路只卖三块四。小阿嫂总算一笑说，瞎讲八讲，我去过，大沽路只有药芹。大家稍微轻松起来。玲子岔开题目，强颜欢笑说，丽丽的钻石生意，一定做大了。韩总说，深不见底。玲子

○ 即旱芹、香芹或白芹，水芹是江南特产，气味清淡。

二十四章　495

说,表面上看,丽丽总是笑眯眯,一声不响,身上也中规中矩,一粒钻石,一点亮头也不见。韩总说,道行深,财务好,我吃过丽丽家宴,小到碟盏,大到十四寸汤盘,全套威基伍德骨瓷。丽丽不屑说,哪里呀,这是用来吓人的,这个世界,虚来虚去,全靠做门面,懂吧,完全是虚头,我最喜欢,是此地的真实。韩总说,我可以举个例子。丽丽说,不要讲了。韩总说,我澳门赌场朋友,一次到内地收赌账。丽丽无奈说,韩总呀。韩总笑笑说,结果呢,这批人有了麻烦,全部捉进去了,我出面搞定,对方实在感激,最后拿出一只六克拉钻戒,按照赌场抵押价,三十万,请我收进 大概是收来的赌账,我这次带来上海,想请丽丽改手寸,丽丽一看戒指就讲,不必改了。丽丽打断说,讲这种事体,有意思吧,不许讲了。菱红说,结果呢。韩总说,丽丽出价,一百廿万收进。大家不响。丽丽说,不是我有钞票,做生意懂吧。大家不响。丽丽讪然说,做我这一行,等于搬砖头,以小搏大,也说不定是以大搏小,价钿听起来,总是吓人的,昨日的传真,有一只全钻戒指,零也数不过来"数零"这种事,日本人比较在行,一个亿,还是十个亿,单一只盒子,报价猜猜多少。韩总说,多少。丽丽说,四万美金。大家全部不响总算在数目字上接近北京餐桌上的"吓人"程度了。"夜东京"外面,冬雨淅淅沥沥落下来,有几滴听起来,已是雪珠。玲子说,再来一碗菜汤面,要么,菜泡饭,大家暖热一点。菱红说,我不冷。玲子说,菱红讲啥呢,花园饭店就几步路,全空调廿四度。

○英国名瓷,1759年创立,2009年宣布破产。

貌似《繁花》里第二次下雪,也是最后一次。所谓"雪珠"者,辄以"雨夹雪"草草收场。按气象学说法,雨夹雪(sleet)是"雨滴和雪同时降落的天气现象",用小说家茅盾的话来说,上海的雪,就是一种"雪意的冻雨"或者"快要变成雪花的冻雨"。而一般人体感和观感，多少有些欲说还休、不贰不三、不三不四以及哭笑不得。不仅性质暧昧，下起来也是祥林嫂式絮絮叨叨的。不过，这等细碎之物，却也绝不可等闲视之，虽然一直是雨夹雪，却也可能因密集、漫长而酿成雪灾，高度符合王朔对"小资"的定义："小还滋事。"古人云："艺花可以邀蝶，垒石可以邀云，栽松可以邀风，贮水可以邀萍，筑台可以邀月，种蕉可以邀雨，植柳可以邀蝉。"在上海，尤其进贤路这样的市中心，能邀来雪的，除了屋顶和车顶，更多的还是马路。积在上海马路上的雨夹雪，在张爱玲脚下，就是"踩着滑塌塌灰黑的冰碴子"。上海的雪，也像张爱玲眼里的上海人，"有处世艺术，他们演得不过火"。北方的那种完美的鹅毛大雪，则是"美虽美，也许读者们还是要向她叱道：'回到童话里去！'……在《白雪公主》与《玻璃鞋》里，她有她的地盘。上海人不那么幼稚。"

贰拾伍章

壹

扩音器播出5室阿姨声音,阿宝,现在快回去,屋里来客人了,快回去,马上回去。等阿宝赶回去,开了门,房间里有一个穿花衬衫的男人,一个穿花衬衫的女人,一股香气 当年遇"海外来人",往往先闻其香,再谋其面。眼睛习惯蓝黑灰,看到花花绿绿的衣裳,顾不及对方的相貌 繁花已成蓝黑灰,乱花渐欲迷人眼。阿宝眼冒金星说,这是。花衬衫男人一把抱紧阿宝说,阿宝,我是阿哥呀,刚刚从香港来,昨天寻到皋兰路,今朝总算寻到弟弟了。阿宝心里一热。哥哥松开手,转身介绍说,这是我太太。小阿姨说,阿宝快叫嫂嫂。阿宝点点头。嫂嫂走过来,叫一声弟弟,与阿宝搡一搡手。小阿姨一旁揩眼泪 阿宝内心波澜,全都起伏在小阿姨脸上。阿宝说,阿哥嫂嫂,先坐。此刻,窗外已经出现不少邻居面孔,东看西看。小阿姨说,已经打了电话,爸爸妈妈马上回来了,大家先坐。唉,多少开心呀,多少年不见了,哪里认得出来,先坐,我去下两碗水潽蛋,○『水潽蛋』,即鸡蛋整个打入沸水,一熟即起,入碗时加两勺白砂糖或甜酒酿即成。蛋黄必须确保溏心,这两位香港人来说,属于『糖开水』可视为『水潽蛋』的『走蛋』版,对眼下如假包换的『糖水』○江南旧俗,『毛脚女婿』(即准女婿)第一次上门,准丈母娘必煮『水潽蛋』招待,下蛋两个,表示礼貌;下蛋四枚,表示满意;极其满意,蛋有六个之多。八粒或以上,直接订亲或就地圆房。若只见糖水不见蛋,等于下逐客令了○除了招待『毛脚女婿』,『水潽蛋』也用来款待非饭点上门的亲朋。

还是吃糖开水。阿宝一拖小阿姨_{觉得拿不出手}。小阿姨说,也好,我先去买小菜,夜饭好好谈谈,天下最亲是骨肉,真也是罪过呀。小阿姨离开。哥哥看看窗外的人头,不响。阿宝说,随便讲,不要紧的。哥哥说,我写了不少信,一直接不到回信,阿宝还集邮吧。阿宝说,早就不弄了。哥哥说,大陆邮票,外面人喜欢,外面的邮票,此地看不到。嫂嫂拎过一只皮包。阿宝走到窗口,外面2室阿姨,1室好婆,两个小朋友,楼上抱小囡的山东女人,朝后退几步。阿宝说,有啥好看的。阿宝一拉窗帘。嫂嫂拿出三本邮册,一条有铜钉的劳动布裤子,两件圆领汗衫。阿哥说,这是真正的美国牛仔裤,大陆可以穿吧,阿宝穿穿看。嫂嫂讲一口旧式上海话夹广东话说,这两件衫,对了,弟弟是有太太了,大陆叫"爱人"对吧。阿宝说,是女朋友。嫂嫂说,不关女朋友胖还是瘦,是啥身架,这是弹力纤维,交关登样_{当年熟人见面时最诚挚的恭维是"最近又胖了嘛"}。阿宝不响。哥哥翻开邮册,阿宝一眼看到整套蝴蝶邮票,两张哥斯达黎加大翅蓝蝶小型张,油然想到蓓蒂。哥哥说,大部分还是普通票,两本普通盖销票。阿宝说,我不弄邮票了。哥哥说,海外普通票,印刷赞。阿宝翻开其中一页,全部是"中華民國臺灣郵票",心里一吓。阿哥看看窗帘说,簿子,衣裳,先放好,如果爸爸看见,要吓的。阿宝不响。哥哥说,听说卜岁数的大陆人,胆子特别小。阿宝拉开抽屉,弹力衫垫底,放平,簿子放进旧书包。哥哥慢慢拉开了窗帘_{"接头完毕"既视感},轻声说,阿宝想不想去香港。阿宝说,啥。嫂嫂说,大陆人到香港,已经潮潮翻,嫂嫂我来想办法,我妹妹已经办理了,情况好多了_{时维1970年代末1980年代初}。阿宝不响。哥哥说,先办探亲,再想办法,

○ 属于阿宝的主观定义。以上两个物件后来的通用名分别是「牛仔裤」、「T恤」或「T」。

贰拾伍章 499

人到了香港，工作机会也多，到我公司帮忙，夜里读点书，读粤语班，读点英文，做贸易，上海人最聪明。阿宝不响。不久，小阿姨买菜回来。接下来，是阿宝爸爸赶到。哥哥嫂嫂立起来。哥哥说，爸爸。嫂嫂说，爹地。阿宝爸爸不响被熟悉又陌生的"爹地"吓到了。坐下来抽香烟。哥哥说，爸爸身体好吧。阿宝爸爸不响。嫂嫂拿出一盒巧克力糖，两条三五香烟，几盒药的名字是，香港老牌三耳氏跌打红膽汁，蚬殼胃散，星嘉坡南洋金老虎猛虎十八蛇千里追風油等等。此外，哥哥拿出一件香港上海汇丰银行厚信封。阿宝爸爸说，这是啥。哥哥说，一点心意，孝敬父母大人，年纪高上去，多注意身体。阿宝爸爸说，药是为啥。哥哥说，外面讲，大陆人参加劳动，挑河泥，挖防空洞，做砖头，吃得也不好，因此。阿宝爸爸说，全部拿回去。哥哥说，啥。小阿姨说，姐夫做啥。阿宝爸爸说，大陆大陆，大陆有啥不好正确说法是"祖国内地"，西高东低，地大物博，吃得好穿得好，人人笑眯眯，我不得不怀疑。哥哥说，我听不懂。阿宝爸爸说，不要忘记，我做过地下工作，有警惕心自动识别糖衣炮弹。哥哥说，这我晓得。阿宝爸爸冷笑说，得不到详细情报，哪里会晓得，我有胃病，有风湿，肩胛有老伤。阿宝说，爸爸。阿宝爸爸说，现在啥形势，海外情况是啥，我全懂托大了，卢湾区的情况是啥，恐怕也不太清楚。哥哥说，我自家做小公司，做贸易，做非洲生意。嫂嫂说，爹地的话，我好惊，香港老百姓，搵食难即北方话：讨生活，发达也难，不会想这种情报怪事的。阿宝爸爸说，是吧。嫂嫂说，香港这代人，苦呀，工作难寻，只想现实，比如人家有雪柜，为啥我冇呢，努力做事。哥哥说，是的。嫂嫂说，有的人，饮得起几万一瓶红酒，有的只住板间房，中了派彩，也是湿湿碎碎，一二百蚊的安慰奖，香港开销大，平时观音三万，皇母三万,如来也三万,有饭食就行,以前样样要做,跟车送可乐,油公仔,钉珠仔,穿胶花,剪线头 <u>李嘉诚第一桶金就靠后三项</u>。哥哥说,我香港过房爷 <u>继父</u>,我叫老窦 <u>即"老爸",并非姓窦</u>,读初中就过身了,寻份工作,要铺头担保 <u>即旧社会"铺保"</u>,样样求人,大陆讲起来,我就是无产阶级。

○ 指花钱无节制 ○ 参见粤曲《紫钗记之花前遇侠》:"我小姐毁家为情,遇人不淑,卖去上襟钗,仅余三万,如来又三万,我皇母九万贯。观音三万,我怕我家小姐死无铜棺可殓。"

阿宝爸爸说,因为艰难,就做情报。哥哥说,啥。阿宝爸爸说,多讲没意思。哥哥不响。阿宝爸爸说,当时工作需要,我确实拜托了过房爷,人住到香港,也就两条心,两条道路了,有啥好讲,这是历史,现在,大家路归路,桥归桥,好吧。哥哥不响。阿宝爸爸拍拍信封说,里面多少。嫂嫂说,五千港纸 <u>约是当时香港一个季度的平均工资</u>。阿宝爸爸拉开嫂嫂皮包,将信封,香烟,药品等等,全部装进去。小阿姨当时,手托一只碗盏,气得朝台子上一摆,结果滑了下来,橐然落地,跌个粉碎 <u>摔碎的是宝爸的心</u>。大家一吓。小阿姨说,姐夫,神经病发作了,阿姐还未回来,亲骨肉还未看到,真是铁石心肠了,脑子让汽车轮盘轧过了 <u>后演变为"被门夹过了"或者"被枪打过了"</u>。阿宝爸爸不响。小阿姨说,小哥哥走走看。阿宝爸爸慢慢拉紧了皮包拉链。小阿姨说,不许走。我横竖横了 <u>即"豁出去"之意</u>,我去寻死。阿宝爸爸拎起提包,交到嫂嫂手里说,对不起,还是回去吧,钞票的心意,我领了,拿,我一样不会拿的,讲是孝敬,可以的,讲是活动经费,也可以,广东人讲起来,这叫"派糖",让我"坐唔耐",原谅我。哥哥不响。阿宝爸爸说,阿宝,陪客人到汽车站去。小阿姨哭起来,瘫到地上说,人心活到狗身上了,绝情绝到了这种地步了,救苦救难地藏王佛菩

○ 恐受牵连 ○ 两句粤语,分别是"给甜头"和"坐不稳"之意。○ "坐唔耐"通常指在某种地位或职位上坐不稳。宝爸膨胀了。

贰拾伍章 501

萨呀。哥哥说，小阿姨，地上有碎碗，起来吧，不要紧的。阿宝不响，眼泪落到心里。阿宝爸爸说，阿宝，听见吧。阿宝不响。阿宝爸爸走上来，敲了阿宝一记栗子说，造反了是吧，快一点送客，听到吧。此节若是需要一个小标题，必是阿宝少年时代流行的这句"反特电影"台词："海外来人啦！"

○食指或中指向内弯曲，关节外突，以第二关节直角处敲击他人脑袋。又称那婆子揪住郓哥，凿上两个栗暴"。北方话叫"吃毛栗子"。○参见《水浒传》："郓哥道：'我是小猢狲，你是'马泊六！'"、'脑瓜崩儿'。

镜子里，两件香港弹力衫，移来移去，自由花图案，一件白底夹粉红，一件灰底夹淡蓝，雪芝一件一件拖到身上，对镜子横看竖看。雪芝说，穿白的，还是蓝的。阿宝不响。雪芝说，阿宝想啥。阿宝说，还是穿朝阳格衬衫，比较大方。雪芝说，夜里吃饭，兰兰沪生，全部熟人呀不熟的衣服适合穿给熟人看，5室阿姨跟小珍，我也见过一面，只有小珍的男朋友，我不认得。阿宝说，太时髦不好，朴素一点。雪芝说，我要穿。阿宝不响。雪芝说，我看到乘客穿过了，根本不招摇再时髦的衣服挤在公交车里如何招摇得起来。阿宝说，七花八花，比较显眼。雪芝说，阿宝是色盲了，我要穿。阿宝迟疑说，这就穿蓝的吧。阿宝立起来，准备避开。雪芝拖手说，又不是外人。阿宝不响。雪芝背过身体，解胸口纽子。阿宝看看镜子，雪芝低了头，动作慢，解一粒衬衫纽子，像半分钟当时国产爱情电影流行慢镜头。阿宝让开几步，雪芝的白衬衫，慢慢滑到椅背上，身体醒目，产生热量，弹力衫慢慢套上去，镜子里露出腋毛，肋骨，逐渐裹紧，两手朝下一拉，衣裳有了精神，平滑，皱褶，隆起，收缩，服帖自然以上五个词，正是阿宝心路历程。雪芝说，好看吧。阿宝不响。雪芝看镜子说，假使阿宝也穿牛仔裤，就好了，乘客有人穿这种裤子，我瞄几站路。阿宝说，我准备当工作裤穿，上班穿。雪芝说，可惜了。阿宝不响。雪芝说，要么，裤子放到此地，出去荡马路，阿宝先过来换<u>和挤公交比，荡马路才是真正的招摇时刻，show time</u>。阿宝霎霎眼睛说，换来换去，会出事体的<u>想起妹华沪生当年试穿知青新棉衣而干下的风流勾当</u>。雪芝笑起来，粘上来想打，两个人缠绵一刻，雪芝到台子前面，恭笔写一张条子，我到外面吃夜饭。两个人慢慢走出弄堂，阿宝发觉，已经有人看定了雪芝，走了一段路，乘四站电车，到了曹家渡终点站，路对面，就是沪西饭店，以前叫沪西状元楼，走上二层<u>当年楼高四层</u>，5室阿姨，小珍及男朋友已经到了。服务员上来，阿宝说，有啥特色菜，服务员说，白切，干切，白斩，清抢。阿宝点了几样，接下来，老式木托盘，端了数样状元楼冷盆，糟货<u>江南初夏风味，用酒糟卤制的熟食</u>，四只本帮菜，肚档，时件，甩水，秃卷，以及狮子头等等。此刻沪生也到了。阿宝说，兰兰呢。沪生说，感冒了，不肯出来。沪生的情绪，明显不高。大家介绍一番。小珍因为身边坐了男朋友，稍见拘谨，与5室阿姨一样，经常只盯了雪芝看，看头看脚。雪芝笑说，我有啥不对吧。5室阿

<small>『肚档』，『青鱼甩水』，『秃卷』：『肚档』全称『红烧肚档』，青鱼身中段；『时件』是酒糟腌制的鸡胗和下水；『甩水』即『青鱼甩水』，指鱼尾以及尾鳍部分；『秃卷』即鸡心等内脏和下水——名堂蛮多，其实吃来吃去不过青鱼一条。北方吃货有怪莫怪。</small>

姨说，我是眼痒<u>秃羡</u>，年轻多好呀，多少开心。雪芝说，阿姨也年轻呀。小珍说，雪芝这件衣裳，一定是进门的。雪芝说，我香港娘舅寄来的。台子下面，阿宝捏了一把雪芝大腿。雪芝讨饶说，痛了呀痛了呀。小珍说，阿宝做啥。阿宝说，非要穿出来卖样<u>即北方话显摆</u>，刚刚终点站的调度员，已经问了，以为雪芝要去香港了，去香港结婚。小珍说，像的。雪芝说，我同事嚼舌头。5室阿姨说，全民单位，人时髦，又有大劳保，有加班费，免费月票，吃饭到食堂，

到资产阶级香港去,等于是捉"落帽风",有啥意思呢,太可惜了。雪芝笑。5室阿姨说,阿宝搭讪小妹妹,七花八花的功夫,确实有一套。小珍嘱咐说,要对雪芝好一点,听到吧。阿宝笑笑。这顿夜饭,大家认认真真,吃菜吃饭,家常的气氛。旁边的几桌,也是认真吃,当时情景如此,人数少的客人,习惯与其他顾客合坐圆台。此刻,一个五十上下的男人上楼,与旁边一对小夫妻合拼台子。堂倌迎上去问,吃啥。男人说,四两绿豆烧。堂倌问,小菜呢。男人不响,从中山装左右下贴袋里,摸出一对玻璃瓶,郑重摆上台面,一瓶是酱黄豆,一瓶萝卜干。堂倌看了看,朝楼下喊一声,绿烧四两呀。男人捻开瓶盖,筷筒里抽一双筷子。酒来了。对面小夫妻有三盆菜,炒腰花,红烧甩水,咕咾肉,男人看一眼面前的菜式,瓶子里夹一粒酱黄豆,咪一口酒,然后,眼光扫一扫,转向阿宝台面的小菜,慢慢看过来。阿宝低头不看。男人吃一口酒,再看其他台子的菜,夹一粒萝卜干。雪芝轻声说,阿宝,我。阿宝说,做啥。雪芝说,我想吃黄豆。阿宝说,啥。雪芝说,我馋了。阿宝看了看男人说,喂,同志。雪芝急声说,做啥。男人转过面孔。雪芝慌忙低头说,阿宝做啥。阿宝对男人说,对不起,我认错人了,对不起。男人咪一口酒,看了阿宝附近一盘肉丝炒年糕,再瞄一瞄眼前炒腰花

○意思是,『不可理喻的蠢萌行径』,典出各路包公戏:『包公路过陈桥镇,帽子被一阵怪风吹落。包大人大喝一声:"什么风如此放肆?"张龙赵虎王朝马汉随口答曰:"落帽风"。包大人立即下令:"务必将'落帽风'缉拿归案。"』

• 彼时香港左派电影公司『长城』1978年出品的喜剧片《巴士奇遇结良缘》风靡内地,讲的是男主角巴士售票员与女乘客的恋爱故事,在展现了香港各种『弹力衫』的同时,也表现了香港公交车从业者生活的艰难。宝爸前面吹嘘『外面情况全都了解』,除《参考消息》之外,影像部分应该也来自这部电影。

把"四人帮"造成的损失吃回来

香港茶楼酒楼至今仍行此例,曰"搭台"

△当年社会民风淳朴,顾客不会自带酒水,最多也就是自带下酒菜。

这样的顾客若进了澡堂会是何种光景

萌萌哒

适可而止

504 繁花〔批注本〕

吧，再瞄下去当心绿豆烧不够喝了。雪芝低声说，吓我一跳，讨厌，我是讲讲呀。阿宝不响。这顿饭，每人只要了一瓶橘子水，饭菜吃得干净，沪生一直是沉默，等大家放下筷子，刚刚讲了几句，沪生忽然说，差不多了吧，我先走一步。5室阿姨说，大家也走吧。于是大家起身，5室阿姨说，不好意思，让阿宝会钞了。阿宝说，这算啥呢，应该的。大家下楼梯，沪生也就匆匆告辞。5室阿姨说，雪芝再会，要多来走走呀。雪芝答应。小珍转过身来说，雪芝，经常来曹杨新村，再会。雪芝笑笑。

　　阿宝与雪芝，目送大家离开，并肩走了一段。曹家渡车水马龙，拥挤热闹，对面饮食店，通宵卖生煎，鸡鸭血汤，灯光耀眼，终点站电铃响，一部44路出站。雪芝说，沪生跟兰兰，大约是不开心了。阿宝说，是的，样子有一点闷 开心人对他人的不开心通常比较敏感。两个人顺马路，转到沪西电影院附近，刚讲了几句，听见背后有人说，喂喂，停下来。停下来 开心至此被叫停。阿宝回头看，当场一吓。眼前这个男人，推一部脚踏车，关键阶段，只十分之一秒，阿宝明白，来人见过面，是熟的 不听老人言，老人在眼前。雪芝吃惊说，爸爸。阿宝不响。雪芝爸爸说，巧的，我一路看，一路寻，南京路，淮海路，踏了一个多钟头，东看西看，总算碰到了 地工经验和宝爸有一拼。阿宝不响。雪芝爸爸说，这位是阿宝对吧。阿宝点点头。雪芝爸爸说，阿宝，我算是长辈吧。阿宝点点头。雪芝爸爸说，小辈谈恋爱，还是要讲规则。阿宝不响。雪芝爸爸说，长辈表一个态，可以吧。阿宝不响。雪芝爸爸说，老实讲，我绝对不同意目前这种恋爱关系，因为啥，因为，我是雪芝的爸爸 这个理由一时竟也难以反驳。阿宝不响。雪芝爸爸说，雪芝出娘胎，第一趟到外面吃夜饭，我不可能放心，其他，我不多讲了 习惯性抬高女儿身价。阿

加了果味香精的汽水，老式上海话里可泛指一切果味碳酸饮料。

贰拾伍章　505

宝不响。雪芝爸爸说，男人做任何事体，要讲秩序，要合乎情理，要得到长辈的同意，不可以乱来，就像现在曹家渡，少了红绿灯指挥，可以吧，不可以。雪芝不响，阿宝也不响。雪芝爸爸说，这桩事体，我跟雪芝已经讲过多次了，我绝对不同意，我现在最后再讲一遍。阿宝不响。雪芝爸爸说，最后一次。三个人不响。雪芝爸爸说，雪芝现在，就跟我回去，身上穿得像啥。雪芝一缩肩胛说，让我再讲几句，爸爸先回去，我马上回来。雪芝爸爸迟疑说，也好，这我就先回去，阿宝，这桩事体，到此为止，识时务者为俊杰。○话撰得有江湖气。阿宝不响。雪芝也不响。雪芝爸爸跨上脚踏车，慢慢远去。阿宝不响。雪芝闷了一阵说，真想不到。阿宝说，想不到。雪芝不响。阿宝说，我真想不出来，可以讲啥。雪芝叹气说，我也不晓得。阿宝说，雪芝，还是先回去，再讲吧。雪芝不响。两个人，慢慢走到电车终点站，阿宝送雪芝上车，走了几步，阿宝回头，见雪芝靠了车门，眼睛看过来。阿宝不再回头，独自朝三官堂桥方向走。此刻，阿宝听见雪芝跑过来说，阿宝，我根本不怕爸爸，我会一辈子跟定阿宝，一辈子，真的。雪芝奔过来，一把抱紧阿宝。但阿宝明白，雪芝只是靠紧车门，一动不动，目送阿宝慢慢离开，雪芝的冲动与动作，是幻觉。阿宝慢慢走上三官堂桥，背后的景色，已让无数屋顶吞没，脚下的苏州河，散发造纸厂的酸气，水像酱油，黑中带黄，温良稳重，有一种亲切感，阿宝静下来，靠紧桥栏，北岸是62路终点站，停了一部空车，张开漆黑大口，可以囫囵吞进阿宝，远远离开，可以一直送阿宝，到遥远的绿杨桥，看到夜里的田埂，丝瓜棚，番茄田。这天深夜，等阿宝回到曹杨新村，小阿姨坐于大门外发呆。阿宝拉过一把躺椅，坐定不响。小阿姨轻

○先"口"后"吞"，每当个体的无助、无力感达到极致时，大概就是"感觉自己被吃掉"——还蘸着"温良厚重"的酱油。

声说,阿宝晓得吧,爸爸,已经平反了。阿宝不响。小阿姨说,<u>咸鲞鱼翻身了</u> 粤语:"咸鱼返生"。阿宝说,嗯。小阿姨说,爸爸妈妈,吃了夜饭,高高兴兴去看老朋友了,到现在还未回来。阿宝不响。小阿姨说。以后,样样就好了。阿宝摆平身体,朝后一靠,一言不发。

一个月后的某天,阿宝赶到安远路。雪芝低头开门,走进吃饭间,阿宝跟进去,里厢坐了一个中年妇女,旁边红木台子上,摆一大盘西瓜 糟货吃过一个月后,正式入夏。雪芝介绍说,这是我姆妈。阿宝说,阿姨好。雪芝娘说,阿宝吃西瓜,阿弥陀佛,多好一个小青年,快请坐。阿宝坐下来,手拿一块西瓜。雪芝娘说,最近好吧。阿宝说,还好。雪芝娘说,真是难为阿宝了,好事多磨,一定要理解。阿宝说,我理解。雪芝娘说,目前确实有一点烦难。阿宝不响。雪芝娘说,雪芝哥姐五个,分配到乡下种田,苦头吃足,怨气也就多,得知雪芝认得了阿宝,晴天霹雳,一跳八丈高,一致是反对,三天两天,写信来骂雪芝,还骂我,讲阿宝居心不良,文化低,工作差,雪芝爸爸,本来就反对,只能摊底牌了,阿宝,真是对不住 除了"居心不良,文化低,工作差"之外,雪芝哥姐五个更担心各自有份的上海住房。阿宝不响。雪芝娘说,阿宝,相信我,我一直是帮雪芝的,现在见了面,我晓得阿宝,完全是一个好青年,我心里多少难过。阿宝说,阿姨,应该是我讲对不起。雪芝娘说,雪芝哭过几趟了。阿宝不响。雪芝娘说,答应我,阿宝,要坚持到底。阿宝不响。雪芝娘说,坚持下去,不要怕,跟老头子,哥哥姐姐,抵抗到底。雪芝娘讲到此地,落了眼泪。阿宝说,阿姨,真不好意思。雪芝不响 不管雪芝娘所言是否真心,抑或与雪芝爹是否红脸白脸,阿宝此时已经置身度外,一直保持吃瓜姿态了。

贰

秋天一个傍晚,阿宝爸爸从外面回来,闷闷不乐。阿宝娘说,见到欧阳先生了。阿宝爸爸说,嗯。阿宝娘说,情况还好吧。阿宝爸爸不响。阿宝娘说,欧阳先生是残疾了,还是痴呆了非残即傻,预期值低到尘埃里。阿宝爸爸说,走进铜仁路上海咖啡馆,我就一吓,看见一个怪人,等于棺材里爬出来的僵尸。阿宝娘说,瞎讲啥呢。小阿姨说,吃夜饭吧。阿宝爸爸坐下来说,等于一件出土文物,约我去见面。阿宝娘说,说戏话了。小阿姨说,吃饭。阿宝爸爸说,攀谈了几句,我已经明白,欧阳先生不看书,不许读报,不参加政治学习"三不"以第三项为要害,已经关了廿几年,现在放出来,样子古怪,根本不懂市面。阿宝娘不响。阿宝爸爸说,一口四十年代上海腔,开口就是,兄弟我,兄弟我,还叫我当时的名字,小昌,兄弟我,已经出来了,回来了。我问了一句,先生好吧。先生点点头。阿宝说,先生是啥人。阿宝娘说,爸爸的老上级。阿宝爸爸说,先生总以为,上海现在刚刚解放,现在是1950年,怪吧,谈来谈去,重点还谈情报工作此一品种人设,中外间谍小说堪称前无古人,后无来者。阿宝娘摇摇头。阿宝爸爸说,几只旧皮箱,一样锁了廿几年,落实政策,开了封条,原物发还,锁已经锈坏,箱子里的老式行头,先生拖出来就穿了,老糊涂了,脚上,还是过去的香槟皮鞋,一身西装,我1943年秋天见过,香烟灰派力司料子,流行三粒纽式样,

铜仁路旧名哈同路(Hardoon Road)。1956年全上海67户西餐咖啡业公私合营,或改中餐或歇业。上海咖啡馆系国营上海咖啡厂所属,1980年代初是上海街头唯一的咖啡馆,生在新社会,长在红旗下,除卖"上海牌"咖啡,兼营生煎馒头、小馄饨等。已废。

上海话"市面"可泛指商业活动之外的一切"局势",包括前一章宝爸说的"香港情况"。

△黑、白或棕、白等两种不同颜色镶皮。旧社会小开标配。

老规矩，胸袋露出发黄手帕，内袋里一副金丝边眼镜，同样放了廿几年，老眼昏花，七老八十的人了，戴四十岁平光眼镜还算是职业伪装，箱子里的所有衣裳，裤子，帽子，陈年水渍，浑身皱褶，照样拖出来，穿戴了出门，走进咖啡馆。阿宝娘一声叹息没想到在"残疾"和"痴呆"之间还有第三种选项。阿宝爸爸说，端起咖啡杯，照样斯文相，当年派头，谈政治形势，1945年形势，1949年形势。小阿姨说，谈政治，火烛小心。阿宝爸爸说，一提到具体细节，先生是老习惯，慢慢贴近我，咬耳朵，声音像蚊子叫，嗡嗡嗡，窸窸窣窣，窸粒窣落，我以前到DDS见先生，声音同样轻，但我现在，已经听不惯了，讲的大部分，就是我多年申诉的内容，我已经写了几百遍，毫无兴趣，唉，真是难为了先生，应该讲，变的人是我，先生还是过去脾气，我已习惯闷头写材料，独自闷想，根本不习惯开口谈论了，后来，先生岔开话题，提到另外几种，最复杂的背景细节，我心里一沉，先生当年经手的内容，不晓得比我深多少倍，责任重多少倍，一肚皮的陈年宿古董，三角四角情报交易，牵涉到敏感事件，敏感人物，先生随便讲，随便提，我表面麻木，心惊肉跳，先生的记性，特别清爽，也经常混乱，因为是老了，长年不接触政治，不参加学习，完全过时了，像一个老糊涂，其中只有小部分内容，现在可以公开谈，大部分内容，即使到了将来，恐怕一个字也不能谈，一百年以后也不能谈，有的内容，我心知肚明，有的内容，我根本是两眼翻白，有的内容，可能先生讲错了对象，有的呢，是我记错了对象，唉，这次碰面，一言难尽。阿宝娘说，

○ 某港产黑帮片有类似情节，大佬在1990年代刑满释放，出狱时一身1970年代时髦装束，花衬衫，喇叭裤。

● 霞飞路和南京路开设的白俄咖啡馆，楼高两层，楼下西餐加"老虎机"，楼上咖啡座加舞池，有现场演奏。

○ 英国间谍小说之所以独领风骚，皆因有一批作家客串过间谍。更有退休情报官员写小说的传统。宝爸本来也有这个机会，惜乎每一个字都用来写了"材料"。

贰拾伍章 509

真苦恼。阿宝爸爸说，我对先生讲了，老领导，还是面对现实，要记得，现在不是1949年了，不需要接头了，现在是社会主义了，大家已经老了，根本不做这种情报，早已经收摊了，懂了吧，完全结束了，已经打烊了，懂吧，打烊懂吧，先生靠近我，还是轻声轻气，嗡嗡嗡，窸窸窣窣，窸粒窣落，停不下来。我对先生讲，早就用简体字了，上海巴黎大戲院，现在有吧。记得咖啡馆吧，LA RENA—SSANCE霓虹招牌，现在有吧，"小沙利文"呢，麦歇安王，麦歇安李，麦歇安刘呢，job烟盘还有吧，高加索锡箔香烟，红锡包，白锡包，铁罐装茄力克香烟，还有吧，看得见长衫，枪驳领双排纽西装，男女斯文相吧。先生不响。我讲，此地，现在是铜仁路南京西路，不是DDS，记得DDS吧。先生讲，霞飞路圣母院路，还是金神父路，楼下有吃角子老虎机，二楼坐满人，一面讲张，听见楼下老虎机声音。我讲，先生，这是"文藝復興"咖啡馆，DDS有两家，一是南京路，一是霞飞路渔阳里附近。先生说，想起来了，"文藝復興"对面，白俄《柴拉报》社，情报生意老巢。我讲，是呀，亚尔培路晓得吧，现在叫陕西南路。先生笑

○ 建于1926年，初名东华大戏院，后更名孔雀东华大戏院，1930年1月改巴黎大戏院，1951年再改『淮海电影院』，已不存。

○ Chocolate Shop，母公司先后是Sullivan's Fine Candie和Bake-Fine Bakery（即后来上海益民食品四厂和光明集团）沙利文咖啡馆一处在南京东路江西中路口，一处在今南京西路泰兴路口；前者称东沙利文，后者叫西沙利文或小沙利文。

△ 1927年高加索烟叶是斯大林最爱，但查无此品牌卷烟，疑为法国『高卢人』（GAULOISE）。

△ RUBY QUEEN、CAPSTAN为老牌英国卷烟，当时算高级货。

○ 又称『戗驳领』，即peak lapel，西装驳角向上，形成尖角，顶端上翘。属于西装里比较正式的款式。

· 1927年设于当时霞飞路的俄菜馆，后改名为『复兴饭店』，今淮海中路『金辰大酒店』。

· 捷克斯洛伐克的平面设计大师Alphonse Mucha作品，新艺术和装饰艺术风格。

▲『麦歇安』即法语『先生』monsieur的上海话音译。

▲ Garrik，当时顶级卷烟，英国直接进口，每罐五十支，售价一块银元。

物非人亦非，最后这句最扎心

笑讲,这条路,有一家"巴赛龍那"咖啡馆。我讲,嗯,西班牙人开的。先生讲,是呀,面对"回力球场",复杂,出出进进,各等各样人,只能凭感觉。阿宝讲,啥。阿宝爸爸说,身份到底是白俄,还是赤俄,苏格兰亲日分子,长住法国,又是德国间谍,混到上海,做了日本间谍。阿宝不响。阿宝爸爸说,我讲"巴赛龍那",有名的护照交易所。先生凑近来讲,是呀是呀。我讲,先生,不要多讲了,现在,全部,通通,关了门了,巴赛龍那,DDS,早就打烊了,几十年前就结束了,外国赤佬,全部滚蛋了,打烊懂吧,就是不做生意了,不卖咖啡了,全部回去睏觉了

○ 回力球场,正式名称"中央运动场",观众可下注球员。1930年开幕,与跑马场、跑狗场并称上海三大合法赌场。现址为卢湾体育馆。

· 据陈定山《春申旧闻》:1880年设立于上海黑狮路38号(现中州路)的葡萄牙领事馆,直到1949年,在上海"都有一种特别的势力",即"上海流氓,大多数挂葡萄牙籍"。

批者讲北方话:全都洗洗睡了,懂了吧。先生不响。我讲,现在,听得懂吧,现在就是现在,不是以前,此地不是以前,明白了吧,只剩两个人了,一个是先生,一个是我。先生讲,懂的,完全明白的,1942年,北四川路日本宪兵司令部,还记得吧,监外一个日本兵,日本小青年,走来走去,嘴里一直唱《伏尔加船夫曲》,记得吧。我讲,哪里会忘记,日本学生兵,唱俄文原版,以前我一直想不通,日本兵懂俄文,唱共产苏联歌,但先生呀,这句闲话,已经过去几十年了,此地,是现在了,现在

△ 今四川北路85号原名"大桥公寓",1935年竣工,钢混结构公寓建筑,装饰艺术派风格。日军撤走后改淞沪警备司令部。

▲《伏尔加船夫曲》由俄罗斯男低音夏里亚宾(1873—1938)唱红,与苏维埃无直接关系。

懂不懂,现在,先生可以大大方方,讲得响一点,响一点可以吧。先生两面看了看,响了一两句,又是轻幽幽,轻下去,轻下去,肩膀靠过来,凑近我耳朵,窸窸窣窣,窸粒窣落,我脑子完全发胀了,听到最后,已经听不出先生到底讲了啥,有啥

贰拾伍章 511

要紧的细节,需要反复跟我讲,我等于,也已经痴呆了。

小阿姨端菜盛饭。阿宝娘感慨说,三十年前,先生呼风唤雨,多少斯文英俊的男人,多少有派头。阿宝爸爸不响。阿宝娘说,无论如何,总算落实了政策,总比前几年好。阿宝爸爸说,是呀,基本情况,还算好,定了级别,如果上面通知开会,就派车子来接,但先生走进大会场,根本不认得任何人了,以后,也就不去了去不去是一回事,收不收得到开会通知,是另一回事。小阿姨说,吃饭了,再讲好吧。阿宝爸爸说,一路走回来,心情不好,也只能想想,当年跟先生走麦城,关进北四川路,日本宪兵司令部,管理相当仔细,我一直记得,先生穿了囚衣,经过我的监室,清清爽爽,真是好相貌,到了1942年,不对了,我跟先生,解到南车站路汪伪监狱,就是中国监狱,等于走进小菜场好有爱。阿宝说,啥叫小菜场。阿宝爸爸说,热闹,乱哄哄,又臭又香,蠕动蜎飞,气味复杂,简直一塌糊涂,城隍菩萨,也就是监狱长,专门克扣牢饭,犯人一天两碗薄粥汤,几根雪里蕻咸菜,得不到监外接济,就是等死,我跟先生,已经皮包骨头,隔壁关一个英侨,绒线衫每只洞眼里,有一只白虱,浑身像一层会动的灰尘完形崩坏。小阿姨筷子敲敲饭碗说,姐夫,不要讲了,细菌太多了,吃饭辰光。阿宝说,哪里是小菜场。阿宝爸爸说,犯人手里有钞票,可以随便买,可以点菜吃酒,随便,小贩直接走进牢监,做蒸笼生意,卖肉馒头,水晶大包,虾仁馄饨,馄饨担,直接挑进监牢天井里,落一碗鳝糊面,叫一客广东叉烧饭,大鱼大肉,样样有,天井里开油镬子,汆春卷,苔条小黄鱼,牢里的犯人,眼睛望得见,手里无铜钿,只能空口咽

○英国间谍小说大师约翰·勒卡雷:『所谓间谍,就是在扮演自己时,同时扮演「外在的自己」。』欧阳先生这种情况,在穿越时空状态下同时扮演内在和外在的自己,烧脑之至。

馋唾，钞票拿出来，肉包子滚滚烫，伸手送进铁栏杆。小阿姨说，还有这种事体。阿宝爸爸说，关进来的犯人，中国人，戴红袖章的犹太人，美国人，英国人，法国人，男人女人，规矩一式一样，自生自灭，只凭铜钿银子，有钞票，白粉可以买，野鸡可以叫进来。阿宝娘说，注意一点。阿宝爸爸说，犯人进来，牢衣可以不上身，可以随便，高档犯人，上等人，踏进监牢，登样，有腔调，精纺高支羊毛衫，真丝衬衫，嵌宝袖扣，羊毛背心，羊毛袜，轧别丁三件头西装加大衣，女人进牢监，上风走到下风香，软缎长裙，玻璃丝袜，银貂皮帽，海狸皮，四面出锋，灰鼠大衣，滚绣重磅旗袍，白绒白狐胗披风，皮裘店里，名堂最多了，羊皮分嫩珠，紫羔，萝卜丝，直头，青锋，银勾，灰鼠皮叫钻天，拖枪，是狐狸皮，天德是貂皮。小阿姨说，老虎皮呢。阿宝爸爸说，当店里，就叫"一斑"，斑纹的斑，名字比较怪。阿宝说，这批人关进牢监，结果呢。阿宝爸爸说，衣裳有啥用，囊无分文，两手空空，每天要触祭。阿宝说，啥。阿宝爸爸说，就是吃牢饭，端一碗薄粥汤，哪里咽得下，只能剥一件衣裳，伸出去典当，监牢外面，估衣店，当店的下手，已经久等，普通黄狼皮大衣，毛色好的，市值就要二十两黄金，此地的当资，三钿不值两钿，勉强吃几天饱饭，每到吃饭，身上摸不出一个铜板，剥下来当一件，就这副样子，当衣裳，当到隆冬腊月，身上无啥可当，当得精光，当剩一身短衫裤子，当到赤膊，等于一早吞太阳，半夜舔露水的瘪三，弄堂角落里，束束发抖的烟民，白粉

贰拾伍章 513

鬼，男人女人，日夜号泣，最后缩到稻草堆里，不响了，不动了，穿堂寒风，呜呜呜呜刮过来，刮到冻煞，饿煞为止，然后嘛，普善山庄的死尸马车开进来了，死人掼到车子里，马蹄子一翻，滴咯滴咯拖出去，啥人管呢。小阿姨烦躁说，不要再讲了，让我吃口太平饭好吧。阿宝爸爸说，总算朋友托人想办法，通了关节，保我跟先生出监就医，否则这两个人，准定是让马车拖进黄泉路，死到汪伪监狱，死到中国人手里，无地伸冤了。阿宝娘说，算了，不讲了，现在平反了，退一步海阔天空，新社会，总归是好的。阿宝爸爸不响。全家开始吃饭 以上牢狱之灾本事，可参见作者非虚构作品《回望》。饭后，阿宝爸爸拿出一张地址说，阿宝，改日下了班，踏车子到复兴中路去一趟，代爸爸去看一个人 宝爸对此人现状的预期，并没有超过阿宝妈妈想象中的欧阳先生。

○普善山庄，慈善公墓，民初由沪商捐资兴建于闸北太阳庙中华新路北（今闸北区法院、闸北十中地界），专葬穷人，挂名董事虞洽卿、杜月笙、黄金荣等。

○借双照楼主兼南车站监狱主人『羊之有毛分亦如蚕之有丝！剪之伐之，其何所辞！恐皮骨之所余，曾不足以疗一朝之饥也噫！』之句，可哀此惨状。

叁

复兴中路一幢法式老公寓。阿宝走上三楼，敲门。一个女人开了门，上下看看阿宝说，寻啥人呀。阿宝说，2室黎老师。女人朝右指指，大屁股一扭 屁股不大，不提也罢，拖鞋踢哩踏啦，转身就走。阿宝走进去，南北走廊。女人撩开了朝南房间的门帘。正面是厨房，卫生间，北面，一门虚掩，阿宝敲门说，黎老师。里面不响。阿宝再敲，黎老师。南面女人拉开了帘子，仔细看 掀起一阵凉意。阿宝慢慢推门，慢慢进去，先一吓，一股霉气，房间居中，摆一只方台子，旁边坐一个白发老太。阿宝说，黎老师。台面上，一双旧棉鞋，鞋垫，半碗剩菜，痰盂盖，草纸，半瓶红乳腐，蚊香，调羹，破袜子，搪瓷茶杯，饼干桶，肥皂，钢钟镲子，药瓶，咬了几口的定胜糕，干瘪苹果，发绿霉的橘子，到处是灰一应日用，悉数摊开摆到台面上，以便随手取用。阿宝说，黎老师。白头发一动不动。阿宝走近细看，老太双目已盲。阿宝声音提高说，黎老师。白头发一抖 白发是第一个"刺点"。阿宝说，听见吧。老太说，居委会小陈对吧。阿宝说，我不是小陈，我叫阿宝。黎老师说，阿宝。阿宝说，我是带信的，欧阳先生晓得吧，欧阳先生。黎老师想了想说，是有这个人，我晓得。阿宝说，欧阳先生要我先过来，望一望黎老师，欧阳先生，最近放出来了。黎老师说，叫阿宝对吧。阿宝说，嗯，我是阿宝。黎老师说，是阿宝讲了啥，还是我做梦了。阿宝说，是真的，欧阳先生是真的，叫我来看一看。黎老师说，不对了，欧阳先生，早已经镇压了呀。阿宝不响。黎老师说，廿几年前，先生已经公开镇压了。阿宝说，这是谣言，欧阳先生，关了廿几年，最近真的放出来了，真的。黎老师说，啊。阿宝说，先生还是老样子，金丝边眼镜，派力司西装，手捏"捏"字拿捏得仔细 一根司的克 手杖，正宗英国货，精神也健。黎老师说，这个世道，还有这种事体 怨。阿宝移开痰盂盖，拎过点心盒子，一篮水果，摆到台面上。黎老师说，镇压大会叫口号，开得热闹，就在我眼前，哪里会是谣言。阿宝说，先生是真的，已经放出来了，放出来了。黎老师不响。阿宝说，肯定的。黎老师不响 "活久见"是此时唯一内心独白，且无限循环播放。阿宝说，因为年纪大，走路不便，叫我先送点心过来，改日，就来看黎老师。黎老师不响，摸一摸点心盒子，指关节变形，弯弯曲曲，鸡爪纹样鳞斑，指甲灰白，又长又卷 第二个"刺点"，摸一摸

○杭州点心，色红味甜，软糯相传是南宋百姓为韩世忠抗金出征特制之"定胜糕"。两军粮，糕面压出"定胜"二字。

贰拾伍章 515

水果篮。阿宝说,黎老师吃苹果吧。黎老师说,叫阿宝对吧。阿宝说,是的。黎老师说,听声音,跟小陈像的。阿宝说,我是阿宝。黎老师说,阿宝吃一只橘子,台子上有。黎老师朝前一伸,准确捉到一只霉橘子"捉"字捉得到位,放到阿宝面前。阿宝说,谢谢。黎老师说,我的男人,一个读书人,死了靠三十年了,想不到先生,倒活得蛮好。阿宝说,这我不了解。黎老师说,人人通知到了,先生跟我的男人,解放不久就算汉奸特务,开大会镇压的,为啥先生可以活下来,我的男人,为啥要死。阿宝不响。黎老师咳嗽说,这辈子,我一直想嫁一个读书人,我真是一直想。阿宝说,嗯。黎老师说,两个人,安安静静,我摩竹笛,读书人吹洞箫,《平湖秋月》,多好呢,如果两人结了婚,圆了房,看看词牌,吃一盅甜酒,抬头见月,夜里月色好,空气新 分明是《浮生六记》之《闺房记乐》。阿宝说,是的。黎老师压低声音说,想不到后来,我嫁了一个汉奸。阿宝看看橘子说,嗯。黎老师说,当时,我碰到一个登样的读书人,穿长衫,英国薄绒围巾,西装翻边长裤,七成新的英国皮鞋 所谓"树小墙新画不古,此人必是内务府",鞋和画一样,一新就露怯,见我就笑。我也笑笑。读书人讲了,一直是到处觅,到处看,总算有缘。我笑笑。读书人讲,真是巧,我以前一直想,如果我拍曲子,爱人摩竹笛,三两信凉风,七八分月圆,两个人讲点诗文,看看册页,吃一盅女儿红,盘子里有月饼,窗外有月光,如果有了这一天,我多少欢喜 民初女文青的终极愿景。阿宝不响。黎老师说,结婚这一夜,读书人撩开绣花帐子,就对我讲,黎黎,爱国这两个字,要摆到心底里,爱国,等于一只宝贝首饰盒子,要压箱,要当压箱宝,不可以随随便便,摆到台面上来,要开了锁,搬开表面细软,放到最下面去垫底,懂不懂,上面摆其他,压一点,不重要,面子也不要紧,重要是底下。我点点头。到第二

桃花赋在,
凤箫谁续。

天，读书人带我出去，也就认得了欧阳先生，先生说，弟妹，用不着担心的，工作艰苦复杂，但是，天要亮了，希望就在前面，不远了，马上看见了，就要亮了。阿宝说，后来呢。黎老师说，后来，天就真的亮了，东洋人投降了，听到了电台里天皇广播，日本租界里有一批人，就烧东洋旗子了，怪吧，证明自家，不算东洋人，是高丽译员，是台湾人，当时有些上海人，去拿日本人的家产，沙发，铜床，钢琴，地毯，榻榻米，一样一样拖出来，日本人不响 终于轮到日本人不响了○苍天又曾饶过谁，中国人这一夜，腰板硬了，一开口，就可以骂东洋赤佬，东洋乌龟，东洋瘪三，矮东洋，矮冬瓜。英伦首相艾德礼宣布，全国放两天假，美国也放两天假。中国庆祝三天，政府部门，放假一天。这天夜里，我跟了读书人，先生，三个人，开开心心荡马路，真正夜上海呀，满城箫鼓，不是现在的上海 每个上海人心中都有一个只属于自己的上海，大小报纸登了杜鲁门的演说，两号字通栏，自今日起，吾人将进入一新紀元。霞飞路，真是人声鼎沸呀，亚尔培路，就是现在陕西路淮海路口，男女白俄跳舞，拉手风琴，集中营关了四年的英侨，美侨，全部放出来了，成群结队，到霞飞路游行，我清清爽爽听见，有一个美侨唱《莉莉瑪蓮》，雾气里一切遮掩，我

○9月2日杜鲁门在华盛顿发表"胜利日广播演说"，末句为：『基于信义与谅解，维持人类之尊严。』

曲调简单，性质复杂的一首洗脑歌，初名《一个年轻士兵值班之歌》。写于1915年。词作者Hans Leip军在斯大林格勒战败，戈培尔下令禁止这『瓦解士前线的汉堡教师』，但为时已晚，英、法、美、友之名。1938年作曲家诺伯特·舒尔策（Norbert Shultze）谱曲，由德国夜总会歌女拉莉·安德森（Lale Andersen）1939年灌录唱片。1941年德军占领南斯拉夫，在贝尔格莱德架设电台，每晚9时55分播出此歌，大受南欧和北非地区德军和盟军士兵欢迎，格林元帅极为欣赏拉莉·安德森，但1943年德及盟军的加拿大部队，陆续推出不同语言版本，逃美国的德国女演员玛琳娜·迪特里茜录制了爵士版《莉莉玛莲》，成为盟军登陆意大利、诺曼底等战役的反击进军曲，纳粹德国四面楚歌。

還是憑窗佇立，莉莉瑪蓮，莉莉瑪蓮。我的眼淚，就落下來了，這天夜裡，三個人，多高興呀，隨便推開西區一扇陌生大鐵門，一幢大洋房，當時上海，有多少空洋房呀，人去樓空，三個人摸進去，開電燈，櫥裡擺滿洋酒，我到大廳開了留聲機，居然尋到《莉莉瑪蓮》德文唱片上述唱片售出700张，大家就聽，唱，跳，我就哭了，這一夜，我吃了多少酒呀，三個人跑到花園草地上轉圈子，空氣真好，甘涼清芬，我開口就唱，霧氣裏一切遮掩，我還是憑窗佇立，莉莉瑪蓮，莉莉瑪蓮。眼淚就落下來，是為高興哭的，後來我不對了，脫了高跟鞋子，醉到地毯上打滾，上海呀，真是光復了，天亮了，上海真的是亮了，鬧到了深更半夜，唉，這真是歌吹為風，粉汗為雨，讀書人跟歐陽先生，醉得人事不醒，直到第二天下午，大家離開。阿寶說，聽聽就開心，後來呢。黎老師說，大家去做其他重要事體呀，比如九月裡，美國第七艦隊到上海，政府發小旗子，組織幾千工人市民到外灘，歡迎海軍上將金開德，結果做了工作，歡迎變成遊行喊口號，工作實在多，實在做不完，做呀做呀，做到後來，又是兵臨上海了，讀書人對我講，黎黎，天又要亮了，不是微亮，馬上大放光明了，光明世界，馬上就要到了。我當時覺得，我又要醉了，我太開心了，醉水宜秋，醉月宜樓，上海又有不少空洋房了上海人对于房子真是一刻也不敢忘怀，到了這天的夜上海，三個人，如果再蕩一夜馬路，開心慶祝，唱唱跳跳，有多好，結果呢，情況不一樣了，這天一早，馬路上，洋房草地上，到處是

○语出袁宏道《西湖游记二则》："由断桥至苏堤一带，绿烟红雾，弥漫二十余里，歌吹为风，粉汗为雨，罗纨之盛，多于堤畔之草，艳冶极矣。"

●并非小说家言，抗战胜利日上海市中心之彻夜狂欢盛况，可参见《回望》及陈存仁《抗战时代生活史》，读读更开心。

△典又出袁宏道："醉水宜秋，泛其爽也。一云：醉月宜楼，醉暑宜舟，醉山宜幽，醉佳人宜微酡，醉文人宜妙令无苛酌，醉豪客宜挥觥发浩歌，醉知音宜吴儿清喉檀板。"

兵，先生是真忙，读书人也忙，忙得千头万绪，做不光的事体，开不光的会。先生对我讲，黎黎，大家讲定了，一定要好好来庆祝，好好笑一笑，醉一醉。我答应了，心里就一直等，后来呢，后来就出了大事体了，等于彩云难驻，明月空圆了 两句出自宋代宁波人陈允平《满江红·和清真韵》，全部变了。阿宝说，嗯。黎老师轻声说，捉了不少人，形势严峻，手铐用麻袋来装 国人称多，爱用麻袋，箩筐次之。黎老师不响。阿宝不响，看清这个房间里，灰尘积灰尘，墙壁全部起皮，翻卷起来，整个房间，挂满翻卷的墙皮，四壁，天花板，布满灰白色刨花卷，如果夜里开了灯，一定毛骨悚然 刨花也是花。黎老师说，房间太旧对吧。阿宝说，啊。黎老师说，我十多年不开灯了，省电了，因为是瞎子，眼睛里看不到光线，看不到红颜色，绿颜色，只看见深蓝颜色，一团一团的黑颜色。阿宝说，黎老师讲啥。黎老师说，我心里晓得，阿宝现在眼睛看啥，是看我的房间，看帐子。阿宝不响。黎老师说，结婚的绣花帐子，床帏，床沿，过去叫"衬池头"，是苏绣，门帘，以前叫"夹春"，也是苏绣，"靠子"，就是椅披，桌帏叫"横坡"，全部苏绣，就此，我样也不想要了，夫君一别，裙腰粉瘦，怕按六幺歌板，我就做代课老师，做到眼瞎为止，我经常一个人看月亮，后来眼力就差了，有天忽然想到，《竹取物语》里讲过，女人多看月亮，就要倒霉的，我心里一吓，眼睛慢慢就糊涂了，后来就看不见了，我听读书人，听先生讲过的，天亮了，天已经亮了，大

・代课老师是特殊时代的一种特殊人设，通常由有文化、无组织、政治上大不可信却也不可全信、身份与主流社会若即若离者出演。

▲来自月亮的小仙女辉夜姬和皇帝陷入三年苦恋，不停望月饮泣。最后在某个八月十五月明之夜被月球老家的"天人"接走。

○北宋赵闻礼《隔浦莲》△又名《辉夜姬物语》，十世纪初的日本最古老以假名书写之物语文学，作者不详。"画眉懒，微醒带困，离情中酒相半。裙腰粉瘦，怕按六幺歌板。帘卷层楼探旧燕，肠断，花枝和闷重拈。帘卷层楼探旧燕。"

贰拾伍章 521

放光明了,但我觉得,我的眼里,天一直是暗的,根本看不见,开了电灯,也见不到亮光了。阿宝说,不讲了,吃苹果好吧。黎老师不响。房间里静,天花板的墙皮,每一片微微抖动,绣花帐子,破洞无数,落满了尘灰 生命是一袭华美的帐子 。黎老师说,结婚到现在,我一直用这顶帐子,要用到我死为止了。阿宝不响。黎老师说,我一直想快一点死,可以跟我的男人,读书人,还有先生见见面,三个人,两男一女,到阴间草地上去,吃酒,唱歌,听电台广播,听Marlene Dietrich唱的《莉莉玛莲》,人生就是一醉了,最有味道 沧浪亭无处不在,专属黎老师的那一座,就在亚尔培路上 ,想不到今朝,阿宝带来坏消息,欧阳先生,跟我的男人,原来是一生一死,毫无来往,如果我死了,三个人可以荡马路,谈谈笑笑,庆祝一番的场面,现在是不可能了,不可能了,不可能了,完全不可能了,已经缺人了 至痛之语,至恨之语 。阿宝不响。黎老师说,阿宝,做人多少尴尬,桃花赋在,凤簫谁续,多少尴尬呀。阿宝不响。黎老师压低喉咙说,隔壁邻居,一直跟房管所谈判,巴望我早一点死,可以独门进出,过太平生活,天天骂我,天天骂我,全家希望我早进地狱,汉奸老婆,不得好死。阿宝不响。黎老师说,我只能一声不响,我先生做这一行,向来不开口,不讲一个字,也早就一声不响了,只能不响了 全书最专业的不响 。阿宝说,嗯。房间里静,窗台上有一只蹦蹦跳跳的麻雀。阿宝觉得,只有电影蒙太奇,可以恢复眼前的荒凉,破烂帐闱,墙壁,回到几十年前窗明几净的样子,当时这对夫妻,相貌光生,并肩坐到窗前,看月的样子,娴静,荒寒,是黑白好电影,棱角分明,台面上摆了月饼,桂花糕,一壶清茶,黎老师年轻,有了

○句出宋人王易简《庆宫春·谢草窗惠词卷》:『紫霞洞窅云深,翠枝词远,此恨年年相触,凤簫谁续,桃花赋在,余香竹,楠芳字,谩重省当时。因君凝伫,依约吴山,半痕蛾绿顾曲。』

醉态，银烛三更，然后光晕暗转，龙凤帐钩放落，月明良宵 在《闺房记乐》和《坎坷记愁》之间来回叠化。阿宝立起来，预备告辞。黎老师伸出手说，阿宝，帮帮我可以吧。阿宝说，啊。黎老师说，小陈一直讲，要帮我剪指甲。阿宝说，是的，指甲太长了，卷起来了。黎老师说，阿宝，帮我剪一剪好吧。阿宝不响。黎老师说，对面抽屉里，有一把小剪刀，是小陈摆的"摆"字讲究，盲人听音。阿宝看黎老师的手，恍惚十指如葱，洞箫悠扬。阿宝迟疑说，这个嘛。黎老师说，可以吧。阿宝说，只是，我不大会剪，我怕剪不好。黎老师不响。阿宝迟疑说，我现在就去居委会，去叫小陈来。黎老师满头霜雪，缩了手说，也好 白头之上雪上加霜。此刻，阿宝一句讲不出来，心中伤惨 哀感顽艳。阿宝起身说，我就去居委会，去找小陈。黎老师说，好的。阿宝转身一拉房门，差点撞到门边偷听的大屁股女人，对方一吓，屁股一缩 这位女邻居的屁股被提及三次之多，不同凡响。阿宝急忙跑下楼梯，差一点哭出来 许多年以后，阿宝若在电视剧《潜伏》里看那个鸡窝里藏手雷藏金条的特工夫人"翠萍"的戏，应不知是想哭还是想笑。

贰拾伍章　523

二十六章

一

这段时间,阿宝清早离开南昌路,李李通常未醒,行人稀少 _{早走以避邻人耳目。偷雨不偷雪,偷风不偷月,都是偷个冷子}。阿宝走到瑞金路口,一般是吃一碗面,看一张早报 _{面馆开门不假,只是何来如此早之早报},慢慢逛到公司上班。有一天中午,阿宝与李李打电话,无人接听。午后再拨,无人接听。接下来,两个客户上门,谈到四点结束,阿宝拨通了李李的电话。李李说,电话真多。阿宝说,夜里一道吃饭。李李笑说,为啥。阿宝说,我现在主动了 _{这个通常是女方用语}。李李说,不相信。阿宝说,真的 _{第一"真"}。李李说,是因为,最近跟我来往多,不要有负担,不要摆到心里,不要紧的 _{这通常是男方用语}。阿宝说,我是真心的 _{第二"真"}。李李说,虚情假意。阿宝说,真心实意 _{第三"真",已觉强弩之末}。李李说,好了,大家能做好朋友,我已经满足了。阿宝说,我当真了。李李说,我现在太忙,夜里还有几桌朋友 _{朋友按"桌"论,是餐厅老板娘的日常},再讲好吧。两个人挂了电话。到了夜里九点,十点,阿宝再次与李李通电话,关机。想起李李靠近门框的背影 _{正是第一次半夜上门时的情景},阿宝稍感失落

_{○一直聊到第三个回合,会话双方性别角色才趋于正常、或曰至此方始符合刻板印象。}

_{•第四"真",在总结性肯定前三"真"的同时,也暗藏自嘲——当年流行语叫"反思"。}

三"真"不见血，难怪失落。半夜一点，李李来电话说，不好意思，吵醒了吧。阿宝说，我现在就来 何其奔放。李李说，电话里讲吧。阿宝打哈欠说，讲啥呢。李李说，看一个男人是真心，还是假意，有啥办法吧 这个男人，可以是阿宝、也可以是阿狗阿猫。阿宝说，我是真心的 第五"真"，感觉已带哭腔。李李说，不要瞎缠了，是我最近，确实有情况了。阿宝说，情况就是我 1970年代上海话，这叫"硬豁上"。李李笑说，山歌准备一直唱呀 "唱山歌"此处喻"瞎起哄"。阿宝不响。李李说，房间里太冷了。阿宝说，我马上过来 不管对方说什么，都能自动接到"我要过来"、"我现在就来"。李李说，要么，现在去云南路，吃热气羊肉。阿宝说，好呀。李李说，有事体商量。阿宝说，好 以全书最短的一节，接引出全书最长的一段，等于冬至过后马上就过夏至。今夕何夕。

○"热气羊肉"并非冒着热气之羊肉，而是上海人对新鲜羊肉的叫法，冰鲜的则称『冷气羊肉』。

二

半小时后，阿宝走进云南路一家热气羊肉店，叫了两斤加饭酒，一盆羊肉，一客羊肝，其他是蛋饺，菠菜等等 当年云南路冬季夜宵标配，北京涮羊肉的海派版。李李进来了，面色苍白，嘴唇干燥。阿宝一指菜单说，浑身发冷，现在可以补一补，来一盆羊腰子 观面色即知冷暖，神思敏捷。李李轻声说，要死了，这儿趟夜里，阿宝已经这副样子了，我已经吓了，再补，我哪能办，不许吃这种龌龊东西。铜暖锅冒出热气，两个人吃了几筷羊肉，两盅加饭酒。李李说，总算热了。李李摸了摸阿宝的手，笑笑。李李的手冰冷，雪白，新做方头指甲，时髦牛奶白 色、温皆有寓意。阿宝说，

·此『龌龊东西』即花袭人口中『是那里流出来的那些脏东西？』之源。○羊腰即羊肾。五代《日华本草》：『补虚损，阴弱，壮阳益肾。』

二十六章 525

玫瑰金手表，眼生的。李李不悦说，讲赤金，红金可以吧，不许提别的字。阿宝说，透明机芯，天文星座镶钻，18K的分量，厉害。李李拢袖口说，吃酒。阿宝说，男人送的。李李说，眼光真是毒 _{能鉴表尤能鉴出表之来源，羊腰子果然没白吃}。阿宝说，准备结婚了。李李说，有个男人，一直跟我谈，见一次面，送一次礼物。阿宝说，真好 _{硬接一招，即刻转攻为守，开启"只说风话"模式}。李李说，缠了我大半年，我不表态。阿宝说，难怪李李到常熟，一直假痴假呆，原来，心里有人了。李李不响。阿宝说，徐总只能调头，转攻汪小姐，全场紧逼盯人，最后禁区犯规，判罚十二码，一球进账 _{这粒进球究竟算在谁的头上以及进球是否有效，比赛双方以及裁判机构仍在紧张磋商研判中}。李李看周围说，少讲下作咸话。阿宝说，无所谓的，此地，就是乱话三千的地方，尽管讲。

阿宝看看四周，夜半更深，隆冬腊月的店堂，温暖，狭窄，油腻，随意 _{正是对饮二人心境}。旁边一桌，一对男女讲个不停，女人是基层妇女，刺青眉毛，桃花眼，满头塑料卷发筒，一身细花棉晒衣，脚穿蚌壳棉鞋，男人戴一条阔板金项链，头颈发红 _{美国人称本国乡巴佬为red neck}，肩胛落满头皮屑，拇指留长指甲，一面讲，一面剔指甲，发出哔哔之音 _{夜深人静}，皮鞋上污泥点点，靠墙摆了四只黄酒空瓶，香烟头直接落地，脚一踏，遍地一次性筷子，纸巾，菜皮，只有空中的钢炭气，

是遥远除夕的记忆 暖锅是上海人除夕专用。李李说，讲起我来，男人不断，其实只是谈谈，不可能发展到跟阿宝的关系。阿宝不响。李李说，就算我再想结婚，也轮不到徐总，以后，阿宝不许再开这种玩笑。阿宝说，我答应 憨态可掬。李李说，我几个男朋友，香港人比较急色，台湾男人气量小，骨子里看不起大陆人。阿宝说，新加坡人呢 对李李之"谈谈"男友如数家珍。李李说，讲起来，新加坡缺少文化，香港与上海，据说已经是文化沙漠了，盯了我半年的男人，就是新加坡人 李李男朋友所覆盖之区域，跨国公司五百强企业统称"大中华区"。阿宝不响。李李说，自称是大家族后代，态度斯文，开初呢，只是托我介绍上海女朋友，想跟上海女人结婚。阿宝说，女人到上海，就是上海女人呀 千千万万投胎到上海的女人，一千个不同意，一万个不答应。李李说，我就介绍了北方秦小姐，新加坡人斯文，秦小姐也斯文，而且是个角色，初到上海做业务，嘴唇厚，胸部挺，表面像医生，知识分子，走知识分子路线。阿宝说，啥路线，没听说过。李李说，戴一副老老实实的眼镜 伍迪·艾伦同款，打扮朴素，脚穿布底鞋，像小学老师，跑到公司，港区码头办事体，一副根本不懂生意门道的文静样子，比如借打一只电话，无意讲一两句英文诗，日本俳句，其实，电话是空号，弄得一批办公室男人，怜香惜玉，手把手帮忙，前呼后拥，动足脑筋指导辅导，帮写条子，帮打电话，帮办各种业务。阿宝说，灵的。李李说，某种女人，确实喜欢搞这一套，有一类，是广种薄收，见人就嗲，另一种是用内功，单装文静，表面上不响，冰清玉洁，其实最能引动男人心 很多年以后，有"绿茶婊"一词伺候，走到哪里，身边几个男人，个个花痴一般，最后呢，引郎上墙奴抽梯

○医生被知识分子化，应以"落实知识分子政策"为主题的1980年中篇小说《人到中年》和1982年同名电影而起。女一号眼科大夫陆文婷，扮演者潘虹，外形特征基本符合。

二十六章　527

旧社会上海拆白党惯用伎俩，达到了目的，女人一走了之，男人停到墙头上面，尴尬，一般情况，混这只生意的圈子，吃这碗业务饭的普通女人，多数已经是本色五花肉，就是一身肉夹气上海话喻猪肉失任留下的腥臊，亦指人之俗气，三头六臂，八面玲珑，乃武乃文，荤素全吃，嗳，这个秦小姐，是一副知识分子死腔，摆到生意场上，另有一功，钞票赚到翻转。阿宝说，上次去常熟，看不出这位秦小姐，有多少知识腔嘛。李李说，啊呀，人家现在发达了，改穿套装了，不需要装了可以套起来装了，装，总是吃力的，讲到当初，新加坡男人要找上海女朋友，我为啥选秦小姐，这个女人，本就托我介绍对象，见面这天，秦小姐仍旧是打知识分子牌，但这天用力过度，几乎就像老毛的女翻译，短头发，黑框眼镜，真要命，新加坡男人一吓，我也一吓，当面不便多响，事后，新加坡男人来电话讲，看见这位女干部，就想到了运动。我讲，新加坡人，还懂运动。新加坡人笑笑讲，相貌是登样的，但这身打扮，不是真正上海味道。我讲，七十年代的女人味道呀，黑边眼镜，短发一刀平，或者前发齐眉，后发平肩，白衬衫，两用罩衫，灰卡其裤子，布底鞋。新加坡人讲，现在眼光看，基本是中性打扮，也看不到身段，表情太严肃，我喜欢古早时期的上海女人，甜糯一点，总可以吧海外男华人对"上海女人"的迷之执念。我讲，这就是调衣裳了，翻行头，是方便的上海人对"人靠衣装"的迷之自信。秦小姐当然也懂了，拖了我去选旗袍，我的意思是，西式面料旗袍，比较别致，秦小姐，偏要阴丹士林，预备再添一件马甲，戴一条红围巾，或者白纱巾。我讲，这不对了，根本不合

○ 已故香港老作家刘以鬯短篇意识流小说《西厢记》名句："书生在床上的狂态，足以令孔夫子落泪。"

○ 系英文Indanthrene音译，用德国巴斯夫公司研发合成染料处理的棉、丝、毛等纺织面料，以青蓝色为主。耐洗，耐晒，价廉，尤为民国时代女学生欢迎。停产已久。

适,想做林道静,江姐一路,人家是吓的,新加坡男人,毕竟大资产阶级买办出身,枕边人,如果是这副进步女人打扮,又不拍电视剧,等于让江姐"和平演变",精神受刑罚,不恭敬的。秦小姐讲,现在的时髦,往往以苦为乐。我冷笑一声说,干脆讲以凹适凸,因势利导,对立统一。这天两个人,讲来讲去,挑来拣去,秦小姐最后选定,蓝印花布旗袍,配蓝印花布手包,檀香折扇,珍珠项链,头发烫一个花卷老式大波浪,镜前一立,稍有点做作,不伦不类<u>活脱脱江南农家乐老板娘出门吃喜酒的打扮</u>,第二次见了面,谈得还算热络,新加坡男人问秦小姐,为啥不讲上海话<u>执着</u>。秦小姐讲,我爸爸,是南下上海大干部,我姆妈,上海大资本家后代,只是我从小,习惯北方话,讲上海话,难免会夹生,讲普通话应该标准,或者,我讲一讲上海干部子弟的"塑料普通话",杨浦上海话,复旦上海话,华师大上海话,可以吧<u>上海大学类似北京"大院"五方杂处,本地话发音与院外略有差异</u>。新加坡人笑笑不响。秦小姐讲,外部的世界,上海包括香港,多少肤浅无趣,文风趋于浅薄,学风趋于市侩<u>夹生套话</u>,大上海,摆不稳一张严肃的写字台,已经是文化沙漠了<u>写字台摆不稳,写字楼倒是造了许多</u>。新加坡男人说,照秦小姐的讲法,中国有文化的地方,到底是哪里。秦小姐想了想讲,也就是沙漠了<u>"乱话三千"到荼蘼,忽见禅意</u>。新加坡人说,沙漠里,拍过一部电影,《阿拉伯的劳伦斯》,大陆以前拍过《沙漠追匪记》,对不对<u>天马电影制片厂1959年出品之彩色故事片</u>。秦小姐一呆,笑了笑讲,我跟一个南洋青年走进沙漠,就感觉到一种真正的自由,越是落后的地方,文化越是

○长篇小说《青春之歌》女主角,1959年同名电影由谢芳饰演,行头标配是阴丹士林旗袍,红开衫,白围巾,齐耳短发。

△用植物蓝草纸版滤浆制成的传统蓝白花布。色调接近阴丹士林。

・美国国会冷战时期提出的战略,意在用"精神的压力、宣传的压力"来对付一些社会主义国家。

二十六章　529

高。新加坡人讲,这就听不懂了,秦小姐已经有男朋友了。秦小姐说,我梦里的南洋青年,近在眼前,我宁愿去做三毛,体验真正的沙漠人生。新加坡男人不响。秦小姐讲,上海,已经完结了,恢复不到三十年代,亭子间的风景了,也只留了我这一支,文艺女贵族的独苗。新加坡人笑笑不响。秦小姐忽然轻声唱,沙漠有了我／永远不寂寞／开满了青春的花朵／我在高声唱／你在轻声和／陶醉在沙漠里的小爱河 十三点到家了。新加坡人笑笑不响。到了夜里八点半,秦小姐翘起兰花指头,一摇檀香扇讲,我回去了。新加坡人看看手表。秦小姐说,上海规矩人家,三层楼上的大小姐,到了夜里八点整,是一定要转去的,我姆妈要急的 此法适用于"正宗"上海未婚女青年,亦可反证其"正宗"。新加坡男人不响。当时,我旁边轻讲一句北方话说,装逼犯,继续装 "装逼犯"一词要到网络时代才出现。秦小姐一吓,花容变色,檀香折扇啪一记落到地上。阿宝说,装得确实像一个女知识分子,讲得出这番文艺腔,翻过几本理论书 阿宝对"理论书"和"女知识分子"有独到理解。李李闷笑。阿宝说,后来呢。李李说,新加坡人送客出门,回来对我讲,这也太三十年代加三毛了,骨子里做戏嘛,是戏剧学院的讲师对吧。我听了,只能肚皮里笑笑。秦小姐,实在是弄过头了。

此刻,两个人已经吃了一瓶多黄酒 渐入佳境,阿宝说,李李跟秦小姐,真可以到戏文系里开课 这是嫌李李秦小姐没扮相还是嫌表演系没文化?。李李说,我讨厌做戏。阿宝说,做人,也就是做戏,多少要做一点。李李说,比较讨厌。阿宝说,会做戏的人,如果心理素质好,台风好,台词好,戏可以做得长,连续剧五十集,一百集做下去,心理素质,面皮,腔调,是真本事,其实,人再懒惰,也不得不做戏,跑龙套,做丫鬟,扫地端痰盂,因为气性大,脾气坏,台上寿命就短。李李不响。此刻,老板娘拎了铜吊 吴语"烧水壶",多为铝制,朝暖锅里加水。阿宝说,跟新加坡男人,是做了戏,还是做了其他。李李说,啥叫其他,我不懂㕮。阿宝说,已经谈了半年,多数,是做过了。李李说,下作,一讲就不入调,我要是随便的女人,早就是"公共汽车"了,我为啥开饭店,至少要去东莞发展,我真可以做一个中国最伟大、最有人情味道的妈咪,开一家兄弟姐妹真正开心的夜总会,我可以为此拼命,实现理想。阿宝说,好了,算我讲错。李李说,我跟新加坡人讲一个故事 给故事里的人再讲一个,以前有个荷兰男人,到上海急于结婚,像新加坡男人一样,委托我介绍上海女朋友,当时我介绍了章小姐。阿宝说,我记得,一道去常熟,真正上海小姐。李李说,新加坡男人一听,又是上海小姐,精神吊足。我讲,这个故事,差不多是"上海传奇一号"。新加坡人眼睛发亮。我笑笑讲,当时我约了荷兰人,到"贵都"大堂碰头,荷兰地方的人,据说祖宗是海盗,因此粗相,打扮随便,见面这天,赤膊穿一件蓝衣裳,等于劳动工作服,过去讲上海的瘪三,赤膊戴领带,赤脚穿皮鞋,这位仁兄,领带也省略了,松开两粒纽子,胸毛蜡蜡黄,不戴手表,袖口里一蓬黄毛。章小姐懂英文,谈了三四句,拔脚就走,事后,章小姐怨天怨地,一肚皮不高兴。我解释讲,男方有的是钞票,婚后,章小姐完全可以全盘改造,有啥怨的。章小姐讲,这种粗坯,手里

○阿宝在云南路火锅店里预言了『社会表演学』这门前沿学科二十一世纪初之前的叫法,后来上海人集体改口为『公交车』,此说与常熟徐总『摆渡船』理论异曲同工。上海戏剧学院的同世。『一切人类活动都可以当作表演来研究』,由纽约大学Richard Schechner教授1980年代提出,孙惠柱教授1999年开始引进上海戏剧学院。

·『公共汽车』是1990年代

△上海小姐广受国际友人欢迎,一如1960、1970年代上海轻工业产品之于全国人民。

▲ 全称『上海国际贵都大饭店』,1991年6月开业,新加坡资金。

○1970年代外国摇滚巨星的派头,也是崔健在1980年代模仿的风格。

二十六章 531

银两再多,我也不要,感觉实在太差了。我不响。两个人就谈其他,想不到身旁小保姆,全部听进。第二天,小保姆寻到我店里,自报家门,已经吃了五年上海自来水,跟上海女人,应该毫无区别 上海自来水来自海上。我笑笑,发觉小姑娘的眉眼,还算周正,皮肤也光生。我讲,好极,有本事,自家可以寻上去。小保姆讲,姐姐抬举我了,以前,我学过一点英文,可以带一本英文字典过去。我讲,好的,有冲势 上海话,即有"拼搏精神",厉害。小保姆讲,这只黄毛的旅馆,是波特曼,还是希尔顿。我讲,如果住这种高档酒店,等于颠倒众生,后面就有一长串戴胸罩的大闸蟹 直接说雌蟹不好么,日夜值班,跟班,早夜轮班,翻班,还轮得到小妹吧。小保姆说,这个阿国人,究竟是住啦里呢。我讲,阿国,啦里,上海发音不准嘛,当心外国人听出来。小保姆说,姐姐,阿国男人,多数戆头戆脑,听不出来的。我笑笑讲,狠的,真想去搭讪,地址是福建路,靠苏州河一家青年旅馆,报我名字。小保姆说,好的,我记下来了。我讲,两个人碰头攀谈,态度上,要自然活泼。小保姆说,姐姐觉得,我打扮式样不大自然,不活泼,要么我不戴胸罩,穿一双拖鞋。我讲,中国哪里一个女人,不戴胸罩会好看。小保姆不响。我讲,胸部不管大小,进了胸罩店,帘子一拉,店里的女人就讲,要我帮忙吧,为啥呢,帮客户两面一拨,两面一推。小保姆咯咯咯笑说,是的是的,试胸罩阶段,这种女人,手就伸进来了,抄到两面胳肢窝里帮忙,一推,一托,集中到胸口,正常呀。李李说,

○ 章小姐对"外国人"的理解,暗合新加坡人对"上海女人"之定义。

• 以小保姆对外国人"旅馆"的预估,确实已跟上海女人无大差异了。

△ 除了不辨口音,中国女人的实际年龄,一般"生番"也傻傻分不清,就像1970年代上海人不介意阿尔巴尼亚人、罗马尼亚人和法国人、英国人之间的差异。

▲ 传统妇女以"束胸"掩盖胸部突起,张竞生博士在1926年高举"反抗封建解放人欲"大旗,公开呼吁"放奶",继"天足运动"之后再掀(转下页)

532 繁花〔批注本〕

我是不肯的,最方便的办法,是身体弯下来,所有内容,全部集中到前面了 对万有引力最性感的利用,我意思是,这种胸型,可以不戴胸罩出门吧,热昏头了。小保姆说,穿拖鞋呢,可以吧。李李说,啥地方听来的,好好一个小姑娘,为啥要做小婊子。保姆一吓。我讲,茂名南路酒吧门口去看看,夜里九点钟敲过,这种穿拖鞋打扮的小婊子,就出来了,玻璃门一拉,嘴巴里嗨,嗨嗳,嗯哼,专搭外国人。小保姆讲,这副样子呀,这我到底,啦能办呢。我讲,非常便当,章小姐平常样子,记得吧。小保姆讲,当然记得。我讲,好办了,去的这天夜里,借一套章小姐的行头,可以吧。小保姆说,不需要借的,我开橱门,拣一套就可以,章姐姐不晓得。我讲,做人,就是做戏,电视剧看过吧。小保姆嘴巴张大。我讲,见了外国人,就自我介绍,是章小姐的妹妹,先要想一想,章小姐日常用啥香水,做啥工作,讲啥内容,平时发嗲的样子。小保姆笑笑讲,啊呀呀,章姐姐跟男朋友打电话,一发嗲,床上就滚倒。我讲,蛮好,原来章小姐有男朋友了,还要我来介绍。小保姆说,要死,讲穿帮了。我讲,外国黄毛,对章小姐印象,是可以的。小保姆讲,好的,我就承认,是章小姐妹妹。我讲,聪明。小保姆讲,衣裳备好,我请三个钟头假,乘21路电车,到福建路下来。我讲,机会永远属于有准备的女人。小保姆点头讲,晓得。我对小保姆讲,这个荷兰人,据说欢喜吃马路饭摊的宫保辣酱,高庄

(接上页)妇解浪潮第二波『天乳运动』,束胸全线退,具有『修饰功能』的胸罩登场。南京路23号『老四大公司』之一泰兴公司(Lane Crawfor)『媚登峰』的汉名最初的汉名独家经营英国『Maidenform』(其实是美国货Maidenform,半个世纪后,部分在中国生产)广告词里充分强调了产品『胸部聚拢效果』:『适合中国妇女,胸部角度,紧俏体贴,办为衬衣,是无上佳品』。俄侨也在霞飞路(现淮海中路865号)开出第一家专做外侨生意的专卖店『发艺胸罩公司』,量身定做。1956年被公私合营为『古今胸罩店』营业至今。李李和小保姆聊到的那『一拔一推』,乃『古今』之祖传手段。

二十六章 533

馒头,馒头夹辣酱,经济实惠,一般夜里,八点半钟吃饭,基本不出门了 荷兰人习惯一天只吃一顿热食,一般是中午。小保姆讲,这样子嘛,我就买一客辣酱,两只馒头,两瓶青岛啤酒,八点半去。我讲,随便,买廿只芝麻汤团,买一碗豆腐花,两斤崇明老白酒 糯米制成的甜米酒,不关我事体。小保姆咯咯咯穷笑说,姐姐真会讲戏话。我讲,想要提高生活质量,关键阶段,就要看勇气,豁得出,还是豁不出,但就算是豁出去,也不是小婊子的豁,自家仔细去想。小保姆讲,姐姐教我。我讲,再教下去,我要吃人参了,好自为之。小保姆说,亲姐姐,我完全明白了。我讲,好的,胆大心细。小保姆点点头,落了一滴眼泪。我讲,这种小旅馆,集体房间,地方小,如果两个人搭上关系,有感觉了,比较谈得来,就可以大大方方,坐到门口,街沿石上面,吃吃讲讲谈谈,男女真功夫,主要是讲,谈,两个中国人坐马路吃馒头,再吃辣酱,基本就是花痴,神经病,盲流分子,闲散人员,马路瘪三,全国通缉要犯,但是跟一个外国男人坐马路,勾肩搭背,绝对就算浪漫,登样的 此处有"得体"之意,等于是外滩风景懂吧,外国情调,巴黎情调,因此,要做优质女人,先要懂得不怕难为情,样样事体,要大大方方,身边有了外国人,等于有了后台撑腰,是既有面子,又有夹里的派头 深谙挟洋自重之术。小保姆点头。我讲,这桩事体,最后到底有啥后果,引起非礼,下身受伤 设身处地,有感而发,引发强奸,还是一拍两散,老死不相往来,姐姐心中无底,只能自家把握了,我不开保险公司。小保姆

○也称"高桩馒头",上海人最爱的北方面食。外形高耸,天圆地方,区别于黄泛区一带流行的枕头型"刀切馒头"。

• 所谓"小婊子的豁",有"舍得一身剐"的意思,不计后果,杀敌一千,自损八百,不划算;上海人理解的"豁",更侧重于时机的精准把握,抓住机遇,一击即中,收放自如。两种"豁",李李皆不为,非不能也。

△真知灼见,除了男女,亦适用于小说创作,尤其是《繁花》这样的小说。

讲，姐姐放心，我嫡亲的好姐姐，不管我走红运，还是走霉运，无论如何，我会报答的，我对亲姐姐，好姐姐，一定会负责到底的，现在讲定，将来，我负责帮姐姐养老送终。李李讲到此地，摇摇头说，小保姆，就是小保姆，唉，当时新加坡人听了，跟现在阿宝表情一样，一声不响。我叹气，我讲，对于这种乡下姑娘，我有啥可以讲呢，只能暗叫一声佛菩萨保佑，南无阿弥陀佛，揭谛揭谛 波罗揭谛 波罗僧揭谛，我两眼提白，彻底买账。

○ 做保姆的对雇主所能给出之最高级付出，劳动人民的质朴情感。

• 一声不响，是被小保姆的"冲势"震慑，还是为李李实在懂得太多而暗自吃惊。

上海话"服气"之意。

　　台面上，两瓶半黄酒已经入胃。阿宝叫一声老板娘。铜吊再次伸过来，对准暖锅冲自来水，嗤嗤作响。李李说，看见这个老板娘了。阿宝说，啊。李李说，下一趟，阿宝来"至真园"吃饭，不许再叫我老板娘。阿宝笑笑。李李说，我一进饭店，东也叫我老板娘，西也叫我老板娘，真是胸闷，好像，我已经是老板的老婆，已经有了男人。阿宝笑笑。李李说，老板娘，上海要多少有多少，看见冲水女人这副龌龊样子，有啥感想。阿宝说，啊。李李说，屁股像法兰盘，拖了一双踏扁后跟的破皮鞋。阿宝说，好了好了，言归正传，小保姆结果呢。李李说，还要我讲呀。阿宝说，如果有结果，为啥不讲呢。李李说，小保姆一走，等于打闷包，再也听不到消息，我也不问，我与章小姐的联系，本来就不多，荷

只见"铜吊"伸过来。

△ 真"老板娘"既可以是"老板的老婆"，也可指"女老板"，矫情了。

▲ 以阿宝半小时之前的"冲势"，"我就是你的男人"才是此刻应接之口。

○ 讲东南亚以及荷兰男人正讲到兴头上，忽被"老板娘"一把拉回"狭窄""油腻"的云南路，一时不人适应。

• 英文flange音译，又称"法兰"，通常为开有孔洞的金属盘状物，多用于固定或连接其它机械部件，旧上海话喻大而扁平之臀部，被工业化、金属化以及零件化了的血肉之躯。

兰人,是朋友的朋友,江湖中人,到此为止。我当时讲到此地,新加坡人就问了,李李,这就算一号传奇呀。我讲,不要急,眼睛一霎,八个月过去了,有一天,小保姆忽然来电话讲,亲姐姐,夜里一道吃饭。我心里一跳 <u>闷吃第一惊</u>,我讲,哈,总算露面了,梦做醒了 <u>自行压惊</u>。小保姆咯咯咯穷笑。我讲,拾到皮夹子了。小保姆讲,夜里一定过来吃饭,姐姐姐夫,一道来。我讲,哪里来的姐夫。小保姆讲,跟章姐姐一道来。我讲,吃饭地点呢。小保姆讲,姐姐猜猜看 <u>大招从约饭地点放起,小保姆也是讲故事高手</u>。当时幸亏,我少讲了一句,原来想问,是吃麦当劳,还是桂林米粉 <u>再次自我压惊</u>。小保姆讲,夜里七点半,波特曼底楼,<u>茶园西餐厅</u> <u>当时上海高级西餐厅之一</u>见,不见不散。我一吓 <u>第二吓</u>,这家自助餐,至今还是上海高位。我讲,小妹,我要发心脏病了,到底啥意思 <u>两次自我压惊之后再吃一大惊,先抑后扬,惊亦求惊</u>。小保姆讲,嫡亲的好姐姐,我跟荷兰人,就是这只黄胸毛,已经结婚半年多了。我听了一吓 <u>第三吓</u>。小保姆讲,章姐姐昨天,已经来过了。我讲,来,到啥地方来。小保姆说,我房间里呀,波特曼三十一楼,章姐姐来得太早。当时我讲,章姐姐讲啥。

小保姆讲,章姐姐身体不好,心情也不好,来得太早,到了三十一楼,我正巧去了楼下,做丽思卡尔顿水疗,连忙穿了衣裳,手忙脚乱。李李说,小保姆讲到此地,我已经无啥可以再讲 <u>吃惊吃闷掉了</u>,新加坡男人听到此地,叹了一口气讲,这像传奇了。小保姆讲,亲姐姐,一定要来哦。我不响,我眼前,只看到宫保辣酱,高庄馒头,心情激动。小保姆讲,嫡亲姐姐,一定要来。我讲,好的。小保

○ 等于北方话,天上掉馅饼。○ 相比之下,上海更现实,即便打比方,也是脚踏实地。

○ 抢占上海制高点,外地小保姆与渴望花园饭店三十四楼套房的上海女人菱红之间,只剩三层楼差距。

• 上海依然是『冒险家乐园』,只是冒险家在新传奇里从外国人变成了外地人,旧传奇里的外国瘪三,现在是被冒险的对象。

536 繁花〔批注本〕

姆讲，亲姐姐，我买了一只蓝宝石嵌钻胸针，是做妹妹的心意，亲姐姐一定要收哦。小保姆讲到此地，电话里哭了。我口头上答应，有点辛酸，觉得小姑娘有良心。挂了电话，我跟章小姐联系。章小姐电话里，死样怪气讲，是呀，是呀是呀，哼，这只小骚皮，眼睛一霎，<u>老母鸡变鸭</u> 吴越俚语，形容瞬间之变化，我已经去过波特曼了，小娘皮的腔调，样子，档次，完全变了，镜台前面，全套兰蔻，手上的钻石戒指，火头十足，这不是气我，是啥呢，想不到荷兰人的条件，太优质了，手里有几爿大产业，有捉鱼船队，私人直升机，开销再大，也是<u>毛毛雨</u> 广东话"湿湿碎"、北方话"小意思"。我笑笑不响。章小姐讲，当时我踏进房间，盘问了半天，究竟是啥人，介绍了荷兰黄毛，这只小娘皮，口子铁紧，就不讲，我现在明白，是啥人了。我笑了笑，对章小姐讲，眼看别人得到机会，不应该后悔。章小姐讲，我根本不后悔，我有原则，根本不可能喜欢这种外国乡下男人。李李讲到此地，半杯黄酒一口下去 以自家杯中酒浇他人胸中块垒。阿宝说，新加坡男人听了故事，讲啥呢。李李说，新加坡人闷声不响，后来对我讲，传奇是传奇，但是上海一号，还排不上。阿宝说，照搬一句报纸的肉麻好句子，一个华丽的转身。李李说，新加坡男人问我，面对这种人世奇迹，李李就不眼热，不动心。我讲，我是开心，真心为小保姆高兴。阿宝说，后来呢。李李烦躁说，后来后来后来，我已经浑身发热了，阿宝，不要再逼我了，审犯人一样 讲别人的八卦讲到自家浑身发热，老板娘且生受。阿宝说，咦，明明讲了，要跟我商量重要的事体，吃了老酒羊肉，讲了小保姆结婚故事，忘记了。

此刻，附近一桌的基层女人，龌龊皮鞋男人，醉醺醺起来，推开玻璃门，相倚凑近，再讲了几句，男人朝女人屁股上拍了一记，

各奔东西 *火锅店style之吻别*。李李说，简单讲起来，这个新加坡男人，从此关于上海小姐，是吓了，一字不提，每礼拜，只跟我见面，开始盯我，缠我，怪吧 *珍惜眼前人*，讲起来还是斯文相，比大陆男人考究多了，见面必送礼物，我落座，后面扶椅子，起身，相帮穿大衣，难得我吃一支香烟，打火机马上一开 *三板斧*。每次见面，先送花篮到饭店，第一次就送来了讨厌花，我当场处理，第二次开始送首饰，第三次之后，附带念紧箍咒，也就是，跟我结婚，要结婚，想结婚，就是想结婚，念得我头昏脑涨 *上海话，这叫"热你的大头昏"*，只要我答应，两个人立即去登记，随后飞到新加坡过美好生活。我讲，让我再想想，让我仔细想一想，真要结婚，我不少事情要解决，饭店事体，一大堆遗留问题，难以了结，有债要讨，要还。新加坡男人讲，全部让律师解决，一切好商量，等不及了。男人这种冲势，力道，一般女人看见，肯定一头扑过去，抱紧算了，到了上礼拜，我开始犹豫，心动了，也问过律师，包括饭店转让等等，想做准备，但心里，还是不着落，所以郑重其事，问一问阿宝，新加坡男人，是真心喜欢我，还是一场梦。阿宝说，机会相当难得，李李年纪不小了，我觉得可以了 *只是顺水推舟*。李李说，讲得太马虎了，对我一点不负责，我不开心 *"负责"二字，一石二鸟*。阿宝说，我以鼓励为主，不拆一桩婚，我同意。李李说，阿宝太坏了，根本不诚心。阿宝说，是真心的 *"真心"表到第六次，真意已沦丧殆尽*。李李说，看我急于出嫁，就一点不吃醋，一点不酸。阿宝不响。李李说，阿宝来决定，同意，还是不同意。阿宝说，到底是真情，还是假意 *反客为主*。李李说，我觉得是真的。阿宝想了想说，这就不应该提到我，不可以打混仗，

〇 此一问兼具咨询和逼婚双重功能。〇『上海男女从来不发觉人生如梦，却认知人生如戏』——木心《上海赋》。

• 把话说到广东人所谓『画公仔画出肠』的地步就没意思了。昏招。

否则，我讲啥呢 反将一军。李李说，有一句讲一句。阿宝不响。李李说，阿宝是我最好的朋友 数招未能见血，改守势，我老实讲，新加坡男人，我确实动心了，我想晓得，其中还有问题吧，如果一切OK，这个礼拜，我准备答应了。阿宝不响 屏牢。李李说，讲呀。阿宝说，讲出来，要不开心的。李李说，讲。阿宝说，不怪我 憋出了大招。李李说，不会。阿宝说，我只问一句，多次见面，新加坡人的动作，有变化吧。李李说，斯文相，绅士派头。阿宝说，手拉了几次。李李说，啥。阿宝说，香过几次。李李低头不响。阿宝说，开几次房间。李李说，我不讲。阿宝说，我现在是娘家人，我做娘舅，就要细问 角色转换。李李低鬟说，拉过几次手，其他，根本不动。阿宝一吓，杯子一推，立起来说，啊 一颗定心丸吃下去，表演功力猛增。李李说，酒吃多了，轻点呀。阿宝说，这不对了，床上生活，一趟也不做。李李说，坐下来，轻点讲呀，十三。阿宝落座说，胆子真不小，最要紧的大项目，一办不办，就准备登记了。李李说，是的。阿宝说，这要闯穷祸了 "穷祸"即吴语"大祸"。李李低头不响。阿宝低声说，男人盯女人，盯了大半年，一不做，两不抱，这个女人，男人眼睛里，就越来越好看，好看到极致，为啥，因为得不到，悬念大，想象力足，半年过去，新加坡人眼睛里，李李已经是极品了，超级美人，期望值虚高，等到洞房花烛，两个人床上做，百样女人，百样腔调，李李就算花样再多，心思再密，比不过想象力。李李不响。阿宝说，万一新郎倌第二天起来，面孔一板，不称心，哪能办。李李不响。阿宝说，期望多，失望大，哪能办呢，李李就卷铺盖，再回上海，做"回汤豆腐干"，样样重来。李李不响，拍了阿宝一记。阿宝说，如果已经做得要

○阿宝这一手浆糊捣得实在高妙，上不外溢，下不沾底。

•即"打回原形"。豆腐当天没卖光，回家汤里烧烧次日再卖，好之者认为这样更有滋有味，耐嚼。

二十六章　539

死要活，恨不得吞进肚皮了，登记便是，只谈情操，听婚姻专家的屁话，培养感情，只谈不做，说不定就闯穷祸，谈得好，不如做得好。李李沉默良久说，这样看来，阿宝跟我做了，觉得不满意，对吧 <u>致命一击</u>。阿宝说，又来了又来了，不要胡搞好吧，我现在是娘舅，懂不懂。李李不响。阿宝说，新加坡男人，讲起来"钻石王老五"，多数是妖怪，大半年，只做爱国讲演，动口不动手，这是吓人了，香港有个高级交际花警告，女人看见钻石王老五，眉花眼笑，但往往这种男人，不是心理有问题，就是生理有问题。李李说，我以往这些男朋友，多数毛手毛脚，比较烦，新加坡男人，一动不动，太平安定。阿宝说，是呀，太平绅士，结婚之后，照样一动不动，银行门口铜狮子，让人拍照，做摆设，可能吧。李李不响。阿宝说，一对宝货，一辈子笑眯眯，互相看，是正常男女吧。"定上座问临济禅师：如何是佛法大意？济下禅床擒住，与一掌便托开。定伫立。旁僧云：定上座何不礼拜。定方礼拜，忽然大悟。"这段公案，按胡兰成解读："临济的佛法是生龙活虎之姿。这擒住，打一掌，便托开，是中国武术的极致。擒住是阳，打一掌是阴，托开又是阳，三手实含有阴阳变化之机。中国武术特别讲究挐法，即是擒住。临济禅师说'临济宾主历然'，与擒住是同一句说话。其次是打。一记里要具生杀二机。再其次就是托开了……搁住他使他不得脱身，就是挐，就是擒住……本来是被动的，缠住他不放，却换了主动，这里就有个宾主互换。"作者以全书至为冗长之一章，安排这一对各自暗揣创伤的上海宝货，在公元2000年的前夜，在云南路某火锅店里，于乱云飞渡间，不动声色地演示了一千年前临济佛法的这一"生龙活虎之姿"，十分杀伐。

○阿宝手里，原本只剩下『做过』这最后一张牌了。奈何这张牌出也不是，出也不是，生生砸手里了，招架不住，学孙悟空临阵变出个假猢狲权且抵挡一阵。

贰拾柒章

壹

阿宝说，我想去香港，将来做贸易。阿宝爸爸说，资本主义一套，碰也不许碰。阿宝说，我想做。阿宝爸爸说，不可能的。阿宝说，居委会里，已经做加工贸易了，每个老阿姨领一把切菜刀，摆一盆水，山芋削皮切块，浸到水里，出口日本。阿宝爸爸说，私人不可以做，集体可以四两重的两句对白，拉开新时代千斤大幕。两人讲到此地，外面敲门。小阿姨开了门，进来两女一男，三个年轻人。男青年戴眼镜，看了看说，是阿宝爸爸吧。阿宝爸爸说，我是。男青年看看阿宝说，这位是阿宝。阿宝说，是的。男青年说，我是雪芝的哥哥。男青年指一指后面两个戴眼镜的女青年说，这两位，是雪芝的姐姐一家门近视眼。阿宝爸爸说，啥事休。男青年说，阿宝先回避可以吧。阿宝爸爸说，此地样样可以讲，不需要保密当场轧出苗头。男青年说，我是来表个态，阿宝跟我妹妹雪芝，谈了恋爱，我父母，五个兄弟姐妹，全部不同意。阿宝爸爸看看阿宝说，又谈恋爱了上一次被女方家长闹上门来的恋爱是和楼上小珍谈的。阿宝不响。阿宝爸爸说，谈了多少时间。阿宝说，一年半。阿宝爸爸说，三位的来意，我觉得有点滑稽开始循循善诱地把对方往沟里带。男青年说，作为阿宝的家长，应该

○若是没拦住，若干年后在李李的『品花宝鉴』里可能就被划入『比较急色的香港男人』一类了。

管一管。阿宝爸爸说，雪芝哥哥看上去，是读书人，哪里一届的。男青年说，高中六七届，安徽插队。阿宝爸爸说，两位妹妹呢，好像双胞胎。留辫子女青年说，对的，初中六八届，我两个姐姐，也是双胞胎，高中六八届。阿宝爸爸说，父母不容易，长兄是六七届，先分配到外地，接下来，四个妹妹六八届，一片红，按照当时政策，全部下乡。男青年说，是的。阿宝爸爸说，雪芝是最后一个小妹妹，留上海。男青年说，刚刚讲到滑稽，有啥滑稽。阿宝爸爸说，现在可以考大学，是不是准备参加考试。男青年点头说，按政策刚刚回上海，我一直温习功课，几个妹妹也有准备。阿宝爸爸说，读了书，可以改变命运。男青年说，这是我个人问题，跟这次谈的内容，有关系吧。阿宝爸爸说，相当有关系，一个家庭直到现在，五个务农青年刚刚回上海，是啥概念。男青年说，我不晓得。阿宝爸爸说，是家庭成分关系吧，革命干部，革命军人家庭不提，如果是工人阶级，贫下中农成分的青年人，前几年，起码上调做工，回城一到两个，我讲得对吧 戳中痛处。男青年恼怒说，成分好坏，跟雪芝阿宝的事体，毫无关系吧。阿宝爸爸说，成分不好，尤其地主出身，包括资本家出身的子弟，容易受封建腐朽思想影响，老一辈主张包办婚姻，这是历史原因，几个准备考大学的年轻人，为啥还有封建思想，干预妹妹恋爱。男青年不响。阿宝爸爸说，现在，我出一道高考复习题，请问，父母之命，媒妁之言，如何解释，封建统治阶级，干扰男女自由恋爱具体方式，是啥表现，答一答看。青年人一呆。阿宝爸爸说，阿宝与雪芝，是正常恋爱，啥人也不便管，我也管不着。女青年说，讲这句就可以了嘛，前面兜来兜去，啥意思 终于听懂了。男青年手朝地下一

○"一片红"指针对1968、1969届初、高中毕业生"全员上山下乡"的政策。

• 虽因绕得稍远而略显牵强，然而基本逻辑无懈可击，滴水不漏。老干部怼人，原则性就是强。

指说，讲到成分好坏，此地是啥底牌，我已经到新村居委会调查过了，此地，是反革命家庭，勾结日本人国民党的反动家庭。阿宝爸爸说，随便讲。阿宝说，已经平反了，懂吧。青年冷笑说，跟我妹妹七搭八搭的阶段，是历史反革命成分阶段对吧 刻舟求剑 。阿宝爸爸一笑。男青年说，住这种垃圾地段，垃圾房子的人，里弄加工组的人，如果不是看中安远路新式里弄房子，看中我妹妹全民单位 这个就是压倒所有的所有制压倒性优势了 ，会跟我妹妹谈，笑话。阿宝爸爸说，好了，多讲毫无意义，我最后啰嗦一句，本人就是大资本家出身，只是，我永远看不起资本家，不会用房子地段权衡感情，懂吧。男青年不响。阿宝爸爸说，回去好好复习，就算考进了大学，个人素质，真跟考试关系不大，也真不容易提高，读大学，不是到"大德浴室"里泡浴，身上老垢龌龊，一般的药水肥皂，不容易弄干净，这要警惕了 转入降维攻击 。两个女青年立刻朝外面走，拖了男青年一把说，十三点，神经病 男知识青年为宏大叙事击溃，女知识青年被浴室和洗澡吓走 。小阿姨说，嘴巴清爽点，考大学，屁灶经，考野鸡大学，狗屁大学 强有力之补刀 。三个人离开。阿宝爸爸不响。小阿姨说，阿宝。阿宝不响。小阿姨说，不要难过，爸爸事体已经解决，房子马上要解决了，姐夫对吧。阿宝爸爸说，皋兰路房子，属于房管所，如果要搬，可能搬其他地方。小阿姨说，思南路老房子，姐夫应该有份。阿宝爸爸说，毫无兴趣 "永远看不起资本家" 。小阿姨不响。阿宝爸爸说，如果阿宝想结婚。阿宝说，这越讲越远了。阿宝爸爸说，也是现实，谈恋爱，就是为结婚嘛 一切不以结婚为目的恋爱都是耍流

○安远路新式里弄，尽管地段和房型比曹杨新村高级，但当年也未出广义"下只角"。

△俗称"来苏皂"，加入医用来苏水酚类化合物的肥皂，杀菌力和伤肤力俱强。

·掷地有声。一样是被女方家人上门讨伐，落实政策之后的宝爸，临场表现与当年简直判若两人，一个刚刚回城的小知青碰上一个刚刚解放的老革命，也是合该倒霉。

贰拾柒章　543

泯。阿宝说，我哪里想过。阿宝爸爸说，房子是紧张，也许，我会分到房子，但不一定宽舒，因此阿宝要考虑明白，如果是跟这位小妹妹结婚，如果是住进这种人家的房间里生活，还有啥味道。阿宝不响。

○当年上海观念，情事即婚事，婚事即房事。○冯内古特认为在关于人的故事里，主角永远是一摊钱，就像在一个关于蜜蜂的故事里，主角永远是一摊蜂蜜一样。冯内古特没说在关于上海滩男欢女爱故事里，主角永远是一套房子一样。

贰

沪生接到阿宝的电话，打算来武定路住几天。沪生说，可以呀，沪民长住温州，阿宝如果是领雪芝过来，我可以腾出一间。阿宝说，开啥玩笑，是我一个人来。当天夜里，阿宝到了武定路，发觉房间已经整理过了，沪民的床铺特别干净，端端正正摆一对枕头。沪生笑笑说，备战备荒为人民，领袖语录。阿宝说，沪民情况好吧。沪生说，认得一个温州女人，大半年不回上海了。阿宝说，父母有消息吧。沪生摇摇头。两个人靠近朝南窗 凡近窗必有长谈深谈。套路。沪生说，据说政策会宽松一点，可以允许家属去探视了，也许会放出来，但不可能平反。阿宝不响。沪生说，我不禁要问，一场革命，就有一批牺牲品，革命一场接一场，牺牲品一批压一批。阿宝说，中国文字嘛，最有巧嵌 即"机巧"，有的人，是牺牲，有的人，是牺牲品，多一个字，意思就不一样，我爸爸一辈子，是牺牲品，还是牺牲，还真讲不明白 "一辈子"太笼统，分开上下集就容易讲明白了。沪生说，一个公民的自由，以另一个公民自由为界限。阿宝说，《九三年》的句子。阿宝不响，翻翻床头几本

• 1967年4月发表于《人民日报》，是第三个五年计划的指导方针。

○语出雨果小说《九三年》之引文："国民公会宣布了这个伟大的真理：'一个公民的自由，是以另一个公民的自由为界限的。'"这句话概括了整个人类社会性的原理。

破书，地上有拉德公寓带来的旧收音机，捻开一听，《二泉映月》。调台，电视剧录音剪辑《大西洋底来的人》。再调，弹词开篇《蝶恋花》，余红仙唱，忽报人间曾伏虎，泪飞顿作倾盆雨。结尾的"雨"，一直雨下去，雨雨雨雨雨，弯弯曲曲，绵绵不绝。沪生过去，嗒的一关，房间里冷清。两个人凭窗南眺，夜风送爽，眼前大片房顶，房山墙，上海层层叠叠屋瓦，暗棕色，暗灰，分不出界限，一直朝南绵延，最后纯黑，化为黑夜。附近人家竹竿上，几条短裤风里飘，几对灰白翅膀，远处的南京西路，从这个方位看，灯火暗淡，看不见平安电影院的轮廓线，怀恩堂恢复了礼拜，不露一点光亮，只有上海展览馆，孤零零一根苏联式尖塔，半隐夜空，冒出顶头一粒发黄五角星，忽明忽暗。阿宝说，我暂时住一个礼拜。沪生说，尽管住，时间不早，先随便吃一点。两个人下了楼，走到西康路附近，一家饮食店坐下来，点了几只浇头小菜，三瓶啤酒。沪生说，身边有父母，还有啥矛盾，吵啥呢。阿宝说，是别人上门来吵，我只能逃。沪生说，啥。阿宝说，政府落实资本家政策了，发还抄家资金，我的大伯小叔，为了分家产，吵到鸿兴路，吵得我祖父头胀，逃到了曹杨新村，房间里打地铺，我也只能逃，等于避难。沪生不响。两个人吃闷酒，阿宝再叫两瓶啤酒，想不到眼前一亮，兰兰走进了饮食店，浑身香风，阿宝一呆。沪生看手表说，迟到两个钟头了，还来做啥。兰兰笑笑，身上山媚水娇，一件绯红四贴袋收腰小西装，金边包纽，内里一件肉桂色圆领弹力衫，玄色踏

○ NBC1977年出品的21集科幻电视连续剧，1979年中美正式建交次年译制引进，每周四晚8时播放，导致了男主角麦克·哈里斯在剧中所戴的雷朋太阳镜风靡中国，时称"蛤蟆镜"。

• 上海弹词名家余红仙1958年以《蝶恋花·答李淑一》为词所演唱，融蒋调、丽调、俞调、薛调等多种流派唱腔于一曲，轰动一时。

△《九三年》里的另一句名言是："所有这些人们啊！像烟似的向四面八方吹散了。"

美其名曰"小菜"，其实就是面条浇头本头

贰拾柒章 545

脚裤，脚下一双嫣红漆皮金跟船鞋 全套1970年代港产片女主角行头。沪生说，忙出忙进，像捉"落帽风"，准备到哪里一天为止。兰兰笑说，差不多了。阿宝说，长远不见，新娘子一样了 "像新娘子一样"乃上海人彼时对衣着光鲜女子之统一恭维和赞美。兰兰说，阿宝太坏了，见了面，闲话里就镶骨头。沪生说，先坐。阿宝倒了一杯啤酒。兰兰坐下来。沪生说，让香港人一弄，女人就像花瓶。兰兰拍一记沪生说，难听吧。沪生说，具体时间呢。兰兰说，酒水定到下个礼拜，先拍照。沪生说，人民照相馆 前身为白俄开设于南昌路、茂名南路的"乔其照相馆"，转手华商更名"乔士"，公私合营后迁至淮海中路831号改名"人民照相馆"，一直是上海乃至全国最高级照相馆之一。兰兰说，是到静安公园，拍彩照，香港特地带来了富士彩卷，比上海便宜，颜色好。阿宝说，越听越糊涂，啥香港，酒水。沪生不响。兰兰吃了一大口啤酒 不失劳动人民本色。沪生说，兰兰自家讲。兰兰看看手表说，雪芝一定讲过了，有啥可以多讲的。阿宝不响。兰兰忽然低鬟说，好像我开心一样，我是怨的。阿宝说，我跟雪芝，长远不联系了。兰兰说，难怪前天看见雪芝，一声不响的样子。阿宝说，我跟雪芝，准备结束了。兰兰说，啊，这不可以。沪生说，风凉话少讲。兰兰摸一摸沪生的手背说，沪生，开心一点好吧。沪生不响。阿宝再叫两瓶酒，兰兰一杯吃尽，意态婉娈，面孔泛红，看了一眼手表，也就立起来。兰兰说，不好意思，先走了，下礼拜我摆酒水，阿宝带雪芝一道来，沪生，是必须来。沪生说，再讲。阿宝说，啊，下礼拜。兰兰起身，朝阿宝笑笑，一团红光 香风进，红光出，人逢喜事精神爽，走出饮食店。两个人看兰兰的背影。沪生说，我以为，雪芝早就告诉阿宝了。阿宝不响。沪生说，我跟兰兰，彻底结束了。阿宝不响。沪生说，自从搬出拉德公

○《诗·齐风·甫田》：『婉兮娈兮，总角丱兮。』郑玄笺：『婉娈，少好貌。』

寓，兰兰娘变了面色 又关房事，一直到处托人，介绍香港女婿，上个月，香港男人来了，其实，也就是新界加油站的工人 在城乡结合部上班的工人阶级，但一般上海人讲起来，香港总归有面子 香港这个面子当年可抵上海一套煤卫独用的市中心房子。阿宝不响。沪生说，兰兰再三问我，只要我反对，坚决不谈，如果我同意，就跟香港人接触，包括结婚。阿宝说，小姑娘有良心。沪生说，啥叫良心，兰兰到我房间里哭了两趟，哭归哭，我心里明白，香港比上海好，我理解，人往高处走，是应该的，结果，兰兰见了香港男人两次，也就登记了。阿宝说，后来呢。沪生说，后来就是现在 佛系警句，刚刚看见吧，忙进忙出，预备结婚，兰兰娘还想请我去吃囍酒，笑话吧。阿宝恍惚说，如果雪芝，也这样问我，就好了 若干年后某个深夜的云南路火锅店里，李李也会就同样问题征求阿宝意见。沪生说，家庭不同意，雪芝可以讲啥呢。阿宝说，雪芝一直不响，不表态。沪生说，热水瓶，外冷里烫。阿宝不响。两个人讲讲谈谈，直到饮食店关门。两个人慢慢走回来，沪生说，莫干山路有坏消息，据说小毛的老婆，去年过世了。阿宝不响，感觉有点头昏，靠到梧桐树上 有人结婚，有人分手，有人死老婆，信息量过大。沪生说，人生是一场梦。阿宝不响。沪生说，每次提到小毛，阿宝总是懒洋洋。阿宝不响。沪生说，讲讲看呢。阿宝一笑说，我一无所知，倒是昨天，小阿姨悄悄告诉我，我以前常到大自鸣钟理发店，跟沪生，小毛，小珍，大妹妹，兰兰来往，包括我跟雪芝所有来往，有一个人，全部明白。沪生说，啥人。阿宝说，猜猜看。沪生说，5室阿姨，还是小珍爸爸。阿宝说，不可能。沪生说，是雪芝爸爸，骑脚踏车，寻了半个上海，最后寻到曹家渡吃饭散场，盯功了得。阿宝叹息说，这个人，不是别人，是我爸爸。沪生惊讶说，啊。阿宝说，当时我所有的活动，我爸爸全部

贰拾柒章 547

了解,基本亲眼所见 小珍爸、雪芝爸、自家爸,都是阿宝情事的"灭爸"。沪生说,啊。阿宝说,做情报出身,出门盯一个人,了解一桩事体,熟门熟路。沪生不响。阿宝说,有一段时期,爸爸经常跟踪我,因此亲眼看我走进理发店,看我跟小毛乱讲,看我嘻嘻哈哈,带小珍进出弄堂,包括后来,我陪雪芝来回乘电车。沪生说,还有这种爸爸呀,简直是密探,包打听嘛大概就是凭借这种练习,宝爸才没有变成欧阳先生后来那种样子。阿宝说,表面上一声不响,直到昨天,小阿姨听见爸爸议论,马上告诉我的,太狼狈了。沪生不响。阿宝说,有啥还可以讲呢。沪生不响。这天夜里,两个人一路无话,回到武定路,沪生就寝,阿宝借了酒兴,凑近台灯,写了一封信:

雪芝你好。我今天见到沪生了,也是才知道,兰兰和一个香港人,准备结婚了。我难免想到沪生和兰兰的往事,也想到我们的往事,男女到了最后,只能面对现实,会有各种变化,是正常的,现在,沪生和兰兰分手了,我们的关系,也应该结束了,不必太难过,这句话,也是对我自己讲的,曾经的回忆,我记在心里,祝一切顺利。阿宝与雪芝分手,和自己结束,跟1970年代绝交。

叁

某日下午,阿宝刚走进曹杨新村大门口,小珍赶过来说,阿宝,大伯伯跟一个陌生男人穷吵,敲碎了玻璃窗。阿宝跑进房间,果然两扇窗玻璃敲光了,小阿姨打扫碎玻璃。大伯走来走去,中山装笔挺,胸口少了两粒纽扣。小叔已经走了。嬢嬢低头闷坐,祖父靠在床上,两眼闭紧。大伯慢吞吞说,阿宝来了。阿宝不响客人先○此时距离西装重返上海尚有六七年光景。大伯父这套行头,乃公私合营时期进步或伪装进步之资本家标准扮相。

大伯说，刚刚差一点出了人性命，有一个坏人，差一点敲煞我。阿宝说，敲玻璃窗做啥，落雨哪能办。大伯慢吞吞说，这叫狗急跳墙，为一点钞票，小叔叔先敲我，再敲玻璃窗。阿宝不响。窗子外面，邻居探头探脑看白戏。小阿姨说，走开好吧，有啥好看的。祖父叹气说，我是老来苦呀。小阿姨说，等于是逆子，不管高堂死活，独吞财产，欺负弟妹，眼里只有铜钿钞票。大伯说，喂，一句不响，人会变哑子吧，这事体，外人少管。小阿姨说，我自家人，完全可以管。大伯说，快点去烧饭。小阿姨说，哼，现在有钞票，做大佬倌了，脱落蓝衫换红袍，山清水绿，吃饭要求高，此地不再供应，请到曹家渡状元楼，吃馆子去。大伯笑说，小阿姨烧的小菜，我哪里会忘记。小阿姨说，再烧有用吧，吃心太重，全鸡全鸭，统统吃独食，我是吓的。大伯说，十三。小阿姨说，吃吃白相相，混了一辈子，胃口撑大，要伤阴骘。大伯慢吞吞说，小阿姨，政策懂吧，我爸爸这把年纪，上面落实政策，当然签我名字，政府定的，不是我。孃孃说，公平吧。小阿姨说，自称好，烂稻草，一辈子伸手用钞票，看老头子面色，真正资本家，是床上这只老头子。大伯不响。身边的孃孃说，还想做思南路大房东，弟妹全部做房客，笑话，我要申诉的。大伯慢吞吞说，划成分，只有资本家一档，哪里有小开的称呼，我当然算资本家，吃

549

足资本家苦头,现在享资本家福,应该吧,完全应该 原汤化原食,眼睛不要红。孃孃说,好意思讲的,帮爸爸赚过一分铜钿银子,做过一笔生意吧。大伯立起来说,好了好了,总数目,我再退一步,我拿八成半,总可以了吧。孃孃说,热昏头了,我跟小阿哥,一定斗到底的。大伯慢吞吞说,思南路房子归还,房契当然写我名字,弟妹住进来,不交一分房钿,总可以笑眯眯了。孃孃跳起来说,这场官司,非打不可了,银箱钥匙,思南路房契,样样是爸爸的。大伯说,我奉陪。祖父坐起来说,不许再吵了,现在先讲,一共多少数目。大伯说,还能有多少呢。祖父说,多少,讲呀。大伯不响。祖父说,逆种。大伯说,抄走的黄金,跟当初官价回收黄金,价格一样,两块左右一克,一两黄金三十二点五克,十六两制。祖父说,这我晓得。大伯说,现在落实政策,照官价九十五块一两发回,哼,一天以后,市面金价,马上调到一百三十八块一两了,吓人吧 财技了得。祖父说,正常的,有啥稀奇,我肚皮里一本账,金一两,元初是折银四两,到了永乐,当银七两五钱,乾隆朝,十四两九钱二分,到光绪二年,已经十七两八钱七分,光绪三十三年,换银三十三两九钱一分,之后,金价就跟涨外国行情了,到民国三十四年三月,黄金每两2万法币,一夜提到3万5千块,贬低币值75% 一笔变天账竟然可以从元朝算起,财技不得了。大伯不响。祖父说,数字还不肯讲,还不知足。大伯不响。祖父说,已经蛮好了,想想自家当年,穿破背心,瘪三腔,倒马桶的样子,快点讲,到底是多少,总共多少,我来分。大伯伯慢吞吞说,阿爸,事体要我来弄,自家好好休息,少管。祖父眼睛一瞪说,再讲一遍。大伯说,既然名字写我,一切我做主,思南路,弟妹可以住,房契,产证,名字只许写我一个人 长子,第一顺位继承人。孃孃一拍台子说,谈也不要谈,法庭见。祖父眼睛闭紧,不响。小阿姨叹气说,政府对资本家,已经菩萨心肠,相当优惠了,还了钞票,还了房子,我娘家大地主,富农,多少赞的房产,全堂硬木家生,真金白银,以前讲起来,衙门钱,一蓬烟,生意钱,六十年,种田钱,万万年,有多少稻田,竹园,鱼塘,不另外估价,随田上纸,有多少登记多少,有用吧,早就抄光,分光,抢光了,到现在,人民政府有补偿吧,有落实政策吧,想也不要想,屁也没一只,我娘家廿几年前,就已经踢到了铁板,碰到断命运动了,最后,只弄剩一个小间,派出所我的死男人,监牢里放回来,住了几天,结果呢,这一点名堂,家具门窗连到瓦片,卖光吃光,房间七歪八倒,夜里出鬼,这叫败家,完全是败光了,家资田产荡尽,朝不保夕,一身狼狈。大伯说,硬插进来,讲这种不搭界的事体,乡下陈年宿古董的事体,听也不要听。阿宝说,为啥不听,我要听。小阿姨说,人心要足,为一点铜钿,一副急相,就等于我好菜好饭端上来,有一种人,一句不响,伸出一双筷,只顾闷头触祭,独吃独霸。阿宝说,是的,我看到的上海人讲的"吃相难看",发乎餐桌,不止于一切。小阿姨说,老辈子人讲了,当年长毛一路抢抄杀,篦一遍,日本人,篦一遍,土改,又篦了一遍。大伯冷笑说,反动无轨电车,随便开终于有资格说别人反动了。小阿姨说,我姆妈当时,抄得清汤寡水,穷到家了,但据说,还剩一个秘密,上几辈人,留了一件压箱宝,埋进了天井,足可以福荫两三代,最后这天夜里,四进房子空荡荡,隔日穷鬼就要来霸占,只剩我跟姆妈,两个人,端一盏菜油灯,摸到天井里去掘,半夜里咯的一响,菜刀碰到缸沿,再掘,是一只缸,盖板烂得发酥,举灯一照,两个人当场一吓,倒退三步,哭得眼泪鼻涕一大把。阿宝说,

○清代范寅《越谚》卷上:"衙门钱,一熜烟;生意钱,六十年;种田钱,万万年。"非义之财,理无久昌,勤劳得之为上。

挖到救命黄金了一托。小阿姨不响。孃孃说,是一缸银锭,激动万分二托。大伯想了想说,赤金一两制小元宝三托加码。祖父两眼闭紧说,不是皇亲国戚,哪里会这种黄货最后"皇家级"一托留给老法师。小阿姨说,我跟姆妈拔脚就逃,魂飞魄散一家门胃口至此被吊足。阿宝说,缸里是啥。小阿姨说,上辈留的银洋钿,有蜂窝洞,有图章,白花花的老锭,结果呢,简直要吐血,变戏法一样,变成半缸赤练蛇,一条一条,缸里伸出舌头,到处看,到处爬,到处游。我跟姆妈,穷哭百哭,土地菩萨不开眼,母女两人,走了大霉运了,霉上加霉,霉到银子变蛇的地步,我等于抽到一根"下下签",上面的签文,霉到底了,写得明明白白,身边黄金要变铜,翻来覆去一场空。阿宝说,后来呢。小阿姨说,天一亮,这帮穷鬼,轰隆隆隆搬进来了,发现天井里一只空缸,这还了得,认定半夜里偷挖了财宝,好,我跟姆妈再吃一遍苦,斗争三遍,想不到,几十条蛇,钻进老房子一天了,到了黄昏,全部爬回来,盘进缸里,照样是半缸蛇。一个乡下赤佬,举了铁搭,一铲下去,赤练蛇盘满竹竿,盘到几个赤佬身上,蛇要逃,人也要逃。阿宝说,后来呢。小阿姨说,后来,就是倾家荡产了,我娘一死,我逃进上海呀,我每天买,汰,烧上海家庭主妇日常,谐音"马大嫂",最后跟派出所的下作男人结婚离婚,我有过半句怨言吧,我一句不响,所以,人心要平,看见钞票银子,就想独吞,独霸,手里的真金白银,将来说不定就变赤练蛇,人总有伸脚归西一天吧,口眼难闭了。

○ 开闸吞吐,最后抖出一包袱蛇。赤练蛇是江南家常蛇,属游蛇科,因鲁迅《从百草园到三味书屋》和打油诗《我的失恋》两次提及而暴得大名。

▲ 墨西哥鹰洋,正面图案为鹰嘴衔蛇单腿独立于仙人掌上。1854年始作为国际贸易硬通货大量流入中国,太平天国事发后尤甚,未几,又因数次战争赔款而输光。

• 结局比广东人说的"见财化水"要好,起码蛇肉也是蛋白质,蛇胆更可入药,清热解毒。

△ 赤练蛇虽然算毒蛇,但毒腺弱,毒牙短,一般情况下人畜无害。

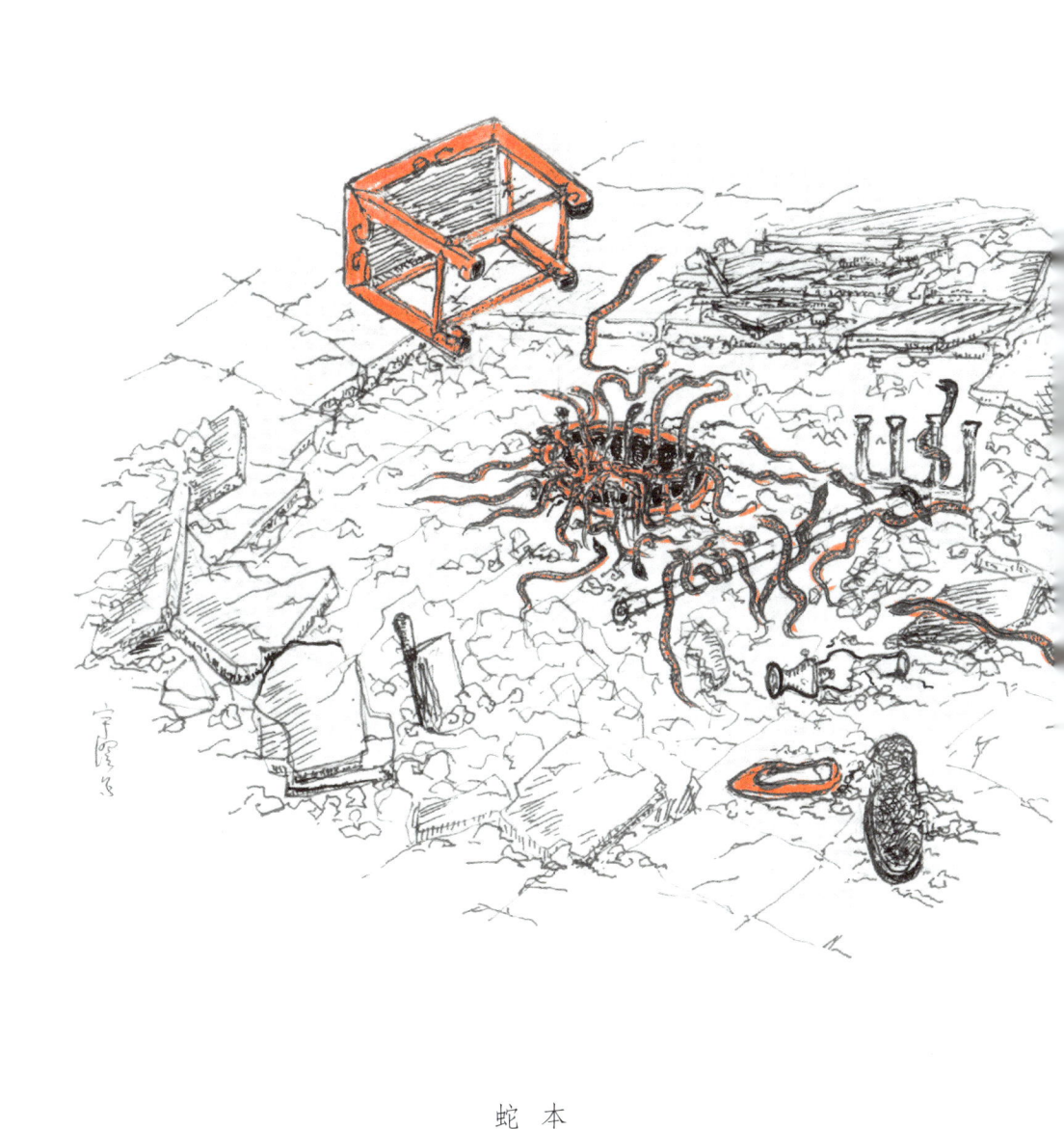

本书出版于2013年，蛇年，画蛇忆旧。

大伯说，啥意思。小阿姨说，下一辈子孙，看样学样，人人也独吞家产呢，现世报呢，连环报呢。大伯慢吞吞，凛若冰霜说，废话少讲，一切，我依照人民政府政策办事，人民政府讲啥，我做啥。祖父一拍床沿说，我气呀，我气闷胀呀，早个十年廿年，我定归叫这只逆子，先跪一个通宵再讲。各国民间信仰里，蛇与金银财宝之间的关系长期纠缠，既可被视为财宝的守护神——吴越民谚"青龙管谷仓，黄龙管米缸，金斗银斗守库房，大劫大难白家挡"，"白家"，蛇也。中式金元宝，尤其作为风水摆件时，往往饰以盘蛇，寓意"转（赚）钱"——而当"人心不足"时，蛇反过来也可以成为人类的惩罚者，印度传说中，悭吝刻薄之人死后会变成专职看守财宝之蛇。《葫芦兄弟》更有蛇精变出巨大金元宝镇压葫芦娃场面，晦暗地象征"财产"的一体两面。○据"太太党人"观察，上海有一种特别的人设，即本来应该顺利从少爷变成老爷的，因为某种原因，即使年纪变大，却一直停留在"少爷"阶段。本节里的大伯，应该属于这种。

肆

机驳船的声音，由远及近 拂水而至，煤球炉味道飘过来，莫干山路弄堂后门，小囡哭腔，混合了糖醋味道，干煎带鱼的腥气。朝南马路，铁门一开，进厂电铃响三响 再加一响。小毛娘放了茶杯，看看墙上的十字架说，领袖像呢。小毛说，春香一个小姊妹讲，挂了十字架，上帝可以保佑春香。小毛娘说，是的，现在信教自由了，我其实也可以改，但习惯了。小毛不响。小毛娘说，春香的小姊妹，是离了婚，还是丧偶，多少年龄。小毛说，姆

○苏州河沿岸最典型的市声、市味，入耳鼻喉科。○新鲜或冰鲜带鱼，煎之略有腥，但传播力一般局限于灶台，能穿堂入室者，必定是咸带鱼。○声、味皆由风播送，却无一字言及风。

•为娘看来，和小毛交往的女人，不是离婚便是丧偶，总之就不可能是未婚。

妈 小毛对此，也是习惯了。小毛娘说，身边有个把女人，至少吃一口热汤热水，姆妈这一趟来，主要是想问一件要紧事体。小毛不响。小毛娘说，结婚以后，小毛一直不回老房子，春香过世了，也不回来看我，但最近听说，小毛经常大白天，乘姆妈去上班，到大自鸣钟老房子，坐进二楼招娣的房间，有这种事体吧。小毛说，理发师傅嚼蛆了。小毛娘说，不管别人有啥议论，小毛跟二楼招娣搭讪，这要注意了，招娣男人，是人民警察，懂吧，警察专门管人民 中文"巧嵌"又一例，万一有了事体，小毛难看了。小毛不响。小毛娘说，也据说，小毛打算搬回来住了，莫干山路的房子，预备让哥哥结婚。小毛说，啊。小毛娘说，有这种打算，我做娘的，应该晓得呀。小毛说，真是乱讲了，乱喷了 以上看来都不是空穴来"蛆"。小毛娘说，我也不相信，哥哥的女朋友，单位有"鸳鸯房"过渡。小毛说，越讲越不对了。小毛娘说，反正，小毛回大自鸣钟看一看，是对的，但最好，是大大方方，过来吃夜饭，专门跟女邻居单独接触 准确地说，是专门和"二楼女邻居"，这是犯忌的，还是选一个老实女人，做莫干山路的家主婆，太太平平过生活，多好呢。小毛说，我到招娣房间里，讲讲谈谈，为啥不可以。小毛娘不响 心里一阵乱响。小毛说，其实，是招娣介绍一个老姑娘，车间团支部书记，约我到二楼见面，吃杯茶，谈一谈。小毛娘说，介绍女朋友，也要大大方方，像模像样去外面，到"东海"咖啡馆，时髦地方吃一杯咖啡，或者节约一点，到"四如春"饮食店，吃两碗冰冻薄荷绿豆汤，吃吃谈谈，多好。小毛说，老姑娘，我不感兴趣，我对招娣讲，要是像银凤，春香的样子，我就同意 后一个是陪绑的吧。招娣讲，这难了。小毛娘不耐烦说，银凤跟招娣，也就是最普

○ 前身为俄国犹太人1934年设在南京东路的Mars西餐，主营廉价『罗宋大菜』。后更名『东海咖啡馆』，一直到1980年代中期，都是上海人谈恋爱打卡处。2009年后不知所终。

通的女工,一般的弄堂女人,春香,当然是打灯笼也难觅的 不是太常见,就是太难找,怎生是好。小毛不响。小毛娘说,姆妈再问一句,表面上,小毛是介绍朋友,其实,想搭讪招娣,预备拖"拖"字触目惊心了招娣,到莫干山路房间里发生肉体关系,有这桩事体吧。小毛一拍台面,立起来说,娘的起来,看样子,一定有人搬弄是非了。小毛娘不响。小毛说,一定是招娣听错了,我讲过一句戏话"说戏话"即"开玩笑",如果招娣是介绍银凤,春香这种车间小姊妹,可以直接领到莫干山路,我当天就可以结婚,我是这个意思。小毛娘说,这还差不多,但女人像银凤,有啥好呢,一面孔苦相,春香,现在看来,命也是薄,好是真好,但已经升了天国,这个社会,太复杂,不要以为其他普通女人,也可以马上拖进来同房,生活作风出了问题,四类分子懂吧,戴了"坏分子"帽子,就麻烦了。小毛踢翻了骨牌凳子,一声不响开了房门。小毛娘说,不要动气嘛,姆妈真担足了心思,唉,我样样要操劳,姆妈现在,要紧要命讲一句,以后对招娣,千万火烛小心,听见了吧。小毛不响。小毛娘看看十字架说,我每天为春香祷告 一并祈求尽快为大自鸣钟二楼这个房间驱魔除魅。小毛说,不早了,回去吧。小毛娘飞快划一个十字,出门走了。小毛坐到椅子里,天逐渐暗卜来,墙上的十字架,逐渐模糊,淡淡映出春香的面孔,后来又化出银凤的面孔,两个女人,眼里全部是怨 此处BGM除沪剧和越剧咏叹调可不做他想。苏州河的机驳船声音,由远及近,煤球炉味道飘过来,小毛缚不紧意马,锁不住心猿 下了大夜班,人困马乏,光天化日里妄念丛生,眼前一花,台子前面,又见到拳头师父,金妹,招娣,樊师傅的面孔。墙上的银凤春香,闷声不响。机驳船

○ 不带脏字之骂娘,并非命令伊娘立起来。○ 批者也想拍案而起了。

○ 十字虽然划得『飞快』,一字切切不可忽视。这个速度,并不表示小毛急于回家,而是在长期被禁锢的半地下状态下养成的习惯。看官着眼。

贰拾柒章 557

由近及远，厨房糖醋味道，煎咸黄鱼味道，咸菜炒毛豆的味道 *比开头多出三味*，对面纺织厂电铃，又响了三响，听见招娣问，小毛觉得银凤好看呢，还是我招娣标致。旁边金妹讲，小毛，已婚女人，有啥好呢。招娣说，这个老姑娘，做人最乖巧，车间团支书，表面上应该一本正经，到了夜里，不可能一本正经 *招娣懂经*。墙上的银凤春香，闷声不响。招娣靠近小毛，身上有淡淡的汗气，招娣说，老姑娘小姑娘，总归是姑娘。樊师傅说，是呀，小毛接触了一个姑娘，嫩相一点的，就有了比较。拳头师父讲，我根本看不懂，听不懂，为啥年龄越小越好，为啥呢。樊师傅讲，吃茶叶，为啥叶子越小越好，冬笋，黄瓜，马兰头，鸡毛菜，水红菱，样样越嫩越好，喜欢老货，牙齿行得消吧，去吃老蟹，老腿肉，老笋干，每一口要嚼，要扯，牙齿里要嵌，牙签要挖，有啥意思，中国人，最喜欢吃嫩头，懂了吧 *有什么牙齿说什么话。牙好，吃嘛嘛香*。小毛不响。樊师傅拖了一块毛巾揩汗说，当时，师傅我情面难却，死劝小毛结婚，心里明明晓得，春香，总归是"两婚头" *指二婚，非重婚*。墙上的银凤，春香，闷声不响。招娣靠过来，喁喁作软语讲，小毛要我介绍小姑娘，先让我招娣称心，小毛可以蜡烛两头烧 *这就是在催命了*。金妹说，昨天我去汰浴，三车间一只小骚货，脱了衣裳就讲，小姑娘我为啥好，因为锦绣江山，小阿姨老阿嫂，是松柏常青。拳头师父拍一记台面说，下作。墙上的银凤春香，一直闷声不响，逐渐黯淡下去，黯淡下去，消失 *小毛面前的墙壁，就是贾瑞手里的镜子，男女老少、死的活的一群人在里面招手，让他"荡悠悠的"进进出出。大事不好了*。

有个阶段，小毛上中班，四车间一个女工，经常来寻小毛，走到小毛身边，讨一张<u>金相砂纸</u> *区别于水砂纸的干砂纸，磨光专用*，隔天，拿来四根不锈钢电焊条，求小毛做一副绒线针，除了毛衣针、做烤羊肉串的烤枝也不错。后来，樊师傅称赞说，这副针做得漂亮，女工讲啥呢。小毛说，特别欢喜，心里过意不去，想帮我汏衣裳，缝被头。樊师傅说，当心，已婚女人，喜欢这一套，未婚女文青如妹华当年借书还书的那一套小毛不是没有领教过。小毛说，表芯车间菊芬，每次见我排队买饭，就要我代买，昨天，要我代买一客馄饨。樊师傅说，结果坐一只台子吃，接下来的套路就是男的帮女的吃肥肉以及互相投食喂饭。小毛说，是的。樊师傅说，小毛是单身，已婚女人最容易另眼相看，长期保持未婚人设，小毛不容易。小毛说，不会吧。樊师傅说，三讲两讲，慢慢就粘上来，师傅觉得，小毛还是寻一个年轻姑娘，我跟徒弟也讲了，工会最近，请了区里的老师，教交谊舞，小毛要积极参加，学跳舞是假，认得几个小姑娘，嫩相一点的，懂了吧。小毛吃了中饭，到工厂六楼平台，见了樊师傅的徒弟小四眼，双方讲了几句，小四眼说，先教"三步"，再教"四步"，再是"吉特巴"，一个礼拜两次，每次一个钟头。小毛说，好的。小四眼说，小姑娘小女工，舞蹈班里有了几个，长相一般，先跳起来再讲，耐心等机会。小毛不响。小四眼说，小毛觉得，车间女工里，啥人最有样子。小毛，表芯车间菊芬。小四眼说，眼火，北方话"眼力见儿"厉害的，随便一讲，就是厂花第一名。小毛笑笑。小四眼低声说，已婚女人里，菊芬确实赞，但我搭过脉，试探、测试了，脾气比较怪。小毛说，我觉得还可以。小四眼说，看见小毛排队买饭，一定走过来讲，小师傅，帮我买一客馄饨，搪瓷饭碗就

○上海舞风，止于1950年代末，重起于1978年末，属于"思想解放"运动附属之"身体解放"。各种旨在"活跃职工业余文化生活"的各种"交谊舞会"主要由单位发起，社会营业性舞厅的复兴则在1980年代中期。又名水兵舞，爵士节拍，父谊舞一种，六步，无身体接触，极受欢迎，快速四步舞或六步，无身体接触，今之广场舞尤有其遗风存焉，神曲如《荷塘月色》《月亮之上》等。

贰拾柒章 559

塞过来,坐到台子前面等。小毛说,是的。小四眼说,这是菊芬习惯动作,帮菊芬买馄饨,带面条的男工,多了。小毛不响。小四眼说,菊芬跳舞,确实最主动,抱得最紧,只是,小毛不要误会,这是习惯动作,看上去容易搭讪,其实难弄,经常放白鸽。小毛说,啥叫放白鸽。小四眼说,比如,两个人跳得适意,男人心动了,约菊芬到外面去跳,江宁小舞厅,文化馆舞场,菊芬嘴里答应,根本不会去,男人就是等一个钟头,两个钟头,看不见人,这就是放白鸽,所以小毛看见菊芬,要冷淡 以防被"白鸽"骗走馄饨、面条。○ 被主流话语吸收的拆白党暗语,实施要领为:先锁定一个有意娶妻纳妾的男性——此即具备自动航功能之"白鸽"——伴装嫁予,数日后女方即卷走男方财物逃匿,完成"自动返回"。

小毛不响。有一次中午,小毛吃大排面,菊芬吃馄饨。菊芬说,参加舞蹈班,小毛认得女朋友了。小毛说,去过两趟。菊芬说,厂里漂亮小姑娘,全部让男朋友铆牢 车间术语,盯死,哪里会去跳呢。小毛不响。菊芬低声说,有一个小四眼男人,最骚了,每一趟跟我跳两步,下面就贴上来,我一向缺少表情,根本不睬 无表情也算拒绝。小毛说,吃了中饭去跳舞,再去上班,容易瞌睏。菊芬不响。一次小毛吃了中饭,到五楼图书室翻杂志,听见屋顶有脚步声。小毛走上楼梯,其实走到一半,看见顶层平台里,有一对男女练舞,小四眼与菊芬,跳舞班不上课,平台不播音乐,菊芬抱紧小四眼,有点异样,转了两圈,气氛有一点沉闷,改跳"吉特巴",手拉手,眼对眼,一声不响,再跳"两步",菊芬抱得贴紧,小四眼也抱紧,贴了面孔,几乎不动 四、二、零,递减有序。小毛下楼就走了。等跳舞班结业的最后一天,工会动员所有学员参加,小毛准备下班。樊师傅说,一定去跳。小毛不响。樊师傅说,小毛要去,不许偷懒,放弃太可惜了。樊师傅拖了小毛上六楼,屋顶平台拉了彩色电灯,长台子摆了橘子水,满眼男男女女。樊师傅拖来一个小女工,陪小毛跳,旁边看了一只曲子,就走了。小毛跳到第三支曲子,肩胛一碰,是菊芬的臂膊。菊芬笑说,小毛,下一支曲子跟我跳。下一曲是"慢三",菊芬比小毛熟练,两个人对面一立,一搭,一拥,菊芬的腰身,软硬有度,一侧胯骨,自动迎上来,跟小毛镶紧,吸紧,双方像一个人,转得就顺当。小毛记得樊师傅讲,从前朱葆三路舞厅,现在工厂舞场,性质是一样的,要目中有舞,心中无欲,要有防备。但小毛让菊芬贴紧一抱,心跳得快,等到跳"慢四",也等于是"慢两",周围全部是人,小毛闻到菊芬身上,一阵阵扇牌肥皂的清气,因为贴得近。菊芬曼声软语,热烘烘的两鬓,小毛觉得心动,菊芬一捏小毛手心说,想啥呀。小毛说,人太多了。菊芬说,我已经饿了,小毛请客,吃小馄饨,还是吃爆鱼面。小毛不响。旁边有人转过来,身体碰来碰去,菊芬一扳小毛肩胛,有时放手,有时一捏。菊芬说,最好是,请我吃饭。小毛笑笑。菊芬说,要么,请我跳舞。小毛说,菊芬想啥,就是啥。菊芬说,我随便。小毛说,女人不可以随便。菊芬笑起来,笑得人朝后仰,下身朝前顶紧,小毛只能一扳菊芬细腰。菊芬说,场子里,啥人是美女。小毛说,表芯车间菊芬。菊芬说,小毛也是登样的男人。小毛不响。菊芬说,上海最好的跳舞

贰拾柒章 561

厅，哪里。小毛说，南京西路"大都会"。菊芬说，是呀是呀，天花板鸭蛋圆形状，像挂下来几百顶帐子，灯光像月光。小毛说，真的。菊芬说，人像睏到帐子里，昏昏沉沉，正好做梦，可以做好梦。小毛说，跟小四眼去过几次了。菊芬说，啥，小毛已经带女朋友去过了 假痴假呆。小毛不响。菊芬说，这就讲定了，两个人隔天就去，还是下礼拜。小毛想想说，下礼拜吧。菊芬说，听起来勉强。小毛说，是真的，讲定了，下礼拜一。菊芬一捏小毛肩膀说，好。小毛说，"大都会"门口见。菊芬笑了。此刻，适逢音乐停下来，两个人松开，随大家拍手 曲终立定鼓掌，系旧上海高级舞厅老礼。到了礼拜一这天下午，小毛来到"大都会"门口，天已经冷了，但舞厅门口，男男女女带出一股一股热风，如同春暖花开。不少人在此约会。小毛拉紧领头，眼看江宁路，看前面南京西路，等了半小时，马路上人来人往，小毛忽然发觉，有一个熟悉的男人，骑脚踏车，经过"大都会"前面的江宁路，车速比较快，朝北而去。小毛心里一跳，反应不过来。冷风中，小毛想起，这个人，是阿宝呀 "呀"字未曾出口，却直收"于无声处听惊雷"之效果。小毛的心思忽然沉静，但因为是等人，眼睛仍旧看定马路，也想再看一看久远不见的阿宝，但阿宝是一掠而过，根本看不到了。小毛一心两用，菊芬，两腿修长的风流少妇，随时会从对面23路电车站走过来。小毛等了一个多钟头，等不到菊芬。小四眼讲得对，菊芬这次，又放了白鸽 习惯性放白鸽，女中吴宇森○菊芬放了白鸽，小毛放飞了自我。

※ 粤商江耀章1934年开设——现址梅龙镇广场。○米高罗马穹顶，200平米圆形舞池，长期位列上海甲等舞厅。1954年禁舞改为评弹书场。1986年以"大都会欢乐园"恢复营业性舞会，后拆除。

• 菊芬所言景象，重现于1998年2月"大都会"梅龙镇广场九楼新址，法国绒面巴力天花的PVC软膜材料，在彩色灯光变幻下营造出一种梦幻感。

伍

这天下午，阿宝准备最后一次见了雪芝，两个人的关系，就结束了。阿宝一路东想西想，脚踏车时快时慢，车子从曹杨新村，踏到武宁路桥顶，然后朝桥块下飞快滑行，阿宝心中忐忑，半小时前，阿宝接了雪芝电话。雪芝说，阿宝，现在就到安远路来一趟。阿宝说，我上班呀。雪芝说，我收到信了。阿宝说，啊。雪芝说，收到三个多月了，我只是看看信封，不拆信。阿宝说，为啥。雪芝说，见面再讲 古人说"见字如晤"，这是"晤如见字"了。阿宝说，我上班呀。雪芝说，答应我。阿宝说，啥。雪芝说，就算见最后一面，答应我。阿宝想开口，电话挂断了。阿宝慌忙从车棚里，推出脚踏车，心里踟蹰，此刻，阿宝已经想不起来，信里最后几句的意思。

○ 信为醉草，那最后几句话，是"我们的关系，也应该结束了，不必太难过，也是对我自己讲的，曾经的回忆，我记在心里，祝一切顺利"。

雪芝每天看信封，并不拆开，大概已经明白，但提出最后见面，为啥。紧张之中，阿宝想不出雪芝的面貌，脚踏车时快时慢，雪芝讲到"最后一面"，声气还算平静，应该是理解的。车子到了武宁路桥顶，朝桥下滑行阶段，阿宝忽然意识到，一身上下，仍旧是机修工打扮，背带裤，袖套，脚下工作皮鞋，胸口袖口，几团油迹 按照工人阶级应有的样子，这也是相当"登样"的。阿宝有点慌，车子继续朝桥下滑行，到长寿路，左转，阿宝决定改道，先去武定路，到沪生房间里换一套衣裳，等车子到达武定路门口，阿宝叹一口气，沪生的房门钥匙，并不在身边，眼前一片茫然。一身工作服，去与不去，把握不定 移情机制开始进入自动运转，车子继续朝南移动，经西康路，漫无边际转到南京西路 这记漫游走得远了，直到看见平安电影院的海报 到此方才确认自己位置，阿宝惊醒过来，转向江宁路口，立即朝北，穿这样一身衣裳，去见雪芝，因为是上班，双方也已经结束了，无所谓了从曹杨新村一路纠结到平安电影院，跨越了两个区方才说服了自己。车子经过大都会舞厅门口，下午两点多钟，路上人来人往，绿女红男，脚踏车快速经过一个人面前，阿宝眼看前方，毫无察觉，根本想不到，路边有一个人，是小毛。阿宝眼前，只是移动的平常身影，平常面孔。但阿宝的面孔，突然插进一个熟人视线里，猝不及防，速度快，印象深。小毛霎霎眼睛，老朋友擦肩而过，惊鸿一瞥，熟悉的面孔，忽忽一现，根本无法固定，看不见阿宝为之彷徨的一身衣裳，人已经消失了。此时此刻，两人同样是心猿意马，出于各自位置，毫不相干，但内心的糟糕程度，差不多诗云：回头皆幻境，对面是何人。

○这种车速，这种街景，这种时代背景，这种人物关系，"插"字痛感十足。

阿宝疲惫犹豫，浑身油泥，最后到达雪芝的弄堂，停车，推开后门，见走廊前面的房间里，雪芝背了光，回首凝眸，窈窕通明，楚楚夺目，穿一件织锦缎棉袄，袖笼与前胸，留有整齐折痕，是箱子里的过年衣裳，蓝底子夹金，红，黄，紫，绿花草图案，景泰蓝的气质，洒满阳光金星事先拗好了一个分手专用造型，还是大逆光。阿宝朝前几步，闻到胸口的润滑油味道，想到小毛遥远的词抄，塞客衣单，孀闺泪尽。空气里，夹有淡淡樟脑气息，<u>一丝丝清晰</u>收纳妥当的冬衣方出柜时自带之气息。雪芝转过身来，看定阿宝。窗前，挂有新写的大字对子，雪芝喜欢称呼旧名字"堂翼"，"中翼"，也叫"耀壁"，纸有一点皱，七言下联是，<u>進退追遁還逍遙</u>。墨浓意远，字字宝塔，刚秀笃定。

○语出钟嵘《诗品序》："至于楚臣去境，汉妾辞宫；或骨横朔野，魂逐飞蓬；或负戈外戍，杀气雄边；塞客衣单，孀闺泪尽；或士有解佩出朝，一去忘返；女有扬蛾入宠，再盼倾国；凡斯种种，感荡心灵，非陈诗何以展其义？非长歌何以骋其情？"

•夸赞书法的套话，等于用"沉鱼落雁，闭月羞花"来形容美女。

记得雪芝讲过,"走之"对联,十四个偏旁相同,是写成一样,还是顺势随意,难,大字怕挂 上一句是"小人怕打",真是难,起讫要分明,题识要好,写字是求趣,否则就是账房笔墨了。阿宝朝前走,想不起上联,究竟是遠近迎送道通達,还是適通達,想不起来了,走廊位置,看不见上联。古人手心里单写一个"走",三十六计,走为上计,"走之"偏旁,是"一走了之"意思 又是汉字"窝嵌",但这次把自家也"嵌"进去了。阳光照进来,雪芝身体一移,绛年玉貌,袄色变成宝蓝,深蓝,瞬息间披霞带彩,然后与窗外阳光一样,慢慢熄灭,暗淡。阿宝停步说,我不是有意的,因为上班。雪芝说,我晓得。阿宝说,我不进来了。雪芝说,进来吧。阿宝不响。雪芝说,不要紧的。阿宝说,上班顾不及了,因此我。雪芝笑笑说,上班就这样,不要紧的。阿宝说,应该早一点看信 连续为衣服道歉解释两次之后才提到正事。雪芝指一指台子上原封不动的信,笑笑说,我是透视眼,晓得内容。阿宝不响。雪芝说,阿宝进来吧。阿宝不响。雪芝移步过来说,阿宝。阳光重新照亮房间,雪芝的棉袄花样,越来越清晰,樟脑味越来越浓,面对一封信,雪芝看了三个月信封,并不拆开,阿宝心里作痛 既痛自己,也痛雪芝所痛。阿宝说,我不过来了,我走了。但雪芝还是走近来,走到阿宝面前。阿宝不响。雪芝也不响,摸一摸阿宝的肩膀说,踏脚踏车来的。阿宝说,嗯。雪芝说,我做两头班 一种将一天工时分开早晚两段,中间隔开三四个小时的科学高效排班法,五点钟还要去。阿宝说,我到了,见过一面,就是了,我走了 彼时男女和平分手以及亲友出国,告别仪式之隆重之沉重,几近殡葬。雪芝不响。阿宝说,我走了。雪芝说,阿宝。阿宝说,啊。雪芝说,以后乘电车,碰到我了,阿宝哪能办 一恸。阿宝心里一酸说,我先买票,如果有月票,我就讲,月票。雪芝说,阿宝。阿宝说,嗯。雪

贰拾柒章 565

芝说,一定要记得。阿宝说,啥。雪芝说,坐我的电车,永远不要买票。阿宝喉咙哽咽说,我不想讲了。雪芝靠近一点,靠近过来。阿宝朝后退,但雪芝还是贴上来,伸出双手,抱紧了阿宝,面孔紧贴阿宝胸口。阿宝轻声说,松开,松开呀。雪芝不响,阿宝说,全身是油 <u>从纠结自己衣服到紧张别人衣服</u>。雪芝一句不响,抱紧了阿宝。阳光淡下来,照亮了台面上,阿宝寄来的信。雪芝几乎埋身于阿宝油腻的工装裤,轻声说,阿宝,不要难过,开心点。雪芝抱紧阿宝。复杂的空气,复杂的气味 <u>机油加樟脑,再大的脑洞也脑补不出这个气味</u>。阿宝慢慢掰开雪芝的手,朝后退了一步,仔细看雪芝的前襟与袖口。<u>一男,一女;一身油腻工装,一件织锦棉袄——在阿宝看来,与其说是与雪芝分手,毋宁说是这两件衣服之间的断袂。移情大法运用得法,确实可立收麻醉镇痛之奇效</u>○新、旧两个时代在本章分手,而旧时代写至此处,与其说"戛然而止",远不如"气绝而亡"来得恰如其分。而上海真正的"当代",要到1993年才告开始○海德格尔说,人是倒退着走入未来的。

○清人冯煦《蒿庵论词》赞秦观、晏几道语:『古之伤心人也,其淡语皆有味,淡语皆有致。』

二十八章

一

梅瑞筹备一个大型恳谈会,康总帮忙不少,最后陪了梅瑞,走进"至真园"饭店,与李李细谈,看过菜单,场地,一切讲定。接下来,康总,李李,沪生,阿宝,分别接到梅瑞发来的会议介绍,日程表,总纲下面有备注,诚邀各路贵宾莅临,推荐更多朋友,来沪共襄大业,尤其"总"字头朋友,多多益善 前面尚冠冕堂皇,说着说着就"不贰不三"了,大会负责机场接送,酒店全免。李李看后,与阿宝通电话说,来宾名单里,大人物真不少,这个梅总,究竟有啥背景。阿宝说,不了解。李李说,女人的生意,做到了这种地步,内分泌一定失调了 女强人女企业家情何以堪。阿宝说,人家去医院看毛病,究竟看神经科,还是看专家妇科,是私人私密事体,做饭店,就是管好饭局,赚进铜钿银子,是硬道埋 "硬道理"一词自1992年开始流行。李李说,这女人的名字,我真不喜欢。阿宝说,照中文去理解,是可以的,以前有本高级线装书,就叫《玫瑰先生集》。李李说,我不要听。阿宝说,据说"毛选",就是照书里"宋二字"印的。李李不响。阿宝说,后来据说,1966年传单蜡纸,刻错了,真名叫《攻媿先生

·南宋词臣楼钥文集,北大图书馆藏有宋四明楼氏家刻本〇。『媿』同愧,或作謉。古字通『魏』。〇1963年文物出版社(转下页)(接上页)

〇玫,美玉也。梅和玫瑰,貌似『浑身不搭界』之『干卿底事』,倒也同属被子门蔷薇科。

〇李渔在《十二楼》第一回曾释"梅香"之名:"从古及今,都把「梅香」二字,呼,全要人顾名思义,刻刻防闲;一有不察,就要做了丫鬟的通号,及至玷污清名,出事来,察者都说是个美号,殊不知这两个字眼古人原有深意:梅者,媒也;香者,向香而主臭矣。若不是这种意思,丫鬟的名目甚多,哪一件花卉、哪一件器皿不曾取过唤过?为何别样不传,独有「梅香」二字千古相因而不变也?"

印行《毛主席诗词三十七首》采用传统装帧,并选定宋浙本《攻媿先生文集》为底本选字。

集》。李李说,真啰嗦。阿宝说,照中文解释,梅瑞,踏雪看梅,总可以吧。李李说,我吃醋了。阿宝说,我只记得,这位女士,以前是一个不声不响外贸小职员。李李说,也据说,跟阿宝青梅竹马,谈过一段,我不大相信,这就是阿宝喜欢的小小姑娘,不可能的。阿宝说,当今世道,不要去想,只管做,人人不可以小看,一不小心,就是大户_{"不争论"也是1992年之后开始流行起来的观念}。李李说,这朵雪里梅花,既然准备大宴宾客,广结善缘,我就多请一桌素斋朋友来_{老板娘夹带私货},再加港台,新加坡

○她向里向外牵合挠来,春信在内,游蜂在外,若不

朋友,去常熟这帮朋友,可以吧,包括小保姆_{算欧洲客商家属}。阿宝说,尽管叫,多多益善,沪生也叫了不少朋友,人多好吃饭_{话是不假,但也暗藏对"恳谈会"之不屑}。李李说,小保姆从冰岛发来传真讲,亲姐姐,过不来了_{这是随夫远征冰岛捕三文鱼去了?},其他人,基本会来。阿宝说,蛮好。

二

大会开幕式饭局,摆于"至真园"。这天夜里,人声鼎沸,人头攒动_{吃荤吃素朋友汇聚一堂,七荤八素,能不热闹乎}。梅瑞母女与香港小开,立于大堂门口迎候,马路拉横幅,放炮仗,舞狮,锣鼓齐鸣,客人进门签到,收名片,发材料。主桌摆于大厅上首,请出方方面

面重要来宾入席，总人数接近四十桌。李李安排了一个熟客小范围，集中于楼上单摆三桌，一大间包房，来人不分主次，随便坐 属于分会场性质。这天阿宝拎了大会发送的纸袋，进得包房，看见了沪生，玲子及"夜东京"人马。康总也请来不少朋友。

○这小道具自始至终未发挥作用，哪怕是后来让有需要的人吐在里面。

当夜菜单（本埠吃客沈爷拟定）批者不响：

八冷盆：上海清色拉，四鲜烤麸，咸鸡，马兰头腐皮卷，镇江肴肉，舟山泥螺，老醋蜇头，蜜汁叉烧。

十热菜：至真园一品清蒸刀鱼，明前龙井虾仁，田螺塞肉，草头圈子，塘鳢鱼炖蛋，金牌红烧肉，油焖笋，蚝油牛肉，香菇菜心，冰糖菜花甲鱼。

汤：春笋腌笃鲜。

两点心：老板娘秘制春卷，苏北老母鸡汤荠菜小馄饨。

甜品：水果羹。

批者终于也有机会不响一次。

冷盆已经上了台面。人还是陆续进来，稍有点乱 是流水席样子。陶陶与小琴坐了玲子的一桌，忽然发现，大碟黄牛孟先生，算命钟大师进来，玲子起身招呼，陶陶觉得不对，连忙拖了小琴离开，东张西望，再找位子，类此场面，一片碍乱，好在李李与康总及时发现，考虑种种关系，重做调整，大家方才坐定，三桌座位是：

○第一桌排位原则：以老板娘、阿宝、沪生组合为核心，常熟之行原班人马为基础，外搭阿宝、沪生朋友陶陶、小琴两口子，人畜无害，确保安定团结。

十一人：李李（留位），阿宝，沪生，章小姐，吴小姐，北方秦小姐，常熟徐总，苏安，丁老板，陶陶，小琴。

十二人：康总，康太，宏庆，汪小姐（留位），

二十八章 569

北方人古总,古太,陆总,陆太,台湾人林先生,林太,大碟黄牛孟先生,钟大师。

十一人:玲子,苏州范总,俞小姐,菱红,日本人,葛老师,亭子间小阿嫂,丽丽,韩总,小广东夫妻。

此刻李李起立,舌底澜动,讲北方话说,各位,趁东道主未到,我先讲两句,三台子人里面,两桌我熟悉,让我先对陌生朋友致敬,刚才宝总介绍,这一桌,是"夜东京"的朋友,上海最时髦老地段,隔壁就是"兰心"大戏院,大名鼎鼎,锦江饭店,以前老毛经常来开会,属于最高档路口,眼前这一台子,也是时髦人向同行致敬。听到此地,玲子,菱红,丽丽偷笑。阿宝静看这些女人,年轻,表面上衣着随便,其实文章做足,所谓的的风流心眼,红潮照玉琬。一般饭局,出现一位美女,已相当弹眼,现在是三位以上这很"繁花",加上亭子间小阿嫂,黑丝绒旗袍,五十超过的女人,难为小阿嫂,依旧水蛇腰,袅袅婷婷,好比美龄再世。此刻小阿嫂起身倒茶,微微一个欠身,邻桌的陆总,叫了一声好现场气氛之好,让陆总顿生置身北方戏园子之良好错觉。边上的俞小姐,本来无啥看点,薄羊绒开衫,灯光里,肌肤莹然如玉,接近透明,俞小姐并无知觉,严谨为本,手一扶桌面,看得另一桌的常熟徐总,头颈笔直直男本色。阿宝身边的沪生,眼光扫过本桌的章小姐,吴小姐,北方秦小姐,毫无表情,应该是嫉焚如火。旁边康总一桌,四位太太,低头私语。沪生与阿宝附耳说,

○第二桌排位策略:以康总生意伙伴为主,再搭一与我言,罗缕道妙角与根对浑身不搭界的本帮爷叔组合,高度维稳,可保相安无事。

△韩愈《记梦》:"夜梦神官絮携酖维口澜翻,百二十刻须臾间。"

•第三桌排位方针:清一色"夜东京"班底,尽管玲子、菱红与亭子间小阿嫂有间隙,但有葛老师坐镇,局面料不至于失控。

▲九字出宋人蔡松年《尉迟杯·紫云暖》上阕:"紫云暖,恨翠雏珠树双栖晚。小花静院相逢,的的风流心眼。红潮照玉琬,午香重、草绿宫罗淡。喜银屏、小语私分,麝月春心一点。"

我不禁要问，隔壁这四位是。阿宝说，风景好吧，但是对不住，人家是四对夫妻 汪小姐若赶到，就凑足五对，不许七搭八搭，火烛小心。此刻只听到李李说，各位，现在我借花敬佛，先敬"夜东京"朋友，吃一杯酒，认得一台子人，宝总，请过来介绍。阿宝起身去陪，常熟徐总借机也起来，身旁的苏安说，做啥 紧密防守。徐总不响，跟了阿宝，走近李李就说，各位静一静，我是此地老客人，我先来介绍这一位，此地女老板李李，李总 莫非徐总也收到了"不许叫老板娘"的指示？，要讲时髦漂亮，李总是头牌，让我与李总一道，敬各位美女。李李眉头一皱，勉强笑笑，高跟鞋一动，退了半步。邻桌四位太太，此刻交头接耳，目光集中于李李，然后绕过阿宝，看定了常熟徐总，看大家端杯起立。此刻，四太太一桌的陆总，忽然离席，快速走了过来，讲北方话说，来来来，美酒敬佳人，鲜花送英雄。旁边常熟徐总，只能附和说，来来来。李李人高，朝后再退。玲子端了酒，看了看陆总，目光有笑，讲北方话说，这位新来的大哥是 "新来的"三字语气上有夜场腔调。陆总说，我是妇女保护协会的，护花天使。菱红讲北方话说，怎么了，上来就闷，不带这样的。陆总一笑，李李不响。阿宝一一介绍，每提到一人，李李与之碰杯，旁边的陆总，也就一鞠躬。阿宝提到玲子，菱红，陆总鞠一躬，提到小阿嫂，陆总一躬致敬，一旁的常熟徐总，就比较寥落 惨遭陆总杯酒释兵权。大家一一碰杯，浅浅抿一口，尽了礼数。菱红讲北方话说，等等，陆总徐总，咱们再喝一杯。服务员倒红酒。陆总笑说，菱小姐，我俩先单独喝一个。于是两个人喝尽。玲子接上来再敬。陆总笑说，哈，才刚开始，就起了高潮了。康总只能走过去，拖陆总离开。阿宝也陪了常熟徐总回到座位 为什么感觉是在劝架。李李落了座，看看旁边的徐总说，一开始，就来劲了。苏安不响。旁边丁老板说,"夜东京"这桌女人,厉害。北方秦小姐说,一看就不是好货。李李说,吃酒懂吧,人家有本事,可以随便搞名堂。章小姐说,肉麻,拍马屁,啥地段,老毛,啥时髦,我是根本听不懂的。陶陶说,这个陆总,像妖怪。小琴说,放心好了,再妖再怪的男人,弄不过玲子姐姐的。○ 人挪活,树挪死。至此,几分钟前李李与康总"考虑种种关系"做出的位置安排,已濒临崩盘。

康总与陆总一桌,除了汪小姐,全部到位 除了徐总和苏安,汪小姐要避的人,实在太多。陆总对陆太鞠一躬,讲北方话说,老婆大人,您辛苦了,敬一杯。陆太讲北方话说,去,一边儿呆着。同桌的大碟黄牛孟先生,以及钟大师,此刻起身,孟先生讲北方话说,我们先敬各位 上海老爷叔大概不太懂北方老夫老妻之间日常对话的风格。陆总笑说,伺候太太们,也是我的责任呀,来,咱们一起来。陆太讲北方话说,人家两位上海先生,真心实意,你呢,刚才干嘛去了。古太看一眼古总,讲北方话说,我看着,我看谁再往那边跑 推杯换盏之间,"那边"已成敌国。陆太说,男人就是贱,怎么这么贱,就这么贱。康太笑笑。林太讲国语说,贱这个字嘛。陆太说,我言重了吗,瞧那个常熟徐总,啧啧啧,大伙儿见了吧,劲儿够大的,已经都把。忽然陆太唉了一声 突然想到宏庆在座,还是被康太踢脚,身边康太,面色镇静,讲北方话说,陆太,跟咱们宏总,打招呼呀。陆太尴尬。宏庆搁了筷子,笑笑,讲北方话说,这个这个。陆太定神说,汪小姐,怎还没到呢。宏庆看手表说,讲是从医院直接过来,大概回家了吧。古太说,汪小姐的身子,三个多月了吧,那得多歇着,这儿空气忒差 假离婚这事,宏庆嘴巴蛮紧。陆太接口说,这地方,对胎教不利,就像我们老陆家,那破企业,北方话讲了,养孩子不叫养孩子,那叫下(吓)人 吓人的,叫一个乱,乱七八糟,七姑八姨,个个有头有脸儿，有年薪有分红，自个还办小公司，吃里扒外，坑蒙拐骗，要了面子，要里子，勾心斗角，吃喝嫖赌，男男女女，哪个不是一肚子花花肠子虽是老婆数落老公，却大有《红楼梦》第七回"焦大骂主"腔调。陆总笑笑，躬身对陆太说，尊敬的老婆大人，尊敬的夫人，辛苦您了，请息怒，来来来，多喝一杯。陆太说，去去。陆总轻声说，太座，尊敬的夫人，先前，我只在那一桌喝了个小酒，太座息怒，玉体保重，我也就是握个小手，热闹了一下子。康太吃吃吃偷笑。陆太说，什么什么，什么一下子，两下子的。宏庆笑说，哈，我想到古总的节目了。古总讲北方话说，节目。陆总说，古总的著名小调儿，我听过。古总说，开什么玩笑，林先生夫妇在座，注意两岸关系。林太说，我都听几遍了。林先生笑说，唱N遍了。古太说，传播甚远，可以灌碟了。钟大师讲北方话说，喝酒行乐，歌酒解人意，再自然不过，别闷着。孟先生说，新歌老歌，我收了不少大碟版，我熟，古总唱的是哪一首既然做了本席之上的"少数派"，只能陷入"尬聊"。古总笑说，是下等民谣，当然讲起来，也算是反战题材，反对战争嘛，中国人不打中国人。四个太太笑。宏庆说，不如再唱一回。古总说，我张口就来。林太放了杯子，两手掩耳。古总笑笑，用了苏北话，滑顺唱道，国民党的兵／不是个好东西／把我嘛拖进了高粱地／我的大娘啊呀／国民党的兵／可是个骚东西／把我嘛拖进了高粱地／我的大娘啊呀／我一下下子怕，二下下子哭，我三下子四下子。古总初抑后扬，刚唱到此，一个女人拍手说，好听好听。康总抬头一看，玲子与菱红，已经走近来敌国来袭。四个

○原型为苏北小调《大姑娘遇见当兵的》，民间流传甚广，黄泛区乃至陕北都有各地方言变体。一句"遇见一个兵"，也可以是"国民党的兵"。康总此类后来网络论坛版主手段，安排一些图文，把话题岔开。○"一下子怕，二下子哭，三下子四下子，两下子"之出典了。责老公『什么一下子，两下子』大概就是陆太前面斥

二十八章　573

太太不响。玲子笑眯眯讲北方话说,敬爱的陆总,各位,我来介绍这桌的上海朋友,这位,是命相钟大师,这一位,是大碟收藏彼时LD大碟已陆续被VCD、DVD取代。陆总打断说,等等等等,玲小姐,怎么空手呢,不合适吧。玲子软声说,我已经醉了。钟大师说,来了就要喝。玲子扭捏做态说,已经撑不住了,让菱红代喝。菱红伸过酒杯。陆太沉了面色说,妹妹既然来了,就得喝嘛,咱们这儿,每一个都醉了,必须喝。玲子一吓。陆太说,妹妹,我本不喝酒,但是今儿,咱们喝一杯。玲子慌神说,菱红,快帮我挡嘛。古太说,不成的,得一个个来。陆太一笑,两目一翻说,妹妹,一定喝了这杯,必须的,服务员,拿杯子来。陆总说,用我的。陆太一把抢过说,夫妻用品,不可乱借。玲子说,喝这一杯,我立马就倒了。陆太说,斟酒。玲子无奈接过服务员的酒杯。古太说,喝吧,没事儿的。陆太微笑说,先干一杯,其实大伙知道,我最不能喝。玲子说,姐姐喝了,我就喝。陆总热情捧场,一躬身说,好太太,好夫人。旁边孟先生,也叫一个好。两个女人杯子一碰,陆太一口下肚。玲子慢慢下咽,也就斜到菱红身上。古太踊跃说,没事,轮到我了。古总说,完了,上竿子了。于是酒斟满,古太与玲子,先后喝尽。两杯下去,玲子完全摇晃。古太一点康太肩膀说,康太,请继续。玲子说,到此为止了,不行了。康太勉强吃半杯酒。玲子第三杯吃得慢极,酒杯见底。接下来,林太摇手说,你已经三杯了,够了,我天生过敏,不行的。陆太立起来说,真是出息,那我来。陆太再是一杯闷进。玲子慢咽了十几口,身体一晃,古总一扶,玲子腰一软,坐到古总椅子里。菱红说,要紧吧。玲子斜到菱红身上。古总说,服务员,加两把椅子,拿毛巾来。众人好不容易入座,菱

○本国劝酒及喝酒套路,大体就是《大姑娘遇见当兵的》的叙事顺序:一下子怕,二下子麻,三下四下舒服撒。

红腾出手来，蜜蜜一笑说，各位姐姐，现在该我了。

也就此刻，只听咚一响，座中的陆太忽然朝后一仰，人就翻身倒下去。康太，古太，七手八脚，连忙扶起，陆太面如死灰，浑身瘫软。陆总说，好夫人，好太太。康总一看，房间里不见李李*第一时间找老板娘，不顾陆太*。服务员说，楼下包房备有沙发，但全部有客人了，不方便。康总说，拿冰毛巾来。钟大师说，热毛巾。古太说，从来滴酒不沾的，充什么英雄，啊。陆总弯腰说，太座，太太大人，太太，夫人*按照这种叫魂式的叫法，可以"老婆""孩儿他娘""媳妇儿""娘子"一路叫到甜品上桌了*。陆太双目紧闭，两眼翻白，一响不响*请教作者，双目紧闭之下如何看得到两眼翻白*。陆总凑近笑说，老婆大人，我俩喝呀，来呀*见猎心喜、落井下石*。陆太一动不动。大碟黄牛孟先生说，几杯就倒了，什么酒呀*浑身不搭界的又作冷语了*。此刻，旁边的玲子，两眼一张，看了陆太，痴笑一声说，已经这副样子*此时何不效孙二娘拍手叫，"倒也！倒也！"*。两眼又闭紧。陆太头一歪，哎了一声，吐出一大口酒气*仿佛一台老爷蒸汽机车终于停稳了*。康太古太，左右扶稳陆太。林太说，还想灌别人，哼，回酒店吧，我们一起走吧。此刻，隔壁一桌的苏州范总，日本人，丽丽赶过来*从隔壁桌"赶过来"，真个是隔座如隔山*，看望玲子。菱红说，玲子。丽丽说，醒醒呀。陆总仔细端详丽丽说，这位小姐是。丽丽笑

康总全对，钟大师对了一半：冷敷可缓解酒精激发之血管暴涨，热敷可温暖发冷之四肢，但那是酒醒后的事了。

○像这种"才刚开始就起了高潮了"的饭局，本质就是酒局，"冷菜—热菜—主食"顺序，应该彻底颠倒过来，先上主食或点心，如本局菜单"春卷、苏北老母鸡汤荠菜小馄饨"，以碳水化合物和热汤俾拼酒者快速填饱以挑战应战，然后赶各方尚未喝到"酒肆糊涂"，赶紧上热菜、硬菜，横菜比如"一品清蒸刀鱼，明前龙井虾仁"，不辜负主人、厨师一片苦心和苦力；及至酒足饭饱，全局进入"话有一搭没一搭，菜有一口没一口"状态，不怕冷出场，菜乃可乱中从容出场，"舟山黄泥螺"也罢，"上海清色拉"也好，至此已无所谓温度之冷热，更无所谓世情之炎凉。

说，我不是小姐，我是丽丽 _{打情骂俏，见缝插针}。玲子睁眼，笑一笑，眼睛又闭紧。此刻，陆太忽然张圆了嘴巴，伸起头颈，打了一记恶心，一个干呕 _{恰似一个断水一天的水龙头终于要来水了}。大家一闪，踏痛两个人脚尖。康总明白，老上海人讲，这就叫"还席"，现在讲法，陆太要"开菜橱门"，"开消防龙头" _{后来又叫"现场直播"}。服务员慌忙送过托盘。康总接到，盘子候近陆太口前。服务员说，饭店新造了专门的呕吐室，要不要先搀过去解决。场面混乱 _{将吐未吐之时，最难将息}。也就此刻，包房门户大开，李李陪了梅瑞，小开，及两位呼风唤雨，肥头胖耳的大人物进场。房间里立刻发亮 _{难怪有"光临"或"赏光"这种词汇}。梅瑞一头云发，做得漆亮，手捏酒杯，粉白平绉Versace礼服裙，极其修身，高开衩单肩设计，吸睛效果佳，脚上粉色蝴蝶结高跟缎鞋，洋粉细绉薄纱巾，自然垂于两臂，浓芬袭人，与旁边嘉宾同样，襟缀一朵粉红素心兰，喜盈盈踏进包房 _{这光赏得实在不是时候，明月照沟渠}，可想而知，眼前三桌，围拢一帮人，两个女宾醉倒，接近走光，椅子七歪八欠，杯盘狼藉。梅瑞面色一沉，目光落到康总身上 _{紧要关头，康总找李李，梅瑞寻康总。冤有头，债有主}。此刻康总，正端了托盘，半跪于地，几缕头发挂下来，因为热，领带松开，太阳心有几滴油汗，跻身于脂粉裙钗之间，毫无艳福，只是狼狈。梅瑞说，康总。旁边康太一点肩胛 _{不动声色中暗藏不屑}，康总一抬头，便是一惊。林太接过托盘。康总抓起小毛巾，揩了手，拉正领带过来。梅瑞讲北方话说，好，真够热闹的。身边的小开，目露寒光，扫过众

_{○『歌剧式华丽』的Versace素以蛇妖美杜莎为标志来彰显其『致命的吸引力』。大约就在这场晚宴前后，品牌创始人、设计师Gianni Versace在迈阿密被刺杀。}

_{△这一惊，可谓两惊并一惊：一没想到眼前的梅瑞如此明艳照人，亮瞎了眼；二没想到明艳照人于这种狼狈时刻。}

_{·这副狼狈相，在场也只有阿宝会想到当年思南路抄家『祖父孃孃低头落跪』的《红色娘子军》『落汤鸡一只』的南霸天『哀感顽艳』。}

人，凛凛可畏。康总讲北方话说，各位，静一静。身边各种人等，明白东道主进场了，台面上慌忙寻觅各自酒杯，部分人只能是空手 丢盔卸甲之相。李李不禁怨怒说，搞什么呀。梅瑞要开口，另一桌的陶陶，端了酒杯，急急走来，口中一迭声招呼，梅瑞，梅瑞，梅瑞 又一个不晓事的。沪生发现，梅瑞像听不见老邻居的招呼 新光棍就怕老邻居，有意别过面孔，与身边贵宾低声细语，小开冷眼看了看陶陶 点错相了，这位真是老邻居。康总讲北方话说，各位，这一次盛会，东道主梅总以及。梅瑞娥眉一扫，玉手高举说，慢，大伙儿先忙着，我们一会儿再过来。此刻，陶陶已经走近梅瑞，但是梅瑞转身，背对陶陶，纱巾一拂动，与小开相偕，引导贵宾，步出包房。李李怨极，端了酒杯跟出去。陶陶是尴尬。阿宝与沪生，坐定位子不响，一切情景，尽收眼中。静场十秒。康总回了座位。林太说，咱们还是回酒店吧，马上送陆太走。此刻，玲子已经恢复，慢慢坐正，睁眼说，来呀，喝呀。陆总搓手大笑说，太好了太好了 第一次搓手。玲子说，菱红，到现在一杯也不动，给各位老总敬了吧，动一动呀。菱红说，陆太已经吃瘫了，我动啥呀。玲子说，我要跟四位太太再喝。古太一吓说，你没醉啊，你这是哪一出呀。玲子坐正说，哈，陆太一醉，我就醒了呀，我这是薄醉 诈尸乎。陆总搓手大笑 搓手两次，准备放手大干一场。古太白了一眼玲子说，我不舒服了，现在立刻得走。康太说，怎么了。陆总说，回去休息也好，玉体康健，最是重要。于是三个太太，扶陆太出门，服务员领路。陆总见状，恭敬扶了玲子，移步到"夜东京"一桌应酬，本桌台面，总算静了 也算是上海市中心版"家家扶得醉人归"。宏庆对康总说，看样子，汪小姐不到场，真也是对的 主动提及不在场的汪小姐。康总揩汗说，真是一团糟。宏庆低

小开若是知道此时座中与梅瑞有染者竟有三人之多，目光色温应不止于「寒」字。

二十八章 577

声密语说，我老实讲，实际上，我老婆汪小姐，已经不算我老婆了酒后吐真言。康总说，啥。宏庆说，前阶段一直不开心，已经跟我离婚了。康总说，啊，有这种事体。宏庆说，我一直是怀疑，汪小姐上一趟从常熟回来，忽然怀孕，我怀疑的男人，就坐旁边一桌"桌"字愈发险恶起来。康总不响，下意识一看隔壁桌面，正巧与阿宝，常熟徐总对视说明阿宝和徐总此刻也正聊到康总。宏庆说，这趟去常熟，策划人是李李，当时讲得好听，全部是女宾，我查下来，发现是说谎，陪同有一个男人，是宝总，人称阿宝，讲起来，也算我朋友，哼。康总不响。宏庆说，常熟方面，据说也安排了几个风流老板坐等。康总说，不会吧。宏庆轻声说，李李是啥角色，汪小姐早就讲过，以前做鸡，花头经十足。康总说，这不可以随便讲拍电影的话，此时康总应该下意识起筷去夹一件冷菜碟里的"咸鸡"。宏庆说，我现在，真无所谓了，已经离了婚，今朝过来，只是见见老朋友，我百事不管，就等小囡落地，我倒想看一看了，我老婆肚皮里，究竟是啥人的种，验DNA也可以。

○宏庆这婚离的，端的是进可攻，退可守；真可以假，假可以真——要让沪生发表评论。

从阿宝眼里看出去，三桌尽收眼底。中间一桌，少了四位太太，剩三对男人，冷清不少这冷清，陆总求之不得，只是苦了两位上海爷叔，但过不多久，"夜东京"一桌的玲子与菱红，半推半就，又跟了陆总回来落座陆总等于一只雄鸽子，放出去，再"夹"转来一对雌的。玲子一度基本醉倒，现在相当清醒，双目含春，一双电眼胜衣衫，戏话连篇，与陆总，古总，康总，宏庆等等，嘻嘻哈哈，与钟大师，孟先生吃吃讲讲等于在吃吃

•前面"静场十秒"时，"坐定位子不响"的阿宝、沪生，是"一切情景，尽收眼底"；换阿宝一人视角，则秒变"尽收眼底"，表示阿宝眼光高人一线，不看得全，而且看得深。

讲讲嘻嘻哈哈之间，代表"夜东京"砸了"至真园"场子。阿宝桌面上，小琴一直看定了玲子。此刻小琴说，陶陶，跟我过去，敬一敬玲子姐姐。陶陶说，我不去。小琴说，去呀。陶陶说，我不想跟钟老头子，大碟黄牛打招呼。小琴说，不要紧的。陶陶说，我的名誉，就是这两只赤佬搞坏的。小琴笑笑 这一笑蹊跷。沪生说，啥名誉。陶陶说，明知故问。沪生说，我真的不懂。陶陶不响。常熟徐总摇手说，小琴，不去为妙，我一眼看出，这个陆总，不是吃素的料，美女去敬酒，陆总肯定是一把拖紧，再鞠一躬，湿手搭面粉，讨厌了。吴小姐说，这个陆总，绝对是妖怪，迟早要过来搭讪的，眼睛一直朝此地瞄 几张桌子互相瞄来瞄去，画风似交战国同时以望远镜侦察敌境。丁老板说，此地美女太多 嗯，"此地有三秋桂子，十里荷花"。苏安哼了一声。徐总说，注意了，陆总看到眼里，就会记到心里，马上要来进攻，来胡搞了"遂起投鞭渡江之志"。章小姐说，攻势再强，哪里比得过常熟徐总，比得过汪小姐呢。徐总夹了一粒虾仁，筷头一抖，虾仁落到醋碟里。徐总说，提汪小姐做啥。苏安说，这只台子，大部分人见识了常熟风景，不会忘记的 虾仁落醋碟，一阵醋意荡起在苏安心里。阿宝说，人的眼睛，等于照相机。章小姐说，一霎眼睛，等于一记快门，到常熟，我少讲看了几百眼，拍了几百张。秦小姐说，当初常熟徐总，也就是今朝的陆总，当初常熟汪小姐，现在是啥人，是玲子吧 内讧。小琴说，汪小姐有啥故事，我不晓得，但玲子，是我姐姐，为啥拿我姐姐唱山歌 等于北方话"编排"。秦小姐说，我是随便讲嘛。陶陶说，玲子姐姐，我多年朋友，也是沪生多年朋友，为啥背后嚼舌头。沪生说，是的，玲子是爽快人。章小姐冷冰冰说，我晓得，现在有一种女人，就喜欢到处应酬，混各种饭局，主要勾搭老板，搭

○上海话，指难以摆脱之麻烦。○遭遇北派的不同打法，常熟徐总认输。

二十八章 579

到一般的老板，领到熟人的饭店，K房里开销，轻斩一刀，出一点血，就够了 好刀法，如果搭到了立升超大的老板，有腔调的男人，捏紧手心里，几年饭票消品，也就有了。秦小姐忽然说，不要讲了，我吓了呀，这个陆总，现在又朝此地看了，马上要来了 狼烟四起，轻骑伺出。苏安说，此地全部是正经女人，过来试试看。大家不响。此刻，邻桌忽然轰隆一声大笑，玲子姿态明丽，已经离席走来，靠近了桌面 于一声"轰然大笑"中出马，似不怀好意。玲子说，不好意思，陶陶，我来搬救兵了。阿宝笑笑。玲子说，小琴，跟姐姐过去坐一坐，陆总太厉害，我实在搪不牢 上海话"挡不住"，吃不消。小琴不动。玲子说，起来，帮帮阿姐的忙，这几个老总，搞得阿姐胸闷了，小琴过去，代我吃一杯，讲几只乡下故事也好，让这几只发动机，冷一冷，加点润滑油 "乡下故事"暗藏对小琴不屑。小琴面孔发红。沪生说，玲子先坐 企图把对方先控制在本方半场。玲子说，我陪菱红再过来，再跟大家吃，现在，我带阿妹先去一趟 进入夜场模式。陶陶说，我不答应的。玲子笑说，陶陶真是的，已经讲过了，是去帮我的忙，是买的我面子。小琴立起来，陶陶一把拉紧说，不许去，我跟小琴，夜里有事体，本来就准备走了。玲子说，像真的一样。小琴说，阿姐，真有一点事体，下一趟再聚吧。玲子不悦说，啥叫下趟，腰板硬了对吧。沪生立起来说，算了算了。玲子说，我倒是不相信了，阿姐我开了口，有落场势吧。小琴看看陶陶说，要么，我过去坐五分钟。陶陶不松手。玲子说，啥意思。陶陶不响。玲子说，陶陶认得小琴，也就是这种胡天野地场面嘛，不要忘记，是我摆的场子，现在一本正经，像真的一样。陶陶不响 不响一。玲子说，我早就讲

○ "实力"，彼时上海俚语叫"立升"，原指冰箱容量。1980年代初期，冰箱是时髦紧俏商品，家家互相打听攀比，从而落下病根。今已废。

○ 出自上海梨园术语，指"面子"或"下台阶"。

了，样样事体，不可以当真。陶陶不响 不响二。玲子喉咙提高说，现在，我屁话少讲，陶陶，我当真了。陶陶不响 不响三。玲子面孔变色说，还以为是童男童女对吧，有结婚红派司吧，拿出来，我当场就滚蛋，回去睏觉。此刻，菱红走过来说，做啥，蛮开心的事体。玲子声音放缓说，是呀，陶陶啥意思啦，芳妹直到现在，还骂我拉皮条，我真是前世欠的风流债，这辈子要还利息 天下风流债的利息。陶陶不响 不响四。菱红说，这是真的，到现在，芳妹还经常来店里吵。陶陶不响 不响五。玲子说，怀疑我当初打了匿名电话，我苦头吃足吧，讲起来，我是介绍人，一句感谢听不到，一只蹄髈吃不到。陶陶不响 不响六。玲子曼声说，就算，我老酒吃多了。陶陶不响 不响七。玲子说，小琴现在，必须跟我走。菱红说，陶陶。小琴说，陶陶放手，我马上就回来。陶陶一把拖过小琴，忽然就朝外面拖。玲子一把拉紧小琴，面孔赤红，喉咙一响说，造反了对吧，娘的起来，我倒不相信了，是去私奔，养私生子呀，今朝走走看 俨然恶老鸨腔调。小琴哭丧面孔说，阿姐，难听吧，算了呀。玲子说，娘的起来，我面子衬里，一样不要了 好泼妇。此刻，"夜东京"一桌的人，除了葛老师按兵不动，全部围过来 "围"字凶猛。孟先生也走过来说，陶先生，算了好吧，又不是大事体。陶陶说，戆卯 等于北方话"傻人"，男性适用 一只，放臭屁，当心吃耳光。钟大师说，陶陶，黄道吉日，今朝大局为重，开心事体，不可以板面孔，要维持稳定。陶陶低头不响。钟大师说，小琴过去坐一坐，既不缺手，也不会缺脚，吃一杯酒而已。陶陶忽然开口说，老瘪三，老棺材，早点去铁

○上海旧俗，媒人做媒成功，『被媒方』须答谢以蹄髈十八只。

•既不能安内，又无力攘外，葛老师维稳不力。此际是否想到『饮酒不欢之候』第十三『葳章程而骄牛饮，醒木讷而醉唠嘈』。

△对于玲子这个『媒人』，陶陶尚可保持连续七个不响，而被陶陶视为芳妹『媒人』的孟先生，这就是自己往枪口上撞了。

二十八章 581

板新村火葬场,去跳黄浦。钟大师说,开口就骂人。陶陶拿起杯子朝地上一掼,啪啦一响。玲子眼睛瞪圆说,猪头三,猪猡,发啥威风,吃昏头了。亭子间小阿嫂说,每一次吃饭,总要吵吵闹闹,酒肆糊涂,出娘倒逼,实在是野蛮。玲子扭头就骂,老骚货,臭货,跟我死远点,死到洋房里去挺尸*依然惦记着葛老师的老洋房*。俞小姐一拉苏州范总说,走,太不像腔了,此地太龌龊了,范总,快点走,我走了。范总张大嘴巴,正看得入神,不为所动*前有徐总伸直脖子,后有范总张开嘴巴*。旁边的陆总,则完全听不懂,酒醒了一半,讲北方话说,这都是说啥呢,喝高了,那上医院挂水呀。日本人发呆*北方人和日本人感觉是同时在看一部没有字幕的外语片*。台面上,苏安、章小姐、吴小姐、秦小姐,面无四两肉,两臂一抱,只看白戏。沪生上前解围说,玲子先放手,放手呀,陶陶也放手,听见吧。玲子与陶陶,拉了小琴左右两只手,等于拔河,陶陶力气大,一步一步拖小琴到门口。也就是此刻,李李陪了梅瑞,再次走进包房。梅瑞明显吃过了量,踽踽欲动,雾鬓云鬟,身形有一点迟缓,目光瞪滞,看见包房里拉拉扯扯,人声鼎沸,乱作一团,梅瑞忽然两手一松,洋粉薄纱一半拖地,毫无知觉。李李极其惊讶,讲北方话说,怎么了,怎么搞的,大家静一静,现在,我请梅总。阿宝发现此刻,梅瑞

582 繁花〔批注本〕

的眼神，已经跟不上表达，面部肌肉，从微笑转到恐惧，特别缓慢 上次"光临"，目光准确捉到康总，这次显然已失焦。李李扶了梅瑞的臂膊，面对包房的混乱场面，刚准备开口，梅瑞看定人群，忽然畏惧起来，肩胛一耸，身架一抖，就像速冻一样，浑身收紧，叫一声说，啊，这是为啥。李李说，啊。梅瑞说，为啥，为啥要捉我，我犯啥法了，为啥。大家离开玲子，回过头来 看热闹不嫌事大，吃西瓜专挑大的。康总分开众人，对梅瑞说，做啥，做啥。梅瑞脚底一顿，身体倾斜过来，裙摆如花开，像要跌倒，满面惊惧说，为啥，为啥呀，姆妈呀，一定出了大事体了呀。康总说，梅瑞，梅瑞。康总准备去扶，梅瑞朝后退了几步，尖声说，我不管了，我不管了，我不做了，我不做了。康总一吓。身边的李李，一把拖紧梅瑞的臂膊说，梅瑞，梅瑞。梅瑞哭了起来，全身朝下缩 俨然菜场卖蛋女人被捉奸时同款同姿。此刻，陶陶不由松开了小琴。梅瑞踉踉跄跄，昏迷一般说，到底出啥事体了，讲呀讲呀，姆妈呀，爸爸呀，到底为啥，为啥呀。梅瑞满口酒气，讲了这几句，人完全斜到李李身上，一只粉缎蝴蝶结高跟鞋，翻转过来。沪生说，梅瑞，梅瑞，梅瑞，服务员，服务员。一顿饭工夫，这三桌人就把吴彬"酒政"所列饮酒禁忌——"华筵、连宵、苦劝、争执、避酒、恶谑、喷秽、佯醉"——一项不漏地犯了个遍。即便阿宝，也入了袁中郎饮酒"不欢之候"第十二"坐驰"之恶名。"烈火烹油之势、鲜花着锦之盛"之后，必然急转直下，盛极而衰——最起码，在大多数小说里，情况就是这么个情况。

二十九章

一

　　春雨连绵，路灯昏黄。莫干山路老弄堂，几乎与苏州河齐平，迷蒙一片。小毛吃了半瓶黄酒，吃一点水笋，黄芽菜肉丝年糕，脚底发热，胃里仍旧不舒服。电视里播股市行情。二楼薛阿姨到灶间烧水。小毛听到后门一动，有声音。看见薛阿姨开了门，两个男人走进灶间。一个熟悉声音说，小毛，小毛。声音穿过底楼走廊，溜进朝南房间，传到小毛的酒瓶旁"酒酣耳热"之际，便觉入耳之声渐远。远景弄堂浮水，特写声止酒瓶，好电影。

小毛一转头，眼光穿过了门外走廊，老楼梯扶手，墙上灰扑扑的小囡坐车 大件挂壁，节省空间，破躺椅，油腻节能灯管，水斗，看见晃动的人像，伞 但闻其声，不见其人，说书先生惯技。小毛说，牌搭子已经到了。薛阿姨说，小毛，有客人。小毛立起来，看见两个男人，朝南面房间直接过来。小毛一呆。十多年之前，理发店两张年轻面孔，与现在黯淡环境相符，但是眼睛，头发，神态已经走样，逐渐相并，等于两张底片，慢慢合拢，产生叠影，模糊，再模糊，变为清晰，像有一记啪的声音，忽然合而为一，半秒钟里还原 这种风格的电影语言当年甚时髦。前面是沪生，后面是阿宝 依然以当年结识时间先后分

（左侧批注）远望若弄堂浮于水，人浮于事○宋人词意里，这叫『涨绿』

（右侧批注）笋和年糕都不好消化，胃病患者吃不消○初春犹食年糕，想是农历年剩余物资

亲疏、排走位。沪生说,小毛。阿宝说,小毛。筷子落地,小毛手一抖,叫了一声,啊呀,老兄弟。声音发哑,喉咙里小舌头压紧,一股酒味,眼眶发热 白描功力深入了耳鼻喉科。小毛说,快进来坐。两个人进来。小毛说,薛阿姨,咖啡有吧,咖啡 不忘上只角朋友偏好。沪生说,不要忙了,刚刚吃过饭。阿宝摇摇手。小毛说,先吃酒。坐呀。薛阿姨进来。小毛说,帮我买四瓶黄酒,弄一点熟小菜。沪生说,真的吃过了。小毛说,要的,薛阿姨去买。阿宝说,已经吃过了,真的。小毛说,先坐,坐。两个人看看房间。小毛开了日光灯。房间大亮。薛阿姨收作 吴语"收拾"台面,倒两杯茶说,不打牌了。小毛说,我老兄弟来了,跟楼上去讲。薛阿姨出去 薛阿姨的存在,尤其在饭点,免去了久违重逢之人许多尴尬。沪生说,一直想来,这次下了决心,落雨天,外面吃了老酒,吃到后来,就寻过来了 也是借了酒意壮了胆。小毛说,我一直想到拉德公寓来。沪生黯然说,啥年代的事体了,早就搬出来了。小毛说,记得有一年,"大都会"门口,我眼看阿宝经过。沪生说,"大都会",拆光好多年了。阿宝说,样样不能拖,一拖,拖到现在 此处沪生可以补刀:"只争朝夕"。小毛指一指墙上十字架说,我老婆临走还埋怨我,为啥跟沪生阿宝不来往。大家不响。小毛落了一滴眼泪说,是我脾气不好。此刻,门外一阵人声,楼梯响,楼上拖台了,脚步嘈杂,小毛说,邻居打小麻将 "小"指赌注尺寸。阿宝说,还好吧。小毛说,我工龄买断,再做门卫,炒点小股票 下岗工人日常。沪生笑笑。小毛说,我可以问吧,我的地址,哪里来的。阿宝说,沪生是律师,当然有办法。讲到此地,楼上轰隆一笑。三个人不响 楼上爆笑,更显楼下沉闷。情况往往如此,老友见面,以为有讲不完的话题,

○ 江宁路南京路口心里轻轻的一个"呀"字,终于吐了出来 ○ 批者先哭为敬。

○ 拆光在1990年代中期,1998年初于原址建起"龙镇广场","大都会"一梅度在九楼重张艳帜,今已不存。

二十九章　585

其实难以通达，长期的间隔，性格习惯差异，因为蜂拥的回忆，夹头夹脑，七荤八素，谈兴非但不高，时常百感交集，思路阻塞。三个人开无轨电车，散漫讲了现状，发了感慨，坐一个多钟头，准备告辞 三人之隔，不仅隔代，更加隔世。离散经年与群居终日一样，都是言不及义。沪生说，小毛要注意身体，以后再碰头。阿宝说，身体最要紧，有病就去看。小毛说，我还好。沪生说，老酒少吃。小毛说，嗯。阿宝走了两步说，对了，另外是 阿宝带着问题上门。小毛说，我晓得，我当时，确实是臭脾气。沪生说，走吧，以后再讲。阿宝说，我是想问，有个朋友叫汪小姐，小毛认得吧。小毛一呆。沪生说，再讲吧。阿宝说，慢，是汪小姐老公的司机，介绍认得了小毛，对不对。小毛说，还是坐下来讲，坐。三个人再落座。小毛说，事体简单的，当时我只晓得，汪小姐是单身女人，是我隔壁邻居的侄囝，这个隔壁邻居，不是司机。沪生说，大概是书记，支部书记，上海人讲是同音 又噱又冷本色不改。小毛说，是煤球店的退休职工，这天对我讲，汪小姐怀孕了，以后小囡申报户口，就有麻烦，小毛一直是单身，无子无女，两个人，可以谈谈吧。我一吓讲，要我跟孕妇谈感情，谈结婚，少有少见，新婚之夜做啥，我做寿头 这都是命。邻居对我讲，谈谈假结婚，懂了吧，两个人开出红派司 结婚证，还是各管各，等小囡落地，报了户口，就办离婚，红派司，再调绿派司，图章一敲，结束了 宋人词意，两证"应是绿肥红瘦"。我讲，这是吃饱了 隐去"撑的"二字。邻居说，以前结婚，要开单位证明，现在方便，小毛谈一个价钿，听听看。我不响。邻居讲，现在股市不错，弄个几万洋钿 上海话，钱，天天涨一眼，天天涨一眼 "一眼"即"一点"，有啥不好，另外也是积德，女人

<small>○ 久别重逢，尬聊三板斧：第一互相评论彼此样貌变与不变，第二互相关切各自身体好是不好，第三是互相打听对方家庭孩子有或没有——时在北方，还要再添一问：'离了没？'</small>

肚皮一点一点大起来,又不是外国,可以脱光了拍照,一个上海单身女人怀孕,总是难看,小囡事体不落实,穿马路再碰到土方车这就是如假包换的"开无轨电车"了。估计还是"司机"出身。我听了一吓说,越讲越吓人了。邻居讲,帮个忙,急人所急,这种派司不办,也是浪费。这天,大致就谈这点。第二天再谈,我就答应了,过一天,三个人到"绿缘"去吃茶,见了面。汪小姐衣裳宽松,样子还算贤惠,问我讲,小毛原来的老婆,叫啥名字。我邻居讲,有必要吧原则性强,思路清爽。汪小姐讲,这倒也是,要是美国,麻烦比较多,当局上门单独调查,老公用啥牙膏,老婆戴啥胸罩,夜里做几趟。邻居讲,办移民呀,缠七缠八,小毛能够答应,不容易了。汪小姐讲,小毛,我有点担心,登记结婚阶段,两个人起码要亲热一点,手拉手,开心笑一笑怕他不肯,又怕他太肯。我答应。到了登记的这天,汪小姐像真的一样,当了别人面,叫我几次老公,靠紧我讲,老公,刚刚我肚皮一胀,是心里太紧张了戏精本精。我轻声讲,假老婆,我是假老公,假老婆要发嗲,对真老公去发小毛思路清爽,原则性也强。江小姐笑一笑说,小毛是至真的好男人,等我有空,就来拜访。阿宝不响。小毛说,事休,大致就是这样楼上此时应有一把大牌和出之声大作,竹肉齐发。

○ 说的是1991年《名利场》封面黛米·摩尔Demi Moore吧?。隔壁爷叔懂经,退休前是煤球店『书记』无误。

• 康总·梅瑞吃茶处,店名『绿云』。○上海茶室,诗云:『想要点绿。』生意过得去,店名总得带化』搞得好,

△扯这些有的没的,显示自己懂得多而且足够洋气。上海人的老毛病说犯就犯。

二

十天后黄昏,路灯亮了一点,正值退潮,莫干山路地势,已

二十九章　587

高出苏州河水位，空中是初春的河风 _{世纪末的河风中，潮涨潮落，书接上回，节奏越来越快}。沪生与阿宝到得稍早，经过路口，先踏上附近昌化路桥，到对岸"潭子湾"棚户走一圈。少年时代，沪生跟随小毛，来过此地游荡 _{从"上只角"到此，当时也算郊游了}，暮色苍茫，眼前是大名鼎鼎的两湾，潘家湾，潭子湾，蛛网密集的狭弄，正准备拆迁 _{上海市区体量最大的棚户区之一〇时1999年}，灯火迷离，人来人往，完全脱离少年时代记忆。两个人走了一段，沪生看手表，阿宝买一张夜报 _{即"晚报"，上海人说的"夜报"，就是《新民晚报》}，忽然想到上海历史里，反复来往于此的烈士顾正红，思古幽情，随之而生。待等两人原路返回，眼前的河面，已黑得发亮 _{油水蛮足}，远见一艘苏北驳船，等于沪西一条不烂之舌 _{奇绝，舌尖上的苏州河}，伸出桥洞一截，椭圆船头翘于暮气中，上有小狗两只，像舌苔上两粒粽子糖，互相滚动，一转眼，弹跳到岸上，隐进黑暗里。两人沿河浏览，登桥眺远，惠风和畅，船鸣起伏，河床在此宽阔，折向东南。正东的远方，是火车站如同瀑布的星海，流入墨玉的河中，与逐渐交会的两支夜航船队，化为一体 _{此处BGM除玛丽莲·梦露版《大江东去》之外不做他想}。阿宝说，白萍有消息吧 _{远望宜思远人}。沪生说，上个礼拜，收到澳大利亚来信，称已经有了身份，跟一个菲律宾华裔男人生了小囡，如果我想去发展，可以代办，条件是，到了澳洲，就办离婚，两人就此分手。阿宝说，还算有良心。沪生说，我根本不回信，让我一个人到墨尔本，蹲到马路旁，天天看汽车，我发痴了。阿宝不响。两个人下桥朝南，避让上桥卡

旁注：
○江苏阜宁人，16岁逃荒来沪。参加1925年上海22家日资纱厂4万多工人大罢工，身中资方大班、日本"内外棉株式会社"总经理川村利兵卫数枪而亡，随之演变为"五卅运动"。

△形似三角粽，以玫瑰花、饴糖、松子仁制成。同治年开业的"苏州采芝斋"所产最有名。

△在上海登记，离婚手续亦需在上海办。当年未解除国内婚姻而在海外再婚者甚多，沪律师自己估计也接了不少。

车,进入莫干山路老弄堂。

这天夜里,是小毛摆酒请客。小毛电话里解释,是替春香还愿。沪生当时说,这也太客气了。小毛说,如果沪生有小妹妹,老相好,尽量带过来,一道谈谈聚聚。沪生笑笑。小毛说,真也不是对路,沪生朋友圈子,基本是女律师,女干部,女秘书,知识女人,不方便对吧。沪生笑笑说,有我就可以了。小毛说,弄堂小百姓,台面寒酸,不好意思带来,我理解,这就我来安排,吃酒要热闹。此刻,沪生与阿宝走进小毛房间,先是一吓。房间里已有五六个女人,圆台面摆好,二楼薛阿姨端上电暖锅,生熟小菜。小毛是突发胃病,胸口包一块毯子,居中坐定。来宾除了建国,招娣,菊芬,小毛指三个年轻女子说,我三个小姊妹,大自鸣钟拆迁之前,理发师退休,店堂做过几年发廊,这三位妹妹,社会上叫发廊妹,相当无情无义,我取名中妹,发妹,白妹,啥意思,麻将打得好。中妹说,多少难听。白妹说,我欢喜,我觉得好,我皮肤白。小毛说,三姊妹重情义,平时有啥事体,样样来帮衬,自家人,就特地请过来,陪我的老兄弟,酒要女人陪。小毛裹紧毯子,吃牛奶,吃一片白面包。三姊妹连忙请沪生阿宝入座,形成三夹两。建国笑笑说，赞的，一人身边，两个妹妹，像模像样，吃酒有心得。三姊妹斟酒搛菜，殷勤体贴。建国不动筷子，自称土方小老板，两瓶白酒的量 时逢动迁高潮，钱没少赚。小毛介绍另两位女士说，这位，是招娣，我老房子二楼邻居。沪生说，二楼，应该是银凤呀。阿宝说，这不提了 阿宝替小毛搪塞，知道内情。招娣说，男人为啥呢，个个记得银凤 问得好。小毛打断说，招娣的前夫，是警察，离婚独身之后，男朋友不断，年纪个个比招娣小，唉，我想到上海纺织厂，压锭一千万呀，完全敲光拆光了，当年招娣，是年度生产标兵，一双巧手，结果是帮人看服装店，做营养品，是作孽。招娣一笑，端详说，两位阿哥的气色，真是不大好，工作太辛苦了，就需要补营养。小毛说，招娣，等一等再传销，我先介绍，我同事菊芬，车间跳舞皇后，脚法赞，腰身软，男步女步全懂，钟表厂关了门，承包街道小舞厅，也办过婚介，结过两趟婚，现在的老公，是三婚头了，结过三次婚，对菊芬，百依百顺，最近，特地开一间棋牌室，让菊芬解恢气 解闷，我也就放心了。菊芬一笑，文绉绉端了杯，做样子说，全靠我阿哥大媒人，耶稣保佑我阿哥健康，保佑春香阿嫂，天国里开心。小毛说，做女人，先就要对自家老公好，就算外面有户头，有了外插花，对老公还是体贴，就是好女人，正常女人，聪明女人。菊芬不耐烦说，可以了，我已经晓得了。小毛说，千好万好，老公最好，调胃口，可以的，不可以影响到老公。菊芬面孔一红说，阿哥，身体不

○郁达夫吃花酒心得有三：『年纪大一点；相貌丑一点；没人爱过。』

•『压锭』即主动报废老旧纺织机械，上海纺织业自1980年代后期开始衰退，1990年代中跌至谷底，以『关、停、并、转、迁、租、卖、破』等措施实现战略转型。1998年『全国纺织业压锭1000万』在上海启动，以钢铁厂巨型铁锤砸烂细纱机零部件后投入熔炉付之一炬。

△这个词后来直接改叫『安利』了。○55万下岗纺织工人里，也有个别人做了『空嫂』。

▲脂砚斋甲戌批警幻所谓『意淫』二字曰：『按宝玉一生心性，只不过是体贴二字。』

适意，少讲一点可以吧。二楼薛阿姨此刻也坐进来，一台子人，吃吃讲讲。建国说，一直听小毛讲两位老兄弟，总算又见面了。阿宝说，是呀，当年为了蓓蒂的钢琴，大家开到杨树浦高郎桥，去寻马头，建国兄，真是帮了忙 貌似阿宝第一次主动重提蓓蒂。建国眼圈一红说，不谈了。沪生说，现在还打拳吧。建国说，废了多年了，来，上海人不欢喜敬酒，我自弄三杯 上海人不喜欢敬酒，也不喜欢罚酒，只喜欢"自弄"。沪生端杯，建国已经吃了两盅。小毛说，三个嗲妹妹，代我敬客人呀，不要做木头人，拨一拨动一动。中妹说，我先吃一点菜。小毛说，法兰盘已经吃得铺开了，肚皮有救生圈了，寻男人是难了。中妹说，下作。小毛说，发妹先吃一杯。发妹说，阿哥讲啥，我做啥。发妹仰面吃了一盅。沪生也吃了一盅。白妹说，二姐姐做啥，我做啥。白妹也一口吃了 北方话，敞亮。阿宝一吓说，慢一点。小毛说，不要紧，三姊妹有酒量，阿宝，咪一咪就可以 酒量差的上海人，看人豪饮，心里也是吓的。中妹说，不可以，我要跟阿宝吃满杯。招娣说，上来就疯。菊芬说，中妹乖，阿姐已经头昏了，不要弄得棋牌室一样，乌烟瘴气，乖一点。建国说，上次的女人，为啥不来了。招娣说，啥。小毛说，就是我的假老婆 这个名分好，发乎情，止乎礼。菊芬说，对了，小毛的假户头"户头"，等于北方话"对象"或"那口子"，为啥不来。招娣说，这个女人不错，买过我产品。小毛说，传销基本功，要记牢名字，汪小姐已经来了几趟，产品头了不少，还是记不住。招娣说，当我两个新阿哥面前，讲我做传销，应该吧。建国说，记得上一趟，汪小姐就想醉一醉。小毛说，有了喜的女人，可以醉吧，是散心，这次听说，我要请沪生阿宝，汪小姐电话里一吓讲，啊呀，我动胎气了，我过不来了 假婚待孕的汪小姐，安利产品买买，老酒吃吃，蛮充实。我讲，汪小姐，客气啥呢，大家老朋友了,过来坐。汪小姐讲,假老公,我肚皮不适意了 上海话"不舒服"。我听了笑笑。汪小姐讲,求求小毛,阿宝沪生面前,不要提我汪小姐三个字,社会太复杂了 汪小姐样样要怪社会,答应我。我讲,老弟兄见见面,有啥呢。汪小姐说,一定不要提到我呀,拜托了。

二楼薛阿姨摆上一盆蛋饺 蛋皮包肉馅,上海火锅必备。小毛说,我对女人,一般是闷声不响,不问任何原因,女人的心思太细密,我问了,等于白问,当年理发店关门,招娣,跟了二楼爷叔合办发廊,我一句不响 小毛在二楼的人生第一次,全程闷声不响。中妹说,阿哥越是不响,我越想对阿哥讲心事。菊芬说,嗲煞人了。小毛说,这辈子,我最买账两位闷声不响男人,一就是领袖,一是耶稣,单是我老娘,我老婆春香,一天要跟这两个男人,讲多少事体,费多少口舌,全世界百姓,多少心思,装进两个人肚皮,嗳,就是一声不响,无论底下百姓,横讲竖讲,哭哭笑笑,吵吵闹闹,一点不倦,一声不响,面无表情 非常"本帮"的神学观点。用这番话写篇论文,题目就是《论"不响"》。大家笑笑。沪生说,想不到,老房子还做过发廊,这个二楼爷叔,我记不得了。阿宝不响 不响的都是明白人。小毛说,爷叔是老好人,隔壁房间的招娣,人也好,但是警察老公,是铁板面孔,像一直有情报,一直怀疑招娣,外面有了野男人,每趟要穷吵,二楼爷叔听见,总是好言相劝。阿宝不响 心里一阵乱响。招娣说,陈年旧账,一场噩梦,不许再讲了。小毛说,后来就离婚。招娣讲,做警察的,确实精明 高估了前夫,高估了技术侦察手段。当年破这种案子,还是要"依靠群众"。小毛说,平时房间里来人,招娣讲了啥,做了啥,样样会晓得,只能大吵一场,离,我劝招娣,既然离了,不要多想了。招娣说,是呀,但小毛对我,有交情吧,根本不关心我,不来

○广东人讲话,这叫"冤猪头都有蒙鼻菩萨";台湾人讲话,这叫"嫖客遇见凯子娘",的确嗲。

看我，等我离了婚，单身了，总可以到我房里坐吧，还是不来，弄堂也不进来。阿宝不响。沪生笑说，夜里可以坐一坐理发店，样样就可以谈了。小毛说，我样样不响，招娣跟爷叔合作，三个妹妹前后来上班，为客人捏脚敲背，之后弄堂拆迁，大家滚蛋，我一律不管自身难保，管得着么。招娣，三个妹妹，包括我娘，样样会来讲，我根本不想管老房子任何事体。发妹说，是呀，因此我喜欢来此地，就像是办事处，我乡下来了亲眷，也过来借宿，讲讲谈谈。菊芬说，三个阿妹，样样式式，到此地做市面即北方话"拉场子"或"过日子"，此地等于公共浴室，公共厨房间，到此地烧小菜，剪螺蛳，腌咸肉，做鳗鲞干制鳗鱼，汏衣裳，汏浴，揿身，夜里搨了粉，点了胭脂，到火车站去兜生意。发妹冷笑说，只会讲别人，姐姐自家呢。建国说，我理解，生活实在是难，多少不容易。菊芬说，我有趟进来，看见汪小姐，横到床上看报纸，我一吓。有次看见房间里，叠了几十箱过期产品，另一次，一房间坐满男男女女，准备开传销会议矛头一转，打击一大片。○包邮区吃螺蛳，必以铁钳先行剪掉螺蛳壳尾部，一来易嗦，二来易入味。小毛笑笑。招娣说，吃啥醋呢，汪小姐来，是临时保胎，正常休息，不稀奇，讲到我的产品，我组织开会，正常的，人总有不顺利阶段，产品积压了在纺织厂上班也遭遇同样困境。命苦，暂时搬到此地放几个月，是小毛答应的。小毛说，不要吵了，菊芬也一样，大家是兄弟姐妹。招娣笑说，菊芬也有事体呀，我想听。菊芬说，我清清白白做人，我有啥。小毛说，菊芬舞步灵，但是面皮薄。菊芬放了筷子，朝小毛手背上敲一记说，我有啥见不得人的。白妹说，阿哥已经生病了，为啥动手要敲。建国说，这是女人发嗲，敲一记，拍一记，钟表厂一枝花，当年如果这样敲一记男人，这个男人，就想心思，通宵吃茶摇扇子喻心旌摇曳。菊芬说，我是正大光明，这天是

二十九章 593

小毛发胃病,我买了牛奶,切片白面包,带一个朋友,正正经经去看小毛,想不到,小毛坐了五分钟,就走了,好像,我是来借房间一样,我跟朋友,只能坐等小毛回来,也是无聊,后来就跳跳舞,正规的国标,研究脚法,跳来跳去,跳得头有点晕,小毛回来了。建国说,小毛开门一看,菊芬浑身发软,昏过去一样,男人抱紧细腰,对准菊芬的耳朵眼里,灌迷魂汤,赞,小毛吓了,只能退出去 菊芬每次"艳舞"都被小毛撞破,真是孽缘。菊芬说,切,瞎三话四。招娣冷笑说,是吧是吧,看来瘾头不小,人家让出了房间,已经避出去两个多钟头了,还是抱不够,做不够,不知足。小毛笑说,不许乱讲,菊芬是文雅人。发妹说,是的,女人越文雅,这方面越厉害。白妹说,表面不响,心里要得更多,这就叫文雅。菊芬笑说,小娘皮,嘴巴像毒蛇。小毛说,好了好了,三姊妹,陪过我兄弟了吧,动起来呀。中妹笑笑,十指粉红 红酥手,端了酒盅 黄滕酒 说,今朝,我阿哥身体不适意,特地派妹妹来服侍宝大哥,有啥要求,宝大哥尽管提。阿宝端起了酒盅,旁边白妹伸手一盖说,宝大哥,还是派我出山,我来代替,拼个几盅。阿宝笑。白妹端起阿宝的酒盅,发妹端了沪生的酒盅。中妹说,做啥,两个男人一动不动,三姊妹自相残杀。小毛说,中妹最啰嗦,吃了再讲嘛。三个年轻女子笑笑,一仰头,乌发翻动。建国说,吃一杯,就算动过了。中妹说,还要动啥,要我坐到男人大腿上动。建国说,啥。白妹立起来,走到建国面前,一屁股坐到建国身上说,这样子动,对吧,我来动,适意吧,招娣姐姐,菊芬姐姐,心里穷想,根本是不敢的,我敢,要我叫老公吧。建国大笑。小毛笑说，又瞎搞了，快坐好。建国笑说，喔哟哟哟，我吃不消了，我做活神仙了 这是客气话，土方小老板，这种世面司空见惯。招娣说，假正经。菊芬吃吃吃笑。小毛说，既然坐了，建国就抱一抱 小毛厚道。大家笑。白妹摸一摸建国的面孔，回来落座 发乎礼，止乎非礼。中妹说，自动送上门了，一屁股坐到身上了，建国大哥就不敢动了，嘴硬骨头酥。

阿宝看看小毛，想起多年前理发店的夜景。月光，灯光，映到老式瓷砖地上，一层纱。阿宝说，真想不到，理发店做了发廊。小毛说，世界变化快，领袖讲，弹指一挥，挥就是灰，一年就是一粒灰尘，理发店，大自鸣钟，所有人，全部是灰尘，有啥呢。发妹说，发廊里最卫生，哪里来的灰，我头天上班，二楼爷叔就讲，要争当卫生标兵，天天要揩灰，要扫，做得到吧 揩灰的揩灰，揩灰的揩灰，蛮闹猛。我讲，做得到。爷叔讲，来上海，准备长做，还是短做。我讲，不长不短，我一直做。爷叔讲，做发廊，最容易学到啥。我讲，广东人讲是"坐灯"，粉红电灯一开，人坐店里，让外面男人看，勾搭男人，生客变熟客。二楼爷叔讲，错，最容易学上海方言，学会了，样样好办 若干年后，上海满大街英语教学广告牌大字标语赫然是"英语改变命运"。白妹笑说，爷叔讲出口的，基本是上海下作方言 学任何语言，脏话都是便捷入口。招娣说，爷叔当时，实在太困难，棉花胎商店，做不动生意，关了门，店面出租，做了发廊，爷叔是看样学样，发现楼下理发店，准备要打烊，就跟我商量，最后盘下来，一间一间做了隔断，心思用尽。白妹说，我刚来的头一天，发廊里一小间一小间，见不到一个生

· 理发店改发廊虽不可称沧海桑田，无论名亡或实存名亡、实存的大面积剥离、割裂所造成的迷惑和失真，正是阿宝、沪生和小毛这一代人"真"、"想不到"的切身感受。

意，想不到爷叔，就想弄我了。我讲，喂，老爷叔，我不是随便女人，我只敲小背，不做大背。爷叔不响。我讲，既然当老板，就不可以乱来，做生意要一致对外，如果自家人也乱七八糟，偷偷摸摸穷搞，不吉利的 三姐妹资方劳方规矩通吃，已经老吃老做了。爷叔不响。还好，招娣姐姐回来了。中妹说，是呀，人人讲，做小姐下作，其实最下作的，是客人，是二楼爷叔 是先有鸡还是先有蛋？二楼爷叔就不谈了，鸡飞蛋打。发妹说，老酒吃多了，少讲讲。白妹说，重要的事体，我讲吧，根本不讲。建国说，讲故事，就要抓重点。白妹吃一口酒，不响。招娣说，牵丝扳藤 吴语，喻东拉西扯，绕来绕去，吊我胃口嘛。白妹说，多年秘密了，招娣姐姐也不晓得。招娣说，有啥秘密。白妹说，店堂里，做了一间一间隔断，最后一间，爷叔叫人做一只大橱，门开到背面，锁好。招娣说，这只橱，是爷叔专门摆棉花胎的呀。白妹说，平时，爷叔端一杯茶，客人走了，接过妹妹钞票，一声不响。有一次，店里新来两个东北妹妹，前凸后翘，客人忙煞 样貌只写"前凸后翘"，客人只写"忙"，精绝之笔，只要客人进来，二楼爷叔就领了妹妹，客人，到最后一间去，随后放了茶杯，走进后面楼梯间。每次新来妹妹，有了客人，就领到最后一间，爷叔也就去后面。一次我到灶间去冲热水，发现楼梯间的大橱门，掀开了一条缝，我亲眼所见，橱里蹲了一个人，就是爷叔。招娣说，啊。白妹说，等到客人离开，爷叔走到前面，吃茶看报纸 爷叔也"忙煞"，得歇上一歇。我钻小间里看一看，简单一只按摩榻，旁边是板壁，贴一排美女画报，几个美女头碰头，我仔细再看，美女六只眼睛，每只眼黑里，是一只小洞 等于旅游风景区拍照专用的"纸板人形"。我当场就气了，我走出来对爷叔讲，为啥偷偷摸摸，钻到橱里偷看。爷叔笑笑，一声不响。我讲，等于广东人讲的"睇嘢"，

○ 偷窥，粤语应做「吸嘢」，「睇嘢」只是「看热闹」。

"阴功"即"无阴功"之缩略，不积阴德之意嘛，偷看女人，广东叫"勾脂粉"，为啥要做这种龌龊事体。爷叔不响。我讲，店里这两个新妹妹，最大方，爷叔想看，当面就可以脱光嘛。爷叔不响。我讲，太没腔调了 北方话"没品"。爷叔不响，后来笑了笑讲，好了好了，我开一句广东腔，唔嘅了，对不起了，好了吧。我不响。爷叔说，做女人，哪里会懂男人，我就算下作男人，龌龊男人，总可以了吧。阿宝不响。听大自鸣钟老房子的故事，在场人人有份，各有响应，但每一段落，都以阿宝一人之"不响"来做句号，正是众人谔谔，不如一夫之默默。万钧笔力，落纸"不响"。

○《清稗类钞·方言类》："勾脂粉，看女人也。腊狗利，看女人也。"

○应写为"唔该"了，或"劳驾"的意思，是"对不起"，是"对唔住"或"不好意思"的意思，真谢了。○开口闭口冒几句广州白话，当年中国各地行走江湖必备，但一如爷叔、白妹，皆不精，"唔咸唔淡"。

白妹讲到此地，听见居委会摇铃，大家门窗关好，注意安全 不时出没于本书的此类人物，形迹和功能类似中国戏曲舞台上之"检场"。小毛的面孔，忽然低下去，低下去。发妹说，阿哥做啥，阿哥。小毛不响。二楼薛阿姨说，发胃痛了。小毛闷了一阵说，是老毛病发作了。薛阿姨拿过药瓶。白妹说，阿哥像磕头虫 一类昆虫，受挤压时头部和前胸作叩头状活动 一样，我晓得苦了。小毛说，刚刚胃里一抽，我真还不晓得，二楼爷叔有这一套。阿宝不响 只有阿宝知道○小毛胃里一抽，忽然大悟眼前有银凤一闪。沪生说，"两万户"的厕所间，洞眼也挖得密密麻麻。阿宝不响。薛阿姨倒了温开水，让小毛吃药。薛阿姨说，我早就不开心了，几个人讲来讲去，就是讲二楼爷叔，多讲有啥意思呢，别人还以为，二楼爷叔，是我男人，我同样住二层楼，此地哪里有这种下作坯的爷叔 这就是上海人讲的"拉讲"了。建国说，薛阿姨，以后要火烛小心了，夜里汰脚，

○这系因当年自己在厕所里无数次听见"咿呀一声，隔壁有人进来"，瞄到"一双塑料红拖鞋，漆皮木拖板，脚指甲细致，小腿光滑"，各种"窸窸窣窣"。

二十九章　597

换衣裳,先检查墙壁,天花板。薛阿姨说,乱话三千。菊芬说,我最怕有人偷看,寒毛也竖起来了曾经被小毛无意中偷看到两次。阿宝不响。白妹拿来热水袋,塞到毯子里。小毛叹息说,过去的事体,只能一声不响了,响有啥用,总算老房子敲光了,过去,已经是灰了。大家不响。小毛说,春香临走,念过一段耶稣经,大概就是,生有时,死有时。拆有时,造有时。斗有时,好有时。抱有时,不抱有时。静有时,烦有时。讲有时,闷有时。菊芬说,啥意思呢,我根本听不懂。小毛不响。菊芬说,小毛太闷了,这最伤身体,当初厂里不少同事,兄妹下乡生了重病,就可以退回上海,小毛一声不响,帮同事家属,拍了不少X光钡餐,直到最后一趟,放射科女医生电灯一开就讲,喂,小师傅小师傅,我认出来了,这个月,小师傅闷声不响,拍了七八次对吧,等于身体吃了七八次射线,这条小命,还要吧。小毛不响。招娣说,小毛做过这种笨事体,讨厌了,就算再吃我的产品,也等于零了。小毛说,我现在想到一个女人,也是一声不响,真是好女人,对了,我不便讲,薛阿姨肯定不开心。薛阿姨说,只要不再谈二楼爷叔,样样允许讲。小毛说,听了肯定会光火。薛阿姨说,我一直笑眯眯,可以讲。建国说,讲讲看。小毛说,有天到老北站打麻将,半夜一点钟散场,静等通宵电车,我看见一个女人,四十多岁,顺了路灯过来,一看就是良家女人,样子清爽,手拎两只马甲袋,过来等车,两个人一声不响,等了一刻钟,我比较无聊,就搭讪讲,阿妹下中班了。女人不响。我讲,麻将散场了第二句速度降级为社会人。女人不响。我讲,输赢还好吧不仅打牌,还赌钱,再降级。女人不响。我讲,现在几点钟一路降级,直至沦为套路搭讪。女人不响。我讲,

先自动认定为对方有正式单位(工厂)有正常工作的正经女人,在当时上海,是一种即将过时的老式礼貌。

○即上海火车北站,1987年上海新客站建成后停用。

社会乱,坏人多,跑出来生闷气,对身体不利。女人一声不响。我讲,跟老公不开心,是正常的,想开一点算了。女人不响。我讲,走几圈,消了气,就原谅老公,总归是小囡的爸爸 以上共涉及社会治安、女性养生、家庭伦理三大范畴。建国说,这种搭讪功夫,贴心的,正正派派 神最右。小毛说,女人一声不响。我讲,半夜三更出来,小囡醒了,要吓的 育儿经也涉及了。女人不响。我也不响。后来,女人讲了三个字,像蚊子叫。我讲,阿妹讲啥。女人讲,汏衣裳。我讲,啥。女人不响。车子一直不来,出租车一律绿灯,我同这个女人,是坐通宵电车的档次,因此眼睛看出去,马路漆黑一片,看不到一部车子 此时无车胜有车。我对女人讲,汏衣裳,可以到我房间去汏,我一个人,有汏衣机,水斗,非常便当。二楼薛阿姨咳嗽一声,不响 咳晚了。小毛说,这个女人不响,我讲,马甲袋,地上先放一放,休息休息。女人不动,拎了不放。我碰到这种女人,还可以开口吧,我只能一声不响 "静默有时,言语有时" 亦可做 "响有时,不响有时"。两个人等了十多分钟,通宵电车来了,我上前门,女人上后门,车里只有三四个人。到江宁路,我下车,回头一看后门,女人拎两只马甲袋,也下车了。我朝北走一段,回头看,女人一路跟,隔七八步距离。再走一段,我停下来讲,阿妹,我来拎。女人低头不响,马甲袋朝后一让。我也就不管了,走到澳门路,再走昌化路,回头看,女人隔七八步距离,一路跟。我走到莫干山路,女人相隔七八步距离,等我走到弄堂口,回头看看,隔四五步的距离 当年大妹妹兰兰马路上"盯梢"游戏,"雌雄保持二十步上下的距离",女人跟我转弯,进弄堂,已经半夜两点钟,弄堂剩一盏路灯。我开了后门,进去开灯,经过楼梯口,开房门,开灯,回头看,女人跟进来,马甲袋摆到灶

〇通宵电车从老北站坐到江宁路,小毛搭讪,依然坚守"正派"底线,走"贴心"路线。

二十九章　599

间水斗里,走进我房间,奇怪的是,一进了房间,女人就活络了 故事关楔子在此。房间里闷热,我开了窗,开电风扇。女人脱了衬衫,裙子,脱剩了短裤胸罩,赤了脚,自家老婆一样,走来走去,寻到了脚盆,面盆,毛巾,一声不响,去烧水,准备淴浴。我不响,看女人忙来忙去,到灶间放水,点煤气烧水。我开了冰箱,倒一杯可乐。女人端了半盆水进来。我讲,先吃一杯,天真热。女人一声不响吃了,就到我后间里,用力揩篾席,揩枕头席,熟门熟路 夏季入睡前上海家庭主妇规定动作。再后来,大脚盆拖到房间当中,冷水热水拎进来,倒进盆里,拖鞋放好,毛巾搭好,关了电灯讲,先淴浴。声音像蚊子叫一样。我有点呆,窗对面有房子,淴浴我要关电灯,女人完全明白,我就淴浴,听到灶间里,女人翻马甲袋的声音,等我结束,女人进来,相帮我浑身揩。我讲,阿妹,我自家来,让我自家揩。女人不响。我走到后间,身体到席子上摆平,听外面,女人走来走去,倒水,拎水,然后,脱了短裤胸罩,淴浴,再是揩,绞毛巾,倒水,拖鞋声音,然后,轻关了房门,像我平时一样,小电风扇拿进小间,对准大床边,开关一开,风凉。身体就坐到床上来,后来,两个人熟门熟路,<u>黑贴墨搨</u> 吴语,"伸手不见五指、稀里糊涂"之意,就做了生活 等于"做了好事",一点也不陌生,我也就睏了。等我醒过来,天已经发亮,三点多钟了,听到灶间里有人汰衣裳,自来水声音不断。我又眯了一觉,再看表,五点钟不到,外面是马甲袋声音,大概是叠齐了湿衣裳,装进马甲袋的声音,之后,女人回进房间来。我当时不响。女人进来了,靠到床沿上 这算告别仪式。我讲,衣裳叠好了。女人不响,之后讲了一句,我走了。声音像蚊子叫。我讲,嗯。女人就走出去,后门轻轻一响,整幢房子静下来了,我看手表,五点零两分。小毛讲到此地,一声不响。大家也不

响 此时全员不响,等于发起无线电静默。二楼薛阿姨面孔涨红说,这是哪一年的事体。小毛说,做啥。二楼薛阿姨说,这不是搞腐化,是啥呢,腐化堕落。发妹说,难听吧。薛阿姨说,哼,怪不得,这幢房子的自来水表,每个月要多出几个字来,我一直以为,是水表不对了,零件磨损了,原来,是有野女人进来偷我自来水,我想想,真是肉痛呀,做出这种下作事体,还讲得出口,腻心 上海话"恶心"。小毛说,看到吧,讲定不生气的,现在生气了。二楼薛阿姨说,这不叫生气,叫胸闷。招娣说,这女人去了啥地方,住啥地方,为啥半夜三更要汰衣裳。菊芬说,离婚女人嘛,神经病。白妹说,半夜爬到一个陌生男人身上,一声不响就做,功夫好的。小毛说,大家问我,我统统不响,一声不响。建国说,我只问一句,大清老早,到啥地方去晾衣裳。沪生说,一举一动,相当熟悉老房子房型,是住惯老式石库门的女人。阿宝说,大概是一个魂灵,半夜里,飘到马路上来。菊芬说,我吓了呀,不要讲了。阿宝说,飘啊飘,手拎两只马甲袋,仔细一看,脚底浮起来,根本不落地,跟了小毛,飘过去,飘进房间。发妹说,吓人呀。建国说,难道是爬出苏州河的落水鬼。招娣说,这一套,我朆懂了,我朋友半夜坐出租车,上车一看,是女司机,我朋友讲,阿妹,随便开,开到哪里是哪里。女司机讲,先生,到底去哪里。朋友讲,不晓得。女司机面孔一板,手刹一拉讲,喂,老酒吃多了,下去好吧。我朋友讲,阿妹,做夜班不容易,半夜三更,无头苍蝇,穷兜百兜,能做几差呢 "能做几差"即北京出租车司机说的"能拉几趟活儿"。女司机不响。我朋

○生气是小器,属于私情;胸闷偏道义上的痛心疾首,具有某种原则性和普世性。

• 王家卫导演读到此处大概想起《重庆森林》里飘来飘去、神出鬼没潜入梁朝伟家『做生活』的快餐店女招待王菲,当即『响了』——买下版权。

△旧社会每年3月到5月是苏州河、黄浦江溺毙者浮出水面高潮,盖因季节性水涨。

二十九章 601

友讲，阿妹。女司机笑笑讲，做啥，真肉麻，肉麻里丝丝。我朋友讲，对阿哥好一点，懂吧，一百块拿去。女司机笑笑讲，十三。朋友讲，有啥十三的。女司机笑笑。我朋友伸手过去，女司机啪的一记，笑笑讲，做啥，死开死开 北方话"滚开"或"滚犊子"。这天后来，车子码表还算可以，只开了廿公里，停到一条绿化带靠边，熄火。后面就不讲了。建国说，这是啥意思 建国问的是这两个故事之间的关系。招娣说，小毛这一夜，是七搭八搭，搭到了一只便宜货，为了汰衣裳，省一点水电费，就跟进房间里 一帮人七搭八搭，搭进搭出，总算搭准了这个故事的脉。小毛说，好了好了，大家讲啥，我不管，我只是伤心。白妹说，为啥呢。小毛说，看见女人倒汰浴水，摆拖鞋，帮我揎身，我心里落了眼泪，我讲不下去了。白妹说，阿哥，想开点。小毛说，想到我女人了。招娣说，一定想到银凤了。小毛说，想到我老婆春香 烧水"汰浴"阶段，想到的应是银凤。大家不响。小毛说，女人钻到我身边，贴到我身边，当时我就讲，春香 是半梦半醒的幻觉，也是下意识寻找某种合法性。女人毫无反应，这不是春香，我开了小灯一看，春香胸口，有一粒痣，这个女人胸口，精光滴滑，不是春香。菊芬说，耶稣保佑。招娣说，好了好了，这种老菜皮，火车站最多了。建国说，这样讲就不上路了 即北方话"不厚道"，这个女人是良家女子，分文不收。薛阿姨说，不收，自来水是钞票吧。建国说，自来水值几钿。薛阿姨说，自来水费，四户人家要平摊，这样大大方方随便用，我实在想不落，实在太气人了。小毛说，看到吧，当时我问来问去，讲来讲去，对方一声不响，现在呢，我也只能不响了 谈自来水伤感情。白妹说，我来算，自来水费到底多少，我来贴。薛阿姨哼了一声。小毛说，刚刚大家问我，为啥不响，为啥不问，我不会问，不会开口的，我一声不响，心里就明白，这个女人，就是好女人,现在社会,做女人最难,不容易的,走进我房间,自家人一样,不舍得开汏衣裳机,我表面不响,心里难过,对这种好女人,大家有一点同情心好吧。布罗茨基有言:"无论过去是愉快还是悲伤,它永远是一块安全的领地,这仅仅因为它已被体验;人类复归、回头的能力非常之强,尤其是在思想或睡梦中,因为在思想或睡梦中我们同样是安全的,这种复归、回头的能力简直能使我们无视我们所面临的现实。"老房子在一夜间灰飞烟灭,无处安置的"过去"说不定会幻化为人形,不声不响,不言不语,猝不及防却又安全可靠地复归,于某夜。来历不明却似曾相识,面目不清但栩栩如生,无名无姓而有血有肉。花非花,雾非雾。夜半来,天明去。不独讲故事的、在场听故事的以及本届上海群众,各自心里都飘着这样一个专属的午夜"浣纱女"。

○"洗衣机"一词在1980年代初期已融入上海方言,这一句"汏衣裳机"表明了小毛"不聆市面"的鳏夫身份。

三十章

一

六十年代老公房,四楼一室半,是陶陶与小琴的同居之所。煤卫合用 上海房事术语,即厨房、卫生间与邻居共享,朝南摆双人床,外面小阳台,虽然旧,与延庆路披屋比较,也是改善。小琴仍旧做服装,但雇人看摊,验货,见客户,去银行,一礼拜出门几次,毫无规律,防备芳妹骚扰,平时买菜烧饭,看电视,安分自得。延庆路只搬来一只小台子,挂一面镜子,可以做账,也可以梳妆。有次陶陶夜半醒来,身边无人,小台子开一盏灯,照出小琴身影。陶陶说,吓我一跳,写啥呢。小琴说,写心里的想法 也算记账。陶陶说,正常女人,不要学这一套 陶陶女朋友里,会来这一套的恐怕只有潘静。小琴笑笑,簿子锁进抽屉,走过来,灯光里几乎透明。陶陶捻捻眼睛,待要细看,小灯一关,小琴已经钻到身边,两人缠绵片刻,也就交颈而眠。生活简单,周末,夜里,双双去外面转一圈,吃饭,夜宵。周日赖床,半数因为小琴嗲功,陶陶乐此不疲。生意方面,陶陶只联系外地客户,养殖户 也算是当年外贸方式流行的"两头在外"。上次"至真园"宴会,玲子借酒撒泼,最后梅瑞崩溃,场面极尴尬,回来路上,陶陶一再责怪小琴懦弱,玲子霸道。小琴说,我理解。陶陶说,我不理解。小琴笑笑,不反驳。第二天醒来,依旧笑眯眯，不谈前夜之事，陶陶暗地佩服。自从搬来此地，一般到夜里八九点钟，芳妹就会来电话骂人 <u>骂人有时</u>，小琴识趣避开，陶陶好言好语，劝芳妹冷静，好合好散。芳妹痛骂不休，直到陶陶关机 <u>一个"关"字打开了手机时代</u>。小琴走过来抚慰说，芳妹姐姐，确实是命苦，结发男人，跟陌生女人跑了，每夜想到，老公抱了陌生女人，预备沕浴，预备做种种花头，做男女生活，这口气，实在是咽不下，我完全理解。陶陶不响。小琴说，讲句皮厚的咸话 <u>即"说句不要脸的话"</u>，我宁愿每夜让姐姐踢，打，骂，只要肯，我宁愿搬到姐姐房间里，不管做小老婆，贴身丫鬟，我睏地板，做钟点工，我同意，每夜服侍大老婆睏觉，倒汰脚水，倒痰盂，样样事体，我心甘情愿，我笑眯眯 <u>如画</u>。陶陶说，发痴了，芳妹跟小琴，有啥关系，我肯定离婚，不想再拖了。小琴说，不急的，一点不急。陶陶说，我急，我讨厌不少人，对了，这天饭局，周围看热闹的所有人，我不准备再来往了，全部拗断，尤其玲子，彻底结束了。小琴说，发啥火呢，样样急不得，做人要知恩图报，玲子姐姐不介绍芳妹，不介绍我小琴，陶陶就是白板，样样事体，要想到别人的好。陶陶不响。小琴说，沪先生是律师，陶陶多年朋友了，有难办事体，也可以帮忙，为啥要断，朋友非但不可以断，要好言好语，等于戴一条围巾，别人就暖热，生葱辣气，等于戳一把剪刀，人人要逃，这是小广东讲的。陶陶不响。小琴说，离不离婚，我无所谓。陶陶说，乖人，越这样讲，我越过意不去 <u>要的就是这个效果</u>。小琴说，我如果不开心，最多写一段字，记到簿子里 <u>还可以投稿到《知音》杂志</u>，我一辈子笑眯眯，做一个不发火的女人。陶陶说，乖人，我欢喜。小琴不响，紧靠陶陶。四月里天气，温度适宜，从

<u>一碗乡卜走地老母鸡汤吃进，但"玲子姐姐不介绍芳妹，不介绍我小琴，陶陶就是白板"这句"咸话"，陶陶心里是不服的，虽然表面不响。</u>

三十章　605

床上看出去,南窗的阳台门外,是栏杆,看得见附近白杨树冠。小琴说,几棵白杨,长得真高,乡下比较多。陶陶不响。小琴说,如果房子是买的,我就封阳台,雨水多,栏杆已经铁锈,叫房东油漆一次吧。好伏笔陶陶说,明年就买房子。小琴伸过一条白腿,搁到陶陶身上说,这无所谓,陶陶,我小腿好看吧。陶陶说,好看。小琴说,哪里好看女方只要一问到具体部位,男方通常接不下去。陶陶说,离婚了,就买房子结婚离不离的,此时在上海买房确实是史上黄金时机。小琴说,已经讲过了,我可以一直不结婚的。陶陶说,真的假的。小琴说,我表兄是县长,有两个老婆,乡下一个原配,县里养了一个,"两头大",两面大老婆。所以我讲,样样可以接受,或者,陶陶可以两面走动。陶陶不响。小琴说,一个大男人,跟原配多年生活,忽然跟陌生小女人去过,总也不习惯,聪明小女人,是一门心思对男人好,一般劣质女人,坏脾气露出来,作,跳,吵。我的表兄,讲起来两头大,最近两头跳,两头吵,头昏脑胀,跟我打电话,准备去九华山落发做和尚与其说宽慰,更像是恐吓。我讲,表兄做和尚,也是花和尚,山门不太平。陶陶抱了小琴说,乖人。小琴说,我容易满足,就算陶陶现在逃回去,跟姐姐住几天,我也无所谓。陶陶说,瞎讲了。小琴说,总归原配嘛,加上小囡,自家的骨肉。陶陶不响。小琴说,我无所谓。陶陶不响。小琴双腿搁到陶陶身上说,我大腿好看吧。陶陶说,好看的。小琴说,哪里好看。陶陶说,好看就是好看标准直男答案。小琴说,我想装一顶帐子,下面树叶子多,马上有蚊子了。陶陶说,蚊子叮大腿,叫啥。小琴说,不是上海人,我不晓得。陶陶说,面孔上的痘痘,大腿上的蚊子块,一点一点的红,叫啥。小琴说,不晓得。陶陶说,我听葛老师讲,以前豆麦行里,芝麻叫"冰屑",蚕豆叫"天虫",绿豆叫"绿珠",赤豆呢。小琴说,我不晓得。陶陶说,这粒痘痘,叫"红珠",叫赤豆,赤豆粽子,赤豆糕。小琴说,要死了,为啥不叫桂花赤豆甜棒冰,我如果大腿叮到这种程度,人也不要做了。陶陶说,现在我数一数,有几粒"红珠",几粒赤豆。小琴一扭说,做啥,我痒了呀,对了对了,昨天,我学到一只上海小调,我背了,

○沪生会引鲁迅名句:"即使无名肿毒,倘若生在中国人身上,也便'红肿之处,艳若桃花;溃烂之时,美如乳酪'"。国粹所在,妙不可言。"

　　正月里就踢毽子,
　　二月里来放鹞子风筝,
　　三月里结荠菜子,
　　四月里厢落花子,
　　五月里端午裹粽子,
　　六月里就拍蚊子,

陶陶说,让我先拍两记。小琴捂紧大腿说,下面还有呀,

　　七月棉花结铃子,
　　八月里就吐瓜子,
　　九月里厢造房子,
　　十月里送红帖子,
　　十一月里切栗子,
　　十二月里,养个小倪子儿子。

陶陶不响。小琴说,好听吧。陶陶说,小琴,想跟我结婚了小琴唱出来的时间表陶陶听懂了。小琴笑笑不响。陶陶叹一口气说,如果有

三十章　607

了帐子,小琴一进房间,看到帐子里有个男人,心里想啥。小琴发嗲说,是陶陶进来,看见帐子里一个女人,想啥呢。陶陶说,我当然是冲进去,结果帐子弄坍,女人叫救命。小琴说,陶陶真是急,太急了。陶陶说,我接触的女人不算少这是对被称"白板"的反击,现在只喜欢夜深人静,帐子里两个人,一个是我,一个是啥人。小琴说,不晓得。陶陶说,讲。小琴说,芳妹姐姐。陶陶拍了一记。小琴捂紧大腿说,轻点呀,是潘静姐姐。陶陶啪一记,小琴说,玲子姐姐陶陶情史,小琴心里有一本细账。陶陶说,我最讨厌这只女人,一副骚相。小琴说,这猜不出了。陶陶说,小琴就是讨厌,明晓得是自家,兜圈子。小琴说,落手太重了,看,打得发红了。陶陶叹气说,我现在,就想装一顶帐子,钻进去,几天不出来,只有两个人。小琴不响。陶陶说,不离婚,我哪里来太平。小琴不响,抱紧了陶陶。阳台外面,飘来白杨树的香气。小琴说,陶陶不要急,慢慢来上海白杨树花期在四五月。民谚:杨树开花,无果。

　　三十一日这天早上,一切正常日日是好日,但全书似单单此日特别标明"号头",有"花头",要出大事。陶陶出门阶段,小琴相送,人到门口,小琴忽然与陶陶一抱。陶陶说,乖人。小琴糯声说,早点转来。陶陶关门,走到楼下,眼前一直是小琴,像一朵花,笑容满面。这天陶陶是去事务所,与沪生商量离婚协议。小琴提到朋友重要,陶陶明白了,与芳妹分手,沪生就是最合适的中间人。几次找沪生,因为太熟,沪生不愿意接手,最后勉强答应,希望陶陶配合,耐心接听芳妹每一只电话,态度要软,诚恳,多表示抱歉,让芳妹毫无挽回的余地这招叫"占领道德洼地"。陶陶答应。一天夜里八点钟,沪生来电话说,不要关机,电话要来了。八点廿分,芳妹来了电话，怨气冲天，后来稍微平复。以后几次，芳妹连续来电话，态度还是怨恨，但一次比一次冷静，后来，就是哀怨，已经无可奈何 夫妻做久了，恩大于爱，怨多过恨。陶陶暗地佩服沪生的功夫。前天夜里，沪生来电话说，芳妹已经死心了，基本同意签离婚协议了。陶陶千恩万谢，果然十分钟后，芳妹来电话，提到了分手细节。再过几天，同样夜里八点半，沪生来了电话，小琴识趣避开。沪生说，芳妹已经答应了，可能，马上会来电话。陶陶千恩万谢。沪生说，已经第N次谈了，芳妹不哭了。陶陶说，我了解芳妹，不哭不闹，想明白了 人皆如此。陶陶阅人有数。沪生说，是的。陶陶说，多亏老兄帮忙。沪生说，这是律师规定程序，作为老朋友，我心里是不情愿，不欢喜的。陶陶说，全部是我错，是我不对。沪生不响，挂了电话。小琴不响。楼下传来熟悉的声音，居民同志们，关好门窗，做好防火防盗工作，防止意外发生，防止意外发生 声音伏笔。有人从楼下经过，电喇叭挂到脚踏车上，由远至近，由近及远。陶陶看一眼写字台上闹钟，电话响了。陶陶说，喂。陶陶听见芳妹讲，陶陶，陶陶，陶陶。声音遥不可及，像信号不好，芳妹跌进一口废井，进了迷茫沙漠，有回声，周围飞沙走石。陶陶说，是我是我，讲呀讲呀。芳妹说，陶陶，我签字了。陶陶简直不相信耳朵。陶陶说，芳妹讲啥。芳妹说，我无可奈何，无可奈何，无可奈何了。声音回荡，重复，混合窸窸窣窣杂音，像沙尘暴刮来，时响时轻，蜡黄一片 飞沙走石之声，陶陶听来却是玉音放送。陶陶说，芳妹，我听到了。陶陶走到阳台上，也许是激动，觉得栏杆有一点晃 伏笔忍不住也晃了一晃，几乎就要暴露了。陶陶退后几步，声音清晰了，芳妹完全清醒过来，芳妹说，好聚好散。周围风平沙静。芳妹说，我签字了。陶陶说，好吧，这是要我也签。芳妹说，我一个人签了字，安安静

三十章 609

静。陶陶不响。芳妹说,除了办证,从此之后,我不会跟陶陶碰头了。陶陶不响,手放到栏杆上,摸到了铁锈触感伏笔。芳妹说,沪生对我讲了,净身出户的男人,往往自作自受。陶陶不响。芳妹说,以后,陶陶是冷还是热,跟我无关了心不死。陶陶说,是我昏头了,我有神经毛病,我对不起小图,对不起家庭。芳妹不响,电话断了。陶陶叹一声,心里发痛,但与此同时,胸口一块石头嗒然落地,一阵松快。陶陶栏杆拍遍,一手铁锈。夜风送来白杨的声音,蓦然看见,小琴换一件淡蓝亵衣,坐于帐中,一动不动。床,帐闱,半倚半坐姿态,头颈,两臂,皮肤,涂一层蓝光,冷中带暖,一团蓝颜色的野花。陶陶得到安慰,世界换成蓝颜色,彻底安静下来。当夜两个人相拥而歇。清早五点钟,小琴忽然翻身起来,讲要写几个字,做个纪念。八点半,陶陶出门,与小琴告别。路上一个小时,到达沪生事务所几百米的地方,看到前面有一只狗,做出一个半蹲的动作,一个老男人,拿一张报纸,垫到狗的肛门位置。陶陶心里想,做人已经做到了这种地步。对方一抬头,四目相交,陶陶一惊,此人是命相钟大师。陶陶一声不响,朝前走了十几步,钟大师拖了白狗,追上来说,陶陶,陶陶,

○ 宋人王辟之《渑水燕谈录》卷四《高逸》记刘孟节『先生少时,多寓居龙兴僧舍之西轩,往往凭栏静立,怀想世事,吁唏独语,或以手拍栏干。尝有诗曰:读书误我四十年,几回醉把栏干拍。』又见李后主『临风谁更飘香,醉拍栏干情味切』、岳武穆『凭栏处潇潇雨歇』或李易安『倚遍阑干,只是无情绪』等等。『栏干』以拍之、依之为意象,民国以来断档于汉语文学久矣,今不意乎1960年代老公房四楼一室半之阳台复得之,一手铁锈,自将磨洗,令人哭笑不得。

▲除了腹诽,钟大师或是受芳妹想过,陶陶有没有所托专程埋伏于此的『最后一道防线』。

△行文估计是黎老师跟阿宝提到的杜鲁门演说风格,『自今日起,吾人将进入一新纪元』。

『在那山的那边海的那边,有一群蓝精灵,他们活泼又聪明,他们调皮又灵敏……欧,可爱的蓝精灵,欧,可爱的蓝精灵,他们齐心协力开动脑筋斗败了格格巫,他们唱歌跳舞快乐又欢欣。』

停一停。陶陶说,有啥问题。钟大师说,长远不见了,出门为啥。陶陶说,有关系吧,少放屁。钟大师说,陶陶有问题了,今朝出门不宜呀 <u>按前面日期推断,这一日当是阳历五月一日</u>。陶陶看看钟大师,一手拉狗,一手端了一泡狗污 <u>狗屎</u>,心里不爽,转头就走。钟大师说,陶陶,听我讲呀。陶陶说,讲屁讲,有屁快放。钟大师说,陶陶有问题,要出大事体了。陶陶不响。钟大师说,根基逢冲,八字纯阴,伤官见官,姻缘反复难定,陶陶现在,撑足了顺风旗,等于翠不藏毛,鱼不隐鳞,马上要倒霉了,只有回去,向芳妹道歉,铺一块搓板,跪下来,跪个通宵,求老婆原谅 <u>古人云:"医不叩门,道不送卦,师不顺路,易不空出。"钟大师犯了大忌——或不惜犯大忌</u>。陶陶捂紧面孔说,太臭了。陶陶小跑了一段马路,还觉得身边有狗臭气。等见到沪生,吃了一杯茶,心情好一点。于是签字如仪。沪生谈一点善后细节,七拉八扯,包括民政局办证日期。沪生说,陶陶样子完全变了,身体还好吧 <u>感觉陶陶身体被掏空</u>。陶陶说,相当好。于是两人告别。走出事务所,陶陶特意兜了一大圈,到"红宝石"买一盒蛋糕。回进小区门口,到小摊里买一盆日本栀子花。进房间,见小琴一个人静立走廊。陶陶说,我签字了。小琴转过面孔。陶陶脱了鞋子,见小琴落了两滴眼泪。陶陶说,做啥。小琴过来接了蛋糕,花盆摆到阳台上,转身回到门口,帮陶陶穿了拖鞋,起身抱紧了陶陶说,我浑身发抖,实在太高兴了 <u>总算抖出一句真话。货真价实的"抖音"</u>。陶陶说,乖人。小琴说,一对小鸟树上眠,不晓得啥人树下推,惊得小鸟不

<u>○ 两句出自袁宏道《广庄·人间世》:"《易》为道,在于善藏其用,谦抑己。老氏之学,源出于《易》,故贵柔贵下,贵黑,夫翠不藏毛,鱼不隐鳞,是故大道不道,大仁不仁,大德不德,大节不节。"</u>

<u>·1936年开业的上海西式糕点店,这家苹果国华侨商店比当时上海人看来,这家苹果国华侨商店做老板的西点店鲜奶蛋糕滋味更是得多,秒杀上海人吃了多年的造奶油</u>

成对，一只南来一只北，要是姻缘，飞来飞去飞成对。陶陶说，乖人。小琴说，我好看吧。陶陶说，好看。小琴说，哪里最好看。陶陶一伸手，摸到小琴大腿说，就是此地，让我看看，桂花赤豆棒冰。小琴说，做啥，我痒呀。陶陶拍了一记。小琴咯咯咯一串笑，就朝前面逃。陶陶后面追，小琴逃得快，经过写字台，大床。

○清代《霓裳续谱》收入之江淮时调"寄生草"："一对鸟儿树上睡，不知何人把树推，惊醒了不成双来不成对，只落得吊了几点伤心泪，一个儿北飞，一个儿南往，飞去飞成对，是姻缘飞来，飞去飞成对。"

陶陶看到小琴大腿雪白，帐子雪白，手朝前一伸，几乎碰到小琴的身体。但小琴一个直线，冲进阳台，忽然听到天崩地裂一声响，眼前景象，变慢了速度，铁栏杆断开了，朝前慢慢塌下去，栏杆四分五裂。小琴两手前伸，裙子飞起来，臀部也飞起来，看得见浑圆光洁的大腿上，有一粒蚊虫块，粉红的一点，看到淡蓝底裤，然后是小腿线条，脚跟，脚底心一粒黑痣，边上的栀子花盆也带起来，花色雪白，花瓣，花苞朝下，露出了盆底小洞，稀里哗啦，铁栏杆，铁条，小琴精致的脚趾头，几朵未开的碎花，像蝴蝶拍翅膀，白杨树的映衬下，先后飞起来，飞起来，落下去，然后是楼下一系列声响，摧枯拉朽一声响 陪伴小琴一同跃起、坠落的，还包括前面多处伏笔。整幢楼，忽然人声鼎沸。陶陶呆立阳台，记得小琴一声凄厉的呼喊，陶陶呀。诗曰："周公恐惧流言日，王莽谦恭未篡时。向使当初身便死，一生真伪复谁知。"

派出所立刻出警，看了房间，带陶陶到底层现场。小琴从四楼跌下来，直接落到一楼居民的披屋，穿过石棉瓦，里面一张板床，人直接扑到铁床架上，已无生命迹象。陶陶落了眼泪，跟警察出来，弄堂里人山人海。陶陶想到多年前，跟沪生讲起弄堂男人的捉奸故事，两眼发黑 可怜几分钟前还是满目白腿，心如死灰。接下来，到派出所做笔录。对于小琴坠楼经过，两人感情状况，小琴是否抑郁，陶陶照实道来。讲了两遍，记了两遍。进来一个张警官，再问一遍。陶陶说，已经讲过了。张警官说，要配合调查，再讲一次。陶陶不响。张警官说，房间里究竟发生了啥，真是捉迷藏，还是争吵。陶陶说，两个人打打闹闹，一个追，一个逃，结果撞到阳台栏杆，想不到铁脚已烂。张警官说，啥叫打打闹闹。陶陶说，就是嘻嘻哈哈，拍了一记小琴大腿，小琴怕痒。张警官说，拍一记，还是打一记，是痛，还是发痒"拍打""痛痒"，皆是现代汉语常用词组。张警官讲究。陶陶说，是开玩笑，拍。张警官说，我凭啥相信呢，这是开玩笑，不是家暴穷吵，不是蓄意推下去。陶陶说，可以侦察呀。张警官说，轻一点，冷静点。陶陶说，确实是开玩笑，感情非常好，从来不吵。张警官说，再讲一遍过程。陶陶说，讲了好几遍了，记好几遍了。张警官说，这是规矩，何时何地，何人，何种目的，何种工具，目标，何种后果，"七何要素"。陶陶说，我已经讲到三角几何，九何十何了 被张警官带出戏了。张警官不响。陶陶说，因为太开心了。张警官说，不要概括，一秒钟一秒钟讲，讲一遍。陶陶只能讲了一遍。张警官说，无法证明，两人是寻开心，还是大吵大闹。陶陶说，我律师可以证明，一早签了离婚协议回来，我告诉了离婚喜讯，开心也来不及。张警官说，也可能一回来就光火，人吵大闹，全部因为小三搞七搞八，让老婆一脚踢出家门，只能离婚，见到小三，一肚皮火 一时竟难以辩驳。陶陶台子一拍说，我不讲了，讲了等于白讲。张警官说，态度好一点，要配合，要为案子负责。此时，一个警察带来一份传真。张警官看看说，感情好吧。陶陶说，非常好。张警官说，最后一次发生关系是。陶陶说，这也要问。张警官说,强迫,还是自愿的 到底是上海警察。陶陶喉咙一响说,我不讲了。张警官说,先考虑一下。我再问。几个人出去,关门。陶陶脑子里七荤八素,眼前是小琴花一样的面孔,笑眯眯看过来,阳台栏杆坍倒的场景,小琴的小腿,白杨树叶反光。时间一分一秒过去。忽然,灯光大亮,拥进来几个警察。张警官说,回去等通知。陶陶回到小区,进了房间,到处翻过,陶陶难以面对,叫了一部车子,到"大浴场"吃几杯酒,看半场大腿舞 北方人说话,和大腿干上了,木知木觉,倒头便睡。一早,派出所来电话,小琴乡下两个兄弟,已寻上门来,陶陶急忙回去,开门接待,难免吵闹,然后陪到饭店吃饭,开房间,安排落脚休息。下午,与沪生打电话。沪生一吓说,我人在苏州,陶陶要冷静,既来之则安之。陶陶不响,当夜陪小琴兄弟再吃饭,交了房间钥匙,陶陶去浴场过夜。隔日一早回房间,房东与一楼邻居到场,栏杆毁坏,披屋压塌,商谈补偿尺寸 即"价码"之意,物业来人修栏杆,敲敲打打,烧电焊。两兄弟翻理小琴遗物,收拾细软,准备再去仓库,看小琴的存货。陶陶告辞,去火葬场联系大殓,等一切落实,陶陶接近崩溃,进派出所看结果。张警官拿出一份文件说,属于意外死亡,因此销案云云。接下来,一本簿子推到陶陶面前。陶陶说,这是小琴的。张警官说,看过内容吧。陶陶说,生意簿子,私人财务,我不便看。张警官神色凝重说,拿回去,认真看一看,读一读 这是对婚外恋"警钟长鸣",还是报复陶陶态度不好?张警官造孽。陶陶拿了簿子,回进房间,看见两兄弟留的便条,已经去外滩观光散心 第一次来上海。陶陶看一眼房间,结案单子放到台子上,关门下楼,叫一部车子,直开火车站。半路上,陶陶与太湖客户 当是蟹农 打电话,想来湖边住个几天,散散心。对方一口答应。陶陶翻开簿子,里面贴有小琴以前几张俗气照

片 是何时脱的俗？，前十几页，记的是生意往来，日常所思所想，有几页，详记与玲子的财务往来数字，斥责玲子唯利是图，继续合作，生意已无活路云云，翻到去年某天一页，晚上讲了家乡故事，其实我是随口瞎扯，想不到一桌笨蛋都感动了。再一页写，陶陶一直勾引勾搭，像大江那一套，我见得多了，没关系。翻了三页，姓陶的，根本不懂温柔，但我想结婚，想办法先同居，我闲着也闲着。第四十八页，冷静，保持好心情，等他提结婚，不露声色，要坚持，我已经坚持不下去了。第五十四页写得长，所有人猜不出来，是我打了匿名电话，芳妹哪里是对手，现在对陶陶，对任何人，我只是笑笑，这样最好，我不表态，保持微笑。再翻几页，陶陶忘付本月房租，表面嘻嘻哈哈，是有意的？太小气了 此处应有数语痛斥上海男人，大江来过几个电话，一肚子花花肠子，死冤家，喜欢他这样子，最近不方便见了，不能联系，再说吧。有一页写，保持笑容，要坚持，陶陶离婚应该快了，快了，陶陶看到此地，车子已经到火车站，到处是人。陶陶踌躇不定，此刻究竟几点钟，是哪一个世道，如果现在，独自走近太湖旁，看见万顷碧波，会不会马上跳下去 再追问一句：跳下去之后，会不会变成大闸蟹。

○ 正常行文，在「快了」和「陶陶看到此地」之间本应落个句号，此处一「逗」，「逗」出了陶陶的「沉浸式」阅读。

二

老式唱机，<u>丝丝空转</u>，用人拎起唱头，铁盒子里捡出一根唱针，装上去，摇了发条，放一张《桃李争春》陈歌辛曲，白光唱红，旧上海舞厅慢舞金曲，小号加弱音器，靡靡之音，冷飕飕。白光开口，说一

对中国听众来说，小号加弱音器自肖斯塔科维奇《C大调第七交响曲》（《列宁格勒》）第一乐章表现德国鬼子入侵，到《平原游击队》「日本鬼子进村」，一旦出现，铁定没有什么好事。

三十章 615

句道白，你醉了么。接唱，窗外春深似海，我问你爱我不爱，我问你爱我不爱 应是先唱了这两句再道白。沪生立起来，接陶陶的电话 此刻陶陶眼里，白光尚未散尽。天井铁梗海棠背后，花窗廊棚，女佣身影一闪，绕过太湖石，走过两侧书带草的青砖甬道，送来各式茶点，包括檀香橄榄，雪藕，风干嫩荸荠，白糖山楂 四样茶点，三样颜色发白。沪生收了电话，落座。阿宝说，人明明坐了常熟，电话里为啥讲苏州。沪生说，老朋友闯穷祸了。阿宝说，啥人。沪生说，现在不便讲，总之，有人从四楼还是十四楼跳下来，吓得我乱讲 我们不禁要问，听到老友突发变故，如何才能保持如此出奇的镇定。徐总说，吓人的。苏安说，沪先生讲到苏州，是因为常熟，已经名声不好了。沪生笑笑说，我想想当时，汪小姐走进这种大墙门，花花草草，吃吃唱唱，悲金悼玉，酒胆包天，难免思春。丁老板说，沪先生，我违教许久了，看来真可以做两段诗，描写这个社会。沪生笑笑不响。丁老板说，其实，只有裹了金莲，束了胸的女人，可以思春 可理解为歌颂新社会妇女解放，恋爱自由。苏安说，一讲就不入调 又做"着调"，吴语同音。沪生说，有一趟小毛对我讲，汪小姐，现在基本是万花筒，一直变花样，根本不承认来过常熟。徐总说，这个小毛先生，就是跟汪小姐登记的男人吧。沪生说，是的，我听汪小姐讲过一句醉话，做女人一辈子，就是寻一个优质男人，难。丁老板说，汪小姐决心要寻一粒优秀种子，是难的。苏安说，开黄腔了。沪生说，据说汪小姐，现已经记不得，到底参加了多少活动，寻了多少种子了 后来的网络用语，这叫"求种子"。苏安说，无耻的女人。沪生说，小毛认为有道理，种黄瓜种丝瓜，也要寻良种，何况种人。丁老板笑笑说，常熟良种商店柜台里，有一粒好种子。苏安说，不

○ 四字出《红楼梦》十二曲之引子：「开辟鸿蒙，谁为情种？都只为风月情浓。奈何天，伤怀日，寂寥时，试遣愚衷。因此上演出这悲金悼玉的红楼梦。」

616 繁花〔批注本〕

许再讲了,吃茶好吧,大家吃点心。徐总说,最近此地,确实是门庭冷落,两位来了,无论如何要吃夜饭,过个一夜。沪生看表说,不客气,我四点半要赶回上海,以后吧。丁老板说,小毛先生不容易,汪小姐还有啥新闻。沪生说,保胎阶段,脾气时好时坏,情绪不稳,经常打电话,叫小毛去,小毛上门,先是做木头人,让汪小姐怨三怨四,出了闷气,再听小毛讲小道消息,荤素咸话,也就开心了。徐总说,沪先生这趟回去,代我带一只信封 即红包,我要对小毛先生,表表心意。苏安说,这就是不打自招了。徐总说,小囡落地,万一是我的呢。苏安打断说,到了万一再讲。沪生说,汪小姐一直恨徐总,如果徐总跟苏安,能够上门慰问,哪怕一趟,心情就好了。苏安说,做梦。大家不响。沪生说,多亏有小毛接盘,小毛有素质,每趟一上门,妙舌一翻,汪小姐眉花眼笑。苏安说,我倒是好奇了,究竟讲了啥,可以让这只坏女人,笑得出来。阿宝说,主要是开黄腔 假老公不衰,假老婆不乐。徐总说,讲讲看。丁老板说,女士在场,要文明。苏安说,大概的内容,可以讲一讲。沪生说,这个嘛。阿宝看表说,还是以后吧,时间关系,我有大事体要谈。苏安说,再正经的女人,总有好奇心,段落大意,可以卫生一点,讲　讲。沪生不响。苏安说,主要是了解这只堕落女人,有多少堕落。沪生说,小毛的故事有两种,民间传说,自身经历,以后有机会,请小毛自家来,坐到天井这座小戏台里,摆一块惊堂木,一把折扇,让小毛自家讲。徐总说,小毛先生舌底翻莲,信封一定要转交。丁先生说,这一对假鸳鸯,这样天天开黄腔,也许已经假戏真做了。沪生说,这不会,人

○ 在汪小姐『根本不承认来过常熟』并承认『记不得参加了多少活动寻了多少种子了』之安全前提下,徐总的虚荣心又被『优秀种子』之说燃起。

『即『带着批判的眼光阅读或观看』。1970年代『内部出版物』和『内部电影』发行说明里,必定自带这一句,类似后来盗版碟前头的FBI Warning。

三十章　617

家有孕在身,小毛也最懂游戏规则。徐总说,以后一定要请小毛过来,说一段上海弄堂评话。苏安说,故事大意,中心思想是啥呢。沪生说,哪里有中心,有思想,也就是胡调。苏安说,比如讲呢 不依不饶。沪生呆了一呆说,比如讲武则天,派了太监,到全国男厕所蹲点,发现厉害男人,拖到宫里服务,转天就杀头。苏安说,啥意思。沪生说,天天拖男人进宫,天天杀,玉皇大帝觉得再下去,全国男人就要死光,因此安排一个"驴头太岁"下凡。丁老板大笑说,我已经明白了。苏安说,笑啥,我是第一次听。沪生说,太岁是驴子投胎,身有异秉,大摇大摆踏进男厕所,大大方方,有意让暗访太监看见。太监一瞥,就是一惊,连忙捉将起来,飞报回宫。则天听了,心里一笑说,先到皇家花园里,摆八仙桌,摆一盘柿饼,一盘棋,我要手谈,结果呢,两个人面对面,棋子走到中盘,女皇就仰天一倒,满意至极,从此,就不杀男人了,全国老百姓,过上了美好生活。苏安说,结束了。沪生说,结束了。苏安说,这算啥黄色。沪生支吾说,这是梗概,主要就是这点。苏安说,汪小姐有问题,故事太平淡了。沪生说,"人们不禁要问" 自己给自己的话加引号,表示有自嘲语气,内容为啥精彩,这要靠细节。苏安说,比如讲。徐总说,比如讲,也就是女皇稳坐八仙桌,其实等于是干部考核,试探太岁的实力,两个人,起码相隔八十厘米,四只眼睛看棋盘,心里只注意台面下情况变化,结果,女皇大叫一声,朝后一倒。苏安忽然立起来,面孔一红说,停停停,我晓得了,不许再讲一个字,实在太下作,太龌龊了。丁老板笑笑。苏安说,早晓得汪小姐是这种女人,当天过来,我应该放狼狗。苏安一个转身,走到厢房里去。李笠翁谭

○ 事出话本小说《薛刚反唐》,至于"手谈"种种,既未见于民间传说,更不可能是小毛自身经历,倒是杜撰的柿饼,传统的关中名物,不失为一件可信的小道具。

谆教诲,今番可以休矣:"男女对坐,静必思淫,鼓瑟鼓琴之暇,焚香啜茗之余,不设一番功课,则静极思动,其两不相下之势,不在几案之前,就在床笫之上。一涉手谈,则诸想皆落度外,缓兵降火之法,莫善于此。"〇"天上龙肉、地上驴肉"。

四个男人吃茶,吃点心,徐总说,"至真园"大宴宾客,梅总还有啥新计划。阿宝说,不了解。徐总说,李李跟梅总的关系,看上去不一般。阿宝说,一个做东,一个做饭店,过于紧张了 约等于丁老板和马馆长的关系。徐总说,李李的脾气,越来越吃不准,身边男人调来调去,最近,跟一个美籍华人热络。阿宝说,第一次听到。徐总说,上礼拜,李李带几个美国客户,到此地过了一夜。阿宝说,是吧。徐总说,我热情招待,吃茶听书,李李走到天井,跟男朋友法式贴面礼,夜饭吃了酒,两个人勾肩搭背,听我介绍老唱片,我此地小舞池,灯光好极,音乐一响,两个人抱得紧,跳得慢 慢舞真谛尽在此六字真言中,其他两位男宾,我特地请了舞女来陪,当时苏安讲,李李这一对,看样子入港了,特地安排了大床房,冰桶里杳槟冻好,枺子一对摆好,点大蜡烛,一切预备,结果李李生气了。阿宝不响 也生气了。徐总说,讲明只是普通男朋友。苏安也看不懂了,各人回房休息,李李与苏安聊到半夜,想得到吧。阿宝说,想不到。徐总说,第二天,李李一早见了男朋友,还是法式贴面礼,一抱一亲,两个人拉手,成双成对到天井花园里

〇"入港"一词,《水浒传》《警世通言》多为直男专用,指聊得来,如"林冲只顾和鲁智深走着,说得入港",又如贾、孙富入港,"又如李贾、孙富入港"则侧重于男女入港,一发成相知";酒。先说些斯文中套话,渐引入花柳之事。二人都是过来之人,志同道合,得入港,一发成相知";《红楼梦》"薛蟠便拉拉扯扯的起来,宝蟾心里也知八九,也就半推半就,只等候的,料必在难分分之际,便叫丫头小舍儿过来"徐总这里,两种意思大概各有一些吧。"点大蜡烛"是从前妓家术语,特指雏妓初夜,梳栊了雏妓的嫖客则以此为"撞红",好彩头。

走,面对面吃早餐。阿宝看表,不响。沪生打断说,不早了,李李以后再讲,要紧事体,还一字未提。阿宝说,确实要讲了。丁老板说,是十四楼跳下来的情况吧 _{此处有蹊跷},阿宝说,这次来常熟,有要事相告,见面就应该讲。沪生说,向两位报告,青铜器的照片,相当专业,已通过朋友,转交青铜器权威鉴定了,准备转呈马承源马老先生过目,但一直无下文。与出版社已经约定了,马老题写了书名,就可以开工,等来等去,我有点急,多次与朋友联系,前天总算有了回音。沪生讲到此刻,大家不响。只听唱机_{丝丝声}。沪生说,结论就是,这批古董,具有鉴赏收藏的价值,但不是真品,严格讲,其中十几件,是清末仿品,其余是近期仿品_{可断代为"社会主义初级阶段"}。丁老板说,啥。忽然面孔一沉,两眼闭紧,滑到青砖地上。徐总说,老丁。阿宝起来拉。徐总掐丁老板的"人中",丁老板挡开,大透一口气说,我不至于昏倒。两个用人跑过来,搀起丁老板。阿宝说,丁老板。沪生说,消息还算乐观,有收藏价值,可以的。丁老板透一口气,缓了过来,用人送进一片药。静了一静,徐总揩汗说,也许送鉴之前,欠一点考虑,应该有所表示_{相信金钱万能}。阿宝说,按国际标准,博物馆专家,包括台湾"故宫博物院"专家,不收任何费用,也不做正式的鉴定,这位青铜器权威也是这一路,不收费,最多提意见参考。沪生说,权威通不过,就不可能让马老先生过目,题字泡汤了,朋友建议,付一点费用,可以再请外地专家鉴定,题名,反正,现在各行各业专家,权威,要多少有多少,出一点费用,就可以办到。徐总不响。丁老板不响。沪生说,其他办法是,先停一停,另起炉灶,工作踏实一点,想得复杂一点。阿宝咳嗽一声_{这一响意思是此事到此为止}。沪生说,到外省搞一个活动,

〇不是面对面就是肩并肩,莫非还有背对背之体位乎?徐总加油添醋刺激宝总,越说越不着调了。

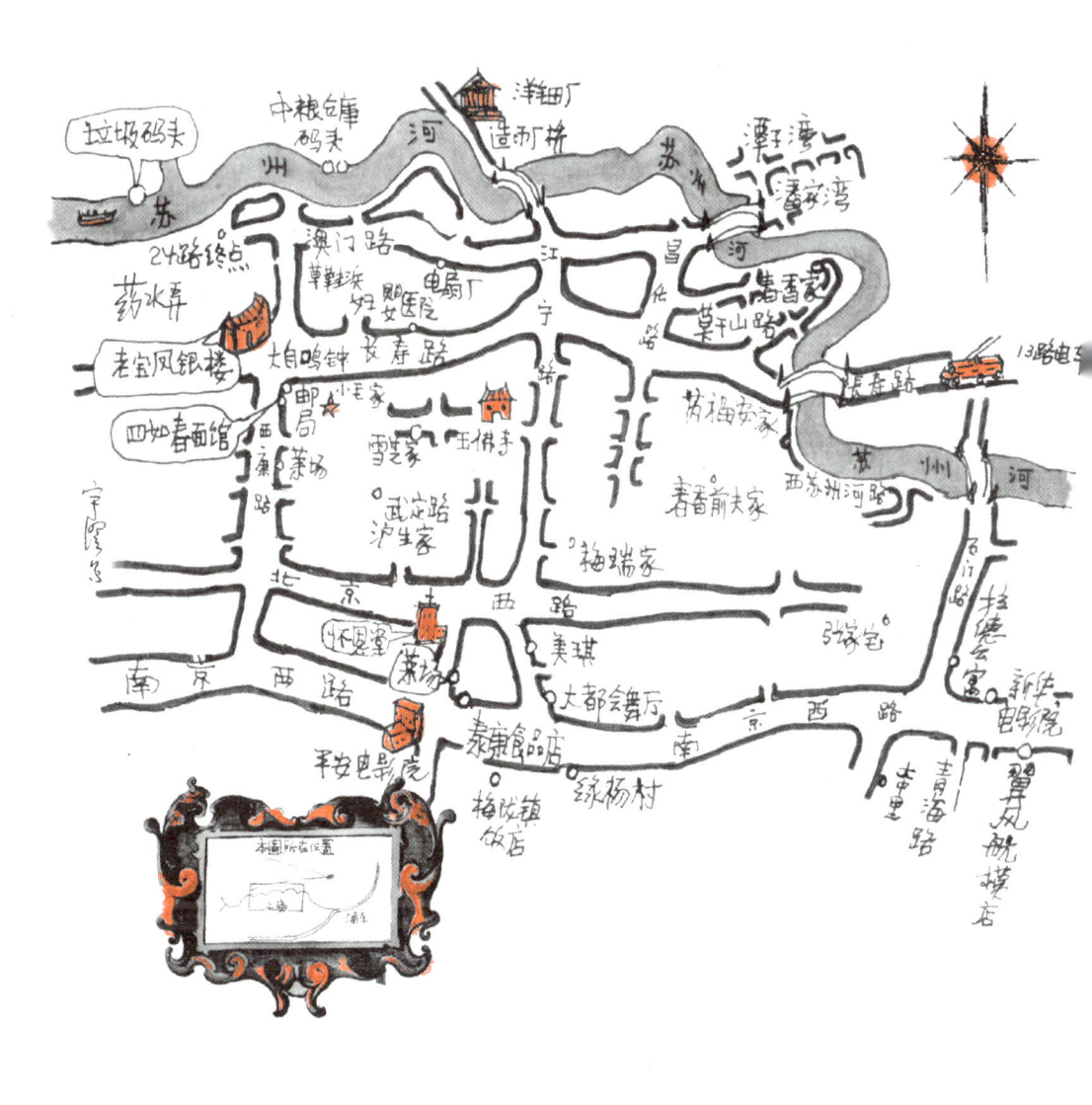

记忆地图的压缩版。我忘记80年代『大都会』舞厅的模样了，记得附近有书场，花圃，靠南京西路转角，伊势丹百货的位置，是一家我常去的旧书店。

开国际考古讨论会,也可以。徐总不响。沪生说,总归有办法。徐总说,老丁觉得呢。丁老板说,我想一想,再讲。沪生说,丁老板不急,身体要紧。徐总说,天无绝人之路,我理解老丁心情,关键阶段,人要放松。丁老板动了一动说_{表示此身已僵硬许久},我先去休息,宝总,沪先生,失陪了。两个用人搀起丁老板,大家起立目送。此刻,唱机不转了,麻雀在屋檐上叫。阿宝有一点窘,却见苏安从一树海棠后出来,换了玫红镶红缎滚边旗袍,梅红绣花缎面鞋,挂一串红珊瑚"悬胸",腕上是珊瑚嵌牙手圈。三人为之惊赏。苏安笑说,小毛的黄故事,讲得老丁摇摇晃晃,也挡不住了。徐总打量说,招摇冶艳,为啥呢。苏安说,国外一个女同学,到嘉定探亲,夜里有饭局,我搭宝总的车子去。阿宝说,顺路的。沪生说,徐总跟丁老板,也一道去吧,三个人到嘉定散散心。苏安说,不可以,夜里的聚会,女同学比较多,徐总去了,要出事体的。徐总不响。

○苏安这身行头,知道的以为是去上吊而且『恶意上吊』。民间说法,穿一身红上吊而死者可无惧红色法器化为厉鬼报复社会。

三十一章

一

阿宝与沪生,每次去医院看小毛,床边总有女客,比如二楼薛阿姨,招娣,菊芬,发廊三姊妹"弄堂贾宝玉"小毛的好姐妹们全伙在此。一天黄昏,两人走出电梯,见病房走廊里,两个女人背身揩眼泪,然后匆匆过来,竟然是兰兰与雪芝。看见阿宝与沪生,两个女人一抖。兰兰纹了眉,打扮得积翠堆蓝,珠光宝气。雪芝已丰腴发福,相貌稍见清雅,也是"潮妇",头发新做,香气十足,名牌鳄鱼皮手袋,鳄鱼皮方跟船鞋。兰兰一顿脚说,雪芝呀,这两个男人,是啥人呀。雪芝只是笑,看定了阿宝,眼神有点复杂。沪生说,长远不见了。雪芝说,实在是巧。兰兰娇滴滴说,两兄弟到现在,还是一搭一档,外面到处瞎混对吧,样子一点也不变,真气人。阿宝说,一样的,两姊妹也是原来样子。兰兰说,瞎讲有啥意思,已经不敢照镜子了,不谈了,名片先拿出来,我请客,几时一道吃夜饭。沪生拿出名片。雪

○ 作者最拿手的"笔下一抖",从卖蛋男人"朝天乱抖",到樊师傅大胖手抖开方钢;从常熟徐总的筷头一抖,到小琴在陶陶怀里发出的抖音,终于进化到双人齐抖了。

△"眼神有点复杂"肯定比"流下了鳄鱼的眼泪"好太多,"复杂"还是寄存在读者心里比较好。

· "堆蓝"在汉语文学中又可做"堆青""堆云""堆中""堆绿"红""堆云""堆中",总之一切可堆,乱堆一气。

▲ 当年互递名片,等于现今加微信,但对于长远不见之人,欲知对方"这些年混成啥样",名片具备一目了然之速效。

批者讲北方话:这是跟鳄鱼有仇。

芝看看窗外，顾盼神飞，似乎只要阿宝移动，就会跟过来。阿宝不响。兰兰看手表说，不好意思，现在有急事，以后再联系。兰兰一拖雪芝，快步走进电梯。阿宝与沪生立定。沪生说，再会。两个女人的香气，表情，颜色，线条，经电梯门切断，变成一整块灰色 关门走人，司空见惯，只略赘数语，隔世感陡然壁立。

两人进病房。小毛放下报纸说，有一对姊妹，前脚后脚，刚刚走。沪生说，走廊里碰到了 方才见两个女人走廊上背身揩泪，事情不妙了。小毛说，多少年不见了，等这次出院，我来做主，请这两个妹妹，到我房间，单独跟阿宝沪生吃便饭，也算老情人碰了头。沪生说，再讲吧，先养身体。小毛说，见了兰兰，沪生想啥。阿宝说，人样子，是有了变化。小毛叹息说，女人经不起老呀，当年我搬出弄堂，等于江湖一场，大家就不联络了，后来大自鸣钟拆光，全部结束 就疗伤及镇痛效果而言，与其人去楼空，不如人和楼一道去了，十年前，有次走进江宁小舞厅，领班讲，三月八号夜里，巾帼专场，小毛一定来捧场，名字已经写上去了 挂牌红舞男了。我问为啥。领班讲，对方既然定了场子，舞厅就有责任，要多备男人，让每个女宾开心，不坐冷板凳，小毛一定要来。我只能答应，到这天夜里，我负责跟几个女人跳，横跳竖跳，半个钟头后，场子当中，碰到了兰兰，实在是意外，兰兰身边，就是雪芝，这天夜里，大家谈谈心，跳跳舞，再去吃夜宵，确实开心，我因此也晓得了，沪生阿宝的老账，跟这两个女人有过一段情分 沪生兰兰当年在理发店的夜间勾当小毛应有所知，世界太小了，两位妹妹，相当念旧，年轻阶段婚姻不顺，最后，总算一样做了合资企业家阔太太，这是后福，好几次，特意到莫干山路看我，常联系，上次我做东请饭，先想到这两个阿妹，可惜不巧，去了巴厘岛 等于旧小说里的"去了爪哇国"。阿宝说，讲得太多，先休息。沪生倒了水,让小毛吃药。小毛说,我现在身体好了,一天比一天好,好多了,兰兰等我出院,准备陪我去泡日本温泉。沪生说,大妹妹消息呢。小毛说,大妹妹,当年是蝴蝶到处飞,结果飞到安徽,翅膀拗断,守道了,生了两个小囡,几年前调回上海,完全变了样,过街楼下面,摆一只方台子,两条长凳,平心静气卖馄饨,卖小笼,不戴胸罩,挂一条围裙,大裤脚管,皱皮疙瘩,头发开叉,手像柴爿,每日买汏烧,已经满足。沪生说,只有兰兰,拖了雪芝,还是蝴蝶一样东飞西飞。小毛说,是呀是呀,离婚结婚,想得透,豁得出,反倒是福报。阿宝说,人等于动物,有人做牛马,天天吃苦,否则吃不到饭。有人做猫做蝴蝶,一辈子好吃懒做,东张西望,照样享福重逢雪芝,有感而发。小毛说,兰兰的老公,生意大,背景比较硬,两幢连号别墅,七个保姆,二十四小时热饭热菜,日夜人来人往,汽车停满,门槛踏穿,打一场麻将,钞票用拉杆箱拖"贾不假,白玉为堂金作马;丰年好大雪,珍珠如土金如铁"。兰兰一直想帮我,到老公企业里坐班,我不响,耶稣讲过,吃素菜,彼此爱,吃肥牛,彼此恨。人命不可强求。现在我做门卫,小股票炒炒,满足了。沪生说,后来呢。小毛说,一次我做夜班,兰兰来电话,要我办护照,五个太太预备去泰国散心,其中有兰兰,雪芝,要我做陪客。我讲,要我抱五个太太跳舞,这把老骨头,三四个钟头还带得动,出国,我就是瞎子。兰兰说,姊妹淘伴去散心,就是想轻松自由当时汪小姐要去乡下散心,也是这个理,身边再有个牢靠男人,一路相陪,就更定心了,想来想去,也只有小毛,其他男人，一个不相信。旁边雪芝讲，全部费用，我老公报销。两个人缠了我半个钟头，我答应了。接下来请假做陪客。第一次坐飞机，比较吓，但毕竟是男人，一路当心女人安全，代拎行李，多讲笑话，确实也有不少笑话 黄的居多，陪五个太太，开开心心到泰国，当天夜里，兰兰拿了一只信封，一张卡片，对我讲，五姊妹现在准备出去，是去女人开销 即"消费" 的地方，小毛也要出去散散心，寻个把女人，轻松轻松。我不响。兰兰讲，此地安全方便，从来不扫黄，放心好了。旁边雪芝讲，小毛是不是童男子。兰兰讲，可能吧。雪芝讲，还是鳏夫 鳏夫童男子，正是小毛最终人设。兰兰讲，不管小毛是鳏夫，还是四鲜烤麸，一看小毛跳舞的功架，会是吃长素的男人吧，初一月半，能够吃一点花素，已经了不起了。我讲，五姊妹夜里出去，我不在身边，实在不放心，外国地方，坏人比较多，当心绑票。兰兰冷笑说，瞎话三千，真要有绑票，我老公会赎吧，巴不得撕票，再讨两个。五个女人笑笑，就走了。这天夜里，我一个人出门，司机一看卡片地址，送我到一个地方，进门就是柳绿桃红，眼花缭乱。后来我点了一个家常女人，进了房间，娇羞莺咽，全心全意，样样服侍。第二天一早，五姊妹坐定吃早饭，要我讲体会。我问五位妹妹，昨天顺利吧，去啥地方了，有啥好节目。五姊妹只是低头闷笑，一言不发。我是老实讲了体会。五姊妹听得津津有味。有个妹妹讲，看上去，小毛先生，一个女人不够的，今朝夜里，多叫几个，两到三个，小毛做一趟皇帝，我负责埋单 足见小毛谈出来的"体会"足够威武雄壮。我讲，阿妹，要我老实讲吧。雪芝说，讲呀。我讲，男人这方面，其实做不过女人，男人做皇帝，一般是死要面子，是摆排场，做不到武则天的程度，比不过

○ 南宋周密《清平乐》："晚莺娇咽，庭户溶溶月。一树桃花飞苒雪，红豆相思暗结。"○此处用来形容泰女发音，倒是再也恰当不过。

三十一章　627

女人的本事。五个太太笑成一团本章开头"积翠堆蓝"及各种变体更为适用于此处。雪芝讲,皇帝因此也死得早。我讲,是呀是呀,男人要长寿,旧书里讲过,先吃五十年"独卧丸"。雪芝听见,写到玻璃台子上问我,是这三个字吧。我讲是呀。雪芝说,纸帐梅花独自眠,男人独卧,女人就苦了。我讲,笨吧,这是讲讲的,有几个男人敢吃这帖药。最后,雪芝还是拿出一只信封。

○典出元人吴莱《三朝野史》:「宋包恢年八十有八,为枢密陪祀,登拜郊台,精神康健。贾似道问有何卫养之术,恢徐徐笑曰:『恢喫五十年独睡丸。』」满座皆哂。

·宋人黄庚《夜坐即事》:「霜气侵窗冷客毡,青要白发老堪怜。光阴明日又明日,世事一年难一年。眼底江山元似旧,胸中风月本无边。道人不作阳台梦,纸帐梅花伴独眠。」

兰兰讲,今朝夜里,小毛最少要讨大小老婆,要圆房。我一吓,哪里肯收。兰兰雪芝发脾气了。雪芝讲,阿哥,铜钿银子,不是捂手汗的,是要用的。我不响。到这天夜里,五姊妹又出去了。我决定去寻昨天的家常女人,过去一看,女人实在多,花花世界,眼花缭乱,只能随便叫了一个,进房间,魂梦馨香,样样到位,等要结束,想不到女人改讲北方话说,老板,大哥。我当时一吓。女人讲,您说说,咱这边比东莞,哪儿更好呢。我笑笑。第二天吃早饭,我如实汇报,想不到五姊妹全部生气了,齐声责怪我眼火太差,脑子有毛病,为啥要点这种中国女人呢,我等于国内旅游,白办了护照,吃了大亏上海式精明。这一段,我长话短讲,五姊妹对我,实在太好了。等我回到上海,门卫几个同事,拉我到一间旧仓库,要我谈谈出国体会,我也老实汇报,结果周围闷声不响,仓库静得吓人。我讲,可以走了吧。大家不响。我起来要走。门卫小组长讲,小毛,真是做人了 上海话,扬眉吐气之意,近似北方话"牛×大了"。我不响。小组长说,要是我也这样潇洒一趟,口眼就闭了。我讲,去泰国,费用还可以。门

△语出明代李日华:『种荷万柄,荫蔽半亩,日夕起居其间,能令魂梦馨香,肌肤翠绿。』

卫副组长说，放屁，小毛多少潇洒，无负担，无家小，看看此地这几只死腔男人的穷相，小图要吃要穿，要读书，还要买房子，如果我开口想去泰国，我家主婆，先就冲上来，掐断我头颈再讲。副组长讲到此地，像要落眼泪。大家不响。我讲，真是对不起，我讲错了，其实，我是借了资产阶级大户的光，耶稣早就讲过了，不贪婪美色，不让女人眼睛勾引，我这次出国，不是做人，是做鬼，做赤佬，将来要报应，要进地狱的。大家不响，气氛才松快一点。我心里真是难过，我想了想，如果春香不死，我也就是有家小的男人了，工厂早就关门，领这点钞票，夫妻大概，也真是天天吵，哪里再有情份，哪里可以出国呢，我的头发，大概早就白了。

○听到在玻璃台子上写"独卧丸"给小毛看的雪芝，再想到当年在玻璃窗上写"棋佬杯频量永，粉香花艳清明"给自己看的同一个人，阿宝心里不会比小毛更好过。

小毛讲到此地，沪生阿宝不响。旁边床位有家属探望，老头子挺尸一样想坐起来，但手绑到床上。老头子叫，妈妈，妈妈呀。沪生说，讲得有荤有素，其实是悲的。小毛说，前几天，小组长来看我，又提到泰国，讲我是做了人，好像我去泰国一趟，心满意足，口眼可以闭，可以去火葬了 朝闻道，夕死可矣。阿宝说，少听这种屁话，现在要少想，多休息。小毛说，医生建议我静养。沪生说，气色好起来了。小毛说，开刀顺利，心态也好，再住几天，我就可以出院了。沪生说，这也太快了吧。小毛说，床位紧张，我姆妈讲，我出院后无人照顾，联系了一家康复医院，先搬过去慢慢养。沪生说，回去，也可以静养呀，让二楼薛阿姨照顾。阿宝说，我一看薛阿姨，就是贤惠女人。小毛说，不怕两位笑，我姆

•此前每次组团出游包邮区，皆是乘兴而来，败兴而还。唯独小毛泰国之行，除了北方话女人略扫兴，全程堪称皆大欢喜，然而还是让"门卫几个同事"小毛的"出国体会"最后陷入莫名肿痛，总归难逃"悲"的宿命。

三十一章　629

妈几次提醒，只要是二层楼的女人，小毛就要警惕，以前二楼银凤，招娣，现在薛阿姨，我姆妈一直有疑心。阿宝不响。沪生说，老娘思想太复杂，薛阿姨一把年纪了，会有啥事体。阿宝说，二楼女人如果全部有问题，上海要造反了。沪生说，楼上楼下，孤男寡女，擦枪走火。小毛压低声音说，我哪里会，薛阿姨，六十朝上的女人了。沪生说，看上去五十出头。小毛说，阿姨的男人死得早，谈过几次，最后谈了一个离休干部，结果也吵翻，现在是死心了。沪生说，男女谈到感情，问题就来了 所以，至少在沪生父母的单位，男婚女嫁，统称"解决感情问题"。小毛说，是呀，老干部，讲起来两袖清风，认真算一笔开销账，七七八八一加，就算朴素到房间里剩一只痰盂，国家开销的钞票，照样成千上万，但是"但是"似为"因此"之误薛阿姨喜欢，答应面谈，第二趟见面，大热天，薛阿姨回来讲，是皮肤太敏感，吃不消，因此结束了不着一字，尽得不风流。沪生说，两个人是去游泳。小毛说，是去夜公园西康路三角花园，正是当年兰兰沪生夜间出没地，薛阿姨穿裙子，端端正正，到树林里一坐，老干部不谈思想情操，不谈革命故事，坐五分钟，就搭了薛阿姨的腰眼，称赞薛阿姨皮肤滴滑，阿姨一吓，跳起来就逃回弄堂。薛阿姨讲，腰眼这块皮肤，已经太平好多年，老干部的手势，黏嗒嗒，像一条蛇，阿姨一身冷汗，这只老头子，讲起来参加革命早，一脑子是女人。沪生说，老干部有几等几样，做这种动作，已经算有情调，有思想了。小毛

○潘金莲一枝竹竿打到西门庆头上，原作里明明偏把两人都在一楼，电视剧偏把女方搬上二楼，莫非也是要刻意形成某种"空对地"的张力不成。

△沪生意思是，能一把准确搭到腰眼位置，搞"精准打击"而不是乱摸一气之师。

▲今古小说，每有提及腰眼，多为男男斗殴时被饱以老拳之处，唯一涉及女性，还不是人，而是盘丝洞妖精："原来那女子们只解了上身罗衫，露出肚腹，一个个腰眼中冒出丝绳，有鸭蛋粗细，骨都都的，迸玉飞银时下把庄门瞒了不题。"

630　繁花〔批注本〕

说，腰眼有啥关系，薛阿姨太容易紧张，后来。沪生说，啊，还有后来。小毛放低声音说，从此腰眼里就不适意论搭腰眼功力，江宁路舞厅挂牌红舞男可当仁不让。阿宝说，说书先生，尽量放噱。小毛说，真事体呀，老兄弟面前，我只卖阳春面，不加浇头意思是百分百干货，有啥讲啥。有天吃了中饭，薛阿姨进来对我讲，小毛，阿姨腰身不适意，帮阿姨推拿。我讲，阿姨，我不懂推拿。薛阿姨讲，人人晓得，小毛学过拳头，弄堂里，爷叔阿爹，头颈别筋，落枕，漏肩风即肩周炎，小毛弄过多少次，阿姨一本账，为啥阿姨身体不舒服，小毛就偷懒，对阿姨有啥意见。我摇头讲，无啥意见，我是三脚猫，不正规的。我一面讲，一面立起来。这天整幢房子里，只有我跟阿姨两个人，穿堂风阴凉，阿姨走进房间，我觉得正常，但是嗒的一响，阿姨锁了门，我觉得不对了有经验，当年在二楼就被银凤锁过一次。阿姨进了后间，我跟进去，地方太小，大床旁边，只有两尺距离。我讲，阿姨啥地方不适意。阿姨撩开衬衫讲，腰眼连到大腿，酸是真酸。我讲，阿姨，还是请到外面大房间，骨牌凳上坐稳，刮痧，还是推拿。阿姨说，外面太亮，我难为情，还是此地吧。阿姨讲得有理，后间比较暗，床上一张篾席，静一点，阴凉。我讲好吧。刚刚讲了这句，阿姨的衣裳，撩到胸口以上，下面褪下去，褪到小腿。我‧吓讲，喂，阿姨，阿姨。阿姨不响，横到床上，背朝上，全身摆平，肩胛一直到膝盖，全部是光的。我吓得要死。小房间暗，老席子酱油颜色，当中雪白一段，好比半夜三更，淘箩里摆了一段藕，一段山东

○少读《西游》每至盘丝洞一回，孙行者偷窥女妖精淴浴时，有诗为证：「褪解纽扣儿，解开罗带结。酥胸赛冰铺，玉体浑冰结。肘膊赛冰铺，香肩疑粉捏。肚皮软又绵，脊背光还洁。膝腕半围团，金莲三寸窄。中间一段情，露出风流穴」，批者对「风流穴」半解，「知者自然百思不得其解，及至读到薛阿姨脱衣，方悟「中间一段情」为何则，「中间一段情」为动态之下的某种情态，动之以情。

三十一章

白萝卜，一段刀切馒头。眼前这一段，雪雪白，看不到一粒痣，看不出年龄 丰年好大雪。我心里穷跳，表面无介事。我讲，哪里酸痛呢。阿姨讲，动手呀 阿姨爽快，"豁得出"。我揿上去问，此地是吧，对吧。我心里问，现在哪能办，哪能办，我这是寻死，作死。沪生说，哪能办。阿宝说，不晓得哪能办 这两记边鼓敲了等于没敲。沪生说，后来呢。小毛看看周围，放低声音说，我想来想去，跟自家讲，小毛不是这种人，见得多了，要静下来，小毛是有经验男人，至真男人，不作兴，不可以。沪生说，讲得越来越轻了，响一点好吧 放得一口好喉。小毛吃一口水，看看四周说，做人难到这种地步，等于一个人，饿了三四天了，面前摆了一条刀切馒头，发得又松又软又白，可以看，可以动，可以吃。但我绝对不可以吃。思想要转变，要戒。实在难，难到我咬牙切齿，眼看精白馒头，脑子要转变，硬要看成一块桐油石灰，一段石膏像，白水泥，我苦头吃足，我这种情况，阿宝相信吧 这种情况，等于弄堂里修白骨观。阿宝说，相信。小毛说，沪生相信吧。沪生说，太为难了，这种故事，造不出来的。小毛说，我一面推，一面揿。阿姨哼起来。我讲，阿姨不要响，不要发声音，外面听见了。阿姨讲，整幢房子，只有两个人，不哼出来，我不适意 上海话，不爽、不自在。沪生说，要死了，唐僧也经不起这种考验。小毛说，我只能不响，分心去想隔壁苏州河，想过去香烟牌子，水浒一百单八将，一个一个背，想到呼保义，揿一记，想到九纹龙，弄一记。后来上下推拿，背脊骨推到大腿，照规矩上下两记，我想语录，一不怕苦，两不怕死。我娘讲了，一想到领袖，眼目光明，春香讲过，偷的水是甜的，偷的饼是酥的，困难中，只有求告上帝。

我有啥办法。如果我一走了之,也就好了,我心里只背上帝两句,我怕啥,怕啥,弄得我一身汗,我容易吧,我觉得好了,光明了,思想转变了,可以做雷锋,可以不近女色。推拿医生,看来是最苦的职业,结果,我弄了三十多分钟,必须不停推,拿,问,让阿姨有面子,后来,阿姨不响了,一声不响。我讲,阿姨,可以了,可以起来了。阿姨一声不响 <u>从响到不响,从想到不想</u>。我走到外间,等了一歇,阿姨穿好衣裳出来,闷声不响,面色不好,低了头,开门出去,哐的一关门,就走了,谢也不谢一句。三天里,薛阿姨见了我,根本不睬。小毛停下来,吃了一口水。沪生不响。阿宝也不响。护士进来发药。走到旁边床位,老先生挺尸一样要坐起来,手绑到床上叫,妈妈,妈妈呀。沪生说,小毛万一忍不住呢,其实,年龄不是问题。小毛说,薛阿姨四个女儿,个个厉害,经常回娘家,包括四个女婿,见了我,本就是面孔铁板,板进板出。如果有了这种故事,阿姨的脾气,也不了解,万一天天要推要拿,要嗲要叫,天天要做,我等于<u>顶石臼唱戏</u> 歇后语,吃力不讨好,女儿女婿八个,弄堂里老老小小,这一大批人是啥反应,有啥好结果,我跟我的姆妈,如何交代,以后,难做人了 当"嚣得出"女遇上"豁不出"男,做人,要多少楣梯就有多少尴尬。

关梦蔡宋人《东莱吕居仁诗话》卷二有此高论:「诗每句中须有一两字响,响字乃妙。如子美『飞燕受风皆』『身轻一鸟过』『过』字『受』字皆响字也。」

○再叫就是诈尸了。○弱于『不响之响』,

二

沪生接电话。梅瑞说,沪生现在忙吧。沪生说,是梅总啊。梅瑞说,又不是陌生人,叫我梅瑞 果然是一名之立,旬月踟蹰。沪生说,

三十一章 633

有啥吩咐。梅瑞说，请教一点私人事体，嗯，就是我离婚的遗留问题*总结得高屋建瓴*，有空吧。沪生说，是谈小囡问题*归纳得一针见血*。梅瑞说，也可以讲。沪生说，这要面谈了。梅瑞说，先问几句。沪生说，我现在忙，下午我过来吧，顺路的，谈半个钟头，就可以了。梅瑞说，真要面谈呀。沪生说，是的，我不收费。梅瑞笑笑，沉吟一刻说，非要去外面谈。沪生说，我现在忙。梅瑞沉吟，有点迟疑说，要么，三点钟。沪生说，好，讲个地方，我过来。梅瑞沉默许久说，要么，虹口天鹅宾馆可以吧。沪生觉得远，也只能答应*不只觉得距离远，觉得离梅总"档次"距离更大*。○赵丹1937年电影《马路天使》台词："他妈的，打官司还要钱！"上海人都懂的。

　　这天下午，两个人见了面，梅瑞情绪不高，一身名牌，眼圈发暗*眼圈导致名牌有奥特莱斯气色，不愿面谈之原因*。沪生说，路上堵车。梅瑞说，不好意思，选了此地，我是来看小囡，前夫就住前面北四川路*掩饰*。沪生说，嗯。梅瑞说，当时结婚，我住进北四川路夫家，关系不好，搬回新闸路。沪生说，这我晓得。梅瑞说，再后来，新闸路房子脱手，买进延安路房子*一路向南，朝上只角方向不断推进*，小囡归前夫，我最近想想，这等于我净身出户，不大甘心。沪生说，前夫是一般职工，长病假，又不是老板，除了房子，还有啥家当。梅瑞说，我想分割前夫的房子。沪生说，时段不对，也缺乏理由。梅瑞说，沪生有办法，代我想想。沪生说，照梅瑞目前的身家，还有必要吧*先摆上台*。梅瑞说，我是女人，气不过嘛。沪生说，上次大请客，康总提到梅瑞买房子，装修情况，相当了解，康总讲啥呢。梅瑞说，这个人，我不谈了。沪生说，大请客闹得一塌糊涂，据说梅瑞酒醒了，就跟康总吵一场。梅瑞摇手说，一听这桩事体，我就头昏，不讲了好吧。沪生说，当时选饭店，定桌头，康总操办，还是到位的，客人稍微乱一点，是局部，整体是顺利的。梅瑞说，我不想谈这次吃饭，这个人了。沪生说，除非，是康总吞了一笔费用 一口咬牢康总。梅瑞迟疑说，讲一句比较私人的话题，这个康总，以前好多趟，想动我的脑筋，最早一趟，是去春游，当时我认得了康总，两个人单独散步，走到野地里，康总就想动手动脚，幸亏来了朋友，回上海后，一次一次约我，要见面，看上去随便谈谈，其实一直想勾引我。沪生说，既然明白，为啥还来往 穷追不舍。梅瑞说，人家有手段嘛，经常灌我迷魂汤，表面自然，其实是"包打听"，我房子事体，姆妈事体，生意事体，我所有的矛盾，我样样不想讲，但经不得问，也就是挤牙膏了，我每次让康总捞一点便宜，吃一趟豆腐，每趟结束，我就后悔 自我洗白兼示好沪生。沪生说，男人喜欢女人，这种情况，正常的 四两拨千斤。梅瑞说，我不想谈这个男人了，现在我是问沪生，我前夫房产，还可以追诉吧，有权利吧。沪生说，已经结案了，退一万步讲，最多是希望对方，道义上考虑，做一点弥补，这也要看双方条件。梅瑞说，啥叫道义 大哉问。沪生说，夫妻一场，求一点同情，但是按照梅瑞的身家，要求前夫二三十平方的分割，传出去，就是笑话。梅瑞不响。沪生说，我不禁要想 准备戒断"不禁要问"之改"不禁要想"了？，前夫也会提出呀，也要求梅瑞的公司家当呢，再讲，离婚前后，房产交易有记录，女方名下，是有房子的，男方，也已带了小囡，缠七缠八，毫无意义了。梅瑞说，假使 坚持，我延安路房子不存在了呢。沪生说，我已经讲了，一有记录，二已离婚，不可能了，梅瑞生意做得好，呼风唤雨，再提这种毛毛雨 即广东话"湿湿碎" 要求，是心理有问题了。梅瑞说，我不懂。沪生说，富家小姐，富婆，家产几辈子吃不光，出门喜欢小偷小摸，偷袜子，偷口红，几天不偷就难过，是一种

三十一章　635

病,照理讲,现在梅瑞,非但不应该讨房子,是送房子,讲起来离了婚,做娘的,起码要送亲生小囡一套房子吧 先戴一顶高帽子再说。梅瑞说,康总也是这样讲的。沪生说,还是问了康总。梅瑞说,是通了电话 意思是只打电话没见面,"待遇"不如沪生,康总只讲大道理,跟沪生一样。沪生说,女人工作压力太大,心就要静,做有氧运动,做做热瑜伽。梅瑞低头,忽然落了两滴眼泪说 有氧运动和热瑜伽此刻相当催泪,康总以前,一直对我眉花眼笑,当时我辞职,离婚阶段,经常安慰我,现在,康总朝南坐,翻面孔比翻牌还快。沪生不响。梅瑞说,勾引良家妇女不成功,开始装聋作哑。沪生说,任何的讲法,要有证据 假痴假呆。梅瑞说,沪生一定是怀疑,我跟康总有肉体关系。沪生说,我做律师,不做推测,只相信证据。梅瑞说,哼,男人就是轻飘飘,不负责任,沪生也一样。沪生说,啥意思。梅瑞说,过去跟了我吃咖啡,坐电影院,动手动脚,后来到新闸路房子里,做过多少昏头事体,全部忘记了 忽然翻旧账。沪生说,啊,现在是谈前夫,谈房子,还是谈我。梅瑞说,我讲得有错吧。沪生说,为啥跟我分手呢,谈谈看。梅瑞不响。沪生说,因为想接近阿宝,对吧 本章节骨眼在此,上眼。梅瑞朝后一靠,手一摇说,不许讲,不讲了,唉,这真是一个无情世界,女人有了难,周围就冰天雪地,只配吃西北风了。沪生说,大概是"早更"了,更年期提早。梅瑞不响。忽然低头哭了一声,抽出纸巾,揩眼泪说,不好意思 有氧运动热瑜伽催泪,"早更"则逼出哭声。沪生叹气说,房子事体,毫无胜算,想开点。梅瑞说,最近,我一个月,像过了十年,我讲出来好吧。沪生不响。梅瑞说,沪生,我老实讲,梅瑞我现在,已经全部坏光了 即"败光",西北流水线,加上连带项目,小开融资,圈款子的情况,已经漏风了,捉了不少人,估计要吃十多年牢饭。沪生一吓。

梅瑞抽泣说,现在,我全部坏光了,我的面子衬里,样样剥光,我等于,是一个赤膊女人了。沪生惊讶说,变化太快了。梅瑞说,我已经无家可归,所以,只能回前夫房间里落脚,我的小囡,我的阿婆,天天要我滚蛋。沪生说,延安路房子呢。梅瑞说,一言难尽,我哭的,就是这套房子,两个月前,当时公司风平浪静,我姆妈跟我讲,因为母女矛盾不断,决定先回上海,上海这间小房子,预备出手,买一套大面积养老,我当时讲,随便,可以呀。结果,姆妈到上海,马上低价卖出延安路房子,加了一生积蓄,通过地下黄牛,转移到日本,人立刻赶到香港医院,看望我外公,动足了脑筋,安排外公出院,转到同乡会养老院,外公的一家一当,包括存款,房产,我姆妈的结婚新房子,想办法全部变现,讲起来好听,代外公保管,做一次利好投资,资金全部打到东京,然后,我姆妈一走了之,六天后,西北公司就崩盘了 天要下雨,娘要走人 。沪生说,厉害的。梅瑞说,我后来搞明白,并不是姆妈举报,是有预感,这个案子,已经暗查一段时间了,我跟小开,屁也不懂一只,仍旧是到处交际,笑眯眯一无所知,姆妈有感觉,公司是一只灯笼壳子,迟早会烧光,表面不响,提前滑脚走路,卷走所有财产,六亲不认。梅瑞说,外公现在蹲进养老院,生个如死,前天来申话讲,想来想去,觉得我姆妈一辈子,对我外公,心里全部是恨,外公即便再想修复,父女分开二十年,我姆妈完全是淡漠了,只有恨,再加我不懂道理,跟小开走得太近 "再加"二字巧妙为自己开脱 。沪生说,我不禁要问,近到啥程度 恶趣味,恶趣味 。梅瑞说,打听这种私人事体,有意思吧,我不想讲,不讲的。沪生不响。梅瑞说,想想我姆妈,以前每一次哭,小开就讲,老太婆又作

○ 棺材已经空了,乌铁墨黑,我外婆,等于孤身一个死人,光溜溜一根阿鱼了。绍兴阿婆上身。

○ 滑脚,旧上海拆白党黑话,意思是"开溜",等于北派《唇典》之"扯乎"。

三十一章

了,乖囡,跟我出去,我就跟小开出去,花天酒地,新衣裳不穿第二趟,姆妈全部看到眼里,所以,早就不相信所有人了,现在,当然杳无音信,死人不管,只管自家,香港养老院里,外公天天落眼泪,毫无用场了,做人,多少尴尬轮到小毛娘上身。沪生说,公司方面呢。梅瑞说,捉进去一批大人物,平常高高在上,像模像样,吆五喝六的男人,进去后,一个一个,马上放软档上海流氓切口,即北方话"怂了",我态度最硬,关键情况,我一声不响,康总讲我是笨,现在出了问题,我照样一根筋,我有骨气。沪生说,大人物捉进去,认罪悔过了,组织上就拍一集内部宣传片,召集广大干部观摩,片子里,人人痛哭流涕,悔不当初。梅瑞说,是呀是呀,我最搞不懂了,原本多少威风的男人,面孔说变就变,牢衣一上身,认不出来了也是人靠衣装。沪生说,牢饭不好吃,外地某某牢监,跟旧社会差不多,犯人如果摆威风,马上就"吃馄饨"。梅瑞说,啥。沪生说,手脚捆成一团肉,绑个三天,就哭了,或者"练手筋",吃饭不开铐,夜里呢,"看金鲫鱼"。梅瑞说,啥意思。沪生说,抱紧一只臭烘烘的小便桶,必须抱到天亮。梅瑞说,讲了半天,沪生想讲啥。

○无论如何,此乱入之『抱瓮』意象有助于反衬出『有机械者必有机事,有机事者必有机心。机心存于胸中,则纯白不备。纯白不备者,则神生不定;神生不定者,道之所不载也』。沪生说,这批领导人,进了牢监,待遇当然好一点,但吃牢饭之前的规矩,几百年不变,照例先"堆香","摆金"。梅瑞眉头皱紧。沪生说,就是大便,小便,自家解决干净,然后,浑身脱光,过去提篮桥也一样,夹头夹脑,浇一桶臭药水消毒,然后蹲下来,犯人屁股翘高,仔仔细细,挖一次肛门。梅瑞说,啥。沪生说,人身这一块地方,最有巧嵌真真是"巧嵌本嵌",可以私带种种名堂,包括毒药,刀片。梅瑞说,瞎三话四。沪生说,万一关进去,当夜就自杀,麻烦就大了,因此呢,再神气活现的大领导，超级大户，先脱光了屁股，"后庭花"一撬，做男人，这样一弄，还有啥自尊心，威风扫地，只能哭了这一轮"外插花"犹如一把把软刀子，每一刀都插中梅瑞软肋。梅瑞叹一口气说，我还好，还算文雅，问了我两趟，就放出来了。沪生叹息说，梅瑞的情况，我了解了，还是面对现实，急也无用，可以想想办法，重新做外贸，让阿宝也想想办法。梅瑞说，我情愿跳黄浦上海本帮寻死法。沪生说，面对前夫，只能以情动人了，前夫有老婆吧。梅瑞说，身体不好，哪里来老婆。沪生叹气说，目前，梅瑞只能随便小图，婆阿妈，要骂不还口，打不还手了，夹紧尾巴做人，以后，会好起来的，因为是上海，样样奇迹会再有。梅瑞一抖一击即中，一中即抖，立起来，尖叫一声说，啥。此刻，宾馆大堂，只有两台客人，保安立刻走近来看。沪生说，轻点呀。梅瑞说，我的好年华呢，我过惯的好生活呢，我哪能办，哪能办怎么办。沪生说，轻点轻点。梅瑞说，我为啥呢，现在，我天天做大脚娘姨，每天买菜烧饭，换尿布，服侍北四川路全家老小，手一伸，已经像老薑，我就想死了。沪生说，啊，还要换尿布，前夫有小图了。梅瑞说，前夫瘫到床上，大小便要服侍吧。沪生叹气，想了想，从皮包里拿出一只信封说，我再想想办法，数目个多，先收下来。梅瑞拿起信封，朝沪生身上一掼说，我见过多少市面，见过多少铜钿银子，现在做这场噩梦，我真不想活了。梅瑞开始解衬衫纽扣。沪生一慌说，做啥，做啥。梅瑞说，我浑身发热了，全身出汗了这是要当场示范"赤膊女人"了。沪生说，轻点呀。梅瑞说，我要死了，我不想活了，我变瘪三了，我现在只想去

○钱锺书尝论『骂』与『劝』之厉害：『骂是一种公道的竞赛，对方有还骂的机会；劝则不然，先用大帽子把你压住，无抵抗地让他攻击，卑怯不亚于打落水狗』。

•当年邮政车上，沪生曾经目睹的无数信封，此刻早已丧失了原义。

△『信封』随手一掼就有，而且『尺寸』到位，莫非有备而来？细思恐极。

三十一章　639

死，沪生，我已经是上海滩最吓人的女瘪三了。小开就是小开的命，命中注定吃不起这一桌西北大茶饭；梅瑞就是梅瑞的心，心机和心智之间落差过大，弄巧难免成拙；小开老婆梅瑞娘，则或成全局唯一赢家，却也是劫了浮财，断了六亲，自损八百；至于局外人沪生，循循善诱，有意无意，一句句逼梅瑞一层层自揭遮羞布，数轮攻防下来，最后搞到"赤膊相见"，大家难看。众芳芜秽，美人迟暮，繁花凋零，尾声近了。

○ 说人『瘪三』，分量可轻可重，或重如泰山而厉于斥，或轻于鸿毛而近乎嗔，一旦加个『女』字，则画风突变，不啻五岳三山压顶，没有最重，只有更重，惨似北方话『女光棍』之于『光棍』；前缀再以『最』字已属可有可无；『吓人』二字，不堪之甚，以至于『女瘪三』自道，简直万劫不复，义无再辱。
○ 全书十大痛语之一。

尾 声

　　早上十点，大家陆续走进沪郊一座庵堂。黄梅天气，潮热难耐。众人到接待室落座。不久，阿宝也到了。庵貌蔼然，李李立于门前挥手，阿宝心里想哭。康总清早来电话，通知阿宝参加剃度仪式，阿宝揩揩眼睛，以为康总开玩笑（李李出家消息选择康总出面通知，有讲究）。现在见李李神色笃定，人样清瘦（减肥月余之成果），长发披肩，一身运动装。阿宝不响。李李笑说，进去坐，大家已经到了。阿宝呆滞说，为啥要出家。李李说，轻点轻点。阿宝说，太突然了。李李微笑说，真不好意思，照规矩，要亲人到场，我只有上海朋友，阿宝就算我亲人。阿宝不响。李李说，另外，来宾各位，要破费五十元红包钿，已经讲过了，仪式结束，留大家便饭（到底是餐厅老板娘出家）。阿宝说，接到这种电话，我根本想不通，最近一直出差，我哪里晓得李李的情况。李李说，有人猜我去了新加坡，跟男朋友去巴黎，威尼斯。阿宝说，徐总的电话里讲，李李失踪一个半月了。李李不响。阿宝说，早就应该告诉我，还有呢，比如带发修行，比如做修女，至少也可以留头发（劝入尼姑庵做修女，诳语之诳也且）。李李

（按佛门现行通用剃度规矩，流程第五有『辞亲』一项：『欲出家者着本俗服』，拜辞父母尊亲等讫，口说偈云：流转三界中，恩爱不能脱，弃恩入无为，真实报恩者。说此偈已脱去俗服。』是故李乃是专门邀请亲友前来被她『辞谢』的。）

（以陶陶卖蟹之秋始，李黄梅天剃度终，期间不满四季光景，纸上已恍若百年。○以剃度前最后一套俗家行头而论，运动装堪称得体，到底见过大世面，不服不行。）

尾声　641

说，我父母弟弟，笃信佛菩萨，阿宝应该懂了。阿宝说，出家，也就是绝财，绝色，绝意了。李李说，红尘让人爱，也会让人忌。阿宝不响。李李嫣然说，不讲了，此地，我以前就经常来，已经拜了剃度师"请师"为剃度程序第一项。阿宝说，决定这天，就应该告诉我呀。李李说，是突然来的念头，毫无预感，我带了几个美国朋友，从常熟回上海，这一天，是灯短夜长，我忽然觉得透不过气来，半夜十二点，我跟阿宝打电话，但关机。阿宝说，啊。李李说，其实通了电话，也不起作用。我跟康总打电话，通了，讲几句，毕竟不熟，无啥可讲。我心里想，这桩事体，逼过来了"逼"字逼人。阿宝说，啥事体。李李说，出家呀，我想过多次，这夜觉得，再不做决定，我就要死了，立刻就出门，叫了一部车子去散心，到处乱开，开到虹桥机场，淀山湖，青浦城厢，再去嘉定，司机吓了，不晓得我为啥，怀疑我痴了 逆向的红拂夜奔，一直开到早上四点半，经过此地，忽然捉到了救命稻草，我心定了，天也亮了，加倍付了车钿，敲门，尼姑开门，一脚跨进庵来，一切太平，我懂了，这一天总算到了。阿宝不响。李李说，到庵里一个月，每天用不着打电话，一早四点钟起来念经，然后是种菜，吃得进，睏得着，我全部做了准备。阿宝不响。李李说，我不想多解释，因此请康总通知大家，其他人，包括汪小姐，常熟徐总等等，就不请了，晓得阿宝是忙，这种事情，一般人是嫌避的，但一早起来，我还是想到了阿宝，我晓得，阿宝是我最亲的亲人，应该来 阿宝之外这许多人，俱是电灯泡，只只15支光。

○寅时，夜日交替，寅主木气，卦象为体可生用，此时人有各种症候如心惊、肉跳、耳水生木，有食神，指轻视、鄙薄、蔑视、鄙热或打喷嚏者，皆为吉兆，夷其民，动以礼治。"○唐代韩愈《柳州罗池庙碑》："柳侯为州，鄙"，疑是"鄙夷"音讹。△上海话"嫌弃"，此处有"忌讳"之意。又可做"鄙主艳福、口福以及友聚。

●照规矩，求出家者需留院观察一年半载以上，经僧众羯磨（梵语karma）之后方获准正式剃度。

此刻，一个小尼走近，与李李讲几句。李李说，阿宝，为我开心一点。车子来了，我去接慈一方丈。阿宝目送李李出庵门，走进接待室，见了沪生，康总夫妇，秦小姐，章小姐，吴小姐等人。方才是单独接见，规格高。康总说，我真不懂，出家做尼姑，为啥要请老和尚参加。沪生说，女子学校，为啥男人做校长。秦小姐说，留了头发，踏上红尘路，嫁个老公不受孤。不搭界之人又开始说不搭界的话了。阿宝说，嘴巴清爽一点，佛门事体，不要胡言乱语。拿这两个不晓事的出气。大家不响。阿宝发现，茶几上摆了一只大花篮，插满血血红的玫瑰，耀目欲燃。阿宝一惊说，这是做啥。吴小姐说，李李特地要我买的。阿宝说，搞错了吧，李李喜欢康乃馨。康总说，李李看到花篮了，笑眯眯。李李除魅完毕。阿宝说，我这是做梦了。秦小姐说，此地就是发梦的地方。章小姐压低声音说，听朋友八卦，前几年，外地有一个当家大尼姑，突然私奔了，严肃的说法是"非法还俗"，大尼姑从小是孤儿，庵里长成廿五岁，碰到一个中年背包客，结果两人讲讲谈谈，隔天一早，跟了背包客就走了，男女发昏期，一般九周半，庵里长大的女人，其实过不惯红尘生活，四个礼拜，就分手了，接下来，螺蛳缺了壳，多少孤独，再想回庵里，山门关紧，不会开了。康总说，罪过罪过。沪生说，阿宝，我讲讲旧社会，可以吧。应是看了阿宝脸色。阿宝不响。吴小姐说，讲呀。秦小姐说，沪生搭架子。沪生说，是听小毛讲的，遵守清规的尼僧，旧社会叫"清蒲团"，不守清规的呢。秦小姐说，"肉蒲团"。懂得多，接得快。沪生不响。秦小姐说，尼姑有了相好，叫"好人"，跟和尚定情，叫"收礼"，有了私生子，叫"状元公"。阿宝大怒说，喂喂，规矩懂吧，这种豁边 离谱 的龌龊名堂，今朝少啰嗦，少讲。大家不响。章小姐说，吓我一跳，做啥，生葱辣气的。阿宝不响。半个

尾声　643

小时后，李李陪了八十岁的慈一方丈进来。大家起立。方丈客气表示，想与各位座谈片刻，了解各位亲友的情况。李李一一介绍，提到阿宝，沪生与康总的身份，方丈严肃起来，讲北方话说，各位，今天的事儿，不必外传，本僧说明一点，李小姐出家，与我没"没"字后面加个"得"，效果更佳任何关系，各位明白，她是出于自愿，当然了，遁入空门，要弘法为家务，利生为事业，四弘四愿，培植道心，不忘初衷，不退初心，是这样，是这样的 等于宣读了庙方免责条款。方丈一面讲，不看李李。大家无啥可讲，四下沉静，落一根针也听得见。后来，阿宝的手机响了，章小姐也出去回电话，方丈从袍袖里摸出手机接电话 一发绝倒。然后，一个老尼近身轻语几句，方丈说，时辰到了。于是全体起立，鱼贯走出接待室，来到庵堂正殿，跨进门槛，宝光庄严，大家立定，尼众伫立两侧，大唱香赞，钟鼓齐鸣，求度者李李，先到莲座前献花，礼佛，一篮玫瑰盛开，火红热烈，李李辞谢四恩，向南四拜，向北四拜 北四，辞谢天地君主；南四，辞谢父母师长，一一如仪毕。方丈居中，李李随后，佛乐再起，诵经之音绕梁，嗡嗡然。一小尼端来木盘，上有发剪一把。方丈镇定自若，转身面朝李李，两人一立一跪，方丈语之再三，进入正式剃度的语境。阿宝与大家立于堂口，听不清具体字句 大致是口授三皈五戒，眼前的场面，混合到西方电影里，等于李李的回答，我愿意。再答，我愿意。现实也许更简洁，更是繁复。阿宝看不到李李的嘴唇，一

○坐，请坐，请上座。○方丈年事与见识之间有落差，庙不大。

△梵语『僧那』，即四弘誓或四弘愿行、四弘行愿，或称总愿：一众生无边誓愿度，二烦恼无数誓愿断，三法门无尽誓愿知，四无上菩提誓愿证。

·老式理发店师傅开苏北腔，各地寺院的通行『官话』也是『广陵腔』，后者缘故待考。

▲香赞，佛门课诵，不是法国香颂，赞诵佛菩萨及佛陀教法之殊胜，赞词原文：『炉香乍爇，法界蒙薰，诸佛海会悉遥闻，随处结祥云，诚意方殷，诸佛现全身。南无香云盖菩萨摩诃萨』。

篮血血红的玫瑰,开得正盛。香烛气,混同了梅季的热风,袭入殿堂,卷来田野气味,树上一声鸟鸣_{鸟惊心}。阿宝默立,努力体验这种场面,然后,梵音大作,由弱至强。沪生动一动脚_{到底革命军人家庭出身,此时浑身不自在}。方丈取起剪刀,拈了李李一缕顶发,再次询问。经文响器的声浪涌升,尼众合唱,听清了一句,金刀剃下娘生发,除却尘劳不净身。方丈剪断这缕青丝,放入盘中,剪刀放入盘中,离开_{开业典礼剪彩仪式既视感}。两名小尼扶了李李,拥到殿东入座,诵经声密如骤雨,一位老尼,手执理发电刨,立候多时,此刻帮李李围了白布,五分钟,剃尽烦恼,到屏风内更衣,再扶至莲台前跪拜,众尼诵经文,鼓磬大震_{流程倒数第二项,发愿、礼祖}。阿宝看定了李李背影,李李的侧面。佛菩萨莲台之前,朵朵血红的玫瑰,李李的鬓影,衣芬,已属遥远。观礼毕。大家退场,李李立于大殿正中,身态有些臃肿,像矮了一些_{新剃头,矮三分〇十尧九俏},逐渐踱过来,不习惯步态_{海青大袍刚上身},轻声邀大家去饭堂用斋。阿宝与李李,四目相对。阿宝说,一切可以解决,有的是时间_{哀莫大于心不死}。李李漠然说,女人觉得,春光已老,男人却说,春光还早_{你一言我一语,皆似自言自语}。阿宝不响。李李双手合十,讲北方话说,宝总,请多保重。阿宝 呆。李李也就转了身,独自踱进一条走廊。阿宝不动,人在下风,若嗅微芳,看李李的背影,越来越远,越来越淡薄,微缩为一只鸟,张开灰色翅膀,慢慢飘向远方,古话有,雀入大水为蛤。阿宝觉得,如果李李化为一只米白色文蛤,阿宝

○《六祖惠能剃度时所作,名为《剃度》。

△忽然开国语,一是以北方语系广陵腔宣誓此身已入佛门,二是以示庄重。

○《礼记·月令》:"季秋之月,鸿雁来宾,雀入大水为蛤。"月令七十二候之寒露第二候,飞者化潜,阳变阴也。

・宝总,尤其是沪生之意识流可奔流到大自鸣钟小毛楼下理发馆。

▲阮籍《咏怀》之十五:"修容耀姿美,顺风振微芳";张九龄《苏侍郎紫薇庭各赋一物得芍药》:"仙禁生红药,微芳不自持。"

尾声 645

想紧握手中，再不松开，但现在，阿宝双拳空空。庵外好鸟时鸣，花明木茂，昏暗走廊里，李李逐渐变淡，飘向左面，消失人眼视野通常左侧较宽。阿宝眼里的走廊终端，亮一亮，有玫瑰的红光。一切平息下来。李李消失从此远离颠倒梦想。

〇布罗茨基：『回忆往昔的企图，和探究存在之意义的尝试一样，终将归于失败。这两种努力都让人觉得像一个去抓篮球的婴儿：他的手掌总是要滑脱的。』

庵内供应香菇面条，无盐无油，每人一碗，大家坐满一台子，吴小姐寻不到调料瓶，竟然忘记环境，叫几次服务员喙。等到饭毕，大家出庵门，康总公司的客车已候多时，众人上车，朝市区进发。沪生感叹说，我不禁要讲"不禁要问"的诸多变体之一，世事皆难料，阿弥陀佛纯属没话找话。康太说，我一点也吃不进，只是落眼泪。康总拍拍康太。大家不响。车子开了一段，太阳出来了。沪生说，去年陪客户去普陀山，住到庙里，我吃了三天素，等走出山门，闻到一阵阵香气。吴小姐说，普陀山美女如云，香气足岛上一年四季确实美女如云，香风常熏。沪生说，实在香，香到骨头里。吴小姐说，香水香，加上香烛香，实在香。沪生说，寻来寻去，算是寻到了。秦小姐说，妙龄女香客。吴小姐说，女香客是章小姐，来搭救沪先生，救苦救难。沪生说，庙门前面不远，有一个烤香肠摊，一股香风，我立刻买了五根，吞进肚皮，觉得适意，也觉得罪过，吃素三天，已经这副招势了。章小姐说，讲得我饿了，最好停车吃饭。康总说，可以。康太说，再讲吧毕竟算半个车主。吴小姐招呼说，宝总。阿宝不响。秦小姐说，宝总不开心，我也难过，想到去年秋天，大家开开心心去常熟，也就是半年多吧。阿宝不响。章小姐说，嘻嘻哈哈，一场游戏，一场痛。阿宝不响。章小姐说，我还想去常熟，徐总讲过，四

• 常熟虞山脚下兴福寺有名的蕈油面，也是菌菇类，却是味道香油水足。

〇"招势"，旧社会上海梨园行、黑社会切口，指脸面、面子，功架。丢脸，也叫"坍招势"。

月熟黄梅,俗名叫"秀才",女人最欢喜,黄梅天里采了,就做白糖梅子,咬一口,先甜,后酸,酸得有味道。此物,西郊公园对面阿山饭店老板生前善治。秦小姐笑笑说,已经想吃酸了,蛮好,清早反胃,吐几口酸水,胸部有点胀。章小姐面孔一板。秦小姐说,先是花园里吃几只梅子,顺便,再到徐总楼上去保胎。章小姐说,宝总,洪常青,管一管好吧,现在一点也不管,眼看两只女人欺负我。阿宝不响 响水不开,开水不响。

郊区养老院,小毛的双人房里,有卫生间,有电视。阿宝与沪生走进去,小毛坐起来说,还是去楼下,到花园里坐。阿宝说,不要动,不要起来。小毛穿衣裳,指一指邻床八十多岁老先生说,太吓人了,到花园里去坐。阿宝说,嘘。小毛说,这个老先生,已经痴呆了,脑子里全部是浆糊。沪生看看老先生。小毛说,经常忽然坐起来,拍手,笑,太吓人了。沪生说,是吧。小毛说,只要房间里人多了,就拍手,穷笑,昨天兰兰、薛阿姨等等进来看我,一房间的人,老先生马上坐起来,拍手,笑。沪生说,开会开多了,是廾会毛病。小毛说,我真想换房间,根本不敢看电视,只要电视里人一多,老先生就拍手,尤其转播各种大会,大场面,看到主席台一排一排坐满了人,老先生眉花眼笑,马上坐起来拍手,电视里外,一道拍手,我烦吧,烦 所以有人对3D电视机的普及表示极度的前瞻性忧虑。沪生对老先生说,简直是发疯了,此地又不是干部病房,哪里来这种宝货。老先生不响 听进去了。两个人扶小毛出房门,下楼,坐于花园旁的椅子里。阿宝说,小毛要静养。小毛说,是呀

○才出尼姑庵,又进养老院。这对"一搭一档到处瞎混"的CP,至此已大有癞头和尚与疯癫道人一僧一道节奏了。

尾声 647

是呀,生病的教训,太深刻了,我计划再住一个月,就可以出院,其实,我已经康复了。沪生咳嗽一声,喉咙发痒毕竟是少年时代认识的第一个跨区好友〇咳嗽也是响。阿宝不响。小毛说,想想我以前,生活档次太低了,抽水马桶,总应该有吧,出院后,预备借出莫干山路老房子,租一间独用公房,马桶带浴缸,我也享享福,炒一点股票,身边有个女人照应,吃一口安乐茶饭人之将死,其言也TVB。阿宝说,薛阿姨可以照应呀。小毛说,开玩笑可以,不现实,好女人,我还是有的。沪生说,此地多住一段,秋天再讲。小毛说,讲到房子,记起一件事体来,住院前,有两个法国人到我弄堂里,到处转,男人叫热内,中国名字芮福安,女人叫安娜,男人的中文更顺达一点,两个人进了灶间,看一看,我以为寻人,就上去搭讪,芮福安讲,想看一看上海居民生活。我就请两人进来,芮福安东看西看,最后问我,房间的租金多少。我明白了,法国人,讲的是看居民生活,其实是看房子,这天大家吃茶,芮福安一直听我讲,最后留一个电话,讲定半年后,再来上海,跟我联系,双方约定,七八月份再吃一趟茶。沪生说,瞎七搭八的事体。小毛说,法国人,年纪轻轻,不远万里,来到上海,现成洋房不住,现成香槟酒不吃,现成大腿舞不看,到这种破落地方来,借住西苏州路一间过街楼,每日到河两岸,穷兜圈子,苏州河一带,已经样样熟悉,是不容易的,房钿上面,我答应让一点,等我出了院,回去就调一个环境。阿宝不响。〇如果"洋房"也算法国人专属福利,不妨追加两条:"一现成西装不穿……二现成西餐不吃。"

养老院花园旁边,是铁丝网围墙,外面有一条废弃铁路,荒草从枕木里长出,几乎湮没红锈的轨道,几只野猫走动,异常静。小毛说,最近,我经常梦到从前大梦如小死,见到了姝华,拉德公寓,醒过来,难免胡思乱想,梦里也见了蓓蒂,杨树浦小赤佬马头,沪生爸爸书架里，第一次看到女人下身图画，赞，详详细细，乱梦堆叠，想到以前抄的，春病與春愁／何事年年有／半為枕前人／半為花間酒 唐代孙光宪《生查子·寂寞掩朱门》，我现在懂了。三个人不响。一只黑猫走上铁路，草莱之间，又出现一只黄猫。小毛说，蓓蒂，一直是小姑娘样子，一声不响，眼睛乌亮，姝华讲过，小姑娘是让铁路上这种野猫，衔到黄浦江边，涨潮阶段，江水蜡蜡黄，对面是船厂，周围不见人，风大，一点声音听不到 风声也是声音。阿宝说，小毛要多休息，梦话少讲。小毛说，人的脑子，讲起来一团血肉，其实是一本照相簿，是看无声电影，黄浦江边日晖港，两根猫尾巴，两根鱼尾巴，前面是船坞，起重浮吊，天空阵云迅走，江面上盘"盘"字值得一盘了一只鸟，翅膀不动，黑白片效果，一直落毛毛雨，经常窸窸窣窣放到一半，轧片，我就醒了，我等于看旧电影，姝华，一直是当初女青年好相貌，挟一本旧诗，眼睛看定马路，慢慢转过来看我，眼神幽静，一身朴素打扮，电影里一声不响，一动不动，我就醒了。沪生说，蓓蒂穿白裙子，镶花边短袜，黑颜色搭襻皮鞋，不响，不笑，旁边钢琴，弄堂，小马路，黑颜色钢琴，深深淡淡钢琴，好钢琴坏钢琴，密密层层，马路人少，树叶一动不动，阿宝说，做一个黑白电影的片头，打"1966年"字幕，一个小姑娘，走进钢琴迷魂阵，东看西看，开琴盖，弹了一弹，盖好，另开琴盖，弹，周围毫无声息，下午两点钟，小马路静不见人，钢琴潦倒，摆得深深淡淡，样子还高贵，路边一排老式马桶，水斗，垃圾箱，一部黄鱼车过来。沪生说，这是上海文艺电影。阿宝说，电影讲上海，有了这个小小姑娘，有钢琴，足够了，如果有人拍，单这个情节，就是好电影，我可以融

○"江水蜡蜡黄"以及前文"玫瑰""血血红"，皆为形容"色彩高度饱和"的上海话，又如夜色之"墨墨黑"。

·胶片电影放映术语，指放映时胶片被放映机传动部分卡住。

尾声　649

资 有远见。沪生说，这是烧钞票，最后肯定不予批准，片子枪毙 更有远见○"远虑"更妥。阿宝说，美国电影开始，也有一个小姑娘，走到德国犹太区，红衣裳，红帽子，周围全部做灰，犹太人全部灰色，党卫军全部灰色，到处烧，抄，精装书，跟了西式皮箱，从楼上掼下来，整段片子，黑白灰，黑白电影，只有小姑娘做彩色，红颜色，红帽子，小红帽，走进灰色树林里《辛德勒的名单》○这种特效，现在国产手机就能拍。沪生说，小姑娘拍电影，六七八岁，比较合适，十一岁，大了一点。阿宝说，上海的重庆路，长乐路，老式马路，调子复杂，过街楼，路边密密麻麻钢琴，黑白灰，小姑娘白裙子，蓝裙子，为啥呢，当时不可能有红裙子，这种情调，电影里少见 1984年有一部国产片《街上流行红裙子》上映，表现女劳模改变刻板形象，穿上红裙。沪生说，乡下人拍上海，就只能拍外滩，十里洋场，这是洋人天下，跟上海有关系吧 以后是盯牢东方明珠陆家嘴不厌其烦穷拍百拍。阿宝说，泰戈尔当初来上海，住了一夜，跟鲁迅见面，泰老先生对报界讲，从日本到了上海，日本是君子国，干净有礼貌。记者问，上海呢，上海如何，上海印象呢。泰老先生讲，上海嘛，西洋人的天堂，中国奴隶地狱。沪生说，老头子厉害，眼睛毒。阿宝说，之后就是南面人 香港，北面人 北京，大家拍上海，拍夜总会，大腿舞，斧头党，黄包车，买买梨膏糖，瞎子摆测字摊，旗袍，许文强根本是香港人，样样可以胡搞了。沪生说，上海真人真事，山东马永贞，上海白癞痢，人们不禁要问，已经拍到苏州河拆迁了，敲房子，拍得一屁

○泰戈尔于1924年4月、1929年3月、6月曾三次访沪。

·马永贞，山东济宁人，清末拳师。其事演义多，本事见《清稗类钞》之"技勇类·拳用大架子小架子二派"："光绪朝，马永贞以大力著名于沪戏多，一日，有卖艺力士约武伶十余人与决斗，皆辟易而退。马少时曾为松江正营教师，时副营中有窦教师，亦以拳法名家，惟躯短，年老，马藐视之，屡欲与之较艺"；（转下页）

股坐到地上，拍到底了，接下来呢。阿宝说，胆子越拍越大，有一部电影，拍"文革"武斗，真还配了瓦格纳《女武神》，基本是硬来了 导演灵感估计来自《现代启示录》。沪生说，1967，化工学院两派"造反"组织，就想抢风头，抢造领袖像，结果11月份，"红旗"抢先造了像，"新化工"反动透顶，胆子也太大了，九个月，不到领袖像面前请示，开会。阿宝说，"文革"最难得的镜头，真不是吵吵闹闹，是静，是真正静雅，1972年，我每次离开闸北鸿兴路，会去附近的老北站，宝山路三层阁，看一位老阿姐，有次一上楼梯，就听阿姐开文艺腔，国语读诗，彷徨的日子将不再有了／当我缢死了我的错误的童年。沪生说，穆旦，快樂又繁茂／在各樣的罪惡上／積久的美德只是為了年幼人。阿宝说，是呀是呀，每礼拜三，阿姐讲全本《简·爱》，西晒太阳，地板毕剥作响，实在的静，讲过《贝姨》，《九三年》是旧版本，雨果叫"嚣俄" "嚣俄"出自鲁迅手笔，林纾译为"预勾"，阿姐几乎默记，一面结绒线，一面慢慢讲 "老北站乔治桑"跃然纸上，我到现在，还是记得"肃德莱树林"，兵上小心翼翼，四面开满了野花，菖兰花，冶洋地菖蒲，草原水仙，预告好天气的雏菊花，春天番红花，刺刀上空，听见鸟啭。沪生说，《九三年》，志愿兵从巴黎出发，断头呖血，一万两千人，已经死了八千人。阿宝说，讲到《贝姨》，巴西人进客厅，眉目衣纹，半人半羊相貌，表面阴沉，其实和善，生了一副让女子敲诈的好脾气，

（接上页）子，突之拳为小架子。1879年4月13日在南京路『一洞天』茶楼遭仇家马贩子顾忠溪等勾结斧头党等暗算身亡。○『上海白癞痢』为马永贞同时代上海青帮大佬，出身浦东。白、马各自的帮派，为争夺上海赛马市场利益大打出手。

○巴黎民众1789年7月14日攻克巴士底狱当日，路易十六在日记里写"今日无事"四个字；第一次世界大战开战日，卡夫卡在当天的日记里写下『今天德国向俄国宣战。下午去游泳』。

○雨果1874年最后作品，背景为法国大革命时期的残酷阶级斗争。

·巴尔扎克晚年的长篇小说，属《人间喜剧》系列。

尾声 651

蓝上装,紧贴腰身,实心金纽子,黑裤黑皮靴,白衬衫敞开一点,戴一粒十万法郎大钻石,这种讲故事场面,真正电影镜头,石榴裙下,三两个文艺小弟,静静来听,爱因斯坦观点,这一段时间,相对是漫长,后来,阿姐转了地方,上海电影技术厂附近,天通庵路弄堂,讲无名氏小说,《北極風情畫》,《塔裏的女人》,阿姐一身蓝,脂粉不施,玉立亭亭,附近是日本人炸剩的老闸北,七歪八欠水泥框架,已改为棚户。沪生说,无名氏过于阴暗,不大好听,书里写的人,最后全部去爬冷冰冰的华山,等于是去作死。阿宝说,无名氏本人,算是命大,"文革"后出境,但最近据说,死到台湾了,一生留下名句,我牢牢记得,只有十个字,我們的時代,腐爛與死亡。

○ 1998年由福克斯"探照灯"公司拍成电影,女主角伊丽莎白·舒,英文片名Cousin Bette,中文译名有《情场女赢家》《表妹贝蒂》等○『老北站乔治桑』所讲应是傅雷译本,当年若是把书名老老实实译成《表妹贝蒂》的话,销量肯定翻倍,如果是《情场女赢家》,手抄本估计也会有了。

○ 无名氏小说,浓浓哥特风,正好相配玉立亭亭『一身蓝』文艺沙龙女主人和附近『日本人炸剩的老闸北』之『七歪八欠水泥框架』。

阿宝还想开口,发现身边的小毛,两眼闭紧,已经入梦。沪生说,是药力关系。阿宝不响。小毛浑身不动,骨瘦如柴,嘴巴大张,几乎停止呼吸,一具骷髅。围墙外的野猫,钻到荒草之中,剩两根尾巴。一阵小风来,树叶抖了一抖 最后一抖,不是人。小毛醒过来说,几点钟了,我浑身痛,背痛。阿宝不响。小毛伸出拳头说,想想当年,我抄旧书,学拳头,多少陌生,现在我看看,已经不是我的手了,不是我拳头,当年掼石锁的力道,哪里去了。阿宝说,等于苏州河,黄浦江,一直东流不回头。小毛神志恍惚,断断续续,哼几句邓丽君《万叶千声》,别后不知君远近/触目凄凉多少闷/渐行渐远渐无书/水阔鱼沉何处问。阿宝不响。小毛说,姝华讲对了，我这辈子，是空有一身武功。沪生不响。两只野猫完全消失，草丛与铁路，碧绿背景，断断续续两笔赭红。小毛落了一滴眼泪说，一事无成，还是死了

○小邓如此冷僻的歌都记得，同时代的罗文粤语金曲《小李飞刀》应该不会陌生："难得一身好本领，情关始终闯不过。闯不过，柔情蜜意乱挥剑斩不断，情丝百结闷不过，刀锋冷。果结闻不过，刀锋冷。热情未冷心底更是难过。无情刀永不知错，无缘分。面对死不会惊，人生几许失意，何必偏偏选中我。只叹奈何，离别心凄楚。怕，许失意，何必偏偏选中我。挥刀剑，断盟约，相识注定成大错。"

好。三个人讲到此地。护工走过来说，廿三床，吃饭了，开饭了。沪生搀小毛起来，三个人走进前面小食堂，内有三只大圆台，小毛坐到一个八十多岁老太旁边，阿宝与沪生退到门口。三只圆台，逐渐坐满老人。除小毛，一位五十出头的佝偻女人，满座八九十岁老头老太，满眼风烛残年全书最后一次吃饭场面就长这样。小毛与老人左右应酬，一个缺齿老太笑笑，朝阿宝沪生点头，人人手捏筷子，等食堂阿姨发饭发菜。阿宝与沪生走到食堂外，几只猫紧贴墙壁走近，尾巴一动，进了食堂。沪生说，外国养老院里，有"死亡黑猫"，一只怪猫，只要爬到病人枕头边，坐定，就是讲，这个人，三个钟头里就死，比医生灵。阿宝不响。

九日下午，沪生坐进出租车，打了几只工作电话"只"为上海话的打电话火数量词，蓦然发现，车子经过了"至真园"，店门已经变暗，部分用施工网遮挡，面目全非，"至真园"，果然是落幕了。沪生看表，四点一刻，等车子开到进贤路"夜东京"门口，店面也像有了变化，全部漆成粉白颜色，玻璃门遮了绉纱，两面摆花草，像咖啡馆，推门进去，店堂粉白色，摆一只圆台，其余全部是两人位子本帮重口味改日系小清新了。玲子一大早打来电话，夜里请客，希望

尾声 653

沪生早一点来,可以谈谈,但现在店内,空无一人。沪生说,有人吧。店堂安静,忽听到应了一声,上方二层阁楼,一扇粉色玻璃小窗,慢慢拉开,露出枕头,臂膊,黄发,黑发两个年轻女子,粉肩醒目,几近袒裼裸裎,黄发女讲北方话说,沪先生吗。沪生讲北方话说,是呀。黄发女说,姐姐马上就到了。沪生说,您是。黄发女说,我叫辛西亚。旁边黑发女讲北方话说,我叫加代子。沪生说,这里是饭店感觉进了发廊。辛西亚说,是呀,上海最好饭店呀。沪生说,太早了,我再来。辛西亚说,您坐,姐姐马上到了。沪生勉强落座。加代子缩进小窗,嗯了几声,窗口粉红枕头一动,肌肤可辨,辛西亚舒伸两条玉臂,点一支烟说,抽吗。沪生摇摇手。辛西亚说,我抽几口,就起来。辛西亚低下身来,胸口压紧枕头,头发蓬乱,肩带落了一条。加代子探身说,沪先生,知道前边"恐龙酒吧"吗。沪生说,哪家,巨鹿路茂名路的。加代子说,对呀。沪生摇摇头。加代子说,那地儿,挺好玩儿的,大半夜了,吧台上养的大鹦鹉,又是跳,又是摆,我俩坐到凌晨两点多,再去涮火锅,五点回来的。辛西亚说,不到五点。加代子说,我看表了。两个女子,莺莺燕燕,珠喉呖呖,从粉色阁楼飘落,等于巢内一对芙蓉也算是"二楼女人"。沪生起身说,我去一下再来。辛西亚说,别介,姐姐这就到了,那我起来。辛西亚朝里说,起吧,别睡了,加代子。此刻门一响,一个陌生男人搬了菜蔬进来,对上面喊,懒骨头,懒虫。加代子说,吵死人了。一歇工夫,两个女子下来,辛西亚超短小睏裙,大腿发亮,高跟拖鞋,先为沪生泡茶。加代子曳地长袍,遍身褶皱,两人旁若无人,移来移去,香风阵阵,到账台大镜前梳头,进

○近人龙榆生《江城子·谷雨后二日寄谢稚柳,再暨作唐妆美人》:"中年哀乐向谁陈。动梁尘。揾绡巾。呖呖珠喉,含意未全伸。"
○宋人吴龙翰《春怀》:"歌喉呖呖鸟声脆,舞袖翩翩蝶翅轻。"

出卫生间，上下阁楼，窸窸窣窣，忙前忙后，最后换了一粉一灰两套小洋装，也就是此刻，玲子回来，开了店堂的大灯，对沪生说，啊呀，真不好意思，怠慢了，这两只小娘皮〔宁波话"小姑娘"，可亲可谑可恶，端视语境而定〕，一定是刚刚起来。沪生说，店里变样子了。玲子说，好看吧。沪生说，葛老师呢。玲子说，这爿店，现在归我跟菱红做了，葛老师，棺材板里伸手，死要铜钿，结束了，关系弄清爽也好，否则亭子间小阿嫂，天天盯紧黄包车，烦煞。沪生说，夜里吃饭，一共多少人。玲子说，宝总呢。沪生说，心情不好，也是忙，电话关机了。玲子说，啊呀，我特地安排几个女朋友来呀，七点钟开夜饭。沪生说，一早通知，也太紧张了。玲子说，大家忙嘛，人也是难约，我这些女朋友，个个漂亮，档次高，就是碰不着优秀男人，我已经讲了，夜里，是三位优秀男人过来，沪先生，宝总，一位日本商社张先生，这些女人听了，个个笑眯眯，现在肯定是做头发，买衣裳，忙得要死〔似入"磨刀霍霍向猪羊"意境〕。沪生笑说，啥意思，介绍女朋友呀，我是有老婆的人。玲子说，好了好了，白萍这种关系，还算老婆，快点解决好吧。沪生说，我不禁要问，原来一批朋友呢。玲子一笑说，基本淘汰了，我后来晓得，葛老师，就想培养亭子间小阿嫂，准备做正宗私房菜，有可能吧。沪生不响。玲子说，以前上海大人家，讲起来有人厨房，小厨房，人厨房大师傅，经常跳槽，因此老爷习惯培养姨太太，贴身通房丫鬟，日常去偷大师傅手艺，到小厨房里去烧，这叫正宗私房菜，这种女人学会了，基本一辈子不会跳槽〔改嫁也是一种跳槽〕，葛老师以为，"夜东京"，是葛家小厨房了，以为自家，是上海老太爷，此地是私人小公馆，可能吧，不可能，小阿嫂算啥呢，四姨太，还是通房大丫鬟，差远了。

〇旧上海约饭规矩，正式请客，提前一周发帖；非正式吃饭，至少三日通知，当日约饭，只能算"叫局"。

尾声　655

沪生笑笑不响。玲子说，干脆就让葛老师，带了小阿嫂，死到老洋房去，天天是吃老米饭〔上海话，坐吃山空〕，打对门麻将〔二人麻将〕，还是搞"马杀鸡"，不关我事体。沪生不响。玲子说，我小姊妹小琴，陶陶，已经是一阴一阳了，吓人吧，为这桩事体，我见到小广东，也吓了，男女私情，会弄出人性命来，我吃瘪〔吴语"无话可说"，无语，也属于"不响"的一种〕，经常还要跟老菜皮〔北方话"老白菜梆子"或"老梆子"〕去吵。沪生说，啥。玲子说，芳妹，完全是菜皮了，面孔蜡蜡黄，我吃得消吧，因此，全部拗断算了，啥苏州范总，"空心大佬倌"〔○源自粤剧，指名角，有"老板"意思。另在上海川沙、南汇两县方言中，指长子或"老大"。"空心大佬倌"，指外强中干的老大。〕，"三斤核桃四斤壳"〔·意思是水分多，上海话叫做"浪头大"，苏州/上海童谣："笃笃笃，卖糖粥，三斤核桃四斤壳。吃了侬额肉，还侬额壳。"〕的角色，闷骚货色俞小姐，"空麻袋背米"〔即北方话"空手套白狼"〕的朋友，我统统拗断。丽丽跟韩总呢，是真忙，优质大忙人，上海，钻石越来越好卖，根本见不到面了，我想想，全部结束算了，"夜东京"重新来过，男女朋友，我有的是。沪生说，菱红的日本男人呢。玲子说，调回东京了，准备拖菱红一道走。菱红讲，现在上海多好，有噱头有档次的男人女人，即"成功人士"，全部朝上海跑。沪生说，楼上这两位呢。玲子说，我的远房亲戚，就是知青子女〔即父母当年下乡所生的子女，按政策安排回沪定居〕，帮我端菜，陪客人吃饭吃酒〔批者讲北方话：就是阁楼小丁宝〕。此刻玲子讲北方话说，加代子，辛西亚，来。两个小姐走过来。玲子说，几点起的。加代子说，下午两点半。玲子说，太晚了，以后要懂事。辛西亚说，知道了。加代子说，沪先生，那只大鹦鹉，它半夜两点怎么还跳舞，周围那么吵，它怎么不睡觉。沪生说，鹦鹉是怪鸟，喜欢热闹，喜欢吵。加代子说，我还以为是嗑药了，溜冰呢〔懂得蛮多〕。沪生说，它们原来就喜欢吵来吵去，飞来飞去，一大群一大

文中提到一动不动的江鸥，
我始终找不准位置，
画在哪里才好，
最后，就这样了。

群。玲子说,这两个妹妹,跟鹦鹉差不多了,喜欢闹,喜欢扭,客人面前,还算讨喜。加代子发嗲说,姐姐别瞎说,吃了晚饭,我要沪先生陪,咱们去国泰电影院,去淮海路吧。玲子说,唉呀,先摆台子,开电视机,让沪先生吃一口太平茶。沪生笑笑。玲子说,宝总生意好了,忙了,还有啥不开心的,为啥关机。沪生摇摇头。玲子说,我现在再打电话,宝总非来不可。旧爱被团灭,新欢不到位,青黄不接,正是当时人皆身陷其中的世纪末莫名恐慌。

某天下午,徐总拉了阿宝,到妇产医院了解情况。拉上阿宝,心虚人需要壮胆。值班医生说,问题比较复杂,这位孕妇,几家医院做了B超,先是宫内单活胎,后是双胞胎,一次是连体婴,结论只有一个,等下午做了彩超,专家会诊,可能,是连体婴,也不排除双头单体婴,如果胎儿是双头,两根脊柱,一套消化系统,一旦确诊,凶多吉少。徐总一吓说,这还等啥,马上放弃呀。医生说,这要听孕妇意见,接近产期,也相当危险。徐总满面乌云,拉了阿宝,一连两个"拉"字,一次比一次拉得紧。走进汪小姐的单人房,内有屏风,一隔为两。徐总走进前面。阿宝犹豫,立于屏风之后。汪小姐嗲声说,冤家,稀客稀客,总算来了呀。可能是今古小说里最为毛骨悚然的一声"冤家"和"稀客"了。徐总说,情况还好吧,预产期哪一天。汪小姐说,医生讲啥呢。阿宝听到这句,忽然闻到一股腥气,像是蟒蛇爬行动物气味,逐渐浓烈,由屏风下面蔓延过来,不免捂紧口鼻。汪小姐笑笑说,我呀,真是一路不顺,婚姻不顺,受孕不顺,怀孕不顺,唯一顺利的,估计不会离婚了,新老公,据说就要死了,我

好在是生在新社会,一旦确诊,最多就是登登《新民晚报》,若是在旧上海,生下来可能会被送到"大世界"展览。

等于又做了寡妇，等小囡落地，名义上就是遗腹子 <mark>大结局临近，悲语放送频仍</mark>。徐总不响。汪小姐压低声音说，一直想问一问冤家，当时，究竟用了哪一种祖传真功，弄出我肚皮里这只怪胎。徐总说，先问问自家，问一问这只宝贝肚皮，为啥会搞出这种花头经<mark>等于北方话"幺蛾子"来吓人</mark>。汪小姐一笑说，唉，我的肚皮，真也是又花又胀，看一看吧。徐总说，做啥。汪小姐笑说，又不是第一次，有啥关系呢。听到窸窸窣窣的声音，腥气继续由屏风四周散发开来，越来越浓，像蟒蛇扭动，屏风发暗，传来山洞里湿气，热气，阿宝捂紧口鼻，连忙朝外走。汪小姐说，隔壁啥人。阿宝不动。汪小姐笑笑说，一定是苏安了，进来，快进来呀。阿宝只得屏息走进去。单人房，窗帘合掩，里间更暗，开一盏小灯，汪小姐身上的被单，拉开了一大半，腹部高隆，发暗，像一座小山，一座坟，表面爬满青紫藤蔓，也像盘踞堆积鳞片，气味更浓烈。汪小姐拿了一罐德国原装"宝比珊"婴儿润肤霜，不断摩挲肚皮说，感谢宝总，还记得来看我，这个社会，文雅面孔的人，生活往往一塌糊涂，看上去花头十足的，比如宝总，也许是老实人。阿宝勉强笑笑。汪小姐叹息说，现在还有朋友情分吧，有一种人，一直不声不响，枪也打不着了。阿宝不响，气味令人窒息。汪小姐拍拍徐总的手背说，现在，我完全放松了，开心，也是担心，肚皮里一直有声响，半夜听到，里面唱歌，像装了一部先锋落地音响，经常有声音，哭，吵，吃酒，醉得胡天野地，真是讨厌。汪小姐一动，被单滑落，肚皮全部暴露了<mark>被单一动即落，足见其大、其圆、其鼓、其滑</mark>。徐总与阿宝慌忙转过身体。汪小姐说，听见吧，音乐又来了，还有回

<mark>○ 狠。今古小说，『坟起者有土地、山丘、大闸蟹、男人的额头、胸肌以及女人的"椒乳"甚至私处，加之于孕妇之腹，实属罕见。</mark>

<mark>• 上海话形容距离遥远，"射程"远大于北方话里的"八杆子"。</mark>

<mark>△ 当年流行的日本组合音响牌子，此外还有"山水"『马兰士"。</mark>

声，听呀。徐总不响。汪小姐说，我现在，只能等了看。阿宝屏息不响。此刻，特有的阴森腥气，一阵阵爬动，滚动，蒸腾起来，阿宝觉得，马上要窒息了，会立即晕倒在地。汪小姐说，肚皮是天天胀，天天变大，上面的花纹，等于是花园，越来越花，越来越特别，像一间舞厅，里面有弹簧地板，有萨克斯风，有人跳舞，放唱片，发嗲发情，日长夜大，我是又惊又喜，三四天失眠了 症状类似前面加代子提到的"溜冰"之效果。此刻，阿宝决意走了。徐总咳嗽一声 企图用咳嗽再"拉"第三次。汪小姐说，我只能听天由命，随便医生了，但我总算呢，又要做娘了，我希望做娘，不管是一般胎，龙凤胎，还是双头怪胎，我是要生的，我怕啥，我笑眯眯。阿宝说，我出去接电话。汪小姐说，不许走。阿宝朝外就走。汪小姐一把拉过徐总说，医生每天又听又摸，弄了我几十遍了，现在冤家，看个半遍一遍，关心关心，留一点印象，晓得女人吃的苦，总可以吧。徐总挣扎说，我走了，我不便看，我不懂，我要去问医生 徐总这个坏人，也是坏得恰到好处。一般悲剧故事尾声，人物归宿，不是死的死，就是疯的疯，出家的出家，失踪的失踪。《繁花》亦不例外。然而以上套路之外，侯增即将临盆之孕妇人设一种，孕育一个未知之怪胎，于残山剩水和残花败柳之间，再添无穷荒秒。

○中国旧小说套路：『贯朽粟红』，是皮囊内装不尽的臭浊粪土。高堂广厦，玉宇琼楼，是坟山上起不得的享堂。

小毛弥留之际，床前有金妹，招娣，菊芬，二楼薛阿姨，发廊三姊妹，兰兰，雪芝，可谓裙屐之盛，珠环翠绕，立满女宾。此刻，阿宝搀了小毛娘，踱到走廊里，透一口气，划一个十字。此时，外面匆匆进来一位黑衬衫中年女

○『裙屐之盛』和『珠环翠绕』环伺于垂死者病榻，犹如苍松翠柏之于遗体。

尾声　661

人,小毛娘立刻跟进来,大家让开了一点。黑衬衫女人轻声说,小毛。小毛不响。床头氧气玻璃瓶不断冒泡,气泡代响 小毛骨瘦如柴,眼睛睁开。女人说,小毛。小毛看了看。女人说,认得我吧。小毛点点头。女人忽然分开了人群,冲到走廊角落里,背过身体饮泣。床头旁边,招娣,二楼薛阿姨不响,发廊三姊妹,眼泪滴个不停。小毛动了一动,有气无力说,上帝一声不响,像一切全由我定,我恐怕,撑不牢了,各位不要哭,先回去吧。阿宝说,小毛心里想啥,可以讲的。

[批注:此语,重点不偏不倚就落在居中的「像」字之上,即似是而非,无法确认:「死了」;睡着了;嗯,睡着了也许还会做梦;因为当我们摆脱了这一具朽腐的皮囊以后,在那死的睡眠里,究将要做些什么梦,那不能不使我们踌躇顾虑。人们甘心久困于患难之中,也就是为了这个缘故」——「像」,即「也许」,多少纠结,多少尴尬,莫不因此而起。妹华若是未疯,想必会俯身把她读过的存在主义耳语予小毛:「上帝一声不响,一切,因为他并不存在,本来就都由你定!存在先于本质,阻碍已被扫除。」]

小毛轻声说,春香讲了,白白得来,必定白白舍去。沪生说,啥。大家不响。小毛说,上流人必是虚假,下流人必是虚空,我这句不相信,我不虚空。金妹说,阿弟,吃一口茶 白开水, 吃一口。小毛娘悲声说,小毛,现在想吃啥,跟姆妈讲。小毛断断续续说,我不怕,只想再摆一桌酒饭,请大家,随便吃吃谈谈。菊芬泣罢即笑说,此地正好,是一台子人。小毛不响。此刻,外面急忙进来两个女人,五十上下年纪。大家让开。小毛动了动。其中一个女人凑近了讲,小毛,是我呀,江宁小舞厅"天拖宝" 牌九里的大牌,次一等称"地拖宝" 来了。另一个女人凑近说,舞搭子来了,大花瓶"天拖宝",还记得吧。被称为大花瓶的女人,拍一记对方说,开啥玩笑。兰兰跟雪芝咬耳朵。小毛声音越来越轻,忽然睁开眼睛说,男人要开心,女人要打扮。大家不响。小毛说,一打扮,样子就漂亮,另外呢,要对老公好。小毛娘说,小毛得到神惠,怜悯的人,有福的,必得领袖怜悯。大家不响。小毛娘说,小毛有啥要讲吧,全部告诉姆妈。二楼薛阿姨哭了一声。小毛娘说,出去哭好吧,大家不许哭对"二楼"一直就没啥好脸色。小毛眼睛看定沪生说,我做的所有事体,会跟了我走吧。沪生不响。小毛说,我做过的事体,见到的人,是不是真的谵妄了。沪生要开口,小毛闭了眼睛说,银凤,春香。小毛娘说,小毛,天国近了,小毛要悔改。小毛气如游丝,满面冷汗,浑身一紧,忽然就不动了。大家叫一声。小毛,小毛。走廊里,黑衬衫女人嘤嘤嘤哭出声音来,快步离开,边走边哭,声音越来越远。小毛娘落了两滴眼泪。发廊三姊妹说,亲阿哥,阿哥呀,阿哥呀,哥哥呀。护士医生进来,大家让出地方,退到外面。沪生叹口气说,对了,隔壁床位的拍手老头子呢。兰兰说,三天前结束了。沪生不响。大家立了一刻,慢慢走到楼下花园里,车子停满。阿宝开了车门,最后,是沪生,兰兰,雪芝坐定,车子开动,围墙旁边铁道荒草里,出现一只黄猫现在都叫"桔猫"。大家不响。兰兰说,黑衬衫女人,不声不响,是啥来路。沪生说,我不禁要问,会不会是银凤。兰兰说,哪里会,银凤我太熟了。雪芝说,二楼薛阿姨讲了,前几年,有一天半夜三更,看到一个穿睏裙的女人,从小毛房间溜出来,奔到弄堂口,叫了一部车子,就走了。沪生说,还有这种事体。雪芝说,刚刚薛阿姨走近,特为仔仔细细,看过黑衬衫女人,不像,不是。阿宝说,小毛走得太快了。兰兰说,是小毛娘一直隐瞒,小毛就一直以为,毛病不重,可以出院了,后来瞒不下去了,医生讲,小毛活不过一个月了,小毛娘这才想到,莫干山路的房子,是租赁房,只有小毛户口,如果过世,房管所就没收房子,私人

小毛生前,女人不断,认不出来,并不奇怪,不太正常的,是女人穿黑衣,当年极为罕见,如果真是前来接引小毛的死神——呜呼,就连死神,竟然也要给小毛配个女的。老天笃办事,有始有终。

账面上,小毛有十万左右股票,人一死,拿不到密码,比较麻烦,为此跟招娣商量,最后只能开口,让小毛签字,同意阿偲的户口迁进来,股票密码,也仔细写出来。小毛是笑笑。兰兰讲到此地,大家不响。车子一直朝前开。沪生说,人生烦恼,总算解脱了。兰兰说,烦难呀,落笔刚要签字,又闹出大事体,小毛娘发觉,户口簿里,多了一个姓汪的女人,与户主关系是夫妻。阿宝说,讨厌了上海话"麻烦了"。兰兰说,这一记太凶了,小毛娘当场大哭大闹,骂了一顿招娣,冲进莫干山路,见人就骂。沪生说,为啥。兰兰说,先骂二楼薛阿姨,再骂弄堂所有邻居骂人也不忘分主次,一定是有人做了圈套,让小毛去钻。最后,总算寻到了小毛的假老婆,姓汪女人的医院,穷吵百吵。再回来,跟小毛吵,吵得隔壁床位的拍手老伯伯,提前翘了辫子。阿宝说,五雷轰顶。兰兰说,小毛只能当了律师的面,写了假结婚经过,签了字,同意迁进阿偲户口。这一番吵闹,小毛一直是笑眯眯,不响。据说,小毛娘拿了签字纸头,走出养老院,抱紧电线木头电线杆子号啕大哭。雪芝说,做人真难,为了这一点钞票,这一点房子,可怜雪芝口出此言,现在是相当有底气了。沪生说,小毛一声不响,硬气,这种表现,就像报纸登的悼词句子,久经考验的无产阶级战士。阿宝说,少开玩笑。沪生不响或因前面"珠环翠绕"的"苍松翠柏"效应而生出某种错觉。阿宝叹息说,唉,小毛想死,汪小姐想生,两桩事体,多少不容易。

○换作『小毛未必想死,汪小姐未必能生』亦无不可。做人,生死疲劳,多少尴尬。

　　两周后一个夜里,沪生与阿宝,按照芮福安提供的地址,寻到西苏州路,接近长寿路桥一个弄堂口。边上就是苏州河,此刻风生袖底,月到波心,相当凉爽。陶陶若没有变成大闸蟹,过些日子大概就会给沪生送太湖蟹上门了。芮福安住的过街楼,开了四扇窗,不见一点灯光。沪生喊,芮福安,芮福安。前面堤岸边,有人嗨了一声。两人转头,路灯下面,是芮福安与女友安娜,一对法国青年走过来,招呼两人,请过去坐。也就是河堤旁,街沿上面,摆一只骨牌凳,与附近乘凉居民一样,上面是茶杯,茶壶,边上两把竹椅,两只小凳。四个人落座,讲普通话。沪生介绍说,这位是宝先生,小毛的朋友。安娜说,接到沪先生电话,小毛先生逝世了,普通话比较生硬,我们觉得非常遗憾。沪生说,小毛谈到两位,准备写苏州河剧本,要我们多关心。芮福安说,欢迎你们来,我们上次和小毛先生,聊得很好,去过他的家,他是我要找的人。安娜说,我的爸爸,七十年代来过中国,他说中国人的话语,是砖块的组合规则,只有微弱的变动,细心辨认,也很少有区别,不属于我们的规则,没有个人习惯用语,我爸爸觉得,中国,大概没有谈情说爱和社会逻辑学方面的话语,这我并不同意,因为认识了小毛先生,他是苏州河边,一个很丰富,很有性格的人,很可惜。阿宝说,小毛讲过,两位准备做一个电影。芮福安说,是的,做1930年代的故事,也就是苏州河旁边,有一个法国工厂主人,爱上一位上海纺织女人的故事。安娜

○本书,上海话、绍兴话、苏州话、苏北话、宁波话、北方话、广东话外加外地上海话,从头到底讲了一个版本,临了,终于第一次说上了普通话,够本。老外。

·法国符号学大师罗兰·巴特曾于1974年春应邀随团到访京、沪、宁等地。『砖块』(brique)理论是巴特在中国访问时提炼出的一个概念。回国后,『砖块语言理论』被巴特细化为:『俗套』熟语的一种陈词滥调的路子在前进,类似个话语似乎沿着一种陈词套的,熟语的一种陈词滥调的路子在前进,类似在控制论上称之为『砖块』的二级程序。因此,他们的话语有着对于砖块的一直受到偏头痛的困扰。

说，纺织女工<mark>安娜毕竟是来过中国的语言学家亲生</mark>。芮福安说，我们获得一笔写作基金，第一次到上海，现在是第二次，我们在苏州河边走了许多次。安娜说，我们不坐车，一直走路。阿宝说，是苏州河旁边，工厂老板和女工。芮福安说，是的。阿宝说，什么工厂。安娜说，棉花纺织工厂。阿宝说，苏州河边，没有法国纺织厂，只有日本纺织厂，丰田纱厂，中国纺织厂。安娜说，资料上有"内外棉"，有一部小说，写到"沪江纱厂"，因为我们是法国人，因此写法国人，假设在苏州河旁边，有这个工厂<mark>自说自话</mark>。沪生说，上海以前，有英商和法商电车公司，如果是法国电车公司老板，爱上一个电车女工。芮福安说，纺织厂靠近苏州河边，比电车公司有意思。沪生笑笑说，这位宝先生，过去的女朋友，是电车公司的漂亮售票员。安娜说，1949年以前，上海没有电车女工<mark>不怕死猫，就怕三脚猫</mark>。阿宝不响。沪生说，小毛当时怎么说的。芮福安说，我来想想，他是怎么说的。安娜说，小毛先生很高兴，说纺织女工数量很多，数量多了，会出现特别性格的女人。阿宝说，和法国老板来往，就是特别吗。芮福安说，一个普通的上海少女，穿普通的上海少女服装，下工后，驾驶一条小船，回到苏州河上游，一个贫民窟里生活。阿宝说，这个嘛，如果苏州河涨潮的话，她可以划船去上游，如果退潮，她等于逆流而上，不合理<mark>杠精开杠</mark>。安娜说，我明白了。阿宝说，女工不可能有自己的小船，不会逆流驾驶小船回家，没有这样的情况。芮福安说，我们只是觉得，少女，女工，船的画面，很好，工厂主人在岸边的桥上，船慢慢离开。沪生说，小毛觉得呢。

○周而复《上海的早晨》两条叙事线索：一为"沪江纱厂"工人群众，一为"星期二聚餐会"资本家。

・全称"上海法商电车电灯公司"，1906年成立于巴黎，在上海法租界专营供电供水以及有轨电车、无轨电车和公交车线路，为当时三大电车运营商之一。

○巴特先生当年对黄浦江上的舢板和帆船印象深刻，认为它们"带有布莱希特风格的色彩"。

安娜说，他认为是伤心的场面。芮福安说，剧本有个设想是，他们在装满棉花的驳船里做爱，船一直在摇晃，周围是棉花包，他们接吻，在船上过了一夜。在沪生阿宝看来，这岂非法国二流电影的"砖块式"思维乎。沪生说，船上的一般棉花，以前叫"白虫"，如果上等白棉，叫"银菱子"，上等黄棉花，叫"金樱子"，甲板上因此养了恶狗，人上船，狗就会大叫。安娜说，狗吗。阿宝说，防止有人偷棉花。芮福安说，这很有趣。阿宝说，过去有个歌谣，关于这方面的情况，我可以念一下，内容是这样，送郎送到桥塊西／劝姐不养犬与鸡／正逢相抱犬来咬／等到分手鸡要啼。安娜笑说，这就是传统上海说书吗。沪生解释了几遍。安娜点头说，这意见很重要，当然，我们也需要虚构，想象。阿宝说，女工是十六岁。芮福安说，十七岁，小毛先生讲的故事里，女工是三十六岁。沪生说，小毛也讲故事了。安娜说，啊，他有很多故事。沪生说，讲了什么。安娜说，提供一个纺织女工样本。阿宝说，是嘛。安娜说，有一个普通的上海女工，无意中看了西方的情色画报，最有机会看到这种画报的就是银凤了，她很希望丈夫，按照画报的方式去做，但她丈夫认为，这是很肮脏的行为，通常是晚些时候，这个女工悄悄离开熟睡的丈夫，悄悄出门，坐了出租车，来到一个单身男人的家，她在门口摸到了钥匙，开门进去，单身男人在熟睡，她骑上男人的胸口，对准男人的脸，男人醒了，按照约定的方式，没多长时间，女人就倒下去，觉得很愉快，然后，她飞快地穿上睡衣，飞快离开男人，出租车就在路边等待，她上了车，回到丈夫身边去睡觉。沪生说，小毛还有这种情节。阿宝沉吟说，这么讲起来，影片里的女工，应该是三十多岁，才合理。芮福安说，确实需要考虑年龄的问题，也可以设一条副线，或

○阿宝可以补刀：『中国有个成语叫「鸡犬不宁」，大意就是这两种动物一辈子都学不会「不响」，比较烦。』

尾声　667

者，岁数可能更大一些，是小女工的母亲。脑洞比苏州河上的桥洞还大。沪生说，法国可以拍这样的故事吗。芮福安说，有意思的内容，就可以拍，电影，早不是一棵树的结构，总的线索，分开，再分开，我们法国，任何形状都可以做，比如灌木，同样有强健的生命活力，密密麻麻，短小的，连在一起，分开的，都可以，大家都懂，比如两个法国人，就像我和安娜，来到苏州河边，遇见了小毛先生，或者切到我们现在喝晚茶，然后切到三十年代，再回过来，都是可以的，人们都能看懂。沪生恍惚说，回到过去的上海背景，这可以改成，女工穿一件素旗袍，半夜走出弄堂，跳上一辆黄包车。沪生已被"切"晕。安娜说，有意思。芮福安笑笑说，有个法国人讲过，头脑里的电影，非常活跃，最后死到剧本里，拍电影阶段，又活了，最后死到底片里，剪的阶段，复活了，正式放映，它又死了。沪生说，活的斗不过死的，拍个电影，死去活来。安娜笑笑。大家不响。阵阵河风吹来，阿宝吃茶。附近的路灯下，聚集不少居民打牌，看牌。四人讲到十点半，阿宝与沪生起身告辞，顺西苏州路，一直朝南闷走，到海防路右转。沪生说，苏州河旁边，这条马路，大概跟法国法兰西，搭一点边。阿宝说，法国人不懂上海，就敢乱拍。沪生说，据说法国大学里，宿舍，厕所，已经不分男女了，我不禁要问，法国人的脑子，到底想啥呢。阿宝不响。两人走了一段，沪生说，想到小毛，已经死不可见，活不可遇，记得梅艳芳唱的，重谈笑语人重悲，无尽岁月风里吹，现

○"时间永远分岔，通向无数的未来。"——博尔赫斯《小径分叉的花园》

* 附近上海时代中学，法式建筑，前身为法国天主教帕修欧神父于1874年创办的圣芳济学院，1950年迁至香港圣芳济书院，著名校友包括李小龙、许冠杰、张卫健、曾志伟等。

▲ 1987年的《珍惜再会时》。2003年"梅艳芳经典金曲演唱会"的压轴歌，也是一生舞台生涯绝唱，彼时以一身黑色婚纱登场，此时尚在人世。

△ 上海租界时期，除了电灯电车，法国人不爱搞实业，只是一门心思开路，种树，搞情调。

668　繁花〔批注本〕

在我退一步,只能求稳,求实了。阿宝不响。沪生说,我一直听玲子讲,阿宝比较怪,一辈子一声不响,也不结婚,皮笑肉不笑,要么讲戏话,阿宝的心里,究竟想啥呢。阿宝笑笑说,一样的,玲子也问过我,讲沪生这个男人,一直不离婚,只是笑笑,要么讲,"人们不禁要问",文革腔,玲子完全不了解,搞不懂沪生心里,到底想啥呢。沪生笑笑不响沪生这种"三打不回头、四打连身转"的佛系人设,其实暗藏玄机:"保持被动,不就是让另一个自我发动起来么?"(保德里亚语)。阿宝说,我当时就告诉玲子,面对这个社会,大家只能笑一笑,不会有奇迹了,女人想搞懂男人心思,了解男人的内心活动,请到书店里去,多翻几本文艺小说翻这种书必须去当年最文艺的季风书园,男人的心思,男人心理描写,里面写了不少,看一看,全部就懂了。沪生笑笑不响心理活动是活的,"活的搞不过死的"。此刻,河风习习,阿宝接到一个陌生电话,一个女声说,喂喂。阿宝说,我是阿宝。女声说,我雪芝呀。阿宝嗯了一声,回忆涌上心头刚夸过不写心理活动的。阿宝低声说,现在不方便,再讲好吧,再联系。阿宝挂了电话。夜风凉爽,两人闷头走路,听见一家超市里,传来黄安悠扬的歌声,看似个鸳鸯蝴蝶/不应该的年代/可是谁又能摆脱人世间的悲哀/花花世界/鸳鸯蝴蝶/在人间已是癫/何苦要上青天/不如温柔同眠。

偏偏《繁花》就不搞心理描写,彻底放弃『心理』层面的幽冥。

始于菜场,终于超市。第一个不响属陶陶,末一个不响归沪生,期间闲话三千,乱语飞渡,散落无数不响,总是人人有份,永不落空。时辰不到,人人乱响;时辰一到,人人不响。非但人不响,物亦不响,吹万不同。然而,一部《繁花》却始终是众声嘈杂,谈兴甚浓,从头到尾响个不停,你一言,我一语,人挤人,话赶话,不分场合,不舍昼夜,一切皆在话下。满纸人声鼎沸,一把心酸清泪,"繁花"岂非"繁话"?因此,行文策略,"不响"可以做逗号使,也可以当句号、问号、惊叹号或省略号用——谁会把标点符号读出声来？无声而有息，有气却无力；情态上，可以表示沉默，可以表达默契，也可以显示尴尬，多少尴尬，都付尬聊；在纸上，可以是留白，是飞白；亦可以是积墨，是抹黑；音韵上，是休止符也是切分音符；所谓"抑扬顿挫"，四个字倒有三个倾向于不响；不响是无话可说，说了也白说；不响是有屁就放，不响白不响；不响是吃饱了撑的，不响是饿极了吃瘪；不响，是睡到水穷处，饿到云起时；不响，是把天聊死之后响起的哀乐；不响，是对黑暗的响应；不响是机关算尽之后的张口结舌，不响是曾经沧海以后的欲说还休，欲响还休，是天凉好个秋——乖人，这就是世界完结的方式，它不是轰然倒塌，也不是一声呜咽，而是"不响"，1500多个不响。

原文初稿-2011-11-20
原文定稿-2012-12-22
批注定稿-2021-11-05

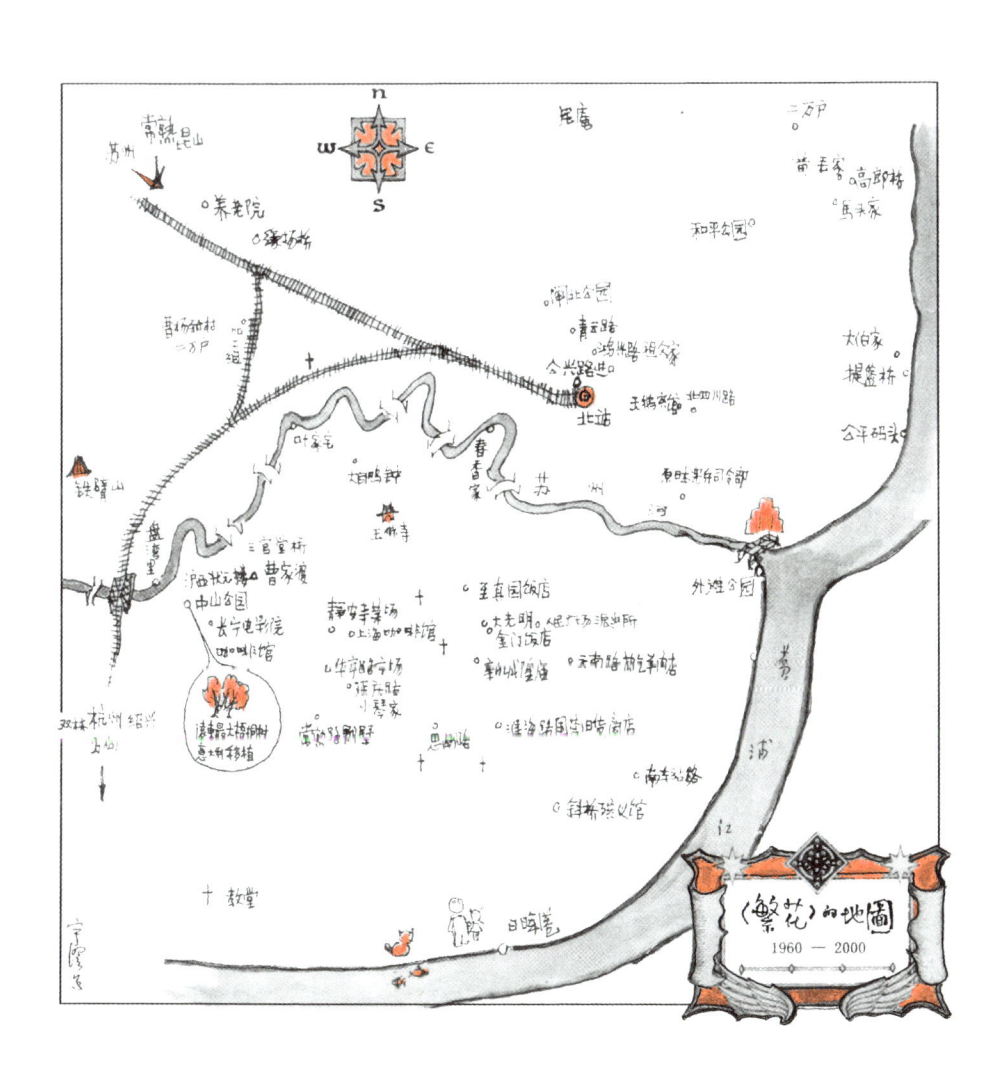

本书所述的人与事，座落于这座城市版图的大致方位。沪杭铁道现已改轻轨。无比例尺。

跋

《繁花》开头写道：……陶陶说，长远不见，进来吃杯茶。沪生说，我有事体。陶陶说，进来嘛，进来看风景……对话一来一去，一股熟悉的力量，忽然涌来。

话本的样式，一条旧辙，今日之轮滑落进去，仍旧顺达，新异。

放弃"心理层面的幽冥"，口语铺陈，意气渐平，如何说，如何做，由一件事，带出另一件事，讲完张三，讲李四，以各自语气，行为，穿戴，划分各自环境，过各自生活。对话不分行，标点简单——《喧哗与骚动》，文字也大块大块，如梦呓，如中式古本，读者自由断句，但中式叙事，习染不同，吃中国饭，面对是一张圆台，十多双筷子，一桌酒，人多且杂，一并在背景里流过去，注重调动，编织人物关系；西餐为狭长桌面，相对独立，中心聚焦——其实《繁花》这一桌菜，已经免不了西式调味，然而中西之比，仍有人种，水土，价值观念的差异。

《繁花》感兴趣的是，当下的小说形态，与旧文本之间的夹层，会是什么。

西方认为，无名讲故事者，先于一切文学而存在，论及中国文学，"摆脱说书人的叙事方式"，曾是一句好话；有论者说，中西共有的问题是——当代书面语的波长，缺少"调性"，如能到传统里寻找力量，瞬息间，就有"闪耀的韵致"。

在一篇专访里，贝聿铭问记者，能否说上海话，贝聿铭说："说上海话好，因为我普通话说得不太灵，说上海话比较容易点，那讲上海话吧。"（《世纪》2012-4-P11）接下来，贝聿铭想必是用"较容易点"的母语（"上海书面语"？），详谈了他的专业——"世界建筑样式之变"——"米芾山水画之灵感"——"永恒建筑的意义"。

在国民通晓北方语的今日，用《繁花》的内涵与样式，通融一种微弱的文字信息，会是怎样。

《繁花》长时期在一个语境里徘徊，也使部分读者，长久陷入这个氛围中。有一个朋友说，看书看报纸，"也用《繁花》的口气去读，真受不了。"这是我没意识到的结果。我的初衷，是做一个位置极低的说书人，"宁繁毋略，宁下毋高"，取悦我的读者——旧时代每一位苏州说书先生，都极为注意听众反应，先生在台上说，发现有人打呵欠，心不在焉，回到船舱，或小客栈菜油灯下，连夜要改。我老父亲说，这叫"改书"。是否能这样说，小说作者的心里，也应有自己的读者群，真诚为他们服务，我心存敬畏。

我希望《繁花》带给读者的，是小说里的人生，也是语言的活力，虽我借助了陈旧故事与语言本身，但它们是新的，与其他方式不同。

我在小说中引了穆旦的诗：

> 静静地，我们拥抱在
> 用言语所能照明的世界里，
> 而那未成形的黑暗是可怕的，
> 那可能和不可能的使我们沉迷。

那窒息着我们的
　　是甜蜜的未生即死的言语，
　　它底幽灵笼罩，使我们游离，
　　游进混乱的爱底自由和美丽。

感谢为了《繁花》的出笼，给予热情帮助的朋友们。感谢你们。

金宇澄谨白
2012年秋

老金不响,像一切全由我做主

导演说,老金啊,你搞什么鬼,批注本,那都是活人给死人做的,可你,你不是还活着吗?

的确,老金活着,而且很健的在。不的确的是,老金活着,但《繁花》"作者已死"。后一个的确,的确凉凉。作者一"死",文本复活。死去活来之间,做为万千读者之一,批注者能做的,不可能达到"诈尸"效果,充其量只是让文本多一种"活"法,给作者添一门"死"法,尽量"死"得其所。

话虽如此,正如质押有"活当、死当",兵法有"生间、死间",在汉语小说传统里,批书,也有"活批、死批"之别——并非导演说的"活人批死人",而是一种风格,一派路数。

所谓"活批",即李卓吾、张竹坡、毛宗岗一脉,以"金批"为典范。将风中凌乱的说散本一把搂牢,于门户洞开的方块字平台上,大刀阔斧,榜掠备至;或订正bug,或径直刊落,敲金振玉,杀伐果断。借他人酒杯,浇自家胸中块垒,直抒胸臆,生龙活虎,生猛到上头。

一顿操作猛如虎,晚明大批判,批活了词话金瓶梅,并且在百年之后,终于批出了一部从回目结构、人物主次到叙事脉络"一家人齐齐整整"的石头记。石头缝里,脂砚斋以"死批"一骑绝尘,其摆话之决绝,剧透之煞根,一句顶一万句。尤其"作者密友、亲属、甚至妻子"、真有是事,经过见过"的"故事本事当事人"、甚至"共同创作者"等等身份,无疑为批注者提供了"死批"的绝对底气,活人批活人,活活批死人。不过,脂砚斋虽未给后人留下"金批"一路的活口,却将性别不明的自身成功嵌入原作,慷慨地把自己当成一件的礼物馈赠后世的男女"红学柯南",给近、当代"红学"留下了一条活路。

金、脂两路相隔百年,且将"生死"置之度外而论,其共同之处,即以文人人设,甘冒"惑人心,坏风俗,乱学术"的失伦风险,从字法,笔法,句法,章法,部法,回目,结构,一一揭示总结出小说写作技巧——不过,"草蛇灰线、空谷传声、一击两鸣、明修栈道、暗度陈仓、云龙雾雨、两山对峙、烘云托月、背面敷粉、千皴万染"这类貌似拆白党伎俩的"诸奇书中之秘法"事小,明清"批书党"办成的一桩大事,是"以小说、传奇跻之于经、史、子、集",扶正了小说的正房地位,奠定了汉语小说作为"门类"的独立性,也为日后与西式小说的对标,布妥了适配的接口。

尽管《金瓶梅》与《红楼梦》同读,偶有《繁花》味道,尴尬的是,作者已死,但老金健在,面对一部在体例、文字和美学上熟透于当代汉语长篇小说之林的《繁花》,批注者的人设,只是一名插话人,一介起哄者,接下茬的,勉强归类,大概属于被李渔定性为"填词末技"之"科诨"。

以"末技"于《繁花》的35万字中"填词",岂非"填词"本"填"乎?遑论《繁花》还自带海量科诨,足以解困提神。但尴尬的是,虽是末技,也有会痒的时候。故批注者周旋于《繁花》丛中,每遇绝妙好词,纳头便拜;逡巡于《繁花》之广筵长席,或择适口者冷不丁也伸一筷子,把人家流水席吃成一个人的自助餐;作者拉上的窗户,就捅破它一层窗户纸,用小拇指;作者画出的一排排"公仔",择其吹弹可破者画出粗细肠子;在作者顿笔处连番使转,于作者不响时大放厥词;故事冷场处充当气氛组,人物尴尬处时打个圆场;在"一万个好故事争先恐后地起跑,冲向终点"的汉字马拉松赛道旁,端个茶、递个水,摇个旗,呐个喊,也不忘暗中使个绊子,戳把轮胎。

生前喜欢注书、拆书的艾柯发现:"文学里没有全然私人的东西,书会彼此聊天。"《繁花》就是艾柯说的这种书。作者全程不响,一切全由各色人等自说自话,自把自为。男女老少,个个话痨。批注者侧身期间,兀自话里插话,添油加醋,等于说书先生搞外插花,罡头开花。又像是北京人说的,"话赶话",赶到哪儿算哪儿,一不小心,赶秃噜了,多嘴了,煞风景了,也是在所难免。无论如何,对汉语小说史上在论的那种已成"正文神圣不可分割之一部分"的批注,本批注者断不敢生"相互映照"之僭越心,更未曾兴"于我心则诚不能自已也"的圣叹之志。唯期能在作者密布于字里行间的穷幽极微处,揭示阴翳一、二;兴风作浪于野马尘埃之乱流,俾使其以息相吹也。

内行看门道,外行看热闹。看热闹,多少也得有些门道。批注的作用,只能提供一些看热闹的门道。

至于名物注释,煞有介事,无非是强加茶淫谲谑于陷入书蠹诗魔状态的读者诸君们头上,俾其暂时出戏,制造某种布莱希特效应。

"四才子书"经才子们梳笼倒饬,理论和美学上,出落为勉强可与发源于史诗、神话、罗曼史和精神分析的西方正典"圆房"的所谓"小说",然而,以白描见长的《繁花》,却有一种把现代汉语小说"倒退"到话本的返祖倾向。批注者,无非就着这种倾向顺坡下驴，做些勾搭、挑唆、起哄之勾当。虽然作者并未发"官人，休要罗唣！你真个要勾搭我？"之问，然而批注者仍是要循例客气一句："只是娘子作成小人！"什么鬼。

"这全部算上海"，语出《繁花》第拾壹章第一段，阿宝全家，法租界扫地出门，爬上一辆大卡车，迁往沪西曹阳工人新村，时"蝉鸣不止，附近尼古拉斯东正小教堂，洋葱头高高低低，阿宝记得蓓蒂讲过，上海每隔几条马路，就有教堂，上海呢，就是淮海路，复兴路。但卡车一路朝北开，经过无数低矮苍黑民房，经过了苏州河，烟囱高矗入云，路人黑瘦，到中山北路，香料厂气味冲鼻，氧化铁颜料厂红尘滚滚，大片农田，农舍，杨柳，黄瓜棚，番茄田，种芦粟的毛豆田，凌乱掘开的坟墓，这全部算上海"。

从阿宝搬场的丙午之秋，到本文交稿的壬寅之春，彼苍者天，也注定"全部算上海"；从小说原文到夹杂其间的批注，则只好也统统都算《繁花》了。好在作者不响，像一切全由批注者做主。

沈宏非

做了一回"排版师傅"

认识金宇澄老师是从字体开始的。2014年夏,得知《繁花》的封面字体是金老师手书设计,心里有一个疑问,一位文学家为自己的小说书写设计封面字体,是他对当下的设计师不信任吗,还是对电脑字库里的字型不满意?加上"繁花"两个字造型对我的吸引,便约请他讲讲书写设计的体会。后几经交往,大都与《繁花》相关,这次更是有幸参与《繁花》批注本的排版工作。今年初,排版接近尾声,金老师邀我在书后写上几句,我便以"排版师傅"之名答应了。

上世纪的书籍、报刊主要是依赖凸版印刷(俗称铅印)完成。"排版师傅"是我们对印刷厂排版工人的称呼,也是一个在当时设计行业里带有些许威严的称呼。因为那时的编辑、美工或设计人员,都要依赖"排版师傅",才能通过印刷工艺,实现排版、设计的种种表现。即便是最常见的白底黑字的版面,也需要"排版师傅"按版样的设计要求,手工将铅字一个个从铅字架上拣出来,再排入版面。

我们六十年代生的设计师,是最后一代接触或通晓铅印技术的设计师,尽管后来使用了电脑,但很多工作方式或程序,依旧带有铅印工艺或流程的影子。我1994年开始使用苹果电脑进行设计完稿,《繁花》批注本是我迄今遇到文本最长的,也是最复杂,最有趣的一本书。从处理原始文档中的输入瑕疵，到标点符号的全格、半格使用，几乎同铅印时代的"排版师傅"那样，手工一个字一个字地调整完善。这也有点像《繁花》的结构，整个排版的方式和过程，在上世纪六十和九十年代间穿梭交替。

《繁花》批注本正文需要一个新字体，寻找一款符合铅印时代特征，更准确地说是符合上世纪六十至九十年代气质的正文字体，成了我们急需要解决的事情。我首先想到了"汉仪新人文宋"。其笔画比上世纪的正文宋体字略粗，字型结构不同于传统，不循规蹈矩，带给人一种镌刻的手工感。这也是我一直在寻觅的略显复古的新字体风格。"汉仪新人文宋"设计者是上海视觉艺术学院的陈嵘老师，这是他2002年留日学习设计期间的毕业作品，回沪后与汉仪字库签约，于2016年设计并扩展完成为7000字的正文宋体字库。宋体汉文铅活字自19世纪下半叶从上海流传到长崎、东京，再回到上海，不断演化、牵挂。在此之前的数十年，英、德、法、美等国汉学家及印刷工匠们，也为宋体铅活字的铸刻，付出了艰辛的努力。汉字印刷字体的传播，流连忘返至今。

旧气新意交错、玩味，是这次批注本排版所刻意要表现的版式细节。中文古书刊刻及活字排版，大都一字一格，字字见方，行文气息悠缓，阅读通畅。一百多年来，西式标点、白话文、横排和简体字的出现，渐渐影响到中文排版的格律。这次《繁花》批注本的正文排版，依然使用了文字和标点各占一格位置的"全角"方式，这是中文书籍排版自竖排转为横排后，仅剩的古意。

古书批注，手书或刊印，多以朱笔或蓝笔于书籍天头作眉批（书籍页面上方的空白处），或于字里行间圈点、校注。无论涂涂划划的注释，或有规矩的刊刻、活字印刷，竖排的墨色朱笔互嵌，一利阅读识别，二显"添彩"之意。《繁花》批注本全文包含了正文、夹批、侧批、段批、尾批等几类版式，文字双色显现，朱色批注于墨色正文间横竖交往，让现代横排批注本，又多了一次版式的尝试和阅读的体验。

新字体和版式测试顺畅满意，但缺字成了这次排版工作在最后碰到的棘手问题，曾几度耽搁了工作进度。铅印时代，大型印刷厂都自备刻字工，如排版遇到生僻字，没有铅字可替代，便请自己厂里的刻字师傅，立即在空铅块上把这个字刻出来，再排入版面使用。20年前，当电脑排版遇到字库缺字，一般都由设计师或印刷厂的师傅在电脑里"造字"解决。当时所谓的"造字"就是"拼字"，即是利用拆散的笔画，把一个字拼出来。但这些"奇怪"的字，总能被人们在一大片文字中辨认出来，因为其造型，并不符合原字库字体的笔画结构。

那么，我们现在的电脑字库公司，是否可以承担起以往"刻字师傅"的角色，为暂时还不完善的字库字数，或冷僻字的出现，即时提供"造字"服务呢。尽管汉字复杂，但输入每款汉字的笔画字型特征后，实现AI造字的目标，应该也不远了吧——"排版师傅"不响。

姜庆共

姜庆共，1960年生于上海。平面设计师，作者。中国近现代新闻出版博物馆专家库特聘专家。专注上海城市历史和设计文化出版物创作，已出版字体、插画等视觉文化普及读物十余册，并渐渐影响至海外文化及教育机构。

图书在版编目（CIP）数据

繁花：批注本 / 金宇澄著；沈宏非批注. -- 武汉：长江文艺出版社，2023.6（2024.1 重印）
ISBN 978-7-5702-1758-8

Ⅰ. ①繁… Ⅱ. ①金… ②沈… Ⅲ. ①长篇小说－中国－当代 Ⅳ. ①I247.5

中国版本图书馆CIP数据核字(2020)第169339号

繁花：批注本
FANHUA : PIZHU BEN

内文插图：金宇澄	封面题字：金宇澄
内文设计：姜庆共	策　划：阳继波
责任编辑：梅若冰	责任校对：毛季慧
封面设计：璞茜设计	责任印制：邱 莉 杨 帆

出版：长江出版传媒 长江文艺出版社
地址：武汉市雄楚大街268号　　邮编：430070
发行：长江文艺出版社
http://www.cjlap.com
印刷：湖北新华印务有限公司

开本：680毫米×970毫米　　1/16　　印张：43.25
版次：2023年6月第1版　　2024年1月第6次印刷
字数：504千字

定价：98.00元

版权所有，盗版必究（举报电话：027—87679308　87679310）
（图书出现印装问题，本社负责调换）